雅堂文集校注

江寶釵◎校注

臺灣學生書局 印行

本書為國科會計畫

「**傳統性、現代性與殖民性──連雅堂文學校注與研究**」（NSC 96-2411-H-194-028-）之研究成果並獲科技部人文社會中心「補助期刊審查專書書稿」推薦

目次

壹、導讀

貳、校注正文

雅堂文集卷一

【論說】

雅堂文集卷二

【傳狀】

【墓誌】

【書啟】

雅堂文集卷三

【臺灣漫錄】

【番俗摭聞】

連橫文學彙刊編輯校注體例

一、 詩文集皆整理為三大部分：（一）導讀；（二）詩文校注；（三）附錄。

二、 集中內容若有諸多版本時，以「最完整的版本」中「最早的版本」為底本，再參照其他版本以「對校法」校訂。

三、 對校後若發現底本文字較遜於他本，則於內文直接修改，並於其後注解依據何本更動及改易的原因。

四、 詩文集中所錄他人詩作若與原詩集所錄詩作字句不同時，除明顯的錯誤（如格律錯誤、漏字）之外，皆以詩話為主，以保留詩作之不同版本。若是明顯的錯誤則參考原詩集以「他校法」，或直接以「理校法」校訂之。並於內文直接修改，其後注解更動原因。

五、 詩文集中所錄他人人名、書名、事蹟，以及地名、歷史事件等，其若與相關文獻在字句上不符者，以相關文獻為主。以「他校法」校訂並注解之。

六、 針對詩文集之行文語氣，以「本校法」及「理校法」校訂並注解之。

七、 由於本輯注解甚多，為節約篇幅，凡屬人人耳熟能詳之詩人，不再附錄其生平。其餘詩人生平載在古籍者，不附卷次頁碼。

八、 各書中有引述古人語，皆盡力查檢原文；未能檢得原文者，則保留原貌，不再另行以「不詳」注解。

九、 文集中重出的典故、字詞、人名等，僅於第一次出現時標注、加粗體，並於書末索引標列所在頁數，以利檢索，不再標示「參前註 n」。

餖飣文字，英雄事業——校注序

有人說如整理文獻、校注文字等工作，無非是餖飣之事而已，孫大川先生卻把這樣的工作名之為英雄事業。試想，沒有正確的語言知識，再多的文化理論解釋不都是沙上建塔，毫無根據嗎？我不只同意孫先生的看法，而且始終認為這個工作值得國家給予一個博士後的員額，讓有能力從事的學者可以日出日入、勤勉而無憂地進行這個偉大的工作。遺憾的是，把這件事看得偉大的人除了孫先生與我以外，似乎再無其他人。所幸就在我感到絕望時，僥倖得獲一位朋友的協助，遂能邀請馬玉紅博士來校隨我做一年的博士後研究員。玉紅多才多藝，她遇到的卻是一個並不怎麼光明的時代，無處可以託身任教。那一年裡，她除了協助民雄、阿里山的文化創意計畫，主要的工作就是協助我校注連橫文學，特別是文集。

整整一年，玉紅每天工作八小時，卻未能完成連橫詩文集的校注，其難可知。她離開後，陸續有黃清順、李知灝兩位博士，以及其他梁鈞筌、賴恆毅、謝崇耀、卓佳賢、黃千珊幾位先生、小姐，從他們的碩士時期做到博士階段。他們的投入，使得初稿得以注解。儘管所費時間長，投入人力大，臨出版之際，我再邀請林文龍先生、張淵盛博士、陳厚任博士生，協助校訂與詳審。適中國南開大學中文系趙季教授來校短期訪問兩個半月，承趙教授的熱心襄助，陸續又有諸多的改訂。

經過的努力如此之多，愈是教我感到心驚肉跳，只怕本書的訛誤終無法避免。只是，我已來到人生最後的一哩路了，再不完成，也許永遠無法完成了；是在這樣的催迫下，決定了付梓的必要性。在這一

刻，我只能期望這塊我以及師友們共同砌下的磚上，後來者再加再厲，不斷地會有更好的「注」作出現。

江寶釵

己亥年歲首於嘉義中正大學寧靜湖畔

壹、導讀

文體分類與各卷大要

江寶釵

前言

　　《雅堂文集》的內容，複雜而多元，其中有不少跡近雜文。因該書務求蒐羅連氏「遺文」（實際未竟全功），故牽涉領域頗不一致。要言之，《雅堂文集》分卷一「論說」類 18 篇、「序跋」類 31 篇；卷二「傳狀」類 12 篇、「墓誌」6 篇、「雜記」17 篇、「哀祭」7 篇、「書啟」7 篇；卷三、四，均標題「筆記」，屬札記、漫錄性質，各有主題，共計 6 篇。

　　此外，如同他的詩集頗見佚篇，經檢索，連橫在日治時期報刊雜誌尚有若干未被收入文集中的發表，雖已完成蒐集，但闕漏嚴重，將與詩歌佚篇合編，來年另作整理、編輯與校注。

　　以下謹就目前所收錄者，略作評介。

一、卷一：「論說」與「序跋」

　　《雅堂文集》首揭「論說」，可見論說之文對於連橫的重要性。這類文章除〈東西科學考證〉為講稿、〈稻江圖書館議〉為倡議之文，其餘 16 篇均屬論說文章。而其具體內容，或者意在翻案舊論，如〈說八卦〉、〈說河圖〉、〈說墳羊〉等等，強調「*我輩讀書稽古，當具特識，方不為古人所欺。……以考古學、地質學、人類學、民俗學而研求之，必大有所得*」[1]；或者旨在「創立新說」，如〈說在宥〉、〈墨子棄姓說〉、

---

[1] 連橫〈說墳羊〉，收入《雅堂文集》（南投：臺灣省文獻委員會編印，1964 年版），頁 4。

〈墨為學派說〉、〈爾雅歲陽月陽考〉、〈中國玉器時代考〉等等，意欲展現其文人博識，立一家之言；或者意在「維護自尊」，對西方先進發明，往往強調中國「自古有之」，諸如〈東西科學考證〉云：「輓近科學之最進步者莫如電光力化。秦漢之書頗有言之。《關尹子》曰：『石擊石生光，雷電緣氣而生，可以為之。』此非電學之論乎？《墨子》曰：『臨鑑立影，二光夾一光。足被下光，故成影於上。首被上光，故成影於下。鑑近中則所鑑大，遠光則所鑑小』，此非光學之理乎？」[2]其維護民族自尊之意，甚為顯然。要之，連橫綜論古今，博議中西，之所以如此，乃因清末以降，西學東來，中國文化飽受衝擊，故連氏除卻竭力陳述國粹傳承之外，亦借助西方當代學術（如前舉考古、地質、人類、民俗學等），重新檢核古代學說，從而確立其一家之言。

　　序跋者，大抵說明著述宗旨、體例以及作者情狀，間或品評相關內容，書前一般稱「序」，書後大抵為「跋」。《雅堂文集》收錄者，或者連氏自著自〈序〉，如〈臺灣通史序〉、〈臺灣詩乘序〉、〈大陸詩草序〉、〈寧南詩草自序〉等等，主要陳述其創作動機與鋪陳個人理念；或者為他人著作寫序，如〈香祖詩集序〉、〈厚庵遺草序〉、〈悔之詩集序〉等等，引介其人其事，並說明為之撰序緣由（如：〈鰲峰詩草序〉云：「余客稻江，基六適然戾止，相見甚歡，出所為鰲峰詩草相示，且請序。」[3]）。至若〈跋〉文，或者逕稱「書後」（如〈賜姓始末書後〉、〈稗海紀遊書後〉、〈臺灣遊記書後〉等），則皆題於他人著作之末，用此補充說明，或言其興喟感發之情。如〈斯庵詩集跋〉云：

> 謝山既為斯庵作傳，後論之曰：「嗚呼！公自以為不幸，不得早死，復見滄海之為桑田；而余則以為不幸中之有幸者，咸淳人物，蓋天將留之以啟窮徼之文明，故為強藩悍帥所不能

---

[2] 連橫〈東西科學考證〉，《雅堂文集》（南投：臺灣省文獻委員會編印，1964年版），頁 19。

[3] 連橫〈鰲峰詩草序〉，《雅堂文集》，頁 45。

> 害。……」嗚呼！謝山之論斯庵當矣！謝山雖為清人，而眷懷
> 勝國，景仰遺賢。忠義之士，其所著作，悉為收存而表彰之，
> 以發揚潛德，亦天下之有心人也。[4]

後世譽為「臺灣文獻初祖」的沈光文（斯庵），雖則以淹留臺土為憾，
然亦因其久羈本土，遂而引領文明，故連氏細為蒐羅遺著，並高度肯
定其人其德。而我等閱此跋文，並可了解連氏表彰明鄭的氣節和用心。

二、卷二：「傳狀」、「墓誌」、「雜記」、「哀祭」與「書啟」

　　《雅堂文集》所收錄「傳狀」之文，實有「傳」[5]而無「狀」[6]，
此蓋因姚鼐所編《古文辭類纂》將「傳」、「狀」合併一類之故。細觀
內容，大抵可分為二，一則為其至親友朋「記傳」，如〈沈少鶴傳〉，
乃記其妻舅，〈謝頌臣先生傳〉、〈陳鞠譜傳〉等等，描述友朋行誼。而
並未標明為「傳」者，連氏另稱之為「書」，「書」亦紀錄、描述之意，
而其書寫對象則或前人軼事、掌故，如〈書黃蘗寺僧〉，乃乾隆朝軼聞，
〈書陳三姐〉，乃清同治年間之事，可補「正史」之不足；或連氏聞見
當代具體人物事蹟足資感人者，如記載其時孝子「何水昌」（〈書河水
昌〉），記載王香禪所述「鄭慧修」軼事（〈鄭慧修女士傳〉）。

　　《雅堂文集》收錄「墓誌」之文六篇，範圍自明鄭而迄當世。關
於此類文體，曾鞏〈寄歐陽舍人書〉云：

> 夫銘誌之著於世，義近於史，而亦有與史異者。蓋史之於善惡，
> 無所不書。而銘者，蓋古之人有功德材行志義之美者，懼後世

---

[4] 連橫〈斯庵詩集跋〉，《雅堂文集》，頁 50。
[5] 「傳」為傳記之意，主要紀載人物事蹟使之流傳後世。
[6] 「狀」是行狀或，事狀之意，篇幅長於「傳」，且大抵有褒無貶和傳記不同，蓋行狀本為墓誌之資，係旌揚死者之文。按：《雅堂文集》，並未收錄任何「行狀」之文。

之不知，則必銘而見之。……苟其人之惡，則於銘乎何有？此
其所以與史異也。其辭之作，所以使死者無有所憾，生者得致
其嚴。而善人喜於見傳，則勇於自立；惡人無有所紀，則以媿
而懼。至於通材達識，義烈節士，嘉言善狀，皆見於篇，則足
為後法。警勸之道，非近乎史，其將安近？

以上可知，墓誌之文主用於「旌善」死者，並寓寄「警勸」意味。若
以此觀之，則連氏六篇墓誌文章，前兩篇〈明定國將軍墓誌〉與〈閒
散石虎墓誌〉，均為明鄭遺跡而發，後續四篇則或記其外舅（〈外舅沈
德墨先生暨配王太孺人墓誌銘〉），或記其友朋先世，如〈林母陳太孺
人墓表〉記霧峰林家、而〈賴斐卿先生墓誌銘〉、〈魏篤生先生暨繼配
潘孺人墓誌銘〉分記其友賴紹堯、魏清德之父。箇中內容，則恪守範
式，肅穆惆怳，以此展現作者之誠。

《雅堂文集》所收「雜記」之文，顧名思義，其收錄篇帙內容頗
為龐雜而難以分類。諸如：〈萬梅崦記〉，記敘友宅勝景；〈瑞軒記〉乃
自傷其隱，頗有「君子疾沒世而名不稱焉」的感慨；〈過故居記〉喟歎
祖宅淪落異族之手；至於〈重修五妃廟記〉闡述明鄭殉節忠貞之事；〈開
山宮記〉則詳考肇建者，並為鄭氏洗刷污名；〈紀圓山貝塚〉，述考古
遺址；〈周代石鼓記〉則展現連氏「樸學」根柢，文中稽古考證上古文
字，此為其嗜好所在；另如〈臺灣詩社記〉，實乃簡潔的詩社發展史；
〈茗談〉言品茶，從側面顯示連氏對品茗的偏愛；〈詩意〉則針對迎賽
習俗裝飾「臺閣」而發，箇中不無顯露連氏學殖之意。總之，「雜記」
題材範圍不一，呈現旨趣亦屬多元，惟其多元，故亦嶄露連氏之博學
多聞。

哀祭文章，係哀悼死者之文，遠則憑弔前賢，近則悼念親友。連
氏此類文章，首篇收錄〈告延平郡王文〉，此文蓋因推翻滿清皇朝，肇
建「中華民國」而發，文中所謂「滿人猾夏，禹域淪亡，落日荒濤，
哭望天末，而王獨保正朔於東都，以與滿人拮抗」云云，其以明鄭遺
民自居之意，昭然可見。由此，益可證明連氏注重民族氣節，嚴分胡

漢的態度。同樣情形，連氏〈臺南鄭氏家廟安座告文〉、〈祭閒散石虎文〉等二篇，其著眼點，亦在民族氣節。另外，本類文章收錄兩篇「哀辭」——〈林癡仙哀辭〉、〈賴悔之哀辭〉，我們可從其間感受到連氏情深意篤的一面，林朝崧（癡仙）與賴紹堯（悔之）係連橫至交，尤其前者，連氏視之如長兄，故其捐館，雅堂哀慟逾恆：

> 訃至，其友連橫哭之曰：嗚呼！癡仙竟死矣！吾固知君之必死，而不虞其速也。吾又不虞瑞軒一別，於今四年，而不獲再見也！……而今竟無期矣！痛哉！嗚呼！君病吾不能一存問，歿不能視含殮，北望愁雲，撫膺涕泣。吾其何以對君耶！然君入地之時，吾雖少暇，亦當親臨窀穸，拊棺一哭，以與君作永世之別也。[7]

至若賴悔之，則連橫以長輩之禮對待，故哀辭有謂：

> 始橫居中之時，策名社末，昔昔追隨，春花淪茗，秋雨哦詩，聯床夜話，達旦不疲。橫以為人生之樂無過於斯，而不圖死喪之戚竟至於斯耶！[8]

若相參照對比，顯然連橫對於癡仙之逝，要來得更為符合王戎所謂「情之所鍾，正在我輩」（《世說新語・傷逝》）之旨。

　書啟，或稱「書牘」，此係曾國藩《經史百家雜鈔》的分類，《雅堂文集》稱之「書啟」者，蓋因內收布告於世之「公開函」，如〈募建觀音山凌雲禪寺啟〉及〈徵求中國殖民史材料啟〉等，前者為凌雲寺勸募，後者則為「華僑聯合會」徵求史料。其他書函信件，如〈與林子超先生書〉、〈與張溥泉先生書〉二者，希冀謀求「國史館」職；而〈與李獻璋書〉則有商榷學問之處，至若〈上清史館書〉、〈與徐旭生書〉，則不無自薦平生抱負之意。

7　連橫〈林癡仙哀辭〉，《雅堂文集》，頁 117。
8　連橫〈賴悔之哀辭〉，《雅堂文集》，頁 118。

三、卷三:「筆記」:漫錄、史跡、古蹟、摭聞

筆記類收錄〈臺灣漫錄〉、〈臺灣史跡志〉、〈臺南古蹟志〉、〈番俗摭聞〉四部分。前者〈漫錄〉,當屬筆記資料,箇中紀載臺地風俗民情、天象氣候、傳說逸聞以及文化掌故……等等,留予後人寶貴的文化民俗史料;至於中間二者,連氏〈臺灣史跡志凡例〉曰:「壇廟、祠宇、書院、寺觀,具載《臺灣通史》,唯擇其有關史跡者言之」[9],以此,可視為「正史」以外的補苴之作。蓋連氏自云:「余既撰《臺南古跡志》,因念偏囿一隅,未及全局,乃作此編,以為讀書稽古之助。俟殺青後,當將《古跡志》併入於內。」[10]可見得〈臺灣史跡志〉著眼在全島(含澎湖離島)古蹟與地理人文樣態的敘述,而〈臺南古蹟志〉則專注於府城文化史蹟的紀載。連橫為府城人,以台南為區域範圍的古蹟考察方面,就台南古蹟緬懷明清時期的軼事,並從建築的描摹帶出人物的介紹與描寫,筆墨蘸足了身世之感。易言之,〈台南古蹟志〉的寫法就是以古蹟為點,在敘述該古蹟的歷史沿革,為誰所建,從何而來。也因為都是在府城,所以連橫可以指出古蹟的地點在哪裡,也能說出古蹟現存的樣貌為何。對於府城的地理景觀的變化,可從連橫的書寫看出,明清──日治──迄今,這三種不同時空的府城,對照出地理樣貌的演變。〈台灣史跡志〉是概略介紹台灣全島與離島的地理樣貌及歷史事蹟,但全台的範圍較大,使得連橫無法一一親身前往踏查,多半依靠史籍或故人詩詞來領略當地之美,也就是說,以他人的介紹來作為本文的內容。

其中,《雅堂文集》提到地方的有〈台灣史跡志〉與〈台南古蹟志〉。此外,值得注意者,〈臺灣史跡志〉、〈臺南古蹟志〉,二者不論在體例或形制上,均可遠溯至酈道元《水經注》和楊衒之《洛陽伽藍記》,於

9　〈臺灣史跡志凡例〉,《雅堂文集》,頁 189。
10　出處同上。

山水描景上近乎《水經注》,而人文設施上則可看出《洛陽伽藍記》的影響。這部分的論述詳連橫文學研究第六章。

　　筆記卷末的〈番俗撫聞〉,其體例一如〈臺灣漫錄〉,而聚焦的對象,則為本島的原住民。不過,相關史料早自明末以降已可見諸文人筆記(如陳第〈東番記〉)與「地方志」的紀載,而清人郁永河《裨海紀遊》、孫元衡《赤崁集》〈裸人叢笑篇〉、黃叔璥《臺海使槎錄》〈番俗六考〉、吳子光〈紀番社風俗〉以及翟灝《臺陽筆記》〈閩海聞見錄〉,等等筆記資料,亦相當豐富。故連橫此處「撫聞」,在相較之下,並未令人看出殊特之處。

四、卷四:「筆記」餘墨啜茗

　　此間收錄〈詩薈餘墨〉與〈啜茗錄〉二種。二者均摘取自雅堂所創辦的《臺灣詩薈》的「專欄」。按:《臺灣詩薈》為連橫創辦之古典文學雜誌,始刊於大正十三年(1924)二月,而停刊於大正十四年(1925)十月連氏赴杭州西湖養病為止,共發行 22 期。箇中經常性的專欄,有:詩鈔、詩存、詞鈔、文鈔、文存、詩話、學術、雜錄、詩鐘、謎拾、餘墨;另外,尚有騷壇紀事、傳記、遺著、小說、論衡、尺牘、詩薈同人錄、啜茗錄、花叢迴顧錄等專欄。〈詩薈餘墨〉與〈啜茗錄〉二種即為《臺灣詩薈》的專欄輯錄。究其實際,〈詩薈餘墨〉一如古代「詩話」,主要陳述連氏對詩文的觀點與相關評論,至於〈啜茗錄〉則類似古代笑談、解頤等筆記資料,其用意當有助於親友茗茶抵掌時,作為談笑之資,如首則紀載:

> 施靖海以平臺之功祀名宦祠。祠在臺南文廟欞星門左。某生見之,為詠一詩曰:施琅入聖廟,夫子莞爾笑。顏淵喟然歎,吾道何不肖!子路慍見曰:此人來更妙,我若行三軍;可使割馬料。可謂謔而虐矣。

以上「笑談」，除可助人談興，亦兼可看出當時民意已對滿清朝廷深表不滿。

結語

　　就〈台南古蹟志〉來說，所描述的地理位置比〈台灣史跡志〉來的精確，不再是以「地名」來作介紹，而是以「景點」作描述，空間區域上縮小範圍。畢竟，連橫所書寫的景點均為府城知名景點，也是他生活環境區域內的景點。再者，空間距離上並不遠，都是連橫可親身所及之處。相較於〈台灣史跡志〉只是一種地理沿革的介紹，看著書面資料而自己創作，其實不太有個人情感在內。但是〈台南古蹟志〉就不同了，裡頭各景點都是連橫生活區域內，就算安平距離較遠，但也僅傾刻就到。

　　在這樣之下，〈台南古蹟志〉內連橫所書寫的各古蹟，均有很強烈的人文情懷，帶有一種發古思幽情之感。明清時代的建築經過百年以上的歲月侵襲，但有些仍屹立至日治時期，為連橫所見。也因為能為連橫所見，使得連橫能去考察這些古蹟是否變化或者已經被拆除。追尋這些古蹟的史跡，也是一種追尋他在府城的存在感。

貳、校注正文

雅堂文集卷一

【論說】

說八卦

　　《易》為六經之一。自周以來，用為卜筮之書，又為哲理之籍。異說紛紜，遂多附會。顧此為《易》之末流，而非《易》之本義也。《易》之所演者為八卦。八卦之興，起於上古。〈繫辭〉曰：「古者庖犧氏[1]之王天下也，仰則觀象於天，俯則觀法於地，觀鳥獸之文[2]與地之宜，近取諸身，遠取諸物，於是始作八卦，以通神明之德[3]，以類萬物之情。[4]」八卦者：曰☰，曰☷，曰☳，曰☶，曰☵，曰☲，曰☴，曰☱，是為中國最古之文字。當是時，人智初開，事物未繁，故以八卦表之；如☰之為天，☷之為地，☳之為雷，☴之為木[5]，☵之為水，☲之為火，☶之為山，☱之為澤。此皆大自然之物，而與人類最關繫者，故以八卦表之，而為一種之符號。神農氏出，人智漸開，事物漸繁，八卦之數不足應用，乃演為六十四卦；如☰加☷之為䷋[6]，☷加☰之為䷊[7]。

---

[1] 庖犧氏：庖犧（或作庖牺）即伏羲氏（庖、伏上古音音近相通），另作宓牺，（《漢書》皆作此），上古三皇之一（按：三皇，燧人、伏羲、神農三氏），據《周易‧繫辭》的說法，伏羲氏始作八卦。

[2] 文：通「紋」，紋理之謂。

[3] 神明之德：指天地變化神妙之德，亦指健順動止之性。

[4] 以類萬物之情：類，歸類、比擬；情，情況、情態。

[5] ☴為八卦中的「巽」卦，其基本卦義為「風」。此處說法，據《周易》〈說卦傳〉，後文所謂「巽為木，為風，為長女，為繩直，為工」云云，即出自〈說卦〉內容。按：唐‧李鼎祚《周易集解》引宋衷云：「陽動陰靜，二陽動於上，一陰安靜於下，有似於木也。」又引陸績曰：「風，土氣也；巽，坤之所生，故為風。亦取靜於本而動於末也。」

[6] ䷋：上☰（乾）下☷（坤）成為「否」卦，所謂「天地否」是也。按：天氣上揚，地氣下降，兩不相通，故為否卦。

此則合體成文，而為滋乳[8]之字也。書契既興，人文日進，指事會意，略有發明，而社會之用八卦者猶多。文王乃以今文譯之；如☰曰乾，☷曰坤，☳曰震，☴曰巽，☵曰坎，☲曰離，☶曰艮，☱曰兌。又為〈繫辭〉以明其義，此如漢儒說經以今文而寫古文也。孔子贊《易》，復為作傳。是則中國最古之文字學。何以言之？孔子固自言之。〈繫辭〉曰：「《易》有聖人之道四焉：以言者尚其辭，以動者尚其變，以制器者尚其象，以卜筮者尚其占。」[9]所謂以言者尚其辭，非文字學之功用乎？又曰：「夫《易》當名辨物，正言斷辭，則備矣。其稱名也小，其取類也大。其旨遠，其辭文，其言曲而中，其事肆而隱。」[10]所謂當名辨物、正言斷辭，非說明文字學之範圍乎？然則八卦為古代之文字，而《易》為古代之文字學，彰彰明矣。試將孔子〈說卦〉讀之，自足以見其指事、會意、轉注、假借之精義。

　　乾為天，為圜[11]，為君，為父，為玉，為金[12]，為寒，為冰[13]，為大赤[14]，為良馬，為老馬[15]，為瘠馬[16]，為駁馬[17]，為木果[18]。

---

[7]　☷☰：上☷（坤）下☰（乾）成為「泰」卦，所謂「地天泰」是也。按：天、地二氣交合相通，乃為「通泰」之狀。

[8]　滋乳：應作孳乳，滋生繁衍之謂。

[9]　此段引言出自《周易・繫辭上》，蓋謂：《周易》具有聖人常用的四種道理，用來指導言論的部分就崇尚文辭，用來指導行動的部分就崇尚變化，用來指導製作器物的就崇尚象徵，用來指導卜問決疑的就崇尚占筮。

[10]　此段節引自《周易・繫辭下》：「夫《易》，彰往而察來，而微顯闡幽，開而當名辨物，正言斷辭則備矣。其稱名也小，其取類也大，其旨遠，其辭文，其言曲而中，其事肆而隱。」蓋謂：《周易》有著彰著往昔的變故而辨察將來事態的功用，能夠顯示幽微象徵，能夠闡明幽深道理。開釋卦義能辨別名物，語言周正能決斷事理，故而十分完備。卦爻辭所言名物雖多細小，待取用的譬喻卻十分遠大，其意旨深遠，其修辭頗富文采，其語言切中事理，其用事能彰顯幽隱。

[11]　圜：天體。天體圓運動不息，故為圜。

[12]　為玉、為金：乾卦純粹剛強，故為玉，為金。

[13]　為冰：乾在西北方位，故乾為寒、為冰。

[14]　為大赤：盛陽色紅，故為大赤。

坤為地，為母，為布[19]，為釜[20]，為吝嗇[21]，為均[22]，為子母牛[23]，為大輿[24]，為文[25]，為眾[26]，為柄[27]；其於地也為黑。

震為雷[28]，為龍[29]，為玄黃[30]，為旉[31]，為大塗[32]，為長子，為決躁[33]，為蒼筤竹[34]，為萑葦[35]；其於馬也為善鳴[36]，為馵[37]足，為作足[38]，為的顙[39]；其於稼也為反生[40]；其究[41]為健[42]，為蕃鮮[43]。

---

[15] 乾卦剛健，故為良馬。馬健而時變，則為老；身變，則為瘠；色變，則為駁。

[16] 瘠馬：瘠，多骨、瘦弱。

[17] 駁馬：指馬的毛色不純。《說文解字》：「駁，馬色不純。」

[18] 木果：木本之果。郭雍曰：「木以果為始，猶物以乾為始。」

[19] 為布：「布」是古代貨幣名。宋‧項安世《周易玩辭》：「古者泉貨為布，能隨百物之貴賤而賦之。」貨幣貴在敷布流通，故此「布」意指錢幣流布。

[20] 為釜：坤卦陰虛能容，故釜（鍋子）。

[21] 為吝嗇：陳鼓應、趙建偉《周易注譯與研究》「說卦」：「〈繫辭〉說『坤，其靜也翕』，地性收斂，所以說『坤為吝嗇』，坤卦所謂『括囊』即此；地滋生萬物又收斂萬物，亦有吝嗇之義，即《文子‧上德》所謂『地載萬物而長之，與而取之，故骨骸歸焉；與而取者，下德也，下德不失德，是以無德。』」（臺灣商務印書館，1999，頁711-712）。

[22] 為均：萬物均資養於地，故為均。

[23] 子母牛：指牝牛。一說，有身孕之牛。萬物生生相繼，故為子母牛。

[24] 大輿：大車。孔穎達疏：「取其能載萬物也。」後因以「坤輿」為地的代稱。

[25] 文：萬物相雜。

[26] 眾：眾民。

[27] 柄：本。此取萬物以地為本。

[28] 為雷：震為動，故為雷。

[29] 為龍：陽在下，動盪不已，故為龍。

[30] 玄黃：天地之雜色。天為玄色，地為黃色。震為乾坤始交，故為玄黃。

[31] 旉：「敷」之古字，意指大布、展開。

[32] 大塗：道路。塗通「途」。一陽在下，二陰在上，故有大塗之象。

[33] 決躁：迅疾。王引之《經義述聞‧周易》：「決、躁，皆疾也。象雷之迅，故為決躁。」

[34] 蒼筤竹：初生的竹。蒼筤，音「蒼狼」，青色。震為東方，東方屬青，故為蒼筤竹。

[35] 萑葦：音「環偉」，竹子。萑葦，下莖實，上幹虛，似震陽在下，陰在上之象。

巽為木，為風[44]，為長女[45]，為繩直，為工[46]，為白，為長，為高，為進退，為不果，為臭[47]；其於人也為寡髮，為廣顙[48]，為多白眼[49]，為近利市三倍[50]；其究為躁卦[51]。

坎為水，為溝瀆[52]，為隱伏[53]，為矯輮[54]，為弓輪[55]；其於人也為加憂，為心病[56]，為耳痛[57]，為血卦[58]，為赤[59]；其於馬也為美脊[60]，為

---

[36] 善鳴：震為動，故於馬為善動、善鳴。

[37] 馵：音「住」，左後腳白色的馬。《玉篇·馬部》：「馵，馬後左足白。」

[38] 作足：指馬行先動四足。作，動也。

[39] 的顙：額頭有白毛之義。的，白；顙，音「嗓」，額。反巽為白，故為的顙。《周易述》：「為的顙者，虞云：『的，白顙額也。震反生，以初為顙，初陽白，故為的顙。』」

[40] 反生：指麻、豆之類戴甲而出。震陰在陽上，陽動下，故為反生。

[41] 究：極。

[42] 健：指強而有力。震陽剛躁動，故究為健。

[43] 蕃鮮：茂盛而鮮明。

[44] 為風：巽為木，風善入。

[45] 為長女：乾一索而得女，故為長女。

[46] 為繩直，為工：繩直，準繩。《尚書·洪範》曰：「木曰曲直」，從繩可取直，工制木，故為繩直，為工。

[47] 風無色，無臭，於高空中，進退不定，無結果，故為白，為長，為高，為進退，為不果，為臭。

[48] 廣顙：巽二陽一陰，陰少故為寡髮，陽多故為廣顙。

[49] 為多白眼：巽為白，進退不定，故多白眼。

[50] 近利市三倍：指將從市中獲三倍之利。日中為市，巽居東南方，與離相近，故「近利市」。

[51] 躁卦：震陽決躁，巽旁通震，故為躁卦。

[52] 為溝瀆：坎為水，故有溝瀆（水溝）、隱伏之象。

[53] 為隱伏：藏匿、潛伏。坎一陽藏於陰中，故有隱伏之象。

[54] 矯輮：使曲者變直者為矯，使直變曲為輮。水流有曲直，可任意矯輮。

[55] 為弓輪：弓為矢，輪為車輪。二者為矯揉而成。

[56] 為加憂：憂慮加重。水有險陷、隱伏之象，故為加憂，為心病。

[57] 坎為耳，故為耳痛。

[58] 血卦：孔穎達疏：「取其人之有血，猶地有水也。」謂人體有血如地有水，故坎為血卦。

[59] 為赤：坎從乾來，乾為大赤，故為赤。

亟心[61]，為下首[62]，為薄蹄[63]，為曳[64]；其於輿也為多眚[65]，為通[66]，為月[67]，為盜[68]；其於木也為堅多心[69]。

離為火，為日，為電，為中女[70]，為甲胄，為兵戈[71]；其於人也為大腹[72]，為乾卦[73]，為鱉，為蟹，為蠃，為蚌，為龜[74]；其於木也為科上槁[75]。

艮為山，為徑路，為小石[76]，為門闕[77]，為果蓏[78]，為閽寺[79]，為指[80]，為狗，為鼠，為黔喙[81]之屬；其於木也為堅多節。[82]

---

[60] 為美脊：因乾為馬，坎得乾之中爻，坎陽在中，陽為美，故為美脊。

[61] 為亟心：亟，急。此當為敏捷。坎有險陷之象，又陽剛居中，故為亟心。

[62] 為下首：馬低頭。《周易易解》：「柔在上，故首垂不昂。」

[63] 為薄蹄：指馬蹄磨薄。陰柔在下，故為薄蹄。

[64] 為曳：引拖。《周易易解》：「陷而失健，足行無力為曳。」

[65] 為眚：音「ㄕㄥˇ」，災難。坎為溝瀆，為險陷，故為眚。

[66] 為通：水流通暢，故為通。

[67] 為月：《淮南子·天文訓》：「積陰之寒氣為水，水氣之精者為月。」故坎為月。

[68] 為盜：坎為險陷，故為盜。

[69] 為堅多心：指棘棗之類。枝束多則樹心多。坎陽在中，為亟心，故有堅多心之象。

[70] 中女：離再索而得女，故為中女。《漢書》卷二十五下〈郊祀志第五下〉：「乾為父，坤為母，震為長男，巽為長女，坎為中男，離為中女，艮為少男，兌為少女，故云六子也。」

[71] 離內柔外剛，盔甲、兵器在人身外以防身，如離內柔外剛，故離為胄、戈兵。

[72] 大腹：陰離中虛，為火。

[73] 乾卦：此訓為乾燥。離為乾體，故曰乾卦。

[74] 離外剛內柔，故為鱉，為蟹，為蠃（音「羅」，同螺），為蚌，為龜。

[75] 科上槁：科，或作「折」。木中空易折為科。槁，枯槁。意指草木空中者，必枯槁。

[76] 艮為山，一陽在坤土之上，故有小路、小石之象徵。

[77] 為門闕：門觀。觀指門兩旁的臺榭。艮，一陽在上相連，下二陰對峙而中虛，故有門闕之象徵。

[78] 果蓏：木實曰果，如桃李之類。草實曰蓏（音「裸」），如西瓜、甜瓜、冬瓜等。

兌為澤，為少女[83]，為巫，為口舌[84]，為毀折[85]，為附決[86]；其於地也為剛鹵[87]，為妾[88]，為羊[89]。

說河圖

《易》曰：「河出圖，洛出書，聖人則之。」[90]後儒不察，以為帝王受命之符，而天特降之瑞。連橫曰：「否，否。是蓋上世遺物而適以時出也。」

人文之啟，肇於石器，遞為銅器，又遞為鐵器，進化之跡，可以類推。中國有史，斷自炎黃。炎黃以前，歷世悠遠。《管子》曰：「古之**封泰山**[91]、**襌梁父**[92]者七十有二家，而夷吾[93]記其十二。」然則大庭[94]、

---

79 為閽寺：閽寺為閽人與寺人的合稱，皆掌王宮之守，禁止人進入，艮止之象。閽音「昏」，指閽人，負責管理內廷的門禁。寺，指寺人，掌管內寺及女宮的戒令。

80 為指：指，同古字「止」，有停止、方向、有限定、阻礙之意。

81 黔喙：黑嘴，肉食之獸，如狗、老鼠、野狼、虎、孤狸、雞、鳥等。

82 艮為小石，就木而言，堅更多節。

83 為少女：兌為澤，三索坤而得女，故為少女。

84 兌陰見於外，有口舌之象，又兌為口、為悅、為少女，故為女巫。

85 為毀折：兌上畫斷缺，如物之毀折。又說兌為西方主秋，萬物始折，故兌為毀折。

86 為附決：謂脫落。孔穎達疏：「兌主秋也，取秋物成熟，棗稈之屬則毀折也，果蓏之屬則附決也。」

87 剛鹵：堅硬具有鹼性，不適宜耕種的土地。《說文解字》：「鹵，西方鹹地也。」兌二陽在下故剛，一陰在上，下潤，故鹵。

88 為妾：兌少女之位賤，故「為妾」。

89 為羊：兌為悅，故於動物中，似羊。

90 語出《周易·繫辭下》，陳鼓應、趙建偉《周易注譯與研究》：「據說伏羲之時，有龍馬出於黃河，伏羲取法其背上之圖象製成《周易》之八卦；夏禹之時，有神龜出於洛水，禹即取法其背上之紋象撰成《洪範》九疇之書。」頁 628。

91 封泰山：古代帝王在泰山上築壇祭天稱為「封」。

92 襌梁父：在梁甫山除地祭地稱為「襌」。梁甫山，亦作梁父山，甫、父通假。

93 夷吾：春秋時齊國管仲，姬姓，管氏，名夷吾，字仲。

赫胥[95]之世必有文字，特為洪水所滅爾。夫洪水之禍非始堯時，女媧、共工[96]之世皆有水害，特至堯而治爾。河圖、洛書者，必古帝王之典章，或為治水之圖，或為教民之書，刻之**貞瑉**[97]，以垂不朽，中經災難，沒入水中，久之乃出，非果有龍馬之瑞也。夫河、洛皆中州之水，而古帝建宅之都也，故出於此。是以周鼎現於汾陰[98]，秦璧遺於華麓。一孔之士，附和其事以諂時主，而史官遂有符瑞[99]之志。何其謬耶？

說墳羊

《史記·孔子世家》：「季桓子穿井，得土缶[100]，中若羊[101]。問仲尼，云：『得狗』[102]。仲尼曰：『以丘所聞，土之怪墳羊[103]。』」嗟乎！孔子不語怪，而此誠怪矣！何以言之？此羊為生物邪？為死物邪？若生者，何以能在土缶之中，復在穿井之下？若死者，則當為化石。然以羊之大，缶之小，生時何以能入？此誠不得其理矣。

94　大庭：傳說中的古帝之名，或以為古國名。《左傳·昭公十八年》：「宋、衛、陳、鄭皆火，梓慎登大庭氏之庫以望之。」杜預注：「大庭氏，古國名，在魯城內，魯於其處作庫。」孔穎達疏：「先儒舊說皆云炎帝號神農氏，一曰大庭氏。」

95　赫胥：傳說中的上古帝王。一說為炎帝。

96　共工：神話傳說中炎帝的後裔，又相傳為水神。

97　貞瑉：石刻碑銘的美稱。瑉，音「民」，似玉的美石。

98　汾陰：汾河南面。《說文解字》：「陰，水之南、山之北也。」

99　符瑞：吉祥的徵兆。多指帝王受命的徵兆。

100　土缶：一種大肚子小口的盛酒瓦器。缶，音「否」。

101　指土瓶中有隻像「羊」的生物。

102　此係季桓子故意試探孔子的學問，故意將「羊」說成「狗」。

103　墳羊：古謂土中所生之精怪。按：關於「墳羊」之典，古時紀載甚多，如《國語·魯語下》（作「羵羊」）、《史記·孔子世家》、《孔子家語·辨物》、《說苑·辨物》、《淮南子·氾論訓》均有紀載，至於「墳羊」究竟為何物，歷來解釋不一，或謂土精（較普遍說法，如《淮南子》注），或謂土神（曹魏·張揖《廣雅·釋天》：「土神謂之羵羊」），或謂兩土之精（紀昀《閱微草堂筆記》），甚或以為「雌雄不成者」為「羵羊」（《國語》韋昭注引唐固語）。

　　以余思之，孔子固曰墳羊，則當為墳中之土羊，而為陶器以前之物也。太古之時，牧羊為畜。羊之性馴，與人相處，故人愛之，範土為羊，以為玩好，或為宗教儀物，死而殉葬，藏之土缶，如後代之用明器[104]。孔子知之，故曰墳羊。而記者欲矜聖人之多識，遂以土之怪加之，又借木之怪，水之怪以為附會，而本真失矣。

　　我輩讀書稽古[105]，當具特識，方不為古人所欺。使此墳羊而發見於今日，以考古學、地質學、人類學、民俗學而研求之，必大有所得，復何至語怪也哉！

說在宥

　　自由之說，於今為烈。西譯之士以為解放，義反束縛。夫曰：「思想自由、言論自由、出版自由，則誠不為束縛，然猶未達於至善之域也。」連橫曰：「吾讀〈在宥〉一篇，而歎莊子之善言自由也。」

　　夫在宥之與自由，其音既近，其義較精。何也？在宥者，天則也；自由者，人為也。故曰：「聞在宥天下[106]，不聞治天下也。在之也者，恐天下之淫[107]其性也；宥之也者，恐天下之遷其德也[108]。天下不淫其性，不遷其德，有治天下者哉？」[109]

104　明器：即冥器。專為隨葬而製作的器物。

105　稽古：考古。

106　在宥天下：在，自在。一說是存，存而不論。宥，音「侑」，寬容。「在宥天下」意指任天下自在地發展，人和事物均各得其所而相安無事，亦即無為而治。

107　淫：過，超出。

108　遷其德：遷，改變。德，常態，指遵循於「道」的生活規律和處世的基本態度。

109　按：本段語出《莊子·在宥》。

　　烏乎！當周之季，異說蠭[110]起，擢德塞性[111]，**跂踦**[112]仁義，堅持刑法，簧鼓[113]兵爭，以爚亂[114]天下；而南華[115]乃獨揭在宥，普告眾生，以大慈大悲之心，具無為無名之道。莊子誠中國之自由神也哉！

墨子棄姓說

　　墨子為中國之聖人，而孟子獨以無父斥之，此固孟子之過言，不足以損墨子之人格，且足以顯墨子之精神。何以言之？墨子固言兼愛也。墨子之言曰：「聖人以治天下為事者也，必知亂之所自起，起不相愛。子自愛不愛父，故虧父以自利。弟自愛不愛兄，故虧兄以自利。臣自愛不愛君，故虧君以自利。此所謂亂也。雖父之不慈子，兄之不慈弟，君之不慈臣，此亦天下之所謂亂也。」（〈兼愛上〉）墨子之所謂父子、兄弟、君臣之道，非儒者之道乎？為儒者之道，而孟子斥之以無父，何也？曰：「墨子固行兼愛也。行兼愛故棄姓。」夫人之所以自私者，以其有己也。以其有祖宗子孫也。若棄姓，則視人之祖宗如己之祖宗，視人之子孫如己之子孫，是無私也，是天下之公也。為天下

---

[110] 蠭：同「蜂」。

[111] 擢德塞性：指矯擢道德、閉塞真性。擢，音「濁」，拔、提舉；塞，閉。

[112] 跂踦：跂，音「岐」或「機」；踦，音「決」。典出《莊子・天下》：「以跂踦為服。」清・郭慶藩《莊子集釋》引成玄英疏：「木曰跂，草曰踦也。」意謂木製或草編的鞋子。在此「跂踦仁義」以鞋屨論則於理不通。按：《雅堂文集》多書此意，惟或作「矯柔仁義」（〈鄭慧修女士傳〉），或作「矯詐仁義」（〈萬梅崦記〉），故疑此處「跂踦」或即「畸矯」之通叚，「畸」偏斜不正，「矯」矯飾偽詐，與上引「矯柔（矯揉）」、「矯詐」云云，於義相通。

[113] 簧鼓：用好聽的話蠱惑別人。《莊子・駢拇》：「使天下簧鼓，以奉不及之法。」

[114] 爚亂：炫惑擾亂。爚，音「越」，火光。《莊子・胠篋》：「彼曾、史、楊、墨、師曠、工倕、離朱，皆外立其德，而以爚亂天下者也，法之所無用也。」

[115] 南華：指莊子，六朝盛行清談，推崇老、莊，後於唐玄宗時追號「南華真人」，其所著《莊子》遂被稱為《南華真經》，而「南華」一名亦同時為莊子的代稱。

之公，而孟子斥之以無父，何也？曰：「墨子棄姓。棄姓則與儒者之道異。**成周**[116]之制，宗法大明，諸侯建國，大夫賜氏，男女辨姓，別親疏，明貴賤。姓氏之防，無相瀆[117]也。而墨子棄之，此孟子之所以斥為無父也。且墨子學於史角者也。史角為周之太史，有名無姓，則周史之在故籍者，若史任（武王之史）、史佚（成王之史）、史籀（宣王之史）、史魚（衛之史）、史墨（晉之史），亦皆有名無姓。何以言之？史者，天下之公器，故先棄其私而後可辨是非，以為當世法。」墨子誦百國之春秋，通天人之際，明治亂之原，其行卓絕，其學精微，其道堅苦，悍然為墨者之宗，且欲奪儒者之席，故孟子斥之。斥之而墨子兼愛之精義愈足以發揚於天下。

墨為學派說

墨子既棄姓矣，何以謂墨？曰：「墨為學派之號，而非姓氏之稱也。」何以言之？墨子固自言之。〈小取篇〉曰：「墨者有以此而非之，無也故焉。」[118]又曰：「墨者有以此而非之，無也故焉。」此兩墨者，則學派之號，而非姓氏之稱也。顧非獨墨子言之，而孟子亦言之。孟子為抨擊墨子之人，而曰：「墨者夷之[119]」，又曰：「墨者之治喪也。」（〈滕文公上〉）所謂墨者，則學派之號，而非姓氏之稱也。

---

116 成周：在今河南省洛陽縣東北，西周時的東都雒邑，周平王東遷後遂為國都，改名洛陽。

117 相瀆：輕慢、不敬。

118 〈小取篇〉原作：「世有彼而不自非也，墨者有此而罪非之，無也故焉。」原文無「以」字，「非」之前有「罪」字。按：孫詒讓《墨子閒詁》：「畢（沅）云：『據上無「罪」字。』蘇（時學）云：『「罪」字衍。即「而非」兩字之訛。』王（念孫、引之父子）說同。」按：『罪』疑當作『眾』，形近而訛。言墨者有此論，而眾共非之。似非衍文。」言墨者有此論，而眾共非之，無他故。

119 墨者夷之：朱熹《孟子集注》：「墨者，治墨翟之道者。夷，姓；之，名。」

　　且非獨孟子言之，莊子、荀子、韓非子、《呂氏春秋》亦言之。是四者，皆戰國之**通人**[120]以評論學術者也。莊子之言曰：「使後世之墨者多以**裘褐**[121]為衣，以跂蹻為服，日夜不休，以自苦為極，曰不能如此，非禹之道也，不足謂墨。相里勤[122]之弟子、五侯之徒，南方之墨者苦獲、己齒、鄧陵子之屬，俱誦墨經，而倍譎[123]不同，相謂別墨[124]。」（〈天下篇〉）所謂後世之墨、南方之墨，所謂別墨，皆學派之號，而非姓氏之稱也。

　　荀子之言曰：「故墨術誠行，則天下尚儉而彌貧，非攻而日爭，勞苦頓萃[125]而愈無功，愀然[126]憂戚，非樂而日不和。」（〈富國篇〉）所謂墨術，則學派之號，而非姓氏之稱也。

　　韓非子曰：「世之顯學，儒、墨也。儒之所至，孔丘也。墨之所至，墨翟也。自墨子之死也，有相里氏之墨，有相夫氏之墨，有鄧陵氏之墨。故孔、墨之後，儒分為八，墨離為三。」（〈顯學篇〉）所謂相里氏之墨、相夫氏之墨、鄧陵氏之墨，皆學派之號，而非姓氏之稱也。

　　《呂氏春秋》曰：「孟勝[127]為墨者鉅子[128]，善荊之陽城君，令守於國。荊王薨，群臣攻吳起於喪所，陽城君與焉，荊罪之。陽城君走，荊收其國。」孟勝曰：『受人之國而力不能禁，不能死，不可。』弟子徐弱諫曰：『死而有益陽城君，死之可也；無益也，而絕墨者於世，不可。』孟勝曰：『不然。吾於陽城君，非師則友也。非友則臣也。不死，

120　通人：學識淵博又能融會貫通且曉達事理的人。
121　裘褐：裘，獸皮；褐，粗布衣，裘褐意謂以獸皮粗布為衣。
122　相里勤：人名，郭象《莊子注》：「姓相里，名勤。」
123　倍譎：音「備絕」，相互分歧。
124　別墨：戰國時墨家各派均自命墨家的正支，視其他各派為「別墨」。
125　頓萃：亦作「頓瘁」、「頓悴」，困頓憔悴貌。
126　愀然：憂愁的樣子。
127　孟勝：東周末年的墨家鉅子。為守義，與 180 餘名弟子死於楚國陽城君（一說魯陽文君）的封地。
128　鉅子：墨家最高的領袖稱呼。

自今以來，求嚴師必不於墨者矣，求賢友必不於墨者矣，求良臣必不於墨者矣；死之，所以行墨者之義而繼其業者也。』」（〈上德篇〉）又曰：「腹䵍為墨者鉅子，其子殺人。秦惠王曰：『先生之年老矣，非有它子，寡人已令吏弗誅矣。』腹䵍對曰：『墨者之法，殺人者死，傷人者刑，此所以禁殺傷人也。王雖令吏弗誅，腹䵍不可不行墨子之道。』」（〈去私篇〉）所謂墨者鉅子，則為一家宗師，而黨徒遍秦、楚，且欲以所守之義、所立之法行之天下，以昌其教，則是所謂墨者，學派之號，而非姓氏之稱也（此外如《胡非子》[129]、《淮南子》、《史記‧太史公自序》、《漢書藝文志》尚多，不具引）。

然則墨子何以稱墨？《莊子‧天下篇》曰：「不侈於後世，不靡[130]於萬物，不暉[131]於數度[132]，以繩墨自矯[133]，而備世之急。古之道術有在於是者。墨翟、禽滑釐[134]聞其風而說之。墨子之稱墨，則以繩墨自矯而備世之急者也。」

七國之時，諸侯放恣，處士橫議，戰爭力役，民不聊生。而儒者章甫縫掖[135]，從容中禮，空談仁義，無所裨益。墨子非之，故其稱道曰：「昔者禹之湮洪水、決江河而通四夷九州也，名山三百，支川三千，小者無數，禹親自操橐耜[136]而九雜天下之川[137]，腓無胈[138]，脛無毛[139]，

---

[129] 《胡非子》：周‧胡非子撰。胡非子為墨子弟子，其書以記述形式寫成，應是胡非子弟子或再傳弟子所著。

[130] 不靡：指不浪費、不奢侈。

[131] 暉：照耀、輝映，在此指宣揚。

[132] 數度：猶制度、禮法。

[133] 繩墨：木工的工具，用來矯正木頭使其正直。繩墨自矯，意指隨時規範自己的行為與人格。

[134] 禽滑釐：春秋時期魏國人，傳說是墨子的首席弟子。禽滑釐曾是儒門弟子，學於子夏，自轉投墨子後，遂潛心墨學。

[135] 章甫縫掖：章甫，禮冠。縫掖，袖子寬大的衣服，兩者合舉，指儒者的服飾，或借指儒者或儒家學說。《幼學瓊林》卷二〈衣服類〉：「章甫縫掖，儒者衣服。」

[136] 橐耜：橐，應作「橐」（音「陀」），盛土器具；耜，鍤。

沐甚雨，櫛疾風[140]，置萬國。禹，大聖也，而形勞天下也如此。使後世之墨者多以裘褐為衣，以跂蹻為服，日夜不休，以自苦為極。曰：『不能如此，非禹之道也，不足謂墨。』」(〈天下篇〉) 夫墨子抱救世之志，涵仁赴義，屏斥禮文，裘褐為衣，跂蹻為服，日夜不休，勞苦為極，則墨子衣服之用墨可知矣。《呂氏春秋・貴因篇》曰：「墨子見荊王，錦衣吹笙，因也。」夫墨子尚儉，何以錦衣？墨子非樂，何以吹笙？蓋欲見荊王而說之以大道，故因於一時耳。是則墨子平日衣服之用墨可知矣。且墨子尊天明鬼，蔚為教宗，比如異域佛教比丘之緇衣[141]，景教[142]修士之黑服，抱樸守真，剋苦勵志；使人憂，使人悲，固以墨為尚也。〈貴義篇〉曰：「子墨子北之齊，遇日者。日者曰：『帝以今日殺黑龍於北方，而先生之色黑，不可以北。』子墨子不聽，遂北至淄水，不遂而返焉。」是則墨子之稱墨，不惟衣服之墨，而容貌亦墨焉。墨子，聖人也，救世為急，僕僕風塵，將使後世之墨者必自苦，以腓無胈、脛無毛相進而已矣。是故莊周論之曰：「墨子真天下之好也，將求之不得也，雖枯槁不舍也，才士也夫！」[143] 余之論墨，審其意志（繩墨自矯），考其衣服（裘褐為衣），察其容貌（先生之色黑），則墨為學派而非姓氏也，彰彰明矣。然則墨子之棄姓為實行兼憂故，實行兼愛則以捐天下之私利、求人類之幸福，宜其為一世之宗，歷二千二百餘年而道將顯也。

137　雜：亦作「鳩」，聚合；雜，匯集。
138　腓無胈：腓，音「肥」，腿肚。胈，音「拔」，大腿上的細毛。
139　脛無毛：小腿無毛，形容奔走辛勞之甚。
140　按：原文作「櫛甚疾風」，誤。〈天下篇〉作「沐甚雨，櫛疾風」，以雨沐浴，以風梳髮，比喻不避風雨，奔波勞碌。
141　緇衣：黑衣。
142　景教：天主教奈斯托里（Nestorian）派，唐太宗時，由波斯傳入中國，到武宗時與佛教同時被禁，遂不振。
143　按：本段出自《莊子・天下》。

爾雅歲陽月陽考

　　《爾雅》為中國最古之辭典，相傳周公所作，或保民以教國子；其書具在，學者寶之。史稱**大撓**[144]作甲子[145]以紀歲時。大撓為黃帝之臣。甲子之用，至今不替。而《爾雅》有歲陽[146]、月陽[147]之名。謂太歲在甲曰閼逢[148]，在乙曰旃蒙[149]。又曰正月為陬[150]，二月為如。郭璞以來，無有註者。竊以歲陽、月陽之名，當為外來之語。成周之時，文化廣被，四裔[151]交通，故設象鞮[152]以譯其言。若以音調而論，則又

---

[144] 大撓：傳說為黃帝史官，黃帝令大撓氏探察天地，而創天干地支來表示年、月、日時序。《呂氏春秋·尊師》：「皇帝師大撓。」高誘注：「大撓作甲子。」

[145] 甲子：以天干和地支按順序相配，從「甲子」起，到「癸亥」止，滿六十為一周，稱為「六十甲子」。

[146] 歲陽：亦稱「歲雄」。古代以干支紀年，十干曰：「歲陽」。按：徐朝華《爾雅校注》：「我國很早就測得歲星（木星）約十二年運行一週天，於是把歲星運行的軌道分為十二區域，稱為十二次。歲星由西向東運行，每行經一個星次就是一年。因而用『歲在 XX』來紀年，稱歲星紀年法。歲星運行的方向和人們所熟悉的十二辰（沿天赤道從東向西將周天劃分為十二等分，配以子丑寅卯等十二地支）相反，為了和十二辰一致，古人便假想出『太歲』這個假歲星，與真歲星背道而馳，而與十二辰的方向順序一致，由東向西每年行經一個星次。用太歲每年所在的辰來紀年，稱為太歲紀年法，也稱『歲陰』、『太陰』。大約在西漢時，曆法家又用太歲每年所在的位置與十天干依次相配來紀年，稱為『歲陽』，以和『歲陰』相對。」（臺北：建宏書局，2002 年版，頁 209）。

[147] 月陽：亦稱「月雌」。農曆以十二地支紀月的別名，地屬陰，故名。

[148] 閼逢：為《爾雅·釋天》所載的通用寫法。在歲星紀年中，對甲、乙、丙、丁、戊、己、庚、辛、壬、癸十個年給以專名，依次為：閼逢、旃蒙、柔兆、強圉、著雍、屠維、上章、重光、玄黓、昭陽。

[149] 按：原文作「旌蒙」，誤，應作「旃」，音「詹」。旃蒙，十干中乙的別稱。古代用以紀年。

[150] 陬：音「鄒」。《爾雅注疏》卷六〈釋天〉：「正月為陬。二月為如。三月為病。四月為余。五月為皋。六月為且。七月為相。八月為壯。九月為玄。十月為陽。十一月為辜。十二月為塗。月名。」

[151] 四裔：指四方邊遠之地。

當為楚語。何也？歲陽、月陽之名，詩書三傳不載，而〈離騷〉用之，是必楚之方言也。楚為南方大國，僻在荊蠻，聲名文物，不同華夏；故《孟子》有齊語、楚語之分。〈離騷〉為楚國文學之代表，而多用方言；如荃[153]之為君，羌[154]之為爰，些之為兮，則其異也。《左傳》載楚人謂虎曰於菟[155]，乳曰谷[156]。使非左氏之言，則鬭谷於菟[157]之名，至今亦不能解。且以言調而論，中土名辭多用一字，間有二字，未有用三字者。故此必為外來之語，尤為外來之楚語。以見周代交通之廣，而南北兩大民族之接觸，融和滋長，遂生**璀璨陸離**[158]之文學，亦可喜也。茲將歲陽、月陽列後，以考其異。

歲陽

甲	閼逢[159]	乙	旃蒙[160]	丙	柔兆[161]	丁	強圉[162]
戊	著雍[163]	己	屠維[164]	庚	上章[165]	辛	重光[166]

---

152 象鞮：掌傳譯之職官。《禮記·王制》：「五方之民，言語不通，嗜欲不同。達其志，通其欲，東方曰寄，南方曰象，西方曰狄鞮，北方曰譯。」鞮，音「低」。

153 荃：一種香草。《玉篇·艸部》：「荃，香草也。」

154 羌：羌之古字。文言助詞，用在句首，無義。

155 於菟：春秋時楚人稱虎為「於菟」（音「屋圖」）。《左傳·宣公四年》：「楚人謂乳谷，謂虎於菟」。

156 按：《欽定四庫全書》作「穀」。下同。

157 鬭谷於菟：人名。羋姓，鬭氏，名谷於菟，字子文，春秋時楚國令尹。

158 璀璨：光芒四射。陸離：光彩絢麗貌。

159 閼逢：音「惡朋」，亦作「閼蓬」，《淮南子·天文訓》：「寅，在甲曰閼蓬。」（按：指歲陽攝提格隨著斗柄指向寅時，太歲在甲就叫閼蓬。以下仿此訓解。）高誘注：「言萬物鋒芒欲出，擁遏未通，故曰閼逢也。」

160 旃蒙：音「詹萌」，《淮南子·天文訓》：「卯，在乙曰旃蒙。」高誘注：「言萬物遏蒙甲而出也。」

161 柔兆：《淮南子·天文訓》：「辰，在丙曰柔兆。」高誘注：「言萬物皆生枝布葉，故曰柔兆也。」

162 強圉：《淮南子·天文訓》：「巳，在丁曰強圉。」高誘注：「言萬物剛強，故曰強圉也。」圉，音「雨」。

壬　玄黓[167]　癸　昭陽[168]

歲名

寅　攝提格[169]　　卯　單閼[170]　　辰　執徐[171]　　巳　大荒落[172]

午　敦牂[173]　未　協洽[174]　　申　涒灘[175]　　酉　作噩[176]

戌　閹茂[177]　亥　大淵獻[178]　子　困敦[179]　　丑　赤奮若[180]

163　著雍：《淮南子・天文訓》：「午，在戊曰著雍。」高誘注：「言位在中央，萬物繁養四方，故曰著雍。」著，音「卓」。

164　屠維：《淮南子・天文訓》：「未，在巳曰屠維。」高誘注：「言萬物各成其性，故曰屠維。屠，別；維，離也。」

165　上章：《淮南子・天文訓》：「申，在庚曰上章。」高誘注：「陰氣上升，萬物畢生，故曰上章也。」

166　重光：《淮南子・天文訓》：「酉，在辛曰重光。」高誘注：「言萬物就熟，成其煌煌，故曰重光也。」重，音「崇」。

167　玄黓：亦作「元黓」，《淮南子・天文訓》：「戌，在壬曰元黓。」高誘注：「言歲終，包任萬物。」黓，音「弋」。

168　昭陽：《淮南子・天文訓》：「子，在癸曰昭陽。」高誘注：「陽氣始萌，萬物合生，故曰昭陽。」

169　攝提格：《史記・天官書》張守節《正義》引孔文祥曰：「以歲在寅正月出東方，為眾星之紀，以攝提宿，故曰攝提。以其為歲月之首，起於孟陬，故云格。正也。」

170　單閼：音「丹餓」，《史記・天官書》張守節《正義》引李巡曰：「陽氣推萬物而起，故曰單閼。單，盡也。閼，止也。」

171　執徐：《史記・天官書》張守節《正義》引李巡曰：「伏蟄之物皆敷舒而出，故云執徐也。」

172　大荒落：《爾雅》郝懿行《義疏》引李巡曰：「言萬物皆藏茂而大出，霍然落落，故曰荒落。」

173　敦牂：《史記・天官書》張守節《正義》：「敦，盛也，牂，壯也。言萬物壯盛也。」牂，音「臧」。

174　協洽：《爾雅》郝懿行《義疏》引李巡曰：「言陰陽化生，萬物和合。協，和也。洽，合也。」

175　涒灘：音「吞貪」，《史記・天官書》張守節《正義》：「萬物吐秀傾垂之貌也。」

176　作噩：或作「作鄂」，《淮南子・天文訓》高誘注：「噩，落也。萬物皆哆落。」

月陽

甲 畢　　乙 橘　　丙 脩　　丁 圉

戊 厲　　己 則　　庚 窒　　辛 塞

壬 終　　癸 極

月名

正 陬　　二 如　　三 寎[181]　　四 余

五 皋　　六 且　　七 相　　　八 壯

九 玄　　十 陽　　十一 辜　　十二 涂

中國玉器時代考

　　人文之始，肇於石器，遞為銅器，復遞為鐵器；進化之跡，可以類推。余謂中華民族之進化，石器、銅器之間尚有玉器，可稱玉器時代。則中華民族之建宅諸夏，亦當在此時代。

　　夫中華民族原居西方，在崑崙[182]之北。崑崙者，產玉之名山也。故《爾雅》曰：「西北之美者，有崑崙之璆琳琅玕[183]。」是中華民族既居產玉之地，磨礱[184]雕琢，以為信瑞[185]。東遷以來，猶沿其習，世守

177　閹茂：《史記·天官書》張守節《正義》引李巡曰：「言萬物皆蔽冒，故曰閹茂。閹，蔽也。茂，冒也。」閹，音「煙」。

178　大淵獻：《爾雅》郝懿行《義疏》引李巡曰：「言萬物落於亥，大小深藏，屈近陽，故曰淵獻。淵，藏也。獻，近也。」

179　困敦：《史記·天官書》張守節《正義》引孫炎曰：「困敦，混沌也。言萬物初萌，混沌於黃泉之下也。」

180　赤奮若：《史記·天官書》張守節《正義》引李巡曰：「陽氣奮迅萬物而起，無不若其性，故曰赤奮若。赤，陽也。奮，迅也。若，順也。」

181　寎：音「並」，農曆三月的別稱。《說文解字》：「寎，臥驚病也。」

182　崑崙：在新疆西藏之間，西接帕米爾高原，東延入青海境內。

183　璆琳：音「球林」，美玉。琅玕音「郎干」，圓潤如珠的美玉。

184　磨礱：磨治。礱，音「龍」，磨的意思。

故物，珍為宏寶。《易·繫傳》曰：「河出圖，洛出書，聖人則之。」河圖洛書者，古之玉器，中遭洪水流入河洛，至是而出，非果有龍馬之瑞也。《書·堯典》曰〈輯五瑞〉，註：「公侯伯子男所執以為信瑞也。」《周禮·大宗伯》：「以玉作六瑞[186]，以等邦國，王執鎮圭[187]，公執桓圭[188]，侯執信圭，伯執躬圭[189]，子執穀璧，男執蒲璧[190]。」又曰：「以玉作六器[191]，以禮天地四方；以蒼璧禮天，以黃琮禮地，以青圭禮東方，以赤璋禮南方，以白琥禮西方，以玄璜禮北方。」是古者朝覲、祭祀，厥用維玉。至周猶然。封泰山、禪梁父者七十有二代，瘞[192]玉告功。至漢猶然。然則中國之用玉也久矣，而為用亦宏。是故軍旅之器（玉斧、玉鉞[193]之類）、喪葬之器（含玉[194]、瑁玉[195]之類）、觀察之

---

185 信瑞：用作信物的瑞玉。
186 六瑞：瑞有六種，形狀有二，一種是圭，是以尺寸分高低，王所執的十二寸，名鎮圭；公所執的九寸，名桓圭；侯所執的七寸，名信圭；伯所執的五寸，叫躬圭。另外一種是璧，不以尺寸分，而以紋飾分：子爵所執是穀紋，男爵是用蒲紋。
187 作者註：長尺有二寸。
188 作者註：長九寸。
189 作者註：皆長七寸。
190 作者註：皆徑五寸。
191 六器：六種祭天、地、四方的禮器。「蒼」、「黃」等字，是玉的顏色；「璧」、「琮」等字是禮器的名稱。璧是圓形板狀體、中有圓孔；琮是方形柱狀體，中間也有圓孔。古有「天圓地方」之說，所以用璧祭天，用琮祭地。禮四方之器，則是根據五行之說而來；東方之神是青龍，用青玉做一個似龍之圭來祭；南方之神是朱雀，用赤玉（瑪瑙）做的璋來祭，因為璋的首有些像鳥頭；北方之神是玄武，玄武神是烏龜，所以用一塊像龜殼的璜來祭；西方之神是白虎，用白玉做成虎形的琥來祭，這是六器中惟一瑪動物形的祭器。
192 瘞：音「亦」，埋。
193 玉鉞：武器名。形制似斧而較大，通常以金屬製成，多用作禮仗，以象徵帝王的權威，也用為刑具。鉞同「戉」。
194 含玉：舊時人死後，讓死者將玉含在口中，稱為「含玉」。《周禮·天官·玉府》：「大喪共含玉。」
195 瑁玉：天子所執的玉，用以合諸侯的圭，覆於圭上，故諢稱為瑁。

器（**璿璣**[196]、**玉衡**[197]之類）、符璽之器（琬琰[198]、苕華[199]之類）、飲宴之器（玉斝[200]、玉杯之類）、服飾之器（環玦[201]之類），靡不用玉，貴為國寶。至今猶然。故欲研究中國太古文明，當就玉器而考之。蓋自東遷之際，已非石器之人。而中國之有石器，必為三苗[202]、淮夷[203]、萊夷[204]之遺，而不可以例華族。

支那考一

甲午以後，日本人之稱中國，輒言「支那」。華人聞者以為輕蔑。顧「支那」二字出於佛典，或作「支那」，或作「指難」，皆梵語也，音有緩急。《華嚴》翻為「漢地」，而《婆沙論》[205]中譯有二義：一者「指那」，此言文物國；一者「指難」，此言邊鄙。《大唐西域記》譯「摩訶支那」為「大漢國」，則以中西交通始於漢時，猶漢書之稱「羅馬」為「大秦」也。「支那」二字又作「震旦」。《唐書·西域傳》：貞觀十五年（641），太宗降璽書慰問天竺國王尸羅逸多[206]。王問國人曰：「自

---

[196] 璿璣：音「玄機」，古時測天文的儀器。《書經·舜典》：「在璿璣玉衡，以齊七政。」或作「旋璣」、「璿機」。

[197] 玉衡：古時飾有玉石用來觀測天文的器具。

[198] 琬琰：音「晚演」，琬圭及琰圭。泛指美玉。

[199] 按：原文作「苕莘」，誤，應為苕華。苕華，美玉名。《竹書紀年》卷上：「癸命扁伐山民，山民進女於桀二人，曰琬曰琰。後愛二人。女無子焉，斲其名于苕華之玉，苕是琬，華是琰。」後以指德容美好的女子。

[200] 玉斝：古代酒器。形狀像爵而較大，有三足、兩柱，圓口，平底。盛行於商代。如「獸面紋斝」。斝，音「甲」。

[201] 環玦：玉環和玉玦，並為佩玉。

[202] 三苗：黃帝至堯舜禹時的外族名，又名「苗民」、「有苗」。梁啟超以為三苗之「苗」，即蠻，係一音之轉，堯舜時稱三苗，春秋時稱蠻。

[203] 淮夷：周代淮水南北近海的夷人。

[204] 萊夷：古國名。殷周時分佈在今山東半島東北部，魯襄公六年為齊所滅。

[205] 《婆沙論》：即《阿毗達磨大毗婆沙論》，簡稱《大毗婆沙論》，佛滅後四百年初，五百羅漢，由犍陀羅國迦膩色迦王之請，廣解釋《發智身論》者，為說一切有部的最高論書。

[206] 尸羅逸多：即印度戒日王。

古曾有摩訶震旦[207]使人至我國乎？」皆曰：「未有」。乃膜拜而受詔書。「震旦」或作「真丹」，或作「旃丹」。「摩訶」梵語，譯言「大」。或曰「震旦」為日出之義，以中國在其東方。「摩訶震旦」猶言「大東」也。

支那考二

　　吾前撰佛教東來考，以為中、印交通遠在西周以前，蓋當釋尊之時。《華嚴經》中已有「真旦」之名，「真旦」即「震旦」，或作「支那」，此言文物之邦。是「真旦」之名久傳天竺，非由「秦」字而轉音也。

　　蘇曼殊[208]，奇僧也，湛深國學，曾居印度習梵文。其〈答瑪德利馬溯處士書〉云（見《南社叢選》卷三）：「嘗聞天竺遺老之言曰：『粵昔民間耕種，惟恃血指[209]。後見中夏人將來犁耜之屬，民咸駭歎，始知效法。從此命中夏人曰「支那」，華言巧黠也。』是名亦見《摩訶婆羅多族大戰經》[210]。」按《摩訶婆羅多族大戰經》為長篇敘事詩，作

---

[207] 摩訶震旦：古代印度人對中國的尊稱。摩訶，猶言大。唐・玄奘（602-664）《大唐西域記・羯若鞠闍國》：「當此東北數萬餘里，印度所謂摩訶至那國是也。」摩訶至那，即摩訶震旦。

[208] 蘇曼殊（1884-1918）：本名子谷，法號曼殊，又號元瑛，廣東香山人。其母為日本人，在家族中備受歧視。留日期間醉心佛理，返香港時即剃度出家；一生曾幾次出家，但情緒反覆多變，不能真正看破紅塵。他有時身披袈裟，誦經念佛；有時又與多情少女發生轟轟烈烈的戀情。後在上海更自暴自棄，出入青樓妓院，暴飲暴食，最終得了胃病。曼殊通曉日文、英文、梵文等，翻譯有《拜倫詩選》和《悲慘世界》。著有《斷鴻零雁記》、《絳紗記》、《焚劍記》、《碎簪記》、《非夢記》等，唯《天涯紅淚記》未完成，後人編成《曼殊全集》（共 5 卷）。現存詩約有 100 首。

[209] 惟恃血指：謂只能憑藉手指耙土，因土堅而血流於手。按：唐・韓愈〈祭柳子厚文〉：「不善為斲，血指汗顏」，意謂因不善其事（砍斲）而手指出血，臉上冒汗。

[210] 《摩訶婆羅多族大戰經》：又稱婆羅多書、大戰詩，世界最長之史詩。「摩訶婆羅多」，梵名，意指偉大的婆羅多王後裔。其內容為婆羅多族之後裔

於震旦商時，此土向無譯本，唯華嚴經偶述其名。是在商時，天竺已言「支那」，且見其人而用其器。則吾謂中、印交通遠在西周以前，當非鑿空[211]。因舉曼殊之言以實吾說。

佛教東來考

臺灣佛教，傳自中國，而中國始於漢明之世。史稱明帝曾感金人入夢，以問群臣，通人傅毅奏曰：「臣聞西方有聖人，其名為佛。」乃遣中郎將蔡愔、博士王遵等十八人如西域求佛教。至月支國，遇迦葉摩騰、竺法蘭二師，得佛像梵經，載以白馬，永平十年（67）至洛陽。帝大喜，建白馬寺居之，是為漢地佛寺之始。騰、蘭奉敕共譯《四十二章經》，是為漢地佛經之始。

夫佛教東來，非始漢明，諸書所載，約有數說。第一，秦始皇時，沙門室利防等十八人齎[212]佛經來化，帝以其異俗，囚之，夜有金人破戶而出（朱士行《經錄》）。第二，漢元狩[213]中，霍去病伐匈奴，過焉支山，得休屠王祭天金人以歸，帝置之甘泉宮（《漢武故事》）。第三，武帝穿昆明池，見有灰，問東方朔。朔曰：「請詢之胡僧。」對曰：「劫灰」[214]（《拾遺記》）。第四，劉向校書天祿閣[215]，往往見有佛經。又考自古得仙者百四十六人，其中七十四人已見佛經（劉向《列仙傳·序》）。第五，漢哀帝之元壽[216]元年（B.C. 2），博士景憲等使月支國，口受《浮

德雷陀什陀與龐都兩王族為爭奪王位，展開十八日之戰爭。其年代雖不明確，然其戰爭史實則無庸置疑。

211 鑿空：憑空，虛構之謂。

212 齎：音「機」，拿、持。

213 元狩：漢武帝的第四個年號，西元前 122 年至前 117 年。

214 劫灰：劫火燒剩的灰燼。古印度人認為世界將毀壞時，劫火出現，燒毀一切，世界都成灰燼。

215 天祿閣：西漢宮中的藏書閣。漢高祖時創建，劉向、劉歆、揚雄曾在此校書。

216 按：原文漏「元」字，逕改之。元壽，為哀帝第三個年號。

屠經》[217]（《魏略‧西戎傳》）。此外尚有可徵。是佛教東來已在東漢之前。唯明帝建寺、譯經，又繪佛像於西陽城[218]及顯節陵[219]上，以示百姓，故以為始爾。

余閱日人著書，謂日本祀藥師如來，係由徐福傳入。此書偶忘其名，而為近時雜誌所引。夫徐福為秦時博士，始皇命之求仙，因至日本。是秦時已有藥師如來，則佛教東來，當在春秋之季。故或以列子[220]「西方化人」一語為指釋迦牟尼。

考釋迦降誕之說，傳述不一。摩騰[221]對漢明帝，謂生周昭王二十四年甲寅（B.C. 972）[222]，卒周穆王五十二年壬申（B.C. 925）。《周書異記》[223]亦謂：「周昭王二十四年甲寅四月八日有光來照殿前，王問太史蘇由，對曰：『西方當有大聖人生，後一千年，教流此土。』」然昭王在位十九年[224]，無甲寅。或以為桓王[225]乙丑（B.C.716）（《什法師年紀》），或以為莊王甲午（B.C.687）（《開皇三寶錄》）。異說紛紜，莫衷一是。唐貞觀三年（627），敕刑部尚書劉德威等與沙門法琳詳覈[226]年

---

[217] 據史料記載，最早傳入中國的佛經名為《浮屠經》。「浮屠」，梵文 Buddha 的音譯，後世亦譯作「佛陀」，所謂《浮屠經》即《佛經》。

[218] 西陽城：位於河南洛陽。

[219] 顯節陵：漢明帝顯節陵，位於河南省洛陽市邙山以南，俗稱「大漢塚」。

[220] 列禦寇（B.C.450-B.C.375）：或稱列圄寇，春秋鄭國人，道家學派的先驅者，人稱列子，主張貴虛，順從自然，達到無用之用的境界。

[221] 摩騰：迦葉摩騰（生卒年不詳），又譯攝摩騰、竺攝摩騰、竺葉摩騰等。中天竺人，印度佛教高僧，相傳於後漢永平十年（67）應漢明帝遣使相請，與竺法蘭至洛陽白馬寺譯出《四十二章經》。

[222] 按：若以周昭王十九年（B.C. 977）推算，為 B.C. 972。

[223] 《周書異記》：戰國時人編集古代文獻而成，10 卷，並序為 71 篇，為周代的史記。記載上古至周的一些傳說事蹟。或稱為「周書」、「汲塚周書」、「逸周書」。

[224] 按：周昭王為西周第五代國君，B.C. 995-977 在位。父為康王，子為穆王。

[225] 按：周桓王為東周第二代國君，B.C. 719-697 在位。父為平王，子為莊王。

[226] 覈：音「核」，查核、檢驗。

代，乃定為昭王丙寅出世，穆王壬申示寂[227]。然則摩騰所謂二十四年甲寅者，當為十四年丙寅，而傳寫之譌[228]爾。列子為魯穆公時人（《柳宗元集·辨列子》），距佛成道約四百年。於時健馱羅國王迦膩色迦深信佛法，專崇弘布，或於其時佛教已入震旦，而列子曾聞之歟？列子之學，雖紹老子，而虛無之論，每同佛經。且其書好言西方，如黃帝之夢華胥[229]，穆王之游崑崙，實有其事，非寓言也。蓋當釋迦之時，震旦貿易已至天竺。於何徵之？徵之《楞嚴經》[230]。經云：「若諸比丘不服東方絲綿絹布。」所謂「東方」，當指震旦。何以故？震旦為蠶桑之國，廣被眾生，至今尚盛。故當西周之際，東西賈人已相往來，固不俟張騫鑿空[231]而始知有身毒[232]也。

夫我民族原居華胥[233]，為今帕米爾之地。黃帝入處中土，戡定群苗，肇造大國，故仍以華為族號。唐堯之時，洪水氾濫，其途稍塞。然至周穆，猶駕八駿[234]之車，登崑崙之上，見西王母，賦詩酬酢，周知東西交通，非自漢始，佛教之來，亦已遼遠。《列子》載孔子曰：「西方之人有聖者焉，不治而不亂，不言而自信，不化而自行，蕩蕩乎民

---

227 示寂：佛教稱佛、菩薩、高僧死亡。寂，即圓寂。
228 譌：「訛」的異體字。
229 夢華胥：指一場幻夢。《列子·黃帝》：「（黃帝）晝寢而夢，游于華胥氏之國。華胥氏之國在弇州之西，台州之北，不知斯齊國幾千萬里；蓋非舟車足力之所及，神遊而已。」
230 《楞嚴經》：佛教典籍。《大佛頂如來密因修證了義諸菩薩萬行首楞嚴經》的簡稱，十卷，屬於如來藏系的著作，主張一切現象都是心的顯現，心是清淨妙體，眾生由於不知心的淨妙，不悟現象非真而流轉生死，當修禪定而證悟解脫。本經從宋代以來漸趨重要，常作為教理的主要依據。近代因學者疑為唐人自撰，非般剌蜜帝所譯，故地位漸趨沒落。
231 鑿空：開通道路。《史記·大宛陳列傳》：「於是西北國始通於漢矣，然張騫鑿空。」
232 身毒：印度的古譯名之一。
233 華胥：古代神話中無為而治的理想國家。
234 八駿：指周穆王的八匹良馬。相傳周穆王曾馳八駿馬往謁西王母。

無能名焉。」（〈仲尼篇〉）夫周之西方，實維犬戎[235]。犬戎非禮義之國，安有聖人？其時天竺佛教方興，聲名文物，光被四海，故列子聞而稱之，且引孔子之言讚之，然則佛教之來已在孔子之上。《列子》書曰：「穆王時，西極之國有化人來，入水火，反山川，千變萬化，不可窮極，穆王敬之若神，臨終南之上，築通天之臺，其高千仞。」天人感通，傳以化人為文殊菩薩。穆王之第二子於沁水北山石窟（今山西上黨）造迦葉[236]佛像。王又於鼓山迦葉佛舊寺重建竹林寺，請五百羅漢居之（是書為唐時神僧所紀）。而《文殊泥洹經》謂佛滅度後，文殊至雪山為五百仙人說法。雪山即蔥嶺，蜿蜒東走，而至終南。然則列子之言，證以劉向所說，其事驗矣。秦政焚書，佛經亦亡，而震旦有塔，則載於《阿育王傳》。震旦者，中國也，或作真旦，或作支那，此言文物之邦。《華嚴經・菩薩住處品》云：「真旦國土有菩薩住處，名那羅延山，過去諸佛常於中住。」是釋迦之時，心王[237]菩薩已知震旦，則東西交通且遠在西周以前，惜乎史書不載，遂茫昧而難稽耳。悲夫！

東西科學考證（講演稿）

不佞[238]今夜所欲言者，為東西科學之考證。

235　犬戎：西戎的一支。多分佈於今陝西涇渭流域一帶，為周朝西邊強大的外患，幽王時攻陷鎬京，西周因而滅亡。亦稱為「昆夷」、「混夷」、「畎夷」。

236　迦葉：音「加社」，梵名 Mahākāśyapa，全名大迦葉、摩訶迦葉，為佛陀十大弟子之一。生於王舍城近郊之婆羅門家。於佛成道後第三年為佛弟子，八日後即證入阿羅漢境地，為佛陀弟子中最無執著之念者。人格清廉，深受佛陀信賴；於佛弟子中曾受佛陀分予半座。佛陀入滅後，成為教團之統率者，於王舍城召集第一次經典結集。禪宗以其為佛弟子中修無執著行之第一人，特尊為頭陀第一；又以「拈花微笑」之故事，至今傳誦不絕。（《佛光大辭典》，頁 3969）

237　心王：緣外境的精神主體，為慮知的根本，也是識的自性，此心王含有八種識，即眼、耳、鼻、舌、身、意、末那、阿賴耶等識。

238　不佞：不才，作者自謙之詞。佞，音「濘」。

　　夫世界有兩大文明：一曰東洋文明，一曰西洋文明。近時人士，或以東洋文明為精神的，西洋文明為物質的；鄙意不然，精神之外亦有物質，物質之外亦有精神。不過東洋較重精神而輕物質，西洋則較重物質而輕精神。此固社會歷史之趨勢，有不期然而然者。東洋學說以孔子為宗，而孔子以正心、修身、齊家、治國、平天下為主義，不言物質。老子之無為，莊子之自然，墨子之節儉，對於物質且排斥之。而西洋為個人主義，是以羅梭[239]之自由，邊沁之功利[240]，康德之幸福[241]，斯賓塞[242]之優勝劣敗，多趨重物質。此其所以異也。夫西洋物質之發達，至今盛矣。所以者何？則以科學之進步，而致用益大。夫東洋非無科學。吾以中國舊籍所載者摘其一二以供研究，亦可為今日之考證歟。

---

[239] 羅梭：今譯盧梭（Jean-Jacques Rousseau, 1712-1778），其《社會契約論》（Du Contrat Social）〈第一卷〉的開卷「題旨」寫道：「人是生而自由的，但卻無往不在枷鎖之中。自以為是其他一切的主人的人，反而比其他一切更是奴隸。」何兆武譯，北京：商務印書館，2003 年修訂第三版，頁 4）。

[240] 傑里米‧邊沁（Jeremy Bentham, 1748-1832），英國哲學家、經濟學家、法學家、社會學者及功利主義者。其「功利主義」（Utilitarianism）略謂：人皆追求快樂避免痛苦，此係天性的自然慾望，故凡能增加快樂減少痛苦的便是好的，就是善；反之，便是不善，也就是惡，所以，政治的行為的標準在求「最大多數人的最大量的樂」。

[241] 伊曼努爾‧康德（Immanuel Kant, 1724-1804）德國哲學家，古典主義哲學創始人，他被認為是對現代歐洲最具影響力的思想家之一。康德對於「幸福」曾有如下說法：「道德幸福是長期持續不退卻地向著善作堅定的前進，有若一習慣般實在」；「幸福是世間理性存有者生活的一切皆順利如意的情況」；「幸福是一個存有者能活著及擁有其福祉」；「道德幸福是向善前進的意識」；「幸福是擁有權力、財富、榮譽、健康的完全福祉，並對自己這些狀況感到滿意」；「物質幸福是長久地對自己物質處境的滿足」（轉引自劉宇光〈康得倫理學的「幸福」（Glückseligkeit）概念〉收入《哲學門》〔北京大學哲學系編，北京大學出版社〕總第 18 輯）。按：連橫所謂「康德之幸福……多趨重物質」云云，主要指上述後兩項定義。

[242] 赫伯特‧斯賓塞（Herbert Spencer, 1820-1903），英國哲學家，將達爾文主義「適者生存論」引入社會學中，故有「社會達爾文主義之父」之稱。

　　中國科學之最早發明者，莫如天文。自大撓作甲子後，而羲和[243]以定四時。《堯典》曰：「在璿璣玉衡，以齊七政。」孔註：「在，察也。璣正天文之器。璣為轉運，衡為橫簫。璣徑八尺，圓週二尺五寸而強。衡長八尺，孔徑一寸。下端望之，以占星辰吉凶之象。七政者，日月星辰也。」夫《堯典》為四千年前之書，是四千年前之人已能以儀器而測天象；及漢張衡更作渾天儀，以象天體，而天文之學以著。地球與金、火、水、木、土、天王、海王為太陽系之八大行星。以我輩眼光觀之，則太陽實大。然太陽光線射至地面，僅逾七分；而他星光線，或須數時，或須數日，或須數年，或須數十百年。距地愈遠，則其至也愈久。蓋太陽雖大，尚為他星之系星，而他星又為他星之系星，森羅萬象，以至無窮，而最巨者為北辰[244]。《論語》曰：「譬如北辰，居其所而眾星拱之」。誠哉北辰之巨，而我輩遂不見旋轉爾。《淮南子》[245]曰：「日中有踆烏[246]」。註者不知，以「烏」為「鳥」，遂以「金烏」、「玉兔」為形容日月之辭；謬說相承，聞之可笑。夫烏，黑色也。日中有烏，謂日中有黑點也。夫日中何以有黑點？近代西洋學者覃[247]精考究，立說紛紜。英人侯失勒[248]乃斷之曰：「太陽全體神態，非人間一切諸電諸火所可方擬；一也。金氣騰上，化為光輪，苞舉全體，烜赫[249]照耀；二也。日球中衡左右，若地員[250]之赤道溫帶，常有大力斡旋，以成羊

---

[243]　羲和：唐虞時掌曆法之官羲氏、和氏。

[244]　北辰：北極星。

[245]　《淮南子》：西漢淮南王劉安所撰，二十一卷，漢代高誘、許慎等都曾為之作注，現今所傳的只有高誘的注本。其書原分內外篇，今僅存內篇，內容多歸道家思想，亦雜糅先秦各家的學說。

[246]　踆烏：古代傳說有三足烏居於太陽中。《淮南子・精神訓》：「日中有踆烏而月中有蟾蜍。」高誘注：「踆，猶蹲也。謂三足烏。」後因以「踆烏」借指太陽。

[247]　覃：音「潭」，深也。

[248]　威廉侯失勒（William Herschel, 1738-1812），英國天文學者，以發現天王星著稱於世。

[249]　烜赫：盛大，顯著。

[250]　地員，即地圓。員、圓，形近通叚。

角[251]颶母[252]之屬;三也。當回旋處中心成虛,壓力外捹[253],質點[254]外吸,以其輕虛,熱度驟減,氣質凝冱[255],遂能隔光;四也。以此四理,黑點情形庶幾論定。然當二千年前,尚無望遠鏡,而《淮南子》已能言之,豈非奇異!

　　地員之說,倡於法人歌白尼[256]。及哥倫布發見美洲,其說益信。然《大戴禮》[257]載曾子[258]曰:「如誠天圓而地方,則是四角之不掩也。」《周髀算經》[259]註:「地旁沱四隤[260],形如覆槃[261]。」豈非地員之說乎?《書考靈曜》曰:「地恒動不止,而人不知。」《春秋元命苞》[262]曰:「地右轉以迎天。」《河圖括地象》[263]曰:「地右動起於畢[264]。」豈非地員

251　羊角:旋風。

252　颶母:夏秋之間,出現的如虹之暈。為颶風來臨的前兆。

253　捹:音「ㄗㄢˇ」,逼迫、壓緊。

254　質點:物理學用以說明物體運動狀況時,所設想的有質量而可不必論其大小的物體。

255　冱:音「戶」,寒氣凝結。《廣韻‧去聲‧暮韻》:「冱,寒凝。」

256　歌白尼:今多作哥白尼(Nicolaus Copernicus, 1473-1543),波蘭神職人員及醫生,改變當時神學的天文學觀點「地心說」而提出「日心說」。雅堂作「法人」,應誤。

257　《大戴禮》:漢代戴德所傳的禮記。為有別於戴聖的《小戴禮記》,故稱為《大戴禮記》。原有八十五篇,後不傳,今有輯本,簡稱為《大戴禮》。

258　曾子(B.C.505-436):字子輿,春秋時魯國武城(今山東省費縣西南)人。曾點之子,為孔子弟子。性至孝,相傳《大學》為其所述;又作《孝經》,以其學傳子思,子思傳孟子。後世尊稱為「宗聖」、「曾子」。

259　《周髀算經》:出於商、周之間,二卷。記載勾股演算法。

260　旁沱:指「滂沱」,形容水流盛大貌,或形容雨勢很大。四隤:崩墜、墜落。

261　槃:同「盤」。

262　《春秋元命苞》:東漢時期緯書,作者佚名。

263　《河圖括地象》:又稱《河圖括地象圖》,漢代讖緯之書《河圖》中的一種,內容專講地理,但有很多神話傳說的內容。

264　畢:指畢宿。古代天文學廿八宿之一,屬西方白虎七宿第五宿。

而動之說乎？〈素問〉[265]曰：「地在天之中，大氣舉之。」《易乾鑿度》[266]曰：「地日行一度，風輪扶之。」豈非大地之中有空氣，大地之外有以太[267]乎？《莊子》引惠施曰：「吾知天下之中央燕之北、越之南也。」夫燕之北為北極，越之南為南極，兩極為地之中軸，卽地之中央也。《史記‧孟荀列傳》載鄒衍[268]曰：「中國名曰赤縣神州。內自有九州，禹之序九州是也，不得為州數。中國外如赤縣神州者九，乃所謂九州也。於是有裨海[269]環之，人民禽獸莫能相通；通者如一區中者乃為一州，如此者九，乃有大瀛海環之。」當時以為怪誕。以今日大地交通而觀之，亞洲之外有歐洲，有斐洲[270]，有美洲，有澳洲，而中國者不過亞洲之一部爾。鄒衍又謂：「九州之外有八殥[271]，八殥之外有八紘[272]，八紘之外有八絃[273]。」是則世界之外復有世界，吾人所居特其小爾。

---

[265]　〈素問〉：現存最早的中醫理論著作，相傳為黃帝創作，實際非出自一時一人之手，大約成書於春秋戰國時期。

[266]　《易乾鑿度》：西漢末緯書《易緯》中的一篇，又稱《易緯乾鑿度》，簡稱《乾鑿度》。《乾鑿度》是緯書中保存完好、哲學思想較為豐富的作品。「乾」為天，「度」是路，「乾鑿度」有開闢通向天上道路的意思。

[267]　以太：以太（Ether），或譯「乙太」來自古希臘語，原意為上層的空氣，指在天上的神所呼吸的空氣。按：康有為《孟子微》中將以太與「仁」、「不忍人之心」等道德觀念等同。譚嗣同《仁學》、《乙太說》中則將以太視為宇宙間無所不在的無色、無聲、無臭的物質，同時又將孔子的「仁」、「元」、「性」，墨家的「兼愛」，佛家的「慈悲」，基督的「靈魂」等，解釋為乙太的作用。孫中山則在《孫文學說》中將以太歸於物質世界的本源，「動而生電子，電子凝而成元素，元素合而成物質，物質聚而成地球……。」

[268]　鄒衍（B.C. 305-240）：戰國時齊國人。長於思辯，倡九州說、五德終始說，為陰陽家的先驅，燕昭王曾師事之。因其言論迂大而閎辯，齊人稱之為「談天衍」。

[269]　裨海：音「皮海」，小海。

[270]　斐洲：今作「非洲」。

[271]　八殥：偏遠之地。殥，音「吟」。《淮南子‧墜形訓》：「九州之外，乃有八殥。……八殥之外，而有八紘。」高誘注：「殥，猶遠也。」

[272]　八紘：紘，音「弘」，維也。古代以為八紘即為天下。

[273]　八絃：絃，音「亥」，大絲，同上。

　　《舊約‧創世紀》[274]謂：上帝創造天地萬物及人，耶穌教徒莫不信之。近百數十年來，達爾文創為進化之論，謂人類由猿而生。今日斐洲之猿，尚有與野番相似者。其說一出，風靡學界，而神權失其依據。然《莊子》引《列子》曰：「久竹生青寧[275]，青寧生程[276]，程生馬，馬生人。」夫人猿同祖，系統較近，馬之生人，尚須經過若干之階級。則以達爾文尋其痕跡，考其遞變，故為精細之言，而《列子》僅舉大略，究之皆為進化之論也。

　　軼近科學之最進步者莫如電光力化。秦漢之書頗有言之。《關尹子》[277]曰：「石擊石生光，雷電緣氣而生，可以為之。」此非電學之論乎？《墨子》曰：「臨鑑立影，二光夾一光。足被下光，故成影於上。首被上光，故成影於下。鑑近中則所鑑大，遠光則所鑑小[278]。」此非光學之理乎？又曰：「均，髮均縣，輕重而髮絕，不均也。均，其絕也莫絕。」[279]此非力學之原乎？又曰：「同：重、體、合類。異：二，體、不合、不類。」[280]《亢倉子》[281]曰：「蛻地謂之水，蛻水謂之氣。」[282]《淮南

---

[274] 《舊約‧創世紀》：《舊約聖經》的首卷。內容描述上帝創造世界、人類的太古史和以色列民族的起源。

[275] 青寧：蟲名。生於老竹根部。《莊子‧至樂》：「羊奚比乎不筍，久竹生青寧。」

[276] 程：蟲名。

[277] 《關尹子》：作者尹喜（生卒年不詳），字公度，戰國時秦人。為函谷關尹，老子西遊，喜望見紫氣，知有真人當過。老子至，授《道德經》五千言而去。其自著書稱《關尹子》。

[278] 語出《墨子‧經說下》。是謂臨鏡而立，生相反影，兩明光線夾一暗線，足遮住下方的光，反射而出成影在上方；頭遮住上方的光，反射而出成影在下方。物近鏡面，則所成影亦大；物距鏡遠，則所照者小。

[279] 均髮均縣……句：縣，按「懸」。謂束髮懸掛或輕或重之物，毛髮斷絕，乃受力不均所致。若受力均衡，則不致於斷裂。換言之，事事物物既平衡又均勻，此為普遍之理。毛髮微小脆弱，但最不易斷絕，毛髮斷絕猶如輕重相傾。《墨子‧經說下》揭示事物是否均衡，是其斷絕與否之根本原因。

[280] 此句缺「不」字，應作「同：重、體、合、類；異：二，不體、不合、不類。」（《墨子‧經上》）謂同者，分重同、體同、合同、類同四種。異者，分二之異、不體之異、不合之異、不類之異四種。即二名稱指謂同一事物，

子》曰：「鍊土生木，鍊木生火，鍊火生雲，鍊雲生水反土。」至於燒
汞成丹之法，點石成金之術，方士言之尤詳。此非化學之用乎？

　　算學之精，莫如《周髀》。測地量天，具有程式。歐洲談幾何者稱
為東來舊法。而筆算相傳，肇自宰予，歷代相承，疇人[283]傑出，以視
西人，未可多讓。

　　〈靈樞〉、〈素問〉[284]為中國醫學之祖，其理精微，可參造化。而
李時珍《本草綱目》[285]，尤為西洋學者所稱許。若夫易筋之術，洗腦
之方，祝由之科[286]，傷寒之論，各有特長，非可輕棄。惜乎後人學之
不專，傳之不實，遂致冒昧從事，為世所譏。然以東西醫學較之，尚
未可斷其軒輊也。

　　製造之術，古稱方伎，開物成務[287]，利濟群生，惟不為奇巧之器。
《路史》[288]載：「黃帝與蚩尤戰，蚩尤作霧，黃帝乃造指南鍼。」《周

為「重同」。全體中不同之組成部分，為「體同」。立場相同者，為「合同」。
事物有相同處，為「類同」。兩物必有所不同，此為「二之異」。非同一物
之組成部分，此為「不體之異」。立場不同者，此為「不合之異」。事物無
相同處，此為「不類之異」。

[281] 《亢倉子》：相傳為亢倉子所著，詔稱《洞靈真經》。亢倉子，古代仙人，
傳說姓庚桑，名楚，陳國人。得太上老君之道，能以耳視而目聽。隱居在
毗陵孟峰，修道成仙。唐封為「洞靈真人」。

[282] 蛻地……句：自地底下脫變而出者為水，從水裏騰出者為氣。

[283] 疇人：古代天文曆算之學，有專人執掌，父子世代相傳為業，稱為「疇人」。
亦指精通天文曆算的學者。

[284] 〈靈樞〉、〈素問〉乃《黃帝內經》的兩部分，是春秋戰國前醫療經驗和理
論知識的總結，並為現存最早的中醫理論著作。

[285] 《本草綱目》：明‧李時珍撰，52 卷。就《本草經》及諸家之說刪定，糾
謬辨疑，刪繁補缺，歷時近三十年始成。收載藥物 1,892 種，附圖千餘幅，
闡發藥物的性味、主治、用法、產地、形態、炮製等，並載附方萬餘。

[286] 祝由之科：古代以祝禱符咒治病的方術，後世稱以符咒禳病者為「祝由
科」。

[287] 開物成務：開通萬物之理，使各種事務皆得其宜。語出《易經‧繫辭上》：
「夫易，開物成務，冒天下之道，如斯而已者也。」

書》謂:「成王時,越裳氏[289]貢白雉,迷失道,周公作指南車送之歸。」是二千餘年前或五千年已知磁石之用,後人乃仿其法以製羅盤而利航海,傳之西洋,而五洲之遠,因之而通,則磁石之功也。

　　土圭[290]測影,銅漏[291]傳更,豈非時表之權輿[292]乎?《朝野僉載》[293](唐張鷟撰)稱則天如意[294]中,海州進一匠,造十二辰車,迴還正南,則午門開,馬頭人出,四方迴轉,不爽毫釐。《元史》[295]謂:「順帝所造宮漏,有玉女捧時刻籌,時至則浮水上,左右二金甲神,一懸鐘,一懸鉦[296];夜則神人按更而擊。」是則今之時鐘,而奇巧尤勝西人矣。

　　《三國志》[297]載:「諸葛亮伐魏,以木牛流馬[298]運糧。」《諸葛氏集》詳言其法。後人遂多仿製。《異僧傳》載:「唐時有一僧騎木驢,能登山行遠。」以視今之自轉車[299]、自動車[300]為何如也?

---

[288]　《路史》:南宋·羅泌(1131-1189)撰,共 47 卷。泌字長源,號歸愚,廬陵人。書成於乾道六年(1170),「四庫全書」置於別史類,記載上古三皇至兩漢末之史事、地理、風俗等事,並多「辯難考證之文」。

[289]　越裳氏:古南海國名。

[290]　土圭:一種古老的計時儀器,將杆子直立於地面,透過觀察太陽光投射的杆影,以定冬至、夏至日。

[291]　銅漏:古代的計時器具,常為青銅製,指針隨著水或沙的流入指向不同的刻度,以標計時間。

[292]　權輿:始也。

[293]　《朝野僉載》:唐·張鷟(音「卓」)撰,原有 20 卷,今本 6 卷,或作 3 卷。記唐初至開元年間事蹟,尤多武則天之事。事多作者親眼見聞,如酷吏之殘暴,亦有不少神鬼怪異之事。原書久佚,今多輯自《太平廣記》、《說郛》、《古今說海》。民國六十五年(1979)中華書局有排印本。

[294]　如意:武則天的第 6 個年號,西元 692 年四~九月。

[295]　《元史》:明·宋濂等撰,210 卷。濂為明初大儒,但不懂蒙古文,時賴譯述,故《元史》不免蕪雜缺略,為諸史中疏失最多者。

[296]　鉦:古代樂器,銅制,形似鐘而狹長,有長柄可執,口向上以物擊之而鳴,在行軍時敲打。

[297]　《三國志》:晉·陳壽(233-297)撰,65 卷,南朝宋·裴松之(372-451)注。記載魏、蜀、吳三國的歷史,分為魏、蜀、吳三志,為二十四史之一。

《宋史》[301]載：**楊么**[302]在洞庭湖作火輪船，以輪激水，遊行自在。而明鄭和使西洋，所造之舟，制尤精巧。以視今日之火輪船又何如也？

袁子才《新齊諧》[303]載：「乾隆時，江秀才慎修，以一竹筒，中用玻璃為蓋，有鑰開之；開則向筒說千言，言畢則閉，傳千里內，人開筒側耳，其音宛在，如面談也。過千里，則音漸漸散不全。名曰『寄語』。」以視今之留聲器復何如也？

飛行之術，古已言之。莊子稱列子御風而行，泠然善也[304]。旬有五日而後反；此猶想像之辭。若公輸子[305]削木為鳶，飛天三日而下；

298　木牛流馬：木製牛、馬形體，內含機關可使之行走的運輸器具。按：宋·高承《事物紀原》：「木牛即今小園之有前轅者；流馬即今獨推者是，而民間謂之江州車子。」可備一說。

299　自轉車：日語，即腳踏車。

300　自動車：日語，即汽車、轎車。

301　《宋史》：元·托克托（1314-1355）等奉敕撰，496卷，包括本紀47、表32、志162、列傳255卷。為趙宋一代之史，二十四史之一。

302　楊么（？-1135）：名太。南宋初洞庭湖地區農民起兵，楊么為諸軍首中最年輕者，楚語稱幼為么，故稱其為「么郎」或「楊么」。楊么在洞庭湖周圍建水寨、造戰船，實行兵農相兼、陸耕水戰的戰略方針，勢力迅速發展。紹興五年（1135）春，宋高宗調岳飛前往鎮壓，又派宰相張浚親臨督戰，楊么力戰不屈，被俘而死。

303　《新齊諧》：清·袁枚（1716-1797）著。枚字子才，號簡齋，別號隨園老人，時稱隨園先生，浙江錢塘（今浙江杭州）人。袁枚作詩立倡「性靈說」，上承晚明公安派「獨抒性靈，不拘格套」之理念與發展，與神韻說（王士禎）、格調說（沈德潛）、肌理說（翁方綱）並列清代前期四大詩歌派別。又袁枚與與河北紀昀（1724-1805）齊名，稱「南袁北紀」。著有《小倉山房集》、《隨園詩話》、《隨園詩話補遺》、《新齊諧》、《續新齊諧》等。《新齊諧》24卷，初名「子不語」，取義《論語》「子不語怪力亂神」，此書即為怪力亂神諧笑之談的筆記小說；因元人說部（小說、筆記、雜著類）中有同名作品，後改名《新齊諧》。

304　按：原文作「冷然善也」，當作「泠然善也」，語出《莊子·逍遙遊》：「列子御風而行，泠然善也」。泠（音「玲」）然，輕妙貌。

305　公輸子：即魯班，春秋末葉人，中國工匠的祖師爺。魯班並非其人的本名，而是他流傳最廣的稱呼，他的真實姓名眾說紛紜，古籍則尊稱魯班為公輸子。

則能以機器飛行矣。《杜陽雜編》[306]（唐蘇鶚撰）載：「飛龍衛士韓志和善雕木作鸞鶴鴉鵲之狀，飲啄悲鳴，與真無異。以關棙[307]置於腹內，發之則凌雲奮飛，可高百尺，至一二百步外方始卻下。」顧此為木禽爾。《拾遺記》[308]謂：「秦始皇時，奇肱氏乘飛車而朝」，此則飛機之制也。《漢書・王莽傳》稱：「或言能飛，一日千里。莽試之。取大鳥翮為兩翼，頭與身皆著毛，通引環紐，飛數百步。」是飛行之術、飛行之器，古已有之，特失傳爾（《聊齋誌異》載：「明季白蓮教徒張鴻漸為木鳳，人乘其上，能飛空中。」此為小說家言，未可盡信。）

　　火藥為中國發明，其用已久。元世祖時，法蘭西人從軍，始習其法，傳之歐洲。《閱薇草堂筆記》[309]（清紀昀撰）載：「大將軍年羹堯[310]征青海，有人獻火器，以機轉之，能連發十三次。年以其傷人酷烈，

---

[306] 《杜陽雜編》：唐・蘇鶚（生卒年不詳）撰。蘇鶚字德祥，武功（今屬陝西）人，光啟間進士登第，仕曆不可考。由於居住在武功杜陽川，書名題作《杜陽雜編》。此書共 3 卷。記載唐朝故實，以及雜技、珍寶、奇物的種種傳聞。

[307] 關棙：指能轉動的機械裝置。棙，音「力」，古同「捩」，轉動。

[308] 《拾遺記》：晉・王嘉（字子年（？-390）撰，共 10 卷，內容多為雜錄和志怪。

[309] 《閱微草堂筆記》：微原作薇，逕改之，清・紀昀（1724-1805）著。昀字曉嵐，又字春帆，晚號石雲，又號觀弈道人、孤石老人、河間才子，諡號文達；直隸人，官至禮部尚書、協辦大學士，曾任《四庫全書》總纂修官。閱，觀；閱微當取「觀微知著」之意。按：紀昀《閱微草堂筆記》共 24 卷，分為〈灤陽消夏錄〉6 卷、〈如是我聞〉4 卷、〈槐西雜志〉4 卷、〈姑妄聽之〉4 卷、〈灤陽續錄〉6 卷等五種；蒐輯於其處身時代前後流傳的各種狐怪鬼神、因果報應、勸善懲惡等鄉野掌故，或親身聽聞的奇情軼事。

[310] 年羹堯：即年羹堯（1679-1726），字亮工，號雙峰，原籍安徽懷遠，後改隸漢軍鑲黃旗，康熙卅九年（1700）進士，官授翰林院檢討、翰林院侍講學士、禮部侍郎衛任內閣學士等。雍正帝為雍親王時，妹年氏被選為側福晉，而成為雍正親信；後以平定西藏、青海戰事平步青雲，累官至撫遠大將軍。但因戰功彪炳而驕橫跋扈，終被雍正削職賜死。

不用。」今之十三響銃[311]，而二百年前已能製之，使其採用，訓師講武，已足稱雄，何至為人魚肉哉？

　　古者讀書之士，書必自寫。削竹為簡，長尺二寸。其後改用**縑素**[312]。然質貴費重，寒畯[313]難求。及漢蔡倫造紙，書籍賴之，而讀書者猶須自寫（東坡讀書記謂：《史記》、《漢書》皆係自寫。宋時尚然，則今篤學之士，亦以自寫為功。）至唐，乃創印刷之術。宋代又為聚珍之版[314]（卽活版）。書籍流傳，以是而廣。西洋人士以印刷與火藥、羅盤謂為東來三大文明，非虛語也。

　　以上所舉，僅其大略。若就舊籍而詳考之，恐非一朝一夕之所能盡。然此亦足以見中國之非無科學也。

　　夫中國科學何以日衰？西洋何以日盛？此則有大原因。其一：中國人性能創造，而不能繼續，且不喜改良。譬如建一寺廟，費款數十萬，輪奐之美，震耀一時。乃落成以後，置之不顧，日漸剝蝕，日漸損毀，終至傾頹破壞，俟有力者乃重建之。其二：中國學術以孔子為宗，而孔子以天下為本。山澤之儒，庠序[315]之士，多談性理，重文章，遂相率而趨於無用，以為「形而上者謂之道，形而下者謂之器」，而程氏且以玩物喪志戒之。此其所以衰也。西洋則不然，一人創之，則眾人傚之，一人不成，則眾人成之，互相研究，互相競爭，互相批評，互相尊重，以期達於至善至美之域。乃復政府保之，學會嘉之，群眾信之，而科學之進步，遂足誇耀於世界。

---

[311]　十三響銃：武器名，一種舊式槍械火器。銃，音「ㄔㄨㄥˋ」。
[312]　縑素：供書畫用的白絹。
[313]　寒畯：出身貧寒而具有才能的人。也作「寒俊」。
[314]　聚珍之版：即宋代的「印字版」，乾隆帝以為不雅，改名「聚珍版」。
[315]　庠序：古時學校之名稱。周代曰「庠」，殷代曰「序」，後世學校通稱「庠序」，《文選・班固・東都賦》：「是以四海之內學校如林，庠序盈門。」

　　唯我臺灣當此新舊遞嬗[316]之時，東西文明匯合若一，我臺人當大其眼孔[317]，勞其心思，憑其毅力，求其學問，採彼之長，補我之短，以**發皇**[318]固有之科學，或且凌過西人，則不佞之所期望也。至於精神、物質兩方面，如車兩輪，不可偏廢，願與座上諸君各起而振興之。

印版考

　　《易》曰：「上古結繩而治，後世聖人易之書契」，是為文字之始。夫文字之能傳布者，必有傳布之具，而後能行久遠。上古無紙，不能如今日之便利。故虞夏文字現已不存，其存者唯在鼎彝[319]。而傳布之具，為皮為木，尚未能明。自後世發見者，則有殷墟之龜甲，汲塚之竹簡[320]，秦漢之間，乃用縑素，價昂費重，求取不易。及蔡倫造紙，而用始弘。然讀書須自抄寫，得之甚艱，寶之綦篤[321]。

　　隋開皇（581-600）中，雕撰遺經[322]，是為鋟版[323]之始，而文字傳布乃速。唐代因之。至宋大備。故宋版之書，今為希貴。然宋版非盡佳本也。葉夢得《石林燕語》[324]謂：「天下印書以杭州為上，蜀本次之，

316　遞嬗：交替轉換。嬗，轉換。
317　大其眼孔：猶開擴眼界之謂。
318　發皇：宣揚、發揚光大。
319　鼎彝：古代宗廟中的祭器，上刻表彰有功人物的文字。《宋書》卷四十二〈劉穆之傳〉：「秉德佐命，翼亮景業，謀猷經遠，元勛克茂，功銘鼎彝，義彰典策。」
320　汲塚之竹簡：西晉初年（280年左右），汲郡人「不準」盜掘戰國時期的魏國古墓（魏襄王或魏安釐王）而發現的一批竹簡，後經荀勖、束皙等人整理出《竹書紀年》、《穆天子傳》等先秦散逸典籍，後統稱「汲塚竹簡」。
321　綦篤：指非常喜愛。綦，音「其」，極也。
322　遺經：此處指佛經。按：隋‧費長房《歷代三寶紀》記載，開皇十三年（593），隋文帝下令崇佛，詔書中有「廢像遺經，悉令雕撰」語，後世據此認為當時為中國最早的雕版印刷。
323　鋟版：刻書版，亦作「鋟梓」。鋟，音「侵」，雕刻。
324　《石林燕語》：北宋‧葉夢得（1077-1148）撰。該書纂述聞見，皆有關當時掌故。於官制科目，言之尤詳，頗足以補史傳之闕。夢得字少蘊，自號

福建最下。」所謂福建者，則麻沙本也。麻沙，地名，屬建陽縣，產榕樹，質鬆易刻，多錯訛，故為下。夫鋟版印書，以事傳布，厥功偉矣。然每印一書，必雕一版，費大工夫，收藏笨重，不便移徙。南宋之人，復為聚珍之版，則活版也。其版有泥字、瓦字、錫字、銅字、木字。清代武英殿[325]刻書，則用聚珍，故武英殿之版最佳。

　　顧宋人不獨能創聚珍也，又能縮大為小。《至正雜記》[326]載：「賈似道得碔砆[327]石枕，欲刻〈蘭亭序〉[328]，而患其小。一鐫工以燈影縮定武本刻之，宛如原本，缺損皆全。」是知縮版之法，固已久矣。《閩

石林居士，蘇州吳縣（今屬江蘇）人，母親為晁補之二姐，故早年師從晁補之、張耒，宋哲宗紹聖四年（1097）進士。夢得博學多才，工詩，早年風格婉麗，中年以後學蘇東坡，南渡後多感懷時事之作。著有《石林春秋讞》、《春秋考》、《建康集》、《石林詞》、《石林詩話》、《石林燕語》、《石林奏議》等。

[325] 武英殿：位於紫禁城的前朝西路，和東路的文華殿基本上對稱，為明紫禁城初闢時的建築群之一。入清後，康熙十九年（1680），設置「武英殿造辦處」，由監造處、校刊翰林處兩部分組成，掌管刊印、裝潢圖書事務。雍正七年（1729）更名為「武英殿修書處」，繼續刊刻書籍之事。民國九十九年（2008）起為故宮博物院書畫館。

[326] 《至正雜記》：指《至正直記》，又稱《靜齋至正直記》、《靜齋類稿》，4卷，元·孔克齊（生卒年不詳）撰。此書是作者元末避兵四明（今浙江寧波）時所作。書中記載元代社會的掌故、典章，及書畫、戲劇、文物收藏和有關詩詞本事等內容，多為作者所見所聞，其中不乏怪誕不經、因果報應之事。

[327] 碔砆：音「武夫」，似玉的石頭。

[328] 〈蘭亭序〉：即〈蘭亭集序〉，東晉·王羲之（303-361）撰。羲之字逸少，號澹齋，原籍琅邪臨沂（今屬山東），後遷居山陰（今浙江紹興），官至右軍將軍，會稽內史，故亦稱王右軍；以書法名世，善行書、草書，有〈快雪時晴帖〉、〈蘭亭序〉、〈寒切帖〉、〈淳化閣帖〉等。穆帝永和九年（353）三月三日，王羲之與謝安（320-385）、孫綽（生卒年不詳）等 41 人會於會稽山陰的蘭亭，舉行上巳節修禊之集會，並飲酒賦詩，羲之自為作序，以申其志。序中記敘蘭亭景色之美，聚會之歡，抒好景不長，嘆生死無常。

雜記》[329]謂：「閩省碑版而推侯官潘氏，能縮徑三、四尺字為三、四分。嘗縮顏平原〈多寶塔〉[330]為袖珍本。」又云：「杭州運使河下馮氏，不獨能縮大為小，且能拓小為大。以字就燈照，乃以白紙取影，雙鉤而後鑴之。」是知影刻之法，中國固已有矣。

　　海通以來，歐洲輸入印書機器，用鉛製字，則今之活版也。夫活版之術固非歐人發明，而由中國傳授也。元初，歐人從軍來此，遂取印版與火藥、羅經[331]而歸，稱為東來三大文明。夫無火藥則不足以整軍開礦，無羅經則不足以航海略[332]地，而無印版則思想閉塞，學術停滯，不能人人讀書。故歐洲今日之文明，其受福於此者不少。昧者不察，乃以印版之術為歐人所發明，是亦不揣[333]其本也。

自來水考

　　自來水（即水道）之設，始於羅馬都城，約在西曆紀元前三百十有二年。時城中人民繁庶，汙物充積，井水玷敗[334]，疾病叢生，乃求他處之水，鑿隧架橋，接以瓦管，流至城中。用者利之。其後各國仿行，眾沾其惠。然抽水之法尚未善。至一千七百六十一年，英倫始用蒸氣，瓦管亦改鐵，而自來水始美備。顧[335]余讀東坡《惠州全集》[336]，則中國宋時已有自來水，非傳自西人也。

---

[329] 《閩雜記》：清‧施鴻保（？-1871）著。鴻保為浙江錢塘人，寓居福建十四載，將其於福建（福州為主）所見，風俗民情，稗官野史，蒐集、記錄，而成此書。

[330] 顏平原：即唐代書法家顏真卿（709-785）。字清臣，雍州萬年縣（今陝西省西安市），祖籍琅邪郡臨沂縣（今山東省臨沂市），唐朝政治家、書法家。書有〈多寶塔碑〉，後世均以為楷式。其楷書與歐陽詢、柳公權、趙孟頫並稱「楷書四大家」。

[331] 羅經：堪輿家用磁針測定方位的一種儀器。此指羅盤。

[332] 略：經略、拓展。

[333] 揣：揣度，考慮估量之意。

[334] 玷敗：猶腐敗。玷，音「店」，缺點。

[335] 顧：第、但也。

鄧守安[337]者，羅浮道士也。廣州城瀕海水苦鹹。城北有蒲澗泉，味清冽，然去城遠，人家不能得。守安嘗語東坡：「廣州城人飲鹹苦水，春夏疾疫時，所損多矣。蒲澗有滴水巖，水所從來高，可引入城，蓋二十里以下爾。若於巖下作大石槽，比五管大竹，續處以麻纏沬塗之，隨地高下，直入城中，又為大石槽以受之。乃以五管分引，散流城中，為小石槽，以便汲者。不過用大竹萬餘竿，及二十里間用葵茆蓋[338]，大約費數百千可成。」[339]時東坡貶寧遠軍節度副使，安置惠州[340]，王敏仲鎮撫廣州。東坡以守安言告之。仲敏用其法引水入城，城人咸賴。是則中國之自來水也，唯較今日之水道精粗而已。

留聲器考

晚近科學昌明，人智競進，製器象物，巧奪天工。而運用之廣，收效之宏，厥有三事：曰留聲器，曰無線電，曰活動影戲；是皆神益人群，非若殺人科學之以爭雄黷武[341]為事也。夫留聲器之制，創於美愛爾遜[342]，迄今未四十年。其始僅為徵歌度曲之具，而今則家庭用之，學校用之，演壇用之，議會用之，以助社會之教育。其為物豈細故[343]哉！夫聲無形也，而能留之，又能傳之，可謂功參造化矣。然留聲器之制，非創自美人，而作於中國人也；且非創諸近代，而作於二百年前也。

---

[336]　按：目前未見東坡有「惠州全集」，或為雅堂稱東坡知惠州期間所作詩文。

[337]　鄧守安：字道立，北宋人。居羅浮山，修道有成，善符籙法，又以砂石煮煉金丹。蘇軾素重其人，與之交友相善。

[338]　葵茆蓋：指以水葵遮蓋。茆，音「卯」，鳧葵，葉團似蓴，生水中，今俗名水葵。

[339]　語出蘇軾，〈與王敏仲八首〉之三，《東坡全集》卷七十七〈尺牘〉。

[340]　惠州：位於廣東東南部、珠江三角洲東北端。

[341]　黷武：黷：隨意、濫用。黷武，恣意濫用武力，形容極其好戰。

[342]　愛爾遜：即愛迪生。湯瑪斯‧阿爾瓦‧愛迪生（Thomas Alva Edison, 1847-1931），美國發明家、企業家，一生約有兩千多項專利（含發明、改良、購買他人發明），如留聲機、電燈、電話、電報、電影等。

[343]　細故：小事。

於何徵之？徵之袁簡齋[344]太史之《新齊諧》。簡齋，乾隆時人，其書有「寄語」一則，寄語則留聲也。

　　《新齊諧》之言曰：「婺源江江秀才，號慎修，名永，能製奇器。取豬尿胞置黃豆，以氣吹滿，而縛其口。豆浮正中，益信『地如雞子黃』之說[345]。家中耕田，悉用木牛。行城外，騎一木驢，不食不鳴，人以為妖。笑曰：『此武侯成法[346]，不過中用機關爾，非妖也。』置一竹筒，中用玻璃為蓋，有鑰開之。開則向筒說千言，言畢即閉。傳千里內，人開筒側耳，其音宛在，如面談也。過千里則音漸漸散不全矣。」慎修所製則留聲器，惜不能傳其法以示後人，而後人復不能閟心研求，以成奇器，遂使神秘之鑰，乃為愛爾遜所握，能不可歎！然亦足見中國之非無奇才也。

　　按慎修先生清初大儒，卒於乾隆二十七年，年八十有二，著書十數種，而於音學、曆學尤多發明。其傳世者，有《律呂闡微》十一卷、《古韻標準》六卷、《推步法解》五卷、《曆學補論》、《中西合法擬草》各一卷，皆足發皇學術。而制器效用，特其餘事，是又瓦特、歌白尼合而為一者。使其「寄語」早傳，則中國科學已足驕人，又何至反驚於人耶。

344　即袁枚（1716-1797），字子才，號簡齋，別號隨園老人、隨園先生，清代詩人、文學家、散文家、美食家。

345　語出東漢・張衡，《渾天儀圖注》：「渾天如雞子。天體圓如彈丸，地如雞子中黃，孤居於天內，天大而地小。」

346　武侯成法：指諸葛亮木牛流馬之法。

藝旦考釋

　　前以藝旦考釋徵求答案，閱今月餘，未接惠稿。我臺多鴻博之士，豈以此為遊戲之文而不肯為歟？抑以為考釋之題而踟躕下筆歟？鄙人學殖[347]疏陋，試就所知而言，以為臺語之資料。

　　按《說文》[348]：「藝，穜[349]也。」《詩‧楚茨》[350]：「我藝黍稷」，引申為才藝。所謂「藝旦」，謂其有彈唱之藝也。「旦」字雖見於元曲，顧此尚非語源。《晉書‧樂志》曰：「但歌[351]四曲。自漢世無絃節[352]，作伎[353]最先唱，一人唱，三人和。是但歌不被管絃，凡能但歌者，卽謂之『但』。」《淮南子‧說林訓》：「使但吹竽。」註：「但，古不知吹，人以徒歌，故云不知吹。」此則「旦」之本義也。元人創造戲劇，棄「人」留「旦」，與生相偶，則所謂「戲旦」也。章太炎《新方言》[354]：「今傳奇有云：『旦』者，起自元曲，則所謂『作伎最先唱』者，本是『但』字，直稱其人為『但』，猶云使『但』吹竽矣。古語流傳，訖元

347　學殖：泛指學問根柢。《左傳‧昭公十八年》：「夫學，殖也；不殖將落。」杜預注：「殖，生長也；言學之進德，如農之殖苗，日新日益。」
348　《說文》：《說文解字》，東漢‧許慎（約 30–約 124）撰，30 卷，為中國第一部有系統分析字形及考究字源的字書。按文字形體及偏旁構造分列五百四十部，首創部首編排法。字體以小篆為主，收錄 9,353 字，列古文、籀文等異體為重文，共計 1,163 字。每字下的解釋大抵先說字義，次及形體構造及讀音，依據六書解說文字。晚近注家以清代段玉裁（1735-1815）桂馥（1736-1805）、朱駿聲（1788-1858）、王筠（1784-1854）最為精博。
349　穜：音「童」，後熟之禾。穜為藝也，猶言栽也、點也、插也。
350　《詩經‧小雅》的篇名，共六章。根據〈詩序〉：「楚茨，刺幽王也。」亦指為詠祭祀之詩。首章二句為：「楚楚者茨，言抽其棘。」楚楚，盛密貌。茨，蒺藜。
351　但歌：漢魏時無伴奏歌曲名。
352　絃節：琴瑟的節拍。
353　作伎：指表演歌舞或演奏音樂。
354　《新方言》：近代彙集漢語方言詞語，探求其本字和語源之著作。全書收錄方言詞語 800 餘條，如釋詞、釋言、釋親屬、釋形體、釋宮、釋器、釋天、釋地、釋植物、釋動物、音表。

猶在，相承至今。」夫「旦」本歌伎之名，臺灣以稱妓女，而加之藝，風雅典贍，有非他處所能及者矣。

魯王遷澎辯

　　《明季續聞》[355]載：「魯王[356]棲金門七年。訊後來諸人云，至己亥秋受永曆手敕仍命監國。成功遷之澎湖島，窘逼日甚。辛丑，成功因兵敗後，陡然悔悟，復迎歸金門。」連橫曰：此誠莫須有[357]事也。澎湖為臺灣之附庸。天啟二年（1622），荷人據澎湖。四年（1624），復據臺灣，築壘駐兵，以張海權。己亥為永曆十三年（1659），二島尚為荷人所有。延平何能遷魯王於其地？則遷之，而荷人豈肯受之？受之，又豈肯歸之？此勢之所必無也。方是時，延平大舉北伐，長圍南京，光復之軍，雲合霧起，又何暇遷魯王於澎湖哉？則遷魯王，而魯王之舊臣如張尚書煌言[358]、徐中丞[359]孚遠[360]，俱在延平軍中，寧無一言？此又理之所必無也。

---

[355]　《明季續聞》：汪光復撰，述魯監國始末，記至作者出降於清止。

[356]　魯王：朱以海（1618-1662），字巨川，號恆山，別號常石子，明太祖第十世孫。崇禎十七年（1644），襲魯王封爵。次年，清兵陷南京，張國維、錢肅樂等起兵浙東，擁魯王在紹興監國。與在福建稱帝的唐王政權相傾軋。紹武元年（1646），清兵攻取浙東，流亡海上，走石浦，依附張名振，後至舟山。永曆七年（1653），取消監國名義。後病死臺灣。

[357]　莫須有：南宋時期漢語口語，意謂「豈沒有」、「難道沒有」，因傳說秦檜誣陷岳飛罪狀用此詞語而聞名，後借指憑空誣陷之詞。

[358]　張尚書煌言：張煌言（1620-1664），字玄著，號蒼水，浙江鄞縣（今浙江寧波）人。明崇禎十五年（1642）舉人，旋於南明弘光元年（1645）起兵抗清，奉魯王監國於紹興，並參與張名振、鄭成功北伐，官至權兵部尚書；兵敗後魯王、成功相繼逝世，乃隱居落迦山。後被清兵俘獲，於杭州遇害。著有《張蒼水集》、《奇零草》、《北征錄》、《探微吟》等。

[359]　中丞：官名。漢置，為御史大夫屬官，掌監察、彈劾之事。明清各省巡撫例兼御史之職，故「中丞」成為巡撫的別稱。

[360]　徐中丞孚遠：徐孚遠（1599-1665），字闇公，號復齋，江蘇華亭人。明末與陳子龍等人倡組「幾社」。明亡，鄭成功迎至金門，甚受倚重。入觀永

　　夫以延平忠貞之節，眷懷故國，志切中興。北伐之舉，震驚宇內，清人惎[361]之，故肆為蜚語，欲以灰志士之心。而魯臣自舟山潰後[362]，分散四方，久不與海上相往來；一聞其事，信以為真。此書為汪光復所撰，則魯之舊臣而薙髮降清者。但恐易世之後，據為史實，論者遂不能無疑於延平；而延平之大節固無可毀也。余知其謬，故特辯之於此。

稻江圖書館議

　　不佞寄居稻江，於今五載。自晨及夕，所見所聞，無非車馬之聲，商賈之語，市肆紛紜，甚囂塵上，未有以慰其精神者也。顧不佞，以索食之故，**橐筆傭耕**[363]，不得不居於此。幸而退食之暇，閉戶讀書，稍資寧靜。然購書匪易，歲靡千金，尚不足用，則不得不求之圖書館。夫圖書館設在城中，距離較遠，又費時間。且當炎陽酷熱之時，風雨晦明之際，往來不便。想亦稻江人士之所同感也。

　　夫稻江為臺北樞要之地，商務殷盛，冠於全臺，行旅出入，通於鄰國，而環顧市中，乃無公園，無會堂，無俱樂部，無圖書館，則一閱報所（文化協會雖有港町讀報所，而規模甚小）而亦無之，文化低微，甚於村鄙，豈非稻人士之恥乎？且稻江既無公園、會堂、俱樂部，則稻人士欲為消遣計，唯有相率而入於酒樓、歌館，買笑尋歡，以浪費金錢，其害有不可言者。夫無公園、會堂、俱樂部之害已如斯，而

　　曆帝，失道入安南（今越南），而折返廈門。永曆十二年（1658）遷左副都御史。十五年（1661）鄭成功東平臺灣，從入東都。著有《釣璜堂存稿》20 卷，收古今體詩 2,700 多首，末附《交行摘稿》一卷。

361　惎：音「計」，此指憎恨。

362　舟山潰後：永曆六年（1652）舟山陷落，魯王遂移居金門；隔年因與鄭成功衝突，自去監國稱號，其間曾移居南澳，後又回金門。

363　橐筆傭耕：橐筆，指隨時奉命執筆寫作或筆墨生涯。傭耕，受僱為人耕種。整句的意思是一面替人耕作一面寫作。橐，音「陀」，用袋子裝藏之意。

無圖書館以涵養德性，增長智識，則其害更有不忍言者。此不佞之所以屢籌設立也。

曩者，大稻埕區裁廢之時，尚存公款萬餘金。不佞曾以設立圖書館之議，商之林區長[364]。其一，役場[365]宏壯，地位適宜，可免新建。其二，餘款充裕，撥為基本，可免捐題[366]，且可為廢區之紀念，而留區長之去思。計無有善於此者。而林區長不以為意，竟以役場借之市役所[367]，公款充之同風會[368]，而圖書館之設立，遂無有再議之者，可勝嘆哉！

夫稻江為臺北樞要之地，住民六、七萬，納稅數十萬，凡有義務，寧落人後。而環顧市中，竟無一文化之建設。吾不知稻人士其何以默默而息耶？比年[369]以來，文化日進，各郡各街，莫不競設圖書館。卽至山陬海澨[370]，亦有巡迴文庫。乃以堂皇冠冕[371]之大稻埕，並一巡迴文庫而亦無之，豈非可怪？吾意稻人士而能速自設立，以應時勢，其事固善；否則當請總督府圖書館擇一適宜之地，而開分室，以慰稻人士之望，亦無不可行也。嗚呼！**民彝耗斁**[372]，思想混淆，熙往攘來[373]，

364　林區長：大稻埕區長林熊徵。

365　役場：日語，指政府機關。

366　捐題：勸募、認捐。

367　市役所：即市公所、市政府。

368　同風會：此指大稻埕同風會，大正八年（1919）創立。宗旨為：「本會體臺灣教育令公布之旨趣。為左記事業。一、關於振興德教事項。二、關於獎勵普及國語事項。三、關於改良通俗事項。四、關於施設通俗教育事項。五、其他合前項旨趣事項。」參〈同風會創立會〉，《臺灣日日新報》，1919.04.27，06 版。

369　比年：近年。

370　山陬海澨：指山隅和海邊。泛指荒遠的地方。陬，音「鄒」；澨，音「是」。

371　堂皇冠冕：堂皇，氣派非凡；冠冕，古代帝王的禮帽。形容外表上莊嚴，或光明正大。

372　民彝耗斁：民彝，猶人倫，舊指人與人之間相處的倫理道德準則。耗斁，音「浩亦」，耗損、敗亡。《詩經·大雅·雲漢》：「耗斁下土，寧丁我躬。」

言不及義，自非鼓勵讀書，不足以救其弊，而圖書館則以涵養德性而增長智識者也，可緩哉？可緩哉？

373　熙往攘來：或作「熙來攘往」，典出《史記・貨殖列傳》：「天下熙熙，皆為利來；天下攘攘，皆為利往。」後用以形容人來人往，非常熱鬧擁擠。

【序跋】

臺灣通史序

　　臺灣固無史也。荷人啟之，鄭氏作之，清代營之，開物成務[1]，以立我丕基[2]，至於今三百有餘年矣。而《舊志》誤謬，文采不彰，其所記載，僅隸有清一朝，荷人、鄭氏之事闕而弗錄，竟以島夷、海寇視之。烏乎！此非舊史氏之罪歟？且《府志》重修於乾隆二十九年（1764），臺、鳳、彰、淡諸《志》雖有續修，侷促一隅，無關全局，而書又已舊。苟欲以二、三陳編而知臺灣大勢，是猶以管窺天，以蠡測海，其被囿也亦巨矣。

　　夫臺灣固海上之荒島爾，篳路藍縷[3]以啟山林，至於今是賴。顧自海通[4]以來，西力東漸，**運會**[5]之趨，莫可阻遏。於是而有英人之役[6]、有美船之役[7]、有法軍之役[8]，外交兵禍，相逼而來，而《舊志》不及載也。草澤群雄，後先倔起，朱、林[9]以下，輒啟兵戎，喋血山河，藉言恢復，而《舊志》亦不備載也。續以建省之議，開山撫番，析疆增吏，正經界[10]，籌軍防，興土宜，勵教育，綱舉目張，百事俱作，而

1　開物成務：開通萬物之理，使各種事務皆得其宜。語出《易經‧繫辭上》：
　　「夫易，開物成務，冒天下之道，如斯而已者也。」後泛指開發創設各種
　　制度。
2　丕基：偉大的基業。亦作「洪基」、「鴻基」。
3　篳路藍縷：形容創業的艱苦。篳路，柴車；藍縷，破衣服。
4　海通：此指咸豐十年（1860），臺灣開放對外通商。
5　運會：時運際會。
6　英人之役：道光二十年（1840）鴉片戰爭時，英船曾攻打大安港（大安溪）、
　　雞籠港，皆被守軍擊退。
7　美船之役：同治六年（1867），美船羅發號在屏東外海觸礁，船員上岸後
　　遭原住民殺害；美國駐廈門領事李仙得率艦登陸報復。
8　法軍之役：光緒十年（1884），清法戰爭期間，法軍攻佔基隆。
9　朱、林：朱一貴（1690-1722）、林爽文（1756-1788）。
10　正經界：測量土地疆界。

臺灣氣象一新矣。夫史者,民族之精神,而人群之龜鑑[11]也。代之盛衰,俗之文野,政之得失,物之盈虛,均於是乎在。故凡文化之國,未有不重其史者也。古人有言:「國可滅而史不可滅。」是以郢書、燕說[12]猶存其名,晉乘、楚杌[13]語多可採。然則臺灣無史,豈非臺人之痛歟?顧修史固難,修臺之史更難,以今日而修之尤難。何也?斷簡殘編,蒐羅匪易,郭公夏五[14],疑信相參,則徵文難;老成凋謝,莫可諮詢,巷議街譚,事多不實,則考獻難。重以**改隸**[15]之際,兵馬倥傯[16],檔案俱失,私家收拾[17],半付祝融,則欲取金匱石室[18]之書,以成風雨名山之業[19],而有所不可。然及今為之,尚非甚難。若再經十年、二十年而後修之,則真有難為者。是臺灣三百年來之史,將無以昭示後人,又豈非今日我輩之罪乎?

　　橫不敏,昭告神明,發誓述作,兢兢業業,莫敢自逭[20]。遂以十稔[21]之間,撰成《臺灣通史》,為紀四、志二十四、傳六十,凡八十有八篇,表圖附焉。起自隋代,終於割讓,縱橫上下,鉅細靡遺,而臺灣文獻於是乎在。

---

[11] 龜鑑:**龜**甲可占卜吉凶,鏡子可照見美醜。比喻警戒和反省。

[12] 郢書、燕說:郢人在給燕相的信中誤寫舉燭二字,而燕相則解釋為尚明、任賢之義。典出《韓非子·外儲說左上》。後比喻穿鑿附會,扭曲原意。

[13] 晉乘、楚杌:乘,音「剩」,晉國史書名。杌,音「物」,楚國史書名《檮杌》。《孟子·離婁下》:「晉之《乘》,楚之《檮杌》,魯之《春秋》,一也。」

[14] 郭公夏五:比喻缺漏的文獻。郭公,指《春秋·莊公二十四年》經文的脫漏之處。夏五,指《春秋·桓公十四年》經文的脫漏之處。

[15] 改隸:改變統治隸屬,此指清代割讓臺澎予日本。

[16] 倥傯:音「恐總」,形容兵荒馬亂。

[17] 收拾:蒐藏。

[18] 金匱石室:古代國家祕藏重要文書的地方。《漢書》卷一〈高帝紀下〉:「又與功臣剖符作誓,丹書鐵契,金匱石室,藏之宗廟。」

[19] 風雨名山之業:喻亂世不朽的著作。風雨,指亂世。名山,古帝王藏書之府。

[20] 自逭:偷閒。

[21] 稔:音「忍」,收成,古代一年收成一次。十稔,指十年。雅堂從明治四十一年(1908)動筆撰著《臺灣通史》,至日大正七年(1918)完稿。

洪維[22]我祖宗渡大海，入荒陬[23]，以拓殖斯土，為子孫萬年之業者，其功偉矣。追懷先德；眷顧前途，若涉深淵，彌自儆惕。烏乎念哉！凡我多士及我友朋，惟仁惟孝，義勇奉公，以發揚**種性**[24]，此則不佞之**幟**[25]也。婆娑之洋，美麗之島，我先王先民之景命[26]，實式憑之[27]！

臺灣詩乘[28]序

《臺灣通史》既刊之後，乃集古今之詩，刺其有繫臺灣者編而次之，名曰「詩乘」。子輿[29]有言：「王者之跡熄，而詩亡，詩亡然後春秋作。」是詩則史也，史則詩也。余撰此編，亦本斯意。

夫臺灣固無史也，又無詩也。臺為海上荒土，我先民入而拓之，以長育子姓[30]，艱難締造之功多，而歌舞優遊之事少；我臺灣之無詩者，時也，亦勢也。明社既屋[31]，漢族流離，瞻顧神州，黯然無色，而我延平郡王以**一成一旅**[32]，志切中興，我先民之奔走**疏附**者[33]漸忠屬

---

22 洪維：深思，亦可視為發語詞，無義。
23 荒陬：偏僻荒遠的地方。陬，音「鄒」。
24 種性：同胞。
25 幟：理想。
26 景命：大命，上天受予帝王之位的偉大使命。
27 實式憑之：即「實以之為憑」。此指依託於此塊土地。
28 《臺灣詩乘》：連橫編纂，成書於大正十年（1921），宗旨「詩則史，史則詩」，即欲藉詩歌以展現臺灣的發展軌跡，故其蒐羅重點在於以詩存史、以詩証史，而非詩歌選輯與評述。書分 6 卷，收錄 253 名作者、詩作一千餘首，起自唐中葉，終於割臺後數年，包括來臺流寓文人及本土文人。可視為為《臺灣通史》之副產品。
29 子輿：孟子（約 B.C.372- B.C.289），名軻，字子輿。
30 子姓：泛指子孫、後輩。
31 明社既屋：指明朝已傾覆。社，祭土地神之處。屋，覆蓋也。《禮記·郊特牲》：「是故喪國之社屋之，不受天陽也。」覆蓋前朝的「社」祭壇，使隔絕陽光、不受天佑。
32 一成一旅：古時以方圓十里為一成，兵士 500 人為一旅。形容地窄人少，力量單薄。《左傳·哀西元年》：「有田一成，有眾一旅，能布其德而兆其謀。」
33 疏附者：指疏遠而親附的人。

義[34]，共麾天戈，同仇敵愾之心堅，而**扢雅揚風**[35]之意薄；我臺灣之無詩者，時也，亦勢也。清人奄有[36]，文學漸興，士趣[37]科名，家傳**制藝**[38]，二、三俊秀始以詩鳴，**游宦寓公**[39]亦多吟詠，重以輿圖[40]易色，民氣飄搖，**侘傺**[41]不平，悲歌慷慨，發揚蹈厲[42]，凌轢[43]前人；臺灣之詩今日之盛者，時也，亦勢也。

　　然而余之所戚者則無史。無史之痛，余已言之。十稔以來，孜孜矻矻，以事《通史》，又以餘暇而成《詩乘》。則余亦可稍自慰矣。然而經營慘澹之中，尚有璀璨陸離之望。是詩是史，可興可群。讀此編者，其亦有感於變風變雅[44]之會也歟！

---

[34] 厲義：即「勵義」，後文〈臺灣詩薈發刊序〉即作「勵義」。以仁義相勵勉之意。

[35] 扢雅揚風：指品評詩文。扢，音「細」，奮然起舞貌。風，即《詩經》之國風；雅，《詩經》之大小雅，故以風雅代稱詩文方面之事。清·趙翼《廿二史箚記》卷三十：「諸人嘗寓其家，流連觴詠，聲光映蔽江表。此皆林下之人揚〈風〉扢〈雅〉，而聲氣所屆，希風附響者，如恐不及。」

[36] 奄有：全部占有。

[37] 趣：通「趨」，趨向、奔向。

[38] 制藝：明清科舉考試中所規定的一種定型的文章，文體有固定格式，由破題、承題、起講、入手、起股、中股、後股、束股八部分組成，一般稱之「八股文」，另稱時文、時藝、制義。

[39] 游宦寓公：遠離家鄉在他鄉的諸侯或官吏，此指宦遊來臺的官吏。

[40] 輿圖：指疆域、疆土。

[41] 侘傺：音「岔斥」，失意而神情恍惚的樣子。《楚辭·離騷》：「忳鬱邑余侘傺兮，吾獨窮困乎此時也。」王逸注：「侘傺，失志貌。」

[42] 發揚蹈厲：亦作「發揚蹈勵」，亦作「發揚踔厲」。本指舞蹈時動作的威武。後用以形容精神奮發，意氣昂揚。

[43] 凌轢：亦作「陵轢」，欺陵、壓倒。

[44] 變風變雅：原出自《詩·大序》：「至於王道衰，禮義廢，政教失，國異政，家殊俗，而變風變雅作矣。」意指「正風」、「正雅」是西周王朝興盛時期的作品，「變風」、「變雅」是西周王朝衰落時期的作品。

大陸詩草[45]序

　　連橫久居東海，鬱鬱不樂，既病且殆[46]，思欲遠游大陸，以舒其抑塞憤懣之氣。當是時，中華民國初建，悲歌慷慨之士雲合霧起，而余亦戾止[47]滬瀆[48]，與當世豪傑名士美人相晉接，抵掌[49]譚天下事，縱筆為文，以譏當時得失，意氣軒昂，不復有癃癈[50]之態。既乃溯江、渡河，入燕都[51]，出大境門[52]，至於陰山之麓，載南而東渡黃海，歷遼瀋，觀覺羅[53]氏之故墟，而弔日俄之戰迹，若有感於東亞興亡之局焉。索居[54]雞林[55]，徘徊塞上，自夏徂[56]冬，復入京邑。將讀書東觀[57]，以為名山絕業之計，而老母在堂，少婦在室，馳書促歸，棄之而返。至家，朋輩問訊，輒索詩觀。發篋視之，計得一百二十有八首，是皆征

---

[45] 大陸詩草：此係為民國元年到三年，連橫赴中國旅遊之詩作，計 126 首。

[46] 殆：《說文》：「殆，危也」。

[47] 戾止：來臨、來到。

[48] 滬瀆：指上海。吳淞江下游兩岸居民多以捕魚為生，漁民創制一種用以捕魚捉蟹的工具「扈」，後「扈」演變為「滬」，古時又稱單獨流入海中的江河為「瀆」，故上海被稱為「滬瀆」，簡稱「滬」。

[49] 抵掌：擊掌。指人在談話中的高興神情。亦因指快談。

[50] 癃癈：指衰老或身有殘缺、疾病。

[51] 燕都：指燕京，即今之北京。

[52] 大境門：位於張家口市區以北，長城的重要關隘，以地勢險峻而聞名。

[53] 覺羅：愛新覺羅氏，清代帝王姓氏，代指滿人。

[54] 索居：獨居。

[55] 雞林：即吉林。吉林為吉林烏拉之簡稱，滿語之譯音，即沿江之意。唐代劉禹錫有「口傳天語到雞林」之句，據乾隆皇帝考證，今吉林應為唐代雞林之音轉。

[56] 徂：往也、至也。

[57] 東觀：東漢時皇家藏書樓，在洛陽南宮，也是宮中著述和修史的地方。指雅堂入清史館事。

途逆旅之作，其言不馴[58]，編而次之，名曰「大陸詩草」，所以紀此遊之經歷也。

嗟乎！余固不能詩，亦且不忍以詩自囿[59]。顧念此行，窮數萬里路，為時幾三載，所聞所見，徵信徵疑，有他人所不能言而言者，所不敢言而亦言者。孤芳自抱，獨寐寤歌[60]，亦以自寫其志而已。殺青[61]既竟，述其梗概，將以俟後之瞽史[62]。

寧南[63]詩草[64]自序一

甲寅（大正三年，1914）冬，歸自北京，居寧南，重之報務。越五年，移寓稻江，校印《臺灣通史》。筆墨餘間，頗事吟詠。因蕝[65]十載之詩，都為一卷，名曰「寧南詩草」，志故土也。

余嘗見古今詩人，大都侘傺無聊，淒涼身世，一不得志，則悲憤填膺，窮愁抑鬱，自殘其身，至於短折。余甚哀之。顧余則不然。禍

---

[58] 不馴：不雅馴之省，雅馴，指文辭優美、典雅不俗，此處連橫自謙詩作不夠優美。

[59] 囿：音「又」，侷限之謂。

[60] 獨寐寤歌：指獨自睡醒獨自歌，語出《詩經・考槃》。

[61] 殺青：古代製作竹簡，必先用火烤炙，至其冒出水分，刮去青皮，始方便書寫並防止蟲蠹，稱為「殺青」。後亦以稱書籍定稿或著作完成。

[62] 瞽史：瞽，音「鼓」，目盲，古時以盲人為樂師，後並掌握諷誦史詩的職責。漢・賈誼《新書・保傅》：「瞽史誦詩，工誦箴諫。」此處瞽史，則泛指史官。

[63] 寧南：寧南坊，鄭氏時期分承天府（臺南舊城）為東安、西定、寧南、鎮北四坊，均在今台南市東區、中西區境內。寧南坊以孔廟為中心，到日治期皆為人文薈萃的文教區。範圍代有增減，今日謂之寧南約在開山路（東界）、樹林街二段（南界）、西門路（西界）、中正路（北界）之間。按：雅堂生長於寧南坊，故亦常以寧南代指台南、臺灣。

[64] 寧南詩草：此係連橫自大陸歸來（1912-1914），居臺南所作，據下文所示共計 128 首。

[65] 蕝：音「最」，古代演習朝會禮儀時，捆紮茅草立放，以標誌位元次，引申為叢聚。

患之來,靜以鎮之;橫逆之施,柔以報之。而眷懷家國,憑弔河山,雖多迴腸盪氣之辭,不作道困言貧之語。故十年中未嘗有憂,未嘗有病。豈天之獨厚於余,蓋余之能全於天[66]也。孟子曰:「天之將降大任於是人也,必先苦其心志,勞其筋骨,餓其體膚,空乏其身,行弗亂其所為,所以動心忍性,增益其所不能。」余非聖賢,勉勵斯語,以為他日進德之資,且為此生作詩之旨。寧南之草,猶其始也。

寧南詩草自序二

甲寅(大正三年,1914)冬,余歸自北京,仍居寧南。寧南者,鄭氏**東都**[67]之一隅也。自吾始祖卜居於是,迨余已七世矣。乙未(1895)之後,余家被毀,而余亦飄泊四方,不復有故里釣遊之樂。今更遠隔重洋,遁跡明聖,山色湖光,徘徊幾席;而落日荒濤,時縈夢寐,登高南望,不知涕淚之何從矣!

客中無事,爰取篋中詩稿編之,起甲寅冬,訖丙寅(大正十五年,1926)之夏,凡二百數十首,名曰「寧南詩草」,誌故土也。

嗟乎!寧南雖小,固我延平郡王締造之區也。王氣銷沉,英風未泯,鯤身鹿耳間,其有晞髮[68]狂歌[69]與余相和答者乎?則余之詩可以興矣。

---

[66] 全於天:典出《莊子‧達生》:「彼得全於酒而猶若是,而況全於天乎?聖人藏於天,故莫之能傷也。」意謂:喝醉酒的人摔落車下,因為酒醉時不知懼怕,所以雖然受傷卻不至於有致命的危險,如果「全於酒」都可以這樣,更何況「全於天」的人呢。全於天,即指能夠保全天性自然,不受外境干擾的「得道者」。連橫此處用意,係自信亦自勉之意。

[67] 東都:代指臺灣。鄭成功入臺後在赤崁樓一帶建立東都明京,設立城天府衙門,奉明正朔;鄭經嗣立,建國東寧。

[68] 晞髮:將頭髮披散使之乾爽。常指高潔脫俗的行為。陸雲〈九愍〉:「朝彈冠以晞髮,夕振裳而濯足。」

[69] 按:《論語‧微子》:「楚狂接輿歌而過孔子曰:『鳳兮!鳳兮!何德之衰?往者不可諫,來者猶可追。已而,已而!今之從政者殆而!』孔子下,欲

丙寅仲秋，臺南連橫序於西湖之瑪瑙山莊。

臺語考釋[70]序一

連橫曰：余臺灣人也，能操臺灣之語而不能書臺灣語之字，且不能明臺語之義，余深自愧！夫臺灣之語，傳自漳、泉，而漳、泉之語，傳自中國，其源既遠，其流又長，**張皇幽渺**[71]，**墜緒**[72]微茫，豈真南蠻鴃舌[73]之音而不可以調宮商也哉？余以治事之暇，細為研求，乃知臺灣之語，高尚優雅，有非庸俗之所能知；且有出於周、秦之際，又非今日儒者之所能明，余深自喜。

試舉其例：「泔」[74]也，「潘」[75]也，名自《禮記》；臺之婦孺能言之，而中國之士夫不能言。夫中國之雅言，舊稱官話，乃不曰「泔」而曰「飯湯」，不曰「潘」而曰「淅[76]米水」；若以臺灣語較之，豈非章甫[77]之與褐衣、白璧之與燕石[78]也哉！又臺語謂穀道[79]曰「尻川」[80]，

與之言。趨而辟之，不得與之言。」楚國狂人接輿係一隱士，以歌聲諷刺孔子於天下大亂之際不知潔身自保。後來李白有「我本楚狂人，鳳歌笑孔丘」之詩句，即指此。此處連雅堂希冀有隱逸高士與之唱和。

70　《臺語考釋》：連橫晚年連載於《三六九小報》的專欄，將臺語中單字、雙字、三字一千多條，條條尋根考證，論證臺語源自漳州、泉州、來自中國古籍經典，屬上古漢語中原語系。其子震東彙集《臺語考釋》編印成《臺灣語典》。

71　張皇幽渺：闡發顯揚精深微妙的道理。張皇，顯揚、闡發之謂。幽渺，精深微妙。

72　墜緒：指行將絕滅的傳統、學說。

73　南蠻鴃舌：譏笑南蠻言語，聲如伯勞鳥鳴。典出《孟子‧滕文公上》：「今也，南蠻鴃舌之人，非先王之道，子倍子之師而學之，亦異於曾子矣。」後用以譏稱與自己不同的語音。鴃：音「決」，伯勞鳥。

74　泔：音「甘」，台語音 am2。淘米水。

75　潘：《說文解字》：「潘，淅米汁也。」

76　按：原文作「淛」，當作「淅」。

77　章甫：古代一種禮帽。

言之甚鄙，而名甚古。「屄」字出於《楚辭》，「川」字載於《山海經》；此又豈俗儒之所能曉乎？至於累字之名，尤多典雅：「糊口」之於《左傳》，「搰力」[81]之於《南華》，「拗蠻」[82]之於《周禮》，「停困」[83]之於《漢書》，其載於六藝、九流，徵之故書、雅記，指不勝屈。然則臺語之源遠流長，寧不足以自誇乎？

余既尋其頭緒[84]，欲為整理，而事有難者，何也？臺灣之語既出自中國，而有為中國今日所無者，苟非研求文字學、音韻學、方言學，則不得以得其真。何以言之？臺語謂家曰「兜」[85]；兜，圍也，引申為聚。謂予曰「護」；護，保也，引申為助。「訬」[86]，訬擾也，而號狂人。「出」，出入也，而以論價。非明六書之轉註、假借，則不能知其義。其難一也。臺語謂鴨雄為「鴨形」。《詩‧無羊》篇：「雄叶于陵反，與蒸、競、崩同韻。」又〈正月篇〉：「雄與陵、懲同韻。」復如查甫之呼「查晡」，大家之呼「大姑」，非明古韻之轉變，則不能讀其音。其難二也。臺語謂無曰「毛」，出於河朔；謂戲曰「遙」，出於沅水；謂挈曰「扐」[87]，出於關中。非明方言之傳播，則不能指其字。其難三也。然而余臺灣人也，雖知其難而未敢以為難。早夜以思，飲

---

78 燕石：燕山所產的一種類似玉的石頭。《山海經‧北山經》：「北百二十里，曰燕山，多嬰石。」晉‧郭璞注：「言石似玉，有符彩嬰帶，所謂燕石者。」此指普通石頭。

79 穀道：五穀所經之道，指肛門。

80 屄川：台語音 kha-chhng。屄，音「丂ㄠ」，指臀部之肛門。

81 搰力：搰，音「胡」，用力貌。《莊子‧天地》：「搰搰然，用力甚多。」搰力，台語音 kut-lat8。

82 拗蠻：音「傲瞞」，台語音 au2-ban5，蠻橫不講理。

83 停困：台語音 theng5-khun3，休息之意。

84 頭緒：條理。

85 兜：音「ㄅㄡ」，台語音 tau。

86 訬：音「鈔」，吵鬧、煩擾。台語音 siau2，狂也。

87 扐：音「掠」，台語音 liah8，抓取。

食以思，寤寐[88]以思，偶有所得，輒記於楮[89]；一月之間，舉名五百，而余之心乃自慰矣。

嗟夫！余又何敢自慰也。余懼夫臺灣之語日就消滅，民族精神因之萎靡，則余之責乃娤大[90]矣。

臺語考釋序二

余既整理臺語，復懼其日就消滅，悠然以思，惕然以儆[91]，愴然以言。烏乎！余聞之先哲矣，滅人之國，必先去其史；隳人之枋[92]、敗人之綱紀，必先去其史；絕人之材、湮塞人之教，必先去其史。余又聞之舊史氏矣，三苗之猾夏[93]，獫狁之憑陵[94]，五胡之俶擾[95]，遼、金、西夏之割據，愛親覺羅氏之盛衰，其祀忽亡，其言自絕；其不絕者僅存百一於故籍之中，以供後人之考索。烏乎！吾思之，吾重思之，吾能不懼其消滅哉！

今之學童，七歲受書，天真未漓[96]，呀唔[97]初誦，而鄉校已禁其臺語矣。今之青年，負笈東上，期求學問，十載勤勞而歸來，已忘其臺語矣。今之搢紳[98]上士，乃至里胥小吏，遨游官府，附勢趨權，趾高

---

[88] 寤寐：日日夜夜。語出《詩經·周南·關雎》：「窈窕淑女，寤寐求之。」寤，睡醒；寐，睡眠。

[89] 楮：音「楚」，紙的代稱。楮，落葉喬木，樹皮是製造桑皮紙和宣紙的原料。

[90] 娤大：更大。此處取漢字以表台語音之 loo5-tua7。

[91] 惕然以儆：惕，小心謹慎；儆，警覺。

[92] 隳人之枋：隳，音「灰」，毀壞；枋，古同「柄」，權柄。隳人之枋，指破壞一國之統治。

[93] 三苗之猾夏：古代苗族之侵擾中國。猾夏，音「華下」，侵擾中國。《書經·舜典》：「蠻夷猾夏，寇賊奸宄。」

[94] 獫狁之憑陵：獫狁，音「熏玉」，匈奴於夏朝時之名稱。憑陵，侵擾之謂。

[95] 俶擾：騷擾、擾亂。俶，音「觸」，開始。

[96] 未漓：未薄。

[97] 呀唔：讀書之聲。

[98] 搢紳：原為官員之服飾，後用以比喻地方士紳。

氣揚,自命時彥[99],而交際之間,已不屑復語臺語矣。顏推之氏有言:「今時子弟,但能操鮮卑語、彈琵琶,以事貴人,無憂富貴。」噫!何其言之婉而戚也!

余以僇民[100],躬逢此阨,既見臺語之日就消滅,不得不起而整理,一以保存,一謀發達,遂成《臺語考釋》,亦稍以盡厥職矣。曩者,余懼文獻之亡,撰述《臺灣通史》,今復刻此書,雖不足以資貢獻,苟從此而整理之、演繹之、發揚之,民族精神賴以不墜,則此書也,其猶玉山之一雲、甲溪之一水也歟!

臺灣稗乘序

一番雨過,蕉又成陰。殘暑未消,秋心已澹。素琴在御[101],尊酒不浮[102]。左雍[103]圖書,抗情[104]文史。每思古人,實多作者。尼父反魯,筆削[105]《春秋》。左邱失明,厥有《國語》。屈原被放,乃賦〈離騷〉。文信[106]失權,世傳《呂覽》[107]。凡夫詩人所詠,烈士所嗟,思婦所懷,

---

99 時彥:意謂當時的俊傑。時,當代、當時;彥,才德之士、俊傑之流。
100 僇民:罪人。僇,音「路」。指被日本殖民統治。
101 素琴在御:意指琴聲依舊在奏響。
102 不浮:不浮白(音「博」)之省。漢·劉向《說苑·善說》:「魏文侯與大夫飲酒,使公乘不仁為觴政,曰:『飲不釂者,浮以大白。』」浮白原指原意為罰飲一滿杯酒,後亦稱滿飲或暢飲酒為浮白。此處「尊酒不浮」意謂樽酒不喝,飲之不盡的意思。
103 雍:擁也,形近通叚。
104 抗情:指高尚的情操。抗,高、大,通「亢」。
105 筆削:筆,指記載;削,指刪改。
106 文信:指呂不韋(B.C.292-B.C.235),秦莊襄王任以為丞相,封文信侯,食河南洛陽十萬戶。
107 《呂覽》:即《呂氏春秋》,戰國末年(B.C.239 前後)秦國丞相呂不韋集門客編撰。此書共分為十二紀、八覽、六論,共 26 卷,160 篇,20 餘萬字。

征夫所寄，莫不感託邈深[108]，芬芳悱惻[109]，片言剩語，用詔後人，允矣君子[110]，金玉是式[111]矣。

　　橫，海隅之士也，投身五濁[112]，獨抱孤芳。以硯為田，因書是穫[113]。自維著述，追撫前塵。爰摭舊聞，網羅遺佚。吮毫[114]伸[115]紙，積月成編。徵信徵疑，盡關臺事。命名「稗乘」，竊附九流。夫虞初[116]為志，足輔詩書，小說所陳，亦資觀感。然而蒙叟[117]削簡，十九寓言[118]；齊贅絕纓[119]，二三隱語。鷦鷯偃鼠[120]之喻，豚蹄盂酒[121]之譏，觸緒引伸，憑空結撰，縱橫以來，其風靡矣。

108　邈深：久遠。
109　悱惻：內心悲苦淒切。
110　允矣君子：語出《詩經・小雅・車攻》：「允矣君子，展也大成。」允，信也。
111　金玉是式：指十分珍貴的遺典。
112　五濁：佛教稱煩惱紅塵為五濁惡世。
113　以硯為田，因書是穫：把文人運筆磨硯，創作篇章，比喻為農人耕作田地，其收穫就是書籍的問世。
114　吮毫：磨好墨，把毛筆潤濕。毫，毛筆。
115　伸：鋪展。
116　虞初：舊傳虞初著有《虞初周說》，已亡佚，後來成為「小說」的代名詞。張衡〈西京賦〉：「小說九百，本自虞初。」
117　蒙叟：即莊子，因曾在宋國的蒙邑（在今安徽省蒙城縣）擔任漆園吏，故亦稱蒙莊、蒙吏。
118　十九寓言：莊子以為道不可言，又不得不言，故採「寓言十九，重言十七，巵言日出，和以天倪。」（《雜篇・寓言》）此方式使莊子思想，如水一般，不懼後人肢解，且於不同時期展讀，亦得新義。
119　齊贅絕纓：齊贅，即戰國時齊之贅婿淳于髡。淳于髡，博學多才，以詼諧著稱。《史記・滑稽列傳》：「威王八年，楚大發兵加齊。齊王使淳于髡之趙請救兵，賫金百斤，車馬十駟。淳於于仰天大笑，冠纓索絕。……髡曰：今者臣從東方來，見道傍有穰田者，操一豚蹄，酒一盂，祝曰：甌窶滿篝，汙邪滿車，五穀蕃熟，穰穰滿家。臣見其所持者狹而所欲者奢，故笑之。於是齊威王乃益賫黃金千溢，白璧十雙，車馬百駟。髡辭而行，至趙。趙王與之精兵十萬，革車千乘。楚聞之，夜引兵而去。」
120　鷦鷯偃鼠：語本《莊子・逍遙遊》：「鷦鷯巢於深林，不過一枝；偃鼠飲河，不過滿腹。」比喻所求不多。亦用以勉人知足寡慾。

臺灣為南服之國。島是**田橫**[122]，人呼蒼葛[123]。顧文運雖開，而書缺有間。是以稗海之遊[124]，東槎之錄[125]，瀛壖之詠[126]，**赤崁之談**[127]，事類鑿空，語多浮蕩，君子恥焉。橫既撰《臺灣通史》，又以其餘力著述此書。攬古之心，悠然遠矣。《詩》曰：「維桑與梓，必恭敬之」[128]，

---

[121] 豚蹄盂酒：戰國時齊國弄臣淳于髡（約 B.C.386-B.C.310），以田間祈禱者持一隻豬蹄和一盂酒卻祈求眾多收成，來譏諷齊王欲以薄禮向趙國借重兵的舉動。典出《史記》卷一二六〈滑稽傳‧淳于髡傳〉。後比喻希圖以少許東西求取大量收益。

[122] 田橫（？- B.C.202）：秦末狄縣人，本齊國田氏王族。韓信破齊，橫自立為齊王，率從屬五百人逃往海島，劉邦稱帝，橫羞為漢臣，遂自盡，餘五百人聞橫死，亦皆自殺。

[123] 蒼葛（生卒不詳）：陽樊人，抵抗晉國之領袖。戰國期，周襄王以陽樊、溫原、攢、茅之田予晉國，陽樊不服，晉師圍之。蒼葛大呼道：「德以柔中國，刑以威四夷。宜吾不敢服也，此誰非王之親姻，其俘之也，乃出其民。」意指用德行來安撫中原國家，用刑罰來威儡四方夷狄，如此無怪吾人不敢降服。誰非王室之親戚，焉能俘虜？於是釋放陽樊百姓出城。

[124] 稗海之遊：即郁永河《裨海記遊》。

[125] 東槎之錄：即《東槎紀略》，清‧姚瑩（1785-1853）著。瑩字石甫，安徽桐城人。嘉慶二十四年（1819）任臺灣知縣，道光元年（1821）署噶瑪蘭通判，十八年（1838）任臺灣道。本書成於九年（1829），姚瑩有感臺灣民風強悍，易動難靜，入清版圖百餘年，仍是亂者時起，械鬥劫掠比比皆是。乃撰此書，以明情勢利害，輔翼清廷之治理。姚瑩來臺十數年，習知臺灣地勢、民俗，此書是瞭解清中葉臺灣兵制及噶瑪蘭開發之重要文獻。

[126] 瀛壖之詠：即《瀛壖百詠》。壖音「ㄖㄨㄢˊ」。清‧張湄（生卒年不詳）著。湄字鷺洲，號南漪，又號柳漁，浙江錢塘人。乾隆六年（1741）任巡臺御史，乃將所見物候民情，賦為百首絕句，惜今多散佚，僅部分見於方志、筆記中，今人林文龍輯佚，共收得 58 首（含斷句）。

[127] 赤崁之談：即〈赤嵌筆談〉，清‧黃叔璥（1682-1758）著。叔璥字玉圃，號篤齋，順天府大興縣人，康熙六十年（1721）擔任首任巡臺御史。叔璥抵臺後巡行各地，考察攻守險隘、海道風信，著《臺海使槎錄》。全書凡 8 卷，分為〈赤嵌筆談〉、〈番俗六考〉、〈番俗雜記〉三部分。〈赤嵌筆談〉為前 4 卷，內容廣泛，集中為臺灣物候、治理、漢人民俗歷史等之記載。

[128] 維桑與梓……句：「之」，於《詩經》中為「止」。維，通「唯」；止，語氣詞。《詩‧小雅‧小牟》：「維桑與梓，必恭敬止。」意指桑樹、梓樹為父母所栽，子孫見之，緬懷先人，必恭必敬。

況若人者，亦狂亦俠，可泣可歌，每卒一篇，投筆起舞。荊妻[129]瀹名[130]，潤我剛腸，稚子進煙，助余幽思。殺青既竟，以餽邦人。世有知心，定當展讀。

丙辰（大正五年，1916）七月既望，自序於劍花室。

臺灣詩薈發刊序

臺灣詩學，於今為盛。文運之延，賴此一線。而眷顧前途，且欣且戚，何也？臺灣固海上荒土，我先民入而拓之，手耒耜[131]，腰刀鎗，以與生番、猛獸相爭逐，用能宏大其族。艱難締造之功，亦良苦矣。我先民非不能以詩鳴也，夫開創則尚武，守成則右文[132]。昔周之興，陳師牧野[133]，一戎衣而大定。及成康繼祚，棫樸[134]作人，制禮作樂，為後王範。雅頌之聲，詩人美焉。臺灣當鄭氏之時，草昧初啟，萬眾偕來。而我延平郡王以故國淪亡之痛，一成一旅，志切中興，我先民之奔走疏附者，漸忠勵義，共麾天戈[135]，以挽虞淵之落日[136]。我先民固不忍以詩鳴，且無暇以詩鳴也。三百年來，士墜其德，農捐其疇，滄桑劫火之餘，始以吟詠之樂，消其抑塞磊落之氣。一倡百和，南北

<hr/>

129 荊妻：對人謙稱自己的妻子，亦稱為「荊婦」。
130 瀹名：應為「瀹茗」，煮茶。
131 耒耜：古代一種似犁的翻土農具。耜用於起土。耒是耜上的彎木柄。也作為農具的統稱。
132 右文：古以右為尊，此指注重文事。
133 陳師牧野：陳師，陳列軍隊。牧野，在今河南省淇縣南。周武王與反殷諸侯會師，大敗紂軍於此。
134 棫樸：棫，白櫟；樸，枹木。《詩經‧大雅‧棫樸》：「芃芃棫樸，薪之槱之。」〈毛詩序〉：「〈棫樸〉，文王能官人也。」意謂文王在位，盛德服人，故人心歸附，賢材眾多。此處「棫樸作人」即指明君善用賢士，故人才濟濟。
135 天戈：古代以天比喻王者，此指王者之兵。
136 虞淵：傳說崦嵫山是太陽西下之處，山下有蒙水，水中有虞淵，故亦代指太陽西沉之處。「挽虞淵之落日」借喻挽救明季國家沉淪的局勢。

競起，吟社之設。數且七十。**臺灣詩學之盛**，為開創以來所未有。此不佞之所以欣也。

然而今日之**臺灣**，非復舊時景象也。西力東漸，大地溝通，運會之趨，莫可阻遏。重以科學昌明，奇才輩出，爭雄競智，迭相抗衡。當此風雨晦明之際，聞雞而舞，著鞭而先[137]，固大丈夫之志也。且**彝倫攸斁**[138]，漢學式微，教育未咸[139]，民聽猶薄，傍徨歧路，昧其指歸，差之毫釐，謬以千里。此又士大夫之恥也。夫以新舊遞嬗之世，群策群力，猶虞[140]未逮，莘莘學子，而僅以詩人自命，歌舞湖山，潤色昇平，此復不佞之所為戚也。

夫以**臺灣**山川之奇秀，波濤之瀰湃，飛潛動植之變化，固天然之詩境也。涵之、潤之、收之、蓄之、張皇之、鼓吹之、發之胸中，驅之腕底，小之為挖雅揚風之篇，大之為道德經綸之具，內之為正心修身之學，外之為齊家治國平天下之道，我詩人之本領，固足以卓立天地也。不佞，騷壇[141]之一卒也，追懷先德，念我友朋，爰有《詩薈》之刊。不佞猶不敢以詩自囿，然而琴書之暇，耕稼之餘，手此一編，互相勉勵，**臺灣**文運之衰頹，藉是而起，此則不佞之幟也。孔子曰：「《詩》可以興，可以觀，可以群，可以怨。」尤願與我同人共承斯語，日進無疆，發揮蹈厲[142]，以揚**臺灣**詩界之天聲。

---

137 著鞭而先：著，下。比喻快走一步，佔先。南朝宋·劉義慶（403-444）《世說新語·賞譽》：「吾枕戈待旦，志梟逆虜，常恐祖先生吾著鞭耳。」

138 彝倫攸斁：倫常敗壞。《書經·洪範》：「帝乃震怒，不畀洪範九疇，彝倫攸斁。」彝，音「夷」。斁，音「蠹」。彝倫，道法、倫常。攸斁，敗壞也。

139 未咸：猶未全。

140 虞：慮也、患也。

141 騷壇：詩壇。

142 發揮蹈厲：意氣風發，精神奮勇貌。

東寧[143]三子詩錄序

　　臺灣為海上**荒服**[144]，我延平郡王入而拓之，以保存**正朔**[145]。一時忠義之士，奉冠裳而渡鹿耳[146]者，蓋七百餘人。而史文零落，碩德無聞，余甚憾之。曩撰《臺灣通史》，極力搜羅，始得**沈、盧、辜、王**[147]諸公之行事，載之列傳，而文彩不彰。是豈《心史》[148]之編，長埋眢井[149]；西臺之什[150]，竟付荒波也哉？

　　自是以來，瀏覽舊誌，旁及遺書，乃得沈**斯庵**[151]太僕之詩六十有九首。越數年，又得張蒼水尚書之《奇零草》。又數年，復得徐闇公中

143　東寧：即臺灣。鄭成功時稱臺灣為東都，鄭經改名東寧。

144　荒服：古「五服」之一，《尚書·禹貢》載，王都向四周每五百里為一「服」，依序為甸服、侯服、綏服、要服、荒服。

145　正朔：古代改朝換代時新立帝王頒行的新曆法，此處指朝廷「正統」而言。

146　鹿耳：鹿耳門之省，位於臺南市安南區台江內海的出海口，因其地形海岸線類似鹿耳般上尖下寬，故稱之。

147　沈、盧、辜、王：指王忠孝（1593-1666）、盧若騰（1600-1664）、辜朝薦（1598-1668）、沈佺期（1608-1682）。按：即後文〈文開書院記〉所稱「同安盧尚書若騰、惠安王侍郎忠孝、南安沈都御史佺期、揭陽辜都御史朝薦」等人。

148　《心史》：又稱《所南心史》、《鐵函心史》，相傳為宋遺民鄭思肖（1241-1318）所作。思肖原名之因，曾多次上策以抗蒙古，皆不用。宋亡後改名思肖，字所南、號憶翁。善畫蘭花，多不著土地和根，以喻遺民之況。曾將所著《咸淳集》、《大義集》、《中興集》、《久久書》、《雜文》、《大義略敘》等，總題為「心史」，以鐵函蠟封，沉於蘇州承天寺的古井；迄明崇禎年間，才被發現。清·顧亭林〈井中心史歌序〉：「崇禎十一年冬，蘇州府城中承天寺以旱浚井，得一函。其外曰『大宋鐵函經』。錮之再重，內有書一卷，名為《心史》，稱大宋孤臣鄭思肖百拜封。」

149　眢井：猶枯井。井枯、無水謂之「眢」。眢，音「冤」。

150　西臺之什：指謝翱（1249-1295）的〈登西台慟哭記〉。翱字皋羽，一字皋父，號晞髮子，宋末曾參軍抵抗蒙古；文天祥就義後八年，登浙江富春山西臺以祭之，並作〈登西台慟哭記〉詳其事。什，指詩篇、篇什。

151　沈斯庵（1613-1688）：沈光文，字文開，號斯庵，明末浙江鄞縣人。隆武二年（1646）桂王朱由榔於廣東肇慶即位為永曆帝，光文往依，授太僕少卿；後欲往泉州隱居，途遇颱風，於永曆六年（1652）漂流來臺。時臺灣

丞之《釣璜堂詩集》。刺其在臺及繫鄭氏軍事者四、五十首，合而刻之，名曰《東寧三子詩錄》。而余心乃稍慰矣。

夫三子皆忠義之士也。躬遭國恤，飄泊海隅，冒難持危，**賫志以沒**[152]。緬懷大節，超邁時倫。振民族之精神，揚芬芳於異代，又豈僅以詩傳哉！然而三子之詩，固足以啟臺人之觀感也。臺為延平故土，復經諸君子之棲遲[153]，禮樂衣冠，文章經濟，張皇幽渺[154]，可泣可歌。臺人士之眷懷國光者，當以三子為指歸，而後不墜其緒。《詩》曰：「雖無老成人，尚有典型。」[155]有以哉！有以哉！

為荷人所治，謹授一廛以居，極備艱困，鄭成功入台後頗禮事之，鄭經繼位後光文以賦寓諷，幾遭不測，乃變服為僧逃入羅漢門山中（今高雄內門），後留於目加溜灣社（今臺南善化）一帶行醫、授徒終老。入清，福建總督姚啟聖曾欲助光文回歸故里，未果；後諸羅縣令季麒光招引文人雅集，與組「東吟社」，乃為臺灣詩社之始。光文入台之文教、文學活動，亦被譽為海東文獻初祖。著有〈臺灣賦〉、〈東海賦〉、〈花草木果雜記〉等；今人輯為《沈光文全集及其研究資料彙編》（龔顯宗，1998）。

[152] 賫志以沒：指懷抱著未遂的志願而死去。賫，音「基」，懷抱著。《封神演義‧第九十九回》：「方圖協力同心，忠義志堅，欲效股肱之願；豈意陽運告終，賫志而歿。」亦作「賫志沒地」。

[153] 棲遲：遊息。《詩‧陳風‧衡門》：「衡門之下，可以棲遲。」朱熹《集傳》：「棲遲，遊息也。」

[154] 張皇幽渺：本指闡發顯揚精深微妙的道理，此處意謂發揚明鄭時期故國沉淪的文風。

[155] 雖無老成人……句：語出《詩‧大雅‧蕩》。意謂：即使沒有德高望重的老臣，也還存有典章和法度可以依循。

閩海紀要[156]序

余居承天，延平郡王之東都也。緬懷忠義，冀鼓英風[157]，憑弔山河，溉然[158]隕淚。洎[159]長讀書，旁及**志乘**[160]，而記載延平，辭多詆譭，余甚恨之！弱冠以來，發誓述作，遂成《臺灣通史》三十六卷，尊延平於本紀，稱曰建國，所以存正朔於滄溟[161]，振天聲於大漢也。筆削之間，搜求故籍，其載延平者，則有黃宗羲氏之《賜姓始末》[162]、鄭亦鄒氏之《鄭成功傳》[163]、江日昇氏之**《臺灣外記》**[164]，**鷺門**[165]夢莘

---

[156] 《閩海紀要》：明末・夏琳（生卒年不詳）撰。夏琳，字元斌，福建南安人，撰《閩海紀要》二卷，《閩海紀略》一卷，《海紀輯要》三卷。《閩海紀要》述明鄭三代在臺灣的歷史，起於隆武元年（清順治二年，1645），訖於康熙二十二年（1683），以編年為體，紀事簡明，且所載之事多為他書所無。

[157] 英風：高尚的風格和節操。

[158] 溉然：按：當作「慨然」，心有感慨之意。

[159] 洎：音「計」，及、至也。

[160] 志乘：即志書。志，通「識」，記事之書，記事之書，後指記載地方的疆域沿革、典章、山川古跡、人物、物產、風俗等的書。乘，音「勝」，史書。

[161] 滄溟：音「倉冥」，本指大海，此處意謂海外。

[162] 《賜姓始末》：清・黃宗羲（1610-1695）著。成功本姓鄭，名森，唐王隆武帝即位，視為奇才，賜姓朱，改名成功，故書名「賜姓始末」。

[163] 《鄭成功傳》：鄭亦鄒（生卒年不詳）著。亦鄒字居仲，福建海澄人。康熙四十五年（1706）進士，授內閣中書，旋辭官歸里，授徒著書，另著有《白麓藏書》十數種，皆佚，惟存「樂府」一卷、詩文鈔若干卷。

[164] 《臺灣外記》：或作《臺灣外紀》、《臺灣外誌》，作者為清初江日昇（生卒年不詳），為南明將領之子。本書係以介於史書和章回小說之間的體裁，記載鄭芝龍、鄭成功、鄭經、鄭克塽家族發展的事蹟，起自明天啟元年鄭芝龍離泉州至澳門天啟元年（1621），至清康熙二十二年（1683）鄭克塽降清止。由於明鄭家族的史料稀少，本書雖有小說性質，但內容係江日昇之父口傳，填補史料未載的空白，故為學術上重要參考資料。

[165] 鷺門：廈門的古稱。

氏之《海上見聞錄》[166]，皆實錄也。今乃復得《閩海紀要》，讀之狂喜，以為漢族不湮，此書其必顯矣。書為泉南夏元斌先生撰，而陳鐵香[167]太史所藏者。起隆武元年（1645），訖永曆三十七年（1683），凡鄭氏三世之事，編年繫月，巨細靡遺，而尊宗延平，義如綱目，是正史也。且足補吾《通史》之缺。因繕副本，付之梓人。而延平之精忠大義，東都之締造經管，謀臣猛將、耆舊名流之功勛，文采炳炳琅琅[168]，並傳天壤，豈非一大快事哉！

香祖詩集序

　　澎湖處絕海之中，三十六島風濤噴薄[169]，奇木不生，礁石怒立，舟觸輒破。故其山童[170]，其土瘠，其產嗇[171]，其民勞，其俗樸，耕原獵海[172]，以養以生，尚恐不給[173]，又何暇[174]從事文學哉？然自施肩吾[175]

166　《海上見聞錄》：本書分二卷，阮旻錫（1627-1712）撰。此編舊題「鷺島道人夢荇輯」；本書記海上鄭氏之事，以故吏錄見聞，自較明確。雖以清曆紀年，然稱鄭成功曰「賜姓」、其子經曰「世藩」、臺灣鄭氏曰「海上」，「存鄭一之義，情見乎詞。」〈卷末附識〉云：「自丁亥永曆元年（1647）起、至癸亥永曆三十七年（1683）止，海上始末俱載於此，以備採擇焉。取臺灣一節，行文多以敘事，而又多載諸人口中語，與本錄是兩樣筆；今兩存之」。

167　陳鐵香（1837-1903）：陳棨仁，字戟門、鐵香，人稱鐵香先生，福建晉江人。同治十三年（1874）進士，授編修，後辭官，先後於泉、漳兩府及廈門等地主持書院，講學授徒三十餘年，門生遍及閩南各地。棨仁平生著作甚多，大多散失，於今行世者僅存《溫陵詩記》、《溫陵文字》、《藤花吟館詩鈔》、《閩中金石錄》。

168　炳炳琅琅：光明正大貌。

169　噴薄：洶湧激蕩。

170　童：山嶺或田地無草木。

171　嗇：音「色」，本指吝嗇、慳嗇，此處意謂收成不好。

172　耕原獵海：躬耕脊原，漁獵於海。

173　不給：不足用，不能供應所需。給，音「擠」，富裕、豐足。

174　暇：餘暇，空閒的時間。

卜居以來，中土文明隨之以入，鬼市鹹水[176]見於題詠，猶是**荒昧**[177]之鄉也。元明置吏，忽弛忽張，政令不行，教化未啟。其巢處[178]而出入者，非桀驚[179]之遊民，則跳樑[180]之海寇，固猶是甌脫[181]之地也。延平肇造[182]，緯武經文[183]。降及有清，涵濡摩厲[184]，鄙僿[185]之風漸開，絃誦[186]之聲以出。士之讀詩書而掇科第者，代有其人，而蔡香祖[187]先生遂以是起，可謂一鄉之秀矣。

　　先生諱廷蘭，雙頭鄉人。少好學，深自刻勵。年十三，舉博士弟子員。後成進士，出為陝江令。澎之科第自茲始。

---

[175] 施肩吾（780-861）：字希聖，號東齋，唐睦州分水人。少時習佛，曾登進士，未受官即告歸，後轉而學道，隱居西山，稱棲真子。晚年率領族人移居澎湖，並卒於澎湖。著有《西山集》（詩），《養生辨疑訣》、《真仙傳道集》、《太白經》、《黃帝陰符經解》等。

[176] 鬼市鹹水：鬼市，一謂唐代西域外海的一種不直接碰面的交易市集，一謂夜半交易異物的市集，即夜市。鹹，通「鹹」。鹹水，即海水。唐‧施肩吾〈題澎湖〉云：「腥臊海邊多鬼市，島夷居處無鄉里。黑皮年少學採珠，手把生犀照鹹水。」

[177] 荒昧：蠻荒之地。

[178] 巢處：如鳥築巢般的居住，此處意謂定居。

[179] 桀驚：性情暴戾之謂。驚音「敖」。

[180] 跳樑：即跳梁。跋扈、強橫。

[181] 甌脫：邊地；邊境荒地。

[182] 肇造：謂始建。

[183] 緯武經文：指有文有武。語出《晉書‧齊王攸傳‧贊》：「自家刑國，緯武經文。」

[184] 涵濡摩厲：涵濡，滋潤、沉浸。摩厲，切磋、磨煉。

[185] 鄙僿：音「比賽」，鄙野閉塞。

[186] 絃誦：弦歌和誦讀，指學校教學。

[187] 蔡香祖（1801-1859）：蔡廷蘭，字香祖，號郁園，學者稱秋園先生。澎湖雙頭掛人。道光十五年（1835）赴福州鄉試，罷歸途中遭遇颱風，漂流至越南，翌年由陸路經兩廣回到福建，遂將途中聞見撰成《海南雜著》二卷，上卷分為〈滄溟紀險〉、〈炎荒紀程〉、〈越南紀略〉，下卷則是與當地文士唱和之詩作，皆保留當時越南風土民情。《海南雜著》曾被譯為俄、法、日、越諸國語文，為臺灣清代著作外譯之第一本。

　　初，先生秋試遭風[188]，至越南，越人禮之，著〈越南紀略〉、〈炎荒紀程〉二書，至今尚有存者，而詩則未睹。丁已[189]春，余以報中輯《臺灣詩乘》，欲葆[190]一代文獻，旁搜遠引，遍索名山。其邑人陳子瑾堂[191]竟錄先生之詩郵示，長短凡百十有五篇。余閱之喜，為選一、二。雖其詩不足以入古賢之室，而亦一時之作也。

　　夫澎湖為海中絕塞，樓舡[192]墩火[193]，蛟嘯鼇鳴[194]，其民習於戰鬥，而先生獨以文顯，為鄉人士所景仰，天之降才，固不以地而限，特患人之不自奮爾。**雖然**[195]，澎湖為臺之附庸，瞬息可至，而余尚未往。漁村蟹舍中，豈無二、三奇士足與話桑田者？則余將索之矣。一葉扁舟，橫渡黑水[196]，弔漁島之沈城，訪隋家之古壘[197]，天風鼓浪，扣舷而歌，以與潛龍相和答也。

厚庵遺草序

　　詩有可傳，有不傳。傳之在我，而不傳在人。而**厚庵**[198]乃不能自傳其詩，亦可悲矣！厚庵歿二年，其尊大人屬[199]林子[200]為輯其詩，將

---

[188] 遭風：遇到大風浪。

[189] 按：疑為丁巳年（1917）。

[190] 葆：即「保」，古文形近通叚，保存之謂。

[191] 陳子瑾堂：陳謹堂，屏東人，高雄旗津吟社社員。著有〈崗山超峰寺遊記〉。

[192] 樓舡：即樓船，有樓的大船，亦代指水軍。舡，音義同「船」。

[193] 墩火：形容澎湖如海中火炬、烽火臺。墩，沙土積成之高邱。

[194] 蛟嘯鼇鳴：蛟龍呼嘯、巨鼇嘶鳴，形容海上巨怪聚集，極其凶險。

[195] 雖然：雖則如此。

[196] 黑水：即黑水溝。臺灣海峽由於有黑潮通過，水色如墨，故稱之。以黑水溝水流不穩定，易發生船難，使墾民視渡海為畏途，故「黑水」也用來指稱不易克服的天險。

[197] 編按：此二句指「虎井沉城」，虎井嶼東南海面下有古牆一座，平時即可見其徵，退潮則半露出水；傳說為隋代所建。見連橫，《臺灣通史·城池志》。

[198] 厚庵：呂敦禮（1871-1908），字鯉庭，號厚庵，筱雲山莊主人呂汝玉長子。呂氏富甲一方，又重文尊儒，藏書冠全臺。厚庵幼承家學，自小與林俊堂

以示諸世。烏乎！厚庵之詩不得傳於子，而反傳於父，則厚庵之不閟[201]，尤可哀矣！然是區區者，得林子而表章之，以垂諸不朽，厚庵有知，亦當起舞於地下也。

　　厚庵，醇謹[202]人，性孝友，一致其力於實用之學，故為詩絕少，詩亦不甚求工。然而滄桑亂離之感，騷壇酬唱之什，即事言情，興觀群怨，是區區者又可以稍窺厚庵之梗概矣。

　　丁未（1907）冬，余游**大墩**[203]，見厚庵於逆旅[204]，握手若平生。既余南歸，而厚庵亦隱，未嘗以書信通往來。而林子顧[205]盛稱其行誼[206]文章，可以振末俗之流弊。烏乎！世風澆薄[207]，**大雅**[208]淪亡，後生小子以道義無足輕重，競逐於繁華淫靡之場，輒以其詩自鳴得意，是固厚庵之所恥也。父子慈孝之性，朋友死生之誼，人倫之大，王化之原，固不藉詩以傳；而編次厚庵之詩，則並父子之性、朋友之誼而揚麗於簡[209]端，是又余之樂為序也。

　　（癡仙）有同筆硯之親，並故與霧峰林家有姻戚之誼。乙未之役，內渡避亂。嗣復返臺，致力於實用之學。迨明治三十五年（1902）癡仙、幼春與賴紹堯等結櫟社，乃率先加入，為創社九老之一。自是隱於詩酒，善自養晦，每春秋佳日，與櫟社諸子分箋唱酬。四十一年（1908）病卒，年僅三十八。生平所作隨手散佚，其父蒐集叢殘，得 73 首，委林癡仙、陳槐庭編輯之，末附諸家輓詩 70 首，經傅錫祺校正，題曰《厚菴遺草》。

199　屬：囑咐。
200　林子：即文末的林癡仙（林朝崧）。
201　不閟：不容許。
202　醇謹：淳厚謹慎。
203　大墩：臺中市昔稱大墩。
204　逆旅：客舍、旅店。
205　顧：但、卻也。
206　行誼：指品行、道義。或指事蹟、行為。
207　澆薄：社會風氣浮薄，不淳樸敦厚。
208　大雅：《詩經》組成之一部分，多為西周王室貴族之作，後指閒雅淳正之詩篇。
209　簡：書簡、書冊之謂。

　　厚庵，臺中人，姓呂氏。林氏字**癡仙**[210]，厚庵之篤友也。

鰲峰詩草序

　　大肚之山[211]，自南而北，蜿蜒二十里，至於鰲峰之麓，土番處之，射飛逐肉[212]，以武[213]相角[214]，閱[215]今二百年前，而始為我族攘[216]焉。我族既居其地，闢田廬，成都聚，以長育子姓[217]。獷悍之氣漸革，禮讓之俗以興，士之讀詩書而掇科第者踵相接，而陳**茂才**基六[218]尤其出

---

[210] 林癡仙（1875-1915）：林朝崧，字俊堂、峻堂，號癡仙、無悶道人，霧峰林家下厝林文明養子，與林獻堂同輩。乙未（明治二十八年，1895）時內渡，曾往來居住台灣、泉州、上海，明治卅二年（1899）返台定居。明治卅五年（1902）與蔡啟運（1862-1911）、林幼春（1880-1939）、賴紹堯（1871-1917）等人創設「櫟社」，遂成為中臺灣詩壇重鎮。四十四年（1911）梁啟超訪台，勉勵櫟社諸君勿以詩人終其生，櫟社員乃一轉前期遺民唱酬的基調，大量投入文化、社會運動，如林癡仙之投入同化會、臺中中學之設置等。著有《無悶草堂詩存》、《無悶草堂詩鈔》，版本略異。

[211] 大肚之山：大肚山，位於舊臺中縣、市的交界，台地地形，南北夾於大甲溪和大肚溪之間。

[212] 射飛逐肉：描寫打獵的情況。化用「斷竹射肉」，典出《吳越春秋》所載〈斷竹歌〉（又稱〈彈歌〉），全文為：「斷竹，續竹，飛土，逐宍〔肉〕。」內容描述遠古時期的打獵活動，歌詞略譯為：砍斷竹木，接續製造弓箭，然後安置土丸成彈，並以之追逐打獵。「肉」指獸禽，即食物。

[213] 武：武勇。

[214] 角：音「決」，角力，較量、競爭之謂。

[215] 閱：察看、檢視。

[216] 攘：音「攘」，熙攘之省，擁擠之謂。在此作動詞用，即繁衍。

[217] 子姓：泛指子孫、後輩。

[218] 陳茂才基六：陳錫金（1867-1935），字基六，號式金、蟄村，晚號蟄翁，臺中清水人。日治時曾任高美區長及《臺灣新聞》記者。亦擅中醫，有名於杏林。性好吟詠，1902 年林癡仙、幼春叔姪與賴悔之三人共結詩社，名曰「櫟社」，即首先加入，為創社九老之一，並時相參與詩會活動。著有《鰲峰詩草》、《鐵崖詩鈔》。茂才，即「秀才」，東漢時為避諱光武帝劉秀之諱，改稱茂才，又稱庠生。

也。基六素工詩，不作矜躁[219]語。間為醫，如其詩，亦不為攻剽[220]之術。豈非有德之士也歟？

　　始余居大墩，基六素[221]至臺中，復同隸**櫟社**[222]，聲相應、氣相投也。及余客稻江，基六適然戾止[223]，相見甚歡，出所為《鰲峰詩草》相示，且請序。余受而讀之，已而歎曰：鰲峰固**榛莽**[224]之地，歷年多而有我族[225]，我族之中而有能詩如基六者，又豈非山川之秀也歟？然而我族不文久矣。漢學式微，綱紀墜地。趨時之士，競逐浮華。其有稍習唐宋人語者，便翹然[226]以詩自豪。種性昏庸，吾心滋戚[227]。基六其能以詩醫之也否？投之以敦厚之藥，導之以平和之劑，飲之以華實之湯，養之以浩然之氣。詩教之，庶幾有艾[228]。而不然者，鰲峰之麓有石器焉，是維**原人**之跡[229]，吾恐臺灣之詩，亦將委諸榛莽之墟，而使後人反笑我**輩不武**[230]也！

---

[219] 矜躁：矜誇躁急。

[220] 攻剽：侵擾劫奪。

[221] 素：往常、向來。

[222] 櫟社：日治時期臺灣三大詩社之一，明治三十五年（1902）林癡仙、賴紹堯等人倡設，取名為「櫟」，意為「學非世用，是為棄材；心若死灰，是為朽木。今夫櫟，不材之木也，吾以為幟焉。」嗣後有林南強（幼春）、賴悔之、蔡啟運、陳滄玉、呂厚菴、陳槐庭、陳基六等人響應，每年於春秋佳節，聚集一堂吟詠。

[223] 戾止：來臨、來到。

[224] 榛莽：本指雜亂叢生的草木或荒野之處，在此意謂未開化的地區。

[225] 我族：指漢族。

[226] 翹然：本指特出貌，此處意謂驕矜自詡。

[227] 戚：悲傷憂慮。

[228] 庶幾有艾：庶幾，差不多、近似。艾，多年生草本植物，嫩葉可食，古人將老葉製成絨，以供針灸用，此處意謂「醫治」、「治癒」。

[229] 原人之跡：此係原始人類的遺跡。

[230] 不武：不能繼承前人遺緒。武，繼承。

櫟社同人集序

　　櫟社既設之二十載，樹碑菜園[231]，又集同人之詩而刊之，將以示諸後。嗟乎！櫟為無用之材也，詩亦無用，而眷眷於此者何也？文運之盛衰，人物之消長，**朋簪**[232]之聚散，道義之隆汙[233]，均於是在。何可以其無用也而棄之？

　　先是戊戌[234]之歲，林子癡仙始倡是社，和者十數人。越七載，余居大墩，邀入社。余固無用之材也，又無用詩，幸而得從諸君子後以扶持風雅[235]，則余何敢以不材也而自棄？

　　海桑[236]以後，士之不得志於時者，競逃於詩，以寫其侘傺無聊之感，一倡百和，南北並起，其奔走而疏附者，社以十數。而我櫟社屹立其間，左縈右拂[237]，蜚聲騷壇[238]。文運之存，賴此一線。人物之蔚，

231　菜園：即萊園。霧峰林家的庭園，光緒十九年（1893），林文欽（獻堂之父）鄉試中舉後，築萊園於霧峰之麓，奉觴演劇侍其母羅太夫人以游，「萊」取老萊子彩衣娛親之意。萊園以「十景」（木棉橋、擣衣澗、五桂樓、小習池、荔枝島、萬梅崦、望月峰、千步磴、夕佳亭、考槃軒）著稱，與台南吳園、新竹北郭園及板橋林本源園邸，合稱臺灣四大名園。櫟社詩人常於萊園活動，今存「櫟社二十年題名碑」，為創社 20 年之紀念。

232　朋簪：指朋輩。語本《易經‧豫卦》：「大有得，勿疑，朋盍簪。」孔穎達疏：「盍，合也。簪，疾也。若有不疑於物以信待之，則眾陰羣朋合聚而疾來也。」

233　隆汙：高與低，喻盛衰興替。語出《禮記‧檀弓上》：「道隆則從而隆，道汙則從而汙。」鄭玄注：「汙，猶殺也。有隆有殺，進退如禮。」

234　按：戊戌年為明治三十一年（1898），誤。櫟社創於三十五年（1902），而三十四年（1901）即有以櫟社之名活動的記載。

235　風雅：《詩經》有〈國風〉、〈大雅〉、〈小雅〉等部分，後世以風雅泛指詩文之事。

236　海桑：本指滄海變桑田，比喻世事變遷極大。在此則暗喻滿清將臺灣割讓給日本的重大變化。

237　左縈右拂：左邊拾，右邊揮。比喻對手容易收拾。語出《史記‧楚世家》：「若夫泗上十二諸侯，左縈而右拂之，可一旦而盡也。」

238　蜚聲騷壇：蜚，通「飛」，聞名於詩壇（或文壇）。

炳於一時。詩雖無用，而亦有用之日。莘莘學子，又何可以其不材也而共棄？

然而林子往[239]矣，林子非棄材也，而以此自幟[240]。追懷道義，眷念朋簪，余雖無用，期與我同人共承斯志，請以此集為**息壤**[241]。

悔之詩集序

悔之[242]既沒之八年，余乃輯其遺詩，刻而傳之。嗟乎！悔之岑奇[243]人，乃僅以詩傳乎哉？雖然，人類多矣，芸芸以生，昧昧以死者，胡可勝數？卽幸而富貴功名，煊赫一世，曾幾何時而骨化形銷，與草木同腐者，又何足道？曾不若悔之之猶能以詩傳也。

始丁未（明治四十年，1907）間，余居大墩，始識悔之。悔之，櫟社之傑也，主持壇坫[244]，鼓吹風騷[245]；顧獨愛余文，余以兄事之。春朝瀹茗[246]，夜雨篝燈[247]，言笑唱酬，為歡無極。悔之嗜酒，飲輒醉，醉則縱論當世事，或朗誦屈子〈離騷〉，以洩其抑鬱不平之氣。故其詩亦幽峭蒼涼，芬芳悱惻，為世所重。越四年，余遊禹域[248]，行萬里，

---

239 往：過世。
240 自幟：自喻、自我標誌。
241 息壤：戰國時秦國邑名，秦武王使甘茂約魏國以伐韓，茂恐武王反悔，與其於息壤盟誓，後遂以指稱信守盟約、信誓。
242 賴紹堯（1871-1917）：字悔之，彰化大莊（今大村鄉）人，光緒時生員。1902 年與林癡仙、林幼春議創櫟社，被推舉為社長。自署作品為《逍遙詩草》，未輯而佚，雅堂據《櫟社第一集》及《臺灣詩薈》彙輯其作，名《悔之詩鈔》。
243 岑奇：即「嶔崎」，本指山勢險峻的樣子，後用以譬喻人有骨氣、品格卓越不凡。
244 壇坫：音「談店」，文人集會的場所，引申為文壇。
245 風騷：此指文學。風，《詩經》中的〈國風〉；騷，屈原的〈離騷〉。
246 瀹茗：煮茶。瀹，以湯煮物。
247 篝燈：謂置燈於籠中。
248 禹域：傳說大禹平水土，劃分九州，指定名山、大川為各州疆界，後世因稱中國為禹域。

三載乃歸。歸而伏處寧南,遂不獲與悔之相見。林無悶之喪,俱會詹園[249],悔之雖握手道故,悲懼交集,而形神**蕉萃**[250],鬢髮已蒼,若重有隱憂者。余竊傷之,而不虞[251]以此而損其生也!

悔之之逝,余不能撫其棺。及葬,復不能臨其穴。寸心耿耿,負疚良多!而今乃輯其詩而傳之,則余悲或可稍殺[252]。然而余之念悔之,又胡能已?

鈍庵[253]詩草序

丁未(明治四十年,1907)辛亥(明治四十四年,1911)之際,余居大墩,與林**南強**[254]遊,輒聞三水梁鈍庵先生之行事,慨然而往,欲求其詩而未得也。鈍庵負才器,不得志於鄉里,渡海而來,為棟軍[255]

---

[249] 詹園:詹厝園,在今臺中大里區(舊屬夏田里),西側與南側隔草湖溪與霧峰區對望。癡仙晚年移居於此,築無悶草堂,自號「無悶道人」。

[250] 蕉萃:即「憔悴」,因憂慮而枯槁瘦病的樣子。

[251] 不虞:意料不到。

[252] 殺:減也。

[253] 梁鈍庵(生卒不詳):梁成柟,字子嘉,號鈍庵,廣東三水人,諸生。居臺十餘年(約1885-1895),入巡撫劉銘傳幕下,掌開山撫番之相關文書,深得劉銘傳器重。乙未(明治二十八年,1895)割臺,委署彰化縣令;未幾,日軍至,攜妾從劉永福內渡。日治後再度來臺,寓居霧峰林家,後因在臺不得志,最終客死於香江。

[254] 林南強(1880-1939):名資修,字南強,號幼春,晚年又號老秋,通稱林幼春。臺中霧峰人,林獻堂之堂姪;櫟社、台灣文社之重要成員,曾參與議會設置請願運動,於大正十二年(1923)因治警事件入獄。清光緒辛亥年(1911)梁啟超訪台時嘗與櫟社諸人唱和,並以「南海才子」譽之。幼春與胡南溟、連雅堂同被稱為日治時期台灣三大詩人,著有《南強詩集》、《南強文集》。

[255] 棟軍:或作「棟」字營,統領為霧峰林朝棟,屬於清代的地方團練。曾參與中法戰爭、施九緞事件等大小戰役,規模隨朝棟之功勳而擴充,至明治二十八年(1895)全盛時期共有十營,為臺灣中部最具戰力的部隊。甲午戰爭後臺灣因馬關條約割讓給日本,棟軍成為臺灣主要戰力之一。但林朝棟內渡後,棟軍頓失支柱,故編入吳湯興義勇軍,最後在乙未戰爭因抵抗日軍而被消滅潰散。

掌記室[256]。劉**壯肅**[257]見其文，奇之，檄辦[258]東勢角[259]撫墾，頗欲置產於是。割臺之役，率其佃兵[260]與吳湯興[261]、徐驤[262]輩轉戰新竹、苗栗間，事敗而去。曾賦〈臺灣諸將〉四十首以示南強，南強藏之久而遺失。及余寓稻江，獲**葉友石**[263]。友石謂：鈍庵北遊時，攜有詩稿三卷，方欲錄副[264]，忽接電報，倉皇歸去，遂客死香港，詩稿盡沒。因誦其破畫殘稿二首，則亂後再來之作也。嗟乎！鈍庵以嶺嶠[265]之英豪，為東寧之羈旅，懷文抱義，眾多景行[266]，而詩獨不傳，惜哉！余竭力搜求，計得六十有八首，次為一卷，以付梓人；而鈍庵之詩乃稍存矣。夫鈍庵豈僅以詩存哉？向使不遭非常之變[267]，招徠番黎，墾田樹藝，

---

[256] 掌記室：指掌管文書之官。

[257] 劉壯肅（1836-1895）：劉銘傳，字省三，號大潛山人，安徽合肥人。淮軍將領，臺灣的首任巡撫。光緒廿二年（1889）病逝，追贈太子太保、謚號壯肅。文章合集稱為《劉壯肅公奏議》、《大潛山房詩稿》。

[258] 檄辦：檄是古代官府用以徵召或聲討的文書，檄辦意謂奉命處理。

[259] 東勢角，即今日的東勢一帶。

[260] 佃兵：又稱為「軍屯」，是指設立土地予不用打仗的軍士，要求士兵能自行耕作而生產行軍所需糧食。

[261] 吳湯興（1860-1895）：字紹文，苗栗銅鑼人。光緒廿一年（1895），日本接收臺灣，湯興號召民氣，組成義勇軍部隊抗日，不幸戰亡。

[262] 徐驤（1860-1895）：字雲賢，苗栗頭份人。乙未之役，吳湯興率眾抗日，徐驤亦於苗栗響應。

[263] 葉友石：葉鍊金（？-1937），字友石，板橋港仔墘人，瀛社創社員，少從名醫黃玉階遊，得其指授。及學成，懸壺於大稻埕永樂街，設恆升藥號，其醫術特異，參以中西，醫治鼠疫、腸病及霍亂，活人無計。葉氏工詩文，善書畫，所作淋漓盡致，蒼勁有法，書學董香光，見者讚不絕口。又喜酒、嗜茶，性詼諧，人稱為「鍊仙」。（參閱《臺北市志‧卷九‧人物志》）

[264] 錄副：鈔錄副本之謂。

[265] 嶺嶠：五嶺的別稱，指越城、都龐、萌渚、騎田、大庾等五嶺。

[266] 景行：偉大的德行。《詩經‧小雅‧車舝》：「高山仰止，景行行止。」景，大；行，音「幸」。

[267] 非常之變：指滿清割讓臺灣予日本。

當必有所建立,何至窮愁以死?然士君子之處世,在百年而不在一日;鈍庵雖逝,固有不朽者在。因刻其詩,以訊[268]吾黨。

惜別吟詩集序[269]

臺南連橫歸自三山[270],留滯鷺門,訪林景商[271]**觀察**[272]於**怡園**[273],縱談人權新說,尤以實行男女平等為義。酒酣氣壯,景商出詩稿一卷,云為榕東[274]女士蘇寶玉所著,其身世詳於乃兄幹寶[275]序中。連橫讀竟而嘆曰:中國女權不振,一至於此歟!三綱[276]謬說,錮蔽[277]人心;道德革命,何時出現?夫政治之原,造端夫婦;族制之化,肇立家人。婚姻之禮正,然後家齊、國治而天下平也。晚近士夫,倡言保種,推

---

268 訊:告、陳述,在此似有告慰之意。

269 惜別吟詩集序:連雅堂福州落第後,返臺路過廈門,見《鷺江報》招聘主筆,前往應試而錄用。其間,雅堂讀蘇寶玉女士所寫《惜別吟詩集》,特意為詩集寫序(《鷺江報》,第 61 期,1904.04)。

270 三山:福州的別稱,因福州城內有于山(又稱九日山)、烏石山(又稱烏山)以及屏山(又稱岳山、越王山)。

271 林景商(1879-1919):林輅存,字景商,號鷺生,福建安溪人,林鶴年(鶖雲)第四子。乙未(明治二十八年,1895)割臺,隨家人內渡,居廈門鼓浪嶼;光緒廿四年(1898),以優行增生,薦經濟特科,戊戌政變(光緒廿四年,1898)後被外放,改任道員,簽發江蘇,奏調廣東。庚子年(明治三十三年,1900)因受維新派領袖唐才常牽連,遠走日本,並旅遊歐美各地。返國後,於廈門鼓浪嶼置產。與連雅堂交情尤篤,雅堂過鷺門,常寓居其家怡園,不時有寄贈懷人之作,散見於《雅堂詩集》中。

272 觀察:即觀察使,原稱「採訪使」。明、清常作為道員的雅稱。

273 怡園:廈門鼓浪嶼島上林鶴年故居。明治二十八年(1895)中日馬關條約簽訂後,臺灣割讓日本,林鶴年偕好友林時甫、林維源內渡廈門,寓居鼓浪嶼,建怡園養年(怡字,心懷臺灣,不忘臺灣之意)。

274 榕東:指福州。福州別名榕城。

275 幹寶:蘇南,字幹寶,福建南安人。

276 三綱:源自西漢·董仲舒《春秋繁露》理論,形成的一種尊卑秩序規範,即所謂「王道三綱」之說,後來《白虎通義·三綱六紀》即明稱:「三綱者何?……君為臣綱、夫為妻綱、父為子綱。」

277 錮蔽:禁錮;蔽,蒙蔽。錮,音「固」。

原於女學不昌，是誠然矣！是誠然矣！雖然，如寶玉者，豈非深於女學者歟？而天特厄其遇者何耶？寶玉生於寒門，明詩習禮，因父醉語，誤適[278]非天[279]，時年猶未笄[280]也。向使女權昌熾，人各自由，則早晚專制之異線矣。何至含苦難言，寄託於吟詠間，自寫其抑鬱牢騷之氣？習俗移人，賢者不免，余不為寶玉責，而特罪夫創「父為子綱，夫為妻綱」者之流毒至此也。同此體魄，同此靈魂，男女豈殊[281]種哉？而扶陽抑陰者，謂女子從人者也，奴隸待，牛馬畜，生死榮辱，仰息他人，莫敢一破其網牢。若曰此女誠也！此婦道也！蝀蝀此豸[282]，誤守譆言[283]，彼蒼蒼[284]豈任其咎哉？近者中原志女，大興婦風，設女學、開女會、演女報者，接踵而起，寶玉丁此時勢[285]，埋沒於荒陬僻壤[286]，不獲[287]與吳擷芬[288]、張竹君[289]、薛素琴輩把臂[290]其間，寶玉誠不幸矣！

---

278 適：女子出嫁謂之「適」。

279 非天：意謂不蒙天祐，即嫁給不對的人。天，此為「所天」之省，丈夫、夫婿也。

280 未笄：指女子未成年。笄，音「機」，簪也。

281 殊：不同。

282 蝀蝀此豸：蝀蝀，音「謂」，形容眾多。此豸，妖姿媚態。豸音「志」。《文選・張衡・西京賦》：「嚼清商而卻轉，增嬋娟以此豸。」或作「跐豸」。

283 譆言：譆音「衛」，不信實的話。

284 彼蒼蒼：即彼蒼，蒼天之謂。有時亦作「蒼蒼」。

285 丁此時勢：即當此時勢。丁，當、遭逢。

286 按：原文作「荒陬僻壤」，誤，應作「荒陬僻壤」。

287 不獲：不得、不能。

288 吳擷芬：應指活躍於滬上的女報人陳擷芬。擷芬之父即著名《蘇報》發起人陳范。光緒二十五年（1899），陳擷芬在其父親支助下主編《女報》，隨《蘇報》附送，亦即《蘇報》的婦女版，惜不久該報停刊。三年後，擷芬於上海以月刊的形式重辦《女報》，並自任主筆。《女報》專以婦女為對象，提倡女學、女權，內容豐富，形式新穎，頗有影響。光緒二十九年（1903），《女報》改名《女學報》，增設女界近史、譯件等，擷芬先後發表過〈元旦問答〉、〈獨立篇〉、〈論女子宣講體育〉等文。後《蘇報》被清廷查封，《女學報》亦在劫難逃。後擷芬與其父親同赴日本，繼續出版《女學報》。

289 張竹君（1876-1964）：廣東番禺人。幼即立志從醫，初就讀博濟醫院（今中山大學孫逸仙紀念醫院）附屬南華醫校，後轉入夏葛女醫學堂，於光緒

猶幸其能以詩傳也。嗚呼！中原**板蕩**[291]，國權廢失，欲求國國之平等，先求君民之平等；欲求君民之平等，先求男女之平等。灑筆書此，以告景商，並以質天下之有心人也。壬寅（明治三十五年，1902）冬十月望日，臺南連橫天縱[292]甫[293]，書於鼓浪洞天[294]之下。

> 右文載《鷺江報》[295]第六十一冊。《鷺江報》為旬刊，西人 J. Sadler 發行，光緒二十八年壬寅（一九〇二）創刊，始設於廈門，後移鼓浪嶼。民國四十五年，余在臺北舊書攤上購得一冊，乃專將《鷺江報》各期之「詩界蒐羅集」，自四十七冊至六十五冊，裝成一帙者（缺五十七冊）。封面為第五十一冊，並記出版之時日為光緒二十九年十月十一日，即西曆一九〇三年十一月二十八日。按是年陰曆十月十一日合陽曆實為十一月二十九日，知陰、陽曆必有一誤。以每十日出版一次計之，則發表本文之第六十一冊，當在光緒三十年陰曆正月中旬，陽曆三月初。其時陰曆年尾及新年，全國各報例皆休假，故《鷺江報》第六十一冊出版之確實日期，但憑如此推算，無法斷定也。方豪謹識。

二十五年（1899）畢業。兩年後（1901）於廣州荔枝灣開辦「褆福醫院」，任院長，不久又於珠江南岸的漱珠橋側創辦「南福醫院」，並利用假日在院內宣揚基督教義、議論時政、倡導新學、提倡女學；同年又在廣州創立育賢女學校，次年（1902）與馬勵芸、杜清持等女士創辦私立公益女學，成為廣東開辦女學校的先驅，遂被稱為「女界之梁啟超」，在東南亞華人中亦享有盛名。著有《婦女的十一危難事》。另積極參與醫療救治、華工運動、孤兒撫育等，終身未嫁。

[290] 把臂：互相握住手臂，表示親密或信任。

[291] 板蕩：《詩·大雅》有〈板〉、〈蕩〉兩篇，咸寫當時政治黑暗，政局動亂。後用指政局混亂、社會動盪。

[292] 天縱：連橫，字天縱。

[293] 甫：中國古代對男子的美稱。多用於表字之後。

[294] 鼓浪洞天：位於廈門日光岩，是鼓浪嶼的最高峰。日光岩上有全島最早的石刻「鼓浪洞天」。

[295] 鷺江報：光緒廿八年（1902）4 月 28 日，英國人山雅各在廈門創辦之刊物，為綜合性的新聞期刊，每旬一期，每冊四十餘頁，連史紙印刷。華人馮葆瑛等先後為編輯，連橫曾為其撰稿。

斯庵詩集跋

右《斯庵詩集》一卷，鄞縣沈光文著。

斯庵以明室遺臣，為東都逸老，零丁[296]**海上**[297]，著作等身[298]。自荷蘭以至鄭氏盛衰，皆目擊其事。臺灣文獻推為初祖。著有《詩文集》、《臺灣賦》、《流寓考》、《文開雜記》。聞全謝山[299]先生曾採入《甬上耆英集》[300]，求之未得。唯續選《甬上耆舊詩集》[301]有詩六首。合余所搜者計六十有九首，編於《臺灣詩存》。

謝山既為斯庵作傳，後論之曰：「嗚呼！公自以為不幸，不得早死，復見滄海之為桑田；而余則以為不幸中之有幸者，**咸淳**[302]人物，蓋天將留之以啟**窮徼**[303]之文明，故為強藩悍帥[304]所不能害。且使公如蔡子英[305]之在漠北，終依依故國，其死良足瞑目，然以子英之才，豈無述

296　零丁：孤獨無依，到處漂泊。

297　海上：指臺灣。鄭氏謂臺灣曰「海上」。

298　著作等身：形容人的著作極多。

299　全謝山（1705-1755）：全祖望，字紹衣，號謝山，學者稱謝山先生。乾隆元年（1736）進士，授庶吉士，後辭官歸里，潛心講學、博治經史，開創謝山學派。著有《鮚埼亭集》、《鮚埼亭詩集》等，又撰《全謝山先生經史問答》。全祖望相當推崇沈光文，贊其為「海東文獻，推為初祖」。

300　按：應為《甬上耆舊詩》，清，胡文學編，輯錄明州（浙江寧波，舊稱鄞縣）歷朝詩人之作品，並附傳略、評價。

301　按：應為《續甬上耆舊詩》，全祖望晚年所編，並親撰作者傳略。

302　咸淳：咸，悉、皆，全然之謂；淳，醇、純也。咸淳，意謂天性純粹，道德完善。

303　窮徼：荒遠的邊境。徼，音「叫」，邊地。

304　按：指沈光文著文暗諷鄭經，遂遭人追殺，幾遇不測之事。藩，指被分封的君王，此指嗣位延平郡王的鄭經。

305　蔡子英：永寧人，元至正中進士。察罕開府河南，辟參軍事，累薦至行省參政。元亡，從擴廓走定西。明兵克定西，擴廓軍敗，子英單騎走關中，亡入南山。

作，委棄於氈毳[306]，亦未嘗不深後人之歎息。公之巋然[307]不死，得以其集重見於世，為臺人破荒，其足稍慰虞淵之恨[308]矣。」公之後人遂居諸羅[309]，今繁衍成族。會鄞人[310]有遊臺者，余令訪公集，竟得之以歸，凡十卷。

嗚呼！謝山之論斯庵當矣！謝山雖為清人，而眷懷勝國[311]，景仰遺賢。忠義之士，其所著作，悉為收存而表彰之，以發揚潛德，亦天下之有心人也。

當時鄞人之居海上者，尚有張尚書煌言，陳光祿京第[312]，均有集。雅棠跋。

賜姓始末書後

右《賜姓始末》一卷，餘姚黃宗羲[313]撰。余讀竟，因書其後曰：梨洲之論，蓋為魯王[314]世子而發也。舟山潰後，魯王入閩，延平待以

---

306 氈毳：原指中國北方及西南少數民族所穿的毛織服裝。借指北方少數民族。毳，音「翠」，鳥獸的細毛。
307 巋然：高峻屹立，孤自存在。巋，音「虧」。
308 虞淵之恨：虞淵為傳說的日落之地，這裡指沈光文暮年滯留臺灣、不得歸鄉的遺憾。
309 諸羅：嘉義縣古名「諸羅」。
310 鄞人：浙江省鄞縣人。鄞，音「銀」。按：沈光文亦為浙江鄞縣人。
311 勝國：此指明鄭。
312 陳光祿京第：陳士京（？-1659），字齊莫，一字佛莊，明代明州（今浙江寧波）人，崇禎年間進士，官至光祿侍卿，明末隨魯王朱以海入廈門贊助鄭成功抗清，授兵部職方司主事。晚年定居鼓浪嶼，卒葬筆架山。按：京第應為馮京第之誤，馮京第（？-1654），字躋仲，號簟谿，浙江寧波人，南明唐王時任監軍御史，有〈浮海記〉以紀魯王監國之事。
313 黃宗羲（1610-1695）：字太沖，號梨洲，世稱南雷先生或梨洲先生，浙江餘姚（今浙江寧波餘姚）人。宗羲與顧炎武、王夫之並稱明末清初三大大儒，著有《明儒學案》、《明夷待訪錄》、《南雷文定》、《四明山志》等。
314 魯王：指南明魯王朱以海（1618-1662）。

尊禮，極致誠恪[315]。其後薨於浯州[316]。永曆十八年（1664），王世子惟儼始偕**嗣王經**[317]入臺，則延平已薨二載矣。延平建國東海，養銳待時，非敢為懷安之計。昊天不弔[318]，翌歲而徂[319]，光復之師，齎志以沒。當是時，永曆遠狩[320]，存亡未知，遙奉正朔，便宜行事，何可再立一君，以戴二日，此則延平之忠也。宗室諸王，流離海上，莫不待以舊禮，未聞有菲薄之言。使天右黃冑[321]，歸撫神州，必奉故君之子，渙發大號[322]，昭告祖宗，以盡臣節，又何致梨洲之疑哉？梨洲之論，蓋亦一隅之見耳。

稗海紀遊[323]書後

　　右《**稗海紀遊**》一卷，仁和郁永河[324]著。永河，字滄浪，快男子也。康熙三十六年（1696）春，自省來臺，躬歷南北，採礦北投，事

315　誠恪：忠誠恭敬；真誠嚴肅。恪，音「客」。

316　浯州：金門古稱浯州。

317　嗣王經：指鄭成功之子鄭經，襲延平王爵位，故謂之嗣王。

318　昊天不弔：謂蒼天不憐憫保佑。語本《詩‧小雅‧節南山》：「不弔昊天，不宜空我師。」

319　翌歲而徂：指鄭成功入臺，翌年即病卒。徂，音「ㄘㄨˊ」，過去、逝。

320　永曆遠狩：遠狩，舊稱天子遠出圍獵或巡行諸國，後為天子離開王都（指逃難或被俘）之美稱。永曆十五年（1661），清軍攻入雲南，永曆帝（朱由榔，1625-1662）流亡緬甸首都曼德勒，為緬甸王莽達收留。後吳三桂攻入緬甸，莽達之弟莽白乘機發動政變，殺兄奪位。同年（1661），莽白發動咒水之難，殺盡永曆帝侍從近衛。隔年（1662），莽白將永曆帝獻於吳三桂，永曆因而遭縊死。

321　天右黃冑：天右，即天佑。黃冑，黃帝的子孫，指漢族。

322　渙發大號：猶言渙汗大號。指帝王發佈號令。語出《周易‧渙》：「九五，渙汗其大號。」

323　《稗海紀遊》：當作《裨海紀遊》，郁永河著。永河曾於康熙三十五至三十六年間（1696-1697）來臺採硫，以彌補福州火藥庫失火之耗損，並將其九個月在臺紀事，寫成《裨海紀遊》（1698）。該書為首部詳細記載臺灣北部人文地理的專書，並有《臺灣竹枝詞》12首、《土番竹枝詞》24首描寫臺灣風土。按：連雅堂此書一律將《裨海紀遊》寫成《稗海紀遊》。

畢而去。觀其百折不撓之精神，誠足使人起敬。書中所載山川險阻、瘴毒披猖[325]，以今視之，何啻天壤[326]。夫北投者，今日之所謂樂土也，歌舞樓臺，**天開不夜**[327]，山溫水嫩[328]，地號長春；而在當時幾於不可一朝居，此則人治之功，而滄浪之開其始也。滄浪所著尚有〈番境補遺〉、〈海上紀略〉，惜版久失傳，知者較少。至書中所論撫育土番一事，我輩今日讀之，其感想又何如？

番社采風圖考跋

右《番社采風圖考》一卷，滿洲**六十七**[329]撰。六十七，字居魯，乾隆九年（1744），以戶部給事中[330]任巡臺御史。余已采其詩入《臺灣詩乘》。此書所言番俗，饒有太古之風。因念今人號稱文明，而物質相炫，才智相爭，詐偽相欺，強弱相噬，**搶攘昏墊**[331]，日夜不休，反不若睢盱[332]渾噩之徒，猶有純樸之初也。讀竟為之太息！

---

324 郁永河（1645-？）：字滄浪，浙江仁和（今杭州）人，明朝諸生。康熙三十年（1691），任福州同知王仲千的幕賓，三十四年（1695）福州火藥庫失火，硫磺、硝石燒毀，乃奉命來臺採硫。

325 披猖：亦作「披昌」。猖獗，倡狂。

326 何啻天壤：指兩者差距極大，一是天，一是地。何啻，猶何止、豈只。啻，音「赤」。

327 天開不夜：指日夜開張，天天都是不夜城。

328 水嫩：意謂水質滑潤。

329 六十七（生卒年不詳）：字居魯，清朝滿族鑲紅旗人。乾隆九年（1744）以給事中差任滿籍巡臺御史，並與漢籍巡臺御史范咸重修編訂《臺灣府志》。其他編著有《遊外詩草》、《臺陽雜詠》、《臺海采風圖考》及《番社采風圖考》等。其中《番社采風圖考》記載臺灣平埔族各「番社」的生活起居、飲用習慣、耕田鑿井、禮讓等風俗習慣，且命畫工繪為圖冊。

330 給事中：秦漢為加官，晉以後為正官。明代給事中分吏、戶、禮、兵、刑、工六科，輔助皇帝處理政務，並監察六部，糾彈官吏。

331 搶攘昏墊：搶攘，音「撐壤」，紛亂貌。昏墊，陷溺，亦指水患，災害。

332 睢盱：音「雖須」，渾樸貌。

臺灣遊記書後

　　右**釋華佑**[333]《臺灣遊記》一卷，久求未得。日者，林君孔昭[334]自新竹來，攜以相示。有〈臺灣內山總序〉一篇、〈雜記〉一則、圖十三幅，各有說語，似**繇辭**[335]；是為青烏家[336]言。顧以總序觀之，尚有〈前山〉一篇。圖中地名皆譯番語，至今尚有**襲**用。而內山一圖，南自瑯嶠[337]，北至**雞籠**[338]，山川脈絡，記**載**尤詳。凡可建邑屯田之地、陸防水戰之區，莫不指示其要，是又經世家言。記中謂：「里劉[339]有唐碑，上書『開元』[340]二字，分明可辨。」又謂：「**巴老臣**[341]人多識字，有讀《孝經》、《論語》。」是誠奇異。若果有此，則臺灣開闢，遠在唐代。證以隋代之經略流求，益足考信。《隋書·流求傳》載：「大業二年（606），**遣虎賁**中郎將[342]**陳稜**[343]、朝靖大夫[344]張鎮州[345]率兵自義安[346]浮海至高

---

[333]　釋華佑：明末人，著《臺灣遊記》，是現存臺灣地理之最早遊記，惜已失傳。

[334]　林君孔昭：林孔昭（1876-？），大新吟社社員。日治時期，新埔地區的客家文人成立大新吟社，以林孔昭等為代表。

[335]　繇辭：繇音「皺」，通「籀」。古代占卜的文辭。

[336]　青烏家：即風水先生。相傳漢代有青烏子，人稱青烏公，精通相地術。

[337]　瑯嶠：今恒春。

[338]　雞籠：今基隆。

[339]　里劉：今宜蘭縣冬山鄉補城村一帶。

[340]　開元：唐玄宗在位時使用的年號之一，約713-741年期間。

[341]　巴老臣：今羅東一帶。

[342]　虎賁：《周禮·夏官·虎賁氏》載：「虎賁氏掌先後王而趨以卒伍。軍旅會同亦如之。舍則守王閑，王在國，則守王宮。國有大故，則守王門。大喪亦如之。」亦即宮廷之禁衛軍。漢置期門郎，至漢平帝更名虎賁郎，置虎賁中郎將為統帥，至唐代始廢。

[343]　陳稜（？-619）：字長威，廬江襄安人。隋朝大業六年（610），陳稜以虎賁率將率兵攻打流求國，被視為入台之始。連橫《臺灣通史》云：「臺南市有陳稜廟，稱開山宮，為鄭成功所建，以稜有開臺之功也」。

[344]　朝靖大夫：疑作「朝請」。古代諸侯春季朝見天子叫朝，秋季朝見為請。因稱定期參加朝會為奉朝請。

華嶼[347]，又東行二日至䶖䶨嶼[348]，又一日便至流求[349]。其王居**波羅檀**
洞[350]，稜擊破之。」夫高華嶼為今之花嶼[351]，䶖䶨嶼為奎壁嶼，皆在
澎湖，而波羅檀為**葫蘆墩**[352]。顧此為臺灣西部之事，而東部則草昧未
啟，文獻莫徵。今記中乃有唐碑，是唐人已至臺東而傳其胤[353]，故能
識字讀書；但作菩薩誦，則以僻陋在夷，與外不通，文化漸退，遂復
其朔[354]。此固環境之變遷，有不期然而然者。

　　吾友福清黃君乃裳[355]，久居婆羅州，曾入沙羅越[356]內地，謂拉耶
種人性純良，識字讀書，能誦唐詩，云其遠祖遭唐末之亂而飄流至此。
黃君以光緒之季，率其鄉里子弟，開墾沙羅越，其後相見廈門，為余
言之。若徵此說，則唐人來居臺東，似非虛誕。且唐人曾居澎湖矣。《全

---

345 張鎮州：隋朝大業六年（610），隋帝楊廣派張鎮州、陳稜等率軍征討流求，
　　俘虜一萬餘人。
346 義安：今廣東潮州。
347 高華嶼：今澎湖附近島嶼。
348 䶖䶨嶼：即奎壁嶼，亦即澎湖本島，隋朝時已有「䶖䶨嶼」之名。
349 流求：即臺灣。
350 波羅檀洞：即葫蘆墩，故址在今有二說，見下「葫蘆墩」注。
351 花嶼：澎湖群島中最古老的島嶼，「花嶼」取其「草木青蔥」之意。
352 葫蘆墩：在今台中市豐原區一帶，康熙年間，猶鴻蒙未啟，草萊遍野，松
　　柏叢生，先住民稱之「葫蘆墩」，即為松柏林之意。「葫蘆墩」係原住民「泰
　　耶爾墩」之譯音，或以本區舊有「墩腳」與下南坑有三小丘，形如葫蘆，
　　蓋音稱如是。惟「葫蘆墩」並非「波羅檀」故址，《臺灣通史》疑波羅檀
　　即葫蘆墩，在濁水海濱。
353 胤：子孫、後嗣。
354 遂復其朔：即從其始。朔，始也。
355 黃君乃裳：黃乃裳（Wong Nai-siong, 1849-1924），原名久美，字紱丞，號
　　慕華，晚號退庵居士，福建福州人。年少受洗，並與傳教士翻譯西書、辦
　　報；中年投身科舉，獲舉人；後參戊戌變法，事敗逃亡，乃率眾移墾馬來
　　亞砂羅越的詩巫（新福州）；返國又先後參與立憲、革命，民元後致力於
　　教育和實業，積極吸引僑商投資。晚年居閩，直至病逝。著有《主日學之
　　庇哩亞問答》、《福州音普通字教科書》、《宗教觀》、《紱丞七十自序》等書。
356 沙羅越：馬來語 Sarawak 的舊譯，今多譯「沙勞越」、「砂勝越」，馬來西
　　亞華語規範理事會於 2004 年統一中文譯名為砂拉越。該地是馬來西亞面
　　積最大的州，北婆三邦之一。

唐詩》有施肩吾〈題澎湖嶼〉一首。肩吾，汾水人，元和中舉進士，隱居不仕。或言其遠處澎湖，子孫蕃衍。夫臺澎僅隔一水，朝發夕至。唐人既居澎湖，安知其不入處臺東？惜華佑不載其詳，僅舉「開元」二字。又云：「諸山名勝，皆科斗[357]碑文，莫可辨識。」科斗為大篆以前之書，豈三代之時華人已至臺，而列子乃有**岱輿員嶠**[358]之稱乎？

　　余曾考其地望[359]。里劉今作理劉，在木瓜溪[360]北，其外則花蓮港。華佑圖中亦有此港，不載其名，但言可泊舟，惟懼潛濟[361]，故防備特嚴，阻其險要，若敵人登山發礮[362]，則難為禦矣。巴老臣未詳何地，以圖觀之，在交里宛[363]北，中隔一溪。交里宛今作加禮宛，番社也，則巴老臣當為今之鵲仔埔[364]，而冬仔爛[365]為新城三棧[366]之地矣。

　　華佑為普陀僧。其來遊也，或言鄭芝龍據臺時。然圖中有紅毛大山。臺人謂荷蘭為紅毛。以名考之，當在荷人入臺後。是時荷人政令僅及赤崁，而華佑二人遍歷全臺，東西南北，靡所不至，凌饑渴，冒瘴癘，出入野蠻之間，不逢不若[367]，自非毅力，曷克至此。

---

[357] 科斗：即蝌蚪文，周代的古文字。上古筆墨未發明前，以竹挺點漆文字於書竹上，竹硬漆膩，畫不能行，文字之體乃頭粗尾細，狀似蝌蚪，故名。或稱為「科斗」、「科斗書」、「科斗文」。

[358] 岱輿員嶠：神話中的仙山名。《列子・湯問》：「渤海之東不知幾億萬里，有大壑焉……其中有五山焉：一曰岱輿，二曰員嶠，三曰方壺，四曰瀛洲，五曰蓬萊。」

[359] 地望：指地理位置。

[360] 木瓜溪：花蓮溪最北流域面積最大的支流。

[361] 潛濟：偷渡。

[362] 礮：音義同「炮」。

[363] 交里宛：即「加禮宛」，今花蓮市區。

[364] 鵲仔埔：在加禮宛的東北方，又名「七結仔」，地屬加禮宛六社之一，今稱北埔。

[365] 冬仔爛：一作「徵也難懶」。

[366] 新城三棧：今花蓮新城三棧社區。

[367] 不逢不若：不迎合、不順從。若，順從。

　　華佑既去，居於安溪李光地[368]家，未久圓寂。光地好**堪輿**[369]，愛其書，秘以為寶。數傳之後，其裔孫某攜至鹿港。某死，遂散失。聞**關帝廳**[370]蕭氏存六十餘葉，北斗街[371]人某亦有三十餘葉。他日苟得其書而再考之，以明臺灣之古史，亦快事也。

臺灣隨筆書後

　　右《臺灣隨筆》一卷，華亭徐懷祖[372]撰。懷祖為明左僉都御史闇公中丞之姪孫，事跡未詳，當為遊幕之士[373]。乙亥為康熙三十四年（1695），而鄭氏滅後之十三年也。遊客著書，以此為古。書中謂番民種類甚繁，或云秦始皇時方士將童男女五百入海，蓋止於茲山，而育種至今；其說甚奇。余嘗以臺灣二字疑則列子之所謂岱輿員嶠，而方壺[374]卽澎湖，其音實同；證以方士所言，尤足徵信。臺灣屹立大海中，大海則渤海也。山川美秀，氣候溫和，長春之花，不黃之草；非所謂仙境也歟？玉山為諸峰之冠，高至一萬三千六百餘尺，長年積雪，其狀若玉；非所謂望之如雲也歟？海舟至止，猝遭風颶，回帆而走，瞬息千里；非所謂風輒引去也歟？臺灣產金，世人傳羨，邃古[375]荒昧，至者絕少，遂疑黃金銀為宮闕，而為仙人所居，十洲三島，同此詭異，

---

[368] 李光地（1642-1718）：字晉卿，號厚庵、榕村，福建安溪人。康熙九年（1670）進士，官至直隸巡撫、吏部尚書、文淵閣大學士，曾協助平定三藩之亂、征伐明鄭。著有《歷像要義》、《四書解》、《性理精義》、《朱子全書》等。學者尊稱為「安溪先生」、「安溪李相國」。

[369] 堪輿：相地、看風水。主要用於挑選造宅或墳墓的地理位置。「堪」為高處，「輿」為下處。

[370] 關帝廳：今彰化縣永靖鄉。

[371] 北斗街：今彰化北斗鎮。

[372] 徐懷祖：字燕公，松江人。康熙三十四年（1695）來臺，撰《臺灣隨筆》一卷，收入《昭代叢書》、《小方壺齋輿地叢書》、《學海類編》（百部叢書本）等。

[373] 遊幕之士：舊指出外作幕僚。

[374] 方壺：傳說中的神山，一名方丈。

[375] 邃古：遠古，亦作遂古。

固無足怪。至列子所謂大壑歸虛[376]，似則澎湖之海。澎湖與臺密邇，巨浸隔之，黑流所經，風濤噴薄，實維無底之谷，故名落際[377]。又有萬水朝東之險，而疑為海上仙山也。臺灣雖為一島，曩時航海者多誤為二。明萬曆初，荷蘭人連少挺[378]舟過臺灣，嘗繪一圖，亦分為二（此圖余已模印於《臺灣通史》）。蓋自海上觀之，中央諸山為雲封蔽，而大甲以南，濁水以北，猶為澤國。況列子著書在二千年前，所引夏革之語更遠在三千年上（列子為周考烈王時人，而夏革為商湯時人），故謂之岱輿，謂之員嶠也。鄙見如此，質之高明，當有以詔我矣。

書陳星舟先生遺著

人當積錢乎？錢蹇[379]多而子孫蹇驕縱。人當積書乎？書蹇富而子孫蹇愚魯。吾嘗見衣冠之族，數傳凌夷[380]，其後人貧不能自立，日抱先人之零縑斷素[381]，入市易米，至不得一飽；甚者且舉先人著作而盡焚之。故鬼有知，能無痛哭？

吾邑陳星舟先生震曜[382]，醇謹士也。嘉慶十五年（1810），以優行貢太學[383]，後任陝西寧羌州知州。三十年（道光三十年，1850），罷官

---

376 大壑歸虛：傳說為海中無底之谷，謂眾水彙聚之處。《列子·湯問》：「渤海之東，不知幾億萬里，有大壑焉，實惟無底之谷，其下無底，名曰歸墟。」
377 落際：水趨下不回也。
378 連少挺（J.H.van Linschoten）：荷蘭人，荷蘭治臺期間曾繪製臺灣及東印度諸島海圖，國立臺灣歷史博物館藏有該氏萬曆二十四年（1596）繪製航海古地圖，據說明：「圖中今琉球部分標為大琉球，臺灣部分則分為三塊，標為小琉球（lequeo pequeno），準確的標於北回歸線下。北部的一塊又特別標為 Formosa 島。澎湖亦有繪出。」
379 蹇：假借為「屢」。
380 凌夷：衰落、衰敗。
381 零縑斷素：此指零星殘缺的書冊。
382 陳星舟先生震曜：陳震曜（1779-1852），字煥東，號星舟，嘉義人，後移居臺南。著有《小滄桑外史》四卷、《風鶴餘錄》二卷、《海內義門集》八卷、《歸田問俗記》四卷、《東海壺杓集》四卷，皆未刊刻。同治十三年

歸，宦囊蕭瑟，唯攜漢唐碑帖十數笥[384]。平生著作，有《小滄桑外史》四卷、《風鶴餘錄》二卷、《海內義門集》八卷、《歸田問俗記》四卷、《東海壺杓集》四卷、《詩》一卷，皆未刻。光緒紀元，開山議起，沈**文肅**[385]奏建恒春縣，則先生舊議也。文肅因訪其書，請祀鄉賢。越二十有五載，余撰《臺灣通史》，曾就其家借讀，為錄二篇。又二十有五載，余擬刻《臺灣叢書》，再借，則已火矣。幸余所錄者，一〈議減戍兵添募鄉勇書〉，一〈議添募屯兵書〉，皆在先生傳中。不然，星舟一生心血，將付之煙消灰滅，寧不恫[386]哉！

　　余嘗謂：「積錢者貪，積書者癡，皆敗德也，故不如積德。」莊生有言：「我身非我有，是天地之委形也；性命非我有，是天地之委順也；子孫非我有，是天地之委蛻也」[387]。夫我身、性命、子孫且非我有，而何有於錢？復何有於書？

　　（1874），欽差大臣沈葆楨訪求遺文，別錄副本攜去。惜今未得見。僅《彰化縣志‧藝文》收其古文一篇〈天赦雲記〉。

[383] 貢太學：科舉時代，挑選府、州、縣學的生員（秀才），成績或資格優異者，升入京師的國子監讀書。

[384] 笥：音「四」，方形竹器，《說文》：「飯及衣之器也。」。

[385] 沈文肅（1820-1879）：沈葆楨，字翰宇，又字幼丹，諡文肅。福建閩侯人，道光廿七年（1847）進士，累官至兩江總督兼南洋大臣。同治十三年（1874）因牡丹社事件來台，任欽差大臣辦理軍務。在台期間曾於二鯤鯓築西式砲台（安平億載金城）、恆春縣城，奏請廢除渡海禁令、開山撫番，以及為鄭成功建專祠以表彰節義等。

[386] 恫：音「通」，《說文》：「痛也。」

[387] 按：這段話是對《莊子‧知北遊》的節引。原文作：「舜問乎丞曰：『道可得而有乎？』曰：『汝身非汝有也，汝何得有夫道？』舜曰：『吾身非吾有也，孰有之哉？』曰：『是天地之委形也；生非汝有，是天地之委和也；性命非汝有，是天地之委順也；孫子非汝有，是天地之委蛻也。故行不知所往，處不知所持，食不知所味。天地之強陽氣也，又胡可得而有邪？』」該段大意謂：我們的身體來自天地寄託下來的形體，而生命來自天地的陰陽二氣在身上暫時寄存調和的結果，子孫亦復如是，故一切都屬天地的運行之氣，並非誰能獨有。

潛園琴餘草跋

右《潛園琴餘草》七卷，淡水林**占梅**[388]著。

鶴山以華膴[389]之身，享林泉之樂，文酒之盛，冠於北臺。洎後陵替[390]，詩稿未刊。余從李君適園借得，有南通〈**徐樹人**[391]中丞序〉，是鶴山所手訂者。余讀其詩，五律最佳，七律次之，而古體微弱。為選一百十有五首，約及全集十分之二。至〈南征〉八首，詩雖平常，事關重大，則以**戴潮春之役**[392]，全臺俶擾，鶴山傾家紓難，力保北臺，

---

[388] 林占梅（1821-868）：字雪村，號鶴山，祖籍福建同安。林家以經理全臺鹽務而致富，占梅遷居竹塹城，未有功名，以捐款、參與地方事務得官。鴉片戰爭時英人進犯基隆（道光二十二年，1842），占梅捐款協建砲台；嘉、彰各邑彰泉械鬥（道光二十四年，1844）、林恭之變（咸豐三年，1853）、戴潮春事件（同治元年，1862）時，皆捐資、協防。道光二十九年（1849）築潛園與文士唱酬，為一方文酒重鎮，著有《潛園琴餘草》。

[389] 華膴：華麗的衣飾住宅和肥美豐盛的食物。形容富裕的生活。

[390] 陵替：衰敗。

[391] 徐樹人：徐宗幹（1796-1866），字伯楨，號樹人，諡清惠，江蘇通州（今南通市）人。嘉慶二十五年（1820）進士，道光二十八年（1848）任按察使銜分巡臺灣兵備道，治臺期間廣建書院，興辦義學，整頓綠營班兵，變通船政，頗有治績。咸豐三年（1853）平鳳山林恭起事。同治元年（1862）升任福建巡撫，同年彰化戴潮春民變起事，命前署臺灣鎮曾玉明渡臺，又奏簡丁曰健為臺灣道，將民變平定。

[392] 戴潮春之役：戴潮春事件（1862-1864），為清代歷時最久之民變。戴潮春（?-1864），字萬生，彰化四張犁人（今台中市北屯區四張犁），地主出身，家境優渥，世代擔任北路協署稿書（書記），後潮春因不滿北路協署副將夏汝賢之勒索，於咸豐十一年（1861）辭職回家，以維持地方秩序之名辦理團練，並擴增為天地會分支，潮春以八卦會之名避嫌，又以協助官方緝匪而獲認可。同治元年（1862）新任臺灣兵備道孔昭慈赴彰化緝捕八卦會總理洪某，就地處決，並令淡水同知邱日觀嚴辦會黨。潮春乃率眾起義，旋陷彰化，自立為「大元帥」，又攻鹿港、嘉義、大甲、斗六門等地，與官軍時有勝負，最終由福建水師提督吳鴻源、陸路提督林文察、台灣兵備道丁曰健、新竹林占梅所之鄉勇，會師齊攻，潮春兵敗，匿於內山，被捕，斬於北斗。

復率練勇助克彰化。惜乎早逝，未得成名。然鶴山事功炳炳在人耳目，苟僅以詩而論之，抑小矣。雅棠跋。

梁鈍庵詩集書後

余既輯梁鈍庵之詩，因憶曩[393]在大墩聞林無悶之言。無悶謂：「鈍庵岑奇人也，嘗自念曰：『人生世上，但得一間草茅屋，一個大腳婢，一甕老紅酒，於願足矣。』無悶曰：『請下不字』。鈍庵謂何？曰：『一間草茅屋不破，一個大腳婢不醜，一甕老紅酒不竭。』鈍庵大笑。」今無悶已逝，而鈍庵之詩將付剞劂[394]，追思其言，誠非易易。

稻江井欄記書後

稻江舊天后[395]宮有井，不知鑿自何時。光緒間，安溪林薆雲[396]先生居此，為作石欄，且假藍鹿洲[397]之名而記之曰：「大稻通津[398]，天妃

---

[393] 曩：以往，從前，過去的。

[394] 剞劂：音「機厥」，本指雕刻用的刀具。古人因雕版印刷，故多以剞劂代指刻書出版。

[395] 天后：即媽祖，是中國東南沿海和海外華人供奉的海洋保護神，又稱天妃、天妃娘娘、天上聖母等等。

[396] 林薆雲：林鶴年（1847-1901），字謙章，又字鐵林，號薆雲，晚號怡園老人，福建安溪人，光緒九年（1883）進士。幼年曾隨父來臺，光緒十八年（1892）復來臺，承辦茶釐船捐等務，並擔任唐景崧幕客；又應板橋林維源之聘，商辦墾務。暇餘則與在台仕紳唱和，為牡丹詩社成員。乙未割臺，攜眷內渡，寓居廈門鼓浪嶼之怡園。後又擔任工部郎中，旋返福建承辦商務並任職於東亞書院。著有《福雅堂全集》、《福雅堂東海集選訂》、《東亞書院課藝初二集》等。

[397] 藍鹿洲：藍鼎元（1680-1733），字玉霖，別字任菴，號鹿洲，福建漳浦人。少孤力學，博覽群籍；逾冠，補諸生。康熙六十年（1721）朱一貴起事，乃隨族兄南澳鎮總兵藍廷珍來臺，鼎元佐戎幕，搖筆立就，條畫悉合機宜。雍正元年，貢太學；嗣校書內廷，條奏「經理臺灣」等六事。所著《鹿洲初集》、《東征集》、《平臺紀略》、《鹿洲奏疏》及其他諸書，俱梓行於世。

[398] 津：渡口。

廟後，鄭延平駐師，拔劍砍地得泉，因名淡水。康熙六十年（1721）四月乙酉，漳浦藍鹿洲鐫記」。又篆書「小劍潭」三字，旁為**施世驃**[399]。而氅雲亦題曰：「汲井可受福」。曩年擴大市衢，廟毀井堙[400]，已無其跡，而石欄尚存發記茶行。余以氅雲之作偽[401]，懼誤後人，不得不糾其謬。

　　夫淡水固土番社名，明人著書，已有其地，**何喬遠**[402]《閩書》亦言之；則非出自延平，且非出於拔劍得泉。其謬一也。延平入臺，肇造承天，未曾一至北鄙[403]。嗣王經雖討蓬山[404]，觀兵大甲，亦僅小駐鐵砧[405]，未曾一至淡水。其謬二也。**朱一貴之役**[406]，鹿洲曾參戎幕，從軍入臺。然一貴以五月朔日[407]攻**府治**[408]，而清軍以六月十六日始克

---

[399] 施世驃（1667-1721）：字文秉，一字怡園，福建晉江人，隸漢軍鑲黃旗，靖海侯施琅第六子。康熙六十年（1721）夏五月臺灣朱一貴起事，世驃率所部擊潰朱一貴。八月十三日怪風暴雨，相逼為災，兵民多死。世驃終夜露立，九月以疾卒於軍，年五十五。

[400] 堙：音「音」，堵塞。

[401] 按：指林氅雲冒藍鼎元之名而偽造鄭成功「拔劍砍地得泉」之事。

[402] 何喬遠（1558-1631）：字稚孝，或稱稚孝，號匪莪，晚號鏡山，明晉江人，是傑出的方志史學家。何氏博覽群書，里居二十餘年，輯明朝十三代遺事成《名山藏》，又纂《閩書》150 卷，頗行於世。

[403] 北鄙：指北邊，邊遠地方。

[404] 蓬山：在大肚山北。

[405] 鐵砧：鐵砧山，位於臺中市大甲區，其外觀因形似鐵砧而得名，因地勢險要昔日曾為軍事重地。

[406] 朱一貴之役：清代臺灣三大民變之首，為唯一占領全臺郡、縣（行政中心）的一次。朱一貴（1690-1722），原名祖，起事抗清時改名為一貴。清初移民來臺，居鳳山縣羅漢門（今高雄縣內門鄉），養鴨為生，人稱「鴨母王」。康熙六十年（1721）一貴以反清復明為號，建年號為「永和」，與清兵爭戰近一年，後被鎮壓。

[407] 朔日：即初一，農曆將朔日定為每月的第一天。

[408] 府治：一府最高行政官署（知府衙門）的所在地。清領臺灣時，最初僅設臺灣府，府治在今台南市；光緒元年（1875）增設台北府，十三年（1887）改為台北府、臺灣府（府治在臺中）、台南府。雅堂所謂「府治」皆指台南。

安平，則四月之間，鹿洲尚在漳浦[409]，何以得至淡水？其謬三也。鹿洲果至淡水，當在平定一貴之後。《東征集》[410]中雖有〈紀竹塹埔〉之文，竹塹今新竹，距淡水尚百數十里，**狉榛**[411]荒僻，渺無居人，何有鐫記之事？且康熙六十年（1721）四月，日無乙酉[412]。其謬四也。施世驃為水師提督，率兵平臺，未幾卒於軍中，則世驃必未至淡水，又安有「小劍潭」之名？其謬五也。大稻埕原名大佳臘[413]，番語也，華言曝穀場，址在今之六館仔街；建府之時，因闢市肆，乃譯今名。則二百年前，安有大稻二字？其謬六也。《淡水廳志》修於同治七年（1868），不載此廟，亦不載此井，則知其為建府後所築。而乃[414]杜撰為二百年前，自欺欺人，其謬七也。**曩**遊廈門，見蟄雲先生於鼓浪嶼[415]之怡園，園有鹿泉[416]，蟄雲刻記，亦言為延平拔劍砍地之跡，與此同出一轍，固疑蟄雲之附會。然延平駐軍鼓浪，折戟沉沙，尚堪憑弔，則鹿泉事猶近實，非如此井之出於鑿空也。

　　夫文人好事，自古已然。勝地名山，半由潤色。故作史者當求其實而糾其謬。不然，以此「井欄」而傳之數百年後，則修誌者將據以成書，而不知其為蟄雲所欺也。

跋延平郡王書

　　延平郡王之書，世不多睹。比年以來，贗品日出，至有書大木為大目，而朱印炳然者。作偽之拙，識者嗤之。此幅為晉江大家黃氏所

---

[409] 漳浦：位於福建省東南沿海，是漳州市南部的一縣。

[410] 《東征集》：藍鼎元撰，為來臺輔佐藍廷珍平定朱一貴事件時的見聞、記錄。

[411] 狉榛：音「披貞」，草木叢雜，野獸出沒，指未開化的狀態。狉，狸子。

[412] 按：康熙六十年（1721）四月的干支紀日，並無「乙酉」。

[413] 大佳臘：臺北市萬華、大龍峒、大稻埕、松山一帶的舊稱。

[414] 而乃：此乃之謂，在此竟然的意思。

[415] 鼓浪嶼：位於廈門市思明區。

[416] 鹿泉：在鼓浪嶼怡園之內，相傳為延平郡王所鑿，園主人林景商涘銘記之。

藏，長三尺有■寸，寬一尺■寸，草書周子[417]〈太極圖說〉，凡五行，五十有四字。雖不足與岳忠武王之前後〈出師表〉較其大小，而英靈之氣，湧於毫端，則鄂王[418]以後一人而已。

曩者開元寺僧傳芳[419]遊歷至泉，聞而求之。黃氏以寺為鄭氏故址，內祀延平，出以相贈。傳芳攜歸，珍重保之。王之翰墨始鎮東都。而東都之山川仍為作偽者所汙乎，則我輩尤當珍重保之！

題謝琯樵墨竹卷子

詔安謝**琯樵**先生**穎蘇**[420]，號**爛雲**山人，又號書畫禪。少負奇才，喜談兵，精技擊，顧不得志於鄉里。東渡臺灣，歷遊南北。嗣參彰化林**剛愍**[421]公戎幕，殉死漳州，談者以為有烈士之風。余撰《臺灣通史》，附其行事於〈剛愍傳〉中。琯樵善書畫，工水墨蘭竹，間作山水、花

417　周子：即周敦頤（1017-1073）。按：周敦頤〈太極圖說〉提出「五行一陰陽也，陰陽一太極也，太極本無極也」的說法，意謂：五行出於陰陽二氣，而陰陽二氣又根源於未分化的混沌狀態的太極，因其本質是無形、無限的，故又稱之「無極」。

418　鄂王：岳飛（1103-1142），字鵬舉，相州湯陰人。抗擊金兵，屢立戰功。後被秦檜以「莫須有」罪名害死。岳飛死後，孝宗為其平反，在鄂州建祠，稱為忠烈廟。淳熙六年（1179），諡武穆。嘉定四年（1211），追封鄂王。

419　傳芳：釋傳芳（1855-1918），俗名陳春木，又有清源、布聞等字號；生於臺南石門腳。中年棄俗學佛，遠赴中國學習佛學，返臺後為臺南開元寺住持。

420　謝琯樵先生穎蘇：謝琯樵（1811-1864），名穎蘇，號懶雲，初字采山，後改管樵、琯樵，又號北溪漁隱、書畫禪。福建詔安人。著有《談畫偶錄》。按：懶、爛通假。

421　林剛愍：愍，應作「愍」。林文察（1828-1864），字密卿，台中霧峰人，林家下厝林定邦之子。定邦與草湖林和尚糾紛被殺，文察殺仇投官，後戴罪協勦小刀會而免罪，又以戰功、捐官至福建水陸提督；同治三年（1864）往福建協勦太平天國，戰死於漳州萬松關。追贈太子少保銜，諡剛愍。

卉，亦有瀟灑不群之概。懷才未試，抱義以終，故其名不聞於大江之滸[422]，然閩南士夫無不知有琯樵者，亦可以不朽矣。

　　此卷為鄉友張子振樑家藏，尤堪珍寶。戊午為咸豐八年（1858），距今七十有三載。榕壇則**海東書院**[423]之講堂。琯樵南遊，久寓其地。**兵燹**[424]之後，廢為坵墟。不知參天老榕，尚作中宵風雨之聲否？展卷憮然！庚午（1930）新春三日，題於淡北之大䢴山房。

人文薈萃序

　　余以弱冠，出乏[425]報務，所往來者，多屬一時之士，迨今二十餘年矣。而余亦以勞而自退矣。寄硯[426]稻江，閉門習靜，幾若與世無聞。而平昔所往來者，或且以余疏嬾[427]，不復互通尺素[428]，而余豈能漠然而忘之哉。日者[429]，臺北遠藤寫真館主以《人文薈萃》[430]相示，余披而閱之，大都當世之士，聆其言，接其人，或聞其姓名，而不得晤[431]者，

---

[422]　滸：《說文》：「水厓也」，即水邊之謂。

[423]　海東書院：清代臺灣位階最高之書院，有「全臺文教領袖」之稱。康熙五十九年（1720）臺廈道梁文煊倡建於臺灣府治，後幾經拆遷，最後在乾隆三十年（1765）由台灣知府蔣允焄將新建在府城寧南坊，在孔廟右側。日治時期，海東書院被充為步兵營舍，昭和十一年（1936）拆除，原址興建武德墊，即今台南市忠義國小之禮堂。

[424]　兵燹：音「顯」，因戰亂所造成的焚燒、破壞。

[425]　出乏：乏者，缺也，出乏，即出缺、出任。

[426]　寄硯：寄居。

[427]　嬾：通「懶」。

[428]　尺素：即書信。典出《昭明文選·古樂府·飲馬長城窟行》：「客從遠方來，遺我雙鯉魚。呼兒烹鯉魚，中有尺素書。」

[429]　按：原文作「曰者」，誤，應作「日者」，即往日、從前。或謂近日。或謂某日。

[430]　《人文薈萃》：遠藤克己編，臺北遠藤寫真館，大正十年（1921）印行。

[431]　晤：音「誤」，見面。

而今皆獲見之。莊生有言：「逃空谷者，聞人足音跫然而喜。」[432]嗟乎！余以隱逷，著書自娛。今得此帖，較之足音，其喜為何如耶？風晨月夕，酒後茶餘，淨几明窗，歡然相對，能不使余起鶯鳴求友[433]之心，而生風雨故人之感也夫！

---

[432] 語出《莊子·徐無鬼》：「夫逃虛空者……聞人足音跫然而喜矣。」跫，音「窮」，腳步聲。比喻難得的來客。

[433] 鶯鳴求友：語出《詩經·小雅·伐木》：「伐木丁丁，鳥鳴嚶嚶。出自幽谷，遷于喬木。嚶其鳴矣，求其友聲。」〈詩序〉曰：「〈伐木〉，燕朋友故也。自天子至于庶人，未有不須友以成者。」故鶯鳴即求友，意謂尋找志同道合的朋友。

雅堂文集卷二

【傳狀】

謝頌臣先生傳

先生諱道隆，字**頌臣**[1]，臺中揀東上堡[2]人。少習括帖業[3]，入**邑庠**[4]。顧[5]不屑為章句儒[6]，馳馬試劍，內健而外柔，有古烈士風。乙未之役[7]，臺人自主建國，奉巡撫**唐景崧**[8]為大總統，臺中邱**逢甲**[9]為謀主。逢甲

---

[1] 謝頌臣（1852-1915）：謝道隆，字頌臣、頌丞；排行第四，友人稱之為「謝四」。乙未割讓之際，道隆募集義勇軍，率「誠」字正中營駐紮頭前莊（今桃園市蘆竹區）；後因義軍節節敗退，遂西渡避難。明治二十九年（1896）返臺定居，隱於醫，與林癡仙、林資修、連橫等人過往甚密。酒酣耳熱之餘，往往痛陳時事。晚年自營生壙於大甲溪右鍋底窩；又於風景幽美處築草堂，稱為「小東山」。著有《小東山詩存》、《科山生壙詩集》。

[2] 揀東上堡：範圍包括今臺中市的神岡、豐原、石岡、東勢、潭子區全區，西屯區東部，以及苗栗縣卓蘭鎮南部。按：謝頌臣家居豐原區。

[3] 括帖業：括帖猶帖括，原為唐代明經科試士之業，明清時亦指學習科舉考試的八股文，此處即取後義。括，音「擴」。

[4] 邑庠：明清時稱縣學為邑庠。庠，音「祥」。

[5] 顧：但、卻。

[6] 章句儒：指不能通達大義而拘泥於誦讀章句、辨析章句以應付科舉考試的儒生。

[7] 乙未之役：甲午戰爭後，清帝國於乙未年（1895）將臺灣割讓予日本帝國，不服日本統治的臺灣紳民發起一連串抗日的大小戰役，總稱乙未之役。

[8] 唐景崧（1841-1903）：字維卿，又字薇卿，號南注、南注生、請纓客，廣西灌陽人。同治四年（1665）進士，入翰林院選庶起士，授吏部主事。光緒八年（1882）入越南，力勸劉永福黑旗軍加入抗法行列。光緒十年（1884）率「景字軍」迎戰法軍有功，官升二品。光緒十一年（1885）出任臺灣兵備道，兼理學政。唐氏雅好文學，曾修葺臺南道署舊有斐亭，創「斐亭吟社」。又禮聘臺南進士施士洁擔任海東書院山長，挑選臺士之秀異者如丘逢甲、許南英、汪春源等入海東書院就讀，對當地文風之鼓倡，頗具影響力。光緒十七年（1891）陞臺灣布政使，駐省會臺北。適因安溪人林鶴年辦理

與先生為世中表[10]，素以道義相切磨，既任義勇軍統領，先生慨然起糾鄉里之士助之。**居無何**[11]，景崧遁，逢甲亦奔。先生知事不可為，解兵歸，以醫術治人，困者且濟以藥。大甲溪為臺灣巨川，源遠而流急，澎湃以入於海。其右岸有山曰睦督科[12]，俯瞰東勢角[13]西北，而西山獨高。先生買之，種桃李數千株，築壙於腹，葬其祖母，左右並營兩壙[14]，豫為夫妻**窀穸**[15]。嘗自念曰：「吾為戰死大甲溪，以馬革裹屍[16]

茶釐船捐等局務來臺，贈以數十盆牡丹，故取名為「牡丹吟社」。社員吟詠詩稿，景崧悉加收錄，輯為《詩畸》，另編有《謎拾》一書。光緒廿二年（1894）九月出任臺灣巡撫，次年（1895）割臺議起，唐氏致電清廷，預言臺民將有大亂，建議急請英俄為同盟以保臺，並請辭巡撫職。及馬關條約簽訂，全臺譁然，唐氏復電告清廷，自云遭臺人「劫留」，不得已暫允駐臺，與當地紳民發佈公告，宣示保臺決心。5 月 25 日全臺紳民倡建「臺灣民主國」，共推唐氏為總統。6 月 5 日，日軍逼近臺北城，唐搭德船從滬尾遁逃，內渡廈門，後歸桂林。

9　邱逢甲（1864-1912）：譜名秉淵，又名倉海（亦作滄海），字仙根，號蟄仙、仲閼、蟄庵，祖籍嘉應鎮平（今廣東蕉嶺），生於臺灣府淡水廳後壠堡銅鑼灣（今苗栗銅鑼）。光緒十五年（1889）進士，授工部虞衡司主事，故亦稱丘工部、丘水部。逢甲無意任官，返台於各大書院講學。甲午戰爭起（光緒二十年，1894），逢甲奉旨督辦團練，旋乙未割臺，乃與士紳等成立臺灣民主國，任副總統兼團練使，領義軍駐桃園南崁。5 月 29 日，日軍登陸臺灣、進逼臺北，唐景崧旋即內渡，逢甲亦攜眷逃返廣東故里。內渡後主事教育，後任廣東學務公所參議、廣州府中學堂監督、廣東教育總會會長、廣東諮議局之議長等；武昌革命後，被選為臨時政府之廣東代表，翌年病卒。著有《嶺雲海日樓詩鈔》、《柏莊詩草》等。

10　中表：即「中表之親」，簡稱「表親」，意謂自己父親的姊妹或母親的兄弟姊妹的子女。

11　居無何：不久，很短時間之後。

12　睦督科：即鍋督科山，分布於臺中市石岡區東、南、西三方，其形狀為山頭多處並立，中間較低，貌如鍋底，故又稱鍋底科山。

13　東勢角：臺中市東勢區的舊稱。

14　壙：音「況」，墓穴，亦指墳墓。

15　窀穸：音「諄系」，墓穴，亦指墳墓

16　馬革裹屍：用馬皮把屍體裹起來，意謂英勇犧牲在戰場。典出《後漢書·馬援傳》：「男兒要當死于邊野，以馬革裹屍還葬耳，何能臥床上在兒女子手中邪？」馬革，即馬皮。

歸爾，而竟不獲志，命也！」壙成，邀文人置酒高會，自為歌詩以張
之，而臺人士之能歌詩，凡會與不會者，亦同而張之。邑子[17]林癡仙
輯而成集，計得百七十有六章。先生讀而樂曰：「吾獲此以殉[18]，勝於
玉魚金椀[19]矣！」越七年，乙卯（大正四年，1915）夏六月日卒。子
數人。次子秋琯亦以醫聞。

連橫曰：丁未（明治四十年，1907）夏，余旅臺中，始獲交先生。
聆其言論，眉稜[20]間隱有俠氣，豈非古之隱君子也歟？《生壙》之集
既刊，逢甲在廣州，為文序曰：「唯君達人，知有不變者存，變也以常
視之；知有不死者存，死也以生視之。」烏乎！先生之平生盡之矣，
余復何言。

沈少鶴傳

余年過弱冠，交遊遍南北，而與沈少鶴最篤。衣食也相解推，疾
病也相扶持，道義也相切磋，患難也相匡濟。余與少鶴若兄弟矣。顧
少鶴方少壯，抱大有為之才，而竟賫志以沒[21]，上負老親，下遺妻子，
余能不悲哉！方少鶴病時，余日夜侍左右，醫藥看護，禱其不死；越
數日而少鶴竟死，余又安已於情耶！

---

[17] 邑子：同邑的人、同鄉。
[18] 殉：指陪葬。按：《玉篇》：「殉，用人送死也。」後指用人或物隨葬。
[19] 玉魚金椀：皆指殉葬品。「玉魚」，唐・韋述《兩京新記》載，漢初七國之
變時，楚王戊太子適朝京師，未從坐，死於長安，天子斂以玉魚一雙。金
椀，或作「金碗」、「金鋺」，晉・干寶《搜神記》載：范陽盧充與崔少府女
幽婚。別後四年，三月三日，充於水旁遇二犢車，見崔氏女與三歲男共載。
女抱兒還充，又與金鋺，並贈詩曰：「何以贈餘親？金鋺可頤兒。」
[20] 眉稜：或作「眉棱」，指眉毛生長鼓出的部位。稜，音「ㄌㄥˊ」。
[21] 賫志以沒：心懷未遂的志願死去。賫，音「賴」，懷抱。

　　少鶴姓沈氏，諱伯齡，余妻之弟也。籍安溪。父德墨公來臺經商，娶王太**孺人**[22]，生少鶴及二弟，遂家於郡治[23]。少鶴性穎悟，豐儀整秀[24]，戚黨皆愛之。初德墨公以商致富，獲資十數萬金。及改隸後，腦[25]利歸官，而經商又多挫。少鶴慨然謂余曰：「家君年老，諸弟又幼，余欲稍振舊業，君其有所輔助？」當是時，少鶴方與南人士合設臺灣實業會社，投大資，將有所奮發，乃不數月而死，若豫知其事而以言相託也。卒哭[26]之夕，余呼少鶴而告曰：「烏乎！君其可以無懟[27]矣。父母也余事之，弟也余教之，寡妻孤子也余嫂之姪之，有如此盟，明神鑒之！」嗟乎！余及今日，其可以對少鶴也哉？

　　少鶴生於光緒二年（1876），卒於明治三十有三年（1900），年二十有五。葬**寧南門**[28]外。配吳氏，生二子：長清龍，四歲；次清根，才彌月爾。

　　連子曰：古人有言：「一死一生，乃見交情。」少鶴既死，而余所為少鶴身後事者頗多。少鶴沒四年，而其幼弟殤，次弟**授室**[29]，余為之悲而喜也。又一年，德墨公逝。又五年，王太孺人亦逝。余為之治

22　孺人：舊時稱大夫之妻為「孺人」，《禮記·曲禮下》：「天子之妃曰后，諸侯曰夫人，大夫曰孺人，士曰婦人，庶人曰妻。」後成為古人對母親或妻子的尊稱。

23　郡治：郡守府署所在的首縣。

24　豐儀整秀：風度儀表，端莊俊秀。

25　腦：指樟腦。自17世紀鄭芝龍起，樟腦就是臺灣重要的外銷貨物，獲利甚鉅，清代則由政府專營專賣。

26　卒哭：古代喪禮，百日祭後，止無時之哭，變為朝夕一哭，名為卒哭。

27　無懟：無怨。懟，音「隊」，怨也。

28　寧南門：俗稱大南門，清雍正年間所建，位於台南市南門路和樹林街交會處之南門公園內。台南府城全盛時有城門14座，正城有大東門（東安門、迎春門）、大南門（寧南門）、大西門（鎮海門）、大北門（拱辰門）、小東門（鎮東門）、小西門（靖波門）、小南門（鎮南門）、小北門（鎮北門）；西外城有拱乾門、奠坤門、兌悅門；東外城有東郭門、仁和門、永康門。

29　授室：娶妻。

喪營葬，處家事。顧此十年間，無時不以少鶴為念。今遺孤稍長，皆肄[30]業於學校，必有振興之一日，亦可以慰我少鶴於地下也夫。

陳鞠譜[31]傳

疇昔之夜，余訪鞠譜於闤堂[32]，與談天下事。鞠譜輒笑曰：「書生但能言爾。」**南溟**[33]在坐，猝答[34]曰：「乃公以馬上得天下，能以馬上治耶？」[35]鞠譜大笑，余亦笑。其後余赴廈門治報事，越年歸，聞鞠譜以狂病死。急晤南溟，詢其狀。南溟曰：「鞠譜狂病時大呼殺鬼，且持刀起擊。噫！眾鬼猖獗之世，鞠譜儒[36]，不能殺，顧安能殺之地下耶？雖然，大丈夫亦為鬼雄爾，何可懕懕[37]不死？」余曰：「君與鞠譜

---

30 肄：習也。

31 陳鞠譜（1865-1906）：陳鳳昌，字鞠譜、卜五，號小愚，臺南人，性豪放好學，三十歲始為廩生。乙未割臺後見事不可為，乃幽居於家，每眷懷時局，悲憤難抑，輒呼酒命醉。時與連橫、胡殿鵬等相互對飲，抗論古今事，盤桓於殘山剩水之中，憑弔遺跡。其詩才情敏妙，托興深微，悲憂窮蹙，感發於心。著有《拾唾》四卷、《小愚齋詩稿》一卷。

32 按：連橫〈在廈東鄉中諸友·陳鞠譜〉有注：「在鄉時，夜每就君談，朋輩滿座，夜闌始散。闤堂，君讀書處也。」

33 南溟：胡殿鵬（1869-1933），乳名巖松，字子程，號南溟，臺南安平人，為日治時期臺灣三大詩人之一。少自負，有奇氣，疏狂奔放，嘗任《臺澎日報》記者，與連橫共主漢文筆政，未久去。迨光緒三十一年（1905）連氏在廈門創辦《福建日日新報》，邀其相助，乃又內渡。不數月辭歸，居安平故里，索居陋巷，不事生產，困頓莫名。昭和八年（1933）十月卒於臺南，年六十四。胡氏為文有奇氣，詩則題材廣泛，氣勢磅礴，汪洋浩瀚，每一篇出，士林翕然推重，名動八閩三臺。著有《南溟詩草》、《大冶一爐詩話》等書，惜未梓，今僅存詩數十首而已。

34 猝答：突然應答。

35 語出《史記·酈生陸賈列傳》：「陸生時時前說稱《詩》、《書》。高帝罵之曰：『乃公居馬上而得之，安事《詩》、《書》！』陸生曰：『居馬上得之，寧可以馬上治之乎？』」

36 儒：意謂讀書人。

37 懕懕：音「焉」，虛弱生病貌。亦作「懨懨」。

善，何不傳其人於世？」曰：「我為文遲鈍，每自慊[38]。且鞠譜之為人也，飛揚跋扈，出乎目論[39]之外，非藉子[40]雄健之筆以寫之，胡能似？余請以口授，而子記之，可乎？」

　　鞠譜姓陳氏，諱鳳昌，字卜五，臺南人也。性豪邁。及壯，始獲一衿[41]。鄰人王翁愛其才，妻以女。鞠譜益肆志[42]讀書，勉為古詩文。乙未之役，臺人自主，奉**劉永福**[43]守臺南。鞠譜與同輩集議於府學，大言曰：「國家養士三百年，亦為緩急[44]用爾，今竟無一人，我輩寧不愧死？」乃走叩**軍門**[45]，上戰守十二策，請募健兒赴前敵。不聽。退而告人曰：「劉帥亦碌碌[46]者！」居有頃[47]，聞彰化破，吳彭年[48]戰死，甚壯之，灑酒為文以祭。越數年，又為負骨歸粵，以百金恤其家。烏

---

[38] 自慊：自足；自快。慊，音「竊」。明·王守仁《傳習錄》：「當行則行，當止則止，當生則生，當死則死，斟酌調停，無非是致其良知以求自慊而已。」

[39] 目論：目，眼前，意指尋常。目論即常論。

[40] 子：男子之通稱。《康熙字典》引顏師古曰：「子者，人之嘉稱，故凡成德，謂之君子。」按：此處指連雅堂。

[41] 衿：為青衿之省，代指學子、生員（獲入官學的學生）。獲一衿指陳鞠譜獲廩生資格一事。

[42] 肆志：盡情之謂。

[43] 劉永福（1837-1917）：本名義，號淵亭，廣東欽州人。光緒二十年（1894）清日釁起，命赴臺救援，增募兵，號黑旗。唐景崧徙永福軍臺南。景崧內渡後，臺民以總統印授永福，不受，仍稱幫辦。後永福與日人談和，未成，變裝，匿德商輪內渡，後詔守欽州邊境。卒於家。

[44] 緩急：偏義複詞，緊急、危急之謂。

[45] 軍門：清代對提督的尊稱。

[46] 碌碌：才能平凡之謂。

[47] 居有頃：過了一會兒。

[48] 吳彭年（1857-1895）：字季籛，浙江餘姚人。光緒二十一年（1895）來臺，任劉永福幕僚。時馬關條約尚未議定，永福以其熟諳韜略，膽識過人，倚為左右手。臺北淪陷，吳自請率七星黑旗兵七百往守臺中，抵禦日軍進犯，於八月間戰歿於彰化八卦山。

乎！亦義俠哉！鞠譜既知事不可為，攜眷渡廈門，閉門不出，著《拾唾》十卷。其文雋穎[49]，時寓勸懲之義，而於臺事頗多採擇[50]。

余曰：鞠譜沒後，余求其遺書，得《拾唾》四卷、《詩》一卷，將輯而刊之。烏乎！此則鞠譜所遺之心血也！鞠譜既歸臺，學賈[51]，積數年，獲利數千金。每眷懷時局，憤一世人之相率於偽也，輒呼酒命醉。而南溟亦豪飲者，酒酣耳熱時，兩人爭論古今事，抗談不已，至於攘臂碎杯，拍案呼絕。余從其旁觀之，豪情壯氣現於鬚眉[52]，固非小人儒所能及也。鞠譜生於同治四年（1865），卒於明治三十有九年（1906），年四十有九。而南溟亦我南之狂者，姓胡氏，名殿鵬。

連子曰：烏乎！如鞠譜者，豈非所謂狂士者哉？今沒[53]已數年，而談者氣為之王[54]，則以精神有以刺激之也。余聞西哲曰：「國多狂者，則其國必強。」何以強？則以國民之多進取，故中原衰弱，士德不振，昏昏終夜，王氣銷沈，安得萬千狂士奔走呼號，以起其疲困耶？孔子曰：「狂者進取」[55]；然則狂又胡可少哉？

林癡仙傳

林癡仙，臺中人，諱朝崧，字俊堂，建威將軍利卿公[56]之少子也。聰慧絕倫，年十四入邑庠，嗣食餼[57]，顧無仕宦志。霧峰林氏以武德

---

[49] 雋穎：優異出眾。雋同「俊」。
[50] 採擇：揀撢，即文章中多採用臺灣當年史事，並藉此寓寄規勸之意。
[51] 賈：商人。
[52] 按：原文作「須眉」，應作「鬚眉」。
[53] 沒：通「歿」，死也。
[54] 王：通「旺」，意謂精神振起。
[55] 語出《論語・子路》：子曰：「不得中行而與之，必也狂狷乎？狂者進取，狷者有所不為也。」
[56] 林文明（1833-1870），字利卿，清彰化縣阿罩霧莊（今臺中市霧峰區）人，霧峰林家第五代，與兄長林文察參與平定太平天國、戴潮春事件，使霧峰林家下厝的聲勢達到巔峰；文察戰死後，文明繼任為林家家長，但家族在

世其家。甲申（光緒十年，1884）之後，群從兄弟皆以功名顯，而癡
仙獨寄情詩酒，以文學鳴海上。乙未夏，避亂泉州，游**滬上**[58]，數年
乃歸。

　　當是時，**桑海迭變**，名宿凋零，士之不得志於時者，競立詩社，
號召徒侶，以作無聊之興會，癡仙乃出而最[59]之，與苑裡蔡**啟運**[60]、大
社賴紹堯、鹿江陳**懷澄**[61]及從子[62]南強等結櫟社以相角逐，一時風靡中
臺。然社規嚴厲，非積學之士不引納，故社中僅二十餘人也。癡仙既
以詩酒自豪，又好客，春秋佳日，輒開大會，南北至者常數十人。既
厭族中塵湧[63]，移居聚興莊[64]，課僮耕稼，築草堂曰「無悶」，遂自號
道人。旬日一至大墩。至則招諸友為詩酒之會。每飲必醉，走筆為詩，

　　擴張時早與地方幾個家族產生嫌隙，林家又以家大勢大、不懂藏拙，引起
　　官府不滿，文明遂於同治九年（1870）在公堂應訊時遭處決。
[57] 食餼：舊時科舉，生員歲試列優等者，由政府供給其日常生活所需的米糧，
　　稱之食餼，即獎學金之意。餼，音「細」，米糧。
[58] 滬上：上海的別稱。
[59] 最：聚合。
[60] 蔡啟運（1862-1911）：名振豐，字啟運、見先，號應時、運時，新竹人。
　　光緒十二年（1886）啟運將咸豐年間成立之竹、梅二詩社改組為竹梅吟社，
　　自任社長。光緒十七年（1891）進新竹縣學，後遷居苗栗苑裡。乙未割臺
　　之際，曾襄助丘逢甲抗日。明治三十年（1897）年，取鹿港、苑裡二地為
　　名，與許劍漁組鹿苑吟社。同年，任苗栗辦務署參事，並修纂《苑裡志》。
　　明治三十五年（1902），與林癡仙、林幼春等人創立櫟社，為首任社長。明
　　治四十年（1907），任苑裡區長。詩作頗多，有《養餘軒詩鈔》，未刊；《櫟
　　社第一集》曾錄存十八首，名曰《啟運詩鈔》。又嘗命其子汝修錄其竹梅吟
　　社課稿及唱酬之作，編為《臺海擊缽吟集》，共收詩四百餘首。
[61] 陳懷澄（1877-1940）：字槐庭、心水，號沁園、心木，彰化鹿港人，鹿港
　　「意樓」第一代主人。明治三十五年（1902）與詩友組織櫟社，為創社九
　　老之一，同時也是鹿苑吟社、鹿江詩會、大冶吟社主要社員。大正八年（1919）
　　任鹿港區長，翌年轉任鹿港街長，旋又出任台中州協議會會員，先後主持
　　街政十二年。著有《沁園詩革》、《媼解集》。
[62] 從子：侄子。
[63] 塵湧：比喻人來人往，如灰塵湧起。
[64] 聚興莊：今台中市潭子區聚興、新田二村。按：大正二年（1913）林癡仙
　　又遷居詹厝園（今大里區夏田里），無悶草堂亦隨之遷移。

放聲高誦，琅琅[65]出金石。每一篇出，眾爭傳抄，不數日而全臺寫遍。顧時為酒困。又好色[66]，嘗醉臥美人側。每當意[67]，輒賦詩贈之。北地燕支[68]中，無不知有林子者。其豪放如此。癡仙遂游於酒人乎？嘗慨然曰：「塵世紛濁[69]，名利**桁楊**[70]，若輩擺脫不棄，千古會心人[71]唯有信陵君[72]爾。」然癡仙事母孝，處族和，急人之難，有古烈士風。其亦有託[73]而逃[74]歟？大正四年（1915）冬十月初七日，卒於里第，年四十有一。子幼，女二。著《無悶詩詞》數百首。

　　連橫曰：癡仙死旬日矣，余乃稍殺[75]其悲，**刺述**[76]平生，以昭示**來許**[77]。癡仙一死，而全臺詞人無不灑淚者，以詩界從此寂寞也。友人謝**籟軒**[78]曰：「癡仙能適其樂，一日之生勝於常人三日。」連橫曰：「以癡仙之為人而論之，其果癡也歟？」

---

[65] 琅琅：象聲詞，金石相擊的聲音等，此處意謂誦詩之美聲。

[66] 好色：好，喜好；色，美女。

[67] 當意：中意、快意。

[68] 燕支：即「臙脂」，此處借指藝旦。

[69] 紛濁：紛亂污濁。

[70] 桁楊：古代夾頸項、腳脛的刑具。按：此處引申為桎梏、束縛，即受到聲名、利益的箝制。桁，音「航」。

[71] 會心人：了解其心境者。

[72] 信陵君（？-B.C. 243）：戰國時魏人，名無忌，與齊孟嘗君、趙平原君、楚春君並稱戰國四公子，其天性仁厚，好養士，有賢名，曾用侯嬴計，卻秦救趙；秦伐魏時，率領五國兵歸救魏，大破秦兵，聲名威振天下。後被讒廢用，抑鬱不樂，病酒而死。

[73] 有託：有所寄託。

[74] 逃：遯世之謂。

[75] 殺：減也。

[76] 刺述：揭示陳述之謂。刺，揭發。《戰國策·齊策》：「群臣吏民能面刺寡人之過者，受上賞。」

[77] 來許：後進、後輩。

[78] 謝籟軒（1879-1921）：謝維巖，譜名瑞琳，字璆我，號石秋、籟軒，臺南人。日治後，應連雅堂之邀，入《臺南新報》漢文部為記者，後任主筆，前後工作長達十二年。好吟詠，明治三十九年（1906）與蔡國琳、連雅堂、趙鍾麒、胡殿鵬等創設南社，其詩和平蘊藉，不矜才，詩作不下千首，唯

郭壽青[79]傳

　　士有一技一藝，皆足以自立而名傳諸世。若**僚之丸**[80]、**秋之奕**[81]、**養由基**[82]之善射、**公孫大娘**[83]之舞劍，器雖小，道有足觀焉。

　　亡友郭壽青彈琵琶絕佳，金石絲竹之屬，莫不通其神妙，而外此碌碌也。壽青之學，學於王老五，老五又學於其妻者。風清月白之夜，

　　多散佚，民國五十四年（1965）其哲嗣謝國城蒐錄遺作三十八題，刊印行世，題曰《謝籟軒詩集》，後盧嘉興又收錄十八題「集外詩」。

[79]　郭壽青（約1876-約1907）：名維嵩，臺南人，通曉金石絲竹等各類樂器，尤擅彈琵琶。連雅堂受其請託，撰〈郭壽青傳〉一文，詳述郭氏之學習背景與音樂技藝。

[80]　僚之丸：僚，指宜僚，春秋時期楚國的勇士，熊姓，居於市南，因號曰市南子。丸，指弄丸，一種民間技藝，以雙手連續拋接數個彈丸，不使落地。《左傳·哀公十六年》載，楚白公謀作亂，欲殺令尹子西，以宜僚為勇士，遂遣使招之。宜僚正上下弄丸，既不受利誘，也不受威嚇，也沒把白公的陰謀說出，因而從兩家的爭執中全身而退。《莊子·徐無鬼》曾寫庖丁之解牛，伯牙之操琴，羿之發羽，僚之弄丸，古之所謂神技也。

[81]　秋之奕：按：奕當作「弈」，圍棋也。弈秋，戰國齊國人，善於下棋，棋藝極高。初見於《孟子》：「今夫弈之為數，小數也，不專心致志，則不得也。弈秋，通國之善弈者也。使弈秋誨二人弈，其一人專心致志，惟弈秋之為聽，一人雖聽之，一心以為有鴻鵠將至，思援弓繳而射之，雖與之俱學，弗若之矣。為是其智弗若與？曰：非然也。」意思是弈秋是全國最會下棋的人，他同時教導兩位學生下棋，一位專心聽講，另一位心中想著待會要拿弓箭射飛來的鴻鵠，同樣都是向弈秋學習，但是學習的成果卻不一樣，不是因為本身的聰明才智，而是在於有無專心致志。

[82]　養由基：春秋時楚國名將，著名神射手。相傳養由基能在百步之外射穿作標記的柳葉，並曾一箭射穿七層鎧甲。鬥越椒起兵反抗楚莊王，養由基一箭射殺。晉楚鄢陵之戰，楚共王左眼被晉將魏錡射中，楚共王給養由基兩支利箭命他復仇，養由基一箭射死魏錡，因此又稱「養一箭」。最後，吳國攻楚，養由基死於亂箭之下。

[83]　公孫大娘：唐人，擅舞劍，舞藝超群，常在民間獻藝，極負盛名，傳聞劍擊之術亦是一絕。

燈紅酒綠之時，聞壽青琵琶者，皆神氣飛越，感興上下[84]。四絃之中，千變萬狀。烏乎！何其奇耶！

　　丁酉（明治三十年，1897）夏六月既望，余與沈少鶴、李兆陽[85]諸子泛舟安平，壽青亦抱琵琶至。時夜已半，月色水光，涵虛無際。壽青乃彈〈水操〉之曲[86]。徐聞遠遠有呼啞聲，既有喇叭聲、傳點聲[87]、士卒呼唱聲，自遠而近。忽而礮聲隆隆然，旗聲瑟瑟然，刀聲鏘鏘然，櫓聲悠悠然，風聲、水聲蕩蕩然，兩軍激戰之聲轟轟烈烈，若周郎之火赤壁，岳侯之破洞庭[88]，而足以振人尚武也。畫然[89]一聲，四絃俱寂。余舉杯勞之。壽青曰：「吾技固未佳，然視臺南中無有出吾右者。嗟乎！吾學無所長，而僅以琵琶顯，吾其窮乎！雖然，公若肯以文傳，吾無憾。」越十年而壽青竟以貧病死，年三十有二。烏乎哀哉！

　　壽青諱維嵩，臺南郡人。祖父某，以商致富，父某，素好樂，尤愛客，暇輒歌奏於堂。壽青稍長，教以技，即了悟，而琵琶尤精。顧壽青既嗜樂，不善治家人產，十數年間，萬金蕩盡。然不屑以技媚貴人，遂至抑鬱以終。遺一妻及女，而所愛之琵琶且不知何處去矣。烏乎！又可傷也！

　　連橫曰：吾聞明季有湯琵琶[90]者，以絕藝游江南北，名喧一時，其後亦以貧病死。壽青之技，不知視湯何若，而命運則同。烏乎！士

84　感興上下：興，引發。感興上下，受其感動而心情隨之起伏。
85　李兆陽：不詳其人。按：連雅堂《劍花室詩集》收有〈六月既望，偕沈少鶴、余君屏、陳瘦雲、李兆陽、郭壽青泛舟安平渡口，黎明始歸〉詩組，與此文相呼應。
86　水操之曲：應指〈水仙操〉，琴曲名。操，曲類名稱。漢・蔡邕《琴操・水仙操》：「〈水仙操〉者，伯牙所作也。」
87　傳點聲：報時聲。點，指更點。
88　岳侯之破洞庭：此指紹興五年（1135）岳飛剿平洞庭湖楊么之亂。
89　畫然：狀聲，或當作劃然，彈奏琵琶最後一劃的收束聲。
90　湯琵琶：即湯應曾（生卒年不詳），明代人。曾隨蔣山人學琵琶，後在大樑（今河南開封）周王府供職，並隨軍西征，演奏琵琶頗有聲名，能彈奏〈胡笳十八拍〉、〈塞上〉、〈洞庭秋思〉、〈楚漢〉等百餘曲。明末回歸江蘇故里，

有抱奇才異能侘傺不得志以沒者，何可勝道？吾傳壽青，吾尤有無限之感情縈繞而不能已！

鄭慧修[91]女士傳

王香禪[92]曰：「余聞藐姑射[93]之神人，不食五穀，乘雲龍，御飛龍，而游於四海之外[94]，未嘗不想見其為人，若物之內，若物之外，**昔昔**[95]而求之，**夢夢**[96]而索之。顧乃得見鄭慧修女士，其行潔，其志芳，皭然不滓[97]，超然塵垢之外，並世而無兩者[98]也。女士既物化[99]且數年，昔昔而求之，夢夢[100]而索之，若物之內，若物之外，希夷[101]而不可遇。余乃欲播之詩歌，而金石不足以侊[102]其態；余乃欲徵之圖畫，而丹青

　　流落淮浦（今江蘇漣水西）、桃源（今江蘇泗陽）一帶，不知下落。終年約六十餘歲。

91　鄭慧修：新竹詩人鄭香谷的胞妹，明治四十四年（1911）病逝。

92　王香禪（1886-？）：名夢癡，本名罔市，號留仙，臺北艋舺人。原係臺北永樂座著名藝旦，貌美多姿，能唱京戲，稱為「正音」，取名香嬋。嫁與臺南舉人羅秀惠，已而仳離；後遁入空門，法名香禪，蓋改「嬋」為「禪」也。未幾還俗，改適新竹謝介石（1878-1954，名愷，字幼安）。婚後同赴上海，轉居吉林、天津、北京等地。逮九一八事起，謝出任日滿州國外交總長、協和會事務局長，及駐日大使等要職。戰後謝以漢奸罪入獄，香禪則帶著三子一女留居天津，其事蹟無聞。

93　藐姑射：仙山名。射，音「業」。

94　典出《莊子‧逍遙遊》，原文作：「藐姑射之山，有神人居焉，肌膚若冰雪，淖約若處子。不食五穀，吸風飲露。乘雲氣，御飛龍，而遊乎四海之外。其神凝，使物不疵癘而年穀熟。」

95　昔昔：夜夜。

96　夢夢：昏亂、不明。按：此處意謂每次睡夢當中。

97　皭然不滓：皭音「叫」，潔白貌。滓，音「紫」，汙穢。

98　並世而無兩者：猶舉世無雙。

99　物化：去世、死亡。

100　夢夢：昏亂、不明。按：此處意謂每次睡夢當中。

101　希夷：虛寂玄妙，此處意謂渺茫。《老子》：「視之不見名曰夷，聽之不聞名曰希。」河上公注：「無色曰夷，無聲曰希。」

102　侊：音「光」，盛大。

不足以寫其容。則余將何適而可？余將以文章傳之，而文章又不足以狀其為人；且恐以垢[103]女士。子[104]連子其為我狀之。」

連子曰：「若物之內，若物之外，惡至而倪貴賤，惡至而倪小大。」[105]人為萬物之靈，魋然[106]宇宙之間，而時為物囿[107]，束縛一世，紛紜踟躕[108]，至死而不能自解者，比比[109]也。以余所聞鄭女士之風，心嚮往之，顧未知其詳，予其言之。香禪曰：「諾。女士新竹人。祖若父皆顯紳，以豪富聞里閭。母王氏，生女士及兄，絕愛之。性明慧，讀書知大義。事親孝。嘗侍祖母側。祖母固信佛，築淨室於城外，女士奉晨昏焉。遂絕暈[110]、絕脂粉，撤其環珥，守貞不嫁。定省[111]之暇，獨居一室，焚香靜坐，手執金經[112]一卷，湛然[113]寂然，悟萬物生死輪迴之理。遂朝南海[114]，遊西湖[115]，泛楊子[116]，上金焦[117]，以攬佛陀之跡。歸次[118]鼓山[119]，就古月禪師[120]而問法焉。居無何，其祖母病，父促歸。

---

[103] 垢：音「夠」，玷辱、侮辱。

[104] 子：對男子之通稱。

[105] 語出《莊子·秋水》：河伯曰：「若物之外，若物之內，惡至而倪貴賤？惡至而倪小大？」外，指表面，如大小、多少等，屬「量」的認知。內，指內在，如貴賤、是非等，屬「質」的認知。倪，標準，在此作分辨。

[106] 魋然：特出貌。

[107] 為物囿：為外物所局限。

[108] 踟躕：音「局及」，恐懼緊張貌。

[109] 比比：一個挨一個，引申為處處，到處。

[110] 暈：音「運」，意謂妝彩、塗抹，使臉龐色澤有陰影對比。

[111] 定省：泛指探望問候父母或親長。

[112] 金經：指用泥金書寫的佛經。

[113] 湛然：清澈貌。

[114] 南海：指南海普陀山，觀音道場。

[115] 西湖：指西湖靈隱寺。

[116] 楊子：應指揚子江。長江古時又稱揚子江。

[117] 金焦：金山與焦山的合稱。兩山都在今江蘇省鎮江市。按：鎮江的金山寺為中國禪宗四大道場之一。

[118] 次：旅行所居止之處所。

[119] 鼓山：位於福州。

女士謂禪師曰：『他日當骨於此。』歸數日，而祖母卒。越數月，而女士亦卒，年二十有六。遺命以火化，歸骨鼓山，建浮屠[121]焉。當女士之歸也，次稻江，訪余於瓊樓，談笑[122]甚歡。瀕行[123]告余曰：『恐不獲再見。』視其容溫然似春，而不料其竟為物化也。悲夫！」

　　連子曰：塵濁昏墊之世，群生之倫莫明其鄉[124]，傚佛[125]於耳目鼻舌心意者，曰為貴賤也，為小大也。姦雄之夫，**盜跖**[126]之子，矯柔[127]仁義，製作名器，以驅納[128]一世之人心，而匹夫匹婦相率為偽，如水之趨壑，放乎而不知止。莊子憫之，示以無為。故曰極物之真，能守其本，外天地，遺萬物，而未嘗有所困。我佛憫之，告之以靈，故曰：「色即是空，空即是色。受想行識，亦復如是。」[129]鄭女士得之，故不蘄[130]於華實，不蘄於妃耦[131]，不蘄於生死。連子曰：鄭女士可謂能全其天[132]者矣！古者謂是帝之懸解[133]。

120　古月禪師（1843-1919）：俗姓朱，名救官，字圓明，祖籍閩清六都。禪師出家前做過裁縫，22歲到福州鼓山湧泉寺為僧，直至圓寂。

121　浮屠：指佛塔。

122　按：原文作「該笑」，誤，應作「談笑」。

123　瀕行：臨行前。

124　鄉：向也。

125　傚佛：即彷彿。

126　按：原文作「盜妬」，誤，應作「盜跖」，或作盜蹠，跖、蹠皆音「植」，為盜賊或盜魁的代稱。《莊子‧盜跖》：「盜蹠從卒九千人，橫行天下，侵暴諸侯。」

127　矯柔：矯揉造作。

128　驅納：謂驅趕進入。

129　語出《心經》。色即是空，即包括「受即是空，想即是空，行即是空，心識亦即是空。」易言之，即「五蘊即是空」。

130　蘄：音義通「祈」，祈求。《莊子‧養生主》：「不蘄畜乎樊中，神雖王，不善也。」郭象注：「蘄，求也。」

131　妃耦：音義同「配偶」，或作「妃偶」。

132　天：天性。

133　帝之懸解：帝，天、天然；懸，將雙腳捆束而倒掛；解，解脫。語出《莊子‧養生主》：「適來，夫子時也；適去，夫子順也。安時而處順，哀樂不

書何水昌

　　何水昌，臺中人，居市內之橋子頭。性純孝，與人無忤[134]。家貧，未克就學。年十三，出為人傭，得錢悉以奉父，不敢自私。越數年，母卒，兄弟又早亡，孑然一身，以養其父。父年四十五，患偏枯[135]，困頓床蓐，便溺須人。水昌日為洗濯，不嫌汙穢。每得甘旨，必奉父，而自食粗糲，或忍饑，以市魚肉。父得飽，則喜。又以病故，吸雅片[136]，日非二三百錢不能止癮。水昌隻手拮据，供養不絕，二十年如一日。其純孝有如此者。大正九年（1910）十月，市協議會員**林耀亭**[137]聞其行，為請市尹，轉詳督府，特受旌表。東宮殿下巡臺[138]時，復蒙下賜餅餌[139]。然水昌僻處窮廬，**庸德**[140]之行，流俗弗察。藉非林君之推獎，又孰知有何孝子哉？

　　水昌以比來生意微末，衣食不贍[141]，日夜經營，思多博百數十錢以充家計，而積勞致疾，遂成肺癰[142]。囊無錢，瓶無米，僅臥榻上，

能入也，古者謂是帝之懸解。」意謂：人生不過為偶然來到世間，若能順應自然物化的天理，那麼所謂的死亡也不過是天然地解除雙腳倒懸之苦。

134　忤：音「午」，牴觸、齟齬、衝突。

135　偏枯：半身不遂。《莊子‧盜跖》：「禹偏枯。」成玄英疏：「治水勤勞，風櫛雨沐，致偏枯之疾，半身不遂也。」

136　雅片：即鴉片，臺人俗呼「阿片」。

137　林耀亭（1868-1936）：乳名炳煌，又名聯輝，字耀亭，號守拙，以字行，臺中廳藍興堡樹仔腳庄（今臺中市西南）人，家有府第曰「樹德居」，乃別署樹德居士，屋號璧堂。光緒十九年（1893）生員，日治後任公職、從事實業。生平致力地方建設，於教育尤為熱心。喜吟詠，大正九年（1920）曾入櫟社。著有《松月書室吟草》二卷。

138　按：大正十二年（1923），日本攝政宮裕仁皇太子行啟臺灣，並御賜菓子予臺北州下之學者、孝子、節婦，雅堂亦在學者之列。

139　餅餌：餅類食品的總稱。

140　庸德：常德，一般的道德規範。

141　不贍：不足。

幾瀕危殆。鄉人盧蕃薯、林春榮憫其貧，出為延醫。醫師張泉生亦諗[143]
其孝，施以藥，且濟之財。可謂義矣。顧水昌癰重，非割治不為功。
泉生復為請臺中醫院，不取其費；而日食猶須自給，且家有病父，無
人代養，苟非樂善之士為之周恤[144]，則其慘苦之狀有難言者。

連橫曰：吾友江君介石與水昌同里閈[145]，備聞其德，乃以事略寄
余，囑為潤色。余惟水昌之孝，鄉人知之，督府旌之，固不藉余文以
揚。而介石之關心世道，博采善行，有足多焉。方今異說倡狂，彝倫
攸斁，讀書之士，且唱[146]非孝之說，以鼓惑童蒙。受其毒者，至不知
有父母，是誠禽獸之不如矣！吾書水昌，亦所以勸孝也。

書陳三姐

戴潮春之役，嚴辨[147]以數萬之眾攻嘉義，嘉人嬰城[148]守，陷圍三
月，糧盡援絕，至食草根，啖豆粕[149]，不足，搗龍眼核為粉，煮粥充
饑。而城中有一女子若無事者。噫！是何人？則嘉人士所稱為「查某
三頭」者也。

---

142 肺癰：中醫學中肺葉生瘡，形成膿瘍的一種病症。臨床以咳嗽、胸痛、發
　　熱和吐痰腥臭，甚則咳吐膿血為特徵。西醫的肺膿腫、化膿性肺炎、支氣
　　管擴張合併感染等。癰，音「雍」。
143 諗：音「審」，知悉。
144 周恤：亦作「周卹」，周濟、接濟。
145 里閈：閈音「旱」，里閭、里巷。
146 唱：同「倡」，提倡。
147 嚴辨（？-1864）：戴潮春部屬，強悍勇猛，潮春兵敗後，仍繼續為亂。同
　　治四年（1864），與清兵力戰而死。
148 嬰城：環城固守。嬰，通「纓」，纏、絆。
149 豆粕：豆渣。

　　女陳姓,稱三姐。臺人謂女曰「查某」,主人曰「頭家」,女行三,故謂之「查某三頭」。性倜儻,任俠。雖居**平康**[150],而粧飾若大家丰範。嘉為衝要之地,游宦士商往來者,多主其家。三姐善酬酢,能得客歡。顧視金錢如無物,揮霍自喜。群無賴之寄食門下者常數十人,頤指氣使[151],奉命惟謹。

　　一日,三姐赴廟觀劇。及晚獨歸,有賊尾之。三姐回顧笑曰:「若[152]不識汝三姐乎?若無錢,何不言?」出釵與之。至家,語其事。群無賴大怒曰:「我輩日受三姐恩,未得一報,今乃有人敢驚及三姐,是我輩之恥也,不如死!」一哄而出,未幾捕賊至,反接[153]而跪於地,將創[154]之。三姐曰:「彼惟不知我,故敢盜。今既來,可免之。」其人叩頭謝,遂居門下。

　　三姐善度曲,工琵琶。有北港豪商讌[155]其家,末座一少年衣服樸素,言語謹訥,偶取琵琶彈之。三姐聞之,驚曰:「是絕技也!」請客再彈,為鼓〈平沙落雁〉[156]之曲。三姐大說[157],願受教。客未許。詢之商,蓋其夥伴張成勳也,泉州人。商乃謂之曰:「三姐愛琵琶,汝其教之!」客曰:「諾。」居有頃[158],三姐忽語客曰:「儂[159]閱人多矣,

---

150　平康:「平康里」之省。按:唐代長安城北丹鳳街有平康坊,為妓女聚居之地,時人稱之「平康里」,亦稱「北里」。唐‧孫棨《北里志‧海論三曲中事》:「平康入北門,東回三曲,即諸妓所居。」後亦為妓院的代稱,
151　頤指氣使:形容以高傲的態度指使屬下。
152　若:你。
153　反接:把雙手捆綁在背後。
154　創:傷害。
155　讌:宴飲。同「醼」、「宴」。
156　〈平沙落雁〉:古琴曲名。是中國流傳很廣的古典標題樂曲。最早見於崇禎七年(1634)的《古琴正宗》。內容描寫沙灘上群雁起落飛鳴、迴翔呼應的情景。
157　說:音「悅」,即喜悅。
158　有頃:不久。
159　儂:我。

未有如君之誠者。儂亦久厭風塵，君如不棄微賤，願奉箕帚[160]。」客愕然曰：「羈旅之人，未能自立，胡敢聞嘉命[161]？苟三姐果欲下嬪[162]，其何以謀溫飽？」三姐曰：「儂計之熟矣。今檢奩中物，尚值數千金，君以此權子母[163]，亦可無衣食慮。」三姐復為納資武營，補千總[164]。已而，潮春舉事，全臺俶擾，諸無賴各糾黨徒，稱股首[165]，際會風雲，乘時起矣。

嚴辨者，劇盜[166]也，曾犯法，三姐解之。至是攻嘉義。聞女在圍中，夜詢城兵曰：「三姐無恙否？」曰：「儊矣。」曰：「何儊？」曰：「城中乏食數日，三姐何能獨全？」辨乃以粱肉[167]置囊中，介[168]城兵密致之。女受供，有餘則犒城兵，故無患。

三月圍解，總兵林向榮[169]帥師規彰化，駐斗六，成勳從。潮春圍之，援絕。成勳偶出壁，隔濠一人以手招之曰：「此險地，公胡不去？」成勳曰：「無計可去爾」。其人曰：「今夜遲[170]公於此，公亦好自為。」遂縛竹渡之。問其名，不答。視之，則三姐所免之賊也。越數日，屯番內變，向榮及弁兵[171]盡沒，而成勳與三姐遂偕老焉。

160　箕帚：持箕帚的奴婢，借作妻妾之謙稱。

161　嘉命：敬稱別人的告語。

162　下嬪：出嫁、為人婦。嬪音「頻」。

163　權子母：以資本經營，或借貸生息。

164　千總：官名。明初京軍三大營置把總，嘉靖中增置千總，皆以功臣擔任。以後職權日輕，至清為武職中的下級，位次於守備。

165　稱股首：指成立組織。

166　劇盜：大盜，強悍的賊寇，亦用以貶稱勢力大的反叛者，或作「劇賊」。

167　粱肉：泛指美食佳饌。粱，通「糧」。

168　介：藉由。

169　林向榮（？-1861）：清朝武官，本籍福建。咸豐七年（1857）接任邵連科擔任臺灣鎮總兵，後於戴潮春事件中陣亡。

170　遲：此指安置。

171　弁兵：指舊軍隊中的低級軍官和士兵。弁，音「變」。

書呂阿棗

　　阿棗姓呂氏，新竹北門街人。父障生三女，皆美，而阿棗尤麗。性貞潔，不苟言笑。母劉氏，倡也。家雖中資，猶以二女為錢樹。富人大賈，出入其門，酣飲恒歌，自昏達旦，阿棗心弗善[172]也，獨處一室。邑有魏某見而說[173]之，以巨金賂劉，欲為梳攏[174]。阿棗泣諫曰：「女子雖愚，孰無廉恥？其忍為此態者，為衣食爾。今吾家幸得稍溫飽，奈何猶為此事以貽鄉里羞？必欲兒效兩姊，雖死不從。」劉怒鞭之。乃陰與魏謀，欲強之。阿棗微知其計，防之密。然猶恐被辱，剪髮毀容，茹齊[175]奉佛，屏[176]不見人。一日，有尼自遠方來，狀貌魁偉。使人諷阿棗曰：「聞汝有志修行而苦無師，倘能從吾遊，密授秘法，成佛不難也。」阿棗正色曰：「吾守吾身爾，何行之修？又何法之授？寄語野尼，無詐吾也！」其人慚而去。劉見其志堅，務必挫之，誘之以利，臨之以威，終不動。阿棗慮難免，沐浴更衣，焚香禮拜，夜深自縊。時光緒十九年（1893）二月二十有六日也。年二十有三。葬之日，鄉翁李祖琛，世家也，令子弟具瓣香[177]送之。且揚言曰：「女子守貞，國有旌典[178]；而今出自倡門[179]，尤足以為坊表，所謂『出淤泥而不染』[180]者也。」眾聞之，執紼者[181]數百人。

---

[172] 心弗善：指內心不喜，感到厭惡。

[173] 說：音義通「悅」，喜歡。

[174] 梳攏：舊指妓女第一次接客伴宿。妓院中處女只梳辮，接客後梳髻，稱「梳攏」。

[175] 茹齊：食素。齊通叚「齋」。

[176] 屏：音「丙」，退避、隱退。

[177] 瓣香：形狀像瓜瓣的香，用於表示禱祝、敬慕之意。

[178] 旌典：表彰貞烈的典範。

[179] 倡門：指妓戶。

[180] 語出周敦頤〈愛蓮說〉。

[181] 執紼者：送葬時牽引靈車之人，後泛指送葬之人。

書黃蘗寺僧

　　黃蘗寺[182]在臺南鎮北門外。乾隆間，有僧不知何許人，逸[183]其名，居寺中。善技擊，能蹴[184]庭中石，躍去數丈[185]。素與官紳往來，而知府**蔣元樞**[186]尤莫逆。一日，元樞奉總督八百里密札，命拿此僧，不得則罪。潛訪之，知為海盜魁。恐事變，且得禍。乃邀僧至署，盤桓數日，欲言又止。僧知之，曰：「窺公似大有心事者。大丈夫當磊磊落落，披肝見膽，何為效兒女子態？」曰：「不然。事若行，則上人不利，不行，吾又不能了，故踟躕爾。」出札示之。僧默然良久曰：「不慧[187]與公有前世因，故一見如舊。今願為公死，但勿求吾黨人。不然，竭臺灣之兵恐不足與我抗。」曰：「省憲祗索上人爾，餘無問。」僧曰：「可。」命招其徒至，告曰：「而[188]歸取籍來。」徒率眾肩入署。視之，則兵卒、糧餉、器械、船馬之數，一一付火。元樞大驚。僧曰：「我祖為鄭氏舊將，數十年來，久謀光復。臺灣雖小，地肥饒可霸。然吾不猝發者，以閩、奧[189]之黨未勁爾。今謀竟外洩，天也！雖然，公莫謂臺灣終無人者！」又曰：「公遇我厚，吾禪房穴金百餘萬，將為他日用，今舉以

---

[182] 黃蘗寺：為清代臺南府城七寺八廟之一，位於大北門外，約今日臺南二中旁、臨鐵道。原為陳永華故居，康熙廿七年（1688）左營守備官孟太志興建成寺，名曰黃蘗。康熙卅一年（1672）大火，修建後更具規模。明治卅二年（1899）為闢建日本陸軍衛戍醫院與鐵路，遂將荒廢的寺廟拆除。

[183] 逸：隱遁。

[184] 蹴：踢。

[185] 指將庭中石頭踢飛數丈之遠。

[186] 蔣元樞（1738-1781）：字仲升，號香巖，江蘇人。乾隆四十年（1775）年渡臺任臺灣知府，期間重修臺灣府木城，整飭海防，修建砲臺，增葺文廟、學宮等。

[187] 不慧：謙詞。僧人自稱。

[188] 而：你。

[189] 奧：疑當作「粵」，舊時廣東之簡稱。

贈公，公亦好速歸；不然，荊軻、聶政之徒[190]將甘心於公也！」元樞送至省，大吏訊之，不諱。問其黨，不答。刑之，亦不答。乃斬之。

　　是日，有數男子往來左右。監刑者慮有變，不敢問。待決時，一黑衣長髯者弩目[191]立。僧叱曰：「小奴尚不走。吾昨夜諭而速改惡，毋妄動。今如此行跡，欲何為？勿謂吾此時不能殺汝也！」其人忽不見。事後，大吏問獄吏，何以許人出入？曰：「旦夕未見人。且僧有神勇，桁楊輒斷，幸彼不走爾。」聞者愕然！

書韓藩外

　　乙未之役，臺灣自主，劉永福守臺南。四川舉人張羅澄[192]郵書軍門，議借韓藩外之兵入援。時余少，未諗韓藩外為何如人。其後習聞國事，復游吉林，乃知其為滿洲之一獨立國，而以義勇名於世者也。

　　韓，山東人，富才略。同光間，集燕、齊流民至吉林之夾皮溝[193]而採金焉。荒漠未啟[194]，政令不行，韓與其人嚴約束，遠斥堠[195]，生聚日繁，拓地漸廣。自吉垣南行百八十里為大鷹溝，又南三十里為樺樹

---

[190] 荊軻、聶政之徒：泛指刺客。聶政（？-B.C.397），軹深井里人，年少因殺人避仇，與母、姐聶瑩避居齊國，以屠為業；韓國大夫嚴仲子與韓相俠累廷爭結仇，出逃濮陽，求可報仇者，乃數訪聶政，政以母在，未允；政母死後，政感仲子知遇，隻身刺殺俠累，繼而格殺侍衛數十人，因恐連累其姐瑩，遂持劍自破其面，挖眼、剖腹而亡。韓國曝屍於市，懸重金求刺客姓名；瑩赴韓國認屍，言不能使政歿世而無名，遂哀死於政旁。

[191] 弩目：通叚「努目」、「怒目」，睜大雙眼憤怒以視之謂。

[192] 張羅澄（生卒年不詳）：字岷遠，四川長寧舉人。乙未（明治二十八年，1895）割臺之役，嘗郵書劉永福軍門，論戰事，議借滿州獨立國韓藩外兵來援。又往來滬濱，奔走國事，而終不成。有〈弔臺陽〉詩，載於《普天忠憤集》。

[193] 夾皮溝：在吉林省吉林市樺甸市。夾皮溝蘊藏金、銀、銅、鐵、鋁、鋅、鎢、矽、重晶等十幾種價值菲然的有色金屬。清道光初年（1821）在此發現砂金並開採，至今有180年的輝煌采金史，

[194] 啟：開闢。

[195] 斥堠：亦稱斥候，指偵察兵。斥，偵察；堠，偵察用的土堡。

林，又二十五里為木奇河，迆而東南百九十里，則夾皮溝也。延袤[196]八百餘里，編戶千八百餘，男女萬人，守望相助，若一家焉。設練會處以護之，團勇皆驍健善鬬，商賈至者多獲利，不十數年而地大富。吳大澂[197]勘界時，見而嘉之，為名效忠。甲午之役，以其徒五百與日軍戰於海城。庚子（明治三十三年，1900），俄人入犯，復大敗之。隱然為塞外重鎮。及今雖沒，其孫登舉猶為地主，能世其業。

翁阿二

余友莊嘯谷[198]久遊南洋，至峇眼[199]。壬子（大正元年，1912）秋，遇於滬上，為余言翁阿二。

翁阿二者，臺灣人。初，洪氏為同安[200]巨族，居新嘉坡[201]者千數百人，多業漁。嘉慶間，有漁者至峇眼。峇眼在新嘉坡西南，水行二日，產蝦夥，可掬曝[202]而售之，多獲奇利。洪之子弟爭至，列廬居，他人莫得入也。阿二落拓南洋，轉徙至其地。眾問姓，對曰翁。認為同宗，以泉音「洪」、「翁」相近也。阿二固書生，為眾司筆札，暇則縱談古今事。眾多村魯[203]，得阿二，大悅，皆呼先生。居無何，有荷艦自爪哇來，望見燈火，且登岸探視，則華人聚落，地絕肥饒，出產多。遂告洪氏曰：「此地可歸我，我為若保護。」眾驚愕。而荷兵又至，

---

[196] 延袤：綿亙、綿延伸展。

[197] 吳大澂（1835-1902）：字清卿，號恒軒，晚號愙齋，清吳縣（今江蘇蘇州）人。歷官廣東、湖南巡撫等。著有《說文古籀補》、《古字說》、《古玉圖考》、《愙齋集古錄》、《愙齋詩文集》等。

[198] 莊嘯谷：連雅堂《大陸詩草·展莊嘯谷墓》：「嘯谷，思明人，壯年走南洋，投身革命，為泗水漢文報經理。光復之際，被舉為華僑代表。」

[199] 峇眼：峇眼亞比（Bagan Siapi Api），位於印尼蘇門答臘島中部東海岸一個小漁村，二次世界大戰前為印尼最大產魚區。

[200] 泉之同安：福建省泉州府同安縣，昔為閩南移民的主要來源地。

[201] 新嘉坡：即新加坡。

[202] 掬曝：指將雙掌相合以抓捕到的蝦隻直接曝曬在陽光下銷售。

[203] 魯：粗莽不識文字者。

若臨敵者。阿二乃就荷人談。荷人不肯退。許以設官收稅而優待華人，以阿二為甲必舟[204]，闢商埠，通貿易。華人多往從之，而阿二亦以此致富。其子某嗣。

---

[204] 甲必舟：應為「甲必丹」，英語 Captain 的音譯，意指首領。荷蘭之殖民地內，華人為官吏，專司訴訟租稅等華僑事務而無預政實權者，亦稱「甲必丹」。

【墓誌】

明定國將軍墓記[1]

　　明定國將軍施公墓在今臺南市小東門外竹子林。碑高可五尺，旁刻「癸亥年春吉旦[2]」。其立石者為孝男招寶，而不書施公之名。詢之施氏子孫，亦無有知者。唯自前世以來，每逢寒食[3]，闔族[4]致祭，以追念祖德。則定國之平生，當有可觀者，而志乘不言。

　　光緒紀元[5]，沈文肅公奏建延平郡王祠，以明季文武百十有四人配。余觀其西廡有兩施公：一為角宿鎮施廷，而其一則水師後鎮施舉也。廷以癸亥六月戰沒澎湖，必不得歸葬東寧；其葬東寧者當為施舉。舉為水師後鎮，故稱將軍而追封定國。則其功伐[6]當有表見，故得與**黃安、江勝**[7]諸公從祀王祠，馨香百世也。然而志乘不言，施之族人又所

---

[1] 此墓如今尚存於臺南南山公墓，墓碑為複製品，原墓碑移至成功大學歷史文物館保存。另，墓碑上年代落款為「癸亥春吉旦」，一般認定為西元 1683 年（南明永曆三十七年，清康熙二十二年，歲次癸亥），但施舉已於 1658 年殉職。此明定國將軍是否為施舉恐仍須進一步研究。

[2] 吉旦：農曆每月初一。

[3] 寒食：在清明前一日或二日。相傳春秋時晉文公負其功臣介之推。介憤而偕母隱於綿山。後文公悔悟，燒山逼令出仕，之推抱樹焚死。人民同情介之推的遭遇，相約於其忌日禁火冷食，以為悼念。以後相沿成俗，謂之寒食。

[4] 闔族：聚集全族的人。

[5] 光緒紀元：即光緒元年（1875）年。紀元，指紀年的第一年。

[6] 伐：通叚「閥」，功勞、功績。

[7] 黃安、江勝：鄭成功開臺時期之武將。黃安（？-1665），本籍不詳；起自行伍，初為哨官，以驍勇為鄭成功所知，升任左衝鎮，隨征南京；南京大敗，獨黃安全師而退。永曆十五年（1661）5 月率二程官兵來臺，升任右虎衛，屯墾北路，安撫番民，攻破大肚番社，監守安平鎮。次年鄭成功逝世，黃昭等將領擁立鄭成功弟鄭世襲，以拒世子鄭經。及鄭經率師東征，黃安率所部相迎，遂殺黃昭，亂平。江勝（？-1683），小名欽，福建漳浦人，紫面長鬚，勇猛過人。鄭經棄金、廈後，江勝聚眾於金門太武山，永

不知，則以改革[8]之際，文獻飄零，世多忌諱，莫敢表彰，遂使忠義之士湮沒不傳。其幸而傳者，殘山賸水之間，斷簡零編之內，潛德幽光[9]，時見一二，如定國之事其著也。余既往展其墓，退而記之，以見滅國滅史之痛，而為人子孫者不可忘其先德也！

閒散石虎墓記

　　石虎[10]不知何許人，以閒散號。墓在法華寺北，荒草茀[11]焉。丙辰（大正五年，1916）冬，臺南師範附屬學校擴其基，將毀而棄之。連橫曰：「是明之遺民也，胡可毀？」命工移碣，葬於寺之後園，面北立，綠陰幬[12]焉。既竣，攜酒以祭，並為文記之。

　　當滿人之猾夏也，民彝蕩盡若墜深淵，而我延平郡王獨申大義於天下，開闢東都以存明朔，一時忠憤之士奉冠裳而渡鹿耳者蓋八百餘人，史文零落碩德無聞，及今所知者竟不獲十一；然而盧、辜、王[13]、季諸子，則余所尊為逸民而配祀延平者也。法華寺為**夢蝶**故址[14]，石

曆二十年（1666）降於陳永華，授水師一鎮，命取廈門。三十四年（1680）鄭經回東寧，亦率師東渡。次年清軍佈署攻臺，劉國軒於澎湖設防，薦江勝為水師右提督，長駐澎湖。澎湖海戰時被圍，自沉戰船殉職。

[8] 改革：改朝換代，此指明清易代。

[9] 潛德幽光：有道德而不向外人炫耀，如隱藏之光輝。

[10] 石虎（生卒年不詳）：號閒散。為明朝遺老，受鄭成功號召，渡臺輔政。石虎與夢蝶園主李茂春友好，死後葬於夢蝶園北面。夢蝶園後改建為法華寺。又，石虎或即石山虎，為滿州悍將，在海澄降於鄭成功，從征入臺。碑現存臺南市法華寺。參臺南市文獻委員會，〈圖四十、閑散石虎之墓〉，《臺南文化》9 卷 2 期（1972.06），頁 20。

[11] 茀：音「弗」，指道路上雜草太多，不便走。

[12] 幬：覆蓋。

[13] 盧、辜、王：指盧尚書若騰、辜都御史朝薦、王侍郎忠孝。

[14] 夢蝶故址：夢蝶園舊址，今為法華寺。夢蝶園為明鄭遺老李茂春故居，明永曆年間建「夢蝶園」，茂春死後，僧人以奉準提佛而改稱準提庵。康熙四十七年（1708）鳳山知縣宋永清增建前殿、鐘鼓樓、禪室，並祀火神，改名法華寺。乾隆三十年（1765）臺灣知府蔣允焄鑿池造龍舟，建半月樓，

虎之平生，必與**正青**[15]為友，沒而葬諸園畔，或明朔既亡，而後封[16]之，故不志其年號。然其為人必懷貞抱璞，孤芳獨賞，而不願以文顯也。《論語》志[17]逸民而冠以伯夷、叔齊，孔子曰：「不降其志，不辱其身。」[18]又曰：「求仁而得仁，又何怨。」[19]漢司馬遷曰：「伯夷、叔齊雖賢，得孔子而名益顯。」閭巷之士，趨舍有時[20]，邁世而無聞者何可勝數？余故留其芳躅[21]，欽其隱德，以附於盧、辜諸子之列。後之君子，或有所憑弔焉。

外舅沈德墨先生暨配王太孺人墓誌銘

丙午（明治三十九年，1906）夏六月，外舅[22]沈德墨先生終於家。越五年庚戌（1910）夏五月，外姑王太孺人復卒。既葬，其長女筱雲泣請曰：「**於戲**[23]！妾之獲侍君子者十四年矣，顧我父母之屬意殷殷者，以夫子少有氣節，而又能文章也。然吾父死，子未誌；吾母死，

観美人競渡。昭和十七年（1942）為開闢台南機場，將預定地中李茂春之**墓**遺骨遷至法華寺內靈骨塔。大正八年（1919），南社社長趙雲石與連橫將詩社遷於該寺中，成為文人聚會之地。民國七十四年（1985）列為三級古蹟。位於今臺南市中西區法華街 100 號。

[15] 正青：李茂春（？-1675），字正青，福建龍溪人，明隆武二年（1646）舉人，時往來廈門，與諸名士遊。鄭成功辟為參軍，與陳永華交善。永曆十八年（1663）至臺，卜居永康里。茂春好吟詠，喜著述，構一禪宇，匾曰「夢蝶處」，陳永華刻碑題贈「夢蝶園」，並作「夢蝶園記」。正青以與住僧禮誦經文為娛，人稱「李菩薩」。卒葬新昌里。

[16] 封：下葬後積土成堆，以標誌墳墓之所，稱「封」。

[17] 志：通「誌」，記也。

[18] 語出《論語·微子》篇，意謂：心志不受貶抑，人格不受侮辱。

[19] 語出《論語·述而》篇，意謂：追求的是仁，得到的也是仁，又有何可埋怨的呢。

[20] 趨舍有時：趨舍，趨向或捨棄，進取或後退。比喻人的得失、升降有一定的時機。

[21] 芳躅：指前賢的蹤跡。

[22] 外舅：岳父。《爾雅·釋親》：「妻之父為外舅，妻之母為外姑。」

[23] 於戲：音「嗚呼」，感嘆詞。

子復未誌；則妾何以對我父母耶？」連橫曰：「籲[24]！是余之志也。夫余夙受恩大，兢兢業業，愧不足以報萬一，顧以余力之所逮，為文以詔其後，甚非所以報德也。雖然，請誌之。」

謹按外舅諱鴻傑，字德墨，安溪淵兜鄉人。祖華園，父翰取，世為商。兄弟三人，公其伯也。公少有大志。年十三，隨父赴廈門學賈。稍長，習航海，貿易於東南洋。至則習其語。凡日本、安南、暹羅、爪哇、印度、非聿賓[25]、新加坡之地，靡不遊焉。山川之瑰麗，波濤之澎湃，民風之奇異，土產之良賤，皆目接而心識之。當是時，國力未衰，華人之往外洋者，足與碧浪相對抗。而公又少年氣壯，**凌厲**[26]無前，雖數遭危險，曾不稍顧[27]。以能擴大中國之商權。蓋亦有過人之才也夫。

公數往來臺灣。同治丙寅（五年，1866），始寄籍郡城。又二年，娶王太孺人，家焉。臺灣固海上富庶之邦，物產之盛供東南。公既熟察其利，出而經營糖業，年售數萬擔於天津、上海、寧波、香港各口岸。又以製術未精，謀改良之，自德國購入新機，擇地新營莊，將興製造，以事而止。集集[28]處，雲林之東，高山大壑，產樟夥多，至不可數。大者拱十數圍。數十年前，曾取熬腦。既遭封禁，無有再創之者。公熱聞其利，率匠入山，考求伐樟熬腦之法。腦成，運歐洲，獲利大。而附近豪右[29]謀分其利，出而爭。西人亦紛紜其間。於是歸官辦。然公所經營糖、腦之業，前後獲利數十萬金。及割隸[30]之後，公老矣，所業復多敗。子伯齡謀繼起，未成而卒。公哭之慟。乙巳（明

---

[24] 按：即吁。

[25] 非聿賓：即菲律賓。

[26] 凌厲：意氣昂揚，氣勢猛烈。

[27] 曾不稍顧：看都不看一下，指毫不在意。

[28] 集集：集集鎮，位於南投縣西部。

[29] 豪右：大族。漢以「右」為上，故稱「豪右」。

[30] 割隸：劃分歸屬。指臺灣割讓日本。

治三十八年，光緒三十一年，1905）春，公歸安溪[31]展墓[32]，**途次**[33]廈門，病篤。六月，余侍王太孺人渡海省視。越月，病稍愈，回臺，為次子納室。其明年卒。公生於道光丁酉（十七年，1837）四月二十有八日，卒於明治乙巳（三十八年，1905）[34]六月十有二日，享壽六十有九齡。是時余在廈門治報事，聞訃，趣[35]内子歸，余亦歸治其喪。以是年九月十有八日葬於郡南門外鄭氏宅。

王太孺人亦郡人朝水公長女也。年二十來歸[36]。性勤儉，待下慈，事母尤孝，戚屬有窮困者必竭力濟之。公為商，輒外出，太孺人内治家政，籌貿易，善觀市價起落，以匡助不逮[37]，故公無内顧憂，得以成其大業焉。太孺人生三子：長伯齡，娶吳氏，早卒，遺二孫；次伯藏，娶林氏；次伯昌，亦殤。女二：長筱雲，適連橫；次靜五，未適。太孺人生於道光巳酉（二十九年，1849）八月十有六日，卒於明治庚戌（四十三年，1910）五月初九日，享壽六十有二齡。越八月十有二日，葬於郡南門外**竹溪寺**[38]之旁。

銘曰：「魁斗之山蒼蒼，竹溪之水洋洋，是宅是藏，以奠幽壤於無疆。[39]」

---

[31] 安溪：安溪縣位於福建省東南沿海，廈、漳、泉閩南金三角西北部，隸屬泉州市。

[32] 展墓：省視墳墓。

[33] 途次：途中停留。

[34] 按：應為丙午年（1906）。

[35] 趣：古同「促」，催促、急促。

[36] 來歸：女子出嫁。

[37] 不逮：不足之處、過錯。

[38] 竹溪寺：原名「小西天寺」，因臨竹溪而改名為竹溪寺，位在臺南市區南側，建於明永曆年間，為臺灣最早創建的寺院。

[39] 無疆：無窮盡，無限。

林母陳太孺人墓表[40]

霧峰林氏以武德世其家，克敵致果[41]，功在**旂常**[42]；而癡仙獨以文豪。癡仙為建威將軍利卿公之少子。母陳太孺人，側室也，年十六來歸，窈窕貞淑，明詩習禮，公及大婦[43]皆愛之。

先是[44]公兄剛愍[45]公殉於漳州之役[46]，公亦釋兵歸田，而子弟未有仕者。猾吏[47]土豪，睨[48]林氏富，遂相搆陷，公竟被害。太孺人猝聞噩耗，慟欲死，顧念有不可死者。方是時，癡仙尚未乳，而諸子幼，慮不足以承先業，使但殉一時慷慨之節，而昧終天之仇[49]，亦未足以報公於地下也。既癡仙稍長，太孺人教之讀，又延明師以道之。癡仙孤露聰穎，博通群籍，年未冠，負文名，鄉人士莫不稱之。是則母教之善也。

初，公歿後，母夫人尚在堂，大婦[50]率姪**朝棟**[51]奉[52]姑叩閽[53]，待讞闈垣者[54]二十餘載，事乃得白[55]。太孺人撫育諸孤，理家政，以毋廢

---

40 墓表：猶墓碑。因其豎於墓前或墓道內，表彰死者，故稱。
41 克敵致果：指英勇殺敵，建立戰功。
42 旂常：即旗常，王侯的旗幟。借指王侯。旂，音「旗」。
43 大婦：正妻。
44 先是：在此以前。多用於追述往事之詞。
45 按：原文作「剛瀋」，誤，應作「剛愍」。
46 漳州之役：指太平天國佔漳州時，林文察出兵協勦，而於 1864 年戰死於漳州萬松關。
47 猾吏：奸猾的官吏。猾音「划」。
48 睨：音「逆」，窺伺、覷覦。
49 終天之仇：至死都無法消除的憾恨。指遺恨無窮。
50 按：此指林文明正妻，奉姑（林文明母）提出京控。
51 朝棟：林朝棟（1851-1904），幼名松，字蔭堂，霧峰林文察（剛愍）之子，文察早逝，乃世襲林文察之蔭，為輕騎都尉，又捐納為兵部郎中。在台組織團練，為「棟軍」主帥，於中法戰爭光緒十年（1884）時佐劉銘傳戍防北臺，又協助鎮壓施九緞事件光緒十四年（1888），頗有戰功。協助劉銘傳開山撫番事業，獲得全台樟腦之專賣權，家勢愈隆。乙未割臺時參與抗日，

厥業。性勤儉，御下以慈，然雅愛嘉客，文學士之過癡仙者，則治酒以款。談者稱賢母焉。

太孺人生於清代道光己酉（二十九年，1849）十一月二十有六日，卒於日本明治戊申（四十一年，1908）三月初三日，享壽六十。以翌年某月某日葬於霧峰之麓。子朝昌、朝選、朝成、朝惠、朝博、朝崧。朝崧字峻堂，又字癡仙，太孺人之姎[56]也。女一，適[57]施氏。孫某。女孫某。

嗚呼！太孺人亦可以無憾矣。生子如癡仙，獨能以文章光其族，且以表揚聖善之德於不墜，亦林氏之特出者也。松楸[58]長在，**彤管有輝**[59]，敬告路人，是唯賢母之墓。

賴斐卿先生墓誌銘

海桑以後，大雅淪亡。士之懷貞抱樸者，往往自託於田野之間，耕耘誦讀，以葆其真。十數年來，或得一二見焉。聆其言，挹[60]其行，

後因勢不可違，黯然西渡。赴中國後曾奉辦理福建省團練。後移居、病逝於上海。

52　奉：隨侍。

53　叩閽：閽，宮門；叩閽，向官府鳴冤。此指林文明之京控案，文明被殺於公堂，林家大嘩，欲聚眾抗官，文明母戴氏與頂厝當家林文鳳力阻，改由文明母以一品命婦身份提出京控；但拖訟多年仍以敗訴收場。

54　待讞閩垣者：讞音「驗」，審判定罪。閩垣，福州。

55　事乃得白：指林文明遭誣陷一案得以真相大白。

56　姎：即「惱」，惱恨。此處意義不明。

57　適：嫁。

58　松楸：楸音「秋」。松樹與楸樹，墓地多植之，因以代稱墳墓。特指父母墳塋。

59　彤管有輝：女喪輓辭。彤管，一種紅管的筆。紅色的筆管用來形容女子有才。

60　挹：取也，取法也。

若可為**欽式**[61]而隱沒無聞者，又何可勝道[62]？彰化賴斐卿先生，君子儒也。其行事雖不概見[63]，而潛德幽光，里黨之士類能言之。

　　先生諱繩武。曾祖副貢生[64]，諱繼輝。自閩之平和遷於臺，卜居彰化燕霧大莊，藝田讀書，以育子姓，至於今未艾[65]。配何氏。祖諱良弼，配陳氏。考諱祥雲，配黃氏。本生祖[66]諱克壯，配鄧氏。考諱登雲，以武生舉於鄉，配劉氏。祥雲、登雲皆克壯出，以良弼無子，祥雲嗣之。已而，祥雲又無出，乃以先生後焉。

　　先生三歲，養於祥雲。愛之篤，每自啣餅餌以哺。曰：「此子當食吾口津數斗也。」而先生亦善孝如所生。年二十，祥雲棄世。族人議所服，曰斬[67]，曰齊[68]，論未定。登雲在堂聞之有難色。先生毅然曰：「禮為人後者為之子，吾其斬衰矣。」越十餘年，登雲卒，禮當降服[69]。先生以前梗議[70]常負疚[71]於心，曰：「吾今養父母俱逝，何惜以餘年報吾所生。」遂又服斬衰。翌年有以歲試招者，不赴也。烏乎！宗法不

---

[61] 欽式：欽佩仿效。

[62] 何可勝道：如何盡說？極言其多。

[63] 概見：謂窺見其概貌。

[64] 副貢生：鄉試中副榜錄取者，入國子監，稱副貢生。

[65] 未艾：未盡，未止。

[66] 本生祖：親生祖父。

[67] 斬：即斬衰（衰音「催」），亦作「斬縗」，粗麻布喪服，不縫邊，五種喪服中最重者，服期三年。子及未嫁女為父母，媳為公婆，承重孫為祖父母，妻妾為夫，均服斬衰。先秦諸侯為天子、臣為君亦服斬衰。

[68] 齊：即齊衰（音「資催」）。為五服之一，用粗麻布製成，以其緝邊縫齊，故稱「齊衰」。服期有三年者，為繼母、慈母；有一年者，為「齊衰期」，如孫為祖父母，夫為妻；有五月者，如為曾祖父母；有三月者，如為高祖父母。

[69] 降服：喪服降低一等為「降服」。如子為父母應服三年之喪，其已出繼者，則為本生父母降三年之服為一年之服。

[70] 梗議：指反對的意見。

[71] 按：原文作「負救」，誤，應作「負疚」，即內疚，抱歉不安。

明，人倫日薄，生育之恩有委之不顧者，而先生拳拳[72]以孝，可謂能識其大者矣。

　　年三十餘，補博士弟子員[73]。一應秋試[74]，**不售**[75]，退而設帳[76]授徒，尋以經學為訓，旁及宋人小學、四子[77]、《近思錄》[78]。為文取漳浦蔡文勤[79]以為雅正[80]。常曰：「古人謂：『士先器識而後文藝[81]』，程子教人，至以讀史書為玩物喪志。吾輩讀書，當務其大。」晚年猶日手一編，誦聲琅琅達戶外，視之，皆經世之文及《易》、《詩》、《書》也。為學之外，旁精醫算，嘗以濟人為念。所居又遠城市。每晨起，田夫、牧豎[82]、貧婦、瘠兒環立戶外，啼泣咳唾，狼籍滿地。一一拊循[83]，視其病，問所苦，窮者且惠以藥，日中始息，其篤行有如此者。先生既淡於利欲，鄉中又多山水，蒔[84]花瀹茗，以此自娛。間為詩，不事刻畫[85]，隨作隨棄，故可傳絕少。然令子紹堯獨以詩文雄海上，可謂能

---

[72] 拳拳：誠懇、深切貌。

[73] 博士弟子員：古代博士所教授的學生。漢武帝設博士官，置弟子五十人，令郡國選送；其後員數大增。唐以後也稱生員為博士弟子。

[74] 秋試：明清時秋天舉行鄉試，故稱。

[75] 不售：指考試不中。

[76] 設帳：指設館授徒。

[77] 四子：指《論語》、《大學》、《中庸》、《孟子》四部儒家的經典。此四書是孔子、曾子、子思、孟子的言行錄，故合稱「四子書」。

[78] 《近思錄》：南宋朱熹和呂祖謙合編，選輯北宋理學家周敦頤、程顥、程頤、張載四人語錄而成書。

[79] 蔡文勤（1681-1734）：蔡世遠，字聞之，號梁村，清福建漳浦人。因世居漳浦梁山，學者稱之為「梁山先生」。諡文勤。

[80] 雅正：文雅規正。

[81] 士先器識而後文藝：讀書人要先培養器度與修養，而後才去鑽研文學才藝。

[82] 牧豎：牧奴、牧童。宋‧陸游〈識愧〉詩：「幾年羸疾臥家山，牧豎樵夫日往還。」

[83] 拊循：安撫、撫慰。拊，音義通「撫」。

[84] 蒔：栽種。

[85] 刻畫：雕琢之謂。

昌所學者矣。橫不敏,獲與紹堯遊,尊之若兄,故得諗其家世也。又嘗侍先生杖履[86],聆其言,挹其行,足為欽式,豈非所謂君子儒者歟?

　　先生卒於日本大正丙辰（五年,1916）冬十有二月十有三日申時,距生於前清道光丁未（二十七年,1847）冬十月初二日申時,享壽七十。以翌年丁巳（1917）夏四月二十有八日葬於花蓮池莊之新阡[87],坐申向寅[88],兼庚甲分金[89]。配蕭孺人,國學士國輝之長女也。生丈夫子[90]三:長紹羲[91],配吳氏,繼配鄭氏;次紹堯,配林氏;次紹周,配邱氏,繼配徐氏。孫四:隨俗,紹羲出;宜俗、從俗,紹堯出;拔俗,紹周出。女孫三。將葬之前數日,紹堯來書乞銘。橫不敏,未敢忘高邈[92]之德,又以違孝子之心,乃拜手稽首[93]而為辭曰:

　　　滄海橫流,士貳其德[94]。秉世之綱,孝思維則。既作孝思,以御家國。
　　　曰止曰時[95],抱一為式[96]。我聞磺溪[97],高士是植[98]。於蔡於洪[99],林

86　杖履:謂拄杖漫步。此指追隨左右。
87　阡:墓前的道路。
88　坐申向寅:坐西南向東北。以十二地支計方位,子為正北,順時針排序,丑、寅為東北,卯為正東,辰、巳為東南,午為正南,未、申為西南,酉為正西,戌、亥為西北。
89　兼庚甲分金:庚甲,周天二百六十五度。分金,是指坐山在二百四十分度中的線位,是堪輿中確定坐山坐度的細節。
90　丈夫子:兒子、男孩。古代子女通稱子,男稱丈夫子,女稱女子子。
91　賴紹羲（1867-1935）:幼習漢學,及長投入實業界。創立大村花青筵製造製造公司。賴繩武過世後,接替成為興賢書院管理人。
92　高邈:高隱。
93　拜手稽首:一種敬禮。先兩手伏地,再把頭伏在手上,上身與地面平行。為拜禮中最重的禮。
94　士貳其德:貳,指不專一,有二心。
95　曰止曰時:語出《詩‧大雅‧綿》:「曰止曰時,築室於茲。」止,言此地;時,言此時。
96　抱一為式:謂專精固守不失其道。一,指道。《老子》:「少則得,多則惑,是以聖人抱一以為天下式。」
97　磺溪:彰化別名。
98　植:立、樹立。

生以翊[100]。肥遯[101]之風，迨今未息。何以承之，雷聲之默[102]。何以守之，知白之黑[103]。藹藹[104]吉人，立我民極[105]。垂裕後昆[106]，秉心也直。陟[107]彼高岡，松柏翼翼[108]。薄降在原，黍稷殖殖[109]。蓮花之莊，鬱為佳域[110]。涕刻貞瑉，以傳千億。

魏篤生先生暨繼配潘孺人墓誌銘

新竹為詩禮之邦，敦道之士後先萃出[111]。以橫所聞，魏篤生[112]先生尤其鄉之秀也。大正甲寅（三年，1914）[113]冬，橫歸次北府，拜先生於寓廬，睟[114]乎其容，淵乎其言[115]，沈潛含蓄，不以得失中於中，

99　於蔡於洪：指磺溪高士。蔡，即畫家蔡推慶，晉江人，或曰某總戎之第六子也。來臺，居彰化縣治。灑落不羈，嘗學畫，不得其趣，刻意覃思。居恒獨處斗室，詠歌自樂，寒暑唯著一袍。歿後，邑人葬之八卦山上，題曰「處士蔡推慶之墓」。洪，即詩人洪壽春，字士暉，嘉慶時人。原籍同安，來臺居彰化二林堡，為糊紙匠以自給。家貧嗜學，得錢輒購書，性好吟詠，有《集古串律詩莊》四卷，知縣楊桂森見之，賦詩以贈，並為製序。

100　翊：飛貌。

101　肥遯：指退隱不做官。

102　雷聲之默：言沉靜緘默。語出《莊子·在宥》：「故君子苟能無解其五藏，無擢其聰明，尸居而龍見，淵默而雷聲。」

103　知白之黑：語出《老子》：「知其白，守其黑，為天下式。」河上公注：「白，以喻昭昭；黑，以喻默默。人雖自知昭昭明白，當復守之以默默，如闇昧無所見，如是則可為天下法式。」後以「知白守黑」謂韜晦自處。

104　藹藹：眾多貌。

105　民極：民眾的準則。

106　垂裕後昆：為後世子孫留下財富或功績。

107　陟：登高。

108　翼翼：茂盛眾多貌。

109　殖殖：生長、繁殖。

110　佳域：即佳城，指墓地。

111　萃出：同「出類拔萃」。指高出眾人。

112　魏篤生（1862-1917）：魏紹吳，字篤生，新竹人，魏清德之父。篤生在「啟英軒」書房授課數十年，誨人不倦，弟子多有所成。

113　按：甲寅應為甲寅。

114　睟：音「碎」，光潤貌。

而沖穆[116]自足。是豈非古之隱君子也歟？越三年春，先生疾終正寢。孤[117]清德[118]以訃[119]來曰：「清德不天[120]，府君**見背**[121]，猛痛未已。繼母潘孺人又仰藥殉。搶地號天，百身莫贖[122]。繫於宗祧[123]，命於守龜[124]，謹擇本年（大正六年，1917）三月十月八日，合葬於金山面之麓，敢請刻辭，以光泉壤[125]。」

橫按先生諱紹吳，字篤生。祖考曰某。考曰添丁。自泉之同安遷於臺，卜居新竹，傳祀三世，業商。先生幼而好學，考顧而喜曰：「吾

---

115 淵乎其言：本自《中庸》:「淵淵其淵」，意謂：言談深遠，甚有內涵。

116 沖穆：沖和肅穆。

117 孤：遺孤，死者遺留下來的孤兒。

118 清德：魏清德（1888-1964），號潤庵，新竹人。幼習漢學，復受新式教育，畢業於新竹公學校（1903）、總督府國語學校師範部（1906）。明治四十三年（1910）進入《臺灣日日新報》社，歷任記者、編輯員、漢文部主任；同年加入台北瀛社，歷任副社長、社長職務；同時為新竹竹社員，與新竹文人張純甫等相善。潤庵長於漢詩文，古近長短諸體俱佳，亦涉獵書、畫、金石，日本學者國分青崖、館森袖海、久保天隨亦常相請益；又擅製燈謎，《臺灣日日新報》之出謎徵射，多出其手；亦撰著文言通俗小說，類型包括偵探推理、異域冒險、都會愛情、歷史傳說等，類型豐富。戰後清德轉而業商，曾任台灣省合會儲蓄公司總經理，其餘時間則投注於詩社活動與漢詩創作，與于右任、曾今可、梁寒操、賈景德等皆頻繁唱和；民國五十二年(1963)與于右任、梁寒操、曾今可、何志浩、林熊祥等人，同膺國際桂冠詩人。臺灣醫學界泰斗魏火曜、魏炳炎醫師，皆潤庵之子。著有《滿鮮吟草》（1935）、《潤庵吟草》（1952）、《尺寸園瓿稿》（1963）；民國 102 年（2013）黃美娥教授輯其詩文小說諸作，併家族史料，出版為《魏清德全集》。

119 原作「赴」，誤。據雅堂載於《臺灣日日新報》之〈魏篤生先生暨繼配潘孺人墓誌銘〉改之。

120 不天：不獲上天垂憫。

121 見背：見，被；背，離棄；喻指長輩去世。

122 百身莫贖：願百死己身以換回死者的生命。語本《詩經·秦風·黃鳥》:「彼蒼者天，殲我良人。如可贖兮，人百其身。」用以表示追念死者的沉痛之詞。

123 宗祧：宗廟，引申指家族世系。祧音「挑」。

124 命於守龜：命，占也。守龜，占卜用的龜甲。

125 泉壤：猶泉下、地下，指墓穴。

家不可無讀書種子，宜修德以培，俾[126]之豐殖。」為任恤[127]故，財多散佚。而先生學益奮，數試不售。此遭大故，哭甚慟，幾喪厥明[128]，乃稍稍自節。顧念科名為娛親計，親既不存，求之何益，遂勉為實學。文章古茂。間為詩，主初唐，晚乃及於近代。改革之際，避亂西渡，作為詩歌，寫其羈旅流離之苦。旋毀棄不顧。清德等嘗跪而受教曰：「**女曹**[129]當勉事經濟，詩文特其餘爾。」又曰：「西學東漸，格致[130]精微，**覃思**[131]遠索，入於洞機[132]；女曹其努攻之，以弼揚[133]故學。」故命清德入國語學校，習師範；清王入醫學校，習專科。先生歸後，設教於鄉垂十數年，風雨晦明無惰容，及門之士多成材，蓋其所以裁之者深也。居里黨中，肫肫[134]有容，接人以恕，故無睚眥之怨[135]，亦無幾微[136]之禍。居今之世，而能自全，豈非存養之功乎？烏乎！若先生者，可謂人倫之表矣。事親孝，教子方，誨人恭，處世篤，庸德之行，庸言[137]之謹，士君子持躬立命，固在於是，又何必矯異鳴高以驚世而駭俗哉？

---

126 俾：音「必」，使也。

127 任恤：謂誠信並給人以幫助同情。語出《周禮・地官・大司徒》：「二曰六行：孝、友、睦、婣、任、恤。」

128 幾喪厥明：幾乎哭瞎雙眼。

129 女曹：汝曹，你們。按：女、汝，通叚。

130 格致：原為朱熹所謂「格物致知」，而清末自強運動，遂成為「科學」最流行的譯語。

131 覃思：深思。

132 洞機：洞察機先。

133 弼揚：輔佐發揚。

134 肫肫：音「諄」，誠懇貌。

135 睚眥之怨：怒目而視的怨恨，引申為極小的怨恨。睚眥，音「崖自」，瞪眼。

136 幾微：些微，一點點。

137 庸言：平常的言語。

先生生於清代某年月日[138]，卒於日本大正丁巳（六年，1917）春二月二十有五日，享壽五十有六齡。配劉儒人[139]，先時而卒。繼配潘孺人，仁惠逮下[140]，克相[141]厥家，一時哀慟，奮不顧身，遂以翌日卒於旁。距生於清代某年月日[142]，享壽四十有二齡。烏乎烈矣！劉孺人生丈夫子三：長清福，娶趙氏，早世；次清德，娶鄭氏；次清王，娶李氏。潘孺人生男女各三，存者二：玉英許字[143]李朝勳，玉異未字。清德子二：曰火曜，曰丙炎；女一，曰淑昭。以火曜嗣清福。清王未出。銘曰：

> 洪維畢萬[144]，克大於邦。載世之德，歷祀不降。懿歟[145]先生！後起新竹。剛柔執中，望道日篤。先生有婦，含笑同歸。先生有子，德音莫違[146]。鬱鬱金山，有松有柏。於千萬年，庇此貞石[147]。

---

[138] 按：「先生生於清代同治壬戌年（元年，1862）四月三日辰時。卒於日本大正丁巳春二月二十有五日丑時。享壽五十有六齡。」連橫，〈魏篤生先生暨繼配潘孺人墓誌銘〉，《臺灣日日新報》，1917.03.24，第6版。

[139] 儒人：即「孺人」。

[140] 逮下：謂恩惠及於下人。

[141] 相：輔佐、協理。

[142] 按：「距生於清代光緒丙子年六月五日未時。享壽四十有二齡。」連橫，〈魏篤生先生暨繼配潘孺人墓誌銘〉，《臺灣日日新報》，1917.03.24，第6版。

[143] 許字：將女子許配於人。《禮記·曲禮上》：「女子許嫁，而字」古代女子尚未出嫁時僅以閨名稱之，出嫁時才取「字」。

[144] 畢萬：指苗裔。

[145] 懿歟：歟，助詞無義，懿，德行美好。

[146] 德音莫違：在此勗勉子嗣不要違背父訓。

[147] 貞石：堅石。碑石的美稱。

【雜記】

萬梅崦記

　　凡花可表國：日本以櫻，中華以牡丹，英以薔薇，法以百合，印度以蓮。唯梅獨否。夫梅者，可為人類之表而不以國別者也。

　　林子獻堂[1]，孤山[2]之逸民也，家多梅，花時輒往觀焉。丁未（明治四十年，1907）仲冬，余假菜園[3]養痾[4]，旬有六日，日與林子游於山之上下。至一處，坳而幽，廣而斜，寬可二百**武**[5]，叢草莱焉。余曰：「此中有佳趣，若闢而治之，植梅千株，當為園中增一勝。」林子曰：「可。然則何名？」余曰：「此山之崦[6]也，謂之萬梅崦。」其後遂植之。

---

[1] 林子獻堂：林獻堂（1881-1956），名朝琛，號灌園，以字行；臺中霧峰林家頂厝林文欽之子，明治三十三年（1900）喪父，成為頂厝大家長，日人頗意拉攏，但獻堂積極參與文化、政治抗日之運動，如臺中中學之設置、新民會、《臺灣新民報》、臺灣議會請願運動、臺灣文化協會、臺灣民眾黨、臺灣地方自治聯盟、霧峰一新會等，有「臺灣議會之父」美稱。1925年5月15日至1928年11月8日曾攜子環遊世界378天，返臺著《環球遊記》。戰後當選第一屆台灣省參議會參議員、台灣省通志館（今台灣文獻館）館長；二二八事件後遭國民黨猜忌，乃以就醫之名赴日，直至病逝才歸臺安葬。又，其日記被輯為《灌園先生日記》（中研院臺史所），亦是相當重要的史料。

[2] 孤山：原指西湖的孤山，宋・林逋隱居於此，植梅養鶴為樂，人稱梅妻鶴子。此指林獻堂霧峰萊園。

[3] 菜園：即林獻堂霧峰萊園。

[4] 養痾：亦作「養疴」，養病。痾音「科」。

[5] 武：半步。古代六尺為步，半步為武。各時代「尺」的長度不一，日治時期之度量衡制度，至今台灣之「台制」度量衡制仍被其影響，1台尺大約30公分，換算1武約90公分。

[6] 崦：古代指太陽落山的地方，借指西方。

閱三年,聞其花也,趣往。大者已及丈,小亦三四尺,紅白繽紛,如游香海。明日,大雨不能游。又明日再游。又明日復游焉。四日之間,凡游三次,當亦不負此花矣。

烏乎!余何幸而有此游也!塵濁昏墊[7]之世,矯詐[8]仁義,競知長力,網罟在前,桁楊在後。而林子乃得逍遙於先人之園,以梅為友,而余又得棄俗絕累,怡神養性,相羊[9]於梅之下,則余之游亦樂矣。然今年之花余觀之,明年之花余其再游也歟?方將駕巨舟,渡東海,巡禹域,橫覽歐土,上登須彌[10]。凡日本之櫻、中國之牡丹、英之薔薇,法之百合,印度之蓮,皆一一觀之,以快夫余之壯游。然而余不能忘此梅也,乃為祝曰:「梅無恙耶,林子無恙耶,余亦無恙耶!」

瑞軒記

天下多佳山水,而當前景象,**約漠**[11]置之,好奇之士輒求之數千百里外,以快其壯游。豈人性之厭常而喜異者哉?余旣寓**瑞軒**[12],客之游者皆言山水之佳,而余亦約漠置之。且而起,宵而寐,日而嘯傲其中,固不知其何以佳也。

---

[7] 昏墊:陷溺。

[8] 矯詐:矯揉造作、虛偽欺瞞。

[9] 相羊:亦作「相佯」或「相徉」,指徘徊、盤桓。《楚辭・離騷》:「折若木以拂日兮,聊逍遙以相羊。」洪興祖《補注》:「相羊,猶徘徊也。」

[10] 須彌:佛經中的山名。相傳山高八萬四千由旬,山頂有善見城,為帝釋天所居之處。

[11] 約漠:忽略、冷漠。

[12] 瑞軒:位於今台中公園內,林瑞騰所築,原屬林家的私人花園,接鄰台中公園(明治三十六年(1903)落成),明治四十四年(1911)台中市區改正時擴建公園,便將附近一帶土地包含於內。雅堂旅居台中時即於瑞軒,並在此撰寫〈瑞軒詩話〉;此亦為當時騷人墨客聚會吟詠之熱點。

　　瑞軒在東大墪[13]之麓，清溪一曲，老柳數行，有人設肆賣酒。林瑞騰[14]公子以千金買之，拓其旁為園，植花木，建亭樹，引水為池，種荷其中。仰視東南，則鵝峰[15]九十環拱若屏[16]，而群山之上下起伏者又不可計數。公子雅好客，暇則觴詠[17]於是，而瑞軒之名遂聞於南北。

　　夫十室之邑，必有忠信[18]，十步之內，必有芳草；而王公大人之求才者，輒求之數千里外，以博其好士之心，士之出入左右者，約漠置之。士豈自炫而求用哉？而王公大人之求士，又不能識其真；則士亦終隱其才而已。蕭何識韓信於敗軍之中，薦之沛公[19]不能用。及何夜追信，力舉其才，沛公乃拜為大將，而信之功名顯於漢。今天下之士猶信也，而識士者無蕭何，用士者無沛公，則士之功名何以顯？夫瑞軒之山水猶昔也，得公子而啟發之，得游者而潤色之，又得余之文章而揚之於世，則瑞軒之名足千古，而居瑞軒者亦足以千古乎？則亦終隱其才而與佳山水為徒也已！

過故居記

　　寧南門之內有**馬兵營**[20]者，鄭氏駐節[21]之地也。附城而居，境絕幽靜。自我始祖即處於是，及余已七世矣。宅十畝**有奇**[22]，植竹為籬，

13　東大墪：宜作「東大墩」。即臺中公園內的大土丘（砲台山），海拔 89 公尺，為日治時期的臺中市第一高峰。

14　林瑞騰：林獻堂堂弟。

15　鵝峰：雪山的別稱，因形態似鷹嘴，故名。雪山為臺灣第二高山，位於臺中縣與苗栗縣交界處。

16　屏：屏障。

17　觴詠：飲酒詠詩。

18　典出《論語·公冶長》：「十室之邑，必有忠信如丘者焉，不如丘之好學也。」意謂：儘管只有十戶人家的小地方，裡面也必定會有講究忠信的人。

19　沛公：劉邦。按：劉邦在秦末時起兵於沛（今江蘇沛縣），故稱沛公。

20　馬兵營：在今台南市府前路舊地方法院一帶。明鄭時期為馬信駐紮兵馬之處。此外，馬兵營也為連橫故居所在。馬信（？-1662），字子玉，陝西西安人，原為滿清台州副將，永曆九年（1655）率軍歸附鄭成功，封建威伯、

南無之果十數章[23]，皆大合抱，高或四、五十尺。夏時結實纍纍如絳珠[24]，或碧若玉，味甘而冽，稱佳果。菩提、龍眼之樹稱是。皆我先大父[25]所植者。宅外有道。夏秋間山水驟漲，自城隅來，當門而流；至八、九月始涸。鯉鯽之屬逐隊游泳，旦夕掬[26]之以為樂。宅面西立，以人眾稍隘。余十二歲，我先君擴而大之，可居二十餘人。又買近旁吳氏園，為余兄弟讀書。吳園[27]有宜秋山館，**雪堂**[28]**司馬**[29]所建，而謝琯樵曾寓其中者也。館外有亭，繞以欄，旁鑿塘，種荷其中。花時清

提督親軍驍騎。成功議入臺時，馬信為少數支持此議的將領，頗獲成功信任。

21　駐節：舊指身居要職的官員於外執行使命，在當地住下。節，符節。

22　有奇：尚有餘數。奇，音「機」。

23　章：棵。

24　絳珠：火紅的珍珠。絳音「匠」，火紅色，《說文》：「大赤也」。

25　大父：祖父。

26　掬：音「菊」，兩手相合捧物，在此指雙掌相合以抓捕魚隻。

27　吳園：此指吳尚霑在磚仔橋（今臺南市府前路與永福路口一帶）的庭園，俗稱「磚仔橋吳厝」，而非一般所知的吳園（「枋橋頭吳厝」，吳尚新的別墅）。按：吳尚新（1975-1848），名麟，字勉之，號勵堂，官至台南府軍功員外郎；尚新繼承家業「吳恆記」食鹽販館，事業益隆，乃於道光年間買下荷蘭通事何斌的庭園舊址，修築「吳園」，又稱「樓仔內」。日治時期，吳園常被日本政府借為宴會場所，甚至將園地一部分租借給日人開設「四春園旅館」。明治四十一年（1908）臺南公會堂興建之議起，最終使吳家將產權賣給台南廳政府，四十四年(1911)公會堂在吳園南邊竣工，大正九年(1920)復於吳園西北處興建台南圖書館，十一年（1922）在北處興建台南市水浴場。四春園、圖書館與水浴場，現為遠東百貨公園店，在台南市中西區公園路。今吳園僅存「仿飛來」假山、水池、池畔閩南平房一排九間、捲棚歇山頂四角涼亭與六腳攢間涼亭各一座、石砌廊道和一畔庭園，但大部分外觀並非原始之樣貌。

28　雪堂：吳尚霑，字潤江，號秋農、雪堂、郁堂、彧堂；咸豐九年（1859）舉人。尚霑仿堂兄尚新之吳園，於磚仔橋築一別墅，稱「枋橋頭吳厝」，謝琯樵來臺時即寓於此，尚霑師從之。

29　司馬：周代為掌軍事之官，魏晉後為郡守之屬官，隋唐以下多以貶斥之官員任之，多屬虛銜。清代則為府同知的俗稱。

香入戶,讀書其間,饒有悠遠之致。吾家固多花卉。抹麗[30]盛時,每日可采一籃以餉親友。而余又愛花,庭隅路畔,幾無隙地[31]。蘭蕙之屬以十數,晚香玉[32]以百數。臺南天氣溫煖,每當十月之交,蘭、菊、桃、荷合供一瓶,亦奇觀也。

　　我先君經商數十年,自是多家居。夕陽西下,樹影扶疏[33],輒掃落葉瀹水[34]煎茶,坐石上談家常事。吾家之井水絕甘,汲者投一錢,日可得百數十文。先君好讀《春秋》、《戰國書》及《三國演義》,所言多古忠義事,故余得之家教者甚大。其時我二兄已入泮[35]。士大夫之來我家者,必竭誠款之。春雨之後,新筍怒生[36],劚[37]而燒之,用以饗客,食者靡不稱美。或果實熟時,猱[38]樹而摘之以飽客,客無不果腹者。余時雖穉少[39],顧讀書養花之外,不知有所謂憂患者。熙熙皞皞[40],凡五、六年,而余戾[41]至矣。乙未(1895)六月二十有四日,先君見背。是時戎馬倥傯[42],既卜窀穸,而劉永福遁吾家,遂為軍隊所處[43]。

---

[30] 抹麗:即茉莉花。

[31] 隙地:空地。

[32] 晚香玉:又名夜來香、月下香。屬石蒜科,多年生鱗莖草花。穗狀花束頂生,每穗著花 12 至 32 朵,花白色漏斗狀具濃香,至夜晚香氣更濃,因而得名。

[33] 扶疏:亦作「扶疎」,枝葉繁茂分披的樣子。

[34] 瀹水:瀹音「月」。煮水。

[35] 入泮:泮音「叛」。古代官學前有半圓之池稱泮池,故稱學校為泮宮,科舉時代學童獲取生員(秀才)資格後方入官學,稱為「入泮」。

[36] 怒生:奮力生長。

[37] 劚:音「主」,砍。《說文》:「劚,斫也。」

[38] 猱:音「撓」,一種猴類,身體便捷,善攀緣。清·唐贊袞《台陽見聞錄》:「社番採果,騰越而上樹,曰『猱採』;不必以長鐮取之也。」按:此處作攀爬之意。

[39] 穉少:穉,音義同「稚」。幼小、不成熟。

[40] 熙熙皞皞:和樂,怡然自得。皞音「浩」。

[41] 戾:禍患。

[42] 按:原文作「倥惚」,誤,應作「倥傯」,音「孔總」,本指軍務繁忙,此處意謂戰亂。

未幾，又為法院所買，改築宿舍，而余亦僑居城西矣。閱今僅二十年，而一過故墟，井湮木刊[44]，尚認釣遊之處[45]。追思少年時樂，何可多得！

重修五妃廟記

　　烏乎！天下死節多矣，而五妃獨以國死，豈如匹夫匹婦之為諒哉！[46]當清師之下澎湖也，鄭氏君臣奉表降，**寧靖王**術桂[47]自以**天潢貴胄**[48]，義不可辱，從容就節，而五妃亦相從以死。臺人哀之，葬諸寧南之**桂子山**[49]，並立廟以祀，則今之累然[50]在墓者也。改隸[51]之後，棟折榱崩[52]，日就荒廢。余過而傷之，乃謀諸同志，鳩工[53]治材，以張子甦園[54]董其事。既成，奉觴致祭，眾皆感動，則五妃從死之日也。嗟夫！湘江帝子[55]，望斷君山[56]，蜀國鼻姬[57]，魂沉吳水；況以五妃之殉國、殉王，

---

[43] 處：駐紮地。

[44] 井湮木刊：指井水堵塞，樹木折殘。刊，砍、砍削。

[45] 按：原文作「鉤遊之處」，誤，應作「釣遊之處」，指童年生活的地方。

[46] 語出《論語·憲問》：「豈若匹夫匹婦之為諒也，自經於溝瀆而莫知之也。」諒，猶小節小信。

[47] 寧靖王術桂：朱術桂（1617-1683），表字天球，號一元子，為明太祖九世孫，受封寧靖王。明鄭退守臺灣後，術桂亦隨之。鄭克塽降清時，術桂與五位妃子皆自殺殉國，臺人葬寧靖王於高雄竹滬，又於臺南市建五妃廟祀之五妃。

[48] 天潢貴胄：指皇族或其後裔。古時稱皇室為「天潢」，謂皇族支分派別，如導源於天池，故稱。

[49] 桂子山：原名魁斗山，文人雅稱為桂子山，位於今臺南市中西區五妃街、體育公園一帶，是福安坑溪和竹溪切割而成的河階台地。

[50] 累然：累累，此指五妃廟已就荒，磚石傾圮堆疊貌。

[51] 改隸：此指臺灣建省。

[52] 棟折榱崩：指正樑與椽子均毀壞。榱，音「催」，椽子。

[53] 鳩工：鳩，通「糾」，糾集，召集工人。

[54] 張子甦園：南社成員。《劍花室詩集》：「文星旁見老人星」，作者註：「圖中十一人，唯甦園年六十有餘。」

[55] 湘江帝子：帝子，指娥皇與女英。傳說二人為堯之女、舜之妻。舜南巡死於九嶷山，二人追至湘江畔，「以涕灑竹，竹盡斑」，自沉湘江，死而為神。

而可任之湮滅哉！青榕長在，彤管流芳，後之過者，其亦有感於國破家亡之慟，則五妃之靈猶在其上矣！癸卯（明治三十六年，1903）夏六月二十有五日，臺南連橫記。

開山宮記

天下史籍之謬，豈足數哉？地在目前[58]，事未百稔[59]，而亦以訛傳訛；後之讀者，難免荒唐之誚[60]。臺南郡治**開山宮**[61]，為鄭氏所建，祀隋虎賁中郎將陳稜，而《府志》以為吳真人[62]。乾隆五年（1740），邑人重修，且謂臺、漳、泉人，以其神醫，建廟獨盛。連橫曰：謬矣！臺為海上荒服，隋開皇中，陳稜始率師略[63]地至澎湖。大業七年（611），稜再率兵自義安[64]航海擊琉球，遣使招諭[65]；琉球不從，拒逆官軍，稜擊走[66]之。夫琉球者，臺灣之古名也，是為中國征略臺灣之始。鄭氏肇造[67]，追念稜功，卜地建廟，錫名「開山」，以稜有辟臺之勳也。廟

---

[56] 君山：位於湖南岳陽東部洞庭湖中的小島，全稱君山島。古稱湘山、洞庭山。屈原在〈九歌〉中把葬於此的二妃稱為湘君和湘夫人，故後人將此山改名為君山。

[57] 梟姬：指孫尚香。三國時東吳的郡主，孫策、孫權之妹，後嫁與劉備。孫尚香自幼喜好武藝，手下侍女皆帶刀具，常以與人擊劍為樂，身帶利器又容姿甚美。因其為「亂世梟雄」劉備之妻，且志勝男兒，故人稱為「梟姬」。

[58] 地在目前：眼前之地，即下文的開山宮。

[59] 百稔：即百年。稔，音「忍」，農作物成熟一次，引申為一年。

[60] 誚：音「峭」，嘲諷。

[61] 開山宮：亦稱吳真人廟，相傳為臺南府城最早之廟宇，亦為全臺最早祀奉保生大帝大道公為主神的祠廟。位於台南市中西區民生路一段 156 巷 6 號。

[62] 吳真人：泉州人稱保生大帝為花橋公、大道公、吳真人。吳真人，字華基，號雲沖，俗稱吳真君。傳說吳真人四處行醫，活人無數，被譽為神醫。故宋明之際吳真人的封號有真人、侯、公、真君、大帝。

[63] 略：經略、經營。

[64] 義安：今廣東潮州。

[65] 招諭：奉天子的諭旨進行招撫。

[66] 走：逃走、逃竄。

[67] 肇造：謂始建。

在西定坊[68]，俯瞰汪洋，其下為帆寮[69]，海水可至，今則夷為平陸。《府志》新修之時，距鄭氏僅及百年，不知何所依據而附會之？抑以所奉之神而誤認歟？則修志之不學，尤可恥也。夫吳真人，醫者爾，無繫臺灣，何得當此「開山」之號，以竊我偉人之功？今則一訛再訛，又稱為開仙宮，而考古者尚不知其謬，即尤昧於建廟之義者矣。

文開書院記

　　文開書院在彰化鹿港街。道光四年（1824），海防同知[70]鄧傳安[71]建，祀朱文公[72]。傳安，江西浮梁人，字菽原，號鹿耕，嘉慶間進士。道光二年（1822），由閩縣遷任。有善政。後陞[73]臺灣知府。書院之成，既立碑記，復議之曰：「傳安向慕寓鄞沈太僕光文，而借其敬名之字以名書院。」考太僕生平，根柢忠孝，而發奮乎文章。其鄉人全謝山[74]《鮚埼亭集》[75]既為作傳，又序其詩，謂咸淳人物，天將留之以啟窮徼之文明。今之文人學士，可不因委溯源歟？

68　西定坊：永曆十八年（1664），鄭經改東都為東寧，劃承天府治為東安、西
　　定、寧南、鎮北四坊。
69　帆寮：明鄭時期，大井頭（今臺南民權路上）渡口以南是帆船的停泊處，
　　常有船夫搭寮居住，俗稱「帆寮」。
70　同知：明、清文官名，在清朝之位階約為正五品，職責多為佐理知府之鹽
　　政、緝捕盜匪、海防等行政事宜。
71　鄧傳安（1764-？）：字鹿耕，號盱原，江西浮梁人。嘉慶十年（1805）進
　　士。道光二年（1822）以閩縣令擢為臺灣府北路理番同知，後又陸續在臺
　　任臺灣府知府、按察使銜分巡臺灣兵備道等，留臺近十年，以見聞著《蠡
　　測彙鈔》。
72　朱文公：即朱熹，諡文，世稱朱文公。
73　陞：《說文》：「陞，升高階也。」
74　全謝山（1705-1755）：全祖望，字紹衣，號謝山，學者稱謝山先生，浙江
　　鄞縣人。著有《鮚埼亭集》、《鮚埼亭詩集》、《鮚埼亭集外編》、《續耆舊》、
　　《全謝山先生經史問答》、《漢書地理志稽疑》等。
75　《鮚埼亭集》：計38卷，全祖望撰，書中記載明遺民傳記頗多。

　　當日隨鄭氏渡臺,與太僕並設教而人爭從游者,則有華亭徐都御史孚遠;其忠孝同於太僕,甘心窮餓,百折不回者,則同安盧尚書若騰[76]、惠安王侍郎忠孝[77]、南安沈都御史佺期[78]、揭陽辜都御史朝薦[79]、同安郭都御史貞一[80];其文章上追太僕,兼著功績於臺灣者,則有漳浦藍知府鼎元,禮宜並祀。蓋海外掌故,固考信於史乘,然以徐都御史之間關[81]從亡,《鮚埼亭》表章甚力,明史亦稱其遁入海、死於島中,而《府志》不載,急應補入。雖魯王[82]實未渡臺,《鮚埼亭》不免誤信異聞,余曾婉為辨證,未可因一端而疑其他皆無據矣。當沿海之

---

[76] 盧尚書若騰:盧若騰(1600-1664),字閑之,號牧洲,又號留庵,明福建同安人。崇禎十三年(1640)進士,嘗官浙江布政使左參議,分司寧紹巡海道。南明隆武立(1645),授以右副都御史,後加兵部尚書;抗清兵敗,永曆十七年(1663)欲往台灣投鄭氏,至澎湖而病卒。著有《留庵文集》、《留庵詩集》、《島噫詩》等。

[77] 王侍郎忠孝:王忠孝(1593-1666),字長孺,號愧兩,明福建惠安。崇禎朝曾任並戶部主事,後得罪宦官遭絀。明亡後投福王,金、廈失守後,應鄭氏邀赴臺,頗受禮遇,與沈光文、徐孚遠、朱術桂等文人時相過從,後病逝臺灣,詩作收入《惠安王忠孝公全集》。

[78] 沈都御史佺期:沈佺期(1608?-1682),字雲又,號鶴齋,明福建南安人。崇禎十六年(1643)進士,授吏部郎中。南明隆武立,擢右副都御史。及汀州陷,佺期南下泉州,隨鄭成功起兵,為幕府上客。後入臺灣,以醫藥濟人。永歷三十六年卒。

[79] 辜都御史朝薦:辜朝薦(1598-1668),字在公,明廣東揭陽人,崇禎元年(1628)進士。北京破,南歸,居金門,既為延平郡王上客。後入臺卒。

[80] 郭都御史貞一:郭貞一(生卒年不詳),字元侯,明福建同安人。福王立,擢為右都御史。清軍南下,貞一轉入福建,受到鄭成功禮遇,後隨之入臺灣,居數年後卒。

[81] 間關:猶輾轉。

[82] 魯王:朱以海(1618-1662),南明監國魯王。崇禎十七年(1644),襲魯王封爵。次年,清兵陷南京,張國維、錢肅樂等起兵浙東,擁魯王在紹興監國,與在福建稱帝的唐王政權相傾軋。紹武元年(1646),清兵攻取浙東,流亡海上,走石浦,依附張名振,後至舟山。永曆七年(1653),取消監國名義。

不願遷界[83]，張蒼水尚書以書招鄭氏乘機取閩南，並遺徐、王、沈、辜諸公力勸成功；及成功卒，遺老謀奉魯王監國，蒼水復以書約盧尚書以下，皆見於《鮚埼亭・蒼水神道碑》。若鄭氏之致敬辜都御史，同於盧、王、沈、徐[84]諸公，又見於〈陳光祿[85]傳〉中，唯偽辜為章[86]耳。是數子者，不但魯王之忠臣，亦鄭氏之諍友[87]，不得以一字之誤而疑辜公，更不可因《府志》不載而略郭公[88]也。《府志》所載龍溪舉人李茂春來臺居永康里，日誦佛經，人稱李菩薩，似祇可入流寓[89]，未宜配食[90]徽國[91]矣。[92]

雍和宮記

雍和宮在安定門內，清世宗[93]之潛邸[94]也。世宗為皇四子，素懷大志，物色英豪，與劍客奇僧相結納。聖祖[95]惡之。既奪位，殘昆仲[96]，誅異己，國人莫敢謗。**章嘉呼圖喇嘛者**[97]與有功，賜為淨修之所。棟

83　遷界：清廷為抗付臺灣鄭氏，於康熙元年（1662）下令，從山東省至廣東省，沿海所有居民內遷五十里，該處房屋全部焚毀，並禁止居民出海，以斷絕沿海對明鄭的接濟。

84　盧、王、沈、徐：即盧若騰、王忠孝、沈佺期、徐孚遠。

85　按：即陳士京，參前〈斯庵詩集跋〉「陳光祿京第」註312。

86　偽辜為章：錯把辜朝薦的辜寫成章。

87　諍友：能用直言相規勸的益友。

88　按：即上文的郭貞一。

89　流寓：此指定居異鄉。此指歸入流寓文人之列。

90　配食：袝祭、配享。

91　徽國：朱熹，追封徽國公。

92　按：文開書院主祀朱熹，配祀沈光文、徐孚遠、盧若騰、王忠孝、沈佺期、辜朝薦、郭貞一、及藍鼎元。此謂不當與上述諸人同列朱熹之配祀。

93　清世宗：雍正帝，廟號世宗。

94　潛邸：皇帝即位前的住所。

95　聖祖：康熙帝，廟號聖祖。

96　昆仲：稱呼別人兄弟的敬詞。長曰兄，次曰仲。

97　章嘉呼圖喇嘛者：章嘉，為藏語 Lcaṅ-skya 之音譯，原係地名；呼圖，即呼圖克圖，為蒙古語 Xutuqtu 之音譯，意指壽者。章嘉呼圖克圖，即章嘉

宇宏大，京中無偶。殿中有佛像一，趺坐[98]蓮花，高八丈有奇，謂以沈檀[99]雕之。崇嚴寶相，勝於丈六金身矣。

是時，西藏進一妙女，年十二，天竺人也；明媚窈窕，工密咒。世宗嬖[100]之，尊為菩薩，而自稱護法天王，每開無遮會[101]，女有侍者，漢人也，聰慧絕倫，善得世宗意，持淨瓶立左右，謂之龍女。

當是時，佛法大盛。宮中喇嘛數百人，各恣淫樂。有大喇嘛具魔術，能咒人為獸；與女通。世宗知之，弗忍棄也。藏俗年節，開打鬼會[102]，會以夜。世宗與女登壇說法；龍女侍。大喇嘛率眾立壇下。既而門啟，諸喇嘛喬[103]鬼入殿上，距躍曲踴[104]，作擾人狀。女叱之，皆辟易[105]。大喇嘛率眾逐之，奪門出。以佛能勝魔也。殿之上下，往來環走，狀至襍遝[106]。忽燈光一閃，世宗仆座[107]上，血濺數武，而龍女不見矣。報入宮中，皇后率王大臣至，拘女及諸人鞫[108]之，不能言。

地方的壽者。按：此指第十四轉世之章嘉活佛，於康熙朝代表達賴喇嘛入京，康熙帝親臨聽經，封「灌頂普善廣慈章嘉呼圖克圖」。雍正帝在《御選語錄》中稱譽「是真再來人，實大善知識」。自此呼圖克圖累世相繼，主持內蒙古及青海兩翼二十九蒙旗之教化。

[98] 趺坐：盤腿打坐。

[99] 沈檀：指沉香木和檀木。二者均為香木。

[100] 嬖：音「必」，寵倖。

[101] 無遮會：以佈施為主要內容的法會，每五年一次。無遮，指寬容一切，解脫諸惡，不分貴賤、僧俗、智愚、善惡，一律平等看待。

[102] 打鬼會：喇嘛教的一種儀式。僧人扮天神以驅逐邪魔。清·富察敦崇《燕京歲時記·打鬼》：「打鬼本西域佛法，……每至打鬼，各喇嘛僧等扮演諸天神將以驅逐邪魔，都人觀者甚眾，有萬家空巷之風。朝廷重佛法，特遣一散秩大臣以臨之，亦聖人朝服阼階之命意。打鬼日期，黃寺在十五日，黑寺在二十三日，雍和宮在三十日。」

[103] 喬：喬裝。

[104] 距躍曲踴：指歡欣之極。距躍，即跳躍。曲踴，即向上跳。

[105] 辟易：退避。

[106] 襍遝：音「雜踏」，眾多雜亂貌。襍，音義同「雜」。

[107] 仆：仆倒，委頓也。

[108] 鞫：音「局」，審判、訊問。

大索龍女，亦不得。乃放女西藏，而卒不知龍女為何許人也。或曰：是碩儒呂晚村[109]之孫女。

初，曾靜[110]勸大將軍岳鍾琪[111]舉義，不成。獄興，辭連晚村。晚村著書，素嚴華夷之防。至是嚴治之。子葆中[112]編修亦論斬，門人受禍尤多。晚村之孫女，年及笄[113]，逸而逃，遂講論劍術甚精，隱忍入宮，以復祖父仇。勇哉！或曰：《聊齋誌異》之俠女，則此女也。時禁綱嚴密，故隱其事。然則蒲柳泉[114]之稱為神龍，實知其人也。

考〈鄂爾泰傳〉，是日世祖視朝如恆，午後忽召爾泰入宮，而外間已傳暴崩。爾泰入朝，馬不及鞍[115]，留宿三日夜始出，尚未及一餐。是必猝遭大變，故驚惶若此。連橫曰：是宮也，俠女覆[116]之，暴君殲焉，漢族之光也。

宮中有玉佛一尊，高尺有五寸，純白無瑕[117]，瓌寶也。左物稱是[118]，多世宗所賜。又有歡喜佛，作男女交合狀，蔽以幃[119]；隱賂喇嘛，始

---

[109] 呂晚村（1629-1683）：名留良，字莊生、又名光綸，字用晦，號晚村，別號恥翁、南陽布衣，浙江嘉興人。雍正七年（1729）受湖南儒生曾靜反清案牽連，被雍正欽定為「大逆」，慘遭開棺戮屍，家屬、親戚、門人皆株連，成文字大獄。著《呂晚村先生文集》、《東莊吟稿》等。

[110] 曾靜（1679-1735）：號蒲潭，化名夏靚，清湖南永興人。縣學生員，授徒為業，號蒲潭先生。性迂闊，喜談道學，有反清思想。

[111] 岳鍾琪（1686-1754）：字東美，號容齋，清四川成都人，清代漢軍旗大將。累官拜陝甘總督，清高宗乾隆帝譽為「三朝武臣巨擘」。

[112] 葆中：呂葆中（？-1707），名公忠，字無黨，號冰葭，呂留良長子。康熙四十五年（1706）進士，授翰林院編修。康熙四十六年（1707）因一念和尚案受牽連入獄，被赦免，憂懼死。雍正十年爆發曾靜、呂留良「文評案」案，呂留良、呂葆中父子戮屍梟示。著《呂葆中文集》。

[113] 及笄：笄，音「機」，髮簪。古代女子年滿十五歲而束髮加笄，表示成年。後世遂稱女子適婚年齡為及笄。

[114] 蒲柳泉：即蒲松齡（1640-1715），字留仙，別號柳泉居士，山東淄川人，著有《聊齋誌異》。

[115] 馬不及鞍：來不及安上馬鞍。比喻倉促慌亂。

[116] 覆：傾覆、毀滅。

[117] 按：原文作「無瑕」，誤，應作「無瑕」。

得見。夫佛體清淨，六根俱絕，何為作此狎褻？彼蓋以女為魔而佛能勝之也。是為西藏所塑。藏為黃教[120]，帶妻食肉，無礙清規。故活佛人爾，而稱為佛。則清人以宗教之力而統蒙、藏也。夫蒙古以武力震宙合[121]，禽獵嗜殺，厥由天性，自紅教[122]傳入，念佛誦經，悍氣降矣。西藏亦然。清廷特尊其教，寵喇嘛若驕子。一寺之費，耗鉅金不稍惜。乾隆時，重譯蒙藏佛經以頒之，可謂大振宗風矣。故章嘉呼圖活佛**卓錫**[123]北京，禮遇之隆，位在諸王上也。

紀五使嶼

五使嶼[124]蘇澳隔帶水[125]，天空海闊時，望之在目，而基隆漁者時一至。嶼屹立海中，環可百里，有灣五，二可繫舟，餘則礁石錯立，風浪湔湃，舟觸輒破，唯竹筏可入。山川氣候，略同臺灣。有草狀如龍鬚，紉[126]可織席。丹荔成林，實大而甘。行三四里，見瓦屋數椽，室中器具似數百年前物，觸之灰化。歸途遇一怪物自林中出，似人非人，散髮垂肩，面目黎黑，猙獰可畏。漁者大驚走，怪物逐之。急駕

118　稱是：謂與此相稱或相當。
119　幃：音「維」，幔布。
120　黃教：藏傳佛教的格魯派（或稱格魯巴派），14 世紀末由宗喀巴所創，為四大派中最大的教派。該派嚴倡清規，格魯，意為「善規」。又僧人多戴黃帽，遂被稱為黃教。
121　宙合：世間、天下。
122　紅教：藏傳佛教的寧瑪派，約創始於 12 世紀，為藏傳四大教派中最早成形者的一支。「寧瑪」在藏語中意指「古」和「舊」；該派的僧人皆戴紅帽，故又俗稱為紅教。
123　卓錫：卓，植立；錫，錫杖，僧人外出所用，因謂僧人掛單為卓錫。清·蒲松齡《聊齋志異·西僧》：「西僧自西域來，一赴五臺，一卓錫泰山。」
124　五使嶼：清·林豪《東瀛紀事·卷下》：「其地五峰卓立，懸瀑分流而下，綠野綿互，幾百餘里。此嶼距雞籠頭不甚遠。」
125　隔帶水：指僅隔一水，極其鄰近。
126　紉：撚線、搓繩。

舟逃歸，述所見如此，而名怪物曰「生人」[127]；故基人號無賴者為五使嶼生人云。

　　先是有英船偶至其地，測繪地圖，名阿美島。已而，瑞典之船自打鼓[128]航日本，亦過其地。其所言與漁者頗相似。光緒十年（1884），上海《申報》[129]載其事，且言地邇臺灣，應速收入版圖，移民闢土，為臺外府。若為外人所得，狡焉思啟[130]，實迫處此，終必為臺之患。醇親王[131]見之，下詢北洋大臣李鴻章，命臺灣巡撫派員考察。巡撫示所屬有能至者賞。潮人李錦堂為西學堂教習，曾得英人圖，上書請行。巡撫大喜，見之，命駕南通[132]行。錦堂固未至，及基隆，求鄉道[133]。有漁者應募，請千金。錦堂許以六百，不可。而南通俟之久，乃自駕往，數日不能得，以浪大船小為解。巡撫命待命，月給薪米銀三十兩。將調北洋兵艦再往。而荏苒[134]數年，竟無消息。

127　生人：野生人。
128　打鼓：高雄舊名「打鼓」，又名「打狗」。按：本僅指今日的壽山及哨船頭一帶。
129　《申報》：創辦於同治十一年（1872）4 月 30 日。歷經清朝同治、光緒和宣統三朝，復經辛亥革命、五四運動、北伐戰爭、抗日戰爭和解放戰爭，民國三十八年（1949）5 月 27 日上海解放時，停刊。
130　狡焉思啟：《左傳‧成公八年》：「夫狡焉思啟封疆以利社稷者，何國蔑有？」謂懷貪詐之心妄圖逞其陰謀。
131　醇親王：此指愛新覺羅奕譞（1840-1891），字樸菴，別稱竹窗、蘭陽，室名為九思堂、思謙堂、退省齋、退潛別墅。清道光帝第七子，為第一代醇親王，其五子載灃（1883-1951）襲醇親王爵，為末代皇帝溥儀的生父。奕譞光緒十年（1884）到十六年（1890）間監理軍機，總理海軍衙門事務。
132　南通：船名。《劉壯肅公奏議‧設防略‧購造小船片》：「光緒十年法防案內，曾赴香港製造南通、北達、前美小輪三號，分撥澎湖、安平、滬尾各海口，緝捕運輸，兼通文報。南通長十丈，北達長七丈，前美長七丈。」
133　鄉道：指嚮導。鄉通「嚮」，道通「導」。
134　荏苒：形容時間漸漸逝去。

　　或曰：是嶼也，宋時楊五使[135]居之，故名。或曰：是八重山群島之一。嶼旁有長北沙嶼者，小二三倍，略具臥馬之形，至者尤少。飄緲虛無，幾成蜃空。余以地勢考之，後說似有可信。他日苟至其地而查之，亦足以擴眼界也。

紀圓山貝塚

　　圓山在臺北東北，與大隆同[136]比連。大隆同者，番社也。山高數十丈，石老林深，境絕幽閟[137]，下則劍潭。《舊誌》謂荷人插劍於此，故名。曩年，鎮南學林[138]築齋舍，掘地二尺得貝塚，皆蟯[139]殼，多至不可數。內有石鋤、石斧及刀環錐截之屬，磨琢甚精；雖屬原人之物，而已入耕稼之時，故有二三陶器也。貝塚之旁有砥石[140]，高二尺許，長約五尺，面有三稜，為磨石器之跡。圓山固近水，今之平疇，皆海滋[141]也。原人拾貝以食，棄之於此，故中多遺物，亦足為考古之資。

---

[135] 楊五使：傳說楊五郎在兵敗五台山後出家為僧，又因國難而下山卻敵，後代子孫敬仰其忠烈事跡，便恭奉為神，並稱之為楊五使公。

[136] 大隆同：即大龍峒，位於淡水河與基隆河交口附近，是晚於艋舺而早於大稻埕的臺北市舊聚落。

[137] 幽閟：猶幽深。閟，音「必」，幽深。

[138] 鎮南學林：臺北圓山私立臨濟宗鎮南學林，本圓和尚與日本臨濟宗之長谷慈圓合作，仿曹洞宗的「臺灣佛教中學林」創立，目的在「養成本島僧侶及齋友子弟。進而促進支那佛教革新。」招收本科生（須公學校 6 年畢業）及豫科生（須公學校就學 4 年），於大正五年（1916）10 月開林，翌年 4 月開學；後因經費問題及臺人生員銳減，十一年（1922）併入曹洞宗中學林。〈鎮南學林近況〉，《臺灣日日新報》，1917.03.14，6 版；〈鎮南學林廢校〉，《臺灣日日新報》，1922.09.05，7 版。本圓和尚參後〈募建觀音山凌雲禪寺啟〉「本圓和尚」註 16。

[139] 蟯：《彙音寶鑑》：「蟯，蜊之大者，蛤蜊，語茄切，五聲。」

[140] 砥石：音「底」，磨石。

[141] 海滋：音「市」，海濱。

周代石鼓記

　　中國文字之最古者，厥唯大篆。大篆為史籀[142]所作，其傳世者，今有石鼓[143]。鼓凡十，大徑尺餘，高可三尺。初在陳倉[144]之野，唐鄭餘慶[145]始遷至鳳翔[146]。韓昌黎作歌，以為周宣王獵鼓，宜置太學。按史宣王為中興之主，開明堂，朝諸侯，大閱車徒[147]，以行蒐狩[148]之禮。其詩則雅頌也，其字則籀文也。而後儒揣測，或以為文王之鼓，或以為成王之鼓。而鄭樵[149]據「殹」、「丞」二字見於秦斤[150]、秦權[151]以為秦鼓，馬定國[152]據《後周書》[153]以為宇文[154]鼓，陸友仁[155]據《北史》[156]

142　史籀：即史籀。「史」意為史官，名「籀」，或為姓史名籀，目前尚無確切的考證。世人所知史籀，乃因〈史籀篇〉。此為中國最早的字書，載有二百餘籀文文字，書體與大篆類似，又稍有不同。

143　石鼓：石鼓文，於唐初在陝西鳳翔縣出土，共十鼓，因文字刻在鼓狀圓石而得名，是現存最古的石刻文字，有「石刻之祖」之稱。

144　陳倉：今陝西寶雞市陳倉縣，古稱西虢，是周秦文化的發祥地。

145　鄭餘慶（748-820）：字居業，唐鄭州滎陽（今河南滎陽）人。曾為鳳翔節度，封滎陽郡公。少善屬文，正書遒勁可喜。

146　鳳翔：即陝西寶雞市鳳翔縣。

147　大閱車徒：大規模地檢閱軍隊。閱，檢閱。車，戰車。徒，指士兵。

148　蒐狩：泛指狩獵，春獵為蒐，冬獵為狩。《穀梁傳·昭公八年》：「因蒐狩以慣用武事，禮之大者也。」

149　鄭樵（1104-1162）：字漁仲，南宋興化軍莆田（今福建莆田）人，世稱夾漈先生。鄭樵著述等身，但流傳於世者不多，僅《通志》、《爾雅注》、《詩辨妄》、《六經奧論》、《系聲樂譜》與《夾漈遺稿》。

150　秦斤：斤，斧也。意謂秦時斧鉞之類的器械。

151　秦權：權，俗稱秤砣、秤錘、秤權，是懸掛於秤桿上的重錘，可左右移動以量輕重，亦即砝碼。秦權是秦官府的標準砝碼。按：秦斤、秦權是指刻於秦斧、秦錘上面的文字。

152　馬定國（生卒年不詳）：字子卿，自號薺堂先生，北宋末、南宋初著名詩人、古文字學家。自少志趣不群，工詩文，對古文字深有研究。

153　《後周書》：原稱《周書》，唐·令狐德芬主編。貞觀三年（629），唐太宗詔修梁、陳、齊、周、隋五朝史書；令狐德棻與岑文本、崔仁師專責北周史，成書於貞觀十年（636），錄北周皇帝本紀 8 卷、列傳 42 卷。

154　宇文：即南北朝時期的北周。因皇室姓宇文，故稱。

以為元魏[157]鼓。至楊慎[158]之偽作全文，尤謬。五代之亂，鼓亡其二。宋皇佑[159]間，向傳師[160]求得之。大觀[161]中，徙開封，置辟雍[162]。靖康[163]末，金人陷汴州，取歸燕，置大興府[164]。元至元[165]己卯（1279），始置**文廟**[166]戟門[167]內，分別左右，繞以木闌。國子監司業[168]潘迪[169]乃據鄭樵、施宿[170]、薛尚功[171]等說作《音訓》，缺者缺之，計得二百九十有九

---

[155] 陸友仁（生卒年不詳）：字輔之，吳郡人，約元文宗至順（1330-1333）年間在世。友仁博極群書，工漢隸八分，尤長五言詩。年四十八，以疾卒。

[156] 《北史》：唐·李延壽撰。上起北魏登國元年（386），下迄隋義寧二年（618），記北朝北魏、西魏、東魏、北周、北齊及隋六代233年史事。

[157] 元魏：北朝始也。鮮卑拓跋部所建，後改元氏，故稱元魏。

[158] 楊慎（1488-1559）：字用修，號升庵，明代四川新都人。正德間廷試第一，授修撰，世宗時以議大禮，廷杖削籍，遣戍雲南永昌衛，久之還蜀卒，追諡文憲。明士大夫博學饒著述者推慎第一，所著詩文雜著百餘種，《升庵集》八十一卷。

[159] 皇祐（1049-1054）：宋仁宗的年號。

[160] 向傳師：北宋真宗同平章事（即宰相）向敏中（949-1020）之子，官至殿中丞，好收藏金石，皇祐四年（1052）在鳳翔縣發現石鼓，後於大觀年間交給朝廷，運至汴梁。曾在鳳翔縣發現刻有古文的石。

[161] 大觀（1107-1110）：宋徽宗的年號。

[162] 辟雍：音「必傭」，古時天子所設的大學。位於京城國子監內，為一圓形建築物，四周環水，象徵教化流行。或作「辟雍」、「廦廱」。

[163] 靖康（1126-1127）：宋欽宗的年號，亦為北宋最後一個年號。

[164] 大興府：金朝海陵王完顏亮所設，府治為今北京市。

[165] 至元（1264-1294）：元世祖忽必烈的年號。

[166] 文廟：孔廟。唐朝封孔子為文宣王，稱其廟為文宣王廟。元明以後省稱為文廟。

[167] 戟門：於門前立戟，後泛指顯貴之家，惟在此則指孔廟前的戟門處。

[168] 按：原文作「國字監司業」，宜作「國子監司業」，職官名。國家最高學府之副校長。

[169] 潘迪（生卒年不詳）：元朝人，撰《石鼓文音訓》。

[170] 施宿（1164-1222）：字武子，南宋長興人。紹熙四年（1193）進士。慶元二年（1196）任余姚縣令，後升紹興通判，編纂《嘉泰會稽志》。晚年遷居余姚施家山。

[171] 薛尚功（生卒年不詳）：宋代金石學家。字用敏。浙江錢塘（今浙江杭州）人，具體事蹟無考。著《歷代鐘鼎彝器款識法貼》20卷，收銘文511件。

字，立石於旁，今尚存。按鼓計數，應六百五十有五字，而今更漫滅[172]，僅存三百二十有五而已。清乾隆五十五年（1790），高宗據所存之字三百有十，重文二十有二，作新鼓，制較小，置戟門外。別作音訓，立石記之。其文淵茂，凡十章，八十句。茲以今文[173]讀之如左：

> 我車旣工[174]，我馬旣同[175]。我車旣好，我馬旣阜[176]。君子員員[177]，獵獵[178]其斿[179]。鹿鹿速速[180]，君子之求（甲）。

> 廓獣[181]合道，允熾[182]維宣[183]。天子謂公徒[184]，我以其圉[185]。簡徒狥[186]眾，除道具駕。驅我馭其亞[187]，帥我弓其射（乙）。

> 亞車[188]趣趣[189]，輶車[190]嬪嬪[191]。左驂驍驍[192][193]，右驂騝騝[194]。其斿黿黿[195]，其旂旛旛[196]。君子其來，導我鳴鑾[197]（丙）。

---

172 漫滅：漫漶、湮滅。

173 按：今於四庫全書得見全文。阿桂等傳，《八旬萬壽盛典》卷十四〈乾隆五十五年・文廟御製集石鼓所有文成十章製鼓重刻序〉。

174 工：《說文解字》：「工，巧飾也。」

175 同：齊整。

176 阜：猶多也。

177 員員：眾多貌。

178 獵獵：獵，通「邋」，旗幟飄動的聲音。

179 斿：「游」的省文。

180 速速：猶迅速。

181 廓獣：大道。廓，空闊、廣闊。獣，道路，《爾雅・釋宮》：「獣，道也。」

182 熾：音「赤」，熱烈旺盛。

183 宣：通「煊」，煊赫、光明之義。

184 公徒：步兵。

185 圉：音「又」，《說文》：「圉，苑有垣也」。在此作護衛解。

186 狥：同「徇」，順從，曲從。

187 亞：音「訝」，通叚「軋」，《說文》：「軋，車輾也」，在此作駕駛解。

188 亞車：同上注，亞車即駕車之謂。

189 趣：同「趨」。

190 輶車：輶，音「由」，輕便之車。

我車翼翼[198]，我馬趩趩[199]。導彼蓥原[200]，隮[201]彼大陸。彤弓[202]族旅[203]，鹵[204]矢炱炱[205]。其旐騰騰[206]，君子之來（丁）。

遄[207]來鱮鱮[208]，時余卅里。余射鹿於茲，六轡[209]寫止[210]。出勿憂微霾[211]，或以時雨逢濕。陰陽靈帛，華我天子之所（戊）。

---

[191] 嬻：音「讀」。《說文解字》：「嬻，媟嬻也。」即媟慢，本義指輕薄、不莊重。按：此處用以形容輜車輕盈便捷、左右奔競之貌。

[192] 駗：古代駕在車前兩側的馬。

[193] 驐：即驁，駿馬。驐驐：馬驕而不馴貌。

[194] 趚：音「赤」，急速。

[195] 毚毚：狡捷。

[196] 旞旞：飛馳貌。

[197] 鳴鑾：裝在軛首或車衡上的銅鈴，隨車行搖動作響。有時借指皇帝或貴族出行。

[198] 翼翼：整齊有秩序貌。

[199] 趩：音「立」，動也。

[200] 蓥原：《漢書‧地理志》：「右扶風有蓥厔縣，今屬陝西西安府。」《正字通》：「山曲曰蓥，水曲曰厔，因以名縣。」按：蓥原係周代遠祖古公亶父遷徙周民至此而發跡的地方，此處借指整個朝代文化的發源地。蓥，音「周」。

[201] 隮：音「基」，《玉篇》：「隮，登也。」在此作登臨、到達解。

[202] 彤弓：紅色的弓箭，古代帝王賞賜給有功之大臣。

[203] 族旅：族，借為「簇」，此處作眾多解。旅，軍旅，軍隊編制單位，在此作狩獵團解。

[204] 鹵：古同「櫓」，大盾。

[205] 炱：音「台」，《說文》：「炱：灰，炱煤也。」按：因盾牌色墨，在此形容櫓盾眾多，如黑色雲煙困集的樣子。

[206] 騰：即「活」。

[207] 遄：速、疾。《詩‧小雅‧巧言》：「亂庶遄阻。」

[208] 鱮：古書上說的一種魚。

[209] 六轡：轡，韁繩。古一車四馬，馬各二轡，御者只執六轡。《詩‧秦風‧小戎》：「四牡孔阜，六轡在手。」

[210] 寫止：寫，音「蟹」，通叚「卸」。《康熙字典》：「《集韻》曰：『寫，四夜切，音卸。與卸通。』《石鼓文》：『宮車其寫，四馬其寫。』註：『舍車解馬也。』」以上，寫止即卸止，在此作田獵暫駐解。

[211] 霾：空氣中因懸浮著大量的煙、塵等微粒而形成的混濁形象。

其淵也孔深，帛淖[212]洋洋。滔滔沔沔[213]，漫之一方。其魚不識，蒸蒸[214]維鱮[215]，鯊鯁鮒[216]鯿[217]，又扱又罟[218]（己）。

其阪[219]又多樹，為棕柏[220]棫樸[221]。楊柳及栗，既氐[222]既柞[223]。如莽如箬[224]，及華[225]及碩[226]。禽翰[227]迺[228]宮[229]，以時而作（庚）。

其途孔庶[230]，獸乃寧處。麋豕豚蜀，麀鹿[231]雉兔。趣趣[232]其臭[233]，趯趯[234]其虎。左驂馬執之，大黃弓射之（辛）。

卽鹿又奔，搏鹿又填。鮮葅[235]時旨，異朐[236]時申[237]。如天之喜，秀藝員作。徹徹庸庸[238]，卽以寫樂（壬）。

---

212 淖：河曲之水柔和。
213 沔沔：音「免」，水滿蕩漾貌。
214 蒸蒸：興盛貌。
215 鱮：《廣雅》：「鰱，鱮也。」
216 鮒：音「富」，鯽魚。
217 鯿：舊說謂同「鮊」，即白魚。
218 又扱又罟：扱，收取。罟，網。
219 阪：山坡。
220 棕柏：棕，即棕櫚樹。柏，即烏柏樹。
221 棫樸：白桵和枹木。《說文解字》：「棫，白桵也。」白桵，一種叢生有刺的樹木。
222 氐：通「柢」，《集韻．支韻》：「柢，桃也。」
223 柞：音「做」，「櫟」的通稱。
224 箬：竹子的一種，葉大而寬，可編竹笠，也可以拿來包粽子。
225 華：「花」字古寫。
226 碩：果實之謂。
227 翰：羽也。按：禽翰意謂羽禽之屬。
228 迺：音義同「乃」。
229 宮：在此可有兩解：（1）樹木名，《康熙字典》：「宮：守宮，木名。《爾雅．釋木》守宮，槐。」（2）宮，作動詞解，築巢之謂。
230 孔庶：孔，副詞，非常之意。庶，眾多。
231 麀鹿：牝鹿。麀，音「優」。
232 趣趣：趣，音「絕」，走的意思。
233 臭：音「秀，通「嗅」，氣味。
234 趯：音「線」，走的意思。

徒馭[239]既射，我馬載止。用賢孔庶，康康敷治[240]。田車既安，日維丙申[241]。用各為章[242]，曷不永寧（癸）。

　　石鼓之由[243]尚[244]矣，而世猶有疑者：或以為既屬周鼓，文辭雅茂，則孔子刪《詩》，應列〈采芑〉、〈吉日〉[245]之間，何以不見，一也；漢太史司馬遷遊覽名山大川，摭拾[246]異聞，網羅舊事，何以不載〈周紀〉，二也。夫孔子周遊，未嘗入秦；而或發現於漢氏之後，則子長[247]何以得見？如《竹書紀年》[248]者，晉太康二年（281）汲郡人發魏襄王塚所得，至今尊為信史，則非兩漢人可得而知也。且古來金石埋沒於荒煙蔓草中，及今始出者，何可勝數？是故敦煌之書可考經傳，殷虛之甲可證古文，更非咸同[249]以前之人可得而知，且有遠見於數萬里外者，此則奇之又奇。光緒間，南美洲秘魯人掘得唐堯治水碑，文為古篆，今猶存博物院中。考古者遂以洪水之時，兩洲相接，人已往來。不然，何有此物？夫中國為文明古國，兵燹之間，每多藏窖，或以殉葬。金石之屬，層出不窮。此後礦業大興，闢山刊[250]道，地不愛寶，必更有

235　鮮葅；葅，音「租」，肉。
236　朆：「影」之異體。
237　申：申時，即十五時至十七時。
238　徽徽庸庸：徽徽，光明顯耀貌。明‧張溥〈五人墓碑記〉：「況草野之無聞者歟？獨五人之徽徽，何也？」庸庸，微小貌，或融洽貌。
239　馭：原文作𩢱，「馭」之異體。
240　敷治：治理。
241　丙申：指本石鼓文所描述狩獵郊祭的吉日。
242　章：《說文》：「樂竟為一章。」此指詩歌的一個段落。
243　由：由來。
244　尚：古、久遠。
245　〈采芑〉、〈吉日〉：《詩‧小雅》中的篇名。
246　摭拾：音「直石」，拾取收集。
247　子長：即司馬遷，字子長。
248　《竹書紀年》：亦稱《汲冢紀年》。西晉太康二年（281）於汲郡古墓中所發現的古代編年體史書。
249　咸同：清文宗年號咸豐、清穆宗年號同治的合稱。
250　刊：開闢。

所得，以補古史之缺。石鼓之帖已禁摸搨[251]，東西人士每欲購之，以為考古之資。而余幸得一，並明人張照[252]所書昌黎〈石鼓歌〉，可寶也。

清宮玉版記

　　古之封泰山、禪梁父者，必用金泥[253]玉版[254]，以記其事；典禮輝煌，文章淵茂，秦、漢以來尚矣，而人間絕罕見。吾友陳君沁園家藏金泥玉版一副，清宮之秘寶也。清人起自建州[255]，尊崇佛教，歷代相承，湛深內典[256]。及至高宗，蕩平絕域[257]，東西南朔[258]，莫不來王，武功之盛，遠軼[259]秦、漢，而文事亦有足稱焉。乾隆三十八年（1773），開四庫全書館，編纂舊籍，擷其精華，至今傳為國寶。既復設清字經館[260]，以滿文譯《大藏經》，亙[261]十餘載始成。高宗大喜，自書其序，雕玉刻之。玉色蒼翠，凡六片，長五寸，闊二寸八分，厚二分。每片五行，行十一字，兩面俱刻，填以金泥。首雕雙龍，隸書「御製清文繙譯全藏經[262]序」。其後片則祥雲氤氳之狀。書法既工，刻畫精巧，不

---

[251] 摸搨：即摹拓，拓印碑刻金石等。
[252] 張照（1691-1745）：字得天，號涇南、天瓶居士，江南婁縣人（今屬上海市）人。張照工書法，初從董其昌，擅長行楷書，精於「館閣體」。
[253] 金泥：古代的封禪書，以水和金粉為泥，用來封玉牒，故稱為「金泥」。
[254] 玉版：古代刻字的玉片。
[255] 建州：在牡丹江、綏芬河及長白山一帶。
[256] 內典：又作內經、內教。指佛教之經論書籍。反之，佛教以外之典籍稱外典。《大智度論》有「習外典如以刀割泥，無所成而刀自損」之語。道安之二教論（廣弘明集卷八所收）則謂（大五二・一三六下）：「救形之教，教稱為外；濟神之典，典號為內。」內典也用書名，如南朝梁代虞孝敬之《內典博要》、唐朝道宣之《大唐內典錄》等。（《佛光大辭典》，頁 1235）
[257] 絕域：與外界隔絕之處，指極其遙遠的地方。
[258] 東西南朔：即東西南北。朔，北方。
[259] 遠軼：遠遠超過。
[260] 清字經館：專為修《清文繙譯全藏經》而設的機構，屬內務府。
[261] 亙：音「ㄍㄣˋ」，時間或空間延續不斷之謂，在此作「歷經」解。
[262] 《清文繙譯全藏經》：始譯於清乾隆三十七年（1772），高宗命設「清字經館」於西華門內，由章嘉呼圖克圖主持，翻譯者計 96 人，歷經 18 年，至

爽[263]筆意。洵希世[264]瓌瑰也。咸豐十年（1860），英法聯軍入京，燬圓明園，為亂兵所掠，流落民間。沁園之伯父雪六先生[265]銓次[266]在京，重價購歸，傳為家寶。余從沁園借觀，復得影[267]片以示海內。嗟乎！有清一代，文事武功，至乾隆而極。觀其所序，自滿自驕之心，昭然若揭。後嗣不肖，禍啟邊戎，都邑為墟，宗社幾隕[268]；玉版金泥猶其小者。吾觀始皇芟除[269]六國，即天子位，登封刻石，頌秦功德；漢武遠略，力征經營，華夷率服，功成告天；彼其意氣之盛，可謂盈矣。乃或一二世，或不數傳而敗滅者，帝王之毒燄[270]，寧可恃耶？語曰：「天道無親，常與善人。」[271]沁園，吾黨之君子也，敦內行[272]，恂恂[273]如不及。熟知先人手澤，而昭諸子孫，**不特**[274]為家之慶，抑亦我臺之光也。

乾隆五十五年（1790）翻譯工作全部完成，部分經卷印刷成帙。同年十二月，清字經館遭遇火災，經重新雕版印刷，至乾隆五十九年（1794）始全部告竣。

[263] 爽：失。

[264] 希世：希、稀通叚，希世即「稀世」，世所罕有之謂。

[265] 雪六先生：陳宗潢（？-1868），名植梅，字/號雪六，為鹿港望族，「慶昌商行」創始人陳克勸（1775-1861，字泰卿，又名福開）次子。道光二十六年（1846）舉人，授內閣中書。博學多才，亦善書畫，惜因戰亂多佚。

[266] 銓次：考核官員的資歷、功績，以定其職位的等第和升貶。次，排定次序。

[267] 影：指拓影。

[268] 幾隕：幾乎殞滅。

[269] 芟：音「山」，消滅。

[270] 毒燄：意謂威勢。

[271] 天道無親……句：語出《道德經七十九章》，意謂：天道的規律沒有親疏之別，它只是永遠幫助良善的人。

[272] 敦內行：指道德敦厚。

[273] 恂恂：音「尋」，緊張恐懼貌。

[274] 不特：不僅；不但。

臺灣詩社記

　　臺灣詩學之興始於明季。沈斯庵太僕以永曆三年（1649）入臺，時臺灣為荷人所據，受一廛[275]以居，極旅人之困，勿恤也。及延平至，以禮待之。斯庵居臺三十餘載，自荷蘭以至鄭氏盛衰，皆目擊其事。著書頗多，臺之文獻，推為初祖。清人得臺時，斯庵亦老矣，猶出而與宛陵韓又琦[276]、關中趙行可[277]等結東吟社[278]，所稱福臺新詠者也。

　　當是時，臺灣令沈朝聘[279]、諸羅令**季麒光**[280]均能詩。朝聘有《郊行集》。麒光有《海外集》，又有《東寧唱和詩》。荒裔山川，遂多潤色。游宦寓公，後先繼起。若**孫元衡**[281]之《赤崁集》，陳夢林[282]之《遊臺詩》，

---

[275] 一廛：古時一夫所居之地。《說文解字》：「廛，二畝半也，一家之居。」
[276] 韓又琦（1650-1693）：字公復，康熙八年（1669）武科舉人，敕封文林郎。
[277] 趙行可（生卒年不詳）：陝西永昌衛人，貢生。康熙二十二年（1683），被任為首任臺灣縣羅漢門縣丞，曾參東吟社活動。
[278] 東吟社：康熙二十四年（1685），寓臺文士鄞縣沈光文、無錫季麒光、會稽陳元圖、榕城林奕、何士鳳、陳鴻猷等人於諸羅縣創立，每月聚會，擇勝尋幽，分題拈韻，各抒性情，不拘體格。又東吟社一名「福臺新詠」，編有《東吟倡和詩》，沈光文為之序。
[279] 沈朝聘：遼東人，康熙二十三年（1684）任臺灣縣知縣。
[280] 季麒光（生卒年不詳）：字昭聖，號蓉洲，江蘇無錫人。康熙十五年（1676）進士，二十三年（1684）調任臺灣府諸羅縣知縣，掌管臺南以北的臺灣政事。翌年（1685）因丁憂去職。著有《臺灣雜志》、《山川考略》、《海外集》各一卷，《蓉洲文稿》四卷、《蓉洲詩稿》七卷、《華陽懷古》一卷、《史論》一卷。
[281] 孫元衡（生卒年不詳）：字湘南，安徽桐城人。曾任四川省漢州知府，後遷臺灣府海防同知。著《赤崁集》。
[282] 陳夢林（1670-1745）：字少林，福建漳浦人。康熙廿五年（1686）遊學黔中，獲生員資格，以名列第一，薦入太學；五十年（1711）隨黔州知州黃虞庵調任福建，五十五年（1716），應諸羅縣令周鍾瑄之聘，來臺修纂《諸羅縣志》。六十年（1721），朱一貴事起，適遊南澳，遂入南澳鎮總兵藍廷珍幕府，與藍鼎元共籌卻敵方策。亂平離臺，又於雍正元年（1723）遊臺數月，撰成《臺灣後遊草》。撰有《漳州府志》、《漳浦縣志》、《諸羅縣志》，著《臺灣遊草》、《臺灣後遊草》、《遊臺詩》。

范咸[283]之《婆娑洋集》，**張湄**[284]之《瀛壖百詠》，**蜚聲藝苑**[285]，傳播海隅。而臺人士之能詩者，若黃佺[286]之《草廬詩草》，陳輝[287]之《旭初詩集》，章甫[288]之《半崧集》，林占梅之《琴餘草》，陳肇興[289]之《陶村詩稿》，鄭用錫[290]之《北郭園集》，或存或不存，或傳或不傳，非其詩有巧拙，而後人之賢不肖也。

夫清代以科舉取士，士之讀詩書而掇科第者，大都侵淫於制藝試帖[291]。元音[292]墜地，大雅淪亡，二三俊秀，始以詩鳴。**摘藻揚芬**[293]，獨吟寡偶，亦僅寫海國之風光，寄滄洲[294]之逸興，未有詩社之設也。

---

[283] 范咸（生卒年不詳）：字貞吉，號九池，又號浣浦，浙江仁和人。乾隆十年（1745）任巡臺御史兼理學政，兩年後罷職。在臺期間，與六十七共同編纂《重修臺灣府志》。著有《婆娑洋集》、《浣浦詩鈔》。

[284] 張湄（生卒年不詳）：字鷺洲，號南漪、柳漁，浙江錢塘人。雍正十一年（1733）進士，乾隆六年（1741）任巡臺御史兼理提督學政。在台二年餘，將其間之風物見聞，發為吟詠，輯為《瀛壖百詠》，惜今未傳。

[285] 蜚聲藝苑：指聞名於文藝界。蜚聲，聞名、揚名。藝苑，文藝界。

[286] 黃佺（生卒年不詳）：字半倨，臺灣縣人。雍正十二年（1734）拔貢。乾隆五年（1740）分修《臺灣府志》。喜談詩，著有《草廬詩草》及《東寧吟草》等。

[287] 陳輝（生卒年不詳）：字旭初，號明之，臺灣縣人。乾隆三年（1738）舉人。善文工詩。連橫為其輯錄三十七首，收於《臺灣詩乘》、《臺灣詩薈》。其詩多閒詠遊覽之作。

[288] 章甫（1760-1816）：字文明，號半崧，臺灣縣人，著有《半崧集》。

[289] 陳肇興（1831-？）：字伯康，號陶村，臺灣府彰化縣治（今彰化市）人。咸豐九年(1859)舉人，於彰化築古香樓為書齋，詩書自娛。同治元年（1862）戴潮春事起，拒戴氏禮邀，伺機謀刺，履瀕危幾；後避入集集山中。詳戴案始末。同治三年（1864）亂平，歸里授徒，門下多俊才之士，彰化吳德功即其尤者。著有《陶村詩稿》、《咄咄吟》。

[290] 鄭用錫（1788-1858）：字在中，號祉亭，淡水廳竹塹人，道光三年（1823）進士，為臺籍第一人，有「開臺進士」、「開臺黃甲」之譽。晚年於竹塹城北修築「北郭園」自娛，俗稱外公館，與林占梅的潛園（內公館）同為竹塹文人雅集的重要會所。用錫善詩文，亦通經學，後人輯其作為《北郭園全集》。

[291] 試帖：科舉考試時所作的詩，多用古人詩句命題，冠以賦得二字，其詩或五言、七言，或八韻、六韻，在詩中自成一體。

　　光緒十五年（1889），灌陽唐景崧來巡是邦。道署舊有斐亭，景崧葺而新之，輒邀僚屬為文酒之宴。臺人士之能詩者悉禮致之。挖雅揚風，於斯為盛。及景崧升布政使[295]，駐臺北。臺北初建省會，**簪纓**[296]薈萃，景崧又以時集之。時安溪林鶴年[297]以榷[298]茶在臺北。鶴年固[299]能詩。一日，自海舶運至牡丹數十盆，致諸會。景崧大喜，名曰牡丹詩社[300]。當是時，臺人士競以詩鳴，而**施耐公**[301]、邱仙根尤傑出。二公

---

[292] 元音：純正而完美的聲音，此用以指稱詩歌。元，始也。

[293] 摛藻揚芬：用詞藻讚揚和傳播美好的情感和事物。摛，音「吃」，鋪敘也。摛藻，即鋪陳辭藻。

[294] 滄洲：水濱。

[295] 布政使：始設於明代，為明清各省的民政兼財政長官。屬承宣布政使司，受轄於督撫，與掌理刑名的按察使並稱為「兩司」。也作「藩臺」、「藩司」。

[296] 簪纓：古代達官貴人的冠飾。後遂藉以指高官顯宦。

[297] 林鶴年（1847-1901）：字謙章、鐵林，號氅雲，晚號怡園老人，福建安溪人。擅詩，為「閩中十子」之一。與臺灣仕紳立吟社唱和，為牡丹詩社社員。著有《福雅堂全集》、《福雅堂東海集選訂》、《東亞書院課藝初二集》等。

[298] 榷：獨木橋，引申為專利、專賣、壟斷。

[299] 固：原本。

[300] 牡丹詩社：創設於光緒十七年（1891），時唐景崧升布政使，由臺南移駐臺北，公暇頗開文酒之會，當時臺北初建省會，遊宦及流寓人士，簪纓畢至，北臺風騷之盛，未有逾此者。某次林鶴年以海舶運致牡丹花數十盆景崧喜，因命名「牡丹詩社」。係臺灣文學史上第一個有全臺影響力的詩社。唐景崧任發起人，林鶴年、林景商、施士洁、林仲良、郭寶石、林啟東、黃宗鼎、丘逢甲等百人為社友。

[301] 施耐公（1853-1922）：施士洁，初名應嘉，字澐舫，號芸況、喆園、楞香行者、鯤瀛棄芚，晚號耐公、定慧老人，臺灣縣治（今台南市）人。其父瓊芳為道光二十五年（1845）進士，士洁亦於光緒二年（1876）中式，為臺灣唯一的進士父子。個性放誕，不喜拘束，任京官時，不遂其意，又以兄長遽逝，辭官回鄉。回台後，獲台灣兵備道唐景崧青睞，延聘為最高學府海東書院山長，因與時在書院修業的丘逢甲、許南英、鄭鵬雲、汪春源等有師生之誼。暇時參與唐景崧的斐亭吟社、牡丹詩社活動。乙未割台，士洁內渡，歸籍泉州西岑。長於詩，與許南英、丘逢甲，合稱為清季臺灣三大詩人。著有《鄉談律聲啟蒙》、《晒園吟草》、《後蘇龕草》，另有散著詩稿、文稿、詞稿、日記等，今人輯為《後蘇龕合集》。

各有全集。不特稱雄海上,且足以**拮抗**[302]中原。今仙根已逝,耐公又徂[303],耆舊凋零,騷壇減色。然而運會之來,莫可阻遏。臺灣詩社以是起焉。

　　先是乙未(明治二十八年,1895)之歲,余年十八,奉諱[304]家居,手寫《少陵[305]全集》,始稍稍學詩,以述其家國淒涼之感。當是時,戎馬倥傯,四郊多警,搢紳避地,巷無居人。而葉應祥[306]、陳瘦痕[307]輒相過訪。至則出詩相示,顧不審其優劣也。越二年,余歸自滬上,鄉人士之為詩者漸多,而應祥忽沒,乃與瘦痕、吳楓橋、張秋濃、李少青等結**浪吟詩社**[308],凡十人。月必數會,會則賦詩。春秋佳日,復集於城外之古剎。凡竹溪、法華、海會諸寺,靡不有浪吟詩社之**墨瀋**[309]。朋簪之樂,無過於斯。乃不數十年,相繼徂謝。今其存者,唯余與蔡老迂[310]而已。回首前塵,寧無悲痛!

　　始丙午(明治三十九年,1906)冬,余以社友零落,復謀振起,乃與瘦痕邀趙雲石[311]、謝籟軒、鄒小奇[312]、楊宜綠[313]等改創南社[314],

---

302　拮抗:即頡頏,音「協航」,本指鳥上下飛,泛指不相上下,或相與抗衡。
303　徂:通「殂」,死亡。
304　奉諱:謂居喪。
305　少陵:即杜甫(712－770),字子美,號少陵野老、杜陵野老、杜陵布衣。
306　葉應祥:同治十三年(1873)進士。
307　陳瘦痕:陳渭川,字瘦痕、瘦雲,號菜畦。光緒十三年(1897),連橫自上海回臺,與陳瘦雲等組「浪吟詩社」。
308　浪吟詩社:許南英、連橫、李少青等人於光緒十七年(1891)創立於安平縣,旋以乙未割台,社員四散。其後南社成立,社員乃多轉入南社。
309　墨瀋:猶墨蹟。
310　蔡老迂:蔡維潛,字老迂,前清生員。
311　趙雲石(1863-1936):趙鍾麒,字麟士,號雲石,晚年又號老雲、老云。明治三十九年(1906),與連雅堂、胡南溟、謝籟軒籌創南社。趙雲石以詩名,其「板橋書體」亦享盛譽。
312　鄒小奇:即鄒少奇,浪吟詩社社員。
313　楊宜綠(1887-1934):字天健,號痴玉、痴綠,一號蓬萊客,臺南人。大正十七年(1928),因參與「臺南廢南門墓地事件」的抗日行動被日方逮捕,繫獄十個月。其長子為一九三○年代風車詩社之旗手楊熾昌。

凡十餘人。迨己酉（四十二年，1909）間，入社者多至數十，奉**蔡玉屏**[315]先生為長。嗣玉屏逝，改奉雲石。辛亥（四十四年，1911）春，開大會於兩廣會館，全臺之士至者百人。鯤身、鹿耳間。聞風而起者以百數。斐亭鐘聲[316]，今繼響矣。

　　櫟社為臺中詩人薈萃之所，林癡仙之所倡也。先是戊、己之際[317]，苑裏蔡啟運、鹿津陳槐庭合設鹿苑吟社[318]，時以郵筒相唱和。及癡仙歸自晉江[319]，倡櫟社，賴紹堯、林南強聞其志而贊之。啟運、槐庭與呂厚庵、傅鶴亭[320]、**陳滄玉**[321]復和之，遂訂社章，立題名錄，為春秋

---

[314] 南社：日治時期臺灣三大古典詩社之一。明治三十九年（1906）冬，由臺南詩人蔡國琳、連雅堂等十餘人，號召同好共同組成。

[315] 蔡玉屏（1843-1909）：蔡國琳，字玉屏，號春巖、遺種叟，台南人。光緒八年（1882）舉人，十六年（1890）以鄉試第三名授國史館校尉，遇缺即用。旋返台，擔任澎湖文石書院、臺南蓬壺書院山長，並補用育嬰堂及恤嫠局主事；又與許南英、趙鍾麒、謝維巖、胡南溟等組織浪吟詩社（隔年，1891）相唱酬。光緒十九年（十九年，1893）受命協纂《臺灣通志》，因乙未（明治二十八年，1895）中斷，攜眷內渡，旋歸臺南，設帳授徒。明治二十六年（1896），臺南縣知事磯貝靜藏聘以編纂《臺南縣志》，又擔任「揚文會」臺南支會長。明治三十九年（1906）與連橫、趙雲石等人籌組「南社」，明治四十二年（1909）榮膺首任社長。著有《叢桂齋詩鈔》四卷，未刊行。國琳之女碧吟被譽為赤崁女史，並與臺南舉人羅秀惠、臺北藝旦王香禪有一段婚姻糾葛。

[316] 斐亭鐘聲：斐亭，指斐亭吟會（斐亭吟社）。光緒十五年（1889）唐景崧在台南創立，屢邀集文士百數十人於官署，為詩酒之會，尤以競作詩鐘為能。

[317] 戊、己之際：戊申至己酉，即西元 1908 至 1909 年間。

[318] 鹿苑吟社：明治三十年（1897）許劍漁、蔡啟運創設，二人各居鹿港、苑裡，因各取地名為「鹿苑吟社」。兩地詩人及寓台名士往來酬唱，稱盛一時。詩人欲藉詩作吟唱以聯絡南北聲氣，抒家國之思、滄桑之痛。或因時局動盪不安，故不採取聚會聯吟方式，而是郵遞作品。是水準相當高、抗日意識相當濃的文學團體，亦為日治後彰化地區第一個詩社組織。

[319] 晉江：福建省泉州府晉江縣，為清代渡臺移民最大宗的原鄉之一。今為晉江市。

[320] 傅鶴亭（1872-1946）：名錫祺，字復澄、蕙南，號鶴亭，晚號滄廬老人，臺中潭子人。鶴亭舊學深邃，工書法，喜吟詠，明治三十九年（1906）加

之會，和者浸眾。己酉（明治四十二年，1909），余居大墩，癡仙邀入社，得與諸君子晉接，以道義文章相切劘[322]。顧自設社以來，二十有二載矣，癡仙、紹堯、厚庵、啟運、滄玉雖前後徂逝[323]，而林灌園繼起，鶴亭、南強、槐庭俱健在，建碑刊集，以紹癡仙之志；櫟社之興，猶未艾[324]也。

臺北為全臺首府，而瀛社[325]為之主。改革後，陳淑程[326]、黃植亭[327]等曾設玉山吟社[328]，開會於龍山寺，未幾而息。迨丁未（明治四十年，

入櫟社，為創社九老之一；次年，繼賴紹堯擔任社長職，櫟社規模自是始大，執臺灣騷壇牛耳。晚年退隱「澹廬」，詩書自娛。平生所作，除分載櫟社第一、二集外，未嘗結集。歿後，遺詩稿逾千首，其外孫林雲鵬整理，繫年編次，名《鶴亭詩集》。

[321] 陳滄玉（1875-1922）：陳瑚，字滄玉，號枕山，苗栗苑裡人。幼讀經史，習制藝，早年即以詩聞。乙未割台後，斷絕科舉之念，改經營帽蓆公司，復任職《台中新聞》漢文部記者。明治三十五年（1902）林癡仙等創設櫟社於臺中霧峰，隨即加入，為創社九老之一。後又加入臺灣文社。明治43 年（1910）任苑裡區長。其詩文皆雄健，著有《趣園詩鈔》、《枕山詩鈔》。

[322] 切劘：切磨，切磋相正。劘，音「磨」。

[323] 徂逝：亡故。徂，音「ㄘㄨˊ」。

[324] 未艾：未盡、未止。

[325] 瀛社：創於明治四十二年（1909），與「櫟社」、「南社」並稱日治時代臺灣三大詩社。社址在臺北，是三社中成立最晚、但活動力最強、規模最大者。創社至今，吟聲未歇。

[326] 陳淑程（1863-1911）：陳洛，字淑程，號菊町，福建泉州人。光緒四年（1878）隨父來臺，寓居艋舺。光緒八年（1882）赴鄉試，獲副貢，淡水縣令張景祁延為學海書院講習。十三年（1887）劉銘傳設西學堂，陳洛入學，卒業，留任教席。割臺後歷任保良總局董事、《臺灣日日新報》記者、總督府民政局事務囑託，明治三十年（1897）授配紳章，翌年經理艋舺鹽務支館，復擔任臺北首次饗老典之副委員長。三十二年（1899）年任臺北縣參事、臺北鹽務總管主任。陳洛熱心公益，曾任衛生組合、士商公會、維新公會、天然足會、蓄情研究會、慈善音樂會發起人。四十二年（1909）瀛社創立，陳洛為早期成員之一，亦曾參與日人所創之「玉山吟社」活動。詩作未梓，今所見乃自《臺灣新報》、《臺灣日日新報》、《南菜園唱和集》、《江瀨軒唱和集》、《竹風蘭雨集》、《瑞桃齋詩話》等輯錄。

1907）春[329]，**洪逸雅**[330]、謝雪漁[331]、倪希昶[332]等乃創瀛社，社員幾及百人。復與新竹之竹社[333]、桃園之桃社[334]互相聯合，時開大會。多士

---

[327] 黃植亭（生卒年不詳）：黃茂清，字植庭，臺北人，曾任《臺灣新報》編輯。

[328] 玉山吟社：創辦於明治二十九年（1896），社員以日人為主，但臺紳黃茂清、李秉鈞、翁林煌、蔡石奇、陳洛等人常與會。該社主要藉詩文唱和以聯絡日臺聲氣，朞月會集，擊缽催詩，地點常在艋舺江瀕亭。明治三十年（1897）後，以日籍社員退官東還者日多，遂趨衰頹，然此社為在臺日人詩社之濫觴。

[329] 按：瀛社發會式開於己酉（明治四十二年，1909）年3月7日，此處或記載有誤。〈瀛社發會式〉，《臺灣日日新報》，1909.03.10，05版。

[330] 洪逸雅（1871-927）：洪以南，名文成，字逸雅，號墨樵，別署無量癡者。清淡水廳艋舺（今臺北萬華）人。幼穎異，祖喜之，延泉州知名孝廉龔顯鶴課讀。乙未（明治二十八年，1895）割臺，內渡晉江，得遊泮水。後一年返臺。善詩文，詩書俱佳，能畫蘭竹，且家饒於貲，乃蒐集各地散佚圖籍、碑帖、文物，建達觀樓以貯之，為北臺著名藏書之所。明治四十二年（1909）與謝汝銓等共創瀛社，被推為第一任社長，著有《妙香閣集》。

[331] 謝雪漁（1871-1953）：謝汝銓，字雪漁，號奎府樓主，晚署奎府樓老人，臺灣府治（今台南市）人。少從蔡國琳學，光緒十八年（1892）獲生員；乙未時協助表兄許南英辦理團練，事敗，南英西渡，雪漁乃匿於鄉間。後為日人所綏撫，赴台北，與日人頗相往來。明治三十四年（1901）自國語學校國語部畢業，任職臺灣總督府學務課，參與編輯《日臺會話辭典》；不久，轉任警察官吏練習所臺語教師。明治三十八年（1905）入《臺灣日日新報》任漢文記者，歷任馬尼拉《公理報》、《昭和新報》、《風月報》主編，並與洪以南等倡設瀛社，於以南去世後繼任社長。戰後曾任臺灣省通志館顧問。著有《奎府樓吟草》、《詩海慈航》、《周易略說》等，另有〈蓬萊角樓詩話〉、〈奎府樓詩話〉連載於《風月報》。亦從事小說創作，主題跨武俠、偵探、歷史等類型，主要見刊於《臺灣日日新報》與《風月報》。

[332] 倪希昶（1875-1951）：字煜煌。艋舺北皮寮人，居處顏曰：「巢睫居」，故又稱：「巢睫居士」，生平酷愛梅花，又稱梅癡居士。少讀書，有別才，詩、詞、歌、賦無不善。工書，小楷尤佳。割臺後，卒業國語傳習所，任《南海時報》文藝部主編、信用合作社理事，暨地方多項公職。性溫厚，人多喜與交往。後組高山文社，繼顏笏山擔任社長。遺有《百勿吟集》行世，《巢睫居詩文集》未刊。（參考《鯤海粹編‧臺北七君子詩》邱秀堂輯）

[333] 竹社：同治二年（1863）創設於淡水廳竹塹（今新竹市）北郭園，是新竹地區歷史最悠久的詩社。清治時期為草創期、日治時期為全盛期，今社員

濟濟，集於一堂，可謂盛矣。余自己未移家淡北，納交於瀛社諸君子，文字之歡，有逾疇昔。顧念海桑以後，吟社之設，後先而出。今其存者六十有六。文運之延，賴此一線，是亦民俗盛衰之所繫也。具如左[335]：

瀛社	臺北市	萍香吟社	高雄街
星社	臺北市	大雅吟社	大雅莊
鶴社	臺北市	霧峰吟社	霧峰莊
鐘社	臺北市	古月吟社	彰化街
天籟吟社	臺北市	白沙吟社	彰化街
淡北吟社	臺北市	麗澤會	彰化街
萃英吟社	臺北市	梧津吟社	梧棲街
劍樓吟社	臺北市	鰲西吟社	清水街
潛社	臺北市	香草吟社	二林莊
聚奎吟社	臺北市	螺溪吟社	北斗街
小鳴吟社	基隆街	斗六吟社	斗六街
平溪吟社	平溪莊	西螺吟社	西螺街
蘭社	宜蘭街	菱社	西螺街
樸雅吟社	樸雅街	大冶吟社	鹿港街
月津吟社	鹽水街	鳳岡吟社	鳳山街
北門吟社	北門莊	屏山吟社	舊城莊
白鷗吟社	北門莊	礪社	屏東街
仰山吟社	宜蘭街	研社	東港街
光文社	宜蘭街	南陔吟社	南投街
桃社	桃園街	南社	臺南市
竹社	新竹街	春鶯吟社	臺南市
青蓮吟社	新竹街	酉山吟社	臺南市

有劉進、范根燦、蘇子建、鄭煙等人，間有詩會，另與臺北「澹社」、桃園「蘆社」，合辦「澹竹蘆三社聯吟」多年，延續擊缽盛事。

334　桃社：即桃園吟社。簡若川、鄭永南、黃守謙、簡朗山等人創設，社址在桃園。創辦時間不詳，明治四十四年（1911）年已有「桃園吟社大會」的活動紀錄。大正四年（1915）與臺北瀛社、新竹竹社，組織「瀛桃竹聯合吟會」，自是每年四季，瀛社分辦二次，桃社、竹社各分辦一次。桃社常開於公會堂，社員曾經多達兩三百人。

335　按：原文為一欄，此為編排美觀起見，改為二欄式。

籜聲吟社	新竹街	桐侶吟社	臺南市
櫟社	臺中街	玉山吟社	嘉義街
檉社	臺中街	羅山吟社	嘉義街
中州吟社	臺中街	嘉社	嘉義街
墩山吟社	臺中街	鴻社	嘉義街
網珊吟社	臺中街	尋鷗吟社	嘉義街
沙鷗吟社	臺中街	鷇音吟社	新巷街
豐原吟社	豐原街	笨津吟社	北港街
蘆溪吟社	佳里莊	汾溪吟社	北港街
敦源吟社	歸仁莊	西瀛吟社	澎湖廳
旗津吟社	高雄街	嘯洋吟社	醫學校

紀軍大王

　　新竹沿山之地，輒有軍大王廟[336]。軍大王者，無名之英雄也。先是我族既闢臺灣，自南徂北，漸拓[337]漸大。而新竹尚為番土，我族復經營之。進及荒陬[338]，手耒耜，腰刀鎗，以與土蠻相爭逐。其沒於鋒鏑[339]、隕於瘴癘、斃於虺[340]蛇之毒者，前踣[341]後繼，用能撫而有之，

336　軍大王廟：舊址今已難尋，據《北埔地區大事年表》記載：同治六年（1867）九月建造「軍大王廟」於埔尾，復於光緒十五年（1889）重修埔尾軍大王廟，但經訪問埔尾地區數位耆老，皆稱無該廟之印象。又林百川《樹杞林志》有「軍大王廟在埔尾」的記載。軍大王廟一說是祀奉開墾大隘時戰死義勇的小廟，新竹縣文史工作者黃榮洛推測應位於北埔姜家祠堂附近往北埔公墓或大湖村坎下路邊。而後年久失修，廢廟後該廟軍大王神位移至新建的楊大人廟，但後來楊大人廟傾頹，再度移至北埔慈天宮祀奉。不過民國84年（1995）9月1日該神位被竊，至今未尋獲。

337　拓：開闢、開拓。

338　荒陬：荒遠之地。

339　鋒鏑：刀刃和箭鏃，用為兵器的通稱。按：在此引申為械鬥、兵燹乃至戰亂之意。

340　虺：音「毀」，毒蛇名。宋‧邢昺《爾雅‧釋魚》疏：「案：舍人曰：『蝮，一名虺。江、淮以南曰蝮，江、淮以北曰虺。』」

341　踣：音「勃」，跌倒。按：原文作趴，或為「仆」之誤，前仆後繼。

以長[342]育子姓，此則我族之武也。精魂毅魄，是式[343]是依；春露秋霜[344]，以蒸以享[345]。此又報功[346]之禮也。

在昔楚為荒服，若敖[347]、蚡冒[348]蓽路藍縷，以啟山林，而楚為上國。吳亦東海之夷，泰伯[349]、虞仲[350]被以德化，而吳乃日進。夫吳、楚之得抗衡諸夏[351]者，豈泰伯、蚡冒一二人之力，而千萬人之力也。我臺之闢也亦猶是。而軍大王者，乃不能與林圯[352]、吳沙[353]輩垂名史策，紀其功勳，以傳諸國內，而獨血食[354]於窮鄉僻壤之間。然則軍大王者，固無名之英雄也，祀之宜。

---

[342] 長：音「掌」，長養。

[343] 式：楷模。

[344] 春露秋霜：子孫有感於時序的更替，追念祖先而舉行祭祀典禮。

[345] 以蒸以享：蒸、享均指祭祀。按：《爾雅》：「冬祭曰蒸。」《康熙字典》：「享，獻也，祭也」。

[346] 報功：酬報有功者。

[347] 若敖：楚若敖，原名熊儀，楚熊咢之子。周平王七年（前 764）熊儀卒，被尊為「若敖」，此是楚君有諡號之始。

[348] 蚡冒（？- B.C.741）：熊氏，號蚡冒。楚君若敖孫、霄敖子。春秋初楚國國君，西元前 757 至前 741 年在位。

[349] 泰伯：一作太伯，姬姓，周族首領古公亶父（即周太王）長子。太王欲立幼子季曆為嗣，季曆的兩位兄長泰伯、仲雍放棄王位爭奪，同避江南，紋身斷髮，以示不可用。

[350] 虞仲：即仲雍（生卒年不詳），又稱吳仲、孰哉，吳國第二代君主。商朝末期周族領袖古公亶父（後稱周太王）之次子。

[351] 諸夏：周代分封，各中原的諸侯國合稱為「諸夏」。按：楚國時被視為蠻夷，不屬諸夏。

[352] 林圯（?-1668）：福建同安人。鄭成功部將，累功至參軍。永曆十五年（1661）從征來臺，鄭經行屯田制，圯率領部將於十五年至十七年（1661-1663）至斗六門拓墾，為斗六地區目前所知最早的漢墾民。十八年（1664），水沙連原住民來襲，力戰不勝，被困而死。原住民退去後，居民葬之，以時祭祀，名其地為「林圯埔」。

[353] 吳沙（173-1798）：福建漳浦人。乾隆三十八年（1773）渡臺，先居淡水，復遷三貂社，集結漳、泉、粵移民開墾宜蘭，人稱「開蘭始祖」。

[354] 血食：謂受享祭品。古代殺牲取血以祭，故稱。

梁曜樞[355]

　　法人之役[356]，福建巡撫劉銘傳治師臺灣，兩戰皆捷，士氣大振。忽命退兵，基隆遂失。或言李鴻章主和，銘傳實循其意。事後，內閣侍讀學士梁曜樞劾[357]之。略曰：「福建巡撫劉銘傳前以平捻[358]有功，素著威望，此次中法交戰，朝廷特錄舊勳，委以臺灣之要地，寵以巡撫之優銜，為臣子者，正宜激發天良，效命報國，而銘傳督師到臺之後，失守要地，敗壞全局，種種荒謬，傳播京師。今和局已成，將履新任，為所欲為；臣愚，斷其不可也。失地有誅，法無寬赦；不可一也。有罪之人，尚領要疆，有功之人，尤輕榮遇；不可二也。以驕恃之武夫，治繁難之重地；不可三也。劉銘傳授任巡撫，而唐炯[359]、徐延旭[360]則禁刑部，**僨事**[361]相似，賞罰各殊；不可四也。楊昌濬[362]、劉銘傳同官

---

[355] 梁曜樞（1832-1888）：字冠祺，號叔簡，廣東順德人。同治十年（1871）狀元，授翰林院修撰，十二年（1873）出任順天鄉試同考官。

[356] 法人之役：指光緒十年（1884）清法戰爭期間，法軍攻擊基隆一事。

[357] 劾：音「核」，指揭發罪狀。

[358] 平捻：捻，指清代安徽北部和河南一帶的農民反抗軍（1852-1868）。同治六年（1866）分東捻、西捻兩支，後被清軍撲滅。

[359] 唐炯（1829-1909）：字鄂生，晚號成山老人。奉命率滇軍參加中法之役，以未支援劉永福在懷德、丹鳳抗擊法軍，擅自逃回雲南，被奪職問罪，定為斬監候，經左宗棠解救獲釋，謫戍雲南邊境。著有《援黔錄》、《成山廬稿》、和《成山老人自撰年譜》等書。

[360] 徐延旭（？-1884）：字曉山，山東臨清人，咸豐進士。光緒八年（1882）受任廣西布政使，次年（1883）協辦中越邊防。十年（1884），中法戰爭發生，延旭率部駐守寧城區，六次上疏請戰。以備戰不力、調度無方，於北寧迎戰法軍時潰敗。遭革職，解京入獄，判斬監侯，後改為充軍新疆，未行而病死。著有《越南輯略》。

[361] 僨事：敗事。僨，音「奮」。

[362] 楊昌濬（1826-1897）：字石泉，號鏡涵，別號壺天老人，湖南湘鄉人，諸生。太平軍興，隨道員羅澤南辦理團練，以軍功授職，歷任訓導、知縣、鹽運使，布政使、巡撫、漕運總督。光緒十年（1884）中法戰起，昌濬被委任為左宗棠副手，旋授閩浙總督職（1884-1888），十四年（1888）調任陝甘總督。

一省，湘、淮異器[363]，必不相能[364]；不可五也。破格隆施，及諸罪將，異日海疆有事，恐貽口實，覆轍相尋；不可六也。況今日之訂約，所難者基隆、澎湖爾。設法人叵測[365]，不肯退地撤兵，銘傳之罪，可勝[366]誅哉！伏乞特頒明諭，曉示內外，姑念前勞，從寬罷斥。」銘傳亦自劾，詔命經理臺灣。

茗談

　　臺人品茶，與中土異，而與漳、泉、潮相同；蓋臺多三州人，故嗜好相似。

　　茗必武夷[367]，壺必孟臣[368]，杯必若深[369]：三者為品茶之要，非此不足自豪，且不足待客。

　　武夷之茗，厥種數十，各以岩名。上者每斤一、二十金，中亦五、六金。三州之人嗜之。他處之茶，不可飲也。

　　新茶清而無骨[370]，舊茶濃而少芬，必新舊合拌，色味得宜，嗅之而香，啜之而甘，雖歷數時，芳留齒頰，方為上品。

---

[363] 異器：薰蕕異器之略，薰，香草，蕕，有臭味的草。喻君子與小人不可共處。此謂湘軍、淮軍各成陣營，難以相處合作。

[364] 不相能：能，親善。指不和睦。

[365] 叵測：不可預料。

[366] 可勝：禁得起，受得住。

[367] 武夷：武夷山，位於福建，武夷茶至為有名。

[368] 孟臣：傳為明代天啟、崇禎間（1621-1644），宜興製壺名手（一說孟臣為清代康熙、雍正間人），所製作「孟臣壺」，壺胎壁薄，作工細膩，體態輕巧，蜚聲中外。

[369] 若深：清康熙時景德鎮製瓷名家，其「若深小杯」，一般為白地藍花，底平口闊，杯底書「若深珍藏」，乃泡工夫茶三件最主要茶具之一。

[370] 無骨：指柔弱無力。

茶之芳者，出於自然，薰之以花[371]，便失本色。北京為仕宦薈萃地，飲饌之精，為世所重，而不知品茶。茶之佳者，且點以玫瑰、茉莉，非知味也。

北京飲茶，紅綠俱用，皆不及武夷之美；蓋紅茶過濃，綠茶太清，不足入品。然北人食麥飫[372]羊，非大壺巨盞，不足以消其渴。

江南飲茶，亦用紅綠。龍井之芽[373]，雨前之秀[374]，匪適飲用。即陸羽《茶經》[375]，亦不合我輩品法。

安溪[376]之茶曰鐵觀音，亦稱上品，然性較寒冷，不可常飲。若合武夷茶泡之，可提其味。

烏龍為北臺名產，味極清芬，色又濃郁，巨壺大盞，和以白糖，可以袪[377]暑，可以消積，而不可以入品。

孟臣姓惠氏，江蘇宜興人。《陽羨名陶錄》[378]雖載其名，而在作者三十人之外。然臺尚孟臣，至今一具尚值二、三十金。

壺之佳者，供春[379]第一。周靜瀾[380]《臺陽百詠》云：「寒榕垂蔭日初晴，自瀉供春蟹眼[381]生，疑是閉門風雨候，竹梢露重瓦溝鳴。」自

---

[371] 薰之以花：指用花香薰染。

[372] 飫：音「玉」，飽食。

[373] 龍井之芽：指龍井茶泡飲時，但見芽芽直立，湯色清冽，幽香四溢。

[374] 雨前之秀：即穀雨前，4月5日至20日左右，採細嫩芽尖製成的茶葉，稱雨前茶。

[375] 陸羽《茶經》：陸羽（733-804），字鴻漸，一名疾，字季疵，號竟陵子、桑苧翁、東岡子，又號茶山御史，唐復州竟陵（今湖北天門市）人。《新唐書·陸羽傳》記：「羽嗜茶，著經三篇，言茶之原、之法、之具尤備，天下益知飲茶矣。」

[376] 安溪：福建安溪縣產鐵觀音，屬青茶類，泡於杯中「綠葉紅鑲邊」，是烏龍茶之上品，素有茶王之稱。

[377] 袪：音「區」，同「祛」，驅逐。

[378] 《陽羨名陶錄》：此係較完整之紫砂壺專著。作者吳騫，字槎客，號兔床，別號齊雲采藥翁，浙江海寧人。

註：臺灣郡人茗皆自煮，必先以手嗅其香。最重供春小壺。供春者，吳頤山[382]婢名，善製宜興茶壺者也。或作龔春，誤。一具用之數十年，則值金一笏[383]。

《陽羨名陶錄》曰：供春，學憲[384]吳頤山家童也。頤山讀書金沙寺中，春給使[385]之暇，倣老僧心匠[386]，亦陶土搏坯，指紋隱起可按。今傳世者栗色闇闇[387]，如古金鐵，敦龐周正[388]，允稱神明垂則[389]矣。

又曰：頤山名仕，字克學，正德甲戌進士，以提學副使擢四川參政。供春實家僮。是書如[390]海寧吳騫[391]編。騫字槎客。所載名陶三十三人，以供春為首。

供春之後，以董翰、趙良、袁錫、時鵬[392]為最，世號四家，俱萬曆間人。鵬子大彬[393]號少山，尤為製壺名手，謂之時壺[394]。陳迦陵[395]詩

---

[379] 供春：明代正德、嘉靖年間，江蘇宜興制砂壺藝人供春所作的壺，人稱供春壺。

[380] 周靜瀾（生卒年不詳）：即周澍，約康熙至乾隆間旅臺，西渡後將其一百首詠臺灣之詩，輯為《臺陽百詠》。

[381] 蟹眼：比喻水初沸時泛起的小氣泡。

[382] 吳頤山（生卒年不詳）：名仕，字克學，號拳石，明弘治至正德年間江蘇宜興人，正德九年（1514）進士，以提學副使擢四川參政。據傳頤山未中進士前，讀書宜興金沙寺中，書僮「供春」在給使餘暇，仿寺僧製壺手法，遂成紫砂茶壺，人稱「供春壺」。

[383] 值金一笏：古稱銀五十兩為一笏，相當於一錠。

[384] 學憲：即學政，掌管教育行政及各省生員的考課升降等事務。

[385] 給使：服事；供人役使。

[386] 心匠：謂精心設計。

[387] 闇闇：音「安」，陰暗、不光亮，在此指暗土色。

[388] 敦龐周正：敦龐，即豐厚富足；周正，即端正大方。

[389] 垂則：垂，遺留；則，楷則、示範。

[390] 如：應該、應當是。

[391] 吳騫（1733-1813）：字槎客、葵里，號兔床，海寧新昌人，貢生。篤嗜典籍，家有「拜經樓」，藏書五萬卷，撰有《拜經樓詩集》、《續集》。

[392] 按：自萬曆至明末為紫砂壺發展之高峰，繼「壺家三大」後有「四名家」，即董翰、趙梁、袁暢、時鵬。董翰以文巧著稱，其餘三人則以古拙見長。

曰：「宜興作者稱供春，同時高手時大彬。碧山銀槎濮謙竹[396]，世閒一藝皆通神。」

大彬之下有李仲芳、徐友泉、歐正春、邵文金、蔣時英、陳用卿、陳信卿、閔魯生、陳光甫，皆雅流也。然今日臺灣欲求孟臣之製，已不易得，何誇[397]大彬。

臺灣今日所用，有秋圃、萼圃[398]之壺，製作亦雅，有識無銘。又有潘壺[399]，色赭而潤，係合鐵沙為之，質堅耐熱，其價不遜孟臣。

壺經久用，滌拭日加，自發幽光，入手可鑑。若膩滓爛斑，油光的爍[400]，最為賤相。是猶西子而蒙不潔，寧不大損其美耶？

若深，清初人，居江西某寺，善製瓷器。其色白而潔，質輕而堅，持之不熱，香留甌[401]底，是其所長。然景德白瓷，亦可適用。

杯忌染彩，又厭油膩。染彩則茶色不鮮，油膩則茶味盡失，故必用白瓷。瀹時先以熱湯洗之，一瀹一洗，絕無纖穢，方得其趣。

---

393 大彬：時大彬（1573-1648），字少山，明崇禎時宜興制壺名家。時大彬所作陶壺，壺小，以柄上拇指痕為識。

394 時壺：明代宜興制陶壺名家時大彬所制，故名。

395 陳迦陵（1625-1682）：陳維崧，字其年，號迦陵，江蘇宜興人。明末清初詞壇第一人，「陽羨詞派」領袖。

396 碧山銀槎濮謙竹：碧山銀槎，指朱碧山銀槎杯。朱碧山是元代銀器製造名家。濮謙竹，指濮仲謙竹刻松樹小壺。濮仲謙是金陵派竹刻的創始人。

397 何誇：誇，大言。何誇，更別誇口說（有大彬壺）。

398 萼圃：清代陶藝家，有《折腰孟臣壺》傳世。

399 潘壺：據《陽羨砂壺圖考》載，潘仕成，字德畬，清廣東番禺人。由於潘氏家傳素嗜飲茶，便在宜興訂制專屬砂壺，一則自用，一則往還饋贈。潘氏訂制的砂壺形制固定，且慣於將印款落於蓋沿之上，壺底及他處反而不落款，所用印款均為陽文篆字「潘」印。由於潘氏聲名遠播，世人乃將此一形制稱為「潘壺」。

400 的爍：光亮、鮮明貌。

401 甌：喝酒、飲茶的碗杯。

　　品茶之時，既得佳茗，新泉活火，旋瀹旋啜，以盡色聲香味之蘊，故壺宜小不宜大，杯宜淺不宜深，茗則新陳合用，茶葉既開，便則滌去，不可過宿。

　　過宿之壺，中有雜氣，或生黴味，先以沸湯溉之，旋入冷水，隨則瀉出，便復其初。

　　煮茗之水，山泉最佳，臺灣到處俱有。聞淡水之泉，世界第三。一在德國，一在瑞士，而一在此。余曾與林薇閣[402]、洪逸雅品茗其地。泉出石中，毫無微垢，寒暑均度，裨益養生，較之中泠江水[403]，尤勝之也。

　　掃葉烹茶，詩中雅趣。若果以此瀹茗，啜之欲嘔，蓋煮茗最忌煙，故必用炭。而臺以相思炭[404]為佳，炎而不爆，熱而耐久。如以電火、煤氣煮之，雖較易熟，終失泉味。

　　東坡詩曰：「蟹眼已過魚眼[405]生，颼颼欲作松風鳴」[406]；此真能得煮泉之法。故欲學品茗，先學煮泉。

　　一杯為品，二杯為飲，三杯止渴。若玉川之七椀風生[407]，直莽夫爾。

---

[402] 林薇閣（1888-1946）：林熊徵，字薇閣，板橋人。明治四十二年（1909）成立林本源製糖株式會社，任副社長、社長，歷任臺北廳參事、大稻埕區長、臺北州協議會會員、臺灣總督府評議會員。昭和十年（1935）起長住日本，日本戰敗後返臺，擔任台灣省商會聯合會理事長、華南銀行董事。民國三十五年（1946）3 月，涉入謀議台灣獨立案，遭國民政府拘捕審問，獲釋，11 月過世。

[403] 中泠江水：泉名。在今江蘇鎮江市西北金山下的長江中。相傳其水烹茶最佳，有「天下第一泉」之稱。今江岸沙漲，泉已沒沙中。

[404] 相思炭：由相思樹燒成的炭，稱之相思炭。因相思樹細致密實，燒成的炭品質良好硬度高且耐燒。故連橫盛稱之。

[405] 按：原文作「魚眠」，應作「魚眼」，指水燒開時冒出狀如魚眼大小的氣泡。

[406] 見東坡〈試院煎茶〉詩：「蟹眼已過魚眼生，颼颼欲作松風鳴。蒙茸出磨細珠落，眩轉繞甌飛雪輕。銀瓶瀉湯誇二，未識古人煎水意。君不見，昔時李生好客手自煎，貴從活火發新泉。」

余性嗜茶而遠酒，以茶可養神而酒能亂性。飯後睡餘，非此不怡，大有上奏天帝庭，摘去酒星換茶星之概。

瓶花欲放，爐篆[408]未消，臥聽瓶笙[409]，悠然幽遠。自非雅人，誰能領此？

詩意

臺灣迎賽，輒裝臺閣[410]，謂之詩意[411]。而所裝者，多取小說；牛鬼蛇神，見之可哂[412]，夫臺閣既曰詩意，則當採詩之意，附畫之情，表美之術，以成其高尚麗都之致，使觀者徘徊而不忍去，而後足以盡其能事。

唐人絕句之可為詩意者，如沉香亭北[413]，如銅雀春深[414]，生香活色[415]，綺膩風流[416]；而豆蔻梢頭、珠簾盡捲[417]，尤足以現其盈盈嫋嫋[418]之態也。

---

407 玉川之七碗風生：玉川，指盧仝（795-835），號玉川子，唐河南濟源人。愛茶成癖，著有〈七碗茶歌〉（即〈走筆謝孟諫議寄新茶〉），流傳頗廣。

408 爐篆：指爐中的煙縷，因其繚繞如篆書，故稱。

409 瓶笙：古時以瓶煎茶，微沸時發音如吹笙，故稱。

410 臺閣：又稱「抬閣」，迎神賽會時，男女扮裝成傳說、故事取材的人物，乘坐於以人力抬行的精美轎閣的遊街活動。

411 詩意：臺灣迎神賽會時的臺閣稱為「詩意」，因其「採詩之意，附畫之情，表美之術。以成其高尚麗都之致」。所以民間逕稱為「詩意閣」或「藝閣」。

412 哂：音「審」，笑也。

413 沉香亭北：語出李白〈清平調〉：「解釋春風無限恨，沉香亭北倚闌杆。」

414 銅雀春深：語出杜牧〈赤壁〉：「東風不與周郎便，銅雀春深鎖二喬。」

415 生香活色：語出唐‧薛能〈杏花〉：「活色生香第一流，手中移得近青樓。」

416 綺膩風流：疑為杜牧〈感懷〉：「至于貞元末，風流恣綺靡。」

417 豆蔻梢頭、珠簾盡捲：語出杜牧〈贈別〉：「娉娉嫋嫋十三餘，豆蔻梢頭二月初。春風十里揚州路，卷上珠簾總不知。」

418 盈盈嫋嫋：輕盈柔弱態。

前年稻江迎賽，江山樓主人囑裝一閣，為取小杜〈秦淮夜泊〉[419]之詩。閣上以綢造一遠山，山下為江，一舟泊於柳下。舟中一人，紗帽藍衫，狀極瀟灑，即樊川[420]也。其後立一奚奴[421]，以手持槳。樓中有一麗人，自抱琵琶，且彈且唱。遠山之畔，以電燈飾月，光照水上，夜色宛然[422]。而最巧者則樓額亦書「江山樓」三字，一見而知為酒家。是於詩意之中，又寓廣告之意，方不虛耗金錢。

先是余居臺南，見迎天后，裝閣極多，毫無意匠[423]，乃向當事者言之。翌年，綢緞商錦榮發主人石秀峰請余代庖[424]，為裝天孫[425]織錦，以示綢緞商之意；博座船頭，又置支機石[426]一方，以表主人之姓。而山水樓臺花木悉以綢緞造之。復以探照燈為月，月旁七星，則以七色電燈為之，光輝閃爍，狀極美麗。計費三百餘金，觀者十數萬人，莫不嘖嘖稱贊，而錦榮發之廣告遍遐邇矣。

時藥材行合源棧亦請余計畫。為裝韓康賣藥[427]，而閣中之物悉以藥材為之。如以肉桂為亭柱，紅參為闌干，通草為花，茯苓為石，極其天然，狀至幽雅。

自是以來，臺南每迎天后，各商家則請余裝閣，余亦興高采烈，細為指點，又各就其生意而搜故事。如香舖之紅袖焚香[428]，茶舖之樵

---

[419] 按：杜牧〈秦淮夜泊〉：「煙籠寒水月籠沙，夜泊秦淮近酒家。商女不知亡國恨，隔江猶唱後庭花。」

[420] 樊川：即杜牧（803-852），字牧之，號樊川。

[421] 奚奴：奴僕之謂。按：《周禮・天官・序官》：「奚三百人」，漢・鄭玄注：「古者從坐男女沒入縣官為奴，其少才知以為奚，今之侍史官婢。或曰：奚，宦女。」後因稱奴僕為「奚奴」。

[422] 宛然：真切貌，清晰貌。

[423] 意匠：指構思佈局。

[424] 代庖：喻代人行事。

[425] 天孫：即織女。《史記・天官書》：「婺女，其北織女。織女，天女孫也。」

[426] 支機石：傳說為織女用以支撐織布機的石頭。

[427] 韓康賣藥：東漢韓康借賣藥隱名，卻因價格不二，反為人知，遂隱居霸陵山中，參《後漢書・卷八十三・逸民傳・韓康傳》。後比喻醫者隱居。

青煮茶[429]，銀店之唐宮鑄鳳[430]，餅店之紅綾賜宴[431]，莫不發揮本色。當事者復設審查員以品評之，懸其等第，錫以金牌，而臺南詩意之嶄新，遂冠全土，各地從而效之。

臺北之迎城隍，其盛且勝臺南，而所裝詩意，猶不脫舊套。余既寓稻江，思為改良，當事者亦樂從余意。如水果行老泰勝請余籌畫，為裝潘安擲果[432]，既獲優等；翌年又裝一騎紅塵[433]，而閣底安置機關，貢使之馬且能環走，觀者稱奇，品評復居第一。

---

[428] 紅袖焚香：清‧魏子安《花月痕》第三十一回：「從此綠鬢視草，紅袖添香，眷屬疑仙，文章華國。」紅袖，借指年輕貌美的女子；舊指書生學習時有年輕貌美的女子陪讀。

[429] 樵青煮茶：顏真卿〈浪跡先生玄真子張志和碑名〉：「肅宗嘗賜奴婢各一，元真配為夫婦，名夫曰：『漁僮』，妻曰：『樵青』。人問其故，曰：『漁僮使捧釣收綸，蘆中鼓枻；樵青使蘇蘭薪桂，竹裏煎茶。』」後因以樵青指女婢。

[430] 銀店之唐宮鑄鳳：似指銀飾店用唐明皇鑄造龍鳳金釵的典故。按：唐‧白居易〈長恨歌〉有「唯將舊物表深情，鈿合金釵寄將去。釵留一股合一扇，釵擘黃金合分鈿」等語，清‧洪昇《長生殿》復衍「定情、賜盒」橋段，中有「這金釵鈿盒百寶翠花攢，我緊護懷中，珍重奇擎有萬般」、「唯願取情似堅金，釵不單分盒永完」等語，此間飾物似與銀飾店相應。

[431] 紅綾賜宴：《韻府群玉》卷十二「紅綾餅」條：「唐有文喜宴，僖宗賜進士各紅綾餅一枚。徐寅詩曰『莫欺老缺殘牙齒，曾喫紅綾餅餤來。』」文喜宴，又作「聞喜宴」，唐、宋時朝廷宴請新科進士及諸科及第者的宴席，後泛指在禮部宴請新科進士的宴會。

[432] 潘安擲果：晉‧潘岳（247-300），字安仁，貌至美，少時出遊，婦女咸擲果與之，於是滿載而歸。見《晉書‧潘岳傳》。後以「擲果潘安」喻美男子。

[433] 一騎紅塵：杜牧〈華清宮〉：「長安迴首繡成堆，山頂千門次第開；一騎紅塵妃子笑，無人知是荔枝來。」相傳唐朝楊貴妃愛吃荔枝，在荔枝成熟季節，選上等者採收，派人由廣東騎馬快遞運送，一站接一站，似接力賽，運至長安。

　　昨年春，東宮殿下臨臺[434]，稻江人士欲表奉迎之誠，議裝詩意，林薇閣先生囑余為之，且言須用臺灣故事，以表純美之風。余乃擬之如左：

賢王課耕（《鳳山縣志》）——米穀商和豐號：明寧靖王朱術桂入臺之後，墾田竹滬[435]，親課佃人耕稼，歲入頗豐，有餘則賜諸佃。

淑妃教織（**《臺灣府志》**[436]）——綢緞商裕源號：延平郡王妃董氏，勤儉恭謹，日率姬妾婢婦勤織，並製甲冑諸物，以佐軍用。

俠客射鹿（釋華佑遊記[437]）——屠戶金萬成：天啟間，普陀山僧釋華佑與友蕭克來臺，躬歷番社。克，俠客也，腰弓佩劍，射鹿以食，期年乃出諸羅。

仙人泛舟（《彰化縣志》）——貿易商泰豐號：秀孤巒中多菊花，能結實。海上一嶼，皆仙居。歲遣一童子，駕獨木舟，沿溪行，入山採之。

東寧貢瓜（《臺灣縣誌》）——水果商組合：臺灣氣候溫暖，西瓜冬熟。每歲有司採貢，運至天津，以供宮中元日[438]之用。瓜田在府治小東門外。

文山採茶（《臺灣通史》）——茶商公會：臺北產茶，近約百年，以烏龍茶為最美，色濃而味芬，配出海外，歲值數百萬金；而文山堡[439]之茶尤佳。

434　東宮殿下臨臺：大正十二年（1923）皇太子裕仁來臺巡啟。
435　竹滬：今高雄市路竹區竹滬里一帶。
436　《臺灣府志》：官方編纂的臺灣地方志，記載的範疇為 1685-1764 年，至今計有 7 個版本，其中第 3 版宋永清《增修臺灣府志》並未刊行。
437　按：為釋華佑《臺灣遊記》。
438　元日：農曆正月初一。

遺老鋤藥（《臺灣通史》）——藥材商乾元號：明太僕寺卿沈光文隱居**羅漢門**[440]，教化番童，不足則濟以醫藥。光文著書甚多，臺灣文獻推為初祖。

逸士種梅（《臺灣府誌》）——李春生[441]家：龍溪舉人李茂春，永曆間居臺，築夢蝶園，種梅數百株，悠然物外，日誦佛經，人稱李菩薩。

通事成仁（《雲林採訪冊》）——林本源家：乾隆間，阿里山通事[442]吳鳳以番好殺人，止之不聽，乃以身被殺；番大驚且悔，尊之為神，遂不復殺人。

節婦訓子（《臺灣縣志》）——辜顯榮[443]：辜湯純之妻林氏，縣治人，夫死無出，撫其妾二子，教之成人。事姑孝。及卒，邑人建廟以祀。

余既定題目，復選其人物，考其衣服，布其景色，以成一種藝術，而奉迎詩意，遂為空前所未有。

---

[439] 文山堡：新北市文山地區山型如拳，遂於道光年間定名為拳山堡；後因名稱不雅，日治時期取「文山秀氣」之意改稱為文山堡。

[440] 羅漢門：今高雄市內門區，舊稱羅漢門或羅漢內門，與羅漢外門（今屬旗山區）皆是府城的衛星都市。

[441] 李春生（1838-1924）：福建廈門人，幼年於廈門長老會受洗，同治七年（1868）年移居臺北經商，以通英、日文，藉由茶葉生產與經銷致富，積極參與地方建設；關心國際局勢，曾發表多篇關於變法、西化之文章於香港之報刊。篤信基督教，因而推崇西化／接納基督教而富強的日本，明治二十九年（1896）臺灣總督樺山資紀返國時曾邀同往觀光，李遂帶 6 位青年前往，包含其孫李延禧。於觀光期間即斷髮、易西服，回台後撰〈東遊六十四日隨筆〉，載於《台灣新報》。大正十二年（1923）日本皇太子遊台灣時，授予從六位，勳五等。又，其孫女汪李如月（1890-1980）適牧師汪宗埕，長期於淡水教會從事傳教工作；如月亦通漢詩，著有《團卿詩集》。

[442] 通事：為清代臺灣原住民與官府之間傳譯、溝通、催辦公務的中間人。

[443] 辜顯榮（1866-1937）：字耀星，彰化鹿港人，以甲午戰爭後代表艋舺士紳迎接日本軍進入臺北城而聞名，日方賜予敘勳六等、授單光旭日章。臺灣名人辜振甫、辜寬敏之父。

　　凡裝詩意，不能不取材閨閣，柔情密意，悱惻芬芳，觀者神為之移。若從前之所謂《小上墳》[444]、《陰陽河》[445]，則識者唾矣。

　　詩意之中，最須用意者，莫如樓臺花木。何也？樓臺以指其地，花木以明其時，斷不可隨便佈置。若遠近內外，則在裝者之點染爾。

桃太郎之粉本[446]

　　日本故說有桃太郎，三尺童子莫不知之；而考其出處，則與王梵志[447]相似。《太平廣記》[448]卷八十二云：「王梵志[449]，衛州黎陽人也。黎陽城東十五里有王德祖，當隋文帝時，家有林檎[450]樹，生癭[451]大如斗，經三年朽爛。德祖見之，乃剖其皮，遂見一孩兒抱胎而出。德祖收養之。至七歲，能語曰：『誰人育我？復何姓名？』德祖具以實語之，因名曰『林木梵天』，後改曰『梵志』。曰：『王家育我，可姓王也。』梵志乃作詩示人，甚有義言。」《桂苑叢談》[452]亦載此事，更以《歷代

---

[444]　《小上墳》：京劇劇名。

[445]　《陰陽河》：京劇劇名，又名《賞中秋》、《地府尋妻》、《西川奇聞》。

[446]　粉本：比喻底本、基礎等。畫家先以粉筆作底稿，後才正式著筆，此底稿稱「粉本」。

[447]　王梵志（？-約670）：原名梵天，唐初黎陽（今河南浚縣東南）人。其詩語言淺近，人稱詩僧。集已佚，敦煌殘卷存其部分詩篇。

[448]　《太平廣記》：宋代李昉等人編著的大型類書，凡五百卷。

[449]　按：有學者認為王梵志的故事受到佛教《佛說㮈女耆婆經》的影響，其中說有位梵志（佛教外的教徒）受國王餽贈㮈樹，而後樹上生瘤，長出樹冠、花朵，梵志好奇而上，發現有一女嬰孕育於其上的水池花下，便抱下來生養，取名㮈女。㮈女就是後來後來佛經中的醫王耆婆之母。

[450]　林檎：蘋果的一種。明·文震亨《長物志》卷十一「花紅」條：「西北稱㮈。家以為脯，即今之蘋婆果是也。生者較勝，不特味美，亦有清香。吳中稱花紅，即名林檎，又名來禽，似㮈而小，花亦可愛。」按：日語「林檎」即指蘋果。

[451]　癭：音「影」，樹木上突起的贅瘤。

[452]　《桂苑叢談》：舊題馮翊子子休著。

法寶記》[453]證之，則梵志生於隋文帝之時，而死於唐高宗之代。詩多率白[454]，如云：「城外土饅頭，餡草在城裡[455]，一人喫一箇，莫嫌沒滋味。」是隋、唐間有此神話，詩又流傳民間，以為異人。日本當隋、唐之際，聘問往來，沾濡文化，制度典章，諸多倣效，遂造出桃太郎之事，且加潤色，而有役獸、討鬼之怪[456]也。

---

[453] 《歷代法寶記》：係一部禪宗法統的傳承史，為禪宗諸派中的保唐宗（創始人為益州保唐寺無住禪師）所傳。

[454] 率白：俚白直樸。

[455] 按：「城外」隱喻陰界，「土饅頭」隱喻死亡。「城裏」隱喻生界，「餡草」隱喻肉身。

[456] 怪：怪譚。

【哀祭】

告延平郡王文

　　中華光復之年壬子（大正元年，1912）春二月十二日，臺灣遺民連橫誠惶誠恐，頓首載拜，敢昭告於延平郡王之神曰：於戲！滿人猾夏，禹域淪亡，落日荒濤，哭望天末，而王獨保正朔於東都，以與滿人拮抗，傳二十有二年而始滅。滅之後二百二十有八年，而我中華民族乃逐滿人而建民國。此雖革命諸士斷脰[1]流血，前踣後繼，克以告成，而我王在天之靈，潛輔默相，故能振天聲於大漢也！夫春秋之義[2]，九世猶仇；楚國之殘，三戶可復。[3]今者，虜酋[4]去位，南北共和，天命維新，發皇蹈厲[5]，維王有靈，其左右之！

臺南鄭氏家廟安座[6]告文（代作）

　　維年月日，族孫某等敢昭告於開臺烈祖大明招討大將軍延平郡王賜國姓之神曰：洪維烈祖，肇造[7]東都，保持明朔，精忠大義，**震曜坤輿**[8]，而天不祚[9]漢，星隕前原[10]，地可避秦，水遮重澥[11]。嗣主經恭承

---

[1] 脰：脖子。脰，音「豆」。
[2] 春秋之義：旨在明辨是非、邪正、善惡、褒貶。
[3] 典出《史記・項羽本紀》：「夫秦滅六國，楚最無罪。自懷王入秦不反，楚人憐之至今，故楚南公曰：『楚雖三戶，亡秦必楚』也。」
[4] 虜酋：對滿清皇帝的蔑稱。
[5] 發皇蹈厲：形容意氣風發，精神振奮貌。
[6] 安座：即安置佛像。
[7] 肇造：始建。
[8] 坤輿：地的代稱。按：震曜坤輿，意謂光耀大地。
[9] 不祚：不賜福。祚，音「座」，福也。
[10] 按：指五丈原，在今陝西省寶雞市岐山縣縣城南約 20 公里處，南靠秦嶺，北臨渭水，東西皆有深溝重壑。三國時期，諸葛亮屯兵五丈原與司馬懿對

大命[12]，寅紹丕基[13]，乃建家祠，聿[14]興祭禮。以唐始祖鳳翔節度使晉大司空平章事臺文公、宋始祖大司成[15]閩中公合祀。揚祖續於千秋，貽孫謨[16]於百世，閱今二百七十年矣。

乙未之後，庶事未寧，俎豆[17]缺修，榱桷漸圮[18]。族孫等追思先德，三圭[19]世錫，尚留周代之崇封，一柱天擎，似聳**靈光之寶殿**[20]。神靈永妥，子姓咸休，飲水知源，**聞風起懦**[21]。於戲！移孝作忠[22]，拓版圖於鹿耳、鯤身之畔；經文緯武[23]，垂勳伐[24]於麟臺[25]、鳳閣[26]之間。蘭椒[27]既奠，黍稷維馨。敢告明神，來格來享[28]。

　陣，後因積勞成疾病死此，壯志未酬身先死，故連橫曰：「天不祚漢，星隕前原」。

11　澥：靠陸地的海灣。

12　大命：天命。

13　寅紹丕基：寅紹，敬承。丕基，偉大之基業。

14　聿：發語詞。

15　大司成：司成館的首長，亦即國子監祭酒之銜。唐高宗龍朔二年（662）改國子監為司成館，以統轄中央學校，惟高宗咸亨元年（670）又復名為國子監。

16　謨：宏謨、宏謀。

17　俎豆：俎和豆，皆為古代祭祀時盛食物之禮器。引申為祭祀、奉祀。

18　榱桷漸圮：謂椽子、柱子咸毀。榱，音「崔」。

19　三圭：三種玉圭，借指公、侯、伯。後亦指高官重臣。

20　聳靈光之寶殿：指魯靈光殿。按：漢・王延壽〈魯靈光殿賦〉：「魯靈光殿者，蓋景帝程姬之子恭王餘之所立也。初，恭王始都下國，好治宮室，遂因魯僖基兆而營焉。遭漢中微，盜賊奔突，自西京未央建章之殿，皆見隳壞，而靈光巋然獨存。意者豈非神明依憑支持以保漢室者也。」連橫即據此意，意謂明鄭於臺，猶如漢室獨存之魯靈光殿。

21　聞風起懦：懦：怯懦；聽聞鄭成功的功績和志業，能使怯懦的人起而變得勇敢。按：《孟子・萬章下》：「聞伯夷之風者，頑夫廉，懦夫有立志。」連橫該語本此。

22　移孝作忠：轉移孝順父母的心，來對國家盡忠。語本《孝經・廣揚名》：「君子之事親孝，故忠可移於君。」

23　經文緯武：以文德與武功來治理國家。

24　伐：通叚「閥」，功勳、功績。

祭閒散石虎文

　　維[29]丁巳（大正六年，1917）春正月乙巳，臺南連橫謹以芬芳之茗、黃菊之英[30]，祭於閒散石虎之靈曰：烏乎！天地冥冥，人生攖攖[31]，勞神損性，鑠慮銷形[32]，而君乃以閒散名。君之生也，其為有明[33]；君之死也，其為有清[34]；而君之身世乃飄零。君之主也，其為延平；君之友也，其為正青；而君之行誼[35]略可衡[36]。君不為疆場之將帥，不為廊廟[37]之公卿，翛然塵外[38]，放浪形骸，而為草野之書生。則君胡不左挾琴、右擊筑，以歌以哭於燕京[39]？否則掛一瓢、攜一杖，西登太華[40]，南下洞庭，北絕[41]居庸，東舍蓬瀛[42]，亦可匿跡而逃名？而君乃忍棄故國之躬耕，投荒海上，身世伶仃，以嘯傲於東都之野、赤崁之城，則

25　麟臺：麒麟閣的別稱。甘露三年（B.C.51）漢宣帝因匈奴歸降，乃令人畫十一名功臣圖像懸於麒麟閣，以示紀念和表揚。

26　鳳閣：武則天時將中書省改為鳳閣，門下省改為鸞台，二者皆為政務中樞。

27　蘭椒：蘭與椒，皆芳香之物，故以並稱。

28　來格來享：來，來臨、到來。格，至。來享，亦作「來饗」。謂鬼神前來接受祭祀，歆享供品。

29　維：發語詞，無義。

30　英：花。

31　攖攖：混亂。

32　鑠慮銷形：思慮過度而傷身。

33　有明：指明朝。有，詞頭。

34　有清：指清朝。

35　行誼：品行，道義。

36　衡：在此作推測、忖度之意。

37　廊廟：指朝廷。

38　翛然塵外：出自《莊子・大宗師篇》：「翛然而往，翛然而來而已矣。」《六研齋筆記》：「松關竹屋，翛然如在塵外。」指來去自如，無所拘束的樣子。翛，音「蕭」。

39　燕京：即北京。按：此處用荊軻刺秦前，高漸離擊筑（古代的一種擊弦樂器，頸細肩圓，中空，十三弦）送別之典。

40　太華：即西嶽華山，在陝西省華陰縣南，因其西有少華山，故稱太華。

41　絕：絕跡。

42　蓬瀛：蓬萊和瀛洲，神山名，泛指仙境。

君必有萬不得已之苦情。當是時,中原板蕩,遍地膻腥[43],民彝既盡,大道莫行,媚骨[44]者反顏[45]事敵,抗志[46]者繫縲[47]僇刑[48],天昏地晦,百鬼猙獰,風悲雨泣,黎庶[49]吞聲。與其為亡國之賤隸,何如依海上之田橫;與其化蕙荃為蕭艾[50],何如采芳洲之杜蘅[51]?而君乃汙泥不滓[52],抱璞守貞[53]矣。烏乎!夢蝶之園未廢,半月之水[54]猶澄,曇花吐紫,蕉葉抽青[55],左迴右抱,鬱鬱[56]佳城,則此地也,亦足以妥[57]君之精靈。乃為招曰:靈之來兮山之坰[58],靈之去兮帝之庭,歸兮歸兮汝無形[59]。

林癡仙哀辭

　　維大正乙卯(四年,1915)十月七日,臺中詩人林癡仙卒。訃至,其友連橫哭之曰:嗚呼!癡仙竟死矣!吾固知君之必死,而不虞[60]其速也。吾又不虞瑞軒一別,於今四年,而不獲再見也!當吾僑中[61]時,

---

[43] 膻腥:音「山星」,指時局濁穢。
[44] 媚骨:本性阿諛諂媚。
[45] 反顏:變節。
[46] 抗志:崇高的志節。
[47] 繫縲:捆綁犯人的繩索。借指拘囚、捆綁。縲,音「雷」。
[48] 僇刑:指剝奪犯罪人生命又加以侮辱的刑罰。僇,音「路」,受辱。
[49] 黎庶:眾民、民眾。
[50] 化蕙荃為蕭艾:指事物由好變壞。蕙荃,香草。蕭艾,雜草、臭草。
[51] 杜蘅:長在水邊的香草。
[52] 滓:音「子」,污濁。
[53] 抱璞守貞:懷抱忠心貞守節操。
[54] 半月之水:指「南湖」,在法華寺內,臺灣知府蔣允焄建,形為半月,又稱半月池。今淤。
[55] 抽青:發芽變綠。
[56] 鬱鬱:草木茂盛清翠。
[57] 妥:安置。
[58] 坰:音「ㄐㄩㄥ」,郊野、郊外。
[59] 無形:無形無體,回歸天道。
[60] 不虞:意料不到。
[61] 僑中:寄居臺中。

君輒過從，文酒之讌[62]，旬日必會。及吾將遠游，君又來祖道[63]，訂後期。吾以為數月歸爾，而飄搖萬里，時以尺素詢起居。聞君酒興較前豪[64]也，吾深以為念。然塵世穢濁，側身[65]無地，青山白雲，人一醉而死，吾以為有託而逃，而不虞君之以此而損其生[66]也！客冬[67]吾歸自大陸，匆匆南下，未得途次臺中，與君把晤[68]。然相距甚邈，吾又以為相見之日久，而今竟無期矣！痛哉！嗚呼！君病吾不能一存問[69]，沒[70]不能視含殮[71]，北望愁雲，撫膺[72]涕泣。吾其何以對君耶！然君入地之時，吾雖少暇，亦當親臨窀穸，拊[73]棺一哭，以與君作永世之別也。

　　君生於簪纓之家，長於書禮之府，全臺詩界推為泰斗[74]。吾固知君雖死，而精神不死。何也？以君之詩足以永留天壤也。然君不以吾為不文，而篤愛之，且語吾曰：吾輩論交當為生死之友，次為道義之友，又次為文字之友，最下乃勢利爾。嗟乎！吾雖無似，幸得齒於[75]文字之列，吾當伸[76]紙吮毫[77]，刺述平生，以昭來許。然吾文雖佳，而君已死，復何從拍案稱奇哉？

62　讌：古同「宴」，宴飲。
63　祖道：古代為出行者祭祀路神，並飲宴送行。《史記‧滑稽列傳》：「故所以同官待詔者，等比祖道於都門外。」顏師古注：「祖者，送行之祭，因設宴飲焉。」
64　較前豪：比以前酒興更加豪邁，隱指其喝酒過量。
65　側身：廁身，置身。
66　生：性命。
67　客冬：去年冬天。
68　把晤：把，把手；握手；晤，會面。
69　存問：慰問。
70　沒：通「歿」，死亡。
71　含殮：將珠玉放入死者口中再將其下葬。後以此泛稱入殮。
72　撫膺：撫摩或捶拍胸口。表示惋惜、哀歎、悲憤等。
73　拊：音義同「撫」，撫摸。
74　泰斗：泰山北斗之省，比喻負有聲望、指學術高深卓絕的人。
75　齒於：並列於。
76　伸：鋪展。
77　吮毫：意謂磨好墨，把毛筆潤濕。毫，毛筆。

嗚呼！吾別臺中未四年爾，而旭東[78]死、頌臣死，吾之次女亦葬於大墩之麓，吾尚未往一哭。今君又相繼死。吾此後一至臺中，其何能已[79]於悲傷哉！臨風悽愴，不知所云。

賴悔之哀辭

維大正六年（1917）秋九月三十日，櫟社社長賴悔之先生疾終正寢[80]。越五日，將殯[81]於**吉阡**[82]，同社友連橫不能遠道執紼[83]，布奠[84]陳辭，乃為文以弔曰：烏乎！天道果有知耶？胡為乎顏子[85]不壽，盜蹠期頤[86]？天道果無知耶？胡為乎達人隨化[87]，烈士騎箕[88]？其生也有自，其死也有之，則生何足樂而死何足悲？然而橫不能自知也。夫以羊左[89]之友，莊惠[90]之師，文章相絜[91]，道義相維，意氣相與，患難相持，則當此生死之際，能不涕泣而漣漪哉？烏乎！悔之，以子之學，上窺軒羲[92]；以子之文，猛如熊羆[93]；以子之豪，斗酒不□；以子之醉，

---

[78] 旭東：即葫蘆墩黃旭東（炎盛），櫟社詩人。

[79] 已：止。

[80] 疾終正寢：病死於家中。正寢，居室的正屋。

[81] 殯：停柩待葬。

[82] 吉阡：風水好的墓地。

[83] 執紼：指送葬。

[84] 布奠：謂陳列祭品。

[85] 顏子：孔子弟子顏回。

[86] 期頤：年壽一百歲以上之人。

[87] 達人隨化：通達的人能夠順隨物化，視死如生。

[88] 騎箕：指大臣死亡。《莊子・大宗師》：「傅說得之以相武丁，奄有天下，乘東維，騎箕尾，而比於列星。」

[89] 羊左：羊角哀與左伯桃的合稱。相傳戰國時，羊角哀與左伯桃因聞楚王賢而相偕往見，途遇風雪，飢寒交加，左伯桃乃將自己的衣糧全數交與羊角哀，而後死於樹洞中。見《文選》劉孝標〈廣絕交論〉李善注。後遂以羊左之誼稱至交好友。

[90] 莊惠：莊周、惠施的並稱。

[91] 相絜：彼此切磋之謂。絜，音「協」審度、比較。

[92] 軒羲：軒轅、伏羲的並稱，傳說中的上古聖王，此指太平君王之世。

大放厥辭；橫固知子之有託而逃，而不忍為民之蚩蚩[94]也，而子竟長揖[95]而與世遺矣！

　　始橫居中之時，策名[96]社末，昔昔追隨，春花淪茗，秋雨哦詩，聯床夜話，達旦不疲。橫以為人生之樂無過於斯，而不圖[97]死喪之戚竟至於斯耶！烏乎！悔之，自橫去大陸，走天涯，歸故里，狎[98]群兒，六載之間，僅得兩見，見亦無幾時，而子已形神蕉萃，鬱鬱不怡矣。蓋自癡仙逝後，琴斷焚絲，重以高堂終養，陟岵興悲[99]；疾病中於中，而憂患罹於外，人非金石，孰能與之相厲相劘[100]哉？烏乎！悔之，生，寄也；死，歸也，子固知之。蒼蒼者其雲之垂耶，淒淒者其風之吹耶，峩峩[101]者其山之巍耶，淼淼[102]者其水之漸[103]耶，冥冥者其月之虧耶，斑斑者其花之萎耶，一往一復，一俞一咨[104]，生何足樂，死何足悲；則子固知之，橫又何疑？烏乎噫嘻！

---

[93]　熊羆：熊和羆，比喻勇士或軍隊。羆，音「皮」。

[94]　蚩蚩：喧擾紛亂貌。

[95]　長揖：拱手高舉，自上而下地向人行禮。

[96]　策名：策、冊通叚，列入。

[97]　不圖：不料。

[98]　狎：嬉戲。

[99]　陟岵：音「至戶」。《詩・魏風・陟岵》：「陟彼岵兮，瞻望父兮。」後因以「陟岵」為思念父親之典。借指父親謝世。

[100]　相厲相劘：指互相切磋。劘，音「磨」，礪、磨。

[101]　峩峩：同「峨峨」，山體高大陡峭。

[102]　淼淼：音「秒」，水勢浩大貌。

[103]　漸：盡。

[104]　一俞一咨：指諮詢、商討。俞，音「魚」。咨，音「資」。

陳太孺人誄

維大正四年（1915）秋八月十有七日，黃母陳太孺人卒於里第。嗚呼哀哉！鄉人士追維壼範[105]，欲表徽音[106]，命橫作**誄**[107]，以垂諸不朽。嗟乎！以橫不文，何足以光彤管？顧念[108]史書所載：母教是則[109]，若鄒之孟子[110]、漢之王陵[111]、晉之陶侃[112]、宋之歐陽修[113]，道德文章，卓越千古，而得於母教者大。以橫所聞，陳太孺人之德可以風[114]矣。

按狀，太孺人吾鄉碩士粲三先生之第四女，年二十來歸我殷洲[115]先生。克諧克順，恭淑愛人，上奉姑嫜[116]，旁協妯娌，一家莫不稱賢。當是時，中法搆兵[117]，北鄙[118]告警。先生知文事之不足以救亡也，棄而習武，恒往來南北。太孺人主持家政，克盡婦職，以無內顧憂。越

---

[105] 按：原文作「壺範」，當作「壼範」，「壼」通「閫」，內室，用以指婦人。壼範，即指有道德，可作模範女子。輓聯常用「壼範長存」，弔唁女性往生者。追維，追憶、回想。

[106] 徽音：猶德音。

[107] 誄：哀悼死者的文章。

[108] 顧念：轉念。顧，但也；念，念及、念頭。

[109] 則：楷模。

[110] 鄒之孟子：此指孟母斷機一事。

[111] 王陵（？-181B.C.）：漢初大臣。項羽取陵母，欲以招陵。有漢使來，陵母見之，謂曰：「願告吾兒，漢王長者，必得天下，子謹事之，無有二志，妾以死送使者。」遂伏劍而死。項王怒，烹陵母。後陵卒從漢王定天下，封為安國侯。事見《漢書·王陵傳》。

[112] 陶侃（259-334）：字士行（或作士衡），東晉人，任大司馬。《晉書·陶侃傳》：「侃早孤貧，為縣吏。鄱陽孝廉范逵嘗過侃，時倉卒無以待賓，其母乃截髮得雙髲，以易酒肴，樂飲極歡，雖僕從亦過所望。」

[113] 宋之歐陽修：此指歐母畫荻教子一事。

[114] 風：指風範。

[115] 殷洲：黃欣之父。黃江，字殷洲，於台南經營糖業，號曰錦祥記。

[116] 姑嫜：丈夫的母親與父親。

[117] 搆兵：同「構兵」，交戰。指中法越南戰爭，波及臺灣。

[118] 北鄙：北方邊境地區，在此意謂臺灣北邊的基隆。

二十有一年，先生捐館[119]，而諸子幼，慮不足以承先業，且夕授經，孜孜[120]以立身揚名為訓。今令子**茂笙**[121]學成而歸，英才勃發，饒有奇氣。而次子谿荃[122]亦已授室，熙熙[123]膝下，含飴弄孫。方足以慰老景，而天不假年[124]。嗚呼痛哉！横等與令子游，交莫逆，篤知其出於母教。乃託素旗[125]，以彰聖善[126]，而為誄曰：

> 有媯[127]之後，其澤孔長。篤生[128]淑女，曰嬪[129]於黃。樂只[130]君子，室家之祥。琴瑟在御[131]，曲奏於房。懷文抱質，比美孟姜[132]。如何不弔[133]，明鏡霾光。風淒蕙帳[134]，雲掩芝梁[135]。嗚呼哀哉！

---

[119] 捐館：拋棄館舍。死亡的婉辭。

[120] 孜孜：音「資」，勤勉，不懈怠。

[121] 茂笙：黃欣（1885-1947），字茂笙，後改南鳴，號固園主人、四梅主人、西圃、萬年布衣，原籍福建晉江，世居臺南府城。日本明治大學法律學士。大正十年（1921）被推選為總督府評議委員，十二年（1923）裕仁皇太子行啟台灣，單獨被召見與皇太子共餐。昭和二年（1927）創共勵會，後改共勵義塾，為失學民眾夜間授課，免費供讀，兼收失學之華僑子弟，另組共勵會演劇部，巡迴公演話劇，以啟迪民智為尚。十年（1935）任南社社長，執臺南騷壇牛耳。黃欣除了寫作漢詩之外，也嘗試創作新劇，曾寫過劇本《破滅的危機》。此外，黃欣也縱橫商場，經營過信用組合、建築組合或金融機構，亦曾投資農業、漁業、生藥、製粉及劇場等事業。

[122] 谿荃：黃溪泉（1891-1960），字谿荃，黃欣之弟。臺南第一公學校畢業、日本某中學肄業。

[123] 熙熙：溫和歡樂貌。

[124] 天不假年：假，給予。謂上天不給以壽命。

[125] 素旗：指古代靈柩前的白色旗幡。上寫死者姓名、官銜等。

[126] 聖善：聰明賢良。專用以稱頌母德。

[127] 有媯：舜的後裔。媯，音「規」。按：史傳陳姓最早出自媯姓，是舜帝的後裔。

[128] 篤生：謂生而得天獨厚。《詩·大雅·大明》：「篤生武王，保右命爾。」鄭玄箋：「天降氣於大姒，厚生聖子武王。」

[129] 嬪：音「貧」，出嫁、為人婦。《書經·堯典》：「降二女於媯汭，嬪於虞。」

[130] 樂只：和美、快樂。只，語助詞。

[131] 琴瑟在御：彈琴兼鼓瑟。語出《詩經·國風·鄭風》〈女曰雞鳴〉：「琴瑟在禦，莫不靜好。」

婦職[136]之宜，酒食是議。弓矢斯張，丈夫之志。懷安敗名，巾幗[137]所愧。鄧曼知機[138]，齊姜遣醉[139]。楊柳陌頭[140]，封侯是寄。秋風飄零，樹猶蕉萃。社燕[141]離群，哀蟬不嚖[142]。嗚呼哀哉！

我聞在昔，母訓是儀。歐母畫荻，孟母斷機。桓桓[143]元子[144]，千里求師。神山雖遠，夢魂常追，學成而返，執手漣而[145]。日何而喜，日何而然。猗歟[146]萱草，愛此春暉[147]。嗚呼哀哉！

132　孟姜：春秋戰國時稱呼女性，僅以排行冠以姓氏，孟姜，即姜氏之長女。齊國貴族為姜姓，以出美女著稱。亦泛指世族婦女或美貌女子。《詩經‧陳風‧衡門》：「豈其食魚，必河之魴？豈其取妻，必齊之姜？」可為一証。亦泛指世族婦女或美貌女子。

133　不弔：謂不為天所哀憫庇祐。

134　蕙帳：帳之美稱。

135　芝梁：華美之房梁。

136　婦職：猶婦功。《周禮‧天官‧內宰》：「以婦職之法教九禦。」鄭玄注：「婦職，謂職紝、組紃、縫線之事。」

137　巾幗：古代婦女的頭巾和髮飾，借指婦女。

138　鄧曼知機：鄧曼，春秋時鄭國人。楚武王夫人，楚文王之母。為人賢慧聰穎，時為楚武王獻策勸謀，事見《左傳‧桓公十三年》。知機，預知事情變化的先兆。

139　齊姜醉遣：齊姜是晉文公在齊國之妻，因晉文公安居齊國，不願回國爭取王位，姜遂與文公部下合謀，將文公灌醉，送離齊國。

140　陌頭：路上，路旁。

141　社燕：燕子春社時來，秋社時去，故稱「社燕」。社，春秋兩季祭祀土地神的節日。春社，立春後第五個戊日，祭土地神以祈農事豐收。秋社，立秋後第五個戊日，舉行酬祭土神的典禮。

142　嚖：音「惠」，細微的聲音。

143　桓桓：音「環」，威武貌。

144　元子：世子，嫡長子。

145　執手漣而：執手，握手、拉手。漣而，淚流貌。

146　猗歟：嘆詞，表示讚美。

147　春暉：春光、春陽。比喻母愛。

瞻彼小園，東門之麓。循彼南陔[148]，維蘭與菊。日春日秋，置酒命酌。大婦彈箏，小婦擊筑。或歌或舞，以康以樂。良辰不遇，日月易蹙[149]。循彼南陔，淚珠盥掬。瞻彼小園，心傷風木[150]。嗚呼哀哉！

彼蘭者何，當春而芽。彼菊者何，及秋而花。吁嗟賢母，德音[151]莫遐[152]。承慈以遜，逮下[153]以嘉。肅雍揆景[154]，望斷天涯。嗚呼哀哉！

蕩蕩[155]春門，群玉之府[156]。峨峨瑤臺[157]，眾香之圍。藹藹桂斾[158]，迢迢蕙路[159]。左侍飛瓊[160]，右攜素女[161]。萼綠[162]居前，雲英[163]在後。

---

[148] 南陔：南邊的田埂。晉·束皙《補亡詩·南陔》：「循彼南陔，言采其蘭。」《毛詩·序》：「南陔，孝子相戒以養也。」陔，音「該」。

[149] 蹙：緊迫，窘迫。

[150] 心傷風木：指父母亡故，兒女不得奉養的悲傷。

[151] 德音：善言，在此意謂慈母所遺留的音聲。

[152] 莫遐：不遠。

[153] 逮下：謂恩惠及於下人。

[154] 肅雍揆景：肅雍，莊嚴雍容，整齊和諧。揆景，測量日影，以定時間或方位。南朝宋·謝莊〈宋孝武宣貴妃誄〉：「天寵方降，王姬下姻，肅雍揆景，陟屺爰臻。」

[155] 蕩蕩：廣遠貌。

[156] 群玉之府：帝王珍藏圖籍書畫的所在。《穆天子傳》卷二：「天子北征，東還，乃循黑水，癸巳，至於羣玉之山……先王之所謂策府。」郭璞注：「言往古帝王以為藏書冊之府，所謂藏之名山者也。」

[157] 瑤臺：美玉所砌的樓臺，泛指雕飾華麗的樓臺。

[158] 藹藹桂斾：藹藹，眾多貌。桂斾，即桂旗。繫上桂花的旗子，多見於神祇車上。《楚辭·九歌·山鬼》：「乘赤豹兮從文狸，辛夷車兮結桂旗。」王逸注：「結桂與辛夷以為車旗，言其香潔也。」

[159] 蕙路：猶芳徑，遍長香草的道路。

[160] 飛瓊：仙女名，泛指仙女。

[161] 素女：仙女名，與黃帝同時，或言其善於弦歌。《史記·孝武本紀》：「泰帝使素女鼓五十弦瑟，悲，帝禁不止，故破其瑟為二十五弦。」

[162] 萼綠：仙女名，年約二十，身著青衣，晉穆帝時，夜降羊權家，自是每月六降，贈羊權詩、火浣布、金玉條脫等。見南朝梁·陶弘景《真誥·運象》。

[163] 雲英：仙女名，唐代時與裴航相遇於藍橋驛，容姿絕世，航乃重價求聘，以玉杵臼為聘資，娶為妻室。見《太平廣記·裴航》。

望月方娥[164]，瞻星比婺[165]。誕發蘭儀[166]，光啟玉度[167]。陟彼高垠，終朝及暮。習習[168]谷風，淒淒靈雨[169]。嗚呼哀哉！

淒淒靈雨，習習谷風。重泉漠漠[170]，視天夢夢。何以思之，何以敬之，維禮之終。何以寫之，維德之容[171]。誰其尸[172]之，維女之宗[173]。嗚呼哀哉！

維女之宗，實邦之秀。四德[174]無虧，惠於世冑[175]。陟屺[176]咨嗟[177]，眷顧左右。彩掩瑤光[178]，雲陰白晝。悽愴招魂，敬奠[179]斗酒。素旐揚徽[180]，以垂不朽。嗚呼哀哉！

---

[164] 娥：嫦娥的簡稱。

[165] 婺：古星宿名，即「女宿」，又名須女、務女，二十八宿之一。

[166] 誕發蘭儀：誕發，大顯。蘭儀，似蘭花的儀態。

[167] 光啟玉度：嫻雅優美的儀態、風度。《文選》謝莊〈宋孝武宣貴妃誄〉：「誕發蘭儀，光啟玉度。」呂延濟注：「蘭，芳草；玉，重寶，皆喻容儀淑美也。」玉度，指典則、法度。

[168] 習習谷風：微風和煦貌。《詩‧邶風‧谷風》：「習習谷風，以陰以雨。」《毛傳》：「習習，和舒貌。」

[169] 靈雨：好雨。

[170] 重泉漠漠：重泉，猶九泉。漠漠，廣闊。

[171] 維德之容：維，發語辭。德之容，指德行外顯之形態。

[172] 尸：主持。

[173] 宗：指為眾人所師法的人物。

[174] 四德：封建禮教中，婦女應遵從的四種德行：婦德、婦言、婦容、婦功。

[175] 世冑：世家子弟；貴族後裔。

[176] 屺：原文作「圮」，逕改之。音「起」，無草木的山。這裡指登屺山，比喻對母親的思念。

[177] 咨嗟：歎息。

[178] 瑤光：亦作搖光，北斗七星的第七星，位于斗柄的最末端。古代以為祥瑞象徵。

[179] 敬奠：向死者供獻祭品致敬。

[180] 揚徽：揚為美，徽為德，揚徽即美德。

黃蘊軒[181]先生誄

維大正八年（1919）夏四月五日，新竹廳參事蘊軒黃公卒於里第，享年八十齡。越十有二月十日，將殯於吉阡。靈車卜駕，素旐[182]流輝，笛感山陽[183]，琴沉漢水[184]。嗚呼痛哉！鄉人士追懷風義[185]，欲述平生，命橫撰誄，以昭來許。夫銘以表功，德以述美，身沒名垂，先哲所慕。如黃公者，固所謂豪傑之士也，能不惋歎！

按狀，公諱南球，新竹之苗栗人也，世有隱德。少隨父兄躬耕隴畝，及長有大志，而膽略[186]絕倫。前清土番猖獗，輒出殺掠，官軍未能討也。公居固近山，號召鄉里，擣其巢穴，次第蕩平，諸番畏之。會[187]福建巡撫岑公毓英[188]視臺，聞其事，見而奇之，委辦撫番。既而[189]

---

181 黃蘊軒（1840-1919）：黃南球，字蘊軒，新竹苗栗（今桃園楊梅）人。光緒二年（1876）剿匪亂，授六品銜，准辦「陸安成聯莊隘」部分隘務，創「黃南球墾號」以開墾內獅潭一帶。十五年（1889）與北埔姜家合組為「廣泰成」墾號。割日後，加入吳湯興等陣營，共同抗日失利，遂西渡。明治三十三年（1900），回籍擔任苗栗辦務署參事；明治四十二年（1909）改任新竹廳參事。經營樟腦寮，監督糖廍，鋪設輕便鐵道。

182 素旐：引魂幡。旐，音「照」。

183 笛感山陽：在山陽聽見笛聲而興傷悼、懷念舊友之思。晉·向秀途經山陽舊廬，聞鄰人吹笛，感音而嘆，懷念亡友嵇康、呂安，遂作〈思舊賦〉以追思二人。見《晉書·卷四十九·向秀傳》。

184 琴沉漢水：先秦琴師伯牙，曾行至漢陽江口，彈琴，沒想到樵夫鍾子期竟能領會「巍巍乎志在高山」與「洋洋乎志在流水」之琴義。伯牙驚道：「善哉，子之心而與吾心同。」鍾子期死後，伯牙痛失知音，摔琴絕弦，終身不操。伯牙摔琴之地，後人稱為碎琴山，位於漢陽琴斷口仙女山附近的平塘渡。

185 風義：猶風操。

186 膽略：勇氣和謀略。

187 會：副詞，適逢。

188 岑公毓英：岑毓英（1829-1889），字顏卿，號匡國，廣西西林人，秀才。歷任雲貴總督、貴州巡撫、福建巡撫兼督臺灣防務等職。

189 既而：不久、後來。

巡撫劉公銘傳亦任以撫墾之事，從征大嵙崁[190]，自率所部赴前敵，嘗一夜連破十八處，威震番界。奏以五品職銜敘用，賞載藍翎[191]。及改隸後，當道聞其名，延為苗栗廳參事，後隸新竹。凡地方有大繇役[192]，莫不倚以為助。公既出入番界，知其土腴，請墾南坪[193]、獅潭[194]等處，縱橫十餘里，啟田樹藝[195]，至者萬家，產乃日殖，則是有造於邦家者尤不少矣。若其治家處世，樂善好施，人多稱之。故特舉其大者而著之誄。其辭曰：

> 太上立德，其次立功，是謂不朽[196]，與天地同。人之生也，有始有終，而其處也，有窮有通。窮則變，通則洪，化而裁之[197]，允執厥中[198]。我聞高義，敢拜下風。

> 赫赫[199]黃公，實邦之傑，少而岐嶷[200]，長而睿哲[201]，壯而飛揚，老而明潔，如金能柔，若鋼不折。公之一生，實多熱血。

---

190 大嵙崁：今桃園大溪。
191 藍翎：清代禮冠上的飾物，插在冠後，鶡尾製成，色藍，故稱。用以賞賜官階較低的功臣。
192 繇役：繇，通徭。徭役，封建時期強制農民承擔的一定數量的無償勞力。
193 南坪：位於苗栗縣三灣鄉太坪村。
194 獅潭：位於苗栗縣中部。
195 樹藝：種植、栽培。
196 《左傳‧襄公二十四年》：「太上有立德，其次有立功，其次有立言，雖久不廢，此之謂不朽。」意指最高者即樹立德行，其次是樹立功業。太上，最上、最高。
197 化而裁之：事物交感化育、互為裁節。《周易‧繫辭上傳》：「化而裁之謂之變。」
198 允執厥中：不偏不倚，無過與不及。《書經‧大禹謨》：「人心惟危，道心惟微，惟精惟一，允執厥中。」
199 赫赫：顯赫貌。
200 岐嶷：音「期逆」，形容小孩才智出眾、聰明特異。
201 睿哲：明智、英明。

始公之起，起自隴耕。壯懷未試，戢影[202]埋名。春風釋耒[203]，夜雨談兵。乘時而起，一劍縱橫。譬彼大鳥，三年不鳴，及其鳴也，四座皆驚。

瞻彼高山，群番所處，殺人為雄，眾莫敢侮。公曰討之，爰整其旅[204]。修我戈矛，張我旗鼓。掃穴犁庭[205]，直破險阻。群番震驚，竄逃無所。稽顙[206]受降，或殺或虜。公曰宥[207]之，以就[208]我撫。

我撫[209]維何[210]？實啟我疆。我疆既啟，乃聚乃倉[211]，乃稷乃黍，乃稻乃粱。其木維何？維檜與樟。其樹維何？維茶與桑。其獸維何？維鹿與麞[212]。其畜維何？維牛與羊。公曰處之，百十其行，為此春酒，以介[213]康強。

帝命岑公[214]，來巡南土。抵掌而談[215]，謂公孔武[216]。亦越劉公[217]，新開大府。謂公多才，足寄心膂[218]。公拜而行，餘勇可賈[219]。左握旄刀，輝煌翎羽。顧盼生姿，掀髯起舞。撫彼群番，以固我圉[220]。

---

202 戢影：匿跡、隱居。戢音「及」，收斂、收藏。

203 釋耒：放下農具，指停止耕作。

204 爰整其旅：爰，於是。整其旅，整治軍旅。《詩·大雅·皇矣》：「王赫斯怒，爰整其旅。」

205 掃穴犁庭：掃蕩敵人巢穴。比喻徹底摧毀敵方。

206 稽顙：音「起嗓」，以額觸地。

207 宥：寬恕、赦免。

208 就：完成。

209 撫：扶持、保護。

210 維何：是什麼。維，句中語氣詞。

211 乃聚乃倉：聚，儲蓄。倉，在屋內堆積糧穀。語本《詩·大雅·公劉》：「乃場乃疆，乃積乃倉。」

212 麞：同「獐」，又名「牙獐」，似鹿，比鹿小，頭上無角，有長牙露出嘴外，皮可製衣。

213 介：祈求。

214 岑公：指岑毓英。

我修臺乘[221]，每懷偉人。卓彼吳鳳[222]，沒而為神，威加醜類[223]，蠻俗為馴。又如吳沙，手闢荊榛[224]，攜來萬眾，車馬成闉[225]。以公之伐，足與比倫。臨機制變，能屈能伸。匪維[226]智勇，實曰義仁。

嗚呼黃公！人生如馻，其生也存，其沒也已。獨有偉人，可以不死。公之聲名，洋溢遐邇。公之勛勞，長垂國史。公之慈祥，惠於鄰里。公之謨猷[227]，施[228]及孫子。歸神混元[229]，高謝[230]塵滓。巍巍者山，泱泱者水，敢藉旗旌，以彰懿美[231]！

---

[215] 抵掌而談：指言談融洽。語出《戰國策・秦策一》：「見說趙王于華屋之下，抵掌而談。」

[216] 孔武：孔，甚、很。形容人勇猛有力。

[217] 劉公：指劉銘傳。

[218] 心膂：指親信的人。膂，音「呂」。

[219] 餘勇可賈：指尚有多餘的勇力可以出售。語本《左傳・成公二年》：「欲勇者，賈余餘勇。」比喻勇力過人，持久不懈。

[220] 圉：音「兩」，邊陲。

[221] 臺乘：此指《臺灣通史》。乘，史書。

[222] 吳鳳（1699-1769）：字元輝，清福建省平和縣人，任嘉義通事，死於漢人與原住民的紛爭之中。

[223] 醜類：惡人，這裡指剽悍的原住民，這是過去漢人對原住民的醜化敘述。

[224] 荊榛：泛指叢生灌木生長的情景，用以形容荒蕪。

[225] 闉：音「因」，古通「堙」，堵塞。

[226] 匪維：非但、不只。

[227] 謨猷：音「磨由」，謀略。

[228] 施：音「亦」，及、延及。

[229] 混元：指天地元氣，亦指天地。

[230] 高謝：辭去、辭別。

[231] 懿美：形容人的德行美好。

【書啟】

募建觀音山凌雲禪寺啟

　　在昔黃金布地，祇園[1]留我佛之蹤；白玉為池，淨土現彌陀[2]之相。阿育王八萬之塔[3]，八部[4]同瞻；兜率天[5]十二之宮，十方[6]咸仰。慈雲[7]普被，法水[8]分流，明鏡長圓，慧燈[9]不滅，固已功倍恒河，道傳大地者矣。

　　維我臺北，位在海東，境攝華嚴[10]，國分毘舍[11]，瘴雲蔽野，卓錫而來，蘖浪滔天，浮杯[12]可渡。龍山寶剎（龍山寺），巍峨城郭之間；劍水禪關（劍潭寺），掩映林泉之裏。同奉大士[13]，永度群生，心證圓

1　祇園：祇樹給孤獨園的簡稱。相傳釋迦牟尼成道後，憍薩羅國的給孤獨長者用大量黃金購置舍衛城南祇陀太子園地，建築精舍，請釋迦說法。玄奘赴印度時，祇園已毀。後用為佛寺的代稱。

2　彌陀：西方極樂世界中地位最高的阿彌陀佛的略稱。

3　阿育王八萬之塔：指阿育王所建諸塔。阿育王皈依佛門以後，大興佛事，四處建立寺塔，奉安佛舍利並供養僧眾。根據《善見律毗婆沙卷一》所載：阿育王所統領之國，其數有八萬四千，王詔敕諸國建八萬四千大寺與八萬四千寶塔。

4　八部：佛教分諸天鬼神及龍為八部。《翻譯名義集‧八部》：「一天、二龍、三夜叉、四乾闥婆、五阿脩羅、六迦樓羅、七緊那羅、八摩睺羅伽。」

5　兜率天：梵語音譯。佛教謂天分許多層，第四層叫兜率天。內院是彌勒菩薩的淨土，外院是天上眾生所居之處。

6　十方：指東南西北及四維上下。

7　慈雲：佛教稱佛以慈悲為懷，如大雲覆蓋一切，故稱。

8　法水：指妙法能洗煩惱之塵垢，故譬以水。《無量義經》曰：「法譬如水，能洗垢穢。……其法水亦復如是，能洗眾生諸惱垢。」

9　慧燈：指智慧猶明亮如燈，能照破濁世的迷闇。

10　華嚴：指華嚴宗所說的大乘境界。

11　毘舍：音「皮社」，毘舍耶之省，為臺灣的舊稱之一。

12　浮杯：喻小船。

13　大士：指觀音大士。

通[14]，機參應化。而山號觀音，地成極樂，猶未若我凌雲禪寺之莊嚴
靈異焉。

　　寺為乾隆時信士胡焯猷[15]所創建，而今日**本圓和尚**[16]所經營也。西
臨大海，東控平原，近眺蘆洲[17]，遠瞻雪嶺。邎山[18]夕照，如現神光，
淡水濤聲，恍聞說法。修篁萬个，蕭蕭紫竹之林；古木千章，落落白
蓮之座。三十二應之身[19]，慈悲出世；四大無畏之力，佈施濟人。忉

---

[14] 心證圓通：心證，即心與佛相印證。圓通，謂遍滿一切，融通無礙。

[15] 胡焯猷（1693-？）：字攀林，福建汀州人。康熙末來臺，入墾淡水廳興直
堡一帶。乾隆十三年（1748），與林作哲、胡習隆合組「胡林隆」墾號，出
資募佃，開墾今新莊、泰山等地，盡力農功。乾隆二十八年（1763）自設
「明志義塾」，淡水同知胡邦翰聞其事，建請改為書院。境有觀音山，乾隆
十七年（1752），獻地建大士觀於西雲巖，又獻建關帝廟於新莊街。卒後，
鄉人感念其貢獻，附祀明志書院。

[16] 本圓和尚（1883-1945）：俗姓沈，法名印體，法號本圓，基隆人，日治時
期臺灣佛教四大派系之一「五股觀音山派」的創立者。十五歲出家，明治
三十三年（1900），赴福州鼓山湧泉寺受戒，就地潛修多年。四十二年（1909）
返台，受善慧上人之命，協助創建月眉山靈泉寺，任「當家」職。觀音山
凌雲寺寶海和尚圓寂，受聘為該寺住持，與其徒覺淨離開靈泉寺，自立觀
音山一派。大正六年（1917）加入日本臨濟宗妙心寺派，任臺灣布教使；
次年（1918）與日本臨濟宗大本山派遣來臺之日僧長谷慈圓合作，仿曹洞
宗「臺灣佛教中學林」創立「鎮南學林」。九年（1920）遞補為臨濟宗妙心
寺派大本山西堂職，時凌雲禪寺大體擴建完成。總督府主導成立「南瀛佛
教會」，本圓與善慧同被推為創立委員，分別代表曹洞宗和臨濟宗。十二年
（1923）12月，凌雲寺舉辦四眾戒壇，為北臺灣開創僧人受戒場所（按：
之前台人多赴福州鼓山受戒，僅台南開元寺曾開四眾戒壇），適逢凌雲寺受
大正天皇之萬安金牌七週年祝典、關東大地震死者追悼法會，臺、中、日
多位佛教宗師會集一堂，盛況空前，本圓和尚及凌雲寺之聲望推至高峰。
十四年（1925）本圓代表臺灣佛教界訪問日本佛教聯合會，昭和九年（1934）
遍訪南洋及印度之佛教聖蹟。戰後當選台灣省佛教會理事長，未幾圓寂。

[17] 蘆洲：今新北市蘆洲區。

[18] 邎山：即大屯山，亦作大邎山，為陽明山大屯火山系之主峰。

[19] 三十二應之身：指觀世音菩薩為濟度眾生，順應各種機緣而示現之三十二
種形相。

利諸天[20]，同聲讚美；修羅百鬼，盡斂嗔心[21]。是則欲界[22]之清都[23]，而人間之佛國也。

　　然而道場雖啟，大殿未興；十笏[24]安禪[25]，萬間待庇。伽藍[26]五百，何處聞鐘？僧眾三千，誰能托缽？無花可踏，來鹿女[27]以難行；有樹將移，呼嶽神而不動。豈非吾輩之貪癡，而名山之缺憾也哉？方今末劫[28]沈淪，迷途充塞，四恩[29]弗報，六度[30]無聞。登天堂而下地獄，因果相尋；挽世道以繫人心，智仁併用。所冀舍衛大家[31]、維摩居士、

---

[20] 忉：原文作「切」，誤，逕改之。梵語的音譯兼意譯。即三十三天，六欲天之一。佛教謂須彌山頂四方各有八天城，合中央帝釋所居天城，共三十三處，故云。

[21] 嗔心：謂造惡業而生苦果的忿恚之心，屬於「三毒」之一。

[22] 欲界：佛家的世界觀分世界為三，無色界、色界、欲界。無色界中無任何色質之物，只有受、想、行、識四心等精神狀態。色界則是遠離欲界淫、食二欲、具有清淨色質的世界，無男女分；此界仍有色質，故稱為色界。欲界為淫欲、情欲、色欲、食欲等有情所居之世界，有男女之分，且多染慾望，故稱為欲界。凡是欲界、色界、無色界的一切，全由一「心」所造，天地萬物，也都是由人類的心識變化所顯現。若能心存善念，超脫一切，則人間便無欲望，無欲望也就不會有任何罪惡的產生，如此就能進入到無色界。

[23] 清都：天帝所住的宮闕。

[24] 十笏：形容面積極小之建築物。《法苑珠林·感通篇》謂：印度吠舍哩國有維摩居士故宅基，顯慶中王玄策出使西域，過其地，以笏量宅基，只有十笏，故號方丈之室。

[25] 安禪：佛教語，指靜坐入定，俗稱打坐。

[26] 伽藍：即寺院。

[27] 鹿女：佛經中所說的仙女。《雜寶藏經·鹿女夫人緣》：「有國名婆羅奈國中有山，名曰仙山。時有梵志，在彼山住，大小便利恒於石上。後有精氣，墮小行處，雌鹿來舐，即便有娠。日月滿足，來至仙人所，生一女子，端正殊妙，唯腳似鹿，梵志取之養育長成……此女足跡，皆生蓮華。」

[28] 末劫：佛經稱世界從生成至毀滅的過程為一劫，末劫即謂世界毀滅的前夕。

[29] 四恩：指母恩、父恩、如來恩、說法法師恩等四種恩惠。

[30] 六度：佛家的六種修行德目，即一佈施，二持戒，三忍辱，四精進，五禪定，六智慧也。

[31] 舍衛大家：指舍衛城的祇樹給孤獨長者。

善財童子、韋提夫人[32]，各發普賢之大願[33]，共追斯達之芳徽[34]，或捨義田，或捐寶宅，或頒黃鐵[35]，或助明珠。分蓮池八功之水[36]，同注大川，合蘭若[37]千燭之光，混成一色。法輪長轉，梵宇宏開，塔湧地中，網陳天上。是則婆娑洋畔，頓成璀璨之龍宮；惡濁界間，現出光明之鹿苑[38]。又豈非我臺之勝事，而佛法之有緣也哉！

上清史館書

中國殖民之事，前史不載。元、明二代，語焉未詳。惝恍迷離，錯訾八九。豈非史氏[39]之咎歟？夫中國之殖民海外也，遠自秦、漢，啟於隋、唐，盛於有明，而發揚於清季。我先民以堅強果毅之氣，凌厲而前，涉波濤，冒瘴癘，戰土蠻[40]而服之，篳路藍縷，以處山林，

---

[32] 韋提夫人：中印度摩揭陀國頻婆娑羅王之夫人，阿闍世王生母。據《觀無量壽佛經》所載，阿闍世將其父王頻婆娑羅王幽閉於七重之室內，欲將其餓死。夫人以酥蜜和麨塗於身，諸瓔珞盛漿，往探頻婆娑羅王，觸怒於阿闍世，亦被禁。兩人乃於禁閉室中念佛，求佛為之說法，佛遂神通，為之演說《觀無量壽佛經》。故知淨土「十六觀想」法門，乃佛因韋提希夫人而說。

[33] 普賢之大願：即普賢十大願：一、禮敬諸佛，二、稱讚如來，三、廣修供養，四、懺悔業障，五、隨喜功德，六、請轉法輪，七、請佛住世，八、常隨佛學，九、恆順眾生，十、普皆迴向。

[34] 芳徽：盛德、美德。

[35] 黃鐵：本係銅的別稱，在此似指黃金。

[36] 八功之水：即一、澄淨，二、清冷，三、甘美，四、輕軟，五、潤澤，六、安和，七、除患，八、增益，上述之八功德水，充滿於極樂世界的七寶池和須彌山與七金山之間的內海中。

[37] 蘭若：即寺廟，梵語「阿蘭若」的省稱，梵語的音譯。意指寂靜處或空閒處。原為比丘潔身修行之處，亦用以稱一般佛寺。

[38] 鹿苑：即鹿野苑，佛陀成道處。泛指僧園、佛寺。

[39] 史氏：史家、史官。唐·韓愈〈答劉秀才論史書〉：「史氏褒貶大法，《春秋》已備之矣。」

[40] 按：原文作「士蠻」，當作「土蠻」，土番之謂。

用能光大其族。艱難締造之功，亦良苦矣。而子孫不武，俛仰[41]由人，**碩德光勳**[42]，文獻莫考，甚且數典而忘其祖[43]，以為異族羞；又可哀矣。

　　夫歷史為民族之精神。中國人之拓殖海外也，二千數百年矣。南望南嶠[44]，西瞻美洲，北暨[45]鮮卑，東漸日本，凡夫秦時之鏡，漢代之衣，隋唐之錢，明人之甕，莫不置諸王庭，寶為重器。卽中國人之居其地者，亦舉此以誇耀。而叩其所自，則**舌撟**[46]而不能對。一器之微，茫然不識，況以先民之**顧命**[47]，祖國之觀念，亦蒙昧不知其**朕**[48]也！昏昏以生，役役[49]以死，無歷史是無民族也。搶攘昏墊，靡所適從，亦相率而為異種奴隸爾。

　　天相[50]**諸夏**[51]，共和告成。華僑之歸自海外者，群策群力，**胥**[52]謀建設，以宏佐新邦。而政府亦日以招徠華僑，為殖利開源之計。然而政府固不知華僑之情形，卽國內士夫亦少知海外大勢，而為一考其利害。**管窺蠡測**[53]，語多爽實[54]。則以國內既乏考據之書，而華僑又不能

41　俛仰：低頭抬頭。
42　碩德光勳：指大德者之偉績。
43　數典而忘其祖：比喻忘本。《左傳‧昭公十五年》：「籍父其無後乎！數典而忘其祖。」「數典」，列舉典故，既然會舉列典故來論說事情，卻反而將自己祖先就是掌管典籍這件事都忘了。
44　南嶠：南邊山嶺。
45　暨：到、至。
46　舌撟：翹起舌頭，作瞠目結舌，不知如何應對的意思。撟，音「交」，翹起。
47　顧命：《尚書》的篇名，取臨終遺命之意。
48　朕：徵兆，跡象。
49　役役：勞苦不息貌。
50　天相：上天佑助。相，幫助。
51　諸夏：指中國。
52　胥：齊。
53　管窺蠡測：管中視天，以瓢量海水，喻眼光狹小，見識不廣或不自量力。
54　爽實：失實。

自述其史，以介紹國人。又豈非史氏之咎歟？追懷先德，瞻顧前途，爰及[55]子孫，用張國力，則拓殖志之作，豈可缺哉？

　　然修志固難，而修拓殖志則尤難。何也？國史記載，掛一漏百，通儒[56]撰述，每喜鑿空；則參考難。僑民在外，競力工商，文史式微，無足徵信；則採取難。地遍五洲，事歷千載，海客[57]談瀛，虛無縹緲；則調查難。閩粵雜處，鄉音不同，一地兩名，譯文互異；則選擇難。閉戶潛修，聞見不廣，東西方向，反易其位；則撰述難。然而橫不以為難也。橫生長臺灣，壯游南土，歐、美、菲、澳之華僑，既習與往來矣。撖拾遺聞，旁探外史，潛心述作，於今十年。華僑聯合會創立之歲，多士冣[58]於滬上，提議纂修，僉[59]有同志，期月[60]之間，惠書盈篋[61]，而奔走風塵未遑筆削[62]。私心耿耿，寢饋[63]不忘。今史館既開，徵文考獻，以橫不肖忝[64]侍諸賢。何敢不貢其誠以揚國家之休命[65]？如蒙俞允[66]，命輯斯志，伸紙吮毫[67]，當有可觀。豈唯史氏之責，民族之興，實式憑之[68]。敬布鄙懷，諸維亮鑒[69]。

---

[55] 爰及：爰，於是、就；及，到。

[56] 通儒：博學多聞，言行可資效法的讀書人。在此泛指文人。

[57] 海客：出海航行之人。

[58] 冣：聚合。

[59] 僉：音「千」，眾人。

[60] 期月：一整月。期音「蹟」。

[61] 篋：音「妾」，小箱子，藏物之具。大曰箱，小曰篋。

[62] 未遑筆削：未遑，來不及。筆削，敬稱，請人修改文章。

[63] 寢饋：寢食、吃住。饋，吃飯。

[64] 忝：愧的意思，自謙之詞。

[65] 休命：美善的命令。

[66] 俞允：許可。俞，應諾之詞。

[67] 吮毫：把毛筆潤濕，指寫作文章。吮，音「ㄕㄨㄣˇ」，用口吸取。

[68] 式憑：「實式憑之」的縮語，依託、依靠之意。

[69] 亮鑒：猶明鑒。亮，明也；鑒，洞察。

與林子超先生書

　　子超[70]先生主席**執事**[71]：濶別廿年，久處海外，潛心述作，頗有可觀。歸國以來，浮沉人世，鍾山在望，未得趨承[72]，逖聽[73]風聲，彌深嚮往。昨秋台從[74]涖陝，兒子定一[75]嘗造行轅[76]，辱承垂問，情意殷勤。固知大君子之用心，終不遺夫草茅下士[77]也。拙著《臺灣通史》一部，由郵奉上，到乞飭收。臺灣固中國版圖，一旦捐棄，遂成隔絕。橫為桑梓[78]之故，忍垢偷生，收拾墜緒，成書數種，次第刊行。亦欲為此棄地遺民，稍留未滅之文獻耳。比[79]聞四中全會通過重設國史館案，此誠國家之大業，而民族精神之所憑依也。橫才識庸愚，毫無表見，而研求史學，頗有所長。如得追隨大雅[80]，供職蘭臺[81]，博采周詢，甄別善惡，秉片片之直筆[82]，揚大漢之天聲，是則效命宗邦[83]之素志[84]也。維執事有以裁之。連橫頓首。二月一日。

70　子超：指林森（1868-1943），字子超，號長仁，福建林森縣（閩侯縣）人。昭和七年（1932）年起接替蔣中正擔任國民政府主席，十八年（1943）逝世，再由蔣中正回任此職。

71　執事：先生，兄台。舊時書信中用以稱對方，表示對人的敬稱，不直指其人。

72　趨承：指就教，接受教益。

73　逖聽：猶逖聞，常表示恭敬。漢·司馬相如〈封禪文〉：「率邇者踵武，逖聽者風聲。」逖，音「替」。

74　台從：猶台駕。從，僕從。不敢直指其人，故呼其僕役。

75　定一：連震東（1904-1986），字定一，連橫獨子。

76　行轅：大吏出行時所駐的地方。

77　草茅下士：在野之人自稱的謙詞。

78　桑梓：比喻故鄉。

79　比：近來。

80　大雅：對品德高尚、才學優異者的贊詞。

81　蘭臺：泛指宮廷藏書處。

82　直筆：客觀的記錄或書寫。

83　宗邦：父母之邦，祖國的意思。

84　素志：向來的志願。

與張溥泉先生書

溥泉[85]先生執事：歸國以來，瞬經半載。養志讀書，稍資休息。閱報，四中全會提出重設國史館案，已得通過，甚善甚善。中華民國肇造二十有三年矣，內憂外患，紛迭[86]至乘。國政民風，鼎新革故[87]，而國史未修，是非奠定，郢書燕說[88]，淆亂聽聞，其何以振民族之精神，立典型於當代也哉！橫才識庸愚，毫無表見，而研求史學，頗有所長。他日開館之際，如得備員檢校[89]，承命通儒[90]，伸紙吮毫，當有可觀。然伏處海隅，未能自達[91]。倘蒙大力為之吹噓，區區[92]寸心，效忠宗國，是則邱明[93]作傳，秉直筆於尼山[94]；班固修書，揚天聲於大漢。敢有所懷，諸維霽鑑[95]。

連橫頓首　一月廿六日

85　溥泉：張繼（1882-1947），原名溥，字溥泉，河北滄縣人，中國國民黨黨員，西山會議派的主要成員之一。雅堂曾指示連震東追隨其人，經由他的提拔，震東進入國民黨中央。

86　紛迭：紛繁更遞。

87　鼎新革故：舊指朝政變革或改朝換代，今泛指除掉舊的，建立新的。《周易‧雜卦》：「革，去故也，鼎，取新也。」

88　郢書燕說：比喻穿鑿附會，扭曲原意。《韓非子‧外儲說左上》記載的小故事。春秋戰國時，有一位住在楚國都城郢寫信給燕國宰相，天色晚了，光線昏暗，便要身旁的書僮把燭火舉高一點。無意間把這句「舉燭」寫到信裡去。燕國宰相讀到「舉燭」這兩個字，百思不得其解之際，強說為尊崇光明，禮敬賢者，隔一天晉見燕王，並陳述舉燭的暗喻，燕王欣然同意，便積極招致天下賢才智者，以輔佐朝政，燕國也就漸漸步上正軌。

89　檢校：審查核對。

90　承命通儒：承命、受命。通儒，指博識多聞的大學者。

91　自達：表達自己，自我推薦。

92　區區：小小，自謙詞，引申為真情摯意。

93　邱明：左丘明（生卒年不詳），相傳為《左傳》的作者。清雍正帝曾下旨避孔子諱，「丘」一度改為「邱」。

94　尼山：指孔子。

95　霽鑑：猶明察，書信套語。

徵求中國殖民史材料啟

茫茫大海，芸芸眾生，日月所照，霜露所墜，舟車所至，莫不有我華僑之足跡。烏乎[96]豪矣！夫我國之殖民海外也，遠自秦漢，啟於隋唐，盛於有明，而發揚於今日。我先民以堅強果毅之氣，淩厲而前，涉波濤，冒瘴癘，戰土蠻而服之，篳路藍縷，以啟山林，用能宏大其族。艱難締造之功，亦良苦矣！而子孫不武，俯仰由人，碩德光勛[97]，文獻無考；甚或數典而忘其祖，以為異族羞。烏乎！又可哀矣！

夫歷史為民族之精神。我華僑之開闢海外也，二千數百年矣。南望南土，西瞻美洲，北暨鮮卑，東航日本，凡夫秦時之劍，漢代之衣，隋唐之錢，明人之甕，莫不置之王庭，寶為重器。卽我華僑之居其國者，亦舉此以誇耀。而叩其所自，則舌撟而不能對。一器之微，茫然不識，況以先民之顧命，祖國之觀念，亦蒙昧而不知其朕也！昏昏以生，役役以死，無歷史是無民族也。搶攘昏墊，靡所適從，亦相率而為異族之奴隸爾。

天相中國，共和告成。我華僑之歸自海外者，群策群力，胥謀建設，以右助我新邦。本會創立滬上，實總其樞。追懷先德，瞻顧前途，爰及子孫，用張國力。則中國殖民史之作，豈可緩哉？同人[98]無似，謬發其議，而茲事體大，非一二人之所能為，又非一朝一夕之所能濟也。敬告我多士及我友朋，搜羅舊事，網集遺聞，考證史書，旁譯外史，近自九州，訖於四海，以揚大漢之天聲，豈非我民族之豪舉而歷史之光輝者哉？記曰：「文武之道，未墜於地，在人。賢者識其大者，

---

96 烏乎：通「嗚呼」，或作「於戲」。
97 勛：音義同「勳」。
98 同人：指同行業的人。

不賢者識其小者。」[99]我海內外方聞[100]之士，當亦不賁[101]金玉而有以教之也。

一、中國殖民史徵集材料，按分十門：一地理，二種族，三沿革，四政治，五交涉，六實業，七宗教，八風俗，九社會，十人物；而注重於中國殖民之事。

一、徵集材料，如能分門示知者固屬歡迎，若夫瑣聞軼事[102]，斷簡零編，亦在珍惜。

一、中國殖民史為四千年未有之創作，非合四海內外之人士而分任之，恐不免諸多遺漏。茲特函請各埠之中華商會、中華會館、民國公會、書報社、華僑公會等承任調查，以時報告，則眾擎易舉[103]，三年有成。

一、海通以來，國內人士之游歷海外者，或隨使節，或在學界，或主報社，聞見所及，多有著作。除函請海外各團體外，並國內之通人學子，賜其宏文，以成巨冊。

一、中國殖民之事，國史鮮載。其顯而足徵者，唯《明史》之南洋數篇而已。私家記述，多秘不傳。我海內外藏書家凡有關於中國殖民之書者，請惠賜一覽，以俾[104]摘抄，或將書價奉呈。

99　識其小者句：見《論語・子張第十九》，謂周文王、武王之道，並未失傳，尚留人間。大者指根本，小者指末節。

100　方聞：博洽多聞之士。

101　不賁：不加掩飾。賁，音「奔」，文飾的意思。

102　瑣聞軼事：軼，原文作「佚」，誤，逕改之。瑣聞，瑣碎的傳聞或新聞。軼事，不見於正式記載的事蹟。

103　眾擎易舉：比喻集眾人之力，易於成事。擎，用力托住。

104　俾：音「必」，《說文》「俾，益也。」利也，使也。

一、外人著書，多有關於中國殖民之事，足資參考。而見聞未周，不能旁搜廣引。除託海外各團體就近選譯外，並望國內人士，匡[105]其不知，函示書目，以便購求翻譯。

一、徵集材料，擬稍為編輯，逐期刊載於《華僑雜誌》。俟成書後，另印單行，以公諸海內外。

一、出版之時，對於惠稿諸君，各贈數冊，以酬雅意。

上海泗涇路十一號華僑聯合會

與李獻璋[106]書（六月六日）

索居滬濱，潛心述作。偶閱《新民報》[107]，有大作臺灣方言及其歌謠漫談，讀之深慰。我輩臺灣人，凡臺灣之歷史、語言、文學，皆當保存之，宣傳之，發皇而光大之，而後足以對我先民。不佞二十年來，既刊《臺灣通史》[108]，復撰《臺灣詩乘》，今又研究方言，亦聊以

---

[105] 匡：輔助、幫助。

[106] 李獻璋（1904-1999）：桃園大溪人。昭和七年（1932）始極力蒐集民間歌謠、謎語、故事，著有《臺灣民間文學集》、《福建語讀本》、《福建語法序說》。

[107] 《新民報》：《臺灣新民報》，日治時期臺灣民間創設的報紙，堪稱「台灣人唯一的言論機構」。初為《臺灣青年》月刊，大正九年（1920）創刊，為日本臺灣留學生組織「新民會」的機關刊物，蔡培火擔任編輯與發言人，實際編輯者有林呈祿與彭華英等人；十一年（1922）更名為《臺灣》月刊，皆中、日文合刊；翌年（1923）於東京改版為《臺灣民報》，為全漢文版，經歷半月刊、旬刊、週刊時期，昭和二年（1927）以增加日文版的條件，遷回台灣發行；五年（1930）改組為《臺灣新民報》，七年（1932）獲准發行日刊。該報積極引介新思想，關懷臺灣文化、社會、政治運動，批評殖民統治，與代表日本官方的《臺灣日日新報》形成鮮明對比。

[108] 《臺灣通史》：連橫自謂耗十年撰寫的史書（1908-1918），大正九年（1920）由臺灣通史社出版發行。體例仿司馬遷《史記》，起自隋煬帝大業元年（605），終於割讓明治二十八年（1895），分為紀4、志24、傳60，共88篇，36卷，約60萬字，另附表目101項。

盡臺灣人之責任爾。曩在臺北，臺南《三六九小報》[109]社來函索稿，因以臺灣語講座付之，續登一年。及今思之，間有錯誤。蓋此為一時之草創，尚有待於討論也。旅中無事，繼續搜羅，發見[110]頗多。每有一語一字，思之數日或至數月，檢書十數種而始得者，誠不覺其苦矣。臺灣語中既函古音古義，復多周漢雅言，且有中國今日已亡而臺灣尚存者，寧不更可貴乎！

　　大作曾舉拙著「懶怠」一名，怠古讀司，尚有疑異。今以自證、旁證觀之，固已確切無訛矣。《說文》:「怠，慢也，從心，台聲。」又曰:「怡，和也，從心台聲。」凡從台之字，如伆、冶、枱、飴、貽、詒、胎、駘、笞、炱等，莫不讀為平聲，而怠獨入聲。且怠、怡兩字均從心台聲，何以怡讀為台，而怠[111]反為岱？此非六書諧聲之例也。《易・雜卦傳》曰:「大畜，時也；无妄，災也；萃聚而升，不來也；謙輕而豫怠也。」[112]是怠與時、災、來為韻。秦〈之罘東觀刻石〉曰:「皇帝明德[113]，經理宇內，視聽不怠[114]，作立大義[115]。昭設備器[116]，咸有章祺[117]。職臣遵分[118]，各知所行，事無嫌疑[119]，黔首[120]改化。遠

109　《三六九小報》:昭和五年（1930）9 月 9 日創刊，十一年（1936）停刊，刊物使用淺白漢文與臺灣話文，每月三、六、九日發刊，故名「三六九」；標榜娛樂消閒、不涉政治，故名「小報」。趙雅福擔任發行人與編輯，其父趙雲石為顧問，編輯群有洪鐵濤、陳圖南、譚瑞貞等，多為臺南南社暨其次團體春鶯吟社的社員。

110　見:通「現」。

111　按:原文作「台」，誤，逕改之。

112　《易・雜卦傳》句:大畜卦講時機，無妄卦是講災禍，萃卦為聚集，升卦是不來，謙卦是輕浮，豫卦是懈怠。

113　皇帝明德:皇帝指秦始皇；明德，彰明德行。

114　不怠:不懈怠、不放鬆。

115　作立大義:創立正確的法度。

116　昭設備器:指明確設置完備的度量器具。昭，明確的意思。備器，指器用。

117　咸有章祺:全部有章可循。章祺，即章旗，以圖文為標誌等級的旗幟。章，標記、文彩。

118　職臣遵分:群臣各守職分。本分、職分。

119　事無嫌疑:事情無有疑惑。

邇同度[121]，臨古絕尤[122]。常職[123]既定，後嗣循業。長承聖治[124]，群臣嘉德[125]。祗誦聖烈[126]，請刻之罘[127]。」是怠與旗、疑、尤、治、罘為韻。《越語》：「范蠡曰：『得時不怠，時不再來。』」怠、來為韻。是孔子、李斯、范蠡皆讀怠為司，而後人乃讀為岱，此六朝以來之誤也。且以古音而言，不獨怠之讀司，則殆亦讀司。《論語》：「楚狂歌而過孔子曰：『鳳兮鳳兮，何德之衰。往者不可諫，來者猶可追。已而已而，今之從政者殆而。』」[128]是殆與衰、追為韻，而與兮為語助。《詩經》固常用之。且此為一種歌謠，未有有律無韻者也。

　　拙著《**臺灣語典**》[129]已成十卷，凡屬古音，尤詳考據。他日刊行，頒之海內，不特可以發揮臺灣語之本色，而於中國之文字學、音韻學、方言學亦不無少補也。海雲千里，不盡依依[130]。亹勉[131]同心，更希努力。

120　黔首：老百姓。
121　遠邇同度：遠近法度統一。
122　臨古絕尤：臨古，到老；尤，罪過。指終身不犯罪，守法不移。
123　常職：常規的意思。
124　長承聖治：長久承襲始皇帝的治跡。
125　群臣嘉德：眾臣讚頌始皇帝的德行。
126　祗誦聖烈：恭敬地稱述始皇帝的功業。
127　之罘：山名，在今山東煙臺市北。《史記·秦始皇本紀》：「（始皇）登之罘刻石。」罘，音「福」。
128　語出《論語·微子》。
129　《臺灣語典》：類似今日的辭典，係連橫為保存臺語而作。自昭和四年（1929）開始著手紀錄、撰述；六年（1931），在《三六九小報》開闢「臺灣語講座」專欄，連載至七年（1932）；後又持續增補資料，八年（1933）全書底成。共四卷，收語彙 1182 條，卷一為單音詞，卷二、三、四為雙音詞。詞條體例歸納為：1.詞目，2.詞義，3.釋音，4.〈引證舊典，以明出處〉，5.用例，6.補充說明。
130　依依：戀戀不捨貌。
131　亹勉：音「敏免」，努力、勉勵。

與徐旭生[132]書

伏居海隅，久聞高義，雲山千里[133]，未克趨承[134]。昨得兒子書，曾以拙著《臺灣通史》呈政[135]，猥蒙[136]嘉納，榮幸何如！此書刊行之時，日本朝野購讀頗多，而中國人士則視之漠然。唯章太炎[137]、張溥泉兩先生以為民族精神之所附，謂為必傳之作，橫亦頗以此自負，更欲撰就續編，記載乙未以來三十餘年之事，昭示國人，藉資殷鑑。而索居臺灣，文網[138]周密，不無投鼠忌器[139]之感。歸國以後，倘得一安硯[140]之地，從事修纂，必有可觀。而身世飄零，年華漸老，此願未償，徒呼咄咄[141]！固知棄地遺民，別有難言之隱痛也！拙著十數種，《通史》之外，尚有《臺灣詩乘》、《臺灣語典》，尤為十年間苦心慘淡之作。他日有緣，當再就教。附上《閩海紀要》一冊，是拙刊臺灣史料之一，並希一閱。

---

132 徐旭生（1888-1976）：名炳昶，字以行，筆名虛生，河南唐河人。公費留學巴黎大學，學政兩棲，歷任北京大學哲學系教授、北平大學女子師範學院院長、北平師範大學校長、北平研究院史學研究所所長；第二至四屆國民參政會參政員、第一屆國民大會代表。
133 雲山千里：比喻距離遙遠。
134 趨承：指就教。
135 呈政：敬辭，猶言請指正；呈上請指正。政，同「正」。
136 猥蒙：謙詞。猶辱蒙、承蒙。
137 章太炎（1869-1936）：章炳麟，初名學乘，字枚叔，後易名絳，號太炎，浙江餘杭人。早年關注樸學，並參與變法與革命事業。戊戌政變，遭清廷通緝，曾避居台灣，擔任《台灣日日新報》記者。
138 文網：指當時總督府對報章文字的檢閱、刪劾系統。
139 投鼠忌器：欲擲打老鼠，又忌於老鼠身旁器物被擊壞而不敢下手。比喻做事有顧忌，不敢放手去作。
140 安硯：安心創作。古時磨硯吮筆為文，故以硯台借代創作。
141 徒呼咄咄：咄咄，意同「負負」，歎息、憤慨、驚詫的聲音，表示困頓失志而發出的不平。

雅堂文集卷三

【臺灣漫錄】

延平祠記

　　牡丹之役[1]，福建船政大臣沈葆楨視師**臺灣**。及平，奏建明延平郡王祠，春秋致祭，從**臺灣**人士之請也。祠在**臺南**府治，時幕客某曾撰碑記一篇，尚未刻石。文雖排偶[2]，而奇倔[3]之氣見於行間。余恐其久而失[4]也，為錄於左，唯某之姓名籍貫不詳，他日有知，當表出之。

　　夫金甌委地[5]，金陵之王氣[6]方終；玉璽歸東[7]，子氏[8]之山河不改。五王[9]龍種[10]，一去無歸；四鎮[11]沙蟲[12]，六軍[13]悉化。二十萬熊羆勁旅，

1　牡丹之役：清同治十三年、日本明治七年（1874），琉球人乘船遭暴風雨漂流到**臺灣**東南八瑤灣附近（現屏東佳樂水北邊），上岸後誤闖牡丹社領地，其中 54 人被排灣族原住民殺害，其餘 20 人遇救，由**臺灣**官方協助遣送回琉球。琉球當時為中、日的共同屬國，日本藉此出兵，由恆春北方的社寮（今射寮）登陸，逆四重溪而上，攻陷石門，圍牡丹社，燒毀部落，迫降高山族。經此役，清廷始覺**臺灣**之重要，派遣福建船政大臣沈葆楨來**臺**籌建海防，在琅嶠設縣築城，即今恆春古城。

2　排偶：排比對偶，指使用駢文句式。

3　奇倔：獨特不凡。

4　失：通「佚」，散失。

5　金甌委地：金甌，比喻國土完整鞏固，泛指國土。委地，喻沒落、消亡。

6　金陵之王氣：金陵，今之南京，戰國時楚威王埋金以鎮王氣，故曰金陵。三國吳、東晉、宋、齊、梁、陳六朝皆建都於此。所謂「金陵王氣」即指帝王所在地金陵的祥瑞之氣。

7　玉璽歸東：玉璽是王權的象徵，玉璽歸東意謂**臺灣**回歸清領。

8　子氏：泛指子孫、後輩。

9　五王：指南明的五位帝王，福王（弘光皇帝朱由崧）、魯王（朱以海）、唐王（朱聿鍵、朱聿鐭）、桂王（朱由榔）。張岱撰〈明末五王世家〉記載興亡之事。

10　龍種：帝王之子孫。

爭拔幟以依劉[14]；五百人豺虎背嵬[15]，誰鳴環[16]而思宋。而乃手搖大戟，足履櫪槍，張我空拳，嘔臣心血，以蚍蜉[17]蟻子之眾，思撼泰山，驅村野市井之人，使當[18]大敵；卒能威傾兩島，力抗金師[19]，增勝國之光輝，奉故主之正朔，存君臣之大義，割父子之厚恩。伊古以來，未之有也。遐哉[20]，其有明賜姓之延平郡王乎！

當夫龍飛絕塞[21]，鹿走中原[22]，一局崖山[23]，非復趙家之土，千年蜀魄，空悲望帝之魂[24]。起子儀於九原[25]，徒嗟束手[26]；生淮陰[27]於此

---

[11] 四鎮：明末高傑、黃得功、劉澤清、劉良佐四位總兵，以擁立福王朱由崧稱帝（弘光帝）建立南明政權，被封為「四鎮」。

[12] 沙蟲：猿鶴沙蟲之省，比喻將士出征戰死沙場。《太平御覽》卷九一六〈羽族部・鶴〉引《抱朴子》曰：「周穆王南征，一軍盡化，君子為猿為鶴，小人為蟲為沙。」後比喻將士出征戰死沙場。

[13] 六軍：天子所統領之軍隊。《周禮・夏官・序官》：「凡制軍，萬有二千五百人為軍。王六軍，大國三軍，次國二軍，小國一軍。」

[14] 依劉：投靠有權勢者。《三國志・魏志・王粲傳》：「（王粲）年十七，司徒辟，詔除黃門侍郎，以西京擾亂，皆不就。乃之荊州依劉表。」

[15] 背嵬：亦作「背峞」，古代大將的親隨軍。

[16] 鳴環：繫在身上的環佩撞擊作響，這裡指奉朝廷命令派駐在外的藩鎮、將領。

[17] 蚍蜉：音「皮福」，一種大螞蟻。

[18] 當：即「擋」。

[19] 力抗金師：抵擋後金的軍隊。

[20] 遐哉：「遐哉永年」之省，永垂不朽之謂。遐，遠也。

[21] 龍飛絕塞：龍是古代帝王的象徵，指鄭成功；飛，飛渡，此指遷移；絕塞，與外界隔絕的邊遠地區，指臺灣。

[22] 鹿走中原：逐鹿中原，原指爭奪天下；今則鹿走中原，意謂遠離中土。

[23] 崖山：即厓山，亦稱厓門山、崖門，在廣東省新會縣南大海中。其形勢險要，南宋末張世傑奉帝昺扼守於此。兵敗，陸秀夫負帝昺蹈海死，宋亡。

[24] 望帝：戰國末年杜宇在蜀稱帝，號望帝，為蜀除水患有功，後禪位，退隱西山，蜀人思之；時適二月，子規（杜鵑）啼鳴，以為魂化子規，故名之為杜宇，為望帝。事見晉・常璩《華陽國志・蜀志》。

[25] 子儀九原：子儀，郭子儀（697-781），唐朝華州（今陝西華縣）人，曾平安史之亂。戎馬一生，屢建奇功，唐代因獲安寧達二十餘年，史稱「權傾天下而朝不忌，功蓋一代而主不疑」。九原，本係山名，在今山西新絳縣北。春秋時晉國卿大夫墓地所在，因以墓地為九原。

日，彌費勞心。王乃生成血性，激發天良，倣溫太真[28]之絕裾，為祖士稚[29]之擊檝[30]。艨艟[31]千艘，固金、廈之藩籬；士卒萬人，撤漳、泉之門戶。士各有志，豈死君而改初衷？人之無良，胡受恩而忘報效？其意以為明社不復，則此心一日不安，雖懷公[32]執狐突[33]以要子犯[34]，光武使文淵[35]以諭隗囂[36]，而藎念[37]彌貞，忠心益勵，固不以利害易操，安危變節者。

---

[26] 徒嗟束手：束手無策，毫無辦法可言。嗟：感嘆。

[27] 淮陰：韓信（？-B.C.196），淮陰（今江蘇淮安）人。善用兵，初歸項羽，不遇，乃依劉邦，亦不見用，再逃，蕭何留之，力薦於劉，乃拜大將；每戰必捷，為西漢奠立根基；曾封漢左丞相、趙國丞相、齊王、楚王，後因功高震主，被貶為淮陰侯，復被呂后誘殺於宮中。

[28] 溫太真：溫嶠（288-329），字泰真，一作太真，東晉太原祁縣（今山西祁縣）人。受劉琨之命，至江南奉表勸晉元帝即帝位，其母阻止，溫嶠便扯斷衣襟，毅然而去。事見南朝宋·劉義慶《世說新語·尤悔》。

[29] 稚：原文作「雅」，誤，逕改之。祖逖（266-321），字士稚，統兵北伐，渡江中流，拍擊船槳，立誓收復中原。

[30] 擊檝：「擊楫中流」之省言。「檝」同「楫」，船槳。晉祖逖率軍北伐，渡江至中流時，擊打船槳，立誓恢復中原。比喻收復失土，報效國家的壯烈情懷。

[31] 艨艟：音「蒙童」，古代戰船，船體用牛皮保護。

[32] 懷公：原文作「惠公」，誤，逕改之。

[33] 狐突：春秋晉大夫，公子重耳之外祖。狐突的兩個兒子狐毛、狐偃隨重耳出亡，懷公立，執狐突，命令他召返他們回晉國，他沒有答應，遂被殺。事見《左傳·僖公二十三年》。

[34] 子犯：狐偃（約B.C.715-B.C.629），春秋時晉國人，亦稱子犯、舅犯、咎犯、臼犯、狐子。狐突之子，晉文公重耳之舅，故又稱舅氏。

[35] 文淵：馬援（B.C.14-49 A.D.），字文淵，扶風茂陵（今陝西興平東北）人，建武八年（32 A.D.），隗囂叛漢，光武帝親征，馬援「聚米為山谷，指畫形勢」，使光武帝得以順利擊潰隗囂。

[36] 隗囂（？-33）：字季孟，東漢成紀（今甘肅省天水縣）人。新莽末，據隴西，稱西州上將軍，旋屬光武，後又叛附公孫述，光武西征，囂敗死。

[37] 藎念：猶忠心。藎，古同「進」。《詩·大雅·文王》：「王之藎臣，無念爾祖；無念爾祖，聿修厥德。」

　　昔者田橫入海，實抒貞忱[38]；孟昶[39]據蜀，乃乘紛亂。武侯[40]承寄託之重，恢復冀圖；景略[41]受知遇之恩，長才勉竭。然皆誼深君父，情重解推[42]。未有生逢厄運，跼處危邦，受帝昺[43]一日之知，矢[44]豫讓[45]終身之報。滿朝朱紫[46]，屈膝紛紛；一領青衿[47]，雄姿落落[48]。雖拓地之功，終成畫餅；而清邊之禁[49]，已至遷家。究而觀之，海隅一島而已。嗚呼！豈不難哉！

　　說者謂王才雖卓越，性實猜疑。致施琅[50]之投誠，任黃梧[51]而見叛。雖將帥有七十二之鎮，而封疆僅數百里而遙，以至逐浪隨波，朝奔夕

---

[38] 貞忱：真誠。

[39] 孟昶（919-965）：五代後蜀主，孟知祥第三子。好打毬走馬，君臣視為奢侈，後降於宋。

[40] 武侯：三國蜀諸葛亮死後諡為忠武侯，世稱武侯。

[41] 景略：王猛（325-375），字景略，東晉十六國時北海郡劇縣（今山東省壽光市東南）人。輔佐苻堅，頗見政績，被後人視為一代名相。

[42] 解推：解衣推食的省稱。將衣食贈與他人，以示關懷之意。

[43] 帝昺：即趙昺，南宋最後一位皇帝。

[44] 矢：誓也。

[45] 豫讓：春秋時晉國卿相智瑤的家臣。晉出公二十二年（前453），趙、韓、魏共滅智氏。豫讓以漆塗身，吞炭使啞，暗伏橋下，謀刺趙襄子未遂，為趙襄子所捕。臨死，求得趙襄子衣服，拔劍擊斬之，以示為主復仇，而後伏劍自殺。見《史記·刺客列傳》。

[46] 朱紫：古代高級官員的服色或服飾，借指高階官員。

[47] 一領青衿：指鄭成功原本為的讀書人。青矜，學生穿的儒冠儒服，借指學子，明清亦指秀才。

[48] 落落：形容舉止瀟灑自然，態度豁達開朗。

[49] 清邊之禁：鄭成功雄踞海上，清廷無力海上制勝，於是繼明朝禁海令，申嚴海禁，以封鎖沿海水陸交通，遏止鄭成功等反清力量。

[50] 施琅（1621-1696）：原名郎，字尊侯，號琢公，福建晉江人。原為鄭芝龍部將，永曆時，鄭成功據守廈門，施琅至廈門協助抗清，後因故叛鄭降清，獲重用，終率清軍攻克臺灣，封靖海侯；諡襄莊，贈太子太傅。

[51] 黃梧（?-1674）：字君宣，福建平和人。初為鄭成功總兵，守海澄。順治十三年（1656）斬成功將華棟，以海澄降，封海澄公。

潰，有類孫恩[52]之窮蹙，略同楊么之倡狂。不知陰平坐失[53]，非伯約[54]之無謀；天塹[55]橫衝，實吳宮[56]之應沼[57]。天心已去，卽萬籲而難回；大廈將傾，豈一木所能任？王之忠，足以爭亡國之氣，而不能攖[58]興國之鋒[59]；足以彌[60]缺憾之天，而不能完[61]破碎之璧。不然，固有受累世之恩榮，擁百萬之師旅，而身事兩朝，迄無一是者，抑又不足以膏[62]王之斧鑕[63]矣。

　　說者又謂：「王名為幹蠱[64]，實戾[65]慈烏[66]，僅知何恃[67]之嗟，不識靡依[68]之痛。況乃翁[69]已膺[70]顯爵，而昆季[71]並受殊恩，自當卷甲[72]來歸，

---

[52] 孫恩（？-402）：東晉五斗米道道士，起事義軍之首。安帝時為亂於浙江，為劉裕所平。

[53] 陰平坐失：魏滅蜀之戰（263），司馬昭遣鍾會、鄧艾、諸葛緒等分東、中、西三路進攻漢中。蜀漢以姜維為首，據劍閣天險與魏軍相持，使魏軍不能前進。鄧艾遂率精兵偷度陰平攻佔涪城，進逼成都。蜀漢後主劉禪出降，姜維聞訊後帶部投降鍾會，蜀漢滅亡。

[54] 伯約：姜維（202-264），字伯約，天水郡冀縣（今甘肅省甘谷縣東南）人。三國時期蜀漢著名軍事家、軍事統帥。

[55] 天塹：天然形成隔斷交通之大壕溝。

[56] 吳宮：三國時孫吳曾於金陵建都築宮。

[57] 沼：動詞，化為池沼之意。語本「沼吳」之典，《左傳‧哀公元年》：「越十年生聚，而十年教訓，二十年之外，吳其為沼乎！」杜預注：「謂吳宮室廢壞，當為污池。」

[58] 攖：音「鷹」，接觸、觸犯，在此意謂抵抗、阻擋的意思。

[59] 興國之鋒：滿清取代明朝而興起的鋒芒。

[60] 彌：彌補、慰藉。

[61] 完：完固。全面保有。

[62] 膏：潤滑、滋潤。此應指以血潤斧鑕，謂刑殺。

[63] 斧鑕：古刑法。置人於鐵砧上，以斧砍之。鑕，音「志」。

[64] 幹蠱：指子能繼承父之志業。幹，導正、修飾。《易經‧蠱卦‧初六》：「幹父之蠱，有子，考無咎，厲終吉。象曰：幹父之蠱，意承考也。」謂救治父所留下之積弊，是為繼承亡父之志。蠱，音「古」。

[65] 戾：違背。

[66] 慈烏：慈烏知反哺，因被譽為孝鳥、孝子。此指為孝之道。

[67] 何恃：《詩經‧蓼莪》：「無父何怙？無母何恃？」在此意謂鄭成功只知失母之痛。

偃戈內附，共敘天倫之樂，同宣翊戴[73]之勳，書竹帛以留青，銘鼎彝而著列，識時為傑，與國同休，豈不毅然大丈夫哉！」不知王既以身許國，則不以私恤家。歸吳事魏，非烈士之本心；暮四朝三，實僉王[74]之常態。王具勾踐臥薪之心，效劉琨枕戈[75]之志，刺武穆精忠之背，納光弼靴橐之刀[76]，一身尚在，則明祚有一髮之存，一日不死，則漢室之君臣不樂。蓋王所能者人也，所不能者天也；所伸者志也，所不能伸者力也。

泊乎[77]江南敗歸，由桹[78]走緬，苻堅[79]之勢日蹙，伯顏[80]之焰方張。一隅不足以抗大兵，尺地亦足以資守禦。天誘其衷，辟[81]洪荒於閩海；

---

[68] 靡依：徬徨無依。意謂鄭氏不聽父親勸降，致使自身陷入無依無靠的局面。
[69] 乃翁：指鄭成功的父親鄭芝龍。
[70] 膺：擔當，接受重任。
[71] 昆季：兄弟。
[72] 卷甲：收拾戰袍，意謂停止征戰。卷，同「捲」，收拾；甲，鐵甲衣、戰服。
[73] 翊戴：輔佐擁戴。
[74] 僉王：小人、奸人。僉，通「憸」。
[75] 劉琨枕戈：《晉書·卷六十二·列傳第三十二·劉琨傳》：「琨少負志氣，有縱橫之才，善交勝己，而頗浮誇。與范陽祖逖為友，聞逖被用，與親故書曰：『吾枕戈待旦，志梟逆虜，常恐祖生（指祖逖）先吾著鞭。』」後以「枕戈待旦」形容殺敵報國之心急切，隨時準備作戰。亦用來形容人全神戒備，絲毫不敢鬆懈。
[76] 光弼靴橐之刀：李光弼（708-764），唐代營州柳城（今遼寧省朝陽）人，契丹族。《舊唐書·李光弼傳》：「及是擊賊，常納短刀於靴中，有決死之志，城上面西拜舞，三軍感動。」
[77] 泊乎：等到，待及。
[78] 由桹：朱由桹（1623-1662），明神宗之孫。清順治三年（1646），由桹在肇慶正式即位，年號永曆，史稱永曆帝。永曆十八年（1661），清軍攻入雲南，永曆帝流亡緬甸首都曼德勒，為緬甸王莽達所留。吳三桂攻緬甸，莽達之弟莽白乘機發動政變，殺死其兄後繼位，獻永曆帝予吳三桂。康熙元年（1662）遭絞死。
[79] 苻堅（338-385）：字永固，略陽臨渭（今甘肅秦安）人，氐族，苻雄之子，苻洪之孫，苻健之姪，東晉十六國時期前秦的天王。按：此處喻指南明政權。

人假以便，復先世之故皋[82]，方謂端委開基[83]，拓荊蠻之巨壤；曲沃[84]強盛，創兩晉[85]之宏規。而乃此志未酬，大星遽落[86]。孫皓[87]酷虐，劉禪[88]庸愚，至王之孫克塽[89]乃入版圖，天也。

國家道合中天，運隆下武[90]，通乾象之精[91]，執坤靈[92]之寶，詔列祀典[93]，命建崇祠。此邦地控閩甌[94]，星分斗女[95]，今為劇郡[96]，昔號

---

80 伯顏（Bayan，1236-1295）：蒙古八鄰部人，元朝大將。曾祖述律哥圖、祖阿剌從成吉思汗征戰有功，封為八鄰部左千戶及斷事官。

81 闢：同「闢」，開闢。

82 皋：音「高」，水邊高地。故皋，指臺灣為鄭芝龍舊地。

83 端委開基：端委，禮服。開基，猶開國。謂開創基業。端委開基，意指以禮制作為開創基業。

84 曲沃：指晉武公。春秋初年，晉昭侯封其叔成師於曲沃，稱曲沃桓叔，其地大於晉都翼城。後潘父弒昭侯、欲迎立桓叔，晉人斥之，攻桓叔、殺潘父、立昭侯子為孝侯，桓叔乃退回曲沃，晉分裂為二。桓叔之孫曲沃武公伐晉侯緡，陷翼城，即位為晉武公，並獲周釐王承認，兩晉合而為一，史稱曲沃代晉、曲沃代翼。又晉武公之子獻公，攻滅虢、虞、魏等國，史稱其「併國十七，服國三十八」。獻公子重耳後即位為文公，成為春秋五霸之一。

85 兩晉：春秋初，晉國分裂為翼（晉孝侯）與曲沃（曲沃桓叔）兩部，稱二晉。這裡指晉國。

86 大星遽落：指鄭成功以三十九歲之齡崩殂離世。

87 孫皓（242-284）：字元宗，三國‧吳國的最後一位君主，史稱吳末帝。即位初期有政績，孚人望，後期轉高壓、暴虐，直至吳亡。

88 劉禪（207-271）：字公嗣，小名阿斗，三國蜀漢昭烈帝劉備之子，平庸無治國之才。即位後，得諸葛亮輔佐，亮卒，國勢漸衰，降魏。皓、劉禪都不能承帝業，比喻鄭克塽降清。

89 鄭克塽（1670-1707）：字實弘，號晦堂，鄭經次子，鄭成功之孫。永曆三十五年（1681），鄭經逝世，馮錫範、劉國軒等發動政變，擁立克塽為王。康熙二十二年（1683）施琅攻臺，克塽降清，家族被送往京師，隸屬漢軍正黃旗，受封為「漢軍公」。四十六年（1707）逝世於北京。

90 下武：在後繼承。下，之後；武，繼承。

91 乾象之精：天的精氣。乾，乾卦，象天。

92 坤靈：大地靈秀之氣。坤，坤卦，象地。

93 祀典：祭祀之儀禮。

94 閩甌：武夷山之古稱，此處借指福建沿海。

東寧。往哲邈[97]焉，我靈斯在。升階七尺，儼受社於藩封；複閣重軒，易宏規於草創。冕裳烜赫，尚留晉代之衣冠；榱桷[98]丹青，似聳靈光之崇殿。置中尊於椒桂[99]，垂綏雲敷；申上席於蘋蘩[100]，圓冠[101]兩集。譬如李唐郭令[102]，寶遺隴[103]於中州[104]，蜀漢武鄉[105]，屹[106]崇祠於私奠，庶幾鼎足而三焉。飲水知源，聞風起懦。完人一代，生佛[107]萬家。噫！安得筆燦江花，揮灑勒[108]謝太傅[109]之碣，才如蘇海[110]，淋漓表忠觀[111]之碑？

95　星分斗女：指對應二十八宿中的斗宿和女宿之間。斗宿為北方七宿之首；女宿，北方七宿第三宿。

96　劇郡：大郡，政務繁劇的州郡。

97　邈：遠逝。

98　榱桷：音「崔絕」，屋椽。

99　椒桂：椒漿桂酒。唐‧楊炯〈大唐益州大都督府新都縣學先聖廟堂碑文〉：「莫不列蘋蘩於上席，行禮敬於質明；奠椒桂於中罇，敬神明於如在。」

100　蘋蘩：蘋和蘩。兩種可供食用的水草，古代常用於祭祀。泛指祭品。

101　圓冠：圓形的帽冠，為古代儒生的服飾。亦借指儒生。

102　郭令：郭子儀（697-781），又稱郭令公，華州鄭縣（今陝西華縣）人，唐代將領。

103　遺隴：遺塚。隴，壠也。

104　中州：中原、中土，今常借指河南省。

105　蜀漢武鄉：蜀漢武鄉侯，諸葛亮在世時的爵位。

106　屹：聳立。

107　生佛：意謂造福、再生。

108　勒：雕刻。

109　謝太傅：指晉‧謝安，卒贈太傅，故稱。

110　蘇海：宋蘇軾文章氣勢磅礴，如海如潮。

111　表忠觀：觀名。在浙江省杭州市湧金門外，今稱錢王祠，宋熙寧中趙抃所建，用以表彰吳越錢氏之功德，賜名表忠觀。明嘉靖中曾改築，祠內鑴有蘇軾表忠觀碑文。

寧靖王笏[112]

咸豐間，郡南桶盤棧[113]莊人鋤園，得一玉，黝然無色。適法華寺僧過其地，以數金購歸，攜入市。識者曰：「此明寧靖王之玉笏也！」長尺有八寸，寬二寸二分，厚四分五釐，重三斤許，寺僧寶之。值祝融[114]生辰，陳座上，供眾覽。改革[115]之際，為某所得，潛攜去。郡人大憤，籲於官，展轉數月乃歸。命三郊[116]總董寶之。烏乎！余何愛此玉，愛其為寧靖王故物爾。夫王以天潢貴冑，避地東都，明朔既移，闔家殉國，而此笏亦沈淪土中，不復知有故主矣。既得復失，既失復得，郡人之憂喜又何如耶！

鄭氏故物

臺中吳鸞旂[117]丈謂：「光緒初，有漁者於湖日溪得一玉笏，攜至彰治求售，疑為鄭氏故物，以清制無用笏也。」按彰化為半線社[118]番地，

112　笏：古代大臣朝見君主時所執的手板，用玉、象牙或竹製成。

113　桶盤棧：亦稱「桶盤淺」，約為今台南市南區水交社一帶。昔日大南門城外崁頂山西南有一高地，地勢狀如圓桶，為台南與高雄、屏東之交通樞紐，過去因大南門城門禁森嚴，商旅常趕路不及，須在城外休息，遂發展為客棧的聚落。

114　祝融：上古神話人物，本名重黎，號赤帝，後人尊為火神。正月初七，風俗視為「火神爺」祝融生日。

115　改革：指由清領改歸日治。

116　三郊：府城三郊，又稱為臺南三郊。一七二〇年代左右，臺南地區之商業公會組織。三郊商分別為北郊蘇萬利，南郊金永順以及糖郊李勝興。

117　吳鸞旂：(1862-1921)：字泮水，號魯齋，官章鴻藻，臺中東勢人。光緒十五年（1889）捐貢為貢生，人稱「吳部爺」；劉銘傳撫台時曾任臺灣府（臺中）建府工程之董工總理，日治初期被任命為招安委員，歷任台中縣參事、台中廳參事，獲配紳章。其獨子為櫟社同人吳子瑜（1885-1951）。鸞旂過世，子瑜乃於台中太平冬瓜山下建造祖墳、別墅花園，歷六年而成，時人稱東山別墅。

118　半線社：彰化原名「半線」，係早期巴布薩（Babuza）平埔族半線社所居之地。

永曆二十四年（1670），右武衛**劉國軒**[119]駐軍討沙轆[120]，而嗣王經亦親討**斗尾龍岸番**[121]，國軒從。是彰化固鄭氏**威稜**[122]所至之地，此玉笏或為當時之物而落於水，惜余未見，不敢臆斷。

劉國軒碑

國姓莊[123]在臺中轄內，有內外兩莊。內國姓處北港溪畔，距龜仔頭八里，群山環繞，中拓平原，昔為土番部落。永曆二十四年（1670）冬，沙轆番亂[124]。右武衛劉國軒討之。大肚番恐，竄於**埔里社**[125]，逐之至北港溪，駐軍於此。光緒十八年（1892），林朝棟亦駐軍於此。闢草萊[126]，開阡陌[127]，發見一碑，為國軒所建。文曰：「西望華山[128]貴峻

---

[119] 劉國軒（1629-1693）：字觀光，福建汀州人，一說武平人。永曆八年（1654）投入鄭成功陣營，曾隨成功伐南京、攻台灣。延平入台，國軒駐守半線屯田，拓墾時與當地沙轆社等諸社衝突。三藩事起，隨鄭經與役，事敗後退回台灣。經薨，國軒駐澎湖，被施琅擊敗，力主降清。

[120] 沙轆：今沙鹿，位於臺中海岸平原，原為濱海漁村，是拍暴拉平埔族「Salach」社的居住地，稱「社口番地」，又稱「沙轆社」。永曆二十四年（1670），大肚社、沙轆社、斗尾龍岸社起事，遭鄭軍劉國軒討伐、屠戮，死傷慘重，僅餘六人匿海口。大肚族恐，遷之於埔里社（今南投縣埔里鎮），逐之至北港溪。

[121] 斗尾龍岸番：《台灣通史》載：「斗尾龍岸者，居大甲溪之北，地險眾強，黥面文身若魔鬼，殺人為雄，以其頭作飲器，左右社番皆畏焉。」

[122] 威稜：威力、威勢。

[123] 國姓莊：昔為原住民聚居之地，森林密佈，無人拓墾，傳說劉國軒率兵肅撫，命名「國姓」。光緒三年（1877），林朝棟率五千兵駐屯，維持治安，頗受原住民侵擾而撤兵。咸豐年間正式開發，日治時代設置能高郡國姓庄役場（1920-1945），戰後改置南投縣國姓鄉。

[124] 沙轆番亂：詳前注。

[125] 埔里社：清代以日月潭到埔里盆地一帶為範圍，聚落約在埔里盆地中央，郭百年事件時遭漢人屠戮，後來與其他平埔族人混雜，聲勢復壯。

[126] 草萊：猶草莽，荒蕪之地。

[127] 阡陌：田間小路。

[128] 華山：即南華山，亦稱能高北峰，臺灣百岳中排名第 74，屬中央山脈，橫走南投縣、花蓮縣。

巖。華山何事隔深淵？左倉右庫障屏上，北港南溪匯案前。湖海星辰來拱照，蛟龍關鎖去之玄[129]。三千粉黛同分外，八百烟花列兩邊。可惜生番雄霸據，留將此地待時賢。」[130]此則贊揚山川之偉麗者。朝棟見之，改名時賢莊，墾田百數十甲。戊申（明治四十一年，1908）冬，余至其地，佃多粵人，而家祀延平郡王，然未見此碑，聞在叢莽中，他日當再訪之。

釋華佑遺書

鄭芝龍據臺時，普陀山僧釋華佑者，精堪輿術，與其友蕭克偕游臺灣。自蛤仔難[131]入山，歷經番社，年餘，乃出諸羅。所至圖其山川，志其脈絡。克，俠客也，腰弓佩劍，饑則射鹿以食，故無絕糧患。華佑既去，**主於**[132]安溪李光地[133]家，乞刊其書，未久圓寂。光地好堪輿，愛其書，秘以為寶。閱數世而為某所得，攜至鹿港，某死遂散佚。彰化關帝廳莊蕭氏存六十餘葉，北斗街人某亦有三十餘葉。書雖不全，而其所言多屬奇異，為錄數則：「某日至巴老臣社[134]，番性純良，多識字，能讀《孝經》、《論語》。社前有巨石，上刻唐碑兩字，大徑尺。碑文為風雨所蝕，漫不可讀。」又曰：「某日至濁水溪，水大不可涉，乃騎野牛而渡。」又曰：「某日至蘇澳，見鹿入水化為鯊，角猶存。」是其所言，均屬創見。他日苟得其書，當再而刊之，以公之世。

---

[129] 去之玄：去，山脈走勢；之，往也；玄，玄武，古代中國方位中玄武屬北方。去之玄，意謂山脈的走勢往北延伸。

[130] 編按：此作應為排律，大意是：該地向西眺望可見雄偉山嶽，而其左右有天然屏障，宛如倉庫並峙，南北河流匯聚眼前，四周花草芳菲環伺，只可惜生番蟠踞，必須等待後世賢者予以開墾。

[131] 蛤仔難：宜蘭古名，為原住民語音譯。

[132] 主於：寄住在。

[133] 李光地（1642-1718）：字晉卿，號厚庵、榕村，福建泉州安溪人。康熙九年（1670）進士，官至直隸巡撫、吏部尚書、文淵閣大學士。二十年（1681）李保薦施琅領軍，收復臺灣；學世稱「安溪先生」、「安溪李相國」。

[134] 巴老臣社：今鵁仔埔，在羅東一帶。

龍渡滄海

〈赤崁筆談〉謂：朱文公[135]登福州鼓山，占地脈，曰：「龍渡滄海，五百年後，海外當有百萬人之郡。」今歸入版圖，年數適符；熙熙穰穰[136]，竟成樂郊[137]矣。鼓山之上有石，刻「海上視師」四字，為**紫陽**[138]所書。近讀邱仙根工部之詩，以為則指鄭氏，然則宋儒亦有讖緯[139]之術矣。

編輯附記

《重修福建臺灣府志‧卷十九‧雜記（祥異、叢談、外島附）‧叢談》

宋朱文公登福州鼓山，占地脈，曰：「龍渡滄海，五百年後，海外當有百萬人之郡。」今歸入版圖，年數適符；熙熙穰穰，竟成樂郊矣（〈赤嵌筆談〉）。

草雞

讖緯之術，學者不言，而漢儒言之，每多附會。豈天數已定，故為隱語，以神其說；抑至誠之道，可以前知，而不可明言之歟？余前讀《槎上老舌》[140]，載崇禎庚辰（1640），閩僧貫一居鷲門，夜坐，見籬外陂陀[141]有光，連三夕，怪之，因掘地得古甄[142]，背印兩圓花突起，

---

135 朱文公：朱熹諡號文，故稱。按：原作宋文公，依〈臺海使槎錄〉改。
136 熙熙穰穰：人群擁擠，喧嚷紛雜貌。穰，「攘」的形近通叚。
137 樂郊：猶樂土。《詩‧魏風‧碩鼠》：「逝將去女，適彼樂郊。樂郊樂郊，誰之永號。」
138 紫陽：指朱熹。朱熹之父朱松曾在紫陽山（安徽省歙縣）讀書，朱熹後居福建崇安，題廳事曰：「紫陽書室」，以示不忘。
139 讖緯：占驗符命。
140 《槎上老舌》：閩人陳衎（音「看」）著。陳衎，字磐生，閩縣人，諳繪事，善畫蘭，另著《大江集》。
141 陂陀：傾斜，不平坦。

面刻古隸四行，其文曰：「草雞夜鳴，長耳大尾，干頭銜鼠，拍水而起，殺人如麻，血成海水，起年滅年，六甲[143]更始，庚小熙皞，太和千紀。」是書為明季閩縣陳衍所著。至清人得臺之後，王漁洋《池北偶談》[144]載之，且曰：「雞，酉字也[145]，加草頭、大尾、長耳，鄭字也。干頭[146]，甲字，鼠，子字也，謂鄭芝龍以天啟甲子（四年，1624）起海中為群盜也。明年甲子，距前甲子六十年矣。庚小熙皞[147]，寓年號也。前年**萬正色**[148]克復金門、廈門，今年施琅克澎湖，鄭克塽上表乞降，臺灣悉平。六十年海氛[149]，一朝盪盡，此固國家靈長[150]之福，而天數已預定矣。異哉！」

編輯附記

《福建通志臺灣府・雜錄・錄自重纂福建通志卷二百七十四～二百七十六・叢談》

　　明崇正庚辰（崇禎十三年，1640），閩僧貫一居鷺門（即今廈門）夜坐，見籬外陂陀有光，連三夕，怪之，因掘地得古甎，背印兩圓花

---

[142] 古甎：古代建築物的遺磚，其上有年款、圖案花紋，或吉祥語等，於考古、美術、書法皆有重要價值。甎，同「磚」。

[143] 六甲：古時用天干地支配成六十組干支，其中以「甲」起頭者有甲子、甲戌、甲申、甲午、甲辰、甲寅六組，稱六甲。

[144] 《池北偶談》：清代筆記小說，凡 26 卷，王士禎著。其書命名取白居易《池北書庫》之意。又因王士禎常與客友聚談於書庫旁的石帆亭，由兒輩記錄、整理，又名《石帆亭紀談》。

[145] 雞，酉字也：用於紀年的生肖符號之一。生肖紀年依序為：子鼠、丑牛、寅虎、卯兔、辰龍、巳蛇、午馬、未羊、申猴、酉雞、戌狗、亥豬。

[146] 干頭：天干（甲、乙、丙、丁、戊、己、庚、辛、壬、癸）之首。

[147] 庚小熙皞：庚小為「康」字，應在康熙癸亥年。

[148] 萬正色（1637-1691）：字中庵，福建晉江人。原為鄭成功部將，後投清，官至福建水師提督、陸路提督、雲南提督，累加左都督、太子少保、世襲騎都尉。

[149] 海氛：指海疆動亂之形勢。

[150] 靈長：廣遠綿長。

突起,面刻古隸四行,其文曰:「草雞夜鳴,長耳大尾,干頭銜鼠,拍水而起,殺人如麻,血成海水,起年滅年,六甲更始,庚小熙皡,太和千紀。」凡四十字。閩縣陳衍磐生,明末,著《槎上老舌》一書,備記其事。至國朝康熙癸亥(二十二年,1683),四十四年矣。識者曰:雞,酉字也;加草頭,大尾,長耳,鄭字也。干頭,甲字;鼠,子字也;謂鄭芝龍以天啟甲子起海中為群盜也。明年甲子,距前甲子六十年矣。庚小熙皡,寓年號也。前年萬正色克復金門、廈門,今年施琅克澎湖,鄭克塽上表乞降,臺灣悉平,六十年海氛,一朝盪滌,此固國家靈長之福,而天數已豫定矣,異哉!(王士正《池北偶談》)

文山秀氣

道光間,重修海東書院,曾於西畔掘地,得「文山秀氣」石刻四片,旁有「晦翁」二字,是為朱文公之書。石大各二尺餘,不知何時流落至此。府學教授楊希閔[151]記之,並於書院牆上,今已亡。

石刻

《臺灣舊志》謂:鳳山相傳昔年有石忽自開,內有讖云:「鳳山一片石,堪容百萬人,五百年後,閩人居之。」而《福建通志》[152]亦謂:

---

[151] 楊希閔(1809-1878):字臥雲,號鐵鏞、息齋,江西新城人。約同治九年(1870)來臺,掌教海東書院,直至光緒三年(1877)前後。著有《遯憨山房詩》、《水經注匯校》、《遯憨山房叢稿》及《四朝先賢六家年譜》、《豫章先賢九家年譜》等年譜著作 17 種。

[152] 《福建通志》:清代《福建通志》共纂修三次:一、乾隆二年(1737)郝玉麟、謝道承纂修;二、乾隆三十三年(1768)沈廷芳、吳嗣富纂修;三、孫爾準、陳壽祺纂修,刊於同治十年(1871)。臺灣銀行經濟研究室出版之臺灣文縣叢刊,輯第三部《福建通志》有關臺灣的部分,為《福建通志臺灣府》,即下文「編輯附記」所本。

「佃民墾田得石碣，內鎸『山明水秀，閩人居之』。」按二石均不言所在，若果有此，則漢族之居臺已久。否則，**齊東之語**[153]爾。

編輯附記

《福建通志臺灣府‧雜錄‧錄自重纂福建通志卷二百七十四～二百七十六‧叢談》

鳳山相傳昔年有石忽自開，自有讖云：「鳳山一片石，堪容百萬人，五百年後，閩人居之。」又傳佃民墾田得石碣，內鎸「山明水秀，閩人居之」八字。（《臺灣府志》）

大肚刀

埔里社處萬山之中，今之化番[154]，多來自外。有大肚番者，原居半線，為劉國軒所逐，乃竄於此。族中有一古刀，為元代之物，云：其祖所遺，秘不示人，祭時始陳席上。按《元史》至元二十八年（1291），命海船副萬戶楊祥以六千軍伐瑠求[155]，自汀路尾澳[156]舟行，至日巳時[157]，海洋中正東，望有山長而低者，約去五十里，祥言為瑠求國。乘小舟至山下，以人眾，不敢上岸，命軍官劉潤[158]等二百餘人，以小舟

---

[153] 齊東之語：比喻傳言不實，荒誕不經，不足採信的言論。《孟子‧萬章上》：「此非君子之言，齊東野人之語也。」

[154] 化番：具有一定漢化程度的原住民統稱，有時接受清廷統治，納稅、服役，但有時也抗官。

[155] 瑠求：《元史》列傳第九十七「外夷三」條中記載：「瑠求，在南海之東。漳、泉、興、福四州界內，彭湖諸島與瑠求相對，亦素不通。」故知元朝所稱的「瑠求」，或即臺灣。

[156] 汀路尾澳：澎湖最早的地方名。

[157] 巳時：上午九時至十一時。

[158] 劉潤（生卒年不詳）：原名劉渡，河南祥符縣（今屬開封市）人。道光二十七年（1847）進士，三十年（1850）任浙江省秀水縣（今屬嘉興市）知縣。

十一艘載軍器，領三嶼[159]人陳輝者登岸。岸上人不諳三嶼人語，為其殺死者三人，遂還至澎湖。夫瑠求者臺灣也，今以地勢考之，所謂山長而低者，似大肚山。當隋之時，波羅檀為海濱高原；則元之時，大肚山當在海隅，而梧棲[160]為海也。夫梧棲為從前互市之口，商船市舶可入市旁，今流沙日淤，積為平陸，距海已二十里，此三十年來事也。滄桑之變，已覺其速。若在千載以前，則大肚山必為海中沙汕，蠣蚌之殼猶有存者。《舊志》謂：沙轆番，族大勢強，為劉國軒所滅，僅餘五人逃匿海口。沙轆在大肚山麓，與大肚番同種。是元之時，大肚番為一方之雄，怙[161]其勢力，故敢殺元之兵而奪其刀，以傳示子孫，至今猶寶之也。

三保薑

《香祖筆記》[162]謂：鳳山縣有三保薑，相傳明初三保太監所植，可療百病。《臺灣志略》[163]亦曰：明太監王三保[164]植薑山上，至今尚有產者。有意求覓，終不可得。樵夫偶見，結草為記，次日尋之，弗獲，故得者可療百病。又曰：太監王三保舟至臺，投藥水中，令土番染病者於水中洗浴即愈[165]。按明初中官[166]入臺，諸書所載，或為鄭和，或

159　三嶼：菲律賓最北方，位於巴丹群島上。
160　梧棲：臺中市梧棲區。
161　怙：音「戶」，依靠、仗恃。
162　《香祖筆記》：清・王士禎（1634-1711）撰。王士禎，字貽上，號阮亭，別號漁洋山人，以號行，山東新城（今山東桓台）人。
163　《臺灣志略》：尹士俍（1690-？）作。尹士俍，字東泉，山東省濟寧縣人，曾任臺灣海防同知（1729）、臺灣知府（1733）、分巡臺灣道（1735）等職；雍正末年完成《臺灣志略》三卷，乾隆初年刊刻。
164　王三保：王景弘，福建人。明朝宦官，人稱王三保，曾隨鄭和、馬歡等人率船隊出洋。《明會典》載：「王三保赴西洋水程，在赤崁汲水。」
165　愈：通「癒」。
166　中官：即宦官。

為王三保，皆永樂[167]時奉使西洋者。岡山在鳳山縣轄，距郡東三十里，是其來臺，且至內地，非僅取水赤崁也。

編輯附記

《臺灣府志‧卷九‧外志‧雜記》

　　鳳山縣地方有之。相傳明太監王三保植薑岡山上，至今尚有產者。有意求覓，終不可得。樵夫偶見，結草為記；次日尋之，弗獲，故道：有得者，可瘳[168]百病。

《臺灣府志‧卷九‧外志‧古蹟》

　　藥水　在鳳山縣淡水社。相傳明太監王三保投藥水中，令土番染病者於水中洗澡，即愈。

鐵礮

　　〈赤崁筆談〉謂：雞籠城貯鐵礮，明崇禎三年（1630）鑄。據是則明季防海，不特戍兵澎湖，且遠至雞籠矣。

瓦瓶

　　《諸羅縣志》謂：鄭氏時，**目加溜灣**[169]開井，得瓦瓶。識者云：是唐宋以前古器。惜其物不傳，亦不知瘞自何時。開闢之先，又何得有此瓶而瘞之也。按目加溜灣，番社名，在今嘉義縣轄。

編輯附記

《諸羅縣志‧卷十二‧雜記志‧外紀》

---

[167] 永樂（1403-1424）：明成祖的年號。
[168] 瘳：音「抽」，病癒。
[169] 目加溜灣：善化舊稱，早期平埔族西拉雅系目加溜灣社的故地，因位處灣裡溪，後改稱灣裡街，日治大正時期易名為善化街，戰後改名為善化鎮。

　　鄭氏時，目加溜灣開井，得瓦瓶。識者云：是「唐、宋以前古窯」，惜其物不傳，亦不知此瓶瘞自何時。未開闢之先，又何得有此瓶而瘞之也？

綠珊瑚

　　綠珊瑚一名綠玉。樹多亞[170]枝，而無花葉，色綠可愛，臺南沿海植以為籬。或云種自呂宋。張鷺洲[171]**侍御**[172]詩曰：「一種可憐[173]籬落[174]下，家家齊插綠珊瑚。想從海底搜羅日，長就苔痕潤不枯。」

唐琴

　　淡水洪逸雅茂才藏有古琴一張，為**竹塹**[175]林鶴山先生之物。沒後流落，逸雅得而寶之。焦桐[176]有知，亦可無憾。琴為唐代所製，上刻篆文「萬壑松」三字，是其名也。又有「神而明之」四字，亦篆文。其下有三銘：一曰「潛園主人平生真賞」；一曰「希元林氏，一字次崖」[177]；一曰「林氏子孫永寶用之。」而鶴山亦自銘其背曰：「此琴製自唐肅宗至德二年（757），質堅如玉，斷紋[178]作牛毛梅花斷，撫之音韻清揚而遠，洵千里彝器[179]也。本同安理學家次崖先生所藏，因遭兵燹，

170　亞：通「椏」，《玉篇》：「木椏杈」。《揚雄・方言》：「江東謂樹岐曰杈椏。」
171　張鷺洲：即張湄。
172　侍御：唐代稱殿中侍御史、監察御史為侍御。
173　可憐：即可愛。
174　籬落：籬笆。
175　竹塹：新竹的舊名。
176　焦桐：琴名。東漢蔡邕曾用燒焦的桐木造琴，後因稱琴為焦桐。
177　林希元（1481-1565）：字茂貞，號次崖，福建同安人。正德十二年（1517）進士，授大理評事、寺正等職。有《易經四書存疑》、《林次崖集》傳世。
178　斷紋：原文作「練紋」，遂改之，古琴年代久遠的標誌。由於長期演奏的振動和木質、漆底的不同，可形成多種斷紋，如梅花斷、牛毛斷、蛇腹斷、冰裂斷、龜紋等。
179　彝器：古代宗廟常用祭器的總稱。

歸登瀛陳氏，傳五葉[180]，予乃購得之。夫石泐[181]金寒，物久必弊；茲豈有神物護持，故得此不壞身耶？如顯慶車[182]存，如靈光殿峙，張此以和古松，共諧宮徵[183]。咸豐癸丑（1853）中秋，銘於香石山房，占梅鶴山氏并書。」

宋錢

《海東札記》[184]謂：「臺地多用宋錢，如太平[185]、元祐[186]、天禧[187]、至道[188]等年號。錢質小薄，千文貫之，長不盈尺。相傳初闢時，土中掘出古錢千百貫，或云來自粵東海舶[189]。」余往北路，家僮於笨港[190]海泥中得古錢數百，肉好深翠，古色奇玩，乃知從前互市，未必不取道此間，畢竟邈與世絕矣。按笨港卽魍港，一名北港，在雲林縣西。曩為海舶出入之口，宋時貿易卽在於此，故以北港名臺灣也。《讀史方輿紀略》[191]曰：「澎湖為漳泉門戶，而北港則澎湖之唇齒；失北港則唇

180　葉：世、代。
181　石泐：刻石。泐，同「勒」，銘刻。
182　顯慶車：卽顯慶輅。宋代皇帝郊祀時所乘車輿，自唐顯慶中傳之，故稱。
183　宮徵：泛指樂曲。
184　《海東札記》：清・朱景英撰。景英字幼芝，一字梅冶，號研北；湖南武陵人。乾隆三十四年（1769），擢臺灣海防同知，三十九年（1774），遷北路理番。《海東札記》作於三十七年海防同知任內。
185　太平：太平興國（976-984），北宋太宗的第一個年號。
186　元祐（1086-1094）：北宋哲宗的第一個年號。
187　天禧：原作天興，依《海東札記》改之，北宋真宗的第三個年號（1017-1021）。
188　至道（995-997）：北宋太宗的最後一個年號。
189　海舶：海船。
190　笨港：明季臺灣聞名港口，其正確位置學者尚無定論，約在今之雲林縣北港鎮、嘉義縣新港一帶。
191　《讀史方輿紀要》：要原作略，誤，逕改之。清・顧祖禹（1631-1692）撰。祖禹字端五、復初，號景範，又稱宛溪、宛溪先生。祖禹銜父之言，蒐羅圖志、考掘遊歷，經二十年撰成此書，收「歷代州域形勢通論至天文分野」，以「言山川險易，古今用兵戰守攻取之宜。」（參《讀史方輿紀要》，魏序、彭序）

亡齒寒，不特[192]澎湖可慮，則漳、泉亦可憂。」北港在澎湖東南，亦謂之臺灣。是臺灣之與中國交通已久，惜乎！史文缺載，不得其詳，而舊時作志者又不殫心[193]考究，遂致沉淪不顯，寧不可歎！

編輯附記

《續修臺灣縣志‧卷五‧外編‧叢談》

臺地多用宋錢，如太平、元祐、天禧、至道等年號，錢質小薄，千錢貫之，長不盈尺，重不逾二觔[194]。相傳初闢時，土中有掘出古錢千百甕者，或云來自東粵海舶。余往北路，家僮於笨港口海泥中得錢數百，肉好深翠，古色奇玩，乃知從前互市，未必不取道此間，果竟邈與世絕哉？然邈來中土不行小錢，洋舶亦多有載至者（同上）。

右旋螺

林爽文之役[195]，大將軍福康安[196]平臺，特頒內府大吉祥右旋螺[197]，以利渡海。及歸，命藏福建藩庫，凡將軍、總督巡臺及冊封琉球，佩之行。聞此螺為清初朝鮮所貢。辛亥革命之後，不知尚存歟？

---

192 不特：不僅；不但。
193 殫心：用盡心思。
194 二觔：即二斤。觔，音義同「斤」。
195 林爽文之役：清代臺灣三大民變之一。曾陷彰化城，殺知府孫景燧，向北攻下竹塹城，再向南攻諸羅等地，南北路天地會眾相繼響應，一時除臺灣府、諸羅縣、鹿港，盡皆陷落。清廷震動，遣陝甘總督大學士福康安來臺鎮壓，決戰於八卦山，乾隆五十三年（1788）生擒林爽文，解送北京處死。乾隆不僅將此役納入他的十全武功之一，改諸羅縣為「嘉義」縣，以彰縣民守城之功，可見其規模之大。林爽文（1756-1788），原籍福建漳州，乾隆三十八年（1773）隨父來臺，定居彰化大里杙（今台中大里），四十九年（1784）加入彰化天地會，成為會首，五十一年（1786）臺灣府知府孫景燧取締天地會，逮捕林爽文之叔伯，爽文憤而起事，自稱「盟主大元帥」。

荷蘭甕

　　牡丹之役,建安平礮臺,曾於王城下掘得古甕數十,大可二三升,色白而粗,似為荷人貯藏火藥之器,余存其一。

螺溪硯

　　己未(大正八年,1919)冬十月,有竹滬人朱興明者,攜一螺溪硯至臺南玄武廟前求售,索價三百金,云:「為寧靖王所遺。」硯大尺有二寸,背有銘,旁刻「術桂」[198],筆畫秀勁,為王所書。友人陳明沛見之,謂:「銘凡六十餘字。」惜未錄存。後為室谷信太郎以二百三十金購去,聞已轉贈後藤棲霞[199]矣。按西螺溪石硯載於《彰化縣志》,其石有金砂、銀砂之別。鄭氏之時,西螺尚在榛莽,而取石作硯,傳之藝林,可補《舊志》之缺。

---

[196]　福康安(1753-1796):字瑤林,富察氏,清鑲黃旗滿洲人。清高宗孝賢皇后姪,大學士傅恆子。乾隆五十二年(1787)林爽文圍嘉義,以將軍職偕參贊大臣海蘭察往剿。

[197]　右旋螺:此處疑當作左旋螺,世上絕大多數海螺都是右旋螺,左旋螺極少。由於象徵「佛」法的標誌「卍」為左旋,故左旋螺在佛教中為殊勝的法器,常用於供佛。

[198]　術桂:朱術桂(1617-1683),字天球,號一元子,受封寧靖王,為明太祖九世孫。鄭成功退守臺灣,術桂亦從來,鄭克塽降清,術桂與五位妃子自殺,術桂葬於高雄竹滬,五妃則葬在臺南市,有廟祀之。

[199]　後藤棲霞(1857-1929):後藤新平,號棲霞,日本陸奧塩釜(今岩手縣奧州市)人。習醫,曾任第四任臺灣總督兒玉源太郎的民政長官,以「生物學原則」治理殖民地,奠立臺灣的殖民建設與統治基礎。卸任後離臺,任南滿洲鐵道株式會社總裁,並多次入閣。

竹如意

　　沈斯庵太僕以明室之遺老，作東都之寓公[200]；臺灣文獻，推為初祖。斯庵有竹如意一柄，長約二尺，上刻篆文「斯庵」二字，古澤可鑑[201]。今西大龍[202]得於新竹，攜至臺南示余。大龍為曹洞宗[203]布教師，能詩嗜酒，深以為寶。

闟鏤樹

　　《隋書‧流求傳》謂：流求多闟鏤樹，似橘而葉密，條纖如髮之下垂。按流求則今臺灣，而闟鏤樹以狀觀之，似為榕樹。蓋以臺地多榕，今其在者，尚有數百年前物。

金荊瘿

　　唐‧張鷟《朝野僉載》[204]謂：隋帝令朱寬[205]征留仇[206]國，還，得金荊瘿數十片。木色如真金，密緻而文采盤錯，有如美錦，甚香，極細，可以為枕及案面，雖沈檀[207]不可及。按金荊瘿卽花樟。臺灣多樟，有經千數百年者，根幹成瘿，鋸而為片，自成文理，且有山水、花木、

---

[200] 寓公：原指旅居他國、異鄉的官僚、諸侯、貴族。後為寄寓他鄉者的通稱。

[201] 鑑：鏡子，此處指光亮可照人。

[202] 今西大龍（？-1934）：日本在台文人，曾任曹洞宗新竹禪寺的布教師、住持，臺灣佛教青年會發起人之一。

[203] 曹洞宗：禪宗主要流派之一，自石頭宗門下分出，創始於洞山良價、曹山本寂，與大慧宗杲所提倡話頭禪，成為後世禪宗兩大流派。

[204] 《朝野僉載》：唐‧張鷟（約658-約730）著。記唐初至開元年間作者身歷見聞或神鬼怪異之事蹟，頗有涉及武則天者。

[205] 朱寬：隋煬帝時的將領，官任羽騎尉。大業三年（607），奉隋煬帝之命，與何蠻同赴流求。次年，流求向隋帝國稱臣。

[206] 留仇：隋唐宋元時期稱臺灣為「琉球」、「留仇」、「流虯」、「流求」等。

[207] 沈檀：指沉香木和檀木。

鳥獸之形,色黃而澤。樟性香,製器熬腦,出產甚多。唐人不察,誤為金荊。

酒樹麵木

《洛陽伽藍記》[208]謂:「昭儀寺[209]有酒樹麵木。」按酒樹疑卽椰樹,漿可為酒,亦可生飲。而麵木則桄榔[210],以其皮中有屑如麵,可造餅食。唐·段公路《北戶錄》[211]謂:「桄榔心為炙[212],滋腴[213]極美。」桄榔臺南多有,未有食者,唯取其葉為帚。

雞距[214]番

康熙間,仁和郁永河來臺採磺,著《番境補遺》,足資修志之助。唯內有雞距番一則,則傳聞之誤爾。其言曰:「雞距番足趾槎枒[215]如雞距,性善緣木,樹上往來跳躑[216],捷同猿狖[217]。食息皆在樹間,非種植不下平地。其巢與雞籠山[218]相近。常深夜獨出,至海濱取水。遇土番往往竊其首去,土番亦追殺不遺餘力。蓋其足趾槎枒,不利平地,

---

[208] 《洛陽伽藍記》:簡稱《伽藍記》,北魏·楊衒之(生卒年不詳)撰,成書於東魏孝靜帝時。書中歷數北魏洛陽城的佛寺,對寺院的緣起變遷、建制規模,及與之有關名人軼事、奇談異聞,記載詳覈,可以說集歷史、地理、佛教、文學於一書,《四庫全書》將之列入地理類。

[209] 昭儀寺:在今河南省洛陽市。

[210] 桄榔:棕櫚科山棕櫚屬,常綠灌木,產於熱帶。莖髓可製澱粉,葉柄纖維則可製繩。

[211] 《北戶錄》:唐·段公路著,三卷,主要記述嶺南風土物產。

[212] 心為炙:謂桄榔其心似藤心,以為炙,滋腴極美。

[213] 滋腴:原文作「滋艘」,誤。

[214] 雞距:雄雞的後爪。

[215] 槎枒:音「茶牙」,形容錯落不齊之狀。

[216] 跳躑:上下跳躍。

[217] 猿狖:泛指猿猴。狖,古書記錄的一種猴,黃黑色,尾巴很長。

[218] 雞籠山:《續通典》:「雞籠山在澎湖嶼東北……去泉山甚彌。地多大上澤,叢篁深菁。」

多為土番追及。既登樹，則穿林度棘，不可復制矣。」《臺海采風圖》[219]亦曰：「內山絕頂有社曰嘟嘓。其番剪髮、突睛、大耳，狀甚惡，足指如雞爪，上樹如猿猴，善射好殺，無路可通。土人攀藤上下，與近番交易，一月一次，雖生番亦懾焉。惟懼礮火，聞聲則遁。」按二說《府志》均采入番俗，唯足如雞距，似為談者之誕。生番亦人耳，豈獨賦形之異？蓋以僻處深山，穿林度棘，捷如猿猴，則所居使然也。嘟嘓二字，以音讀之，似太魯閣。太魯閣處東北深山，性獰猛，群番畏之；雖屢遭膺懲[220]，而負其險阻，猶不易制也。

編輯附記

《重修臺灣府志・卷十五・風俗（三）・番社風俗（二）・淡水廳（二）・附考》

　　雞距番足趾楂椏如雞距，性善緣木，樹上往來跳躑，捷同猴狖；食息皆在樹間，非種植不下平地。其巢與雞籠山相近，常深夜獨出，至海邊取水；遇土番，往往竊其首去。土番亦追殺不遺餘力，蓋其足趾楂椏不利平地，多為土番追及；既登樹，則穿林度棘，不可復制矣（《番境補遺》）。

《重修臺灣府志・卷十六　風俗（四）・番社通考》

　　內山絕頂有社，名曰嘟嘓。其番剪髮，突睛大耳，狀甚惡。足指如雞爪，上樹如猿獼，善射好殺。無路可通，土人扳藤上下，與近番交易，一月一次；雖生番亦懾焉。惟懼砲火，聞聲即跳遁（同上）。

---

[219] 《臺海采風圖》：清・六十七（生卒年不詳）撰。十七號居魯，滿州鑲紅旗人。乾隆九年（1744）以戶科給事中奉命巡視臺灣。在臺三年，與范咸纂輯《重修臺灣府志》。留心殊風絕俗，珍視海東文獻，編有《臺海采風圖考》、《番社采風圖考》及《海東選蒐圖》。

[220] 膺懲：討伐、抗擊。

古橘岡

　　〈古橘岡詩序〉，不知何人所撰，《臺灣府志》載入叢談。其言曰：「鳳邑有岡山。未入版圖時，邑中人六月樵於山，忽望古橘挺然岡頂。向橘行里許，有巨室。由石門入，庭花開落，階草繁榮，野鳥自呼，房廊寂寂。壁間留題詩語及水墨畫跡，纔存各半。比[221]登堂，無所見，惟一犬從內出，見人搖尾，絕不驚吠。隨犬曲折，緣徑恣觀，環室皆徑圍橘樹也。時雖盛暑，猶垂實如椀[222]大。摘食之，瓣甘而香。取一二置諸懷。俄而斜陽照入，樹樹含紅，山風襲人，有凄涼氣。輒荷樵尋路，遍處誌之[223]。至家以語，出橘相示，謀與妻子共隱。再往，遂失其室，並不見橘。」連橫曰：武陵人誤入桃源，千古傳為佳話；顧此為靖節[224]寓言爾。岡山屹立郡東，少時曾遊兩次，古剎修篁，境絕**清閟**[225]，山多荔枝，熟時群猿爭食，未聞有橘。武陵人為漁夫，而此為樵客，遙遙相對，且有移家之志，可謂不俗。豈作者亦欲避秦歟？苟有其地，吾將居之。

編輯附記

《重修臺灣府志·卷十九·雜記·叢談》

　　鳳邑治有岡山，未入版圖時，邑中人六月樵於山，忽望古橘挺然岡頂。向橘行里許，則有巨室一座。由石門入，庭花開落，階草繁榮，野鳥自呼，廂廊寂寂。壁間留題詩語及水墨畫蹟，纔存各半。比登堂，一無所見；惟隻犬從內出，見人搖尾，絕不驚吠。隨犬曲折，緣徑恣觀，環室皆徑圍橘樹也。雖盛暑，猶垂實如碗大；摘啗之，瓣甘而香，

221　比：及、等到。
222　椀：同「碗」。
223　誌之：做標記。
224　靖節：陶淵明，人稱靖節先生。
225　清閟：清靜幽邃。閟，音「必」。

取一、二置諸懷。俄而斜陽照入，樹樹含紅；山風襲人，有淒涼氣。
輒荷樵尋歸路，遍處誌之。至家以語，其人出橘相示，謀與妻子共隱
焉。再往，遂失其室，並不見有橘（〈古橘岡詩序〉）。

蛇人

　　臺灣處絕海之上，附麗[226]諸島，若彭佳嶼[227]、**火燒嶼**[228]、**紅頭嶼**[229]
俱已發見，即後山[230]亦漸開拓。但有野番，而無怪物。如《臺灣志略》
所載蛇人，幾如《山經》[231]所言，豈窫窳[232]獨陽[233]之類，果有其種耶？
《志略》曰：「康熙二十三年（1684）八月，福建陸路提督萬正色有海
舟將之日本，行至雞籠山後，因無風，為東流所牽，抵一山，得暫息。
舟中七十五人皆莫識何地。有四人登岸探路，見異類數輩疾馳至，攫
一人共噉之。三人逃歸，適遇一人於莽中。與之語，亦泉人。攜之登
舟，具言妖物噉人狀，曰：『彼非妖，此地之人也，蛇首猙獰，能飛行，
然所越不過尋丈[234]。往時余舟至，同侶遭噉，唯余獨存。』問何以獨

226　附麗：附著、依附。
227　彭佳嶼：在臺灣本島東北方，距基隆港約 56 公里。又名莫萊嶼、大峙山
　　嶼，當地漁民亦稱為大嶼。
228　火燒嶼：綠島，原名火燒島（亦稱雞心嶼或青仔嶼），位於台東縣外海。
　　民國三十八年（1949）實施綠化政策，更名綠島。
229　紅頭嶼：蘭嶼舊名，民國三十六年（1947）因盛產蝴蝶蘭，更名為蘭嶼。
230　後山：臺灣以中央山脈等山系分隔東西，清代稱臺灣西部為前山或山前，
　　東部為後山或山後。
231　山經：《山海經》的省稱，主要記載上古地理中諸山。
232　窫窳：音「訝雨」，《山海經》中的食人怪獸，人面蛇身。
233　獨陽：查《山海經》無「獨陽」之獸，疑雅堂誤記，當作「燭陰」或「燭
　　龍」。按：《山海經・海外北經》：「鍾山之神，名曰燭陰，視為晝，瞑為夜，
　　吹為冬，呼為夏，不飲，不食，不息，息為風，身長千里。在無臂之東。
　　其為物，人面蛇身，赤色，居鍾山下。」《山海經・大荒北經》：「西北海
　　之外，赤水之北，有章尾山。有神，人面蛇身而赤，直目正乘，其瞑乃晦，
　　其視乃明，不食，不寢，不息，風雨是謁。是燭九陰，是謂燭龍。」
234　尋丈：指八尺到一丈之間的長度。

存故，則舉項間一物曰：「彼畏此，不敢近爾。」視之，雄黃[235]也。眾皆喜曰：『吾輩得生矣。』出其籠[236]，有雄黃百餘斤，各把一握。頃之，妖物數百風行而來，將近船，皆伏地不敢仰視，逡巡[237]而退。逮後水轉西流，其舟仍回至廈門。」

編輯附記

《重修臺灣府志・卷十九・雜記・叢談》

陸路提督萬正色有海舟將之日本，行至雞籠山後，因無風，為東流所牽（傳臺後萬水朝東，故其舟不勝水力）；抵一山，得暫息。舟中七十五人，皆莫識何地。有四人登岸探路，見異類數輩疾馳至，攫一人共噉之，餘三人逃歸；遇一人於莽中，與之語，亦泉人。攜之登舟，因具道妖物噉人狀。莽中人曰：「彼非妖，蓋此地之人也；蛇首猙猙，能飛行，然所越不過尋丈。往時余舟至，同侶遭噉，惟余獨存。」問何以獨存故，則舉項間一物曰：「彼畏此，不敢近耳。」眾視之，則雄黃也。眾皆喜曰：「吾輩皆生矣！」出其籠，有雄黃百餘斤，因各把一握。頃之，蛇首數百飛行而來。將近船，皆伏地不敢仰視；久之，逡巡而退。逮後水轉西流，其舟仍回至廈門。乃康熙二十三年（1684）甲子八月間事（《臺灣志略》）。

大蝶

少讀《續太平廣記》[238]，載明萬曆間有封舟[239]赴中山國[240]，途次澎湖，見一巨蝶，翅長丈餘，掠舟而過。又言海中見一山，徐徐行，

235　雄黃：中藥名。別名石黃、黃石，是一種含硫化砷的礦石。
236　籠：竹箱。
237　逡巡：向後退。逡，音「ㄑㄩㄣ」。
238　《續太平廣記》：清・陸壽名編。凡八卷，補《太平廣記》中若干未收的材料以及北宋至明的佚聞、野史、志怪、瑣事等。陸壽名（生卒年不詳），

數時乃沒，視之始知為大魚。嗚呼！天地之大，何奇不有！吾以耳目之所見者為是，而不見者為非，亦陋矣。

巨魚

《臺灣府志》載：「康熙二十二年（1683）夏五月，澎湖有魚，狀如鱷，長丈餘，四足，身上鱗甲火炎，從海登陸。眾見而異之，以冥鈔[241]、金鼓[242]送之下水。越三日，仍乘夜登山死。」而《臺灣志略》以延平為東海鯨魚，到處[243]水漲，歸東即逝[244]，遂以巨魚登陸為鄭氏滅亡之兆，何其謬耶！

編輯附記

《重修臺灣府志・卷十九・雜記・災祥》

二十二年癸亥夏、五月，澎湖港有物狀如鱷魚，登陸死（魚身長丈許，有四足；身上鱗甲火炎。從海登陸，百姓見而異之；以冥鈔、金鼓送之下水。越三日，仍乘夜登山死）。是月大水，土田沖陷。六月，水師提督施琅帥師攻澎湖，拔之。二十六日，夜有大星隕於海，聲如雷。秋八月，鹿耳門水漲，師乘流入臺；鄭克塽降，臺灣平。冬十一月，雨雪，冰堅寸餘（臺地氣煖，從無霜雪；八月甫入版圖，地氣自北而南，運屬一統故也）。

字處實，號芝庭，清江南蘇州長洲縣（今屬蘇州市）人，另著有《治安文獻》、《芝瑞堂稿》、《芝瑞堂詩》等。

[239] 封舟：明代出使琉球使臣的坐船。

[240] 中山國：琉球國古稱，位於臺灣島東北方。

[241] 冥鈔：為鬼神或已歿之人焚化的假紙幣。

[242] 金鼓：即鉦，其形似鼓，故名。

[243] 到處：所到之處。

[244] 逝：水消逝，意謂落潮。

海鏡

海鏡[245]，蛤類也，生海中，殼圓而薄，一紅一白，色瑩又潔，光可透射；臺人謂之日月螵，製為窗鏡，明若雲母[246]，故又謂之蠔鏡。從前玻璃[247]未盛時，用之極廣。按《嶺表錄異》[248]云：「海鏡，廣人呼為蠔萊盤，內有小肉如蚌胎，腹中有小紅蟹子，細如黃豆，頭足俱備。海鏡饑則蟹出拾食，蟹飽歸腹，海鏡亦飽。或迫以火，則蟹走出，離腹立斃。或生剖之，有蟹活在腹中，逡巡[249]亦死。」又曰：「水母，閩人謂之魠[250]，其形乃渾然凝結一物，有淡紫色、白色者，大者如覆帽，有物如懸絮，俗謂之足，而無口眼。常有蝦寄腹下，呷食其涎[251]。浮泛水上，捕者或遇之，即欻然[252]而沒，以其蝦有所見也。」余讀《越絕書》[253]謂：「海鏡腹蟹[254]，水母目蝦[255]」，頗疑怪誕，及證所見，始信其然，蓋猶寄生之類也。

---

[245] 海鏡：一種海產類貝殼，又稱日月蛤、日月螵（音「撐」）。貝扇為扁平狀，左右兩片，顏色不一，一白色，一紫褐色，又稱「日月蚶」。因其殼具有嵌窗之特殊功用，亦稱「窗門貝」。

[246] 雲母：屬矽酸鹽類的礦物，可分成透明薄片，用做電緣材料。

[247] 玻璃：今作玻璃。

[248] 《嶺表錄異》：已亡佚，今所見係自《永樂大典》輯出者。又稱《嶺表錄》、《嶺南錄異》。

[249] 逡巡：這裡應作不久解。

[250] 魠：音「脫」，載在古籍的一種口大的魚。廣州謂之水母，閩謂之魠。

[251] 呷食其涎：呷，音「紮」，吸；涎，音「閒」，唾沫、口水。

[252] 欻然：忽然。欻，音「忽」。

[253] 《越絕書》：又名《越絕記》，是記載早期吳越歷史、地理的重要典籍，又稱《越絕》、《越錄》、《越記》等。書名之「絕」，舊有「斷滅」等說，今人考證，當為上古越語「記錄」的譯音，是越國史記的專名。

[254] 海鏡腹蟹：指海鏡殼內有黃豆般大的小蟹子。海鏡饑時，小蟹外出覓食，海鏡得以裹腹，海鏡則庇護小蟹。兩者相依，無海鏡，小蟹失其保護；無小蟹，海鏡無以獲食。

[255] 水母目蝦：水母無耳目，故不知避人；然身側常有蝦依隨，蝦見人則驚走，水母亦隨之而沉，蝦之於水母，如有耳目一般。

愛玉凍

　　臺灣為熱帶之地，三十年前無賣冰者，夏時僅啜仙草與愛玉凍。按《臺灣府誌》謂：「仙草高五、六尺，曬乾可作茶，能解暑毒。煮爛絞汁去渣，和粉漿再煮成凍，和糖泡水，飲之甚涼。」而愛玉凍則府縣各誌均未載，聞諸故老，謂：「道光初有同安人某居府治媽祖樓街[256]，每往來嘉義，辦土宜[257]。一日，過後大埔[258]，天熱渴甚，赴溪飲。見水面成凍，掬而啜之，冷沁心脾。自念此間暑，何得有冰？細視水上，樹子錯落，揉之有漿，以為此物化之也。拾而歸家，子細如黍，以水絞之，頃刻成凍，和糖可食。或合兒茶[259]少許，則色如瑪瑙。某有女曰愛玉，年十五，長日無事，出凍以賣，人遂呼為愛玉凍。」余曾以此徵詠，作者頗多，而林南強兩首尤佳，為錄於後，以補舊乘之不及，且作消夏佳話也。

　　其一云：「神山石髓[260]黃金液，流入雲根[261]生虎魄[262]。佳人欲製甘靈漿[263]，自躡蒙茸[264]竄荊棘。歸來洞口尋玉泉。颼颼兩腋松風寒。交融水乳[265]得真味，便作木蜜[266]金膏[267]看。羅山[268]六月日生火[269]，沈李

---

[256] 媽祖樓街：今臺南市中西區忠孝街。

[257] 土宜：地方特產。

[258] 後大埔：大埔昔稱「後大埔」，即今嘉義縣大埔鄉，為曾文水庫所在地。

[259] 兒茶：主要產地在雲南、廣西等地。呈方形或不規則塊狀，大小不一。表面光滑，色棕褐或黑褐，稍有光澤。質硬易碎，斷面不整齊，有細孔，遇潮則出黏性。無臭，飲時味澀苦，略回甘甜。

[260] 石髓：石鐘乳。古人用於服食，也可入藥。

[261] 雲根：深山雲起之處。

[262] 虎魄：即「琥珀」。古代松柏類植物脂液的化石，透明而美，比喻愛玉凍的狀貌和顏色。

[263] 甘靈漿：如雨露般甘美的漿液。

[264] 蒙茸：叢生的草木。

[265] 交融水乳：指將愛玉子放入水中揉搓，使釋出漿液，而後結成「愛玉凍」的製作技術。

浮瓜[270]無一可。行人涸鮒[271]望面江，一勺瓊漿真活我。道旁老人髮鬖
鬖[272]，能語故事同何戡[273]。大千[274]飢渴同病者，更乞菩薩分餘甘。」

其二云：「驅車六月羅山曲，一飲瓊漿[275]濯炎酷。食瓜徵事[276]問當
年，物以人傳名「愛玉」。愛玉盈盈信可人[277]，終朝采綠[278]不嫌貧。事

266　木蜜：枳椇的別名。夏季開綠白色小花，果實味甘，可食。唐‧蘇鶚《蘇
　　氏演義》卷下：「木蜜生南方，合體皆甜，嫩枝及葉，皆可生啗，味如蜜，
　　解煩止渴。」
267　金膏：道教傳說中的仙藥。
268　羅山：即諸羅山，今嘉義市。
269　日生火：指天氣炎熱。
270　沈李浮瓜：古代未有冰箱，以寒泉冷水浸瓜、李等水果，取其冰涼，以為
　　消暑聖品。李實重而下沉，瓜實輕而上浮，故云。《昭明文選》魏文帝〈與
　　朝歌令吳質書〉：「浮甘瓜於清泉，沉朱李於寒水。」
271　涸鮒：音「和附」，困於車轍內快要乾涸的鮒魚，急需活水的救援。這裡
　　指炎暑徵渴甚如將枯之鮒魚。按：典出《莊子‧外物》：「莊周家貧，故往貸
　　粟於監河侯。監河侯曰：『諾。我將得邑金，將貸子三百金，可乎？』莊
　　周忿然作色曰：『周昨來，有中道而呼者。周顧視車轍中，有鮒魚焉。周
　　問之曰：「鮒魚來！子何為者邪？」對曰：「我，東海之波臣也。君豈有斗
　　升之水而活我哉？」周曰：「諾。我且南遊吳、越之王，激西江之水而迎
　　子，可乎？」鮒魚忿然作色曰：「吾失我常與，我無所處。吾得斗升之水
　　然活耳，君乃言此，曾不如早索我於枯魚之肆！」』」
272　鬖鬖：音「三三」，頭髮下垂貌。
273　何戡：唐長慶時著名歌者。唐‧劉禹錫〈與歌者何戡〉詩：「舊人唯有何
　　戡在，更與慇勤唱〈渭城〉。」
274　大千：「大千世界」的省稱。
275　瓊漿：傳說中神仙飲的仙水。此指愛玉凍。
276　食瓜徵事：連橫為「愛玉凍」向臺灣詩壇發起徵詩活動。食瓜，事出《南
　　齊書‧竟陵王子良傳》：「子良傾意賓客，天下才學皆游集焉。夏月客至，
　　為設瓜飲及甘果。」
277　可人：討人喜歡。
278　終朝采綠：指操勞工作。《詩經‧小雅‧采綠》：「終朝采綠（菉），不盈一
　　匊（掬）。」綠，借作「菉」，草名，可以染黃。

姑未試羹湯手[279]，奉母依然菽水[280]身。無端拾得仙方巧，擬煉金膏滌
煩惱。辛勤玉杵搗玄霜[281]，未免青裙[282]踏芳草。青裙玉杵莫辭難，酒
榭[283]茶棚宛轉傳[284]。先挹[285]秀膚姑射雪[286]，更分涼味月宮[287]寒。月宮
偶許遊人至，皓腕親擎[288]水晶器。初疑換得冰雪腸，不食人間煙水氣。
寒暑新陳近百秋[289]，冰旗[290]滿目掛林楸[291]。誰將天女清涼散，一切吳
娘[292]琥珀甌[293]。」

---

[279] 事姑未試羹湯手：指詩中主角愛玉待字閨中，尚未出嫁。語出唐·張籍〈新
嫁娘〉：「三日入廚下，洗手作羹湯。未諳姑食性，先遣小姑嘗。」事，侍
奉；姑，婦稱夫之母曰姑。

[280] 菽水：啜菽飲水（吃豆粥，喝清水）、菽水承歡之意。《禮記·檀弓下》：「子
路曰：『傷哉！貧也。生無以為養，死無以為禮也。』孔子曰：『啜菽飲水
盡其歡，斯之謂孝。』」以上，孔子以為家境貧寒而能克盡孝道，也能使
父母感到欣慰。後世遂藉以比喻家貧而孝子能曲盡孝心。

[281] 玉杵搗玄霜：指製作愛玉凍的過程。玉杵，玉製的舂杵。玄霜，仙藥名；
此喻愛玉子。

[282] 青裙：青布裙子。古代平民婦女的服裝。

[283] 酒榭：酒樓。

[284] 宛轉傳：輾轉傳播開來。

[285] 挹：音「義」，酌取。

[286] 秀膚姑射雪：指愛玉凍之狀貌，有似藐姑射山之仙人的肌膚，冰清如雪。《莊
子·逍遙游》：「藐姑射之山，有神人焉，肌膚若冰雪，淖約若處子。」

[287] 月宮：即廣寒宮，傳說中嫦娥奔月之後的居所。

[288] 皓腕親擎：皓腕，潔白的手腕。親擎，親自執持。

[289] 近百秋：指距清代道光年間發現愛玉子，迄今首次舉辦徵詩活動，已有百
年。

[290] 冰旗：賣冰店舖豎立的旗幟。

[291] 林楸：楸樹林，此謂冰旗之眾猶如樹林。楸，音「邱」，木名。

[292] 吳娘：吳地女子，猶言「吳娃」、「吳姬」。唐·白居易〈對酒自勉〉：「夜
舞吳娘袖，春歌蠻子詞。」

[293] 琥珀甌：此指裝盛愛玉凍的瓦盆。琥珀，古代松柏類植物脂液的化石。此喻
愛玉凍之狀貌和顏色。甌，音「鷗」，盆盂類瓦器。

筆筒木

筆筒木則婆羅樹。《**使槎錄**》[294]謂：婆羅樹中空，四圍摺疊成圓形，花紋斜結，盤屈如古木狀，用貯管城[295]，因其材也。

火秧

火秧卽金剛纂，叢生成樹，三稜有刺，花小而黃，高可及丈。植為籬落[296]，牛羊不敢越。臺人名曰「火巷」，謂可制火。「巷」、「秧」音近。按朱竹垞[297]《靜志居詩話》載：「廣州諺云：『爾有垣[298]墻，我有火秧』。註：廣人以作籬落。」是臺灣與廣州同有此樹矣。

茈薑

晚春之間，薑始發芽，幼嫩可食；臺人謂之水薑。及讀司馬相如〈子虛賦〉[299]，有「茈薑蘘荷」[300]之句，《索隱》[301]引張揖云：「茈薑，子薑也。」茈音紫，乃知水字之誤。

---

[294] 使槎錄：《臺海使槎錄》之省稱，首任巡臺御史黃叔璥著，成書時間約在康熙六十年（1721），內容分《赤嵌筆談》4卷、《番俗六考》3卷、《番俗雜記》1卷，為清代臺灣早期文獻之一，後來修史志者，往往參考本書。

[295] 管城：即管城子。唐·韓愈作寓言〈毛穎傳〉，稱筆為管城子。後因以「管城」、「管城子」為筆的別稱。

[296] 籬落：籬笆。

[297] 朱竹垞（1629-1709）：朱彝尊，字錫鬯，號竹垞，明末清初浙江嘉興人。康熙時舉博學鴻詞科，授檢討，曾參與纂修《明史》。著有《曝書亭集》、《日下舊聞》、《經義考》，編選有《明詩綜》、《詞綜》。

[298] 垣：音「元」，短牆。

[299] 〈子虛賦〉：按「茈薑蘘荷，葴持若蓀。」出於〈上林賦〉，而〈上林〉、〈子虛〉上下相承，〈上林〉亦被視為〈子虛〉的續篇。

[300] 茈薑蘘荷：茈薑，即紫薑，嫩薑。茈，同「紫」。蘘荷，一名蘘草，莖葉似薑，根可食，也可入藥。

[301] 《索隱》：即司馬貞《史記索隱》。司馬貞（679-732），字子正。唐河內郡（今河南沁陽）人，世號「小司馬」。《史記索隱》，音義並重，注文翔實，

貝塚

臺北圓山之麓，有貝塚焉。堆積累累，不可勝數。間有石斧、石鋤之屬，或完或缺，是為原人所遺。圓山固近海，土番拾貝以食，棄之穴隅，久而成塚；故貝塚之處，掘之則有石器。又有一石，大五、六尺，面平而有稜[302]，似經人力。或以為磨屬之石，足資稽古。

石器

庚申（大正九年，1920）冬十有二月，臺中林氏新建宗祠，掘地九尺有五寸，獲一石，形如劍，而亡其柄。工人不以為意，越數日乃告林君耀亭。耀亭取以視人。識者曰：此石器也，是為原人之遺。求其旁，當有所得，而柱礎已合，不可復掘。惜哉！嗣[303]余以事赴臺中，向耀亭索觀。石長一尺三寸有八分，腹闊四寸五分，腰三寸五分，脊厚五分，刃五釐，鋒二釐，尚利，似為割鮮之器。色微黑而有綠點，光可以鑑，其用久矣。然大墩無此等石，即全臺近山亦無此石。豈為他處攜來歟？余撰《臺灣通史》，引《隋書·流求傳》謂：「厥[304]田良沃，先以火燒，而引水灌，持一插以石為刃，長尺餘，闊數寸，而墾之。」臺中固土番之地，近葫蘆墩。葫蘆墩者，〈流求傳〉中之波羅檀，為歡斯氏[305]之都。是此石器為當時之物，沈埋土中，閱今一千七百餘年而後出現，亦可寶也。

對疏誤缺略補正頗多，具有極高的史學研究價值，與南朝時期的宋國裴駰的《史記集解》、唐張守節的《史記正義》合稱「史記三家注」。後世史學家譽稱該書價值在裴、張兩家之上。

[302] 稜：音「ㄌㄥˊ」，物體兩面相交所形成凸出的頂角。此處有鋒利之意。

[303] 嗣：之後。

[304] 厥：其，該處。

[305] 歡斯氏：波羅檀王，姓歡斯氏，名渴剌兜，不知其由來，有國代數也。彼土人呼之為可老羊，妻曰多拔茶。

怪物

　　《臺灣府志》謂：「康熙五十一年（1712）秋七月，安平有一怪物飛行水上，高可五、六尺，大如水牛，面如豕，長鬚，雙耳竹批[306]，齒牙堅利，毛細若獺[307]，四足如龜而有尾。眾爭致之，繩木俱碎。後至海岸，竦身[308]直立，大嘷[309]者三。眾皆驚悸。未幾死。郡人有圖形相告者，究不知為何物也。

編輯附記

《重修臺灣府志‧卷十九‧雜記‧災祥》

　　秋七月，安平有物大如牛，飛行水上；至岸死（高可五、六尺，面如豕，長鬚，雙耳竹批，牙齒堅利，皮似水牛、毛細如獺，四足如龜，有尾。土人爭致之，繩木立碎。後至海岸，竦身直立，聲三呼號，聞者莫不驚悸。既死，郡人有圖形相告者，究不知為何物？或名為海馬，亦非也）。

奇鳥

　　乾隆五十一年（1787）夏四月，彰化柴坑仔莊有鳥棲於樹上，大如鶯，五色，百鳥環繞，啣物獻之。飛集他樹，亦如之。越二十餘日

---

306 雙耳竹批：亦稱「竹批耳」。古代《相馬經》：良馬的雙耳為「耳如削竹」、「耳如楊葉」，意謂其雙耳外形小而尖削，猶如被斜削的竹筒，或如楊樹的葉片。
307 獺：音「踏」。《說文》：「獺，如小狗，水居食魚。從犬，賴聲。」
308 竦身：聳身，縱身向上跳。
309 嘷：同「嗥」，音「豪」，吼叫。

乃去，是冬十一月林爽文起兵，事載《彰化縣志·災異》。然則此鳥祥歟、妖歟？固知史書所謂丹鳳[310]、朱鸞[311]者，則此類也。

編輯附記

《彰化縣志·卷十一·雜識志·災祥》

五十一年夏四月，柴坑仔莊有妖鳥棲於樹，二十餘日乃去，不知所往（妖鳥大如鸞，身五色，集處百鳥環繞，喞物捕之，飛集他樹，百鳥亦隨而環繞之；若士卒之衛帥然。是冬十一月，林爽文作亂）。冬十有一月，三星夜墜，大如斗，其聲如雷。一星墜於南，一星墜於西，一星墜於澎湖海中大石上，石裂。

占驗

天文之學，其理精深，自非覃思，難窮妙蘊。然而蟻穴知水，鳩巢避風，雄雞戒旦[312]，蟋蟀鳴秋；禽蟲之微，當知其候[313]，況於人乎。夫人為萬物之靈，心與天會，現乎蓍龜[314]，動乎四體[315]；故曰至誠之道，如以前知，此固非含生負氣之倫[316]盡人而有也。然而故老流傳，每多應驗。田夫漁子，豫[317]識陰晴。月暈而風，礎潤而雨，此則自然之作用，有不期然而然者。《臺灣府志》載占驗一門，列舉十數。余初頗疑其說。十稔以來，細心考察，竟無或爽[318]，如所謂「六月初三雨，

---

310 丹鳳：鸞的別稱，一種頭及翅膀上的羽毛均為紅色的鳳鳥。《禽經》：「鸞」，晉·張華注：「首翼赤曰丹鳳。」清·蒲松齡《聊齋志異·丐仙》：「俄見朝陽丹鳳，喞一赤玉盤，上有玻璃琖二，盛香茗，伸頸屹立。」

311 朱鸞：即丹鳳。

312 戒旦：報曉警睡。

313 候：徵候。

314 蓍龜：古人以蓍草與龜甲占卜凶吉，因以指占卜。蓍，音「詩」。

315 四體：指人的四肢。

316 含生負氣之倫：指一切有生命、有生氣的人。

317 豫：通「預」，預先。

318 爽：差失、違背。

七十二雲頭。」則確實不易。臺南當酷暑之時，晴天無雲，川枯草萎。如六月初三日有微雨，則必降雨七十有二次，或一日一次，或數次，旱乾之田可播晚稻，且卜有秋[319]；否則，六月必旱，秧苗多死。故農家以此日為憂喜之日也。又曰：「上看初三，下看十八。」如初三日不雨，而十八日有雨，猶不至旱。或如淫雨浹辰[320]，人苦湫潦[321]，至初三不雨，則不雨，十八放晴，則放晴。此亦有驗。颱，暴風也，夏秋常至，勢甚烈。諺云：「六月一雷止九颱，九月一雷九颱來[322]。」此則莫明其妙者矣。夫占驗之術，近世日精。地震之器，風雨之表，測量之儀，視遠之鏡，幾於可參造化，而此則街談巷說，夫婦之愚可以知之。是必有真理寓乎其中，而莫為研究，故不能明其道爾。茲錄其說如左，以資參考：

> 颶風起自東北者，必自北而西。自西北者，必自北而東；而俱至南乃息，謂之迴南，凡兩晝夜始止。若不降雨，不迴南，則踰月復作，作必對時，日作次日止，夜作次夜止。然颶初起，有雷則不成；作數日而有迅雷，則止。

> 海上之空，無時無雲，故雖濃雲靉靆[323]，但有雲腳[324]，必不雨。雲腳者，如畫家繪水石，橫染一筆，為之分界。無腳之雲如繪遠山，但見出頭，不見所止。

> 日出時，有雲蔽之。辰刻後，雲漸散，必大晴。日初出則開朗，是日必不晴。若暑時久晴，則不拘。

---

[319] 有秋：豐收，有收成；豐年。
[320] 浹辰：古代以干支紀日，稱自子至亥一周十二日為「浹辰」。浹，音「夾」。
[321] 湫潦：秋季因久雨而形成的大水。
[322] 六月一雷止九颱，九月一雷九颱來：按，後半句「九月」當作「七月」。句謂：若農曆六月午後下雷雨的話，則則颱風季節會在九月就正式結束；若農曆七月午後才下雷雨的話，則颱風季節會在九月才開始。
[323] 靉靆：音「愛戴」，雲盛貌。
[324] 雲腳：雲彩。

日落時，西方有雲氣橫亙天上，或作數十縷，各不相屬，日從雲隙中度過，來日大晴；或雲色一片相連，其中但有一二點空竇[325]，得見紅色，亦主晴。如西方雲色黯淡，一片如墨，全無隙漏，又不見雲腳，明日必雨；若雲色濃厚，夜即雨。日落時，西北方雲起如層巒疊嶂，數十重各矗立，七日之內，必有大風雨。

昧爽[326]降雨，是日主晴。初雨如霧，雖沉晦，至午必晴。

久雨後暫輟，猶見細雨如霧，縱令開朗，旋雨。諺云：「雨前濛濛終不雨，雨後濛濛終不晴。」

久雨後，入夜忽霽[327]，星月朗潔，明日必大雨。若近暮見紅光而後見月，則晴。

諸山煙靄蒼茫；若山光透漏[328]，便為風雨之徵。又如餓鳶高唳，海鶴驚飛，喻日必風。

九降[329]

臺灣之風與他處異。風之烈者為颶[330]，又甚者為颱。颶倏[331]發倏止。颱常連日夜。如正、二、三、四等月發者為颶，五、六、七、八等月發者為颱。九月則朔風初起，或至匝月[332]，號為九降。故舊時渡

---

325 空竇：空洞。
326 昧爽：拂曉；黎明。
327 霽：雨止轉晴。
328 漏：通「露」。
329 九降：臺灣北部、東北部與澎湖等地，冬季東北風風速強大，稱為「九降風」。
330 颶：發生在大西洋西部和西印度群島一帶海洋上的風暴，風力常達十級以上，常伴有暴雨，相當於西太平洋上的颱風。
331 倏：音「樹」，忽然。
332 匝月：滿一個月。

海者，以四、八、十月為平；蓋以四月少颱，八月秋中[333]，而十月小春[334]，天氣多晴煦也。六月多颱，九月多九降，行船者最忌。颱風之來多挾雨，無雨尤害。

火颱

颱之烈者曰火颱，或曰麒麟颶[335]，則颶風也。飛沙撒瓦，木葉盡焦，遇雨稍殺[336]。《舊志》載：康熙六十年（1721）八月十三夜，颱風大作，雨如注，火光閃閃爍天，海水驟漲，大小戰艦擊碎殆盡，或飄至平陸，拔大木，毀墻垣，萬姓哀號，無容身地。翼日[337]晴霽，郡無完瓦，壓死者數千人。水師提督施世驃[338]露立風雨中，因以悸死[339]。事聞，發帑[340]振恤，誠巨災也。

騎秋[341]

臺灣降雨，南北不同。濁水以南，每當夏季，時有驟雨來自西北，謂之西北雨，滂沱而下，暑氣頓消，瞬息即霽。若至七、八月，雨淫浹辰，謂之騎秋，中秋乃止。而大甲以上，山谷奧鬱[342]，濕氣較濃。

333　秋中：秋季之中，多指中秋節。

334　小春：指農曆十月，因天氣和暖如春故稱，又名小陽春。

335　麒麟颶：先民稱「焚風」為「麒麟颶」。《續修臺灣縣志・氣候》：「更有狂飆怒號，轉覺灼體，風過後木葉焦萎如熱，俗稱麒麟颶，雲風中有火，殊可詫異。」

336　殺：歇、止也。

337　翼日：即翌日，隔天。

338　施世驃（1667-1721）：字文秉、文南，福建晉江人。清朝海軍名將施琅六子；世驃兄長施世綸，曾任漕運總督，公案小說施公案主角。世驃於康熙六十年（1721）領清軍來臺平定朱一貴。

339　悸死：因害怕而死。

340　帑：音「躺」，即公帑，國有的錢財。

341　騎秋：秋雨連旬，謂之騎秋。

342　奧鬱：幽深。

未入版圖前，竹塹、淡水長年陰霧，罕晴霽。迨設官後，人煙漸盛，時猶多雨。今基隆為通商之口，獅球嶺[343]隔之，一入冬季，凍雨[344]連綿，晚春始息，宜蘭亦然。故曰：「竹風蘭雨」，蓋新竹多風、而宜蘭多雨也。

鹹雨

澎湖錯立[345]大海，潮流甚急，風信[346]亦異。一年之中，春夏較平，可以播植，而有風之日，已十居五、六。若一交秋分[347]，直至冬杪[348]，幾於無日無風。風之大者又挾海水而下，謂之鹹雨，一經沾潤，五穀多枯。澎人苦之，僅種地瓜、土豆，稍免損害，然猶時有凶歉[349]也。

乩詩[350]

《灤陽續錄》[351]載：「張鷺洲自記巡臺事，謂乾隆丁酉（四十二年，1777），偶與友人扶乩[352]。乩[353]贈余以詩曰：『乘槎[354]萬里渡滄溟，風

343　獅球嶺：位於基隆市南端。
344　凍雨：當冷雨滴降落時觸及地面、地物瞬時凍結成冰的情形，稱為雨淞，是透明的一層冰殼，故亦稱明冰。
345　錯立：參差錯落。
346　風信：隨著季節變化應時吹來的風。
347　秋分：二十四節氣之一，在 9 月 22、23 或 24 日，當日南北半球晝夜等長。
348　冬杪：杪冬、暮冬。農曆十二月的別稱。《初學記》卷三引南朝・梁元帝《纂要》：「十二月季冬，亦曰暮冬、杪冬、餘月、暮節、暮歲。」杪，音「秒」，樹枝的末梢、末也。
349　凶歉：歉收、災荒。
350　乩詩：神靈附身於乩童，乩童以手中乩筆所作的詩。
351　《灤陽續錄》：紀昀《閱微草堂筆記》五種筆記小說合集中的一種一。
352　扶乩：扶，指扶架子；乩，謂卜以問疑。術士制丁字形木架，其直端頂部懸錐下垂。架放在沙盤上，由兩人各以食指扶橫木兩端，依法請神，木架的下垂部分即在沙上畫成文字，作為神的啟示，或與人唱和，或示人吉凶，或與人處方。舊時，民間常於農曆正月十五夜迎紫姑扶乩。
353　乩：乩童。

兩魚龍會百靈。海氣粘天迷島嶼，潮聲簸地[355]走雷霆。鯨波[356]不阻三
神鳥，鮫室爭看二使星[357]。記取白雲飄渺處，有人同望蜀山青。』時
將有巡視臺灣之役，余疑當往。數日果命下。六月啟行，八月至廈門，
渡海，駐半載始歸。歸時風利，一晝夜卽登岸。去時飄蕩十七日，險
阻異常。初出廈門，卽雷雨交作，雲霧晦冥，信[358]帆而往，莫知所適。
忽腥風觸鼻，舟人曰：『黑水洋[359]也。』其水比海水凹下數十丈，闊數
十里，長不知其所極，黝然而深，視如潑墨。舟人搖手戒勿語，云：『其
下卽龍宮，為第一險處，度此可無虞矣。』至白水洋，遇巨魚鼓鬐[360]而
來，舉其首如危峰障日，每一潑剌[361]，浪湧如山，聲砰訇[362]如霹靂，
移數刻始過盡，計其長當數百里。舟人云來迎天使，理或然歟？旣而
颶風四起，舟幾覆沒。忽小鳥數十，環繞檣竿，舟人喜躍，稱天后來
拯，風果頓止，遂得泊澎湖。聖人在上，百神效靈，不誣也。遐思[363]所
歷，一一與詩語相符，非鬼神能前知歟？時先大夫[364]尚在堂，聞余有
遇海之役，命兄來到赤崁視余，遂同登望海樓，並末二句亦巧合，益
信數皆前定，非人力所能然矣。」按《灤陽續錄》為河間紀昀[365]所撰。

354　槎：音「查」，木筏。
355　簸地：動地。簸，音「跛」，搖動。
356　鯨波：海浪。
357　鮫室爭看二使星：鮫室，鮫人水中居室。使星，古時以為天節八星主使臣
　　　事，因稱帝王的使者為星使。《後漢書·李郃傳》：「和帝即位，分遣使者，
　　　皆微服單行，各至州縣觀采風謠。使者二人當到益部，投郃候舍。時夏夕
　　　露坐……郃指星示云：『有二使星向益州分野。』」後因稱使者為「使星」。
358　信：放任。
359　黑水洋：臺灣海峽有黑潮通過，水色如墨，故稱之。
360　鼓鬐：凸起魚頷旁小鰭。
361　按：原文作「潑剌」，應作「潑剌」，音「波辣」，象聲詞，魚尾撥水聲。
362　砰訇：音「烹轟」，象聲詞，大水聲。
363　遐思：長思。
364　先大夫：猶先父。
365　紀昀（1724-1805）：字曉嵐、春帆，晚號石雲，又號觀弈道人、孤石老人，
　　　諡文達，清直隸人。乾隆間曾任禮部尚書、協辦大學士，《四庫全書》總
　　　纂修官。昀，原文作「昀」，誤。

一犬一馬

余如[366]嘉義，嘉義人為余言一犬一馬之事，若以誇於人者，余聞其言而歎曰：犬馬，獸也，而為人所尚若此，則人之不及犬馬者又奚如！先是朱一貴之役，北路營參將**羅萬倉**[367]嬰城固守[368]，及戰陣沒，乘馬逃歸，濺血被體。妾蔣氏見而哭曰：「吾夫其死矣！」遂自縊。馬亦悲鳴而死，人以為烈。林爽文之役，有兵二十有二人，防堵拔仔林莊[369]。一夜被襲，皆戰死，無有知者。一犬走入營，大嚎。守者見而怪之，從之行。至則二十有二人之屍咸在，乃瘞之。犬亦自死。事後，嘉人士建廟於西門內，並祀犬，稱為二十三將軍。

蚩尤

臺南屋脊之上，或立土偶，騎馬彎弓，狀甚威猛，是為蚩尤之像，用以壓勝[370]者也。按《史記正義》[371]引《龍魚河圖》[372]云：「黃帝攝政，有蚩尤兄弟八十一人，獸身人語，造五兵，威振天下，誅殺無道。黃帝以仁義不能禁止。天遣玄女[373]授帝兵符，伏之。天下復擾亂。帝乃畫蚩尤像，以威天下，咸謂蚩尤不死，八方皆為殄滅[374]。」是黃帝之

---

366 如：到、往。
367 羅萬倉：寧夏人，歷官至臺灣北路參將，朱一貴反，萬倉力戰，援絕而死。又萬倉妾蔣氏，寧夏人，萬倉戰歿乃自縊於署，雍正二年奉旨立碑表墓。（參《大清一統志》四庫全書）
368 嬰城固守：指據守城池，牢固防備。嬰，圍繞；嬰城，據城。
369 拔仔林莊：今臺南市官田區，漢人未入墾之前為平埔族麻豆社民居所。
370 壓勝：以法術詛咒或祈禱，用以制勝所厭惡的人、物或魔怪。
371 《史記正義》：唐·張守節（生卒年不詳）著。守節生於武則天朝，潛心研究《史記》數十年，其《史記正義》為舊注《史記》三大家之一。
372 《龍魚河圖》：漢代緯書之一，作者不詳，原書已佚。此書記玄女助黃帝制服蚩尤及昆侖天柱、玄洲、祖洲等事，略可供神話研究參考。
373 玄女：九天玄女之簡稱，俗稱九天娘娘、九天玄女娘娘。
374 殄滅：滅盡、滅絕。

所畫者用以壓人，今則用以壓鬼。然非人[375]之害，尤酷於鬼，安得百萬蚩尤而制之哉！

石敢當

　　隘巷之口，有石旁立，刻「石敢當」三字，亦用以壓勝者。按陳繼儒[376]《群粹錄》云：「五代劉智遠[377]有勇士曰石敢當。」故談者多以為五代時人，然其用以刻石者，則早於五代。宋・王象之[378]《輿地碑目記》云：「興化軍[379]有石敢當；註言慶曆[380]中張緯宰[381]莆田[382]，再新縣治，得一石，銘曰：『石敢當，鎮百鬼，壓災殃，官吏福，百姓康，風教[383]盛，禮樂張，唐大曆五年（770）縣令鄭押字記。』」據此，則石敢當之刻石，殆[384]於唐代。故顏師古[385]注〈急就章〉[386]云：「石氏敢當所向無敵。是則古之猛士，而為秦、漢時人。」臺灣與漳泉同俗，

---

[375] 非人：為非作歹的惡人。

[376] 陳繼儒（1558-1639）：字仲醇，號眉公、麋公，明松江華亭（今上海松江）人，著有《小窗幽記》、《眉公全集》、《晚香堂小品》等。

[377] 劉智遠（895-948）：後漢高祖，五代後漢開國皇帝，即位後改名劉暠，947年至948年在位。

[378] 王象之（生卒年不詳）：字儀父，宋婺州金華（今浙江金華）人。嘉定十四年（1221）開始編纂《輿地紀勝》200卷，書成後獲陳振孫的讚賞。

[379] 興化軍：宋代軍級的行政區，共轄福建之興化、莆田、仙遊三縣。

[380] 慶曆（1041-1048）：北宋仁宗第六個年號。

[381] 宰：掌管、治理。

[382] 莆田：福建莆田縣。

[383] 風教：《詩大序》：「風，風也，教也。風以動之，教以化之。」後以「風教」指風俗教化。

[384] 殆：大概、幾乎。

[385] 顏師古（581-645）：字籀，唐京兆萬年（今陝西西安）人。顏之推之孫。累官至祕書監弘文館學士，封瑯琊縣男。通訓詁，唐太宗詔命考定五經、確定楷體文字，撰成《五經定本》。著有《大業拾遺記》、《隋遺錄》、《匡謬正俗》。

[386] 〈急就章〉：又名〈急就篇〉，漢元帝時黃門令史游撰。全文一千三百餘字，無一字重複，因為學童識字所用，歷代亦多臨習者。〈急就章〉：「師猛虎，石敢當，所不侵，龍未央。」

漳泉又近興化，故刻石見於閩南。而臺灣有書「泰山石敢當」者，或以泰山為其里居，蓋以《三國志》管輅[387]有泰山治鬼之言而附會爾。

紫姑[388]

中秋之夜，兒女輩集庭中，以兩人扶一竹椅，上置女衣一襲，裝義髻[389]，備鏡奩、花粉、刀尺之屬，焚香燒紙，以迓[390]紫姑。至則其椅能動，問以吉凶則答。如聞呼嫂聲，則神忽止。或曰：紫姑為某氏女，為嫂所虐殺而埋諸豬欄，故向是處以迓，聞呼嫂而驚走也。按唐·孫顧[391]〈神女傳〉謂：「世有紫姑神，古來相傳是人妾，如大婦所嫉，每以穢事相役。正月十五，感激[392]而死。故世人以其日作其形，夜於廁間或豬欄邊迎之。祝曰：『女胥[393]不在（是其婿名也）；曹姑[394]亦歸去（即其大婦也），小姑可出戲。』捉者覺重，便是神來。奠設酒果，即跳躞[395]不住。占眾事，卜行年[396]。蠶桑好則大儛[397]，惡便仰眠。」據此則紫姑之事，其來已久。唯臺灣所傳，與此略異。

---

[387] 管輅（209-256）：字公明，三國時代平原人，以卜筮著名。據文獻記載，管輅容貌醜，無威儀，嗜酒。

[388] 紫姑：據以往的民俗記錄，類似的活動還有觀椅仔姑、觀籃仔姑、觀扁擔神、觀四腳神、觀蛙古神等等，大約是在元宵節或是中秋節舉行，多為兒童遊戲。一說此為召靈術的一種，但也有人認為只是精神暗示而致。

[389] 義髻：古代貴婦人以假髻為飾，稱義髻。

[390] 迓：音「訝」，迎接。

[391] 孫顧：唐肅宗時人。

[392] 感激：激動。

[393] 女胥：二字相合即「婿」。

[394] 曹姑：《說郛》：「曹姑，姑也。」指正妻。按：紫姑既是人妾，按《女誡》規儀，宜當聽命於大婦。故祝語需言其大婦已去，紫姑方可出現。

[395] 跳躞：形容又跳又走。躞，音「蟹」，小步走。

[396] 行年：流年。舊時星命家所謂某人當年所行的運。

[397] 儛：《廣韻》：「儛，同舞。」

田元帥[398]

臺南有七子班[399]，傳自泉州。伶人[400]皆稚[401]，猶古之梨園[402]也。班中祀一神，曰：田元帥，或稱相公。按此為唐樂工雷海清[403]。天寶中為供奉，管領梨園，故祀之。唯雷，字棄雨、留田，不知何故。而興化[404]有廟，碑稱唐肅宗追封太常寺卿，宋高宗加封大元帥，此則不見於記載。然紅毹白板[405]，香火千秋，亦足豪也。

開漳聖王

開漳聖王陳元光[406]，漳籍之人多奉祀之。《臺灣縣志》謂：「元光為福建觀察使王審知[407]部將，率軍入漳州，逐土黎[408]以處華人，築寨

---

[398] 田元帥：即田都元帥，戲班尊為祖師爺之一，多暱稱為老爺。傳說甚雜，較為普遍的說法是相傳雷海清為唐玄宗宮中伶人，善戲曲。安史之亂時因不願附逆而被處死。後曾顯靈救助唐軍反攻，署名雷的旗幟因雲霧飄搖而被遮住上半部，故稱田都元帥。

[399] 七子班：戲班角色分生、旦、淨、末、丑、貼、外，故稱七子班。

[400] 伶人：伶工、樂人，歌舞或戲劇演員。

[401] 稚：音義同「稚」。

[402] 梨園：唐玄宗時教練伶人的處所，後世因稱戲班為梨園，又稱戲劇演員為梨園弟子。

[403] 雷海清：唐玄宗時著名宮廷樂師，善彈琵琶。據《明皇雜錄補遺》載：安史之亂，安祿山攻入長安，數百名梨園弟子皆為俘虜，雷海青亦在其中。一日，安祿山在長安西內苑重天門北凝碧池舉行大宴，命梨園弟子奏曲作樂，雷海青不從，安祿山大怒，下令於試馬殿前肢解示眾。

[404] 興化：今福建莆田縣。

[405] 紅毹白板：「毹」，音「魚」，毛織的地毯。白板，指不施油漆的木門。

[406] 陳元光（657-711）：字廷炬，號龍湖，河南光州人。父陳政（616-677），任嶺南行軍總管，治理嶺南，唐高宗時卒於任，元光乃襲父職，並陸續平定在地之變亂，後上表請在泉、潮二州間新設「漳州郡」，俾便統治，成為漳州設立之始。後元光戰死，漳州百姓乃建廟奉祀，尊陳政為「開漳始祖」，尊陳元光為「開漳聖王」。

[407] 王審知（862-925）：字信通，一字詳鄉。光州固始（今河南固始）人，五代時期閩國君主。審知出身貧苦，故能節儉自處，治閩時，省刑惜費，輕

於龍溪柳江[409]之西,置唐化里,因為將軍,知州事。」漳之開闢始於此。按《福建通志·外紀》載:「唐儀鳳[410]中,廣寇陳謙等連結諸蠻,攻漳、潮二州,左都將陳元光討平之。」又曰:「景龍二年(708),潮寇雷萬興等潛抵岳山,漳州刺史陳元光討之,至綏安大峙原,步兵後期,元光為賊將藍奉高所害。」又曰:「光啟二年(886),王潮[411]為泉州刺史。景福元年(892),福建觀察史陳巖卒,護閩都將范暉自稱留後,潮遣弟審知將兵圍福破之。洎潮卒,審知為觀察使,後稱閩王。」是審知未為觀察使,元光已沒,何以得為部將?《縣志》似有錯誤。唯元光討賊保民,開拓疆土,功德在人,至今不泯,宜其血食千載也。

臨水夫人

臺南郡治有臨水夫人[412]廟,香火甚盛。每當元宵、中秋,婦女多入廟進香,而產子者設位以祀,祈禱輒應。按梁茝林[413]《退庵隨筆》載:「夫人姓陳名靖姑,**古田縣**[414]臨水鄉人。閩王璘[415]時,夫人兄守元

徭薄賦,與民休息,並稱臣於中原,受封閩王(909-925)。福州人尊稱審知為開閩聖王,視為鄉土神明供奉。

[408] 土黎:即土人、土著。

[409] 龍溪柳江:福建省龍溪縣一帶。

[410] 儀鳳(676-679):唐高宗十數個年號之一。

[411] 王潮(846-898):字信臣,光州固始(今河南固始)人。唐末任固始縣佐史,後為福建觀察使、威武軍節度使。與弟王審知率兵自中原入閩,是五代閩國的濫觴。

[412] 臨水夫人:又稱「順天聖母」、「順懿夫人」,為唐時福建古田縣臨水鄉人,姓陳名靖姑,生於唐太宗大曆二年(767),父陳昌、母葛氏、夫劉杞。

[413] 梁茝林(1775-1849):梁章巨,字閎中,又字茝林,號茝鄰,晚號退庵。祖籍福建長樂縣,清初徙居福州,自稱福州人。

[414] 古田縣:福建省寧德市轄縣,地處閩東北,是千年古縣。

[415] 閩王璘:王延鈞(?-935),王審知次子,王延翰之弟,後改名王鏻(又作王璘),光州固始(今屬河南)人。原任泉州刺史,五代十國時期閩國國主,諡號惠帝,廟號太宗。

有左道[416]。隱居山中，夫人常餉之[417]，遂受秘錄符籙[418]，役使鬼神。曾至永福[419]，誅白蛇怪。璘封順懿夫人。後逃處海上，不知所終。」而謝金鑾[420]《臺灣縣志》亦言：「夫人名進姑，福州人，陳昌之女，唐大曆二年（767）生，嫁劉杞，孕數月，會[421]大旱，脫胎[422]祈雨，尋卒[423]，年二十有四。卒時言吾死必為神，救人產難。建寧陳清叟之子婦，孕十七月不娩[424]，夫人現形療之，產蛇數斗。古田臨水鄉有白蛇洞，吐氣為疫癘[425]。一日，鄉人見朱衣人仗劍斬蛇，語之曰：『我江南下渡[426]陳昌女也。』言訖[427]不見，乃立廟洞側。自後靈蹟甚著。宋淳祐[428]中，封崇福昭惠慈濟夫人，賜額「順懿」。後又加封天仙聖母青靈普化碧霞元君。」按此說多本書坊所刊《陳進姑傳》。如建寧陳清叟事，據《建寧志》[429]謂：「宋時浦城徐清叟子婦產難，夫人幻形救之，謝之不受。問其姓名里居，但曰古田人陳姓。後徐之[430]福州，令人至古田訪之，見廟中像，始悟為夫人幻身。乃請於朝，加贈封號。」今婦人臨蓐[431]，

---

[416] 左道：指非正統的巫蠱、方術等。

[417] 餉之：供給食物。

[418] 符籙：即天神之文字，係傳達天神意旨之符信，可召神劾鬼，降妖鎮魔，治病除災。

[419] 永福：位於福建漳平市的南部。

[420] 謝金鑾（1757-1820）：字巨廷，一字退谷，福建侯官人。嘉慶十五年（1810）受同知薛志亮聘修《臺灣縣志》，謝考其始末，條其利害，撰《蛤仔難紀略》。

[421] 會：恰巧、正好。

[422] 脫胎：在道教中，脫胎本指脫去凡胎而成仙。此處似指脫產，即流產、小產。

[423] 尋卒：不久後去世。

[424] 不娩：無法分娩。

[425] 疫癘：瘟疫。急性傳染病的通稱。

[426] 下渡：在福州南台。

[427] 訖：音「棄」，完畢。

[428] 宋理宗年號之一，西元 1241 年至 1252 年。

[429] 《建寧志》：即嘉靖《建寧府志》，明代范嵩纂修。

[430] 之：原文作「知」，誤。前往之意。

[431] 臨蓐：臨產。

必供夫人像室中，至洗兒日[432]始謝而焚之。與前說略有不同。若《陳進姑傳》則多虛誕，謂：夫人七歲被風攝去，十三歲道成始歸，嫁里人黃某，助王璘用兵及斬長坑鬼、收石峽怪等，皆野語也。

編輯附記

《重修臺灣縣志‧卷六‧祠宇志‧廟‧臨水廟》

臨水廟　在寧南坊（神名進姑，福州人，陳昌女。唐大歷二年生，秉靈通幻。嫁劉杞，孕數月，會大旱，因脫胎祈雨。尋卒，年僅二十有四。訣云：「吾死後必為神，救人產難。」建寧陳清叟子婦，懷孕十七月不產；神見形療之，產蛇數斗，其婦獲安。古田縣臨水鄉有白蛇洞，巨蛇吐氣為疫癘。一日，鄉人見朱衣人仗劍索蛇斬之。詰其姓名，曰：「我江南下渡陳昌女也。」遂不見，乃立廟於洞上。凡禁魅、卻魃[433]、祝釐[434]、祈嗣[435]，有禱必應。宋淳祐間，封崇福昭惠慈濟夫人，賜額「順懿」；復加封天仙聖母青靈普化碧霞元君）。

蠶娘

臺人呼蠶曰娘，尾曰身，如蠶幾尾則曰娘幾身，敬之也。按唐‧孫顧[436]〈神女傳〉謂：「蠶女者，當高辛帝[437]時，蜀地未立君長，無所統攝，其父為鄰掠去，唯所乘之馬尚在。女念父隔絕，或廢寢食。母慰撫之，因誓於眾曰：『有得父還者，以此女嫁之。』部下之人無能致父歸者。馬聞其言，驚躍而去。數日，父乘馬歸。自此馬鳴嘶不肯飲

432　洗兒日：嬰兒出生後的第三天，父親彙集親友，替嬰兒洗身。洗兒意謂洗淨污檅，可增長小兒膽量及健康。

433　魃：音「拔」，傳說中造成旱災的鬼怪。

434　祝釐：祈求福佑、祝福。釐，古同「禧」，吉祥。

435　嗣：子嗣，後代。

436　孫顧：唐肅宗時人。

437　高辛帝：即帝嚳（音「庫」），黃帝的曾孫。

齕[438]。父問其故，母言之。父曰：『誓於人而不誓於馬。』但厚其芻[439]，馬不肯食，每見女出，輒怒目奮擊。父怒，射殺之，曝皮於庭。女行過其側，皮蹶然[440]起，卷[441]女飛去。旬日得皮於桑樹之上，女化為蠶，食葉吐絲成繭，以衣被[442]人間。」今家在什邡、綿竹、德陽[443]三縣界。每歲祈蠶者，四方雲集，皆獲靈應。宮觀諸處塑女子之像披馬皮，謂之馬頭娘，以祈蠶桑焉。

龍碽礟

延津之劍[444]，化龍而飛，往籍所傳，事屬神異。若《臺灣舊志》所言龍碽，亦其一也。《志》云：「龍碽者，大銅礟也。成功泊舟粵海中，見水底有光上騰，數日不滅，意必異寶。使善泅[445]者入海試探，見兩銅礟浮遊往來，以報。命多人持巨絚[446]牽之。一化龍去，一就縛。既出，斑駁陸離，若古彝鼎，光豔炫目，不似沉埋泥沙中物。較紅衣礟不加大，而受藥彈獨多。先投小鐵丸斗許，乃入大彈。及發，大彈先出，鐵丸隨之。所至一方糜爛。成功出兵，必載與俱，名曰龍碽。然龍碽有前知[447]，所往利，即數人牽之不知重，否則百人挽[448]之不動，以卜戰勝莫不驗。康熙十八年（1679），劉國軒將攻泉郡，龍碽不肯行。

---

[438]　齕：音「何」，嚼食。
[439]　芻：餵牲畜的草。
[440]　蹶然：疾起貌。
[441]　卷：通「捲」，包捲。
[442]　被：古同「披」，覆蓋。
[443]　什邡、綿竹、德陽：在今四川廣漢。
[444]　延津之劍：延津，即延平津，古代津渡名，晉時屬延平縣（今福建省南平市東南）。相傳晉時龍泉、太阿兩劍分離後，於此會合，化龍而去。
[445]　善泅：善於游水。泅，音「球」。
[446]　絚：音「《ㄣˋ」，捆著的絲繩。
[447]　前知：預知；預見。
[448]　挽：拉，牽引。

強舁[449]之。及發，又不燃。國軒怒，杖之八十。一發而炸裂如粉，傷者甚眾。」

蛺蝶[450]枝

　　唐‧段公路《北戶錄》載蛺蝶枝一則，謂：「南行歷縣藤峽，維舟[451]飲水，睹巖側有木五綵[452]，命僕求之。獲一枝，尚綴軟蝶二十餘，有翠紺縷[453]者、金眼者、丁香眼者、紫斑眼者、黑花[454]者、黃白者、緋脈[455]者。因登岸視，乃知木葉化焉。是知蝶生江南，柑橘樹蠹[456]變為蛺蝶，烏足[457]之葉為蝴蝶，皆造化始然，非虛語也。」按此疑則木葉蝶[458]，生於美國。臺灣埔里社亦有，狀如枯葉，宿樹上，人莫能辨；唯未見有綠色者。

旋風

　　旋風[459]，臺人謂之鷗尾，沿海漁人每於海中見之。其水矗立，高與天齊，謂之龍柱。光緒三年（1877）六月初三過午，有旋風起自安

---

[449]　舁：音「餘」，抬扛。
[450]　蛺蝶：即蝴蝶。
[451]　維舟：繫船。
[452]　五綵：即五彩。綵，同「彩」。
[453]　翠紺縷：帶紅青色絲紋。紺，音「幹」，紅青，微帶紅的黑色。
[454]　黑花：黑色花紋。
[455]　緋脈：紅色紋理。緋，音「飛」。
[456]　蠹：蛀蝕樹木、器物的蟲子。
[457]　烏足：即烏足草。
[458]　木葉蝶：枯葉蝶（學名：Kallima inachus），又名樹葉蝶等。屬於蛺蝶科，分佈在熱帶亞洲地區，從印度到日本皆可見。枯葉蝶是非常精巧的擬態動物，當枯葉蝶合上翅膀時，其外觀看似一片枯葉，但翼的內面有金屬光澤的亮麗藍色與橘色。
[459]　旋風：螺旋狀的疾風。

平，由南勢街[460]越城入，向北去。郡人翹首望，但見一物行極速，閃爍如銀，或以為龍也。旋風過處，屋瓦盡撤。鎮渡頭[461]之古榕，被拔數十丈外。演武亭屋蓋，亦飛舞空中。時喜樹莊[462]人某漁於海，為風所捲，人筏俱去。眾以為死矣，其家設靈，朝夕奠。越十餘日，某忽歸。眾來問訊。某言，被風時昏迷不知，及醒，則已在山中，古木甚茂，唯聞鳥聲。已而腹饑，覓路行，見炊煙，喜就之，是番人屋。男婦數人聚語戶外，亦不諗其為野番否。向之乞食。番能漢語，問何事至此，具告之，番驚愕，謂：「此為阿里山，距府城二百餘里。」留宿其家，款待備至[463]。又數日，炊乾芋，充糇糧[464]，送之出，故得無恙。

彗星

法人之役，有星孛[465]於東北，黎明即現，其尾極光，照曜如畫。現時星隕如雨，凡數十日乃隱。余年尚少，猶及見之，惜不能記其月日，又無天文臺以驗經度，而示之後人也。

南吼

安平海吼為天下奇，以其在南，亦曰南吼。自夏徂秋，驚濤坌湧[466]，厥聲迴薄[467]，遠近相聞。昔張鷺洲狀而賦之，而吾友胡南溟亦有〈南吼行〉一篇，多奇句。或曰：海吼是雨徵也。若冬月，則不雨而主風。

---

[460]　南勢街：今台南市西區和平街。
[461]　鎮渡頭：今台南市民生路、協進街口。
[462]　喜樹莊：在臺南五、六鯤身之間，早期是一處漁港，居民每有喜事會採集沙洲上野生林葉墊在粿下，故有喜樹之稱。
[463]　備至：細緻全面；周全。
[464]　糇糧：乾糧。糇，音「ㄏㄡˊ」。
[465]　孛：音「被」，慧星的別稱。
[466]　坌湧：湧出；湧現。坌，音「笨」。
[467]　迴薄：盤旋回繞。

海眼[468]

《鳳山志》謂：入大武郡山[469]，行十餘日，有石湖，其社曰茄老網[470]。湖大里許。天將雨，輒水漲丈餘。或以為湖底有眼通海。

湧山

道光七年（1827）秋八月望夜，**水沙連**[471]內潭湧出小山四座，載於《彰化縣志》。按內潭則獅頭社潭[472]，距彰治八十里。

盪纓[473]

臺灣，海國也。府治之險在鹿耳門。〈赤崁筆談〉謂：「臺郡無形勝可據，四圍皆海，水底鐵板沙線[474]，橫空布列，無異金湯[475]。鹿耳門港路迂迴，舟觸立碎。南礁樹白旗，北礁樹黑旗，名曰盪纓，亦曰標子，以便出入。潮長[476]，水深丈四、五尺，退不及一丈，入門必懸

---

468 海眼：即泉眼，泉水的流出口。古人以為井泉的水，潛流地中，通江海，故稱。
469 大武郡山：在彰化縣東南四十里。
470 茄老網：在彰化縣芬園鄉。
471 水沙連：即日月潭。
472 獅頭社潭：獅頭亦稱獅仔頭，在水沙連大山之西南、南北投社之南、斗六門之北。
473 盪纓：鹿耳門港路紆迴，舟觸沙線立碎，出入僅容三舟。土人以長條旗帶標示之，名曰盪纓。纓，綵帶。
474 鐵板沙線：鹿耳門港道面寬水淺，退潮時水深不及一丈，水底沙線堅硬如鐵板，名為「鐵板沙」。船隻擱淺觸及，立刻碎裂，因此號稱「天險」。
475 金湯：金城湯池的略語，意謂金屬造的城，沸水流淌的護城河。形容城池險固。
476 長：漲，通叚。

後柁[477]乃進。余讀**吳素村**[478]**廣文**[479]〈渡海歌〉云:「片帆紆迴向晚入,盪纓遙辨鉦鳴銅。」則謂此也。

洋更

帆船行海以更為程,如鹿耳門至澎湖水程五更,澎湖至廈門七更。《舊志》謂:「六十里為一更」,亦無所據。按《樵書》[480]云:「更者,以一日一夜為十更,焚香為度。然風潮有順逆,行駛有遲速,水程難辨,乃以木片於船首投海中,與人行齊至,則更數始准。」若或先或後,皆不合。其法傳自王三保,舟人守之,謂之洋更。

破帆

颶之多少,以時而異,或謂之暴,或作報。凡颶將至,天邊先見斷虹,形如帆,曰破帆。稍及半天,如鱟[481]尾者曰屈鱟。

雙冬

臺灣氣候溫和,土沃宜稻,一年兩熟,謂之雙冬,猶麥之言秋也。收稻之時,多在六月、十月。六月曰小冬,十月曰大冬。而臺南地氣較熱,播種隨時,別有四月、八月之穀。是以一年之耕,足供三歲,餘糧棲畝[482],戶多蓋藏。今生齒日繁[483],出口又盛,而米價貴矣。

---

477 柁:同「舵」,船之方向盤。

478 吳素村(生卒年不詳):吳玉麟,字協書,號素村,福建侯官人,著有《素村小草》。

479 廣文:唐代設廣文館,有博士、助教等職,主持國學。明清時因稱教官為「廣文」。

480 《樵書》:來集之撰。來集之(1604-1682),初名偉才,又名鎔,字元成,號倘湖,蕭山長河人。明亡後,卸職還鄉,隱居故里,潛心著述。著有《樵書初編》、《樵書二編》等。

481 鱟:音「厚」,節肢動物,甲殼類,生活在海中,尾堅硬,形似寶劍。

482 餘糧棲畝:謂將餘糧存積田畝之中,以頌豐年盛世。

寄居螺

　　寄居非螺也，而戴螺房以行。濱海之童捕之以嬉。按《酉陽雜俎》[484]謂：「寄居之蟲，如螺而有腳，形如蜘蛛，本無殼，入空螺殼中，戴以行，觸之縮足，如螺閉戶；炙之乃出。」又《異苑》[485]謂：「鸚鵡螺常脫殼朝遊，出則有蟲蜘蛛入其殼，戴以行；夕返則此蟲出。庾子山[486]所謂：『鸚鵡外遊，寄居負[487]殼者也。』」

比目魚

　　比目魚，江淮人謂之拖沙魚，而臺灣呼為貼沙。狀如牛脾，細鱗紫色，一面一目，相合乃行。沈懷遠《南越志》[488]謂之板魚，亦曰左介，介亦作魪[489]。按《爾雅》云：「東方有比目之魚，其名為鰈，不比[490]不行。昔齊桓公欲議封禪，管仲諫曰：『古之欲封禪者，東海貢比目之魚，南方進比翼之鳥。』」是管子之所謂奇瑞者，而臺人乃日飫[491]其味，而不知名焉。

---

[483]　生齒日繁：人口不斷的增多。

[484]　《酉陽雜俎》：唐朝段成式之筆記小說集，共三十卷。

[485]　《異苑》：南朝宋・劉敬叔撰。敬叔史書無傳，明胡震亨匯其事，撰〈劉敬叔傳〉。

[486]　庾子山（513-581）：庾信，字子山，南陽新野（今屬河南）人。因自南方寓居北方，文風有南人的蕭瑟哀戚，雜北地雄渾豪邁之氣，是南北朝文學的集大成者。

[487]　負：背負。

[488]　《南越志》：沈懷遠撰。沈懷遠（生卒年不詳），南朝宋武康人，初為始興王璿征北長流參軍，因坐事徙廣州。《南越志》係懷遠在廣州時所撰。

[489]　按：雅堂原文作�，與「魪」為異體字。唐・段公路《北戶錄》：「沈懷遠《南越志》謂之板魚，亦曰左介，介亦作魪。」

[490]　不比：比，比附，即前文「相合」之謂。

[491]　飫：音「玉」，飽也。

東番

　　臺灣固東番之地，越在南紀[492]，隋唐以來，始通中國，而舊史不詳。按何喬遠《閩書》謂：「東番夷[493]不知所自始，居澎湖外洋海島中，起魍港[494]、加老灣[495]、打鼓嶼[496]、小淡水[497]、雙溪口[498]、加里林[499]、沙巴里[500]、大幫坑[501]，皆其居也，斷續千餘里。種類甚蕃[502]，別為社。社或千人，或五、六百人。無酋長，雄者聽其號令。性好勇，喜鬪。晝夜習走[503]，足皮厚繭，履荊棘如平地，速不後奔馬。有隙[504]，鄰社興兵，期而後戰[505]，相殺傷，次日即解怨，往來如初。地多煖[506]，無水田，治畬種禾[507]，禾熟拔其穗，粒米比中華稍長。採苦草雜釀為酒，間有佳者。男婦雜作，女常勞，男常逸。有盜賊則嚴剔之，戮於社。夜門不閉，禾積場無敢竊者。人精用鏢，長五尺有咫。山多鹿，冬時合圍捕之，獲若邱陵。始皆聚居海濱，明嘉靖末遭倭焚掠，乃避居山，

---

[492]　南紀：《詩・小雅・四月》：「滔滔江漢，南國之紀。」鄭玄箋：「江也，漢也，南國之大水，紀理眾川，使不壅滯；喻吳楚之君能長理旁側小國，使得其所。」後因以指南方。

[493]　東番夷：指臺灣的平埔族。

[494]　魍港：即「八掌溪」溪口，今嘉義縣布袋鎮好美里（虎尾寮）。

[495]　加老灣：今臺南市安平南邊海岸。

[496]　打鼓嶼：高雄，昔稱為「打狗嶼」。後官撰地誌輒用雅譯「打鼓」名之。

[497]　小淡水：下淡水溪，今高屏溪。

[498]　雙溪口：今高屏溪與東港溪之間。

[499]　加里林：今屏東縣林邊。

[500]　沙巴里：今屏東縣林邊、枋寮間的佳冬附近。

[501]　大幫坑：今屏東縣枋寮、枋山一帶。

[502]　蕃：音「凡」，眾多。

[503]　習走：慣於奔跑。

[504]　隙：嫌隙、紛爭。

[505]　期而後戰：相約日期後交戰。

[506]　煖：即暖。

[507]　治畬種禾：用火耕法種稻。畬，音「奢」，火耕；以火燒除雜草，復將草灰作為肥料，翻土耕種。

始通中國,漳、泉人充龍、烈嶼[508]諸灣,譯其語與貿易,今則日盛。」
顧祖禹《讀史方輿紀略》曰:「雞籠山島野夷,亦謂之東番。萬曆四十
四年(1616),倭夷取其地。其人盛聚落而無君長,習鏢弩,少舟檝,
自昔不通中國。」而莆田周嬰[509]作〈東番記〉,稱為臺員。是三人者皆
明人也,則明時固以臺灣為東番矣。

婆娑洋

臺灣處大海之上,風濤噴薄,從前舟檝不通時,至者絕少。《海東
札記》謂:「《名山藏》[510]所載:『乾坤東港、華嚴「婆娑洋世界」[511],
名為雞籠。』」即指臺灣。富陽周芸皋[512]觀察以婆娑洋在臺灣海上,而
同安林卓人[513]孝廉[514]謂在澎湖,二說未知孰是。

---

508 充龍、烈嶼:充龍,福建泉州同安縣的地名。烈嶼,即金門。
509 周嬰(生卒年不詳):字方叔,明福建莆田人,官上猶知縣。所著《遠遊
　　編》載〈東番記〉一篇中,則稱臺灣為臺員。
510 《名山藏》:明・何喬遠(1558-1631)撰,明代紀傳體史書,載明太祖至
　　明穆宗事蹟。
511 婆娑洋世界:指華人建構三界(天界、地界、水界)之外的海上「仙界」、
　　「佛所王土」。
512 周芸皋(1779-1837):周凱,字仲禮,一字芸皋,浙江富陽人。嘉慶十六
　　年(1811)進士,官至福建興泉永道。道光十二年(1832)奉檄赴澎湖賑
　　恤風災(駐廈門),十三年(1833)任權臺灣道以處理張丙事件百餘日,
　　十六年(1836)遷臺灣道。十七年(1837)卒於官。在台期間提拔蔡廷蘭,
　　並與板橋林家頗有交遊,著有《內自訟齋文集》、《內自訟齋詩鈔》。
513 林卓人(1831-1918):林豪,字嘉卓、卓人,號次逋,福建金門人。同治
　　初來臺,主於潛園,著《東瀛紀事》,以紀戴潮春之役。
514 孝廉:最初為漢代選官的察舉制度之一,是「孝子廉吏」的合稱。明清時
　　作為舉人的代稱。

毘舍耶

　　《文獻通考》[515]謂：「琉球國在泉州之東，有島曰澎湖，水行五日而至，旁有毘舍耶國。」《臺海使槎錄》謂：「毘舍耶國，以情狀考之，殆卽臺灣。」按毘舍耶為呂宋群島之一，地近臺灣，其名猶存。

橫洋

　　《赤崁集》[516]謂：「大海洪波，止分順逆。凡往異域，順勢而行。唯臺與廈隔岸七百里，號曰橫洋。中有黑水溝，色如墨，曰墨洋，驚濤鼎沸，險冠諸海。或言順流而東，則為弱水[517]。昔有閩船飄至弱水之東，閱[518]十二年始還中土。」

五色水

　　又曰：「自大嶝[519]出洋，海水深碧，或翠色如靛[520]。紅水溝[521]色稍赤，黑水溝如墨，更進為淺藍色。入鹿耳門，色黑白如河水。」

---

[515] 《文獻通考》：元・馬端臨撰，以杜佑《通典》為藍本，將《通典》上之八門增擴為二十四門，記載上古至宋寧宗嘉定末年，歷代典章制度的政書。

[516] 《赤崁集》：清・孫元衡（生卒年不詳）撰。元衡字湘南，安徽桐城人，貢生。康熙四十四年（1705）任臺灣同知。《赤崁集》係來臺所作詩集，自乙酉（康熙四十四年，1705）至戊子（四十七年，1708）按年分卷。所詠多屬臺灣風物，其中尤以〈颶風歌〉、〈海吼吟〉、〈裸人叢笑篇〉諸作，為世人所激賞。

[517] 弱水：神話傳說中險惡難渡的河海。

[518] 閱：經歷。

[519] 大嶝：指大嶝島，在福建廈門市東南海面。

[520] 靛：音「店」，藍色和紫色混合而成的一種顏色。

[521] 紅水溝：有關黑水溝與紅水溝之分法，約有兩種：以水域分，由中國到澎湖的水域，稱為紅水溝；澎湖到臺灣的水域稱為黑水溝。以洋流分，寒流，漢人稱「黑水溝」；而溫熱之分流，漢人稱「紅水溝」。

八卦水

澎湖島嶼迴環，潮流順逆各異。周芸皋觀察謂之八卦水，故其〈候風〉詩曰：「潮流八卦水，風渡七更洋。」蓋自澎至廈水程七更也。

師泉

施靖海[522]〈師泉記〉[523]，《臺灣府志》載於藝文。然師泉布平海澳[524]，非在澎湖。後人不察，遂以媽宮之井[525]為師泉，亦附會也。

父母會

家貧親老，集友十數人為一會。遇有大故，則釀金[526]為喪葬之資，競赴其家，以助奔走，謂之父母會，亦厚俗也。

唐山客

臺灣固海上荒服，我民族入而拓之，以長育子孫，遙望故鄉，稱為唐山。而號新來者為唐山客。蓋益以東南各國，唐時交通始盛，故目中國人為唐人，猶西北塞外之稱漢人也。

---

[522] 施靖海：即施琅，克臺後封靖海侯。

[523] 〈師泉記〉：康熙二十二年（1683）施琅攻克臺灣，肆於福建莆田平海待命，因平海乾旱，數萬將士之飲水面臨巨大困難，施琅至附近平海天妃宮祈求媽祖示下，後復至天妃宮前掘井，井裏湧出清泉，源源不斷，於是施琅將此井命名為師泉，並題寫〈師泉記〉碑文，刻立於井側。

[524] 平海澳：在福建省莆田市平海鎮。

[525] 媽宮之井：即媽祖宮（天后宮）之井，乃澎湖最古之井。

[526] 釀金：集資，湊錢。釀，音「具」。

國姓魚

麻薩末[527]，番語也，產於鹿耳門畔。漁者掬[528]其子以畜之塭，至秋則肥，長及尺。相傳延平入臺，始有此魚，因名國姓魚。而臺北之鰷魚[529]亦曰國姓魚。

螺杯

澎湖多螺，大小異狀，五色披紛[530]，製以為杯，光透內外。又有蚌瓢，亦可貯酒。周芸皋觀察巡臺時，愛其雅致，各賦以詩。

覺羅

蟬名齊女[531]，鵑號子規[532]，往籍所傳，事生幽怨。而臺人之稱謂有異是者。臺人呼犬曰覺羅，豕曰胡亞；[533]亞，助辭也。覺羅氏以東胡之族入主諸夏，我延平郡王起而逐之，雖天厭明德，北伐無功，而義憤之倫[534]，咸懷斥攘[535]，至今猶存其語，亦足以志九世之仇[536]，而洩一時之恨也。

---

[527] 麻薩末：連橫《雅言》：「虱目魚稱「麻薩末」，是番語，相傳鄭成功入臺後，嗜吃此魚，故稱國姓魚。」

[528] 掬：通「鞠」，育也，養育。

[529] 鰷魚：臺灣香魚。鰷，音「節」。

[530] 披紛：散亂；分散。

[531] 齊女：蟬的異名。晉‧崔豹《古今注‧問答釋義》：「牛亨問曰：『蟬名齊女者何？』答曰：『齊王后忿而死，屍變為蟬，登庭樹嘒唳而鳴。王悔恨。故世名蟬曰齊女也。』」

[532] 子規：杜鵑鳥。

[533] 犬曰覺羅……句：連雅堂《臺灣語典》：「覺羅氏以東胡之族，入主中國建號曰清，我延平郡王起而逐之，視如犬豕。」覺羅，清廷宗族的姓氏。

[534] 義憤之倫：義憤，基於正義公理所生的憤怒。倫，輩也。

[535] 斥攘：排斥。

西施舌[537]

西施舌似蚌而薄，色深綠，肉長似舌，柔而味腴。

倒掛鳥

倒掛鳥狀如鸚鵡而小，翎羽鮮明，紅綠相間，緣枝循行，喙如鉤，足短爪長，性好倒掛，夜睡亦然。

野牛

臺多野牛。荷蘭之時，南北二路各設**牛頭司**[538]；南在打鼓[539]、北在大肚[540]，設欄禽之，牧養生息，以耕以輓[541]。《稗海紀遊》謂：「至中港社[542]見門外一牛甚腯[543]，囚木籠中，社人謂：『是野牛初就靮[544]，以此馴之。』」又云：「竹塹南崁山中，野牛千百為群，土番能生致[545]之，俟其馴乃用。」按臺地日闢，遠至內山[546]，今之野牛已絕少矣。

石虎

石虎似豹而小，產於山中；一名艾葉豹。

---

536 九世之仇：齊哀公因紀侯進讒言而被周天子處死，九世之後，齊襄公消滅紀國，為先祖報仇，事見《公羊傳・莊公四年》。後比喻歷時長久，不共戴天的仇恨。

537 西施舌：貝類，肉白，形似舌，味極鮮美。

538 牛頭司：專管牛隻的養畜與繁殖的機構。

539 打鼓：高雄舊名。

540 大肚：臺中市大肚區。

541 輓：同「挽」，拉也。昔農人買牛，在於耕輓。

542 中港社：在今竹南鎮中港、中江、中成、中華、中英、中美里。

543 腯：音「圖」，肥。

544 靮：音「迪」，控牲畜的韁繩。

545 生致：活捉。

546 內山：指深山。

黃羊

紅頭嶼有黃羊，以其皮為褥[547]。

白猿

岡山之有白猿，人曾見之。

醋鼈

周芸皋《澎湖雜詠》謂：「醋鼈堅白如石，背圓腹平，有紋似螺旋，形若鼈而甚小，大者不及指蓋。藏數年，投醋中，蠕蠕[548]自能配合。按普陀山海濱亦產此物，名催生子，謂婦人臨盆，服之易娩[549]。又可治眼疾，余曾試之，有驗。」

空青

空青[550]產澎湖海濱，似石而小，中貯清水，可治眼疾。

馬寶

余年十三，讀書觀音亭街[551]，鄰人有飼馬者。一牝馬產卵十數，堅若石，眾異之。後閱上海《申報》，始知其為馬寶[552]，善治瘋顛之疾，較之牛黃[553]，尤為難得。

547　褥：坐臥的墊具。
548　蠕蠕：似小蟲前後蠕動身體。
549　娩：音「免」，生子。
550　空青：孔雀石的一種，又名楊梅青，產於川贛等地。隨銅礦生成，球形、中空，翠綠色。可作繪畫顏料，亦可入藥。
551　觀音亭街：大觀音亭於明永曆三十二年（1678）創建，廟前正對街巷舊稱觀音亭街，為台南府城中少見的參佛大道。

木蓮[554]

　　臺南開元寺三寶殿上，舊有木蓮一瓶，花一、蕊一、房一、葉二，與瓶皆木根生成。瓶高尺有五寸，花高約三尺。聞為**林朝英**[555]所獻，今亡。

松蘿茶[556]

　　《東征集》載：「水沙連內山產土茶[557]，色綠如松蘿[558]，味甚清冽，能解暑毒，消腹脹，亦佳品云。」

迎年菊

　　臺灣氣候溫煦，四時皆花，古稱瀛洲，實為仙境。張鷺洲有詩云：「少寒多燠[559]不霜天，木葉長青花久妍。真個四時皆是夏，荷花度臘菊迎年[560]。」

552　馬寶：俗稱「馬糞石」，為馬的胃腸結石，在道教又被叫做赭丹，形狀小者如豆，大者如雞蛋，或於宰殺病馬時在其體內發現，或在病馬的糞便中發現。按：中醫學認為馬寶具有鎮驚、化痰、清熱、解毒之功效。臨床上主治癲癇、高熱煩躁、小兒驚風抽搐、吐血、衄血、癰腫瘡毒等症。

553　牛黃：牛膽囊中的結石。

554　木蓮：常綠喬木。葉子長橢圓狀披針形，花如蓮，果穗球形，成熟時紫色，俗稱黃心樹。

555　林朝英（1739-1816）：字伯彥，號梅峰、鯨湖英，別署一峰亭，諡謙尊，臺灣縣人。精通琴棋書畫，擅長竹葉體行楷、鵝群體草書；亦擅長竹雕。林家原籍福建漳州，朝英祖父林登榜於康熙卅二年（1693）渡臺，經營布疋、砂糖生意致富，朝英亦善營生，對地方事務多所捐輸。朝英於乾隆卅三年（1778）在台南三界壇興築宅第，名曰「蓬臺書室」，懸掛「一峰亭」木匾。嘉慶九年（1804）台南孔廟老舊破敗，乃自費贊助重修，後於嘉慶十八年（1813）受賜「重道崇文」匾。

556　松蘿茶：屬綠茶類，創於明初，因產於安徽省歙縣松蘿山，故名。

557　土茶：指當地的茶。

558　松蘿：指安徽的松蘿茶。

荔支

臺灣與閩、粵比鄰，而荔枝絕少，味亦微酸。鄭氏之時，曾取泉州佳種百數十株植於承天南隅，所謂荔支宅[561]者也。三十年前尚有存者，熟時上市，色香可愛。今則剪伐俱盡，廢為邱墟[562]，不能復作甘棠之思[563]矣。

西瓜

瓜果之屬，以時而出，故詩載：「七月食瓜。」周之七月，夏之六月也。而臺灣則異是。臺灣之瓜，長年俱有。前時小東門外有西瓜園一區，由官理之。每至冬節[564]，採以入貢，以供元日[565]之用。此則地氣使然。而荷花獻歲，黃菊迎年，足備詩人之詠也。

文旦

臺灣果子之美者，有西螺之柑、員林之蕉、鳳山之鳳梨、麻豆之文旦。文旦，柚名也。皮薄肉厚，甘如冰糖。麻豆在曾文溪北，莊人多植柚，唯郭氏特好，其樹已近百年，蓋樹愈老則實愈小而味愈甘。

---

559 燠：音「奧」，熱。

560 編按：夏天的荷花可以延續到臘月（農曆十二月）時節，而秋天的菊花可以開到農曆過年。

561 荔支宅：此地係清代大南門墳場所在。「宅」為果園之稱，此處有一大片荔枝樹，故稱。

562 邱墟：即廢墟，荒廢處。

563 甘棠之思：《史記・燕召公世家》：「周武王之滅紂，封召公於北燕……召公巡行鄉邑，有棠樹，決獄政事其下，自侯伯至庶人各得其所，無失職者。召公卒，而民人思召公之政，懷棠樹，不敢伐，歌詠之，作〈甘棠〉之詩。」後遂以「甘棠」稱頌循吏的美政和遺愛。

564 冬節：二十四節氣的「冬至」日，即國曆 12 月 22 日。

565 元日：正月初一。

紅藷[566]

林圯埔[567]有山園數區，歲產紅藷千斤。藷大如鵝子[568]，一蔓十數粒，蒸食甚美。

神木

阿里山森林之富甲東洋。荒古以來，斧斤未入，故得長保其壽。山中有紅檜一株，高一百三十有五尺，圍六十有五尺，直徑二十尺有七寸，蔭大四十有五尺，則此檜之生長已有二千餘年，故稱之曰神木。

古梅

臺南延平郡王祠有古梅一株，相傳為延平[569]所植。先是此梅在鴻指園[570]，為承天府署[571]內。沈文肅公建祠時乃移於此。詠者頗多，余亦有歌一首載集中。

---

566 紅藷：紅薯，又稱甘薯、番薯。藷，音義同「薯」。

567 林圯埔：今南投竹山。圯，音「宜」。

568 鵝子：鵝蛋。

569 延平：指鄭成功，永曆十一年（1657）受封為延平郡王。

570 鴻指園：清乾隆三十年（1765），臺灣知府蔣允焄擴建臺灣府署內四合亭，並取取蘇軾「雪泥鴻爪」之意，命名「鴻指園」，並撰〈鴻指園記〉。日治時期府署被拆除，改為步兵營，戰後挪為憲兵隊使用，遺址約在青年路和衛民街之間，已無任何地上物。台灣府城隍廟門口處有台灣府署遺址碑，位於台南市東區青年路 133 號。相傳鴻指園內有一株梅樹是鄭成功親手種植，如今被移植至延平郡王祠後方的監國祠前。

571 承天府署：明永曆四年（1650），荷蘭人興築普羅民遮城，鄭成功逐走荷蘭人後，以此為承天府署，今址即台南赤嵌樓。

老樣

曾文溪北多屬鄭氏屯田之地，而官佃莊[572]其一。莊中有老樣[573]數株，云為荷人所植。而莊外往曾文溪之畔，亦有十數株，整列成行，似為當時路樹。

婆羅蜜

臺南歸仁里舊社莊有婆羅蜜數株，云荷人自南洋移植者，至今尚能結實。每顆重三、四斤，味甘美。

黃竹筍

臺中黃竹坑之筍，味極甘美。坑固番地，黃竹叢生。前時割筍者多遭番害，被其馘首[574]，故謂之刣[575]頭筍。今則墾地日闢，番已遠徙，而筍亦漸少矣。

賽花

三山國王廟[576]在鎮北坊[577]，為潮州人所建，以祀其鄉之神。每逢元宵，陳列花仙數百盆，評其優劣。臺人之種水仙，以刀劃葉半面，浸以清水，曝以朝陽，二十餘日可開。花之長短，葉之參差，均可隨意為之，信乎巧奪天工也。

---

[572] 官佃莊：今臺南市官田區。
[573] 樣：音「奢」，芒果。
[574] 馘首：即砍頭。馘，音「國」。
[575] 刣：音「中」，刮、削物。
[576] 三山國王廟：又稱「潮汕會館」，在臺南市北區西門路。乾隆七年（1742）知縣楊允璽（1704-1760）、左營遊擊林夢雄（生平不詳）率領粵東商賈民人捐款建。奉祀潮州的福神「三山國王」，並提供同鄉往來住宿服務。
[577] 鎮北坊：府城四大街坊之一。範圍在今北門路以西，西門路三段以東，成功路以北，公園路以南。

烟火

　　臺南府治前有炮店十數家，若慶雲、盈月等號以製烟火著名。每年花朝[578]前後，偕赴菜市埔[579]濱放。火樹銀花[580]，光騰霄漢[581]，魚龍曼衍[582]，璀璨陸離。自初更至於黎明，觀者常數萬人，誠春宵之樂事，而人世之幻觀也。

弄猴

　　臺灣居喪之時，多延僧道禮懺[583]。僧弄鐃鈸[584]，而道濱[585]取經，扮孫行者上場，觀者如堵，或謂之猴，故里諺曰：「有孝後生來弄鐃，有孝查某來弄猴。」後生，男子也。查某，女子也，其義費解，或以為珠母[586]之訛，猶粵人之稱珠娘[587]也。

---

[578] 花朝：又稱花神節、「百花生日」。日期在各朝代、各地區略有不同，清代以後，北方一般以二月十五為花朝，南方則為二月十二日，與南北氣候不同有關。

[579] 菜市埔：位於臺南孔廟與大南門之間。

[580] 火樹銀花：形容張燈結綵或大放焰火的燦爛夜景。火樹，火紅的樹，此指樹上掛滿燈彩；銀花，銀白色的花，此指燈光雪亮。

[581] 霄漢：雲霄和天河，指天空。

[582] 魚龍曼衍：原指各種雜戲同時演出。後形容事物雜亂，或比喻變化極多。

[583] 禮懺：佛教語，謂禮拜佛菩薩，誦念經文，以懺悔所造之罪惡，通稱拜懺。

[584] 鐃鈸：音「撓拔」，銅製呈圓盤狀的合擊樂器。

[585] 濱：通「瀕」，靠近，臨近。

[586] 珠母：按「查畝」二字，當是「珠母」音訛。

[587] 珠娘：任昉《述異記》：「粵俗以珠為上寶，生女謂之珠娘，生男謂之珠兒。」

乞龜

慶弔之事，以麵製粿，或磨米為之，形如龜，謂之紅龜，喪則用白。龜長壽也，讀如居，謂可居財。坊里廟會，陳龜數十，或重至十餘斤。人向神前乞之，謂可介[588]福。明年此日，乃倍償焉。

吹螺

賣肉者吹螺，賣雜細者搖鼗鼓[589]，賣餳者打小鑼。[590]按《詩·有瞽》章，孔氏《正義》[591]謂：「其時賣餳[592]之人吹簫以自表」，故曰餳簫[593]，而臺灣之俗稍有不同爾。

含蕊傘

臺南風俗純古，多沿紫陽[594]治漳[595]之法。數十年前，婦女出門，必攜紙蓋障面，謂之含蕊傘。張鷺洲詩云：「一隊新粧相掩映，紅蕖[596]葉底避斜曛。」可謂迫肖[597]。

588　介：祈求。

589　鼗：音「陶」，鼓名，形制類今日之撥浪鼓。

590　賣肉者……句：謂賣豬肉者吹海螺，賣雜貨者搖玲瓏鼓（撥浪鼓），賣麥芽糖者敲小鑼。雜細，日用的雜貨，或指婦女的花粉針線等細小物品。

591　孔氏《正義》：即孔穎達《毛詩正義》。按：唐太宗令孔穎達主持五經的注解，撰成「五經正義」，即《周易正義》、《尚書正義》、《毛詩正義》、《禮記正義》、《春秋正義》五種。

592　餳：音「形」，麥芽糖。明·李時珍《本草綱目·飴餳》：「韓保昇曰：『飴，即軟餳也，北人謂之餳。』時珍曰：『飴餳用麥糵或穀芽同諸米熬煎而成，古人寒食多食餳，故醫方亦收用之。』」

593　餳簫：賣麥芽糖人所吹的簫。

594　紫陽：即朱熹，世稱紫陽先生、考亭先生。

595　編按：宋光宗紹熙元年（1190）四月，朱熹知漳州，治理主張「節民力，易風俗」，政績斐然。

596　紅蕖：紅荷花。蕖，音「渠」，即荷花。

597　迫肖：十分神似、逼真。肖，相似。

孔明燈

少時以竹縛球，糊以紙，而空其底，乃以綿心漬松膠，插於球內而點之，隨風而上，高入雲際，厥狀如星，名曰孔明燈。聞為諸葛行軍之用，是西洋未有輕氣球而中國已有此奇製矣。

香腳

臺人崇祀天后，而北港朝天宮尤著。每年三月十四日來南晉香[598]，越三日乃返。隨香之人多至數萬，謂之香腳。從前鐵路未通時，香腳多露宿，盜不敢劫，遺失之物亦不敢取，取之恐神譴也。劉芑川[599]廣文有詩曰：「曾門溪[600]畔少行人，草地常愁劫奪頻。何似春風香腳好，去來無恙總依神。」按曾門溪為**安、嘉交界**[601]之處，前為畏途。府城人謂鄉村曰草地。

鐵船

咸豐初，吞霄[602]港口有鐵船一艘隨風潮而入，擱於沙上。船長九十餘步，闊三十餘步，高三丈許，渾身皆鐵，而中無一人一物，不知

---

[598] 晉香：即「進香」，到寺廟燒香膜拜神佛。按：晉、進，通叚。

[599] 劉芑川（1814-1853）：劉家謀，字仲為、芑川，福建侯官人。道光十二年（1832）中舉，二十六年（1846）任寧德訓導，二十九年（1849）調臺灣府學任訓導，在任凡四年，甚有政聲。咸豐三年（1853），海寇黃位擾亂沿海，臺灣土匪與之相呼應，家謀傾力守陣，致使肺疾加劇，遂卒於任。著有《外丁卯橋居士初稿》、《東洋小草》、《斫劍詞》、《開天宮詞》、《操風瑣錄》、《鶴場漫志》、《海音詩》、《觀海集》。

[600] 曾門溪：即曾文溪，原係流入臺江內海的六條溪之一。經道光三年（1823）颱風，曾門溪向北改道流入外海，其出海口即今七股鄉，為黑面琵鷺的棲息地。

[601] 安、嘉交界：安平縣與嘉義縣的交界。

[602] 吞霄：苗栗縣通霄鎮。

何國所製。鄉人觀者欲取其鐵，堅不可剝，乃集良冶[603]，立洪爐，以火解之。唯一舵[604]一碇[605]重各數千斤，斷落海中，而船底如故。後因風濤衝擊，漂流無定，遂亦沉沒。

古甕

余家馬兵營。吾祖之時，掘地如井，深二丈許，得古甕一對，高二尺餘，大可受兩斗米，封其口。啟之則滿貯清水，歷久不變，唯不知何時物爾。

斷碑硯

吾鄉陳鞠譜上舍[606]曾於**大穆降**[607]鹽館得一故硯，墨瀋模糊[608]，以水洗之，字跡漸現。視之，則東坡之斷碑硯也。此硯曾入內府，《兩般秋雨庵》[609]載之甚詳。鞠譜大喜，取書相較，銘文尺寸，一字不爽。唯此硯何以流落臺灣？意為宦遊之士攜藏行篋[610]，其人因辦鹽務，留

---

603 良冶：指精於冶煉鑄造的工匠。
604 舵：方向舵。
605 碇：音「定」，繫船的石墩。
606 上舍：對讀書人的尊稱；又宋代太學分外舍、內舍和上舍，學生可依一定之條件及年限升級，明清因以「上舍」為監生的別稱。
607 大穆降：新化，古名大目降、大穆降。
608 模糊：在此意謂硯台上刻字因長久使用，墨汁堙填而掩蓋字跡，整個變得很模糊。
609 《兩般秋雨庵》：清·梁紹任（1792-？）著。梁紹王，字應來，號晉竹，錢塘人，官內閣中書。著《兩般秋雨庵詩》、《兩般秋雨庵隨筆》，在近代筆記中自成一家。
610 行篋：旅行用的箱子。

置館中，館丁不以為寶，棄之屋隅，鞠譜亦無意得之也。往攜往羊城[611]製盒，陳省三[612]觀察見而愛之，遂舉以贈。

匕首

枋橋林薇閣藏一匕首，長八寸，甚利。以羊脂玉為柄，彫[613]一羊首，兩眼嵌紅寶石，紫絨為鞘，光芒五彩，奕奕[614]射人。聞為漢代之物，其曾祖父樞北[615]先生以重價購得者。

廈海城隍

直省[616]府縣之地，均奉城隍，春秋祭祀。府封為侯，縣封為伯。而臺北大稻埕有霞海城隍廟，為霞海[617]人所祀者。每年五月十三日，開堂繞境，晉香者常數萬人，市況一振。隨喜[618]男子以墨塗面，喬裝鬼卒，謂之家將；而女子則著白裙，帶紙枷，以事懺悔。此則瀕於怪異，溺於迷信，而不可不革者也。

---

611 羊城：廣州的別稱。

612 陳省三（1853-1929）：陳望曾，字省三，號魯率，臺南人。光緒元年（1875）進士，二十五年（1899）任廣東府知府，三十四年（1908）任廣東勸業道，嗣調署按察使，賞加頭品頂戴，為臺籍進士在中國仕途最為顯達者。

613 彫：即「雕」，雕刻。

614 奕奕：光明貌；亮光閃動貌。

615 樞北：林國華（1803-1857），字樞北，台北新莊人。巨富林平侯之子，平侯將家產分為「飲」「水」「本」「思」「源」五支，國華繼承「本」記，募佃開闢台北、淡水、板橋、海山一帶，又兼營米、糖、茶、鹽、樟腦、木材、航運、錢莊等業，成為北臺巨富。國華（本記）復與弟弟國芳（源記）建造板橋林本源花園，亦為全台著名庭園。

616 直省：指各省，因直屬中央，故又名直省。

617 按：原文與此則標題皆作「廈海」，應作「霞海」，在福建省泉州同安縣霞城（下店鄉）海邊。

618 隨喜：佛教語。指見人做善事而樂意參加。

軍大王

新竹沿山之地，輒有軍大王廟[619]。故老謂我族入墾番地之時，披苫[620]蓋，蒙霜露，勇往不屈，或死於番，或斃於病，前茅後勁[621]，再接再厲，以成今日之都聚。後人追念本源，建廟奉祀，無以名之，名之曰軍大王。

蛇郎君

臺灣童謠有蛇郎君一節，事頗奇異，為載其略。某處有蛇，久而成怪，化為美男子，往來村中，村人稱之為蛇郎君。聞某翁有三女，均未字[622]，遣媒議婚，願以千金為聘，否則將滅其家。翁固貪利，又畏暴，命長女，不從，次女亦不從。少女年十七，見父急，慨然請行。既嫁，蛇郎君愛之，居以巨室，衣以文繡，食以珍羞[623]，金玉奇寶恣其所好，而翁以締婚異類，遂不復作貧兒相矣。按唐·釋道世《法苑珠林》[624]載有孝女祭蛇之事，與此略異，不知臺之童謠由此而誤傳歟？仰[625]別為一人歟？

其傳曰：東越閩中[626]有庸嶺[627]，其下北隰[628]有大蛇，都尉[629]及屬城長吏多有死者。祭以牛羊，故不得禍。或喻[630]巫祝[631]欲啖童女，都

---

[619] 軍大王廟：在竹北一堡埔尾莊。鄉人建於同治六年（1868）以祀先民，無以名之，而稱為軍大王。
[620] 苫：音「山」，以草編成的覆蓋物。
[621] 前茅後勁：前茅，即先頭部隊。後勁，指行軍時殿後的精兵。
[622] 未字：舊指女子尚未許配。
[623] 珍羞：亦作「珍饈」，珍美的肴饌。
[624] 《法苑珠林》：唐·釋道世著，類書體，概述佛教之思想、術語、法數等，被視為一部佛教的百科全書。釋道世，字玄惲，俗姓韓，京兆（陝西省西安）人。年十二，於青龍寺出家。
[625] 仰：當作「抑」，形近或通。抑，還是、或者。
[626] 東越閩中：東越，漢初小國，今浙江東南及福建一帶。閩中，即福建省。
[627] 庸嶺：在今福建邵武縣。

尉患[632]之，求人家生婢子[633]兼有罪家女養之，至八月，送穴口，蛇輒夜出嚙之，前後已用九女。一歲將祀，募索未得。將樂縣[634]李誕有六女無男，其小女名寄，欲行，父母不聽[635]。寄曰：「父母無相留。今生六女，雖有如無，徒費衣食，不如以賣寄之身，可得少錢，以供父母，豈不善耶！」父母慈憐，終不可止。寄乃行，請好劍及咋蛇犬[636]。至八月朝，便詣廟中，懷劍將[637]犬，先作數石米餈[638]蜜麨[639]，以置穴口。蛇夜出，頭大如囷[640]，目如二尺鏡，聞餈香先食之。寄便放犬，犬就咋。寄自後斫，蛇因踊出而死。寄入穴，得九女髑髏，悉舉出。咤曰[641]：「汝曹[642]怯弱，為蛇所食，甚可哀愍！」於是緩步而歸。越王聞之，聘為后，自是東冶[643]無復妖邪。

---

[628] 北隰：北方低濕之地。

[629] 都尉：郡之軍事長官。

[630] 或喻：或，有時；喻，使知。

[631] 巫祝：古代稱事鬼神者為巫，祭主贊詞者為祝；後連用以指掌占卜祭祀的人。

[632] 患：憂慮；擔心。

[633] 家生婢子：即「家生婢」，奴婢生的女兒。

[634] 將樂縣：在今福建西北部。

[635] 不聽：原文作「不敢」，誤。

[636] 咋蛇犬：能咬蛇的狗。咋，音「炸」，咬住。

[637] 將：音「醬」，帶著。

[638] 米餈：用米或米粉做的糕餅。餈，音「慈」，糕餅。

[639] 蜜麨：用麥芽精攪拌炒麵粉做的餡。麨，音「炒」，將米、麥炒熟後磨成的粉。

[640] 囷：音「軍」，穀倉。

[641] 咤曰：音「炸」，惋歎地說道。

[642] 汝曹：你們。曹，輩。

[643] 東冶：據《晉書·地理志》「建安郡」下注：東冶，東越國都。在今福建福州市。

【臺灣史跡志】

臺灣史跡志凡例

一、　余既撰《臺南古跡志》，因念偏囿一隅，未及全局，乃作此編，以為讀書稽古之助。俟殺青後，當將《古跡志》併入於內。

一、　此編以地為經，以史為緯，間有議論，以資發明。

一、　壇廟、祠宇、書院、寺觀，具載《臺灣通史》，唯擇其有關史跡者言之。

一、　此編係刊《詩薈》[1]，隨作隨登，未列次序，將來印行單本，當為釐定。

承天故府

臺南，古都也。荷蘭未至以前，華人早已來處。按《**明會典**》[2]，永樂中，太監王三保舟下西洋，取水赤崁。赤崁，番社名，為今州治[3]之地，其井尚存。故荷人入建公署，華人謂之赤崁樓。永曆十五年（1661），延平郡王克臺，改名東都，設承天府[4]，領縣二；曰天興[5]，

---

[1]　《詩薈》：《臺灣詩薈》，連橫編，月刊，創刊於大正十三年（1924），共發行22期。自云創辦此刊為振興現代之文學（指漢詩文），並保存舊時遺書。詩刊內容包括今人詩鈔、詞鈔、文鈔，前人詩存、文存，其它還有雜錄、詩話、詩鐘，以及作為補白的「餘墨」，和紀載當時活動的「騷壇紀事」等。

[2]　《明會典》：明代官修典章制度大全，於弘治、嘉靖、萬曆三朝先後編修、續修、重修。

[3]　州治：一州最高行政長官的官署。按：日治時期於大正九年（1920）設台南州，統轄今之台南市、嘉義縣市、雲林斗六、北港、虎尾。

[4]　承天府：永曆十五年（1661）鄭成功驅逐荷蘭東印度公司後，於臺南赤崁樓置承天府衙門，統轄臺灣行政。

為附郭[6]；曰**萬年**[7]，在興隆里[8]，即今鳳山舊城[9]。當是時，東都雖屬草創，而金廈諸島均服政令，漢族衣冠賴以不墜，泱泱[10]乎表海之風[11]也。經立[12]，改東寧，以縣為州，委政勇衛**陳永華**[13]。永華儒雅，與民休息，乃築圍柵，起衙署，建學宮，以興文教，而東寧規模漸備。經薨，子克𡒉幼，不能治國。康熙二十二年（1683）六月，清人克澎湖，克𡒉降。凡鄭氏居臺二十有三年，傳三世而明朔亡。廷議欲墟其地，靖海將軍施琅力陳不可。琅固鄭將，叛而降清，遂藉清人以覆[14]明社，其罪大矣！向使鄭氏不滅，明朔長存，撫我華僑，用張國力，以經略[15]南嶠[16]，則日[17]東寧仍為全臺首都，未可知也。而延平無祿，經又早世，遂至叛將稱戈[18]，孱王[19]奉版[20]，淪胥[21]以亡。天也，抑人也。[22]

---

5 天興：天興縣，永曆十五年（1661）鄭成功入臺，設立承天府，下轄天興縣、萬年縣二縣，二者以新港溪（今鹽水溪）為界，天興縣在溪北，縣治位於佳里興（今臺南縣佳里鎮），另一說位於大目降（今臺南縣新化鎮）與新港（今新市鄉）之間。

6 附郭：緊臨都邑城郊之處。

7 萬年：萬年縣，明鄭時期縣級行政區。萬年縣縣治目前仍有爭議，一說位於二贊村（今臺南市仁德區二行村）；一說位於興隆里（今高雄市左營區）。

8 興隆里：今高雄市左營區。

9 鳳山舊城：位於今左營蓮池潭旁，亦稱為左營舊城。

10 泱泱：水深廣貌。

11 表海之風：海上的表率。表海，即海表，指臨海、濱海，或海上（島嶼）。風，指風式、楷模。

12 經立：鄭經即位。

13 陳永華（1634-1680）：字復甫，諡文正，福建同安人，二十三歲時與鄭成功論政，深得賞識，盛譽「永華乃今之臥龍也」，授職「諮議參軍」，委為子鄭經之師，經略臺灣，多出其擘劃。

14 覆：滅也。

15 經略：籌畫治理。

16 南嶠：南邊山嶺。

17 則日：然則今日。

18 稱戈：本謂舉起戈，指動用武力，發動戰爭。

19 孱王：懦弱的君王。

20 奉版：奉送版圖，即投降。

　　清人設臺灣府，領縣三：附郭亦曰臺灣，南鳳山，北諸羅；分駐鎮道，隸福建布政司[23]，翹然為臺首府。六十年（1721）夏，朱一貴起兵，破府治，全臺俱沒。六月，一貴滅。乾隆五十一年（1787），林爽文陷彰化，攻諸羅。**莊大田**[24]以兵數萬，四路合圍，力守不下。**蔡牽之亂**[25]，林恭之亂[26]，亦攻府治；而士民戮力，城賴以存。則以府治為財賦之區，一旦失守，大局垂危，故籌防尤重。光緒十四年（1888）建省，改臺灣府為臺南，縣曰安平，而政令移於臺北，然文教之興，尚冠全土，士習詩書，人懷禮義，延平之風，猶未墜也。

　　今為州。

21　淪胥：完全喪失。

22　天也，抑人也：也，通「耶」，疑問詞。意謂：這是天意？還是人為的因素？

23　布政司：承宣布政使司的簡稱。明初設置，為掌理一省民政的機構，主官稱為布政使。

24　莊大田（1734-1788）：福建平和人，為鳳山一帶天地會首領。乾隆五十二年（1787），於鳳山興兵響應林爽文起事，自號「南路輔國大元帥」，兩人勢力大抵以臺灣府治劃分南北；後敗走瑯嶠，在風港被擒，檻送至郡，磔死。

25　蔡牽之亂：蔡牽（1761-1809），福建同安人。乾隆五十九年（1794），因饑荒而入海為盜，船幫馳騁於閩、浙、粵海面，劫船越貨，封鎖航道。嘉慶十二年（1807）冬十二月，自炸座船，與妻小及部眾 250 餘人沉海而死（一說蔡牽自摟金錨，投海自盡），餘眾 4,000 人降服。

26　林恭之亂：林恭（？-1853），臺灣鳳山人，曾任縣署壯勇。咸豐三年（1853）四月，臺邑人李石與楊文愛、林清等人以「興漢滅滿」號召，殺知縣高鴻飛。林恭集黨人響應，攻下鳳山城，殺知縣王廷幹，旋攻台南城，兵敗，轉據東港，遭叛變將領「綁縛交官」。

半月城[27]

臺南固無城也。雍正元年（1723），知縣周鍾瑄[28]始圍木柵，建七門。十一年（1733），巡撫鄂彌達[29]奏請建城，廷議不可，乃環植刺竹，而缺其西。乾隆五十三年（1788），大學士福康安復奏築城，為門八，東、南、北悉舊址，而西方臨海，內縮一百五十餘丈，狀如半月沉江，故謂之半月城，今毀。

大東門[30]

大東門一名迎春門。林爽文之役，莊大田自鳳山來，以莊錫舍[31]攻小南，謝檜攻大東，林永攻大北，許尚攻小北，四路合圍，號稱十萬。總督常青[32]分所部禦之。自佩弓矢，登大東門督戰。義勇數萬，自晨戰至日中。錫舍忽倒戈降，大田退。今城已毀，門尚存。

---

27 半月城：臺南府城。乾隆五十一年（1786）林爽文之役後，臺南守城官員均有改築磚城之意。五十三年以舊城基改築土城，但西面城牆受到海岸線限制，使臺南城呈現半月形，堪輿家稱「半月沉江」之勢，故臺南城又稱「半月城」。

28 周鍾瑄（1671-1763）：貴州貴陽人，曾任諸羅縣知縣（1714至1719）。

29 鄂彌達：滿洲正白旗人，接替張溥擔任廣東廣西總督（1732-1735）。

30 大東門：位於臺南市東區東門路與勝利路交叉口，創建於清乾隆元年（1736）。

31 莊錫舍（生卒年不詳）：福建晉江人，林爽文事起，與莊大田於鳳山起兵響應；復與之嫌隙，於圍攻臺灣府城時向守軍閩浙總督常青請降。

32 常青（1717-1793）：滿洲正藍旗人，佟佳氏。乾隆中，歷官察哈爾都統、杭州、福州將軍。乾隆五十一年（1786）擢閩浙總督，次年調將軍督師，鎮壓臺灣林爽文起義。旋以不敢戰解任，改福州將軍。官至禮部尚書、鑲藍旗漢軍都統。

春牛埔

春牛埔[33]在大東門外。故事：立春之前一日，有司[34]迎春於此。春牛過處，男女雜觀，衣香旗影，相錯於途，亦太平樂事也。朱一貴之役，總兵歐陽凱[35]駐春牛埔，軍中夜譁。翌日一貴至，凱被殺，鎮兵多沒，一貴遂入府治。今迎春之禮已廢，而一貴之事尚有道者；然蔓草荒煙，後之人將不知其跡矣。

鯽潭

鯽潭[36]在小東門外，廣袤[37]三十餘里，溉田[38]甚多，望之若湖，故《縣志》有鯽潭霽月[39]之景。潭魚極肥，鄭氏取以供膳。其後有司祈雨於此，又名龍潭，今淤。

安平

安平為臺南門戶，距府治約四里。前以舟楫往來，故有安平晚渡之景。荷蘭時，築赤崁城，一名臺灣城。延平入臺，改名安平，志故土也。清代設水師副將，以控制海疆。同治三年（1864），始設海關。

---

[33] 春牛埔：今臺南市東門城附近、勝利路東半段兩側。

[34] 有司：指官吏。古代設官分職，各有專司，稱有司。

[35] 歐陽凱（生卒年不詳）：福建漳浦人。康熙五十七年（1718），任臺灣鎮總兵，加左都督。

[36] 鯽潭：鯽魚潭，又稱龍潭（堪輿家稱此處為府城地龍所在），在今台南市永康區。蔣毓英《台灣府志》：「鯽魚潭，在永康里東南，周圍大十里餘，深不可測，潭生鯽魚甚多，年有徵稅。」

[37] 廣袤：土地的面積。東西向稱為「廣」，南北向稱為「袤」。

[38] 溉田：灌溉田畝。

[39] 鯽潭霽月：鯽魚潭景色優美，為賞月最佳之處，故「鯽潭霽月」被納編臺灣八景之一。

十年（1871）[40]，英領事與人民有悇[41]，調艦恫嚇。事將平矣，英兵忽夜襲安平，副將江國珍[42]自戕死。光緒十年（1884），法軍踞[43]基隆，輒窺臺南。兵備道[44]劉璈[45]具幹才，籌守禦，而安平得以無恐。今臺南貿易移於打狗[46]，而安平漸就衰退。

林鳳營

林鳳營在曾文溪北，為參軍林鳳[47]屯田之地，鳳事在《臺灣通史》，是為赤山堡[48]開墾之始。

---

40 按：此為安平砲擊事件。事件起因有二，同治七年（1868）英商怡記洋行依開港、通商條約經營樟腦生意，但與官方樟腦獨占的法規發生衝突，中英雙方談判未果；同年鳳山、台南又有多起教案，頗有傷亡；英方乃依國際法「強償（reprisals）之例」，欲以軍事佔領安平作為擔保，以維護條約權利。此地同治十年或係雅堂誤記。

41 悇：音義同「叨」，非分貪求。

42 江國珍（生卒年不詳）：武官，本籍福建。同治四年（1865）擔任臺灣水師協副將，七年（1868），與英國海軍作戰時，受傷自殺。

43 踞：盤據、佔領。

44 兵備道：明制，於各省重要地方設整飭兵備的道員，清代沿置。

45 劉璈（？-1889）：字蘭洲，湖南臨湘人，生員。咸豐三年（1853）加入湘軍，十年（1860）投入左宗棠麾下，有軍功，歷任台州知府（浙江省）、蘭州道（甘肅省）。同治十三年（1874）來台處理牡丹社善後事宜，專辦恆春的建城工務。光緒七年（1881）任分巡臺灣道，對臺政頗多擘畫；翌年台北城興工，任事者福建巡撫岑毓英離任，因改由劉璈負責，璈遂為台北城的實際建造者。十年（1884）法軍侵臺，清廷命劉銘傳治軍台北，劉璈駐守台南，兩人不合，頗相參劾，十一年（1885）劉璈被判處流放黑龍江，病死於東北。宦臺時著《巡臺退思錄》。

46 打狗：高雄舊名。

47 林鳳（1629-1663）：字興義，鄭成功部將。入台後率軍到曾文溪北屯墾，開闢營盤田，其地後遂名為林鳳營。

48 赤山堡：在臺南市六甲、官田區一帶。

查畝營

查畝營[49]在鐵線橋堡[50]。永曆十九年（1665），勇衛陳永華復行屯田之制，分諸鎮土地，自耕自給，謂之營盤[51]。三年後，乃定其則，納賦課，而曾文溪北多屯田，故設此營以理其事。

初，延平部將劉茂燕[52]從伐南京，陣沒[53]，王念其功，命其子求誠入臺，贍[54]以田宅。及長，墾田於此，子孫蕃衍，至今為臺望族。

官佃莊

官佃莊[55]在鐵線橋堡。荷蘭之時，土皆國有，募民耕之而徵其賦，謂之「王田」。鄭氏因之，改為「官田」，佃曰「官佃」。當是時，墾務多在曾文溪北。故自溪至官佃之間，尚存大道，旁有老檨[56]二十餘株，分列成行，疑為舊時路樹。

---

[49] 查畝營：在臺南市柳營區，專門負責農地勘查、丈量與分配。按，鄭氏入台後，採屯田政策以保障糧餉，派官兵分駐各地墾田，並設置機關管理。

[50] 鐵線橋堡：雍正十二年（1734）以「鐵線橋莊」（今台南市新營區）為中心成立一堡，名「鐵線橋堡」。

[51] 營盤：軍營。此指營磐田，明鄭軍隊各就駐紮地開墾之田。

[52] 劉茂燕（1618-1659）：福建漳州人，為鄭成功部將，戰死於永曆十三年（1659）的金陵之役。鄭成功入台後，撫卹陣亡將士，令茂燕夫人蔡氏與子求誠入臺，初居東寧，後移墾查畝營，富甲一方，人稱柳營劉氏，而劉茂燕、求誠父子被尊為劉氏入臺的開祖。

[53] 陣沒：即「陣歿」，陣亡，在戰場兩軍對陣中死亡。

[54] 贍：供給。

[55] 官佃莊：臺南市官田區。荷治時期土地皆國有，稱「王田」，不許人民私墾；明鄭時期改名為「官田」，文武官員可招募佃農開墾，形成漢人墾區，清代稱「官佃」、「官佃莊」，日治時期改稱「官田莊」。

[56] 檨：音「奢」，芒果。

果毅後莊

果毅後莊[57]在果毅後堡，為果毅後鎮屯田之地；而嘉義舊轄尚有五軍營、新營、舊營、中營、後營、下營、大營、二鎮、左鎮、中協等莊，皆故跡也。阡陌毗連，井廬相望，我族所賴以衣食者二百餘年矣。追懷先德，敬哉勿忘！

曾文溪

曾文溪為舊時安、嘉交界之處。源自內山[58]，以入於海。一作曾門[59]，相傳荷蘭時，有曾文者墾田於此，並設一舟濟人，故名。

鐵線橋

鐵線橋[60]在鐵線橋堡，為往來孔道。《舊志》謂：「春夏之間，橋之南北，一晴一雨，農功未遍，因名通濟橋。」

漚洪

漚洪莊[61]在蕭壠[62]附近。蕭壠固番社。荷蘭之時，與麻豆[63]、新港、目加溜灣[64]、大穆降[65]、大傑顛[66]為歸化六社，供其賦役。《舊志》謂：

---

[57] 果毅後莊：今臺南市柳營區。鄭氏部隊「果毅後鎮」屯墾柳營區果毅村、神農村一帶，遂以為地名。雍正十二年（1734）沿用其名，設立果毅後堡。

[58] 內山：深山。按，曾文溪發源於嘉義縣阿里山鄉的東水山。

[59] 曾門：原文作「層門」，誤。曾門溪即曾文溪。「門」與「文」的閩南語發音近似而誤。

[60] 鐵線橋：在臺南市新營區南端，為新營最古老的聚落之一。

[61] 漚洪莊：即「漚汪」，是台南將軍鄉的舊名，在蕭壠（臺南市佳里區）附近。

[62] 蕭壠：今臺南市佳里區，舊稱「蕭壠社」，北鄰學甲區，西鄰將軍區，西南連七股區，東鄰麻豆區，南接西港區。全境地勢平坦，是北門區鹽分地帶的門戶及政經中心，舊為西拉雅系平埔族蕭壠社聚居地，也是臺灣最早的西拉雅文化發源地之一。

「郭懷一[67]謀逐荷人,事敗,華人多戮於此。每逢陰雨,鬼聲啾啾[68]。」嗚呼!此則漢族流血之地也!苟非延平之神武,天戈一指,醜虜偕逃,則故鬼含冤,新鬼且哭矣!

舊社

舊社在保大西里[69]。荷人設教於此,以化土番。今其存者尚有婆羅蜜數株,三百年前物也。

龍湖巖

龍湖巖[70]在赤山堡[71]六甲莊,花木幽邃,夙稱勝境。《志》稱鄭氏之時,參軍陳永華行軍至此,愛其山川,因建此寺,閩人謂寺為巖。外有一潭曰龍湖,中植荷花。春時桃柳爭秀,如入畫圖,遊人多題詠焉。乾隆元年(1736),六甲莊人林超水、漆林莊、蔡壯猷募款重建,並祀延平郡王。

63　麻豆:即麻豆社,在今臺南麻豆、官田一帶,是西拉雅平埔族四大社之一。其他三社為新港社、蕭壠社、目加溜灣社。

64　目加溜灣:善化舊稱。

65　大穆降:新化舊稱。

66　大傑顛:今旗山火車站西南至東南一帶。康熙年間,西拉雅族在溪州地區太山建置「大傑顛社」。

67　郭懷一(?-1652):荷治時期的墾首,在今臺南市永康區一帶從事墾殖。永曆五年(1651),蔗業衰退,農民謀生困難,加上不滿荷軍臨檢人頭稅時的各種惡行,與當地農民遂密謀起事,不敵荷軍火槍,於逃亡途中新港社原住民以箭射死。

68　啾啾:泛指各種淒切尖細的聲音。

69　保大西里:今臺南市歸仁區北部。

70　龍湖巖:又稱赤山巖,俗稱「巖龍湖庵」,地處珊瑚潭的外側,建立於永曆十九年(1665),是臺南市六甲區最負盛名的古剎。巖,福建人對佛寺的慣稱。

71　赤山堡:在今台南市六甲區。鄭成功參軍陳永華在台南六甲、官田一帶開墾「赤山堡」,共22村莊。

嘉義故縣

嘉義，古諸羅也。諸羅，番社名，又山名，而《舊志》以為諸山羅列之義，非也。《臺灣外紀》謂：「**顏思齊**[72]居臺，率健兒入諸羅山打獵。」則其為山名也，明矣。鄭氏命**智武鎮**[73]駐此，以防北鄙。康熙二十三年（1684），始設諸羅縣。時以民少番多，離府又遠，暫住佳里興[74]。佳里興亦番社也，濱海而居，距治南八十里。四十三年（1704），文武移歸縣治，乃築木城，週六百八十丈，為四門。六十年（1721），朱一貴之役，賴池、鄭岳等起應破縣治，參將羅萬倉戰沒。雍正元年（1723），改建土城，擴大百餘丈。乾隆五十一年（1787），林爽文既陷彰化，疊攻諸羅，總兵柴大紀[75]嬰城守，士民效死勿去；事聞，下旨褒獎，改名嘉義。續以張丙之役[76]、戴潮春[77]之役屢陷重圍而守志益堅。蓋以嘉義為府城北蔽[78]，嘉義有失則府城垂危，故籌防不可不慎。今為郡。

---

[72] 顏思齊（1589-1625）：字振泉，福建海澄人。最早招徠漳泉移民來臺進行大規模拓墾的人物，被尊為「開臺王」、「第一位開拓臺灣的先鋒」。《臺灣通史》列傳，置思齊為首。

[73] 智武鎮：今嘉義市、水上鄉，由營兵、移民和原住民進行屯田，守將為顏望忠。楊英《從征實錄》：「十四年庚子（1660）……（二月）二十六日，陞後提督右鎮顏望忠為智武鎮，何祐為左營。」

[74] 佳里興：在今臺南市佳里區。

[75] 柴大紀（？-1788）：字肇修，號東山，浙江江山人。乾隆四十八年（1783）任臺灣鎮總兵。乾隆五十二年（1787）林爽文之役，柴氏力守孤城嘉義近半年，以功封一等義勇伯。

[76] 張丙之役：道光十二年（1832）夏，台灣大旱，嘉義知縣邵用之治事無方，張丙（？-1833）於十月聚眾抗官，一度攻佔臺灣縣大部分地區與雲林斗六門一帶，嘉義久攻不下，十二月遭王得祿、劉廷斌等弭平，次年押赴北京處死。

[77] 戴潮春：原作戴春潮，誤。

[78] 北蔽：北方的屏障。蔽，遮掩。

顏思齊墓

顏思齊墓[79]在嘉義東南**三界埔**[80]。思齊，天啟時人，為海盜，據臺灣，鄭芝龍附之，事在《臺灣通史》。

紅毛井

紅毛井在嘉義縣署之左，荷人所開也。方廣六尺，深二丈許。泉甘冽，勝於他井。居民相傳，飲此水則不犯疫癘[81]。鄭氏時，智武鎮咸此，曾修之。

萬年故縣

萬年縣在興隆里[82]，鄭氏建。清代改名鳳山，駐南路營。康熙六十年（1721），杜君英[83]破之，參將馬定國[84]陣沒。翌年，知縣劉光泗[85]始建土城。乾隆五十一年（1787），莊大田復破之，文武多死，乃移於埤頭店[86]，植竹為城。蔡牽之亂，吳淮泗[87]陷埤頭[88]，將軍賽沖阿[89]議

---

[79] 按：此墓位於今日嘉義水上鄉牛稠埔軍方管制區內，傳聞上有鄭成功用以標記之劍痕。但是否真為顏思齊墓眾說紛紜。

[80] 三界埔：在嘉義縣水上鄉。

[81] 疫癘：指瘟疫。

[82] 興隆里：在今高雄市左營區。

[83] 杜君英（1658-1721）：廣東海陽人。康熙四十六年（1707）來臺，在下淡水（今屏東縣）傭工為生。朱一貴起事，杜君英糾集千人響應，朱進占府城，杜攻鳳山。後兩人決裂，北走諸羅，成為流寇。清軍平定臺灣，君英匿山中三月後自首，遭解送京師問罪。斬於市。

[84] 馬定國（？-1921）：陝西人，康熙六十年（1721）任南路營守備。時朱一貴煽亂，杜君英率眾攻南路，縣故無城，難守禦，定國列兵龜山麓，親冒矢石，與朱對壘大戰，時敵勢甚張，定國自知不可為，自刎而死。

[85] 劉光泗（生卒年不詳）：康熙六十年（1721）由海澄知縣調署鳳山知縣，康熙六十一年（1722）回任海澄知縣。

[86] 埤頭店：今鳳山市。

城舊治，未行。道光四年（1824），巡撫孫爾準[90]巡臺，奏請重建。時適有楊良斌[91]之變，潛入新城[92]，其議遂定。六年（1826）八月竣工，然官民多不欲遷，仍居埤頭，而舊治遂廢。

半屏山

半屏山[93]在舊城[94]城外，巉崖[95]矗立，狀如列屏，故《鳳山縣志》有「半屏夕照」之景，題詠甚多，又名旗山。

蓮花潭

蓮花潭[96]在半屏山南麓，修而且廣，望之似湖。荷花盛開，香聞數里。康熙四十四年（1705），知縣宋永清[97]建文廟，浚[98]之以為泮池[99]，

---

[87] 吳淮泗（生卒年不詳）：嘉慶十年（1805）受海盜蔡牽命進犯臺灣，鳳山縣城陷，據城約3個月，於官軍收復鳳山時被捕。

[88] 埤頭：今鳳山市。

[89] 賽沖阿（？-1828）：赫舍里氏，滿洲正黃旗人，襲雲騎尉世職。乾隆五十二年（1787）隨福康安赴臺剿林爽文，翌年，克大埔尾各莊，連夜進攻斗六門，賞裴靈巴圖魯。嘉慶十一年（1806）蔡牽起事，賽沖阿任欽差大臣，入臺平亂。後歷任西安將軍、吉林將軍、成都將軍。

[90] 孫爾準（1772-1832）：字平叔、萊甫，江蘇金匱人。嘉慶十年（1805年）進士，道光三年（1823）任福建巡撫，翌年巡閱臺灣，請於彰化、嘉義間開五條港正口，噶瑪蘭開烏石港正口，以饟內郡。又移鳳山縣治於故城興隆里，以固東北。更嚴漢佃據番田之禁，以安定原住民。著有《泰雲堂詩集》、《泰雲堂文集》、《雕雲詞》、《荔香樂府》、《海棠巢樂府拈題》等。

[91] 楊良斌（？-1824）：臺灣鳳山人。道光四年（1824）偕許尚假借打鼓山（今高雄壽山）山鳴異象、知府方傳穟貪污為由起事，兵敗被殺。

[92] 新城：在今鳳山市中心區。

[93] 半屏山：在高雄市左營區蓮池潭附近。

[94] 舊城：今高雄市左營區，非今高雄縣鳳山市。清代將左營劃歸鳳山縣管轄，故稱為鳳山縣舊城。

[95] 巉崖：陡峭危險的山崖。

[96] 蓮花潭：在高雄市左營東南方。

故有「泮水荷香」之景。其後疊淤疊浚。朱筠園[100]、吳素村兩廣文皆有蓮花潭泛舟之詩，甚佳。

竹滬

竹滬在鳳山維新里[101]，明寧靖王墾田之地。王名術桂，字天球，別號一元子，太祖九世孫遼王後也。永曆十八年（1664）入臺，居承天府治，而自墾田於此。三十七年（1683），清軍破澎湖，鄭克塽降，王以義不可辱，冠裳[102]而死，與元妃羅氏合葬竹滬，佃人[103]哀之，建廟以祀，曰華山殿[104]。《鳳山縣志》[105]謂：「月眉池在竹滬莊，寧靖王鑿，種荷其中。」今廢。

旗後

旗後[106]在打鼓之南，隔海而立。同治四年（1865），開為通商口岸，設關徵稅，今移打鼓。

---

97 宋永清（生卒年不詳）：號澄菴，本籍山東萊陽，監生。康熙四十三（1704）調補鳳山知縣，康熙五十年（1711）離任，著有《溪翁詩草》。

98 浚：音「俊」，疏通。

99 泮池：古代學宮前的水池，呈半圓形。

100 朱筠園（1712-?）：朱仕玠，字璧豐、璧峰，筠園其號，福建建寧人。仕玠通經史百家，與弟仕琇游京師，聲名籍甚。乾隆二十八年（1763）六月從德化教諭調任臺灣鳳山教諭。著有《小琉球漫誌》、《筠園詩稿》、《和陶》、《谿音》、《音別》、《龍山漫錄》等。

101 維新里：今高雄市永安區全區，及路竹、岡山區部分地區。

102 冠裳：官吏的全套禮服。

103 佃人：租種官府或地主田地的農民。

104 華山殿：寧靖王廟又名華山殿，在今高雄市路竹區竹滬里華山路7號。

105 《鳳山縣志》：李丕煜（生卒年不詳）主修。丕煜字眪叔、省齋，直隸灤州人。康熙五十六年（1717）調補鳳山縣，五十七（1718）年底纂修《鳳山縣志》，翌年（1719）完成，五十九年（1720）刊行，用時約六個月。

106 旗後：旗津位於旗山的後面，故稱「旗後」，後亦作后，船舶往來津渡之處，後改稱為「旗津」。

曹公圳

　　曹公圳[107]在鳳山舊轄。道光十七年（1837），知縣曹瑾[108]築。引下**淡水溪**[109]之水，至九曲塘[110]，建隄設閘，以司啟閉。長四萬三百六十餘丈，潤田三千一百五十餘甲，收穀倍舊。既成，巡道姚瑩[111]命知府熊一本[112]視之，名曹公圳，以旌其功。嗣以灌溉不足，復築新圳，而以前者為舊圳。鳳人念其德，建祠於鳳儀書院，春秋俎豆[113]，至今不替。

阿猴林

　　阿猴林則今屏東，番語也，或作阿猴，或作阿緱[114]。《臺灣外紀》曰：「**林道乾**[115]據打鼓山[116]，餘番走阿猴林。」《臺灣雜記》[117]曰：「鴉

107　曹公圳：鳳山知縣曹瑾所鑿。曹瑾鑑於鳳山一帶水道設施不佳，時遇乾旱，遊說地方紳民修建埤塘、水渠，灌溉範圍包括今高雄市鼓山區、三民區、左營區及楠梓區。

108　曹瑾（1787-1849）：字懷樸，號定庵，河南人。道光十七年（1837）任鳳山縣知縣，二十一年（1841）調淡水廳同知，二十五年（1845）告病返鄉。鳳山任內築曹公圳，淡水同知任內擊退鴉片戰爭期間來犯英艦，又平息道光廿四年（1844）彰化的漳泉械鬥。

109　下淡水溪：高屏溪，舊稱「淡水溪」或「下淡水溪」。

110　九曲塘：今九曲堂，位於高雄市大樹區。

111　姚瑩（1785-1853）：字石甫、明叔，號展和，晚號幸翁，安徽桐城人，桐城派古文家姚鼐姪孫。嘉慶十三年（1808）進士，二十四年（1819）調臺灣縣，道光元年（1821）移署噶瑪蘭通判，十二年（1832）調任江蘇進知縣，十八年（1838）擢臺灣兵備道。鴉片戰爭期間，英軍犯雞籠（1841），瑩與總兵達洪阿督兵卻之，後因斬殺英俘而去職。終任廣西按察使。著有《東溟文集》、《東溟奏稿》、《後湘詩集》、《東槎紀略》、《康輶紀行》，合編為《中復堂全集》，另有《台北道里記》、《前藏三十一城考》、《俄羅斯方域》、《英吉利地圖說》等作行世。

112　熊一本（1778-1853）：字以貫，號介臣，安徽六安人。曾任台灣府知府（、台灣道。

113　春秋俎豆：四時祭祀。

114　緱：音「溝」，音譯名。

猴林，在南路萆日（目）社外，與傀儡番[118]相接，深林茂竹，行數日，不見日色，路徑錯雜。傀儡常伏於此，截取人頭以去。」此書為康熙二十四年（1685）諸羅今季麒光所著，閱今二百四十餘載，已為富庶之區。卽阿猴以南之番地，亦悉成都成聚，適彼樂郊[119]矣。光緒紀元[120]，開山議起，設下淡水[121]縣丞於此。今為郡。

北港

　　北港[122]在嘉義西北，後隸雲林，濱海而居，宋代互市則至於此。《讀史方輿紀略》曰：「澎湖為漳、泉門戶，而北港則澎湖唇齒，失北港則唇亡齒寒，不特澎湖可慮，則漳泉亦可憂。北港在澎湖東南，亦謂之臺灣。」《臺灣縣志》曰：「荷蘭入北港，築城以居，因稱臺灣。是宋明之時，華人且以北港為臺灣也。北港一名魍港。」《福建通志》曰：

115　林道乾（生卒年不詳）：又名大乾，廣東潮州人。少嘗為縣吏，明嘉靖年間入海為盜，吸收汪直餘黨，成為福建、廣東一帶最大的海盜集團。嘉靖四十二（1563），逃過都督俞大猷之追擊，經澎湖遁臺灣，居打鼓山，燒掠土著，隆慶二年（1568）接受招安，橫行不改，明軍剿之，乃轉往柬埔寨、泰國、馬來西亞，因助暹羅王破安南，暹羅王以女妻之，於北大年定居焉，至今泰國華人奉為英雄。一說道乾於暹羅，朝廷緝拿如故，亡不知所終。

116　打鼓山：柴山，又稱壽山，昔稱打狗山、打鼓山，位於高雄西濱海岸線。

117　《臺灣雜記》：季麒光撰。書中有十多則關於臺灣地景人情的紀錄與描繪，頗雜神話傳說，如金山、玉山、水沙連、沼泥島、鴉猴林、黑水溝等，係係最早的神話式之地方實錄奇想。

118　傀儡番：可分為廣義、狹義二類，廣義包含魯凱、排灣、布農、卑南、阿美族等原住民族群；狹義係指鳳山縣東北生番境內，魯凱族及排灣族的 Butsul 和 Raval 兩部族。高拱乾《臺灣府志》中「傀儡番」云：「極東，則為傀儡山。山野異類，名為傀儡番。」就地理分界言，指上淡水、下淡水、力力、茄藤、放索、大澤機、啞侯、塔樓等平埔鳳山八社以東，漢人罕到的地界內原住民。

119　適彼樂郊：去到那歡樂的城郊。

120　光緒紀元：光緒元年，1875 年。紀元，指紀年的第一年。

121　下淡水縣：今屏東縣。

122　北港：北港鎮，位於雲林縣西南方，隔北港溪與嘉義縣相鄰。

「萬曆元年（1573）冬，廣東海寇林鳳[123]犯福建，總兵胡守仁[124]擊走之。時寇盜略盡，惟鳳遁錢澳[125]求撫，廣督雲翼不許，遂自澎湖奔東番魍港，為守仁所敗，追至淡水洋[126]，沉其舟。鳳復入潮州。」余考顏思齊入臺，亦自北港，故葬於三界埔。是北港之史跡既久且大，而臺人不知也。臺人所知者，唯朝天宮之天上聖母爾。

編輯附記

《重修臺灣縣志·卷十五·雜紀·祥異（附兵燹）·兵燹（附）》

萬曆末，荷蘭入北港，遂據之；築城以居，因稱臺灣。

《福建通志臺灣府·外紀·明萬曆元年至十一年》

冬，廣東海寇林鳳犯福建，總兵胡守仁擊走之。

時寇盜略盡，惟鳳遁錢澳求撫，廣督雲翼不許，遂自澎湖奔東番魍港，為胡守仁所敗，追至淡水洋沉其舟，鳳復入潮州。

林圮埔

林圮埔在沙連堡[127]，參軍林圮屯田之地。圮事在《臺灣通史》，沒葬於此。林之子孫建廟以祀。光緒十二年（1886）建縣，名曰雲林，以旌其功。

---

[123] 林鳳（生卒年不詳）：廣東饒平人，明代中葉的海盜首領，曾因逃避官兵的追緝，率大批船艦經澎湖、臺灣，逃至菲律賓、南洋。
[124] 胡守仁（生卒年不詳）：字子安，號近塘，浙江觀海衛（今寧波慈溪市）人。戚繼光部將，萬曆二年（1574）在臺灣海峽追擊林鳳、李忠為首的海寇。
[125] 錢澳：在今廣東省汕頭市南澳縣。
[126] 淡水洋：基隆的外海，泛指北台灣。《欽定續通典》卷 147〈邊防〉「雞籠山」條：「地多大山澤，叢莽深篁，夾以溪流。溪流入海，水淡，故其外名淡水洋。」
[127] 沙連堡：泛指林圮埔轄內（竹山、鹿谷）的濁水溪流域兩岸、清水溪流域。

黃蘗寺

黃蘗寺在鎮北門外。康熙二十七年（1688），左營守備孟大志建。花木蕭疏[128]，境絕[129]清邃[130]，郡人以及勝地。乾隆間，有僧謀復明，事洩被戮。僧有神力，往來官紳間，而與知府蔣元樞尤善。藏金三百萬，將為起事用。及敗，悉遺[131]元樞，且勸之去，亦奇人也。今廢。

竹溪寺

竹溪寺在南門外，康熙三十年（1691）建。清溪一曲，修竹萬竿，可避塵囂。春秋佳日都人士修禊[132]於此。壁上題詩殆滿[133]，惜為俗僧抹去。寺門曰小西天，遊其間者，幾有出世之想。

萬壽寺

萬壽寺[134]在小東門外。康熙五十年（1711），建萬壽亭，為朝賀[135]之地。六十年（1721）夏五月，朱一貴起兵，入府治，全臺俱應，即位於此，稱中興王，建元永和。雍正元年（1723）重建，後置僧舍，供灑掃。乾隆三十年（1765），新建萬壽宮於城內，而寺遂廢。

128　蕭疏：稀少、荒涼之謂。
129　境絕：與外境隔絕之處。
130　清邃：清幽深遠。
131　遺：音「位」，通「餽」，贈送。
132　修禊：古代一種驅除不祥之祭祀，於春秋兩季在水邊舉行。王羲之〈蘭亭集序〉：「暮春之初，會於會稽山陰之蘭亭，修禊事也。」
133　殆滿：大概、幾乎寫滿。
134　萬壽寺：今址約為台南市中西區府前路一段 63 號，臺南地方法院院長宿舍。
135　朝賀：向君王朝拜祝賀。

馬公廟

馬公廟[136]在**東安坊**[137]。永曆時,延平郡王經建,祀天駟[138]之神,或曰伏波將軍,以伏波有平南之勳,故祀之。

文廟

文廟[139]在**寧南坊**[140]。永曆二十年(1666),延平郡王經[141]建,遂舉釋萊[142]之禮。又設學校,興教育,聘中土之儒以教子弟,以是文運日啟。歸清後,擴而大之,旁建明倫堂,遂為全臺首學。今存。

制火潭

制火潭在集集[143]天后宮後。故老謂集集之人昔於此潭斷水捕魚,街上忽火,凡數次,眾以為異,乃相禁止,名曰制火潭,亦一奇也。

---

136 馬公廟:原稱「馬王廟」,明鄭時興建,乾隆四十二年(1777)重修。主祀輔順將軍,俗稱馬公爺,為開漳聖王陳元帥的四大部將。在台南市中西區開山路 122 巷 1 號。

137 東安坊:永曆十八年(1664),鄭經劃承天府治為東安、西定、寧南、鎮北四坊。東安坊大略為今日台南市東區,東至林森路,北至小東路,西至北門路三段、中山路、開山路、大同路,南至健康路。

138 天駟:神馬。

139 文廟:指臺南孔廟。在府治寧南坊,鄭氏時期建,主祀孔子。康熙二十四年(1685),臺廈道周昌、知府蔣毓英改建。

140 寧南坊:東寧承天府四坊之一。範圍大約在東至開山路、南至樹林街二段、西至永福路一段、北到中正路之間。

141 延平郡王經:鄭經,襲鄭成功延平郡王爵位。

142 釋萊:早期學子入學時,祭祀孔子的典禮。

143 集集:在南投縣。

霧峰

阿罩霧[144]固土番之地，乾隆間漢人始漸移處。今其存者，林氏為最。林之始主曰石[145]，平和人，居大里杙[146]，墾田致富。林爽文亦平和人，設天地會，謀起事。石諫之，不聽。慮被禍，議內渡。遣長子遜先歸平和[147]，為移家計。未幾[148]遜死，而爽文起事。及敗，以石為同宗，籍[149]其家，諸子離散。遜妻黃氏挈[150]二子甲寅、丙寅居阿罩霧，備嘗困苦，幸有薄田，力耕自食。甲寅生奠邦、奠國，家漸裕。奠邦生二子。長文察，官至福建陸路提督；次文明，以功至副將。林氏始振。同治三年（1864），林日成[151]以眾三萬攻阿罩霧，文察兄弟方轉戰閩浙，莊中丁壯僅存七十有六人，奠國率長子文鳳力拒之，眾皆效命，願同生死。陷圍三日，莊幾破。嗣得羅冠英[152]及林氏族人來援，內外合戰，圍始解。然是時彰化已破，全臺俱亂。潮春、日成之眾數十萬，

---

[144] 阿罩霧：台中市霧峰區的舊稱，光緒年間就已經出現，為原住民社名之譯音。

[145] 石：即林石，福建漳州平和縣人，乾隆十九年（1754）來臺，為大里杙一帶林姓族長。五十一年（1786）大里杙林爽文聚眾起事，林石勸阻不成，反於翌年遭清廷以林爽文黨人下獄，財產抄沒。五十三年（1788）平反，出獄時病逝於旅邸（一說病逝於獄中）。其長子林遜早逝，長媳黃氏於林爽文事件後，攜二子輾轉遷居阿罩霧，這是霧峰林家的起源。

[146] 大里杙：今臺中市大里區的舊稱，大正九年（1920）改名大里。杙音「亦」。

[147] 平和：福建漳州平和縣，林家祖籍地。

[148] 未幾：不久。

[149] 籍：抄收，沒收。

[150] 挈：音「竊」，帶領。

[151] 林日成（？-1865）：戴潮春起事時，各地響應的領導人之一，其族人林媽盛與霧峰林家有隙，攻霧峰，被林文鳳擊退；又圍攻大甲，不克，同治四年（1865）被林文察率部擊殺。

[152] 羅冠英（？-1864）：字福澤，祖居彰化東勢角莊。同治元年（1862）戴潮春變起，陷彰化縣治，進犯大甲，冠英拒其邀，與總理等募壯士數百，屯翁仔社。後代理淡水同知張世英至，冠英赴援戰，圍始解。

而阿罩霧以一孤村獨立於紅旗[153]之內，戰守三年，堅強不屈，可謂勇矣。文察之子朝棟以世襲至道員[154]，辦理中路營務處。光緒十四年（1888），巡撫劉銘傳至其家，改名霧峰。

鐵砧山

鐵砧山在大甲溪北。永曆二十四年（1670），斗尾龍岸番亂，延平郡王經[155]自將討之，毀其社，遂登鐵砧山，留百人屯田，以制蓬山[156]諸番。山下有井，曰國姓井[157]。《淡水廳志》謂：「鄭氏屯兵大甲，水多瘴毒，乃拔劍斫[158]地得泉，味清冽。」井旁有碑，為光緒乙酉（十一年，1885）余望、林鏘等所立，誤為成功駐兵之事[159]，且言清明前有群鷹自鳳山來聚哭，不至疲憊不止；或云：兵魂固結所成。山麓田螺

---

[153] 紅旗：指戴軍。同治元年（1862），戴軍破彰化縣城，道臺孔昭慈仰藥自殺。鼓樂聲中，會黨披紅巾、執紅旗，戴潮春身穿黃馬掛，頭裹黃巾，自稱「大元帥」，進入彰化縣城。

[154] 道員：又名道尹、道臺、道憲。清代為省級（總督、巡撫）與府級（知府）之間的官職，主要編制為布政使，司民政、財政；按察使，掌司法、監察以及驛傳事務。

[155] 編按：明永曆二十四年（1670），鄭經命右武衛劉國軒屯兵大甲鐵砧山，經略蓬山八社及後壠五社。

[156] 蓬山：在大肚山北，舊名崩山。原為大甲、房裡二溪下游流域海岸一帶之總稱。

[157] 國姓井：劍井，又稱「國姓井」，相傳鄭成功駐兵被困，乏水，以劍插地得甘泉而得名。

[158] 斫：音「卓」，砍也。

[159] 編按：《苗栗縣志·卷二》云：「鐵砧山，一名銀錠山。在三堡，距城南五十里。高數十丈。山上有井，當日鄭成功舉兵於此，水多毒；以劍插地，得甘泉，今相傳為國姓井。光緒十一年，大甲巡檢余寵、監課委員林鏘、幕賓盛鵬程、生員郭鏡清、職員謝鏡源、張程材等鳩資建廟祀之，立有碑紀。每逢重九登高之會，而文人、學士到此廟飲酒和詩者不少；亦一方之名勝也。」以上，與雅堂以為「以劍插地」者，係其子鄭經，且書大甲巡檢余寵為「余望」，略有出入。

斷尾能活，謂當時螺殼棄置者均著靈異。同治二年（1863），林日成攻大甲不勝，登鐵砧山，禱於延平郡王祠，弗吉[160]而還。

　　苗栗陳滄玉有〈鐵砧山弔古〉云：「憑弔空山感百端[161]，延平創業最艱難。孤軍地拓田橫島[162]，上將身登韓信壇[163]。井水一泓[164]冰雪冷，劍光萬丈斗牛[165]寒。鐵砧舊蹟堪千古，想見英雄立馬看。」其弟聯玉[166]同作云：「地下英雄骨已寒，尚留遺蹟隱雲端。卅年孤島延明祚[167]，一代頭銜署漢官。左袵豈為降虜計[168]，焚衣合作棄襦看[169]。荒山俎豆[170]今安在，井涸碑橫夕照殘。」滄玉名瑚，號枕山，聯玉名貫，號豁軒，均能詩。

---

[160]　弗吉：顯示不利。

[161]　憑弔空山感百端：憑空弔唁冷清的鐵砧山，我百感交集，感慨萬分。

[162]　田橫島：指忠烈之士亡命之處。

[163]　韓信壇：相傳漢高祖劉邦將拜韓信為漢大將軍，舉行儀式時而築的壇場。漢劉邦為韓信拜將時所設的壇場，參《史記·淮陰侯列傳》。後泛指軍中拜將帥的高臺，或被授予將帥的意思。

[164]　一泓：清水一片或一道。

[165]　斗牛：二十八宿中的斗宿和牛宿，即北斗星和牽牛星。

[166]　聯玉：陳貫（1882-1936），字聯玉，蓬山吟社創始人。曾參與櫟社、臺灣文社，致力於文學、藝術、音樂活動的推廣。著有《豁軒詩草》。

[167]　祚：君位。

[168]　左袵：「被髮左袵」之省。謂頭髮散亂、穿衣襟開在左邊的蠻族衣服。此地意謂鄭成功豈肯「被髮左袵」，投降賊虜（滿清）。《論語·憲問》：「微管仲！吾其被髮左袵矣！」

[169]　焚衣合作棄襦看：順治三年（1646）鄭芝龍降清，清兵挾芝龍北上，成功母自縊死。時成功駐兵金門，聞訊哀號，悲憤異常，至南安孔廟，哭廟、焚儒衣云：「昔為孺子，今為孤臣，向背去留，各有所用，謹謝儒服，祈先師昭鑒。」棄襦，古代以割裂的繻（音「需」），作為出入關隘之憑證。語本《漢書·終軍傳》，終軍年十八既選為博士弟子，西行入關時，乃棄通行憑證，示意不復入關回還。襦、繻通用；關，驗也。

[170]　俎豆：古代祭祀時盛食物的禮器。引申為祭祀、奉祀。

翁仔社

翁仔社[171]在大甲溪畔，一寒村爾，無足輕重。同治元年（1862）戴潮春之役，東勢角[172]人羅冠英屯軍於此，訓卒繕兵[173]，漸忠厲義，左援大甲而右救阿罩霧，內以固淡水之藩籬，外以進規[174]彰化而蹈其隙[175]，使林日成不能縱橫逞志，則翁仔社之扼其險也。冠英所部數百人，皆驍勇善戰，其後邱逢甲亦翁仔社人，以詩名。

葫蘆墩

葫蘆墩在大甲溪南，則《隋書・流求傳》之波羅檀，事載《臺灣通史》。當是時，大甲、大安匯合一流：濁水以北，猶巨海也。波羅檀為海濱高原，王都於是[176]，而陳稜破之，以揚漢族之威稜；惜棄而不取，仍入於夷，然已為臺灣最古史跡。近人或稱富春鄉[177]（見《邱仙根詩集》），譯其音也。

大里杙

大里杙在藍興堡[178]。乾隆五十一年（1787），林爽文以光復起兵，陷彰化，略淡水[179]，圍諸羅，攻府治，遵故明，建元順天；轉戰三年，

---

171 翁仔社：位於葫蘆墩社東北，又稱岸翁社；在今臺中市豐原區內。
172 東勢角：臺中市東勢區。
173 繕兵：整治武備。繕，修補、整治。
174 進規：進軍而有所圖謀。
175 蹈其隙：攻其弱點或錯誤。蹈，踩；隙，裂縫、間隙。
176 王都於是：王以此地為都城。《臺灣通史・開闢紀》：「其王姓歡斯氏，名渴刺兜，不知其由來，有國世數也。彼土人呼之為『可老羊』，妻曰『多拔茶』，所居曰波羅檀洞。」
177 富春鄉：豐原舊名「葫蘆墩」，相傳清朝巡府劉銘傳來臺，見豐原土地肥沃，物產富饒，命名為「富春鄉」。
178 藍興堡：臺中市西區藍興里，古稱藍興堡。據《臺灣通史》載，康熙六十年（1721），臺灣總兵藍廷珍（原任南澳鎮總兵），討平朱一貴之亂，親至

清軍莫能勝，至調四省之兵，命福康安、**海蘭察**[180]率侍衛**巴圖魯**[181]僅得平之。而爽文猶退據大里杙，築壘固守，鏖戰[182]數次始得破，則大里杙之險可知矣。高宗御製熱河文廟告成碑，謂：「斗六之門為賊鎖鑰，大里之杙更其巢落。」臺人讀之，多笑其誤。[183]

平臺莊

平臺莊[184]即丁臺莊，在藍興堡。福康安進攻大里杙之時駐節於此，及平，改名平臺。

草鞋墩

草鞋墩[185]在**烏溪**[186]之南。林爽文既敗，欲解[187]其兵[188]，眾脫草鞋於此，積之似墩，因稱草鞋墩。

臺中地區巡視，以貓霧捒（今臺中市西區及中區一帶）土地肥沃，可以開墾，遂招募佃農墾田，農民感念藍廷珍倡導開發之功，稱此地「藍興堡」。

[179] 淡水：又稱滬水或淡水洋，原泛指北臺灣。16 世紀為中國、琉球間航線重要的淡水補給站。

[180] 海蘭察（？-1793）：多拉爾氏，隸屬滿州鑲黃旗，鄂溫克族人。面鐵色，有殊力，諡武壯。

[181] 巴圖魯：即拔都，蒙古語。滿語為「勇將」之意，清朝政府的一種榮譽封號。

[182] 鏖戰：激烈地戰鬥；竭力苦戰。鏖，音「熬」。

[183] 按：「斗六之門為賊鎖鑰，大里之杙更其巢落」誤將斗六門視為「有門」，大里杙當作有「杙」。詳參後文〈斗六門〉連雅堂的評論。

[184] 平臺莊：在今臺中市霧峰區。

[185] 草鞋墩：今南投縣草屯鎮。

[186] 烏溪：又名大肚溪，位於臺灣西海岸中部。

[187] 解：解甲，解除身上裝備、武器。

[188] 兵：軍隊。

土城莊

土城莊[189]在草鞋墩近附。林爽文既敗，走內山，海蘭察逐之，築壘駐軍，因稱土城。

小半天

小半天[190]在集集山中，前臨大溪，高不可仰。林爽文既竄內山，據險於此，清軍莫能進。福康安檄各處土番搜之，而海蘭察亦率侍衛巴圖魯至集集，絕其糧道。爽文知不能免，乃至老衢崎[191]，於所善高振家，曰：「吾使若富貴。」振縛之以獻。[192]而〈平定臺灣述略〉[193]謂：「爽文潛出覓食，遂擒之。」則海蘭察自敘其功，非實也。

國姓埔

國姓埔[194]在淡水東北，地處海濱，風光甚美。相傳延平郡王既克臺灣，而荷人仍據北鄙，發師[195]逐之，由此上陸。近海有蛤，亦云：

189　土城莊：在今南投縣草屯鎮內。
190　小半天：位於南投縣鹿谷鄉。
191　老衢崎：在竹塹南方約 15 里，向西距海約 5-6 里的地方。原是臺灣土著平埔族居住的生息之地。
192　按：乾隆五十二年（1787）福康安從鹿港登臺，開始與林爽文部隊交戰，爽文自大里杙、南投中寮、集集、鹿谷一路敗退，乾隆五十三（1788）爽文知大勢已去，隻身訪竹南高振，語曰：「反清革命大業已敗，清廷欲以重金收我之頭顱，汝可取之領賞。」高振果將林爽文綁獻清軍，最後押往北京處斬。
193　〈平定臺灣述略〉：趙翼撰，載於《皇朝武功紀盛》卷四。文中簡述臺灣歷史，並及林案始末。趙翼（1727-1814），字雲崧，號甌北，江蘇陽湖（今武進市）人，以《二十二史箚記》享譽史界。
194　國姓埔：又名國聖埔，隸屬新北市萬里區國聖村，在金山往萬里公路之右側（東北方即國姓漁港）。
195　師：軍隊。

當時所遺者。按史永曆十八年（1664），福建總督李率泰[196]約合荷蘭攻臺灣。十九年，荷人據雞籠。報至，延平郡王經命勇衛黃安督水陸諸軍逐之。是臺北者，固鄭氏威稜所至之地。長刀大斧，以拓版圖，至今猶受其賜，我子孫可不念哉！

劍潭

劍潭在臺北城外，水清而秀。相傳荷人插劍於潭邊之大樹，故名。或曰：延平郡王投劍於此，風雨晦明，尚騰奇氣，故有「劍潭夜光」之景。二說均屬荒談[197]。荷人插劍，得之傳聞，延平亦未至臺北，故知其出於附會也。唯潭邊有山曰圓山，石老林深，境絕清閟，春朝月夜，策杖遨遊，誠足以蕩滌塵襟而拓開詩界也。

斗六門

斗六門[198]，番地也。大里杙，亦番地也。我族居之，仍譯其名，非果有門、有杙[199]也。而高宗御製熱河文廟告成碑則曰：「斗六之門為賊鎖鑰，大里之杙更其巢落。」臺人讀之，多笑其誤。

柴城

林爽文之役，鳳山莊大田起應。及敗，竄琅嶠[200]。福康安督諸軍攻之，駐節此地，伐木為壘，故稱柴城，而後人誤為車城。址在恒春興文里。

---

196 李率泰（？-1666）：字壽疇、叔達，本名延齡，努爾哈赤賜名率泰，遼東鐵嶺人，隸漢軍正藍旗。歷任兩廣總督、閩浙總督、福建總督。

197 按：宜作荒誕，荒唐、虛妄之謂。

198 斗六門：雲林縣斗六市的舊稱，清治時期為南北咽喉之地。

199 杙：小木椿；泛指木椿。

200 琅嶠：排灣族語「蘭花」之意，今恒春。

花蓮港

花蓮港原名迴瀾港，以潮水至此而迴也。

璞石閣

璞石閣[201]，番語也；一作樸實閣。

羅東

羅東[202]在宜蘭之南。《噶瑪蘭志略》謂：番語呼猴曰「老黨」，此地有石如猴形，故名；譯為羅東。

阿公店

阿公店[203]原名王公店，昔有王翁賣物於此，阿王音近。

迴馬社

沙轆[204]在大肚山之麓。康熙六十一年（1722），巡臺御史黃叔璥[205]北巡至此而回，擬改名迴馬社，見〈**番俗六考**〉[206]。

---

[201] 璞石閣：玉里的舊名，花蓮縣最大的鎮。

[202] 羅東：今宜蘭縣羅東鎮。

[203] 阿公店：在今高雄市岡山區。

[204] 沙轆：即沙鹿，位於臺中西部海岸平原中央，東臨大肚山。

[205] 黃叔璥（1666-1742）：字玉圃，晚號篤齋，大興縣（今北京市）人。康熙六十一年（1722），朱一貴事件後，以首任巡臺御史的身分來臺。在台期間巡行各地，考察政治得失與風土民情。雍正元年（1723）秩滿，奉旨留任一年。著有《臺海使槎錄》8 卷，內容分《赤嵌筆談》4 卷、《番俗六考》3 卷、《番俗雜記》1 卷，為清代臺灣早期文獻之一，後來修史志者，往往參考本書。

雞籠嶼[207]

　　侯官[208]楊雲滄[209]孝廉新修《淡水廳志》，其言多謬，同安林卓人已
彈[210]之矣。余摘其誤，莫如地理。雞籠嶼為澎湖群島之一，鄭氏守之，
清軍攻之，見於靖海[211]奏疏，而雲滄以為淡水之雞籠。夫靖海未得澎
湖，何以別攻臺北？且澎湖一破，克塽遽降[212]，又何必再攻臺北？此
固必無之事也。鳳山令譚垣[213]〈巡社〉詩有上下淡水二首，此為下淡
水溪畔之番社，而雲滄獨取上淡水一詩列入文徵，是誤為臺北之淡水
矣。譚垣為鳳山令，非**淡水同知**[214]，何以巡社及此？此又事之所必無
者也。夫作史不明地理則不能論其險夷[215]；讀史不辨地理則不能知其
興替。雲滄聰明人，雅負時望[216]，乃於此事漠不關心，宜乎卓人攻其
隙漏，多至數十條也。

---

[206]　〈番俗六考〉：收於《臺海史槎錄》，黃叔璥撰，詳細記錄臺灣的山川地勢、
　　　風土民俗，尤其對臺灣原住民的樣貌觀察入微，為近現代考證平埔族歷史
　　　之根基。

[207]　雞籠嶼：位於澎湖縣馬公市風櫃里西方約 750 公尺沿海，是一座無人島，
　　　因外形似雞籠而得名。

[208]　侯官：侯官縣，古福建省之一縣，約今福建省福州市區和閩侯縣的一部分。

[209]　楊雲滄：楊浚（1830-1890），字雪滄，號健公，又號冠悔道人。同治八年
　　　（1869）受聘纂修《淡水廳志》；並應鄭用錫子嗣鄭如梁之請，編纂《北
　　　郭園全集》，首開清代北臺灣文學專著出版之先河。曾任教漳州丹霞書院、
　　　霞文書院、廈門紫陽書院、金門浯江書院。著有《冠悔堂詩文鈔》、《冠悔
　　　堂賦鈔》、《冠悔堂駢體文鈔》、《冠悔堂楹語》、《楊雪滄稿本》。

[210]　彈：批評、抨擊之謂。

[211]　靖海：指施琅，曾受封為靖海侯，故稱之。

[212]　遽降：立刻投降。

[213]　譚垣：字牧亭，號桂嶠，江西龍南人。乾隆二十九年（1764）任鳳山知縣。

[214]　淡水同知：約 17-19 世紀設立，掌管淡水（含括新竹以北之區）海防，的
　　　官職。同知為知府的副職，正五品，因事而設，每府設一至二人，無定員。
　　　同知負責分掌地方鹽、糧、捕盜、江防、海疆、河工、水利以及清理軍籍、
　　　撫綏民夷等事務。

[215]　險夷：崎嶇與平坦。

[216]　雅負時望：極負當時的聲望。

羅漢門

羅漢門在安平縣東五十里，地險要，有內門、外門兩山。外門一作雁門。《臺灣縣志》有「雁門煙雨」[217]之景，昔明太僕寺卿沈斯庵先生曾隱於此。

日月潭

漳浦藍鹿洲《東征集》有〈紀水沙連〉一篇，則水裏社[218]之日月潭也，其文曰：「水沙連嶼[219]在深潭之中，小山如贅疣[220]，浮游水面，其水四周大山。山外溪流包絡[221]，自山口匯入為潭。潭廣八、九里，環可二、三十里，中間突起一嶼。山青水綠，四顧蒼茫，竹樹參差，雲飛鳥語，古稱蓬瀛[222]，不是過也。番[223]繞嶼為屋以居，極稠密，獨虛[224]其中為山頭，然頂寬平，甚可愛。詢以故，謂：『相傳山頂為屋，則社有火災。』嶼無口岸，多蔓草。番取竹木結為桴[225]，架水上，藉草承土以耕，遂種禾稻，謂之浮田。水深魚肥且繁多，番不用罾罟[226]，駕**蟒甲**[227]，挾弓矢射之，須臾盈筐。發[228]家藏美酒，夫妻子女大嚼高

217　雁門煙雨：此是內門鄉白堊地形的典型代表，因長年經風雨沖刷形成奇峰、峭壁，喻為列隊飛行的雁群。又，群山早晚景致變化大，煙雨濛濛時深具詩意，有雁門煙雨的雅稱，媲美高雄市田寮區的月世界。

218　水裏社：又名「水社」，在南投縣中部。

219　水沙連嶼：即日月潭中的光華島。

220　贅疣：多餘無用之物。

221　包絡：包圍環繞。

222　蓬瀛：蓬萊與瀛洲，山名，相傳為神仙居所。

223　番：這裡指日月潭一帶的原住民，即邵族。

224　獨虛：空其地。

225　桴：小竹筏或小木筏。

226　罾罟：漁網。罾，音「曾」，四邊有支架的方形魚網。罟，音「股」，網的總稱。

227　蟒甲：獨木舟。

228　發：取出。

歌，不知帝力於我何有矣[229]。蟒甲，番舟名，刳[230]獨木為之，雙槳以濟，大者可容十餘人，小者三五人。環嶼皆水，無陸路，出入胥[231]用蟒甲。外人欲詣其社，必舉草火，以煙起為號，則番劃[232]蟒甲迎；不然，不能至也。嗟乎！萬山之內有如此水，大水之中有此勝地，浮田自食，蟒甲往來，仇池公[233]安足道哉！武陵人誤入桃源，余曩者嘗疑其誕[234]，以水沙連觀之，信彭澤[235]之非欺我也。但番人服教未深，必時挾軍士[236]以來遊，於情弗暢，且恐山靈笑我。所望當局諸君子，修德化以淪浹[237]其肌膚，使後人皆得宴遊焉，則不獨余之幸也已。按日月潭之勝，冠絕海外，不獨臺灣乏此佳地，即九州之大亦少此仙寰也。潭在萬山中，海拔四千餘尺，水分丹碧二色，故曰日月潭。潭中一山如珠，故曰珠嶼。唯浮田一事，鄧菽原[238]遊記謂：『但見庋木[239]水中，傍嶼結寮為倉，以方箱貯稻而已。』其實番亦不解菑畬[240]，視膏腴如磽确[241]，又安用此浮田為哉。」

---

[229] 帝力於我何有：相傳上古堯時聖王在上，不擾民生，人民作〈擊壤歌〉，描寫當時生活安居樂業的生活景況，云：「日出而作，日入而息；鑿井而飲，耕田而食；帝力於我何有哉。」

[230] 刳：音「哭」，挖、挖空。

[231] 胥：副詞，都的意思。

[232] 劃：同「划」。

[233] 仇池公：晉朝時楊初被封為仇池公，在動亂的南北朝期間，自成一獨立王國。

[234] 誕：誇大。

[235] 彭澤：指陶淵明，東晉時曾任彭澤縣令。著〈桃花源記〉以喻世外桃源。

[236] 挾軍士：由士兵保護。

[237] 淪浹：音「夾」，霑濕透徹。指實行德政教化深入番人之內心。

[238] 鄧菽原（1764-？）：鄧傳安，字鹿耕，號菽原，江西浮梁人。道光元年（1821），授閩縣令，未滿一年，升任臺灣府北路理番同知。調離臺灣九年後，又於道光十年（1830）奉旨擔任按察使銜分巡臺灣兵備道。在臺灣近十年，著有《蠡測彙鈔》。

[239] 庋木：置木。庋，音「擠」，收藏、置放。

[240] 菑畬：音「資奢」，耕耘。《易‧無妄》：「不耕穫，不菑畬，則利有攸往。」

[241] 磽确：音「敲卻」，指土地堅硬瘠薄。

火燄山

　　火燄山在臺中之東，**貓羅**[242]、**貓霧**[243]兩山為之左右，危峰突兀，秀插雲霄，狀若火燄。樹林密茂，上多松柏，下為烏溪之流。山半有蝙蝠洞，多而且大。山上有池周數丈，雖大旱不涸。相傳池中有文龜，風雨將至，則見於水面。曙色初開，霞光燦爛，《府志》所謂「燄峯朝霞」，為彰化舊八景之一；而《諸羅志》所謂九十九峰者，則指此也。

鸚哥石

　　鸚哥石[244]在淡水海山堡，今為鐵路往來孔道。石大數丈，屹立山頭，自下視之，酷肖鸚哥。相傳此石能吐毒霧，大可蔽天[245]。鄭氏興軍至此，迷失道，開礮擊之，遂斷其首。又曰：此石有異，人不敢觸，觸之則疫，六畜多斃，至今相戒無敢近者。對面有山曰飛鳶山[246]，當三角湧[247]之衝，往時亦能作怪，鄭氏擊之，斷痕宛然。烏乎！此真齊東之語也。淡水固荒昧之域。南崁以上，山谷奧鬱，窮年[248]陰霧，罕晴霽。鄭氏以流[249]罪人，康熙五十四年（1715），始設戍[250]兵；及期還者，歲不能得十之三，則其瘴癘之烈可知矣。嘉、道以來，移民漸至，田疇日闢，雞犬相聞。由彰化而淡水，由淡水而宜蘭，由宜蘭而後山，人煙愈盛，地氣愈和，固非一朝一夕之故。然非鄭氏開創之力，曷克

242　貓羅：即貓羅山，在今彰化縣芬園鄉境內。
243　貓霧：即貓霧山，在今臺中市南屯區與烏日區一帶。
244　鸚哥石：又名鶯歌石，外觀酷似鸚哥而得名，在今新北市鶯歌區。相傳鄭成功行軍到此，適遇巨鳥來襲，令砲轟，巨鳥落地，即今日所見之鶯歌石。
245　蔽天：遮蔽天空。
246　飛鳶山：即鳶山，在新北市三峽老街的西南方，山頭因形似一隻飛翔的鳶而得名。
247　三角湧：三峽，古稱「三角湧」，大漢溪、三峽溪、橫溪，在此交會。
248　窮年：一整年；窮，盡也。
249　流：即「流刑」，流放遠方的罪刑。
250　戍：音「術」，守備。

有此？是其除災禦害，以奠[251]民居，謂之神話也可，謂之口碑亦無不可。

甲子蘭

蛤仔難則今宜蘭，番語也。吳沙入墾時，龍溪蕭竹[252]至其地，沙客之。竹精堪輿，好吟詠，嫌其不雅，為改甲子蘭。又為相度[253]形勢，繪圖立說，凡可以建城置堡者，皆遞指[254]之；後如其言。嘉慶十五年（1810），詔入版圖，設噶瑪蘭廳[255]。光緒元年改縣，曰宜蘭。顧作志者多知吳沙開創之功，而忘蕭竹贊襄之力，故特表之，載於通史。

繡孤鸞[256]

《彰化縣志・叢譚》謂：「繡孤鸞山麓多菊花，能結實。海中一浮嶼，皆仙居。每歲冬初，遣一童子駕獨木舟，到繡孤鸞采之。有老番從童子至其處，無城市，有人家，異獸、珍禽、琪花、瑤樹[257]，滿目繽紛，歸則壽數百歲，猶依稀能懷其概[258]。或童子不來，欲往尋之，則迷路，不得其所。唯隨童子往返，瞬息即到。相傳以為仙山。」按繡孤鸞為臺東大山，野番所處。鸞或作鑾。或作秀姑鑾，譯名也。所

251　奠：安置使穩固。
252　蕭竹（生卒年不詳）：字友竹，福建龍溪人。喜吟詠，精於堪輿之術，自謂得異傳。嘉慶三年（1798）至噶瑪蘭，吳沙款之。為標當地勝處十六景，竹悉為賦詩。或論其山水，遂為圖以出，脈絡甚詳。時未有五圍、六圍，要其可以建圍地，竹於圖中，皆遞指之，後果如其言。
253　相度：觀察估量。
254　遞指：逐一指示。
255　噶瑪蘭廳：清代行政區劃。嘉慶十六年（1811）置，治五圍（今臺灣宜蘭縣），屬臺灣府，轄境相當今宜蘭縣地，光緒元年（1875）改設宜蘭縣。
256　繡孤鸞：即花蓮秀姑鑾。
257　琪花、瑤樹：指仙境中的花、樹。
258　懷其概：記得大略。

謂浮嶼者，似為龜山。唯菊花之事，余亦聞之，謂：重陽後，秀姑巒溪流出菊花甚多，是必山中之菊為水所漂。若夫仙人所采，則異聞也。

編輯附記

《彰化縣志‧卷十一‧雜識志‧叢談》

由埔社向東南行一百餘里，為東面太平洋，其地名卑南覓[259]。自山到海，闊五、六十里，南北長約百里。他年此地開闢，可墾良田數萬甲，歲得租賦數萬石，足置一縣治。與繡孤鸞為鄰境。如今嘉、彰兩相接壤也。卑南覓土產，檳榔、薯榔極多，漫山遍野皆是。近時郡城有小船，私到山後向番攏流[260]者，即卑南覓也。所出鹿茸、鹿脯等貨亦多。番與漢人交易，不用錢銀，但以物換物而已。卑南覓港澳數處，皆可泊船。小船由溪而入，可二、三十里，溪水清且深。繡孤鸞山麓皆菊花，有能結實者。老番不知幾百歲，相傳海中有一浮嶼，上皆仙人所居，奇花異草珍禽馴獸，每歲初冬，則遣一童子，駕獨木小舟到繡孤鸞，遍采菊實。番有從童子至其處者，歸則壽數百歲，猶依稀能憶其概。或童子不來，欲自駕舟往尋，終迷失水路，莫知其處。惟隨童子往返者，登舟瞬息即到。山無城市祇有人家，至今相傳以為仙山云。

紅頭嶼

紅頭嶼在恒春海中。光緒三年（1877），始入版圖。按夏獻綸[261]《臺灣輿圖》謂：「嶼在恒春縣東八十里，孤懸荒島，番族穴居，不諳[262]耕

---

259 卑南覓：今日的台東。

260 攏流：互易。

261 夏獻綸（？-1879）：字芝岑，號筱濤，江西新建人。同治十二年（1873）調署臺灣道。於開山撫番、牡丹社善後之事，參贊尤多；又用力飭吏治、巡察民情。以臺灣內山為古方輿所不載，令人創圖，命名《臺灣輿圖》，以補志乘。光緒五年（1879）卒於任。

稼，以蒔[263]雜糧捕魚牧養為生。樹多椰實，有雞、羊豕，無他畜。形狀無異臺番，性最馴良，牧羊於山，剪耳為誌，無爭奪詐虞之習。民人貿易至其地者攜火鎗，知其能傷人也，輒望望[264]然去之。語音有與大西洋相似者，實莫測其所由。地勢周圍六十餘里，山有高至五、六十丈者。社居凡七，散列四隅，男女大小不及千。光緒三年（1877），前恒春縣周有基[265]率船政藝生[266]游學詩、汪喬年[267]履其地，歸述其所見如此。

又有火燒嶼者，橫直二十餘里，與紅頭嶼並峙，水程距卑南六十里，有居民五百餘。商船避風，間有至其地者。

鳳山

鳳山以山名，其狀如鳳。前時某縣令有女，美而才，擇婿甚苛。曾出一聯徵對，謂合選者將嫁之，其聯云：「有鳳山，無鳳宿，[268]鳳兮鳳兮，何德之衰。[269]」故老相傳，至今尚無對者；蓋下二句為成語，故難工也。

---

262 諳：音「安」，熟悉。
263 蒔：音「時」，移植、栽種。
264 望望：瞻望貌。《禮記·問喪》：「其往送也，望望然，汲汲然，如有追而弗及也。」鄭玄注：「望望，瞻顧之貌也。」
265 周有基（生卒年不詳）：字麗生，廣東南海人。監生，光緒元年（1877）任恆春縣知縣。
266 船政藝生：福州船政學堂，同治五年(1866)沈葆禎設於福建福州馬尾港，又稱「福建船政學堂」、「福州船政學堂」或「馬尾水師學堂」。設置之初，稱「求是堂藝局」，故學生稱「藝生」。
267 游學詩、汪喬年：福州馬尾船政前學堂製造班第一屆畢業生。
268 鳳宿句：意指有稱作鳳山的地方，卻沒有鳳凰棲息。
269 之衰句：語出《論語·微子》，古時以鳳凰出現作為太平盛世的表徵，不見鳳凰，便是亂世。本聯為雙關語，一則暗喻鳳山無賢人，另則自嘆良人難尋。

龜山

龜山在鳳山舊治[270]，則鄭氏之萬年縣。聞陳復甫[271]參軍曾建燈竿於上，以照海舶出入，蓋以是時商船多至桃仔園港[272]貿易。及舊治廢，乃移旗後。

阿罩霧

阿罩霧固土番之地。負山環溪，夙稱險要。林氏居之，傳三世，而剛愍以武功顯，克敵授命，勳在旂常。法人之役，剛愍之子朝棟，奉檄募勇，馳赴前敵，頗為劉省三中丞所倚重。及平，遂辦中路撫墾。某年，省三巡中，曾宿於此，嫌其不雅，改為霧峰。

鰲峰

鰲峰則牛罵頭[273]，或作寓鰲頭，番語也。清初仁和郁永河曾至其地，《稗海紀遊》載之。自是以來，我族移處，遂成都聚，而蔡氏實為望族。敏川先生[274]與弟敏南[275]素友愛，老而彌篤。晚年同居一樓，曰伯仲居，又曰川南別墅，命名甚善。唐棣荊花[276]，誠足媲美。南丈之

---

270 鳳山舊治：位於今左營蓮池潭旁，亦稱為左營舊城。

271 陳復甫：即陳永華，復甫其字，曾任諮議參軍。原作陳後甫，逕改之。

272 桃仔園港：位於高雄柴山的西北側。

273 牛罵頭：臺中市清水區，昔稱「牛罵頭」，為拍瀑拉族（Papora）牛罵社（Gomach）居地，牛罵頭即平埔族語 Gomach 音譯。東境有「鰲頭山」（鰲峰山），又稱「寓鰲頭」。鰲峰山麓「埤仔口」有一靈泉，清澈可鑑，大正九年（1920）改名為「清水」。

274 敏川先生：蔡惠如之伯父。

275 敏南：蔡惠如之父。

276 唐棣荊花：唐棣，薔薇科，或稱扶栘，花香濃郁，外觀艷麗。荊花，即紫荊花。

子惠如[277]，負幹才，有遠志，與余交莫逆，故余數至其家。今二丈雖沒，而典型尚在，思之撫然[278]！山麓有泉，甘而冽，聞為土番所鑿，莊人皆就飲焉。或曰：荷蘭之時，曾設牛頭司於此，故稱牛馬頭云。

定軍亭

雍正九年（1731），**大甲西社番亂**[279]，提督王郡[280]討之。既平，巡道倪象樞（愷）[281]建定軍亭於八卦山[282]。山在彰化治東，俯瞰城內如指掌，故山失則城亦失。乾隆六十年（1795），陳周全之役[283]，燬於火。嘉慶十六年（1811），邑令楊桂森[284]建城，築壘山上，曰定寨[285]，高可觀海，故《縣志》有「定寨望洋」之景。今圮。

---

[277] 惠如：蔡惠如（1881-1929），臺中清水人，屬鰲峯望族蔡家。大正二年（1913）與陳基六創立「鰲西詩社」，三年（1914）加入同化會，七年（1918）與林獻堂、林幼春成立臺灣文社、發行日治臺灣第一份漢文文雜誌《臺灣文藝叢志》。昭和四年（1929）中風引發腦疾，於 5 月 20 日逝世。

[278] 撫然：茫然自失貌。

[279] 大甲西社番亂：在今台中市大甲區德化里附近，習稱社尾；郁永河〈裨海紀遊〉稱大甲社為崩山社。雍正十年（1732）社民林武力聚眾抗官，歷時一年始平，為台灣史上最大的平埔族民變，又稱林武力之亂。事平，社名改稱德化社。

[280] 王郡：雍正五年（1727）擔任台灣鎮總兵。

[281] 倪象樞：倪象愷，四川榮縣人，舉人。雍正七年（1729）任台灣知府，因大甲西社林武力事變雍正十年（1732）遭解職。

[282] 八卦山：今彰化八卦山，又稱「定軍山」、「寮望山」、「望寮山」、「八卦亭」等，古來為兵家必爭之地。

[283] 陳周全之役：陳周全（1713-1795），又名陳周，台灣縣人，林爽文事件後繼任為天地會首領。乾隆六十年(1795)於彰化起事，圍攻八卦山、彰化城，進攻斗六，失敗被殺。

[284] 楊桂森：字蓉初，雲南石屏人。嘉慶十五年（1810）任職彰化知縣。

[285] 定寨：定寨山，八卦山舊名。

超峰寺

超峰寺在大岡山之上。雍正間,有僧紹光結茅於此,境絕清閟。乾隆二十八年(1763),知府蔣元樞乃建為寺。每年春間,進香者多,嘗一日至數千人。先是元樞度建之時,慮木石難致。鳩工治材[286],積於山麓。乃揚言曰:「本府夢大士來告,以某日某時,當化百千萬身,以建此寺。」至日,觀者數千人,元樞亦至。又言曰:「本府當率眾登山,以觀靈異;然不可徒手往,木石俱在,眾可量力為之。」踴躍而前,一時俱舉,元樞亦手兩瓦為導。既上,命工建之,閱日而成。復言曰:「此則大士化身之力也。」故名。超峰寺前左有兩泉,水自石隙出,深不及尺,雖數千人飲之不竭。泉中有白蟹,小如錢,進香者向佛乞筶[287],始可得,攜歸畜之,謂可介福[288]。

蓮座寺

大嵙崁[289]固生番之地。開闢以後,住民日多,而山水清秀,迥絕[290]塵寰。溪之西南,岡陵起伏,中拓平原,狀如蓮花。有寺曰蓮座,樹木陰翳[291],避暑尤宜。劉省三中丞曾至其處,手書一聯曰:「一品名山,萬年福地。」

---

286 鳩工治材:招集工匠,準備材料。
287 乞筶:擲筶問神。筶,音「告」,古代占卜用具,用類似於蚌殼的兩半器物製成,合攏拿在手裏,擲於地,觀其俯仰,以占吉凶。
288 介福:添福氣。介,相助、佐助。
289 大嵙崁:桃園大溪之舊稱,又稱「大姑陷」,凱達格蘭族語「Takoham」音譯,「大水」之意。以「陷」義不吉,取其地處河坎之象,改名「大姑坎」。同治四年(1865),月眉李騰芳考取舉人,再改名「大科坎」。臺灣巡撫劉銘傳復改為「大嵙崁」。
290 迥絕:遠遠隔絕。迥,音「窘」。
291 陰翳:指樹木枝葉繁茂成陰。

西雲巖

　　西雲巖[292]在淡水觀音山麓，一作棲雲寺，見林鶴山《琴餘草》。復建凌雲寺於山上，乃稱凌雲為內巖，棲雲為外巖。巖則寺也。石古林深，境絕幽邃，余曾遊之，有詩載集中。

反經石

　　《淡水廳志》謂：「觀音山麓有反經石[293]，以羅盤置其上，則子午[294]易位。」余遊草山[295]，途次路右，有石大三尺餘，亦能反經；蓋中多磁石也。

陳總制墓

　　東都總制[296]陳永華墓[297]，在嘉義赤山堡大潭山[298]，題曰：「贈資治大夫正治上卿都察院左都御史總制諮議參軍監軍御史諡文正陳公之墓」，聞為寧靖王所書，而久不修理，終恐摧折，傷哉！

---

[292] 西雲巖：五股西雲寺，又稱西雲巖寺，座落於八里坌觀音山獅頭巖山腰，在今新北市五股區成洲村西雲路。

[293] 反經石：岩石中含磁鐵成份，能使指北針（羅經）失效，故名「反經石」。

[294] 子午：南、北。堪輿所用之羅經，以十二地支標示方位，子為北方，順時針排序，午為南方。

[295] 草山：陽明山的舊稱。

[296] 東都總制：即東寧總制。永曆二十八年（1674），鄭經西征參與三藩起事，任命勇衛陳永華為東寧總制使，留守後方，負責台灣的統治事宜。

[297] 按：此墓即今日臺南果毅後歷史建築「陳永華墓原址及墓碑」，依現存墓碑刻文，與連橫所記略有出入，其碑文為「皇明」、「贈資善大夫正治上卿都察院左都御史總制諮議參軍監軍御史諡文正陳公暨配夫人淑貞洪氏墓」。

[298] 赤山堡大潭山：即今臺南縣柳營鄉果毅後。

盧司馬墓

盧牧洲司馬墓在澎湖太武山下[299]。牧洲自題其石曰：「有明自許先生[300]之墓」。

李孝廉墓

李正青孝廉茂春墓在臺南新昌里。

石虎墓

閒散石虎墓在臺南法華寺畔，余有記載集中。

林參軍墓

林參軍圮[301]墓在林圮埔。

鄧國公墓

鄧國公[302]墓在彰化八卦山。

---

[299] 編按：疑誤，盧若騰墓於康熙年間已遷回金門。此墓即今日縣定古蹟金門盧若騰墓，依現存墓碑刻文，與連橫所記略有出入，其碑文為「奉遺命勒石」、「有明自許先生牧洲盧公之墓」。

[300] 有明自許先生：自許為有明之士，即自認為是明朝人士。

[301] 林參軍圮：即林圮。

[302] 鄧國公：鄭成功部屬鄧顯祖。連橫《雅言》：「《彰化縣誌》載『八卦山，有鄧國公、蔣國公之墓』。余視其碣，鄧公名顯祖，江西宜黃人，不書官職，永曆三十六年（1682）十二月立；蔣公號毅庵，福建龍溪人，為副總兵，癸亥季春立。癸亥則三十七年，為東寧滅亡之歲。二公事跡無考，當為鄭氏部將，戍守半線者；故葬於此。」鄧國公墓、蔣國公墓日治時期因預定興建「皇太子紀念球場」而遷至南塚，戰後因南塚為建國工專預定校地而移至百姓公廟，今日乙未保台和平紀念公園。

蔣國公墓

蔣國公[303]墓亦在八卦山。二公姓名事蹟均無考。大約明季勳臣，避地臺灣，沒而葬此。

林剛愍墓

林剛愍公文察殉於漳州，後求其屍不得，乃以香木彫像，具衣冠，納之棺中，歸葬於霧峰左近之萬斗六山。[304]

林氏祖墳

新竹林問漁[305]茂才謂：其始祖葬於觀音山麓，旁有一石，刻「明鳳山卜擇」五字，鳳山為當時擇地之人。蓋其始祖三光[306]以永曆間來臺，居於承天府治，數遷乃至竹塹。是此墳，可為臺北最古之墓。

打鼓山

打鼓山在鳳山縣西，今為高雄。《臺灣外紀》謂：明都督俞大猷[307]討海寇林道乾，道乾戰敗，艤舟[308]打鼓山下，恐復來攻，掠山下土番殺之，取其血和灰以固舟，乃航於海。餘番走阿猴林社[309]。相傳道乾有妹埋金山上，有奇花異果。入山樵採者摘而啖之，甘美殊甚。若懷

---

303 蔣國公：鄭成功部屬蔣毅庵。
304 按：此墓因後代將土地售出，1980 年代遷葬於太平牛角坑附近。
305 林問漁（1874-1937）：林知義，幼名宜津，字問漁，別號遂園未叟。新竹市人。作品輯存《林知義手鈔》一冊、《步禮亭小稿》一卷。
306 三光：林三光，林占梅曾祖，諡是茂，居臺灣縣檨仔林，為明朝遺臣。
307 俞大猷（1503-1580）：字志輔，號虛江，福建泉州人，明代嘉靖年間討伐倭寇，與戚繼光齊名。
308 艤舟：艤，音「以」，停船。
309 阿猴林社：位於高雄市大樹區。

之以歸，則迷失道。雖識其處，再往則失之。按打鼓[310]之名已久，或以為本屬番社而譯其音，或以山下有穴，風浪激之，其聲如鼓。而俗人不察，誤作打狗，亦妄矣！

鹿耳門

「鹿耳春潮」，為臺灣八景之一。然至四月二十六日以後，波濤淜湃[311]天垂海立[312]，有萬馬奔騰之勢，亦宇內奇觀也。初，荷人既據臺灣，聞延平將東渡，沈舟門內[313]，杜港道。及延平至，潮水驟漲丈餘，大小戰艦縱橫畢入。引兵登陸，克赤嵌城，荷人乃降。蔡牽之亂，據北汕[314]，亦自沈舟，以拒官軍。自是港道漸淤，巨船不通，多泊四草湖[315]。鹿耳門之北為**國姓港**[316]，南為七鯤身[317]，而海吼為天下奇。自夏徂秋，驚濤坌湧[318]，厥聲迴薄，遠近相聞。張鷺洲侍郎狀而賦之；好奇之士就而觀之，錢唐八月之潮[319]尚不足儗[320]其偉大也。

---

[310] 打鼓：即高雄。

[311] 淜湃：同「澎湃」，形容波浪猛烈，並隨凶猛的撞擊發出巨大聲響。

[312] 天垂海立：指雲天下垂，海水立起。

[313] 門內：指鹿耳門內的海域，臺江內海。昔日安平為海外沙洲，與台南隔海對望，今日內海淤沙壅塞，安平已可陸行。

[314] 北汕：昔日在臺江之外的沙洲，分成南汕、北汕；南汕以一鯤身為首，串連七個鯤身嶼；北汕以四草為首，其外海，俗稱四草湖。

[315] 四草湖：台南市鹿耳門溪東南，處鹽水溪與嘉南大圳排水道匯集的北方，係台灣的十二大潟地之一。

[316] 國姓港：國賽港。鹿耳門北邊沿海沙洲被大水沖成港口，即國賽港，約今日七股潟湖、三股溪、七股溪、西寮村西邊。

[317] 七鯤身：原在今台南市西南海中。自南而北，綿亙七嶼，號七鯤身。

[318] 坌湧：音「笨永」，湧出、湧現。

[319] 錢唐八月之潮：指錢塘江八月的大海潮，號稱「天下第一潮」，所謂「八月十八潮，壯觀天下無」，年年吸引數十萬遊客於江岸等待觀看。

[320] 儗：音「你」，古通「擬」，比擬。

七鯤身

七鯤身在府治西南。《舊志》謂：「一鯤身[321]與安平鎮接壤。自七鯤身至此，山勢相聯，不疏不密，雖在海中，泉甘他處。距里許為二鯤身為三鯤身，為四鯤身，為五鯤身，為六鯤身，為七鯤身；風濤鼓盪，不崩不蝕，多荊棘，望之蒼翠。外為大海，內為大港，採捕之人多居之。」朱一貴之役，與清軍戰於四鯤身，復戰二鯤身。翁飛虎駕牛車，列盾為陣，驅車擁盾，冒礮火衝突而至，清軍幾敗，則其地也。今詩家稱臺灣為鯤溟，而《舊志》亦有「沙鯤漁火」之景。

編輯附記

《重修臺灣府志·卷一·封域·山川·臺灣縣》

七鯤身：在縣治西南十里。一鯤身與安平鎮接壤，自七鯤身至此，山勢相聯如貫珠，不疏、不密。雖在海中，泉甘勝於他處，多居民。距里許，為二鯤身；有居民。再里許，為三鯤身。又里許，為四鯤身。又里許，為五鯤身。又里許，為六鯤身。又里許，為七鯤身。自打鼓山下起，七峰宛若堆阜；風濤鼓盪，不崩不蝕。多生荊棘，望之鬱然[322]蒼翠。外為大海、內為大港，採捕之人多居之。〈赤嵌筆談〉云：「康熙辛丑（康熙六十年，1721），我師與賊戰於鯤身，正值炎歊[323]，隨地掘尺餘皆甘泉。」

---

[321] 一鯤身：今台南市安平區，安平古堡一帶。二鯤身：為今天安平國中到億載金城一帶。三鯤身：在今億載金城南邊對岸處，安平新港之北。四鯤身：今下鯤鯓，今單稱「鯤鯓」。五鯤身：今台南市的喜樹地區。六鯤身：今台南市灣裡區。七鯤身：在高雄市茄萣區白沙崙。

[322] 鬱然：繁盛貌；興盛貌。

[323] 炎歊：熱氣。歊，音「蕭」。

將軍澳

將軍澳[324]在八罩嶼[325]旁,為墮[326]陳稜駐師之地。澳中有廟,曰:將軍廟。《臺灣舊志》曰:「神之姓名事蹟無考,豈隋開皇中虎賁陳稜略地[327]至此,因祀之歟?」

開山王廟

開山王廟:在東安坊。舊圮,乾隆年間邑人何燦鳩建。邑又有稱王公廟、大人廟、三老爺廟者,不知何神。或云皆即澎湖將軍澳之神也。《舊志》云:「神之姓名事蹟無考,豈隋開皇中虎賁陳稜略地至此,因祀之歟?」又曰:《舊志》、《府志》載,邑治東安坊有開山王廟,今圮。

菩薩寮

同安盧牧洲司馬[328]以永曆十八年(1664)扁舟渡臺,至澎湖病革[329],因寓太武山[330]下,結寮以居,著作甚富。牧洲撫浙時,多善政,人稱菩薩。周芸皋觀察澎湖〈勘災〉詩曰:「有懷欲抵將軍澳,何處重尋菩薩寮[331]。」則詠之也。牧洲名若騰,事載《通史》。

---

[324] 將軍澳:將軍澳嶼,在澎湖縣望安鄉望安島東南東方。
[325] 八罩嶼:即八罩島,又名望安島,位於澎湖列島南方,澎湖群島的第四大島。明永曆十五年(1661),鄭成功決定東取臺灣,從金門料羅灣出發,翌晨即見八罩嶼,因一路風平浪靜,人舟平安,更名「望安」。
[326] 墮:原文作「隨」,誤。
[327] 略:經略、經營。
[328] 司馬:敬稱盧若騰擔任兵部主事一職。
[329] 病革:病勢危急。語出《禮記·檀弓上》:「夫子之病革矣。」鄭玄注:「革,急也。」
[330] 太武山:為澎湖本島的第二高山,今為軍事基地。
[331] 作者註:「明盧若騰官浙江,多善政,民呼盧菩薩。鼎革後結寮澎湖,著作甚富,見《臺灣志》。」

前何莊

鄭氏之時，寓兵於農，以行屯田之制，余撰《通史》，曾表其地。而人民所墾者亦有數處。鳳山■■里有前何、後何兩莊，聞為何斌[332]所啟，子孫蕃衍，遂分前後。按斌與顏思齊入臺，後為荷蘭通事[333]，乃說延平東征，光復舊物。是斌固有功於鄭氏也，然則名從主人，當書之為前何、後何云。

甘泉井

甘泉井[334]在沙連堡社寮莊[335]。莊與林圯埔比鄰，為鄭氏部將杜、賴二人所墾。《舊志》未言，《雲林採訪冊》[336]曰：「甘泉井在社寮莊頂埔，前福康安駐營之旁，泉冽而甘，大旱不涸。鎮總兵吳光亮[337]行軍過此，飲而甘之，鳩工修築，環以石欄，因名甘泉。」

編輯附記

《雲林縣采訪冊·沙連堡·井》

甘泉井　在縣東四十餘里，社寮頂埔前福中堂駐兵大營邊。泉清而甘，大旱不涸。前臺灣總鎮吳光亮閱兵過此，飲而甘之，遂為鳩工修築，四面皆環以石。因水甘，遂以「甘泉」名井。

---

[332] 何斌：又名廷斌，福建南安人，早年經商日本。天啟間隨鄭芝龍來臺，習曉土語。荷人據臺，斌入其教，習其語，任通事，為東印度公司重要包稅人，負責稻作稅與貨物稅之徵收。荷蘭文獻稱他為「斌官」（Pienquan）。

[333] 通事：翻譯官，又名傳供，幫人傳話、解話者。

[334] 甘泉井：位於南投縣竹山鎮社寮頂埔（後溝坑）。

[335] 沙連堡社寮莊：沙連堡，今竹山。社寮莊，今竹山鎮社寮。

[336] 《雲林採訪冊》：清·倪贊元（生卒年不詳）編撰。倪贊元，福建政和人，貢生。光緒二十年（1894）任雲林縣儒學訓導，期間纂修《雲林縣采訪冊》，同年離臺。

[337] 吳光亮（1834-1898）：號霽軒，廣東人。同治年間任（台灣）南澳鎮總兵。同治三年（1874）「開山撫番」議起，光亮於墾撫頗著貢獻。

紅毛港

　　紅毛港[338]在新竹西南，前為互市[339]之口。當西班牙人據此時，曾艤舟於此，故名。又有紅毛田[340]在竹塹堡。

王田莊

　　王田在彰化縣轄，為今大肚驛[341]。前荷蘭之時，制王田，募民耕之而徵其租。鄭氏改為官田，佃曰官佃，其時土地皆國有也。

北投

　　北投以溫泉名，自臺北乘車而往，瞬息可至。歌管樓臺，天開不夜，酒痕花氣，地號長春，誠慾界之仙都，而炎荒之樂土。然二百數十年前，猶是狉榛之地。先是康熙三十六年（1697），仁和郁永河以採礦來臺，居此數月，著《稗海紀遊》，其言北投甚詳，為錄一節，以見當時景象。

　　《紀遊》曰：「問番人硫土[342]所產，指茅廬後山麓間。明日坐蟒甲中，命二番兒操楫，緣溪入，溪盡為內北投社[343]。呼社人為導，轉東行半里，入茅棘中。勁茅高丈餘，兩手排之，側體而入。炎日薄茅上，

---

[338] 紅毛港：在新竹市新豐區，青埔溪、茄苳溪匯入新豐溪的溪口。以荷蘭人佔領該港而得名。清治時期北臺灣重要港口之一，後期因港口多年為砂土壅塞，海舶難於進口，遂成廢港。

[339] 互市：互相買賣。

[340] 紅毛田：竹北的舊稱，日治時期屬新竹郡紅毛莊（今新豐鄉）。因地在新竹北方，昭和九年（1934）改稱「竹北」。

[341] 大肚驛：今大肚車站，位於臺中市大肚區。

[342] 硫土：即「硫磺」或「硫黃」，可用來製作火藥、火柴、殺蟲劑等，亦可治療皮膚病。

[343] 北投社：音 Pataauw，女巫的意思。其地盛產硫磺，煙霧瀰漫，有如女巫現身而得名；屬平埔族的凱達格蘭族。

暴氣蒸鬱[344]，覺悶甚。草下一徑透迆[345]，僅容蛇伏。從者五步之內，已各不相見。慮或相失，各聽呼聲為近遠。約行二三里，渡兩小溪，皆履而涉。復入深林中，林木蓊翳[346]，大小不可辨名。老藤纏結其上，若虬龍環繞。風過葉落，有大如掌者。樹上禽聲萬變，耳所創聞[347]，目不得覩其狀。涼風襲肌，幾忘炎暑。復越峻阪[348]五六，值大溪。溪廣四五丈，水潺潺巉石間，與石皆作藍靛色[349]。導人謂：『此水源出硫穴下，是沸泉也。』余以一指試之，猶熱甚。扶杖躡巉石渡。更進二三里，林木[350]忽斷，始見前山。又陟一小嶺，覺履底漸熱。視草色萎黃，無生意[351]。望前山半麓，白氣縷縷，如山雲乍吐，搖曳青嶂[352]間。導人指曰：『是硫穴也。』風至，硫氣甚惡。更進半里，草木不生，地熱如炙。左右兩山多巨石，為硫氣所觸，剝蝕如粉。白氣五十餘道，皆從地底騰激而出。沸珠噴濺，出地尺許。余攬衣卽穴旁視之，聞怒雷震蕩地底，而驚濤與沸鼎聲間之，地復岌岌[353]欲動，令人心悸。蓋周廣百畝間，實一大沸鑊[354]，余身乃行鑊蓋上，所賴以不陷者，氣鼓[355]之爾。右旁巨石間，一穴獨大。思巨石無陷理，乃卽石上俯瞰之。穴中毒燄撲人，目不能視，觸腦欲裂，急退百步乃止。左傍一溪，聲如

---

344 蒸鬱：熱氣鬱勃上升。
345 透迆：彎曲迴旋貌。
346 蓊翳：林木茂密貌。
347 創聞：猶罕聞，罕見。
348 峻阪：陡坡。
349 石皆作藍靛色：應是硫酸銅（$CuSO_4 \cdot 5H_2O$）的結晶附著在石頭上。藍靛，深藍色。
350 林木：原作「林林」，《裨海紀遊》、《臺海使槎錄》、《重修臺灣府志》皆作「林木」，逕改之。
351 無生意：無生命氣息。
352 青嶂：如屏障的青山。
353 岌岌：危急貌。
354 沸鑊：烹煮食物的大鍋。
355 氣鼓：因為熱氣鼓脹而凸起。

倒峽[356]，卽沸泉所出源也。還就深林小憩，循舊路還。衣染硫氣，累日[357]不散。」

鹿港

鹿港在彰治之西二十里。曩為土番射獵之地，曰鹿子埔，後為商埠，改名鹿港。地運之變何其奇耶？乾隆五十一年（1786）林爽文之役，陽湖趙甌北[358]觀察佐總督李侍堯[359]之幕。及平，議移彰化縣城，其言曰：「臺灣旣平，有當酌改舊制者。彰化縣城宜移於鹿港，而以臺灣道[360]及副將駐之。康熙中初取臺灣，時僅臺灣、鳳山、諸羅三縣地，鳳在南，諸在北，臺灣居其中，又有鹿耳門海口通舟檝，故其地設府治。其後北境日擴，閩人爭往耕，於是諸羅之北增彰化縣，彰化之北又增北路淡水同知，則府治已偏於南。且舊時海口僅一鹿耳門，由泉之廈門往，海道八、九百里。今彰化之鹿港旣通往來，其地轉居南北之中，由泉州之蚶江[361]往，海道僅四百里，風順半日可達；此鹿港所以為臺地最要門戶，較鹿耳門更緩急可恃也。幸林爽文等皆山賊，但知攻城，不知扼海口，故我師得揚帆至。然海口舟大不能附岸，須鹿港出小船二十里來渡兵。倘賊稍有智計，先攻鹿港，鹿港無城可守，

---

[356] 倒峽：謂江水傾峽而出。

[357] 累日：連日。

[358] 趙甌北（1727-1814）：趙翼，字雲崧，號甌北，江蘇陽湖（今武進市）人，乾隆二十六年（1761）進士，累官至貴州貴西兵備道。乾隆五十二年（1787）因林爽文事件來台，次年事平，請歸。晚年歸里，以著作自娛，有《廿二史箚記》、《甌北詩話》、《甌北詩集》等。

[359] 李侍堯（？-1788）：字欽齋，漢軍鑲黃旗人，二等伯李永芳四世孫。乾隆五十一年（1786）台灣爆發林爽文事件，隔年調李侍堯為閩浙總督督辦軍務，後又命福康安為將軍督師，並於五十三年（1788）平定林爽文。上令於台灣建福康安生祠，侍堯居於福康安、海蘭察之次。復命圖形紫光閣，列平定臺灣二十功臣。

[360] 臺灣道：1684 至 1887 年間，中國的行政區劃將臺灣隸福建省，臺灣道則是對臺灣最高的政府官署或官職的簡稱。

[361] 蚶江：蚶江鎮，屬福建省泉州市石獅市。

其勢必拔，拔則據海口、禁小船，我師海舟雖至亦不得薄而登。所恃以入臺者祇鹿耳門耳。兵既由鹿耳入府治，又須自南而北，轉多紆折，必不能如彼處之路捷而功速也。彰城距鹿港二十里，不傍山、不通水，本非設縣之地。若移鹿港，鎮以文武大員，無事則指揮南北聲息皆便，有事則守海口以通內地應援，與鹿耳門為關鍵，使臺北常有兩路可入，則永無阻遏之患。時上方有旨修築臺郡各城，余屬李公[362]以此奏。李公以築城事別有司者，遂不果。然此議終不可廢，後之留意海疆者或奏而行之，實千百長計也。」

火山

火山在嘉義東南。自後壁寮[363]而往，可二十里。乙巳（明治三十八年，1905）春，余至羅山[364]，偕許紫鏡[365]、余蓮舫[366]、曾遠堂[367]諸子遊之。抵店仔口莊[368]，日已暮，乃借燈行，至碧雲寺[369]，夜將午矣。寺僧蒸飯餉[370]，飽食而睡。黎明則起，白雲猶未出也。寺在山腹，康熙四十年（1701）釋參徹所建，祀世尊，內奉延平郡王。又一寺曰大仙巖[371]，在**枕頭山**[372]之麓，或曰玉案山，語其形也。

---

[362] 李公：李侍堯，見此文注。
[363] 後壁寮：位於嘉義縣布袋鎮。
[364] 羅山：即諸羅山，今嘉義市。
[365] 許紫鏡（生卒年不詳）：即許素癡，為蘭井街世家，清朝貢生，南社社員。女兒為嘉義名醫潘木枝之妻許素霞。
[366] 余蓮舫（1871-1940）：余塘，字蓮舫，號鑑亭，嘉義人。擅書法，可以左手書。改隸後，遷居斗坑庄，築「息園」，十餘年間未踏入城中一步。
[367] 曾遠堂（1873-？）：臺南人，明治二十九年（1896）任陸軍通譯。
[368] 店仔口莊：在台南市白河區，台南的最東北端。
[369] 碧雲寺：建於嘉慶年間，相對於舊巖大仙寺，稱為「新巖」，主祀觀音大士。
[370] 餉：同「饗」，招待、供給。
[371] 大仙巖：又稱大仙寺、舊巖。建於清康熙年間，主祀釋迦牟尼、觀音菩薩、三寶佛祖、地藏王菩薩。
[372] 枕頭山：玉案山，亦稱玉枕山，今名枕頭山，在關子嶺附近。

火山之奇甲臺灣，其奇則在火穴。余乃往視，有聲如雷，隱隱自地中起。火從石罅[373]出，高六、七尺，小者一尺。聞風雨時焰尤烈，源泉滾滾，自下而流，熱不可掬[374]，故謂之水火同源。昔藍鹿洲紀之，以為海外奇聞，何所不有。吾以耳目之所及為憑，其不及者多矣。山生火，跡近荒唐；火出自水中，尤荒唐之甚者！雖然，固有之。

臺灣火山有二：一在半線以北，貓羅、貓霧二山之東，晝常有煙，夜有光。一在諸羅邑治以南，左臂玉案山之後，小山屹然，火出水中，無煙而有焰，晝夜皆然，信宇宙之奇觀也。鹿洲之言，似尚未知火山之理。臺灣多火山脈，故常震。幸有此穴以洩其氣；不然，鼓盪之力，陸且沈矣。枕頭山之北，有關嶺溫泉[375]，可療病。越山而行，約八里。既至，脫衣入浴，俗塵一洗，萬念皆空。

艋舺

艋舺在淡水河畔。前時往來之人，多駕獨木舟以濟，番語謂之蟒甲，或作艋舺。乾隆五十七年（1792），奏開八里坌港[376]，泉、廈之船來此貿易，溯河而上，多至此處，艋舺商務遂冠北臺。嘉慶十三年（1808），駐遊擊。十四年，駐縣丞。文武既設，教化日興。道光二十三年（1843）乃建文甲書院[377]，文甲即艋舺也。然自建省以後，商務漸移稻江，而艋舺遂日替[378]矣。

---

[373] 罅：音「夏」，裂開。

[374] 掬：用手捧取。

[375] 關嶺溫泉：在臺南市白河區，枕頭山（即玉案山）的北麓。

[376] 八里坌港：可與福州五虎門對渡，北臺灣門戶之一，清代三大官港之一，另二港為彰化鹿港、臺南鹿耳門港。坌，音「笨」。八里坌，臺北八里的舊稱。

[377] 文甲書院：今學海書院，學海一名是閩浙總督劉韻珂來台巡視道光二十七年（1847）更動而得。「文甲」，昔艋舺的雅稱。

[378] 替：陵替，衰敗之謂。

將軍莊

將軍莊[379]在嘉義漚汪堡[380]，為靖海將軍施琅所墾。琅入臺後，多奪文武官田，以殖其利，歲可入穀數萬石。然其子孫不敢來收，來則死。故臺語曰：「施興鄭窮，鄭興施絕種。」余初頗疑其說，以為怨毒之言。光緒間，襲侯[381]某以各處大租委人攬辦，多被隱沒，遂至臺南，主於枋橋吳氏[382]，召各管事徵新討舊，意可滿載而歸，乃不一、二月，而某竟病死。自是無敢復來。烏乎！報應之說，豈不然哉！竊人之財，猶謂之盜，況貪天之功以為己力，宜其自怖而死也。

藍興堡

臺中之地，土厚泉甘。康熙六十一年（1722），總兵藍廷珍[383]始募佃開墾，乃名藍興，則今府治一帶。

大龍峒

大龍峒則昔之大浪泵[384]，番語也。《淡水廳志》作大隆同。《稗海紀遊》謂：「大浪泵等處地廣土沃，可容萬夫之耕。」閱今二百餘年，良田盡啟，成都成聚，熙熙穰穰，已為富庶之鄉矣。

---

[379] 將軍莊：轄屬臺南州北門郡，今臺南市將軍區，為紀念鄭成功部將漚將軍、汪將軍而命名。
[380] 漚汪堡：「漚汪」，將軍鄉的舊名，在蕭瓏（臺南市佳里區）附近。汪原作洪，誤，逕改之。
[381] 襲侯：因世襲得來的侯爵，即侯爵的繼承人。
[382] 枋橋吳氏：臺南枋橋頭吳家。吳家自吳春貴承販臺鹽致富，其子吳尚新繼承家業，徙建洲南場，承銷鹽務尤見發展，家境日隆。枋橋，在今臺南市民權路四春園南邊路中。
[383] 藍廷珍（1664-1730）：字荊璞，福建漳浦人。康熙五十七年（1718）任澎湖水師副將，旋遷南澳鎮總兵，康熙六十年（1721）朱一貴起事，奉命平亂。雍正元年（1723）任福建水師提督，七年，卒於任。

編輯附記

《重修臺灣府志‧卷十五‧風俗（三）‧番社風俗（二）‧淡水廳（二）‧附考》

武勞灣[385]、大浪泵等處，地廣土沃，可容萬夫之耕。八里坌社，舊在淡水港西南之長豆溪；荷蘭時，後壠[386]最悍，殲之幾無遺種，乃移社港之東北。淡水各社土官，有正副頭目之分（《稗海紀遊》）。

十八義民之墓[387]

雍正十年（1732）春，大甲西社番林武力作亂，總兵呂瑞麟[388]討之，累戰弗克，番益猖獗，恣焚掠，縣治戒嚴。淡水同知張宏章[389]巡莊，過阿束社[390]，番猝攻之，鎗箭齊發，鄉勇多竄。時有粵人耕田者，見而大呼，持鋤趣救，奮勇以戰，番始卻，宏章獲免，而粵人死者十有八人：曰黃仕遠、曰黃展期、曰陳世英、曰陳世亮、曰湯邦連、曰湯仕麟、曰李伯壽、曰李任淑、曰賴德旺、曰劉志瑞、曰吳伴云、曰

---

384 大浪泵：泵音「蹦」，大龍峒的舊稱，源於平埔族凱達格蘭族「大浪泵」社的閩南語譯音。

385 武勞灣：新北市新莊區，原為凱達格蘭平埔族武勞灣社所在地。

386 後壠：苗栗縣後龍的舊稱，亦作「後壟」。

387 十八義民墓：即今彰化懷忠祠。歷經林爽文事件、戴潮春事件、施九緞事件等戰亂屢遭破壞、重建與遷建。光緒年間修建後大致底定現貌。民國四十二年（1953）懷忠祠進行重修，但之後又漸漸頹敗。民國七十四年（1985）列為第三級古蹟，民國八十二年（1993）、八十六年（1997）兩次修復，目前煥然一新。今牌位（重修）義民名諱與連橫所著錄有所差異，然連橫所錄應是依據《彰化縣志》。如黃仕遠作「黃仁達」、陳世英作「陳世奕」、李伯壽作「李柏壽」、吳伴云作「吳伴松」（縣志記為吳伴雲）、江連德作「江運德」（縣志記為江連德）、周潮德作「周湘德」。

388 呂瑞麟：本籍福建。雍正九年（1731）擔任臺灣鎮總兵。

389 張宏章：本籍江蘇。雍正九年（1731）擔任臺灣府淡水補盜同知，專司北臺灣內政，駐守淡水廳。

390 陳束社：原文作「阿東社」，誤；今彰化市香山里、牛埔里。「阿束」為早期彰化縣境內平埔族群的「十社」之一。

謝仕德、曰江連德、曰廖時尚、曰盧俊德、曰張啟寧、曰周潮德、曰林東伯，事後鄉人葬之彰化城西，題曰「十八義民之墓」，奉旨建祠，賜祭，發帑[391]各卹其家。今祠已圮，墓亦廢，其何以慰英靈於地下耶？

編輯附記

《彰化縣志‧卷八‧人物志‧義民‧十八義民傳》

　　十八義民者，能知親上、死長[392]之民，而舍生以取義也。雍正十年（1732）春，大甲西社番林武力等聚為亂，臺鎮總兵呂瑞麟率兵討之，累戰弗克。逆番勢益猖獗，恣橫焚殺，村落多被蹂躪，縣治戒嚴。淡水同知張宏章，適帶鄉勇巡莊，路經阿束社，逆番突出圍之，鎗箭齊發，矢簇如雨。宏章所帶鄉勇，半皆潰散，幾不能脫。時阿束近社村落，皆粵人耕佃所居，方負耒出，遽聞官長被圍，即呼莊眾，冒矢衝鋒，殺退逆番；宏章乃得走免。是時戰陣亡者，曰黃仕遠、黃展期、陳世英、陳世亮，湯邦連、湯仕麟、李伯壽、李任淑、賴德旺、劉志瑞、吳伴雲、謝仕德、江運德、廖時尚、盧俊德、張啟寧、周潮德、林東伯，共一十八人。鄉人憫其死，為負屍葬諸縣城西門外，題其塚曰：「十八義民之墓」。逆番既平，大憲[393]以其事聞。上深嘉許，賜祭[394]予卹。每人卹銀五十兩，飭[395]有司購地建祠，春秋祭享，以慰忠魂。今祠已廢，而塚猶存。

---

[391] 帑：音「躺」，即公帑，國有的錢財。
[392] 親上、死長：謂人民樂意親近其長官，願意為長官赴死，表示施政者的成功。《孟子‧梁惠王下》：「君行仁政，斯民親其上，死其長矣。」
[393] 大憲：舊時府吏對上司的稱呼。
[394] 賜祭：大臣身故，皇帝敕使往祭。
[395] 飭：命令。

岡山

　　「岡山樹色」[396]為鳳山八景之一。山距治北三十五里。《舊志》謂：「大岡山之頂，蠣房[397]甚多。滄海桑田，亦不知其何時物也。山上有湖，雨則水滿。山陰有古石洞，莫測所底。以瓦擲之，窅然[398]無聲。相傳其下通海。」按臺灣諸山之有蠣房者頗多，大遯、大肚兩山[399]皆有此物，固知東海揚塵[400]，其來已久。

編輯附記

《重修福建臺灣府志・卷十九・雜記（祥異、叢談、外島附）・叢談》

　　大岡山之頂，蠣房殼甚多。滄海桑田，亦不知其何時物也。山上有湖，雨則水滿。山陰有古石洞，莫測其所底；或以瓦擲之，窅然無聲。相傳謂：其下通於海云。

---

[396] 岡山樹色：康熙年間《鳳山縣志》所題詠的鳳山六景之一，也是乾隆年間《重修鳳山縣志》的鳳山八景之一。

[397] 蠣房：牡蠣的殼。

[398] 窅然：深遠貌。窅，音「咬」。

[399] 大遯、大肚兩山：大遯即大屯山，位於陽明山國家公園內，台北市北投區內。海拔標高 1092 公尺，屬於大屯火山群的大屯山亞群，是目前台灣唯一活火山。大肚山又稱為大肚臺地，是位於台中市內的臺地地形，大甲溪與大肚溪之間。由於名稱來自於平埔族語，早期也有人寫為大度山。

[400] 東海揚塵：東海變陸地，揚起塵土。比喻世事變化極大。

【臺南古蹟志】

大井

　　大井[1]在臺南州治西定坊，為臺南最古之跡。《舊志》稱來臺之人在此登岸，名曰大井頭。開闢以來，生聚日繁，商賈殷盛，填海為宅，市肆紛錯。又云：「開鑿莫知年代。相傳明宣德間，太監王三保至臺，曾於此井取水」。按《稗海紀遊》引《明會典》，謂：「太監王三保舟下西洋，取水赤嵌。赤嵌，番社名，為今臺南州治，故荷蘭築城，臺人謂之赤嵌城，語其地也。」而《舊志》乃謂：「臺人建屋多用赤瓦，水濱高處，閩人曰墈，誤曰嵌，故為赤嵌。」此謬解也。赤嵌二字見《明會典》，且番社，非以赤瓦而名也。此井雖在市中，泉甘而大，足供萬人汲飲。旁為南河，舊通海，今塞。曩年改建市區，以井在路隅，欲填之。余於《南報》[2]力陳不可，始保存。

編輯附記

《重修臺灣府志‧卷一‧封域‧山川‧臺灣縣》

　　大井：在西定坊。來臺之人在此登岸，名曰大井頭。開闢以來，生聚日繁、商賈日盛，填海為宅，市肆紛錯。《舊志》云：「開鑿莫知年代，相傳明宣德間，太監王三保到臺，曾於此井取水。又傳係紅毛所濬[3]；紅毛築赤嵌城，恐有火患，鑿此井以制之。」

《重修臺灣府志‧卷二十五‧藝文（六）‧詩（三）‧赤瓦歌》

---

[1] 大井：大井頭，在臺南市中西區，過去是進入府城的重要碼頭。「大井頭」原指大井旁的碼頭，今借代為「大井」本身。
[2] 《南報》：即《台南新報》。
[3] 濬：音「俊」，疏通河道。《說文》：「濬，深通川也。」今多作「浚」。

臺屋瓦，皆赤；下至牆垣階砌，無不紅者。此赤嵌城所由名也，余乃為作赤瓦歌。

赤嵌城

赤嵌城在安平鎮，明天啟四年（1624）荷人建，荷語謂之熱蘭遮，而《舊志》以為臺灣城。《志》稱荷人建城，制若崇臺[4]，海濱水曲曰灣，又泊舟處亦謂之灣，此臺灣所由名也。如《志》所言，拘泥文字，以為附會之說，余已辨之。又曰：「荷蘭舟遭颶風飄此，愛其地，借居於土番。不可。紿[5]之曰：『願得一牛皮地足矣，多金不惜。』許之，乃剪皮為縷，因築臺灣城以居。城基方二百七十六丈有六尺，高三丈有奇[6]，為兩層，用大磚調油灰，共搗而成，雉堞[7]釘以鐵，故甚固。城上瞭亭相望，上層縮入丈許，設門三。東畔嵌空數處，為曲洞，為幽宮，四隅箕張[8]，置礮二十。南北規井，下入於海，上出於城，水極清冽，可於城上引汲，以防火攻。置礮十，皆重千斤者。北隅繞垣為外城，狀極雄偉，駐兵守之。倚城一樓，榱棟[9]堅巨，有機車，可挽重而上，亦置礮數尊。內城之北，下闢水門，傴僂[10]而入，磴道[11]曲折，下有地室，高廣各丈餘，長數丈，紆轉旁出。近海之處又一洞，內藏鉛子[12]，其險固也如此。荷人建公署其中，以鎮撫民番。濱城之外為巨海，水道紆迴，鹿耳門拱之，輔以師船，而內與赤嵌樓相犄角[13]，

---

[4] 崇臺：高臺。
[5] 紿：音「代」，欺騙。
[6] 有奇：尚有餘數。奇，音「機」。
[7] 雉堞：音「智跌」，古代城牆上掩護守城人用的矮牆，泛指城牆。
[8] 箕張：謂兩旁伸張開去如簸箕之形。
[9] 榱棟：屋椽及棟樑。榱，音「催」，屋椽。榱棟，房屋正樑。
[10] 傴僂：音「雨呂」，腰背彎曲。
[11] 磴道：石頭路。
[12] 鉛子：即鉛丸。鉛做的彈丸，用以射擊敵人。
[13] 犄角：棱角，這裡是說形成如犄角般對立的形勢，

故得稱雄海上。」今城久荒廢，鐵碑亦亡。落日寒濤，唯使弔古者興無限之感歎而已。

編輯附記

《重修臺灣縣志·卷十五·雜紀·古蹟（附宅墓）·赤嵌城》

赤嵌城：亦名臺灣城，在安平鎮一鯤身。沙磧孤浮海上，西南一道沙線遙連二鯤身至七鯤身以達府治。灣轉內抱，北與鹿耳門隔港犄角，如龜蛇相會狀。明萬曆末，荷蘭設市於此。築磚城，制若崇臺；海濱沙環水曲曰灣，又泊舟處概謂之灣：此臺灣所由名也。

《重修福建臺灣府志·卷二·建置沿革》

天啟元年(1621)，漢人顏思齊為東洋國甲螺（東洋，即今日本；甲螺，即頭目之類），引倭屯於臺，鄭芝龍附之；尋棄去。久之，荷蘭紅毛舟遭風飄此。愛其地，借居於土番；不可，乃紿之曰：「得一牛皮地足矣，多金不惜。」遂許之。紅毛剪牛皮如縷，周圍圈匝已數十丈；因築臺灣城（即安平鎮城）居之。已復築赤嵌城（即紅毛樓）與相望，設市於城外，而漳、泉之商賈集焉。

赤嵌樓

赤崁樓亦荷人所建，在今城中。其始固一小嶼，四旁皆海，潮求直達樓下。港道尚存，可與赤崁城相來往。延平攻臺之時，先克此樓，而後圍城。荷人力守，久之乃降。樓高三丈六尺有奇，雕欄凌空，軒豁[14]四達。其下為洞，曲折宏邃[15]。右鑿穴，左浚井。前門外左復一井，以俯瞰市廛[16]。樓外有垣，磚極固，調糖水搗灰疊之，堅埒[17]於石，周方四十五丈有三尺。今已改為海神廟。

---

[14] 軒豁：敞亮。
[15] 宏邃：宏大幽深。
[16] 市廛：商店雲集之地。

荷蘭井

荷蘭井在赤嵌樓東北隅，距樓可二十餘丈。磚砌精緻，水亦清甘。相傳每風雨時，常有龜蛇浮泳水面。乾隆十四年（1749），知縣魯鼎梅[18]移建縣署，遂在其內

天池井

天池井在鎮北坊，地極窪，故曰天池。泉尚清，旁有古榕十數株，蔭大數畝。每當夕陽西下，昏鴉千百，啞啞亂啼，至曉始息。《臺灣縣志》所謂「井亭夜市者」，甘寧廟外，黃霸亭前，其景象又何如也。

林投井

林投井[19]亦在鎮北坊，為荷人所鑿，砌以林投，故名，今廢。

烏鬼埕

烏鬼埕在東安坊，為烏鬼聚居之處。又有烏鬼渡，在鎮北坊。旁一井，亦烏鬼所鑿。烏鬼即黑奴，非洲人，晳種[20]隸而使之，以開闢荒裔，賤若牛馬。而臺灣烏鬼之跡[21]，僅存其名。傷已[22]！

---

17 埕：音「垃」，相等。

18 魯鼎梅（生卒年不詳）：字調元，號變堂，江西新城縣人。乾隆十四年（1749）任臺灣縣知縣。因臺志久未再修，乃延聘德化進士王必昌，修成《重修臺灣縣志》。

19 林投井：即烏鬼井，荷蘭東印度公司所鑿（永曆七年，1653），位於臺灣府城鎮北坊水仔尾北邊。因砌以林投枝，又名林投井。

20 晳種：白種人。

21 烏鬼：連橫《雅言》第 291 則：「臺灣地名，多有『烏鬼』之跡。烏鬼者，非洲之土人也；色黑如墨，性愚而勇。葡、西二國之開美洲也，每購其人，從事勞作，役之如牛馬，謂之『黑奴』。而荷蘭經營臺灣亦用之，故『烏鬼』所至尚留其名。《臺灣縣誌》曰：『烏鬼埕，在東安坊。紅毛時，烏鬼聚居

小南天

　　臺南廟宇之最古者，以小南天為第一，在蕃薯崎[23]上，祀福德之神[24]，為荷蘭時華人所建。相傳廟額三字，寧靖王書；今已非舊。其地固小山，下臨溪流，四顧平原，則今之臺南市肆。犹榛荒昧之域，變為往來繁華之場。自非我族之締造經營，詎能一至於是？

鄭氏故宮

　　延平郡王為臺烈祖[25]，宏功偉績，震曜坤輿。而今日來遊東寧者，欲訪鄭氏故宮而不可得，詎[26]非恨事！余曾考其遺跡，在大北門內米市附近，所謂舊縣衙者也。按《縣志》稱鄭氏亡後，以其邸宅為臺灣縣署，歷任縣令皆以事去，或死於是，無敢居者，乃建新署於赤嵌樓右，而舊署遂廢。閱今二百餘年，蔓草荒煙，淒涼滿目，毫無有過而問者，亦可哀矣！

於此。』又曰：『烏鬼井，在鎮北坊。水源極盛；紅毛命烏鬼所鑿，舟人咸取汲焉。』又曰：『烏鬼橋，在永康里。紅毛時，烏鬼所築。後圯，里眾重建。』而《鳳山縣誌》亦曰：『烏鬼埔山，在觀音里。相傳紅毛時，烏鬼聚居於此。遺址尚存，樵採者嘗掘地得瑪瑙珠、奇石諸寶；蓋荷蘭時所埋也。』又曰：『小琉球嶼天臺澳石洞，相傳舊時烏鬼番聚族而居。後泉州人乘夜放火，盡燔斃之。』」
[22] 傷已：已，通「矣」，嘆詞。傷矣，令人感傷啊。
[23] 蕃薯崎：今台南忠義路的小巷內，以番薯店舖林立而得名。
[24] 福德之神：福德正神，民間對「土地公」的敬稱。
[25] 烈祖：建立功業的祖先，或者是開基創業的帝王。
[26] 詎：豈、難道。

承天舊署

　　承天府在東安坊，鄭氏所建，其後改為臺灣府，規模之大，冠於全郡。初，鄭氏分府治為東安、西定、寧南、鎮北四坊，制鄙[27]三十四里，清代因之。署內古榕一株，為鄭氏時物，巨幹偃蹇[28]若虯龍，《縣志》所謂「郡署榕梁」者也。今署已就廢，瓦礫淒涼，不知此榕尚無恙否？

桔柣門[29]

　　延平入臺後，因就赤嵌城以居，改名安平；安平卽安海，志故土也。建桔柣門，以春秋鄭國有此門也。夫鄭雖小國，武、莊二君[30]為王卿士。東遷以後，且與諸夏爭長，亦大國之風也。然門之遺址已不可考，唯見滿目寒蕪，灑一掬興亡之淚而已！

國姓港

　　國姓港在安平之北。延平入臺，泊舟於此。而臺灣以國姓名地者，尚有數處。山川草木，由我發揚，正朔衣冠，俾無隕落，故後人追溯其本，肇錫[31]佳名，以傳千古，是亦崇德報功之意也。

27　制鄙：治理國都以外行政區域的政務。《國語・齊語》：「桓公曰：『定民之居若何？』管子對曰：『制鄙。』」韋昭注：「制野鄙之政也。」

28　偃蹇：音「眼瞼」，屈曲貌。

29　桔柣門：音「節跌」，原指春秋時代鄭國的都城門。永曆十五年（1661），鄭成功克臺灣，便以原來的荷蘭熱蘭遮城為基礎，改建內府，此即「王城」，並另闢一座門，延用桔柣的名稱。

30　武、莊二君：鄭武公和鄭莊公，均為周平王手下卿士。

31　肇錫：肇，猶「就」。錫，賜給。

一元子園亭

　　一元子園亭[32]在西定坊，寧靖王術桂所建也。明朔既亡，王殉國難，捨其邸宅為佛寺。施琅入臺後，以其半為天后宮，而進香者猶知其為寧靖故邸也。夫王以天潢貴冑，躬逢亂世，避地東都，終至國破家亡，毅然抱大節以殉。明社雖墟，而王之英靈永留天壤矣。

馬兵營

　　馬兵營在寧南坊，為鄭氏駐師之地，古木寒泉，境殊岑寂。自我始祖卜居[33]於此，迨余已七世矣。改隸後，余家被毀，乃居西城之外。故余有過故居詩云：「海上燕雲[34]涕淚多，劫灰零亂感如何！馬兵營外離離柳[35]，夢雨斜陽不忍過。」是處有井，泉甘而冽，亦鄭氏所鑿；今存。

北園

　　北園別墅[36]在鎮北門外，為嗣王經所建，以奉董夫人[37]者。康熙二十九年（1690），巡道王效宗[38]、總兵殷化行[39]改為海會寺，碑猶存，

---

[32] 一元子園亭：明寧靖王的宅園，寧靖王，號一元子。清軍攻臺，寧靖王自縊，施琅為收攬民心，奏請改建，祀奉媽祖，即今大天后宮，是臺灣第一座官方祀建的媽祖廟。

[33] 卜居：選擇居處。

[34] 燕雲：五代時，後晉石敬瑭以燕雲十六州割讓給契丹，見《新五代史・晉高祖紀》。此以燕雲比喻臺灣。

[35] 離離柳：隨風飄揚的柳樹。

[36] 北園別墅：創建於明永曆年間，原是鄭經在台的行館與安養母親董氏之所。清康熙廿九年（1690）改建為「海會寺」，以該寺為臺灣第一座官建佛寺，循唐玄宗所開之例，稱「開元寺」。乾隆十四（1749）年重修，改名「榴禪寺」，亦名「榴環寺」，後復稱海會寺、開元寺。

[37] 董夫人：鄭經母親董夫人。

或稱榴禪，則今開元寺。王氣銷沉，禪風鼓扇[40]，三千大千世界中，
雖五蘊皆定[41]，法尚當捨，寧無麥秀之悲[42]耶？

陳、蔡二姬墓

藩府[43]陳、蔡二姬之墓[44]，在寧南門外師爺塚前，地名蛇子穴，石
碣尚存。考之志乘，均無記載，其為延平之姬歟？抑經之姬歟？

兩公子墓

兩公子墓在仁和里鞍子莊[45]，碑大三尺，上書：「皇明[46]聖之、省
之二鄭公子墓」[47]，其南百餘武有庵及塔，在林莽中，均荒廢。余擬

38　王效宗（生卒年不詳）：正白旗漢軍人，康熙廿六年（1687）任福建分巡臺
　　灣廈門道，與殷化行議改明鄭時期的北園別館為海會寺。康熙廿九年（1690）
　　被劾，解任，尋卒。於台灣任內。

39　殷化行（1643-1710）：字熙如，原籍山西沁水。幼年曾撫育於王家，亦稱
　　王化行。康熙二十七年(1688)調升臺灣總兵。著有《西征經略》。

40　鼓扇：宣揚提倡。

41　五蘊皆定：佛家語，色蘊、受蘊、想蘊、行蘊、識蘊之合稱。蘊，積集。
　　定：定數。

42　麥秀之悲：原文「麥」作「表」，誤。《史記·宋微子世家》載箕子朝周，
　　過故殷墟，見宮室毀壞，盡生禾黍，哀傷不已，而作〈麥秀〉之歌。後以
　　麥秀，為感慨亡國之詞。

43　藩府：古代諸侯、親王咸須「屏藩王室」，故稱「藩」。鄭成功受賜國姓與
　　延平郡王，在諸侯親王之列，「藩府」即指延平郡王府。

44　陳、蔡二姬之墓：陳、蔡二姬，為鄭成功姬妾。墓在臺南市中華南路二段
　　旁的桶盤淺段公墓（俗稱南山公墓）內，今尚存，即所謂藩府曾蔡二姬墓，
　　墓碑銘刻「皇明」、「藩府曾蔡二姬墓」。民國七十四年（1985）公告為中華
　　民國三級古蹟。九十九年（2010）因應行政區域制度更動成為「直轄市定
　　古蹟」。

45　仁和里鞍子莊：今臺南市永安街旁。

46　皇明：即大明。以「皇」冠首，有本朝、當今之意，「皇明」即認同當時為
　　明代中朝正朔。

47　二鄭公子墓：鄭成功四子鄭睿，字哲聖，號聖之；十子鄭發，字哲奮，號
　　省之、奮之，皆未娶而卒，兩人合葬，墓在臺南市南區的桶盤淺（過去大

修之。按聖之名睿[48]，延平第四子[49]；省之名發，第十子，均早世無出，故留葬東都。

監國墓

監國世子鄭克𡒦[50]與陳夫人[51]合葬於武定里洲子尾[52]，《府志》[53]載之。余求其墓，渺不可得。監國與夫人附祀延平王祠[54]。沈文肅公手書其聯曰：「夫死婦從死，君亡明乃亡。」

五妃墓

五妃墓[55]在寧南門外桂子山，寧靖王從死嬪妾也，曰袁氏、王氏、荷姑、梅姑、秀姐。臺人士感其義，就墓就廟，歲以六月二十有五日

南門外的鞍仔莊，今南山公墓範圍內），今尚存，即所謂藩府二鄭公子墓。墓碑銘刻「皇明聖之省之二鄭公子墓」。民國七十四年（1985）公告為中華民國三級古蹟。九十九年（2010）因應行政區域制度更動成為「直轄市定古蹟」。

[48]　睿：原文作「明」，誤。

[49]　四子：原文作「三子」，誤。

[50]　鄭克𡒦（1664-1681）：鄭經庶出長子。永曆二十八年（1674）鄭經西征，以陳永華為東寧總制使，留守東寧。永曆三十三年（1679）四月，陳永華表示「元子年登十六，聰明特達，宜循『君行則守』之典，請元子克監國。」鄭經許之。永曆三十五年（1681）正月，鄭經與陳永華相繼去世，馮錫範聯合鄭經諸弟，以鄭克𡒦非鄭氏骨肉，絞殺之，妻亦殉死。

[51]　陳夫人：陳永華之幼女，嫁鄭經長子克𡒦。知書守禮，料克𡒦將遭暗殺，嘗言：「夫在與在，夫亡與亡，必不相負！」鄭氏死後百日，陳即沐浴整衣，從容就義。後人敬稱為「監國夫人」。

[52]　武定里洲子尾：今臺南市永康區鹽洲里。

[53]　《府志》：《臺灣府志》的省稱。康熙二十四年（1685）由首任臺灣府知府蔣毓英主修。

[54]　延平王祠：「延平郡王祠」的省稱，又名「開山王廟」、「鄭成功廟」，位於臺灣臺南市中西區。

[55]　五妃墓：即今臺南五妃廟。墓旁為義靈君墓，為當時殉死二侍埋骨之處。乾隆十一年（1746），海防同知方邦基在五妃墓前建廟，形成前廟後墓的特

致祭。鄭氏奉表降清,而明朔滅亡之日也。廟前有古榕一株,蔭大可數畝,踏青士女每止其中。追懷節烈,是則人倫之坊表、巾幗之綱常,誠足以頑夫廉而懦夫立[56]也。

檨林

檨林[57]在寧南坊,與馬兵營相接,廣可數十畝;清溪一曲,[58]古木成陰,勇衛[59]黃安之宅也。歸清後,改為施靖海祠[60],地震而圮,再築後圮,乃為廟,祀天妃,閱今二百數十年而廟亦毀。烏乎!檨林一黑子[61]爾,而滄桑之變適逢其會,亦奇矣!

殊景觀。民國七十二年(1983)公告為一級古蹟。八十七年(1997)因應相關法令修改為國定古蹟。

[56] 頑夫廉而懦夫立:貪心的人都變廉潔,懦弱的人也能立志,形容傑出人士的影響力。《孟子‧萬章下》:「伯夷,目不視惡色,耳不聽惡聲。非其君,不事;非其民,不使。治則進,亂則退。橫政之所出,橫民之所止,不忍居也。思與鄉人處,如以朝衣朝冠坐於塗炭也。當紂之時,居北海之濱,以待天下之清也。故聞伯夷之風者,頑夫廉,懦夫有立志。」

[57] 檨林:今台南市中西區中正路一帶,對面即府前路地方法院。檨,檨仔(Sōaiⁿ-á),芒果。

[58] 清溪一曲:一曲,一帶。清溪,福安坑溪,與德慶溪同為臺南舊城兩大河川。福安坑溪在南邊,舊河道發源於小南門與建業街,由東向西流經小南門、台南女中校園、建業街、建興國中、自來水公司、舊臺南地方法院、舊台南監獄宿舍、西門路、保安路,由水門口注入台江內海。

[59] 勇衛:明鄭時期的兵制,提督之下為衛、鎮,衛是親軍,分左右武衛與左右虎衛。黃安(?-1665)為鄭成功部將,征戰南京、台灣有功,入台後,升黃安為勇衛,在武衛、虎衛之上。後擁護鄭經繼位,深獲信任,掛征勦將軍,統勇衛,提調承天府暨南北二路兵馬地方軍務,其長子、次子皆與鄭經之女結為連理。

[60] 施靖海祠:施琅征台有功,准予在澎湖澎湖大山嶼媽宮城內及台南城內檨仔林街建生祠,稱為「施將軍祠」。

[61] 黑子:比喻地域的狹小。北周‧庾信〈哀江南賦〉:「地惟黑子,城猶彈丸。」

禾寮港

禾寮港即今打銀街[62]，鄭氏之時尚有港道，今變通衢[63]。而西城以外之佛頭港、關帝港、媽祖港、王宮港、番薯港，皆舊時運河，現已淤塞。[64]

開山宮

開山宮在西定坊，面海，鄭氏所建，祀隋虎賁中郎將陳稜；而《府志》以為吳真人，且言臺多漳、泉人，以其神醫，建廟獨盛。夫吳真人醫者爾，何得當此開山之號？固知所祀之神必有大勳勞於臺灣也。《府志》重修於乾隆二十七年（1762），距鄭氏不遠，而所誤若此，則後之讀史者將何所據？今且以開山為開仙，抑又誤矣。

---

[62] 禾寮港：德慶溪下游的溪段與溝仔底溪水合流，稱禾寮港，今民族路二段、公園路之遠東百貨附近，民族路與中成路口立有「禾寮港遺址」碑。禾寮港周邊在明鄭時期即移民聚居地，道路四通八達，後被分成兩段，後段即日治時期的打銀街，金銀飾手工業店舖在這裡聚集，以約今日忠義路 172 號、民權路口之間。

[63] 通衢：四通八達的道路。

[64] 淤塞句：由於臺江內海日淤、海岸線向西延展，商人乃從鹿耳門挖掘水道，經安平延伸到府城外城區，再分支為數條水道，其中五條最大者稱「五條港」，由北至南依序為新港墘港、佛頭港、南勢港、南河港、安海港。佛頭港最大，其上游有三條支流，分別是王宮港、媽祖港、關帝港。佛頭港從景福祠前海安路 270 巷，接海安路 259 巷，流經民權路三段 99 號旁，西行崇福宮後方，南流金華路四段 47 巷，穿過協進國小校園，在協進國小側門後方匯流注入舊運河。王宮港從原廣安宮（俗稱王宮）民族路與新美街的交叉口東南方，沿著民族路至景福祠。外王宮港今民族路三段及西門路 337 巷。媽祖港流經民族路二段 391 巷接新美街 125 巷。關帝港流經西門路二段 300 巷，位於開基武廟前，故命名為關帝港。蕃薯港則流經西門路二段 136 巷保西宮前，過西門路二段後，沿正興街舊路，穿過海安路，經海安路 59 巷轉北越過正德街，於六姓府施姓宗廟附近向西北流、康樂街華南銀行（台南市西區康樂街 156 號）後面注入安海港。

東寧總制府

東寧總制府在西定坊,即今下太埕[65]之陳氏宗祠。初,永曆二十八年(1674),耿精忠據福建,請會師。延平郡王經以世子克𡒁為監國,命勇衛陳永華為東寧總制使,軍國大事,悉諮行焉,乃建總制府於此。歸清後,陳氏子孫改建宗祠,曰聚德堂[66],以奉祀總制,并塑其像,陳其冠帶。改革[67]時,冠為兵卒所竊。唯東廂存一石佛,為觀世音,高三尺有奇,重三百斤,雕琢頗細。衣帶之上,左刻延平郡王塑五字,右則永曆十五年(1661)冬,是為延平克臺之歲。聞諸故老謂嗣王經以賜總制者,故陳氏奕世[68]寶之。

鄭氏家廟

鄭氏家廟在寧南坊,即今五帝廟街[69],永曆十七年(1663),嗣王經建,以奉祀延平郡王與其遠祖;故內有延平王像,威儀若天人。清人得臺時,靖海將軍施琅親祭延平,則此廟也。而臺人別建開山王廟,為今開山神社。[70]

---

[65] 下太埕:在今台南市中西區。
[66] 聚德堂:原為陳永華的東寧總制府,臺灣隸清,永華後代改建為陳氏宗祠,名聚德堂,今台南市永福路 2 段 152 巷 20 號。
[67] 改革:改隸,由清領而變日治。
[68] 奕世:累代、歷代。
[69] 五帝廟街:在於台南市中西區忠義路二段。
[70] 開山神社:址在今臺南市中西區開山路 152 號。清領之後,臺灣百姓感念鄭成功,私自建廟祭拜,名之曰「開山王廟」,迴避清廷官府耳目。同治十三年(1874),沈葆楨因牡丹社事件來台籌備防務,聽取民意,奏請朝廷建延平郡王祠,為台灣少有的福州式建築,光緒元年竣工。日治時期,以鄭成功母為日人,加上當時對台人實施懷柔政策,在原有建築上新建拜殿與鳥居,仍維持福州式風格,改名開山神社。戰後,國民黨政府改建為鋼筋水泥的中國北方式建築。

四合亭

四合亭在承天府署之左，鄭氏所建。乾隆三十年(1765)，知府**蔣允焄**[71]改為鴻指園，並築三來、榕蔭、來復三堂，露香、仰山二亭，以為讌游之地。園中有古梅一株，聞為延平郡王手植，閱今二百餘年，開花尚盛。光緒紀元，沈文肅奏建王祠，移植其中，至今寶之。

夢蝶園

夢蝶園在小南門外，龍溪孝廉李茂春建，諮議參軍陳永華記之，立碑園中。今其存者，為李後人重刻。歸清後，改建法華寺。春秋佳日，仍為觴詠之地。光緒初，巡道夏獻綸[72]修之，手書「夢蝶遺蹤」。乙未後，日就傾圮。近數年間，南人士集資重建，中置一龕，祀李孝廉。

陳氏園

陳氏園[73]在北門外武定里，東都總制陳永華建，俗稱花園，大約二百畝。後歸吳氏。吳氏質諸吾家。少時曾侍先府君往游。臺館久亡，

---

[71] 蔣允焄（生卒年不詳）：字為光，號金竹，貴州貴築縣人。乾隆二年（1737）進士，乾隆廿八年（1763）擔任台灣知府，隔年升台灣道。任內注重民生內政，籌建書院。乾隆卅六年（1771）改任福建省海防汀漳龍道，離臺。

[72] 夏獻綸（？-1879）：字筱濤，江西新建人。同治十二（1873）年任按察使銜分巡台灣兵備道；翌年沈葆楨來台，受命赴中路辦理開山事宜，卒於任。

[73] 陳氏園：在今甲頂里花園坑南。連橫以陳氏園俗稱花園，根據李志祥的考証，當地俗稱花園者應指鄭經之園墅，而非陳氏園。而連橫所見應係鄭經園墅之遺跡。武定里範圍包括洲仔尾與花園，舊時的花園應在永康市中正二街以東，正南五街以南以及正南一街以北的區域。

唯餘敗瓦，耕夫牧豎往來其中，早已不知故蹟。然總制功德在人，至今念之，復何傷乎禾黍[74]！

閒散石虎之墓

石虎不知何許人，以閒散號。墓在夢蝶園右。余以為明遺民也。因遭毀掘，乃移其碣於園中，面北立，為文祀之，載集中。[75]

彌陀寺

彌陀寺在東安坊，延平郡王經建，為東都最古之寺。殿宇宏敞，花木明瑟。今假為官署。佛法凌夷，能不慨歎！[76]

秀峰塔

秀峰塔[77]在文廟之東，乾隆六年（1741），巡臺御史楊二酉[78]建。下廣丈有九尺，高七尋有奇，壘五重，皆六出。左擁群山，右襟大海，而面與魁斗對峙，亦勝概也。二酉有記在《府誌》[79]，今存。

---

[74] 禾黍：「禾黍之悲」之省。《毛詩・王風・黍離》〈序〉：「〈黍離〉，閔宗周也。周大夫行役至於宗周，過故宗廟宮室，盡為禾黍。閔宗周之顛覆，彷徨不忍去而作是詩也。」後世遂以「禾黍之悲」作為悲憫故國破敗或勝地廢圮之典。

[75] 按：法華寺附近一帶自明鄭以來便為墓地。在法華寺北有一墳，碑記「閒散石虎之墓」，晚清進士許南英發現之。大正五年（1916），台南第一公學校擴建，遭到工程毀壞，因而移入法華寺內。

[76] 彌陀寺：今台南市東區東門路 121 號。今人盧嘉興考據，彌陀寺明鄭時期洪姓施主布施捐建，並非鄭經所建，也非明鄭時期第一個佛寺。初稱彌陀室，日治時期，初為新豐郡役所，昭和四年（1929）充私立家政裁縫講習所（即現今的光華女中）。明瑟：瑩淨。

[77] 秀峰塔：建於乾隆六年，位於文廟（即台南孔廟）之東，嘉慶年間倒塌，光緒年間重建，日治之後又改建。

[78] 楊二酉（1705-1780）：字證山，號西園，山西太原人，乾隆四年（1739）任巡台御史，兼理學政。任內選諸生，建海東書院。六年（1741）離臺。

斐亭

　　斐亭在道署內，康熙三十二年（1693），巡道[80]高拱乾[81]建，莊年[82]修之，煥乎其有文章矣。亭之左右多竹，風晨月夜，謖謖[83]有聲，故有聽濤之景。[84]光緒十四年（1888），灌陽唐景崧以越南之役，游說黑旗[85]內附有功，分巡是邦，葺[86]而修之。景崧固好詩，輒邀僚屬為文酒之讌。臺人士之能詩者皆禮致之，拈題選句，擊缽催詩。故景崧自撰楹聯云：「鐵馬金戈，萬里歸來真臘[87]棹；錦袍紅燭，千秋高會斐然鐘。」蓋紀實也。[88]

79　按：楊二酉，〈秀峰塔記并詩〉，《重修福建臺灣府志》。
80　巡道：分巡臺灣兵備道的簡稱。
81　高拱乾：字九臨，陝西榆林衛（今陝西榆林市）人，廩生。康熙廿九年（1690）任泉州府知府，三十年（1691）遷福建分巡台廈道、兼理學政，三十四年（1695）改任浙江按察使，離台。在台任內興建府治鎮北坊書院，重修府治東安坊東嶽廟，並纂輯《臺灣府志》（通稱《高志》）傳世。
82　莊年（1703-1755）：字獻鳴，號榕亭，江蘇常州（今屬常州市）人，監生。乾隆六年（1741）任臺灣府淡水廳海防同知，擢建寧府知府（1742），擢臺灣道加按察使司副使銜（1743），經試用一年後留任（1744），協同巡臺御史六十七、范咸、臺灣府知府褚祿重修《臺灣府志》（1745）。遷甘肅平慶道。誥授中憲大夫，誥贈通議大夫、廣東按察使。著有《澄臺集》。
83　謖謖：音「速速」，狀聲詞，風勁貌。
84　聽濤之景：康熙二十五年（1686）巡道周昌建「寓望園」於巡道署後；三十二年（1693）高拱乾於寓望園舊址建「斐亭」環繞以竹；斐亭左側築台，命名「澄台」。覽滄渤島嶼之勝，盡在登臨襟帶之間。高氏並主持《台灣府志》的纂修，選定台灣八景：安平晚渡、沙鯤漁火、鹿耳春潮、雞籠積雪、東溟曉日、西嶼落霞、澄台觀海、斐亭聽濤，幾乎海域觀聞為主，盡是聽濤之景。
85　黑旗：指劉永福的黑旗軍。原為廣西天地會組織，同治四年（1865）起義失敗，永福率三百人出鎮南關（今友誼關），在中越邊境保勝一帶開闢山林，聚眾耕牧，號「黑旗軍」，後被清廷收編為正規軍。
86　葺：音「氣」，《玉篇》：「葺，修補也」。
87　真臘：七至十七世紀，中國古籍對吉蔑王國的稱號，在位於今柬埔寨。其名始見《隋書》，自唐武德以後屢與中國通使，宋元時期，中國商人頗多在其地安家經商。元周達觀撰《真臘風土記》，是研究真臘古史的重要參考資

澄臺

澄臺[89]在斐亭之左，高四丈餘，東挹群山，西臨巨海，故《府誌》有「澄臺觀海」之景，亦郡中一勝概也。臺為高拱乾建，乾隆間蔣允焄修之。光緒初，夏獻綸[90]復修。今毀。

宜亭

宜亭在斐亭之西，乾隆二十七年（1762），巡道覺羅四明[91]建。旁植檳榔十數株。風晨月夕，景物淒清，與斐亭相掩映，亦足翛然塵外。今毀。

褆室

褆[92]室在道署內，乾隆三十年（1765），巡道蔣允焄建。允焄，貴州金竹人，歷任臺灣府、道，清時無事，政和民豐，遂多潤色。既修斐亭、澄臺，後築此室，而區之為十三勝：曰半月樓、曰魚樂檻、曰叢桂堂、曰延薰閣、曰小仇池、曰花韻欄、曰得樹亭、曰接葉亭、曰

料。編按：景崧聯語「真臘」，用以借代「越南」，兩地相近，聯句有格律的考量，故云。

88　按：中法戰爭期間，唐景崧遊說劉永福內附清廷，加以擊退法軍戰功，升任按察使銜分巡臺灣兵備道，在台修葺斐亭，組「斐亭吟社」，自撰楹聯，每逢春秋佳日，與台南進士、文人於道署內射虎助興，有《謎拾》問世，附於《斐亭詩畸》卷內。

89　澄臺：臺南永福國校內，觀察高拱乾所建，在斐亭右側。觀海聽濤，攬海域勝景。

90　夏獻綸（？-1879）：字芝岑，號筱濤，江西新建人。同治十一年（1872）任按察使銜分巡臺灣兵備道，光緒五年（1879）卒於任。

91　覺羅四明（生卒年不詳）：字松山，號朗亭，滿洲正藍旗人。乾隆二十四年（1759）任臺灣知府，二十六年（1761）任福建分巡台灣道兼提督學政。

92　褆：音「提」，福。

花南小榭、曰挹爽廊、曰瑞芝巖、曰疊雲峰、曰醉翁石。今道署已廢,
無一存者。

半月樓

半月池在小南門外,廣可十畝,即南湖也,左受蓬溪,以接內山
之流,右出大南門,經新昌里,蜿蜒入海;知府蔣允焄濬之。為旱潦
蓄洩之資。又建半月樓其上。端午之日,召妙齡妓女,衣輕綃[93],持
畫槳,競渡於此。水花一濺,脂肉畢呈。[94]太守顧而樂之[95]。闔城男女
逐隊以觀,極一時之盛。今樓已毀,池亦漸淤。寒葦荒畦,蕭然滿目,
能不慨歎!

浮瓠草堂

浮瓠草堂在海防署內,康熙四十年(1701)同知孫元衡建。自跋
之曰:「五石之瓠,慮[96]為[97]大樽[98],而浮江海,善用大也。浮之爾,于
瓠乎何有?苟之於無何有之鄉,余心與俱也審矣。亭成用以顏之。」
元衡字湘南,江南桐城人,為政儒雅,工詩,著《赤崁集》[99]。今廢。

---

[93] 綃:音「消」,生絲製品,薄紗。

[94] 脂肉畢呈:泛指妓女的青春美貌。脂,胭脂,裝扮之謂;肉,肌膚。畢呈,
完全呈現。句謂泛舟時水花打溼妓女的衣裳,肌膚透過綃衣而浮顯。

[95] 太守顧而樂之:蔣允焄既擴建法華寺暨其前殿的火神廟之後,見寺前十數
尺處土地低窪,左有蓬溪流經過(即竹溪,今日新溪),自右方經新昌里入
海。乃引溪水入窪地,歷三個月完成,命名「南湖」,不僅供遊憩,亦能作
水利調節。允焄復於湖堤畔築亭臺,即半月樓。

[96] 慮:考慮、考量。

[97] 為:製成。

[98] 樽:原是古代盛酒器,這裡指形似酒樽,繫在身便能浮於水上,俗稱腰舟,
參《莊子·逍遙遊》。

[99] 孫元衡(生卒年不詳):字湘南,安徽桐城人,貢生。康熙四十四年(1705)
任台灣府海防補盜同知,次年兼攝諸羅縣知縣,四十六年(1707)改兼攝
台灣縣知縣。著有《赤崁集》。編按:連橫以元衡康熙四十年任台灣同知,

奎樓

奎樓在道署之旁，雍正四年（1726）建，為諸生[100]集議之所。上建一閣，祀魁星。今存。

南社

南社在南壇之旁，乾隆間拔貢生施世榜[101]建，為邑人士論文之所。內立一閣，祀文昌。今廢。

榕壇

榕壇在海東書院內，為徐樹人觀察講學之所。觀察任道時，振剔[102]士氣，月課文藝。又建齋舍，以棲息來者，給其膏火[103]。每夜必至，晉接諸生，與談修身經世之道。一時文士興起，有海濱鄒魯[104]之風。改隸後，為軍隊所據，藏書盡燬，而榕尚存。然棟敗榱傾，不堪過問矣。

係因仍舊志書載錄的錯誤。查楊芳燦等《四川通志‧職官》載元衡任職四川漢州知州在康熙三十七至四十四年，《赤嵌集》卷一「乙酉」年作品之第一首詩〈除臺灣郡丞客以海圖見遺漫賦一篇寄諸同學〉，推知其入台應在康熙四十四年（1705）。

[100] 諸生：指考取生員資格、得入官學的學生們。

[101] 施世榜（1671-1743）：字文標，號潯亭，施琅之族侄，原籍福建泉州晉江，落籍鳳山。康熙三十六年（1697）為鳳山縣拔貢生，選為壽寧教諭，轉任兵馬司副指揮。康熙五十八年（1719）開闢八堡圳（施厝圳）。

[102] 振剔：振，振奮；剔，通叚「惕」，惕勵。

[103] 膏火：即獎學金。書院每月定期實施考試，稱為月考，考試成績分為三等，對一等生與二等生發給膏火銀。

[104] 海濱鄒魯：春秋時代的鄒魯兩國都是臨海而文化昌盛的地方，這裡比喻海東書院所帶動的文化盛況。

萬卷堂

萬卷堂亦在道署內，巡道唐景崧所建，藏書頗富。左右皆植梅竹。景崧自書一聯曰：「賢者亦樂此，君子不可諼。[105]」今毀。

聚星亭

李氏園[106]在鯽潭[107]之畔，有亭曰聚星，綠疇四繞，青嶂當窗。官僚省耕，多憩於此。張鷺洲侍御有詩，在志中。今廢。

一峰亭

邑人士林朝英以碩學貢成均[108]，為世所重。家建一峰亭，其額為木根生成，字大尺餘，飛揚秀勁，有鐵畫銀鉤之勢，亦稀世之寶也。光緒十二年（1886），為淮軍[109]竊去，而亭亦毀矣。朝英字伯彥，善書

---

[105] 諼：諼，通「諼」，忘記。《禮記·大學》:「有斐君子，終不可諼兮。」編按：唐景崧此聯意謂：君子當不可忘卻梅之堅忍、竹之有節。

[106] 李氏園：建於雍正年間，臺灣縣武解元李槙鎬所有，槙鎬父、伯叔都享高壽，台灣府知府倪象愷贈匾題為「聚星」，這是聚星亭名稱的由來，遺址約在開元寺東南邊處。

[107] 鯽潭：鯽魚潭，又稱為東湖、龍潭。乾隆十七年（1752）《重修台灣縣志》載，鯽魚潭原為二十餘里的狹長湖泊，湖中多鯽魚，有灌溉之利；又為旱災時期祈雨所在，故名「龍潭」。道光三年（1823）曾文溪以暴風雨故，改道流入臺江內海，導致臺江陸浮淤積，鹽水溪無法入海而匯入鯽魚潭，增加潭水的排洩力，使鯽魚潭逐漸乾涸，終變為水田。鯽潭霽月為台邑八景之一，遺址在今台南市永康、仁德區一帶。

[108] 成均：古代的大學。《禮記·文王世子》:「於成均以及取爵於上尊也。」鄭玄注引董仲舒曰：「五帝名大學曰成均。」

[109] 淮軍：李鴻章招募淮河流域人民組成的軍隊，同治十三年（1874）牡丹社事件，清廷派遣 6500 名淮軍精銳來臺，多屬劉銘傳的銘字營，為淮軍主力。

畫，工雕刻。嘉慶間，倡修縣學文廟，自費萬金，賜「重道[110]崇文」
之坊以旌之[111]。坊在龍王廟[112]前，今存。

飛來峰

枋橋吳氏為府治巨室，園亭之勝甲全臺，而飛來峰尤最。壘石為
山，高數丈，大二十餘丈，迴環洞達，邱壑天然，絕構也。峰下有塘，
水清而綠。上為作礪軒。其旁有園曰東園。樓臺花木，隨地布置，高
低曲折，各占其宜。雖居城市之中，饒有山林之趣。園為吳尚霑[113]所
建，今已式微[114]。滄桑之感，能不慨然！

宜秋山館

宜秋山館與吾家為鄰，吳雪堂司馬之別墅也[115]。地大可五畝，花
木幽邃，饒有泉石之勝。余少時讀書其中，四時咸宜，於秋為最；宜

---

[110] 道：道統，指堯、舜、禹、湯、文、武、周公、孔、孟之道。

[111] 按：嘉慶九年（1804）台南孔廟老舊破敗，林朝英自費贊助重修，獲得地
方政府提報獎勵，嘉慶十八年（1813）受賜「重道崇文」匾。又「重道崇
文」旌表石坊建於嘉慶二十年（1815），位於寧南坊龍王廟前，昭和九年
（1934）因闢建南門路而被迫拆毀，經林朝英後人奔走陳情，乃遷移至台
南公園內，燕潭北邊石橋西側，地址在台南市北區公園路 356 號，列為三
級古蹟。

[112] 龍王廟：康熙五十五年（1716），臺廈道梁文科捐俸助建，主祀海龍王，
乾隆四年（1739）、四十三年（1778）曾重修；日治後，明治三十一年（1898）
被徵用為台南警察署宿舍，昭和六年（1931）改建為台南警察署，戰後沿
用為台南市警察局，民國一百年年納編為「臺南市美術館 1 館」。位址在
台南市中西區友愛街與南門路口，面對台南孔廟。

[113] 尚霑：尚新為尚霑堂兄，枋橋吳園為吳尚新所建，詳後注。

[114] 式微：式，語助詞，無義；微，衰弱。指事物由興盛而衰落，《毛詩·邶
風·式微》：「式微式微，胡不歸？」

[115] 別墅句：吳家另一房吳春祿，在磚仔橋經營「吳昌記」，為「磚仔橋吳厝」，
「宜秋山館」係子吳尚霑仿堂兄吳尚新吳園所建。相傳北白川宮能久親王
不僅曾下榻於此，後來病逝於宅第側邊廂房。明治三十三年（1900）改建

賞月、宜聽雨、宜掬泉、宜伴竹、宜彈琴、宜對弈[116]、宜讀畫、宜詠詩，無往而不宜也。割臺之後數年，余家被毀，此館亦同摧折，余遂漂泊四方，栖栖靡定[117]，又何往而得宜也！

跋

臺南為吾故里，惟桑與梓，必恭敬止。況釣游之地，而不心焉繫之？顧自改隸沒，輒遭毀廢。今其存者，十不得一。爰志其略，以示後人。若夫壇廟、祠宇、書院、寺觀，俱載《臺灣通史》，茲不復贅。雅堂跋。

為北白川宮御遺跡所，擴建為台南神社。現址台南市南區健康路 1 段 89 號。

[116] 對弈：下圍棋。弈，圍棋，原作「奕」，誤。

[117] 栖栖靡定：栖栖，通「棲棲」，徬徨不安的樣子。《毛詩・小雅・六月》：「六月棲棲，戎車既飭。」朱熹《集傳》：「棲棲，猶皇皇不安之貌。靡定：靡，非、不也；定，固定。靡定，漂泊不定。

【番俗摭聞】

紀年

臺灣生番不知曆日，以刺桐花開為一歲[1]，或以穫稻為一年。所謂「山中無甲子，花落自知春」者也。按埃及古文，以椰樹生葉表年歲。蓋當荒蒙之世，人文未啟，故以當前之物為記。中國自大撓作甲子，曆學始興。周代以農開基，故以穀熟為一年。《說文》：「年從禾千，謂穀熟也。」千取其多。故春秋以有禾為有年，又以禾熟有定期，而借為年歲之年。生番之以穫稻為年，亦此義也。

結繩

《易》曰：「上古結繩而治，後世聖人易之以書契。」結繩之字，今不可考，而生番尚有其制。生番凡與人約，結繩以記，日解其一，至期而畢。與人易物，亦用結繩，償之不爽[2]。混茫純樸，相信以心，固不須所謂書契也。

埋石

埋石之約，所以徵信，背之不祥。按《周禮》有司誓之官，列國會盟，歃血為誓，瘞[3]之土中。然則生番埋石，其亦息壤在彼之意歟？

會飲

秋成之後，闔[4]社會飲，謂之做年。男女盛飾，相攜以出。壯者佩長刀，冠鳥羽。酒肴[5]羅列，互相酢酬，酣而度曲，為聯袂之歌。男子

---

[1] 刺桐花：農曆 2 至 3 月，刺桐花盛開，平埔族當作是新年的開始。
[2] 爽：失，錯失。
[3] 瘞：音「億」，指埋物祭地。

居前,婦女隨後,連臂翩舞,一唱百和,其聲悠越,鳴金進止,盡歡乃散。按舞蹈之戲,西洋以為賓禮,自宮闈以至閭閻,以此相尚,而生番早有此樂,豈所謂「禮失而求諸野」歟?

文身

文身皆命之祖父,刑牲設酒,社眾多集,飲其子孫至醉,乃刺以針而墨之。亦有壯而自文者,雖極痛楚,忍而受之,不敢背先人訓也。按文身之俗,本自荊蠻,以避蛟龍之害[6]。今南洋島夷尚有此風,而日本勇士且以此為武。

半髮

臺灣生番多散髮,唯歸化後始薙髮[7],遵清制也。〈番俗六考〉謂:「蓬山番[8]皆留半髮。相傳明時林道乾在澎湖,往來海上,見土番則削去半髮,以為碇繩[9],番畏之,每先自削,以草縛其餘。」按蓬山在大甲溪北。林道乾始據澎湖,後居打鼓,據是則嘗至臺中沿岸,故蓬山番亦畏其暴也。

4　闔:音義通「闔」,指全部。

5　肴:肉類食物。《玉篇》:「肴,俎實。又啖肉也。」今多作「餚」。

6　斷髮文身:斷髮文身,為古代吳越一帶人民的風俗,以避蛟龍之害。

7　薙髮:薙,音義同「剃」。滿清統治中國,頒「薙髮令」,強制轄下人民更易髮式,改剃滿族髮型。乾隆二十三年(1758),清領臺灣,要求平埔族人男薙髮結辮,女子梳頭挽髮。光緒年間制訂規定,男子剃頭辮髮,十日一次;女子梳頭挽髮,一日一次。

8　蓬山番:道卡斯族的崩山八社,又稱蓬山八社,主要為大甲東社、大甲西社、日南社、雙寮社、房裡社、貓盂社、苑裡社、吞霄社。在今大甲至苑裡一帶。

9　碇繩:即錨繩。

出草

生番弋[10]人，謂之出草。秋成之時，殺人以祭，競誇雄長，闔社若狂。然其始但以弋獸，非與漢人為仇。《台海采風圖》[11]謂臺地未入版圖以前，番惟射獵為生，謂之出草，至今尚沿其俗。

鳥卜[12]

卜傳自上古，〈洪範〉五行[13]尤言其理。自是又有雞卜、骨卜諸法，所以著吉凶，示從疑也。臺灣生番出草之時，則卜鳥語，以定方向。如聞鷦鷯[14]之聲則返，改日再卜。

禁咒

臺灣番婦能持禁咒，近山之人言之。〈番俗六考〉謂康熙三十八年（1699），郡民謝鸞、謝鳳至羅漢門[15]卜地，歸家俱病，醫藥罔效，始

---

10 弋：射獵之事。
11 《台海采風圖》：清·六十七撰。六十七於乾隆九年（1744）任巡台御史，將任內巡視見聞撰文紀錄，並命畫工繪圖，即《台海采風圖》。書分為物產與平埔族兩部分，平埔族之部又稱《番社采風圖》。據其中記載：「臺地未入版圖之前，番為以涉獵為生，名曰『出草』。」
12 鳥卜：原住民以特定鳥類的叫聲、次數及發音位置，作為判定吉凶的根據。特別是出草、狩獵前必鳥卜與求夢。
13 〈洪範〉五行：《尚書·洪範》曰：「鯀則殛死，禹乃嗣興，天乃錫禹〈洪範〉九疇，彝倫攸敘。」又「九疇」是九種治國的方法，之一曰五行，之七曰稽疑，乃「擇建立卜筮人」以測吉凶。又先秦有陰陽五行之說，亦用作占卜。
14 鷦鷯：音「交療」。鷦鷯科、鷦鷯屬的鳥類，所見為台灣特有亞種，留鳥。體型圓胖、嘴細、翼短、尾短且上翹的小型山鳥。分佈範圍為海拔 200 公尺至 3,100 公尺。
15 羅漢門：今高雄市內門區。

悟前曾乞火於大傑巔[16]番婦，必為設向[17]。適郡中有漢人娶番婦者，因求解之。隨以口吮鸞、鳳臍中，各出草一莖，尋愈[18]。番婦自言，初學咒時，坐臥良久。如一樹在前，臥而誦向，樹立死，方為有靈。《諸羅志》謂作法詛咒曰「向」。先試樹立死，解而復蘇，然後用之；否則，恐能向不能解也。擅其技者多老婦。田園阡陌，數尺一杙[19]，環以繩，山豬麋鹿弗敢入。漢人初至，摘啖果蓏[20]，唇立腫；求其主解之，轉瞬平復。近年附郭諸社畏法不敢為，稍遠則各社皆有。或於笭箵[21]中取石置於地，能令飛走，喝之則止。

甲布

《隋書‧流求傳》：「大業二年，羽騎尉朱寬撫流求，取其甲布而還。時倭國使來朝，見之曰：『此夷邪久國人所用。』」按流求即今臺灣。隋唐之時，或作流虯，或作留仇，譯音也。夷邪久為八重山群島之一，地近臺灣，自基隆乘輪船，七句鐘可至。唯甲布疑則土番之樹皮布，質柔而韌，能收汁。

銅鈴

《名山藏》載雞籠淡水夷在泉州澎湖嶼東北，名北港，又名東番。永樂中，鄭和入海諭諸番，東番獨不聽約束。和貽[22]之家一銅鈴，使

16　大傑巔：平埔族馬卡道族大傑巔社。黃叔璥《臺海使槎錄》載：「羅漢內門、外門田，皆大傑巔社地也。」在今高雄市內門區。

17　必為設向：一定是被設下「向」咒。「向」，詳〈禁咒〉條。

18　愈：通瘉，痊癒。

19　杙：音「億」，小木樁之意。

20　果蓏：在木曰果，在地曰蓏。蓏，音「裸」。

21　笭箵：音「玲醒」，指打魚用的竹編容器。

22　貽：音「宜」，贈送之意。意思是鄭和威勢遠播，四方承教，惟獨不見東番，於是每一家送一個銅鈴，視其人為狗的意思，沒想到後來成為原住民族的家傳之寶。這個故事有輕侮之意。參《明史》記載：「雖居海中，酷畏海，

頸之,蓋狗之也。按東番之名見於明人,宋時稱臺灣為北港,余別有記。

金鏃

成周之時,肅慎氏[23]貢楛矢[24],以石如鏃,此猶石器之制。〈番俗六考〉謂紅頭嶼產金無鐵,番以金為鏢鏃槍舌。昔年漢人利其金,私與貿易,因言語不通,殺番而奪之金,復邀瑯嶠番[25]同往,紅頭嶼番盡殺之,今則無人敢至矣。按紅頭嶼已歸化,未聞產金之事,恐番亦不能冶[26]而用之也。

螺錢

臺灣土番多用螺錢為飾。凡納婦[27]者以此為聘。錢圓約三寸,中有孔,以潔白者為上。每圓值銀四、五分,如古貝式[28]。按以貝為錢,起自上古。《書・盤庚》「具乃貝玉」,《疏》謂:「貝者水蟲,古人取其甲以為貨,如今之用錢然。」《詩》:「錫我百朋」[29],《疏》謂:「兩貝

不善操舟,老死不與鄰國往來。永樂時,鄭和遍歷東西洋,靡不獻琛恐後,獨東番遠避不至。和惡之,家貽一銅鈴,俾掛諸項,蓋擬之狗國也。其後,人反寶之,富者至掇數枚,曰:『此祖宗所遺。』」

[23] 肅慎:亦稱「息慎」、「稷慎」,通古斯民族之一,發源於貝加爾湖一帶,夏、商時期生活在黑龍江和松花江流域的古老部族。周武王克商,通告九夷百蠻朝貢,而肅慎朝貢以石為箭鏃的箭矢。

[24] 楛矢:音「戶使」。以楛莖為箭桿的箭。

[25] 瑯嶠番:論者以為是瑯嶠十八番社,據清乾隆二十九年(1764)重修《鳳山縣志》,係由已歸化的排灣族恆春群、斯卡羅族四大社與瑯嶠阿美族所組成。

[26] 冶:陶鑄、冶煉。

[27] 納婦:娶妻。

[28] 式:形制。

[29] 朋:古代的貨幣單位,五貝為一朋,或說兩貝為一朋。《詩經・小雅・菁菁者莪》:「菁菁者莪,在彼中陵;既見君子,錫我百朋。」

為朋」。《說文》云：「古者貨[30]貝而寶龜，周有泉，至秦廢貝行錢。」是土番之用螺錢，猶古之制也。

靈箭

《番祖筆記》[31]謂：「諸羅縣番首有大眉者，每歲東作，諸番請出射，射所及地，稼輒大熟，稱神箭。」按大眉為大肚番。[32]臺灣舊志亦載此事。

蟒甲

蟒甲，番舟名，刳[33]獨木為之，雙槳以濟[34]。大者可容六、七人。或作艋舺。

鵝筆

荷蘭之時，曾教土番讀書，以羅馬字綴成番語，拔其尤[35]者為教冊。[36]削鵝管略尖斜，注墨於中而橫寫之，猶今之鐵筆[37]也。

---

[30] 貝：《說文》在這一段話的前文解釋了貝的用途：「貝，海介蟲也。居陸名猋，在水名蜬。象形。」

[31] 按：應作《香祖筆記》，王士禎撰。

[32] 大肚番：《臺海使槎錄》卷六〈番俗六考〉載：「過半線，往大肚，則東北行矣。大肚山形，遠望如百雉高城。昔有番長名大眉。志謂：每歲東作，眾番爭致大眉射獵，於箭所及地，禾稼大熟，鹿豕無敢損折者；箭所不及，輒被蹂躪，不亦枯死。」大眉與大肚番應指大肚王國及其大肚番王。

[33] 刳：音「哭」。挖空之意。

[34] 濟：音「寄」。渡河之意。

[35] 拔其尤：拔，提拔；尤，特出、學習優秀者。

[36] 鵝管鐵筆：荷蘭東印度公司治台期間，駐台牧師為了傳教與推動政務，並使台南一帶的西拉雅族改信基督教，乃以羅馬字書寫西拉雅語，教授西拉雅族識字，讀《聖經》。其中，會書寫者且能掌官司符檄課役數目，謂之「教冊仔」。新港文書（Sinkan Manuscripts）是台灣史上最早使用文字的紀錄，西拉雅族以羅馬字書寫，與漢人簽訂土地的契約，目前發現到最晚的新港

口琴

《臺灣府志》謂:「番社未婚男女,薄暮出游,互以口琴相挑。如愛其情,即為夫婦。琴以竹為弓,長可四寸,虛其中二寸許,釘以銅片,另繫一小柄,以手為往復,而唇鼓動之,其聲悠揚。」按司馬長卿以琴挑文君[38],千古傳為佳話;而生番尚有此俗,真所謂自由戀愛者也。

鼻簫

鼻簫亦樂也,長可二尺,亦有三尺者,截竹為之,有四孔,通小孔於竹節之首,以鼻橫吹,或直吹,為番童游戲之具。

文書是嘉慶十八年(1813)「第 21 號新港文書」,距荷蘭人離開已有 151 年的時間,可見新港文對西拉雅族影響甚大。

[37] 鐵筆:即鋼筆。

[38] 琴挑文君:指司馬相如以琴聲挑逗卓文君一事。按:卓文君係西漢臨邛富翁卓王孫之女,貌美,有才學。司馬相如飲於卓王孫處,文君新寡,相如以琴曲誘之,文君遂夜奔相如。見《史記·司馬相如列傳》。

雅堂文集卷四

【詩薈餘墨】

　　帝舜曰：「詩言志，歌詠言，聲依永，律和聲。」[1]古今之論詩者不出此語，而卿雲復旦之歌[2]亦卓越千古，有虞氏[3]誠中國之詩聖矣！

　　孔子曰：[4]「誦詩三百，使於四方，不辱君命。」春秋之時，列邦朝聘，行人[5]失辭，貽為國詬；此寧武子之不答〈湛露〉[6]，而趙成季之重拜〈六月〉，皆相才也。[7]

1　按：《尚書·舜典》中的一段話，後人用來指論詩歌的起源與性質。
2　卿雲復旦：古歌詞，參《尚書大傳·虞夏傳》。舜將禪讓帝位給禹，「於是百工相和而歌〈卿雲〉。」〈卿雲〉目前僅存四句：「卿雲爛兮，糾縵縵兮。日月光華，旦復旦兮。」所謂「卿雲」，《史記·天官書》：「若煙非煙，若雲非雲，郁郁紛紛，蕭索輪囷，是謂卿雲。卿雲，喜氣也。」「旦復旦」，猶謂日日。
3　有虞氏：舜所屬的部落名稱，這裡用來代稱舜。有虞氏的始祖是虞幕，舜是虞幕的後裔，後來成為部落首領。
4　按：這段話見《論語·子路》，當時《詩經》被視為外交官必備的知識，在國際的言說場合裡使用。
5　行人：指行走於各國的使官。
6　湛露：參《左傳·文公四年》：「衛甯武子來聘，公與之宴，為賦〈湛露〉，及〈彤弓〉，不辭，又不荅賦，使行人私焉，對曰，臣以為肄業及之也，昔諸侯朝正於王，王宴樂之，於是乎賦〈湛露〉，則天子當陽，諸侯用命也，諸侯敵王所愾，而獻其功，王於是乎賜之，彤弓一，彤矢百，玈弓矢千，以覺報宴，今陪臣來繼舊好，君辱貺之，其敢干大禮以自取戾。」甯武子出使魯國，魯文公設宴款待，席中演奏〈湛露〉和〈彤弓〉，甯武子既沒有辭謝，也沒有賦詩應和，在外交禮儀上是很失禮的事。事後，魯文公私下派遣官員詢問原因，甯武子回答說我以為是樂工練習之作。昔日諸侯在正月前往京師朝賀周天子，天子設宴奏〈湛露〉，表示諸侯願意共同抵禦天子的敵人，為天子效命。周天子賜給諸侯紅色和黑色的弓與箭，彰顯諸侯們的功勞。甯武子奉命出使魯國是為了維持兩國關係，並非臣服於魯國，我豈敢觸犯大禮而自取罪過。
7　按：參《左傳·僖公二十三年》：「晉公子重耳至秦，秦公享之。子犯曰：

　　少陵詩曰：「老去漸知詩律細[8]。」烏乎！詩律之謹嚴，非少陵其誰知之？而少陵猶老去漸知。吾輩初學作詩，便欲放縱，目無古人，是猶無律之兵，一遇大敵，其不轍亂旗靡[9]耶？

　　今之作詩者多矣，然多不求其本。《香草箋》[10]能誦矣，《**疑雨集**》[11]能讀矣，而四始[12]六義[13]不識，是猶南行而北轍、渡江而舍楫也。難矣哉！

『吾不如衰之文也，請使衰從。』公子賦〈河水〉，公賦〈六月〉。趙衰曰：『重耳拜賜』。公子降拜，公降一級而辭焉。衰曰：『君稱所以佐天子者命重耳，重耳敢不拜？』」趙衰，即趙成子，字子餘，亦稱成季、孟子餘，春秋時期的晉文公的大夫。此意為晉文公流亡至秦國，秦穆公將自己的女兒許配給晉文公。有一日秦穆公宴請晉文公，席中晉文公賦〈河水〉表示感謝之意，而秦穆公賦〈六月〉回敬。趙衰便要晉文公拜謝，而秦穆公走下比晉文公更低一階表示不敢接受晉文公的叩謝，趙衰說秦穆公要晉文公擔當輔佐周天子之命，晉文公豈能不拜謝？這文中，〈河水〉的涵義是說滿滿的流水，歸向大海，委婉地表達了晉國人士歸向秦國的意義。而〈六月〉借歌頌吉輔佐周宣王北伐獲勝的事，委婉表達願意幫助晉文公回國奪回政權，日後而能輔佐周天子。從寧武子與趙成季為例，意思是詩可以作為外交上的折衝尊俎，能達到政治目的。

[8]　按：語見杜甫〈遣悶戲呈路十九曹長〉：「江浦雷聲喧昨夜，春城雨色動微寒。黃鸝竝坐交愁濕，白鷺羣飛大劇乾晚節漸於詩律細，誰家數去酒杯寬。惟吾最愛清狂客，百徧向看意未闌。」按：杜甫的原意是，詩的音律必須一再講求，才能愈老愈精到；雅堂在這裡用來說明詩的音律的重要性。

[9]　轍亂旗靡：車輪的軌跡凌亂，旌旗傾倒，形容軍隊潰敗的樣子。轍，車輪的軌跡。靡，倒下。出自《左傳·莊公十年》：「吾視其轍亂，望其旗靡，故逐之。」

[10]　《香草箋》：清·黃任（1683-1768）著。黃任字于莘、莘田，號十硯老人，福建永福人。康熙四十一年（1702）舉人，官四會知縣。著有《秋江集》、《香草齋詩鈔》。其中《香草箋》專寫美人香草，為後世作詩初學者的重要教材之一，如王香禪從趙一山習詩，即授以《香草箋》。

[11]　《疑雨集》：明·王彥泓（1593-1642）著。彥泓字次回，金壇人。官華亭縣訓導，喜作艷體小詩，多而工。詞不多作，而善改昔人詞。萬曆年間著有《疑雨集》，為艷體詩。

[12]　四始：舊說《詩經》有四始，各家觀點不一，一說為〈詩大序〉：「一國之事，繫一人之本，謂之『風』。言天下之事，形四方之風，謂之『雅』。雅

　　詩不忌粗，不忌拙，而最忌俗。粗可改也，拙可學也，而俗不可醫。如次韻[14]也，而曰「敬次瑤韻」[15]，甚而曰「恭攀玉礎」[16]；試舉題目，已見其俗，不可速醫？

　　作詩用典，須取現成。十三經、廿四史、百氏之書多矣，取之無盡，用之不竭。近有樊雲門[17]者，好作小品之題，多用稗官[18]之說，自矜[19]淹博，以驚愚盲，直古玩[20]爾。

　　者，正也，言王政之所由廢興也，政有小大，故有『小雅』焉，有『大雅』焉。頌者，美盛德之形容，以其成功告於神明者也。是謂四始，詩之至也。」孔穎達《正義》引鄭玄〈答張逸〉云：「四始，風也，小雅也，大雅也，頌也。此四者，人君行之則為興，廢之則為衰。」另一為《史記・孔子世家》：「〈關雎〉之亂以為風始，鹿鳴為小雅始，文王為大雅始，清廟為頌始。」意謂以〈關雎〉、〈鹿鳴〉、〈文王〉、〈清廟〉四篇作為四始。

13　六義：〈詩大序〉：「詩有六義焉，一曰風，二曰賦，三曰比，四曰興，五曰雅，六曰頌。」六義又稱六詩，《周禮・春官・太師》云：「太師教六詩，曰風，曰賦，曰比，曰興，曰雅，曰頌。」按：「六義」實可區分兩類，即風、雅、頌為一類，是指詩的寫作體裁；賦、比、興為另一類，是指詩的表現手法。《朱子語類》：「蓋所謂六義者，風雅頌乃是樂章之腔調，如言仲呂調、大石調、越調之類。至比賦興又別。直指其名，直敘其事者，賦也。本要言其事，而虛用兩句鉤起，因而接續去者，興也。引物為況者，比也。立此六義，非特使人知其聲音之所當，又欲使歌者知作歌之法度也。」

14　次韻：又稱步韻，是和韻的一種。次韻要求使用相同的韻字，其次序也必須相同。次韻始於元稹、白居易，後皮日休、陸龜蒙也如此跟隨。到了宋代蘇軾、黃庭堅後，風行一時，成為詩的一種體式。

15　敬次瑤韻：瑤，美玉，古時亦用以敬稱對方，如尊稱他人的信函為「瑤函」。故「敬次瑤韻」意謂：恭敬地依照閣下的韻腳順序來酬答。

16　恭攀玉礎：「礎」，基石，此借指韻腳。該句是說：恭敬地高攀閣下韻腳來酬答。

17　樊雲門（1845-1931）：名增祥，湖北恩施人。光緒三年（1877）翰林，曾任陝西渭南知縣及官江寧布政史，擅長梅村體，著有《樊山集》、《樊山文集》。

18　稗官：本指小官，後世沿稱小說家為稗官。《漢書》卷三十〈藝文志〉：「小說家者流，蓋出於稗官。」如淳注：「王者欲知閭巷風俗，故立稗官使稱說之。」顏師古注：「稗官，小官。」

19　矜：自尊、自大。《禮記・表禮》：「不矜而莊。」注：「謂自尊大也。」

　　文訪[21]謂余：「臺人學詩，當讀《文選》。」余謂《文選》[22]為兩漢魏晉宋齊之精華，以少陵「讀破萬卷，下筆有神」[23]，猶曰「熟精《文選》理」[24]；然則我輩何可不讀？

　　太上立德，其次立功，其次立言。[25]我輩生今之世，既不能立德，又不能立功，其立言乎。然立言亦不易。老子之無為[26]，莊子之在宥[27]，苟我輩今日言之，亦不許立。

　　孔子言名，耶穌言靈魂，婆羅門言神我[28]，釋迦牟尼言真如[29]，皆不滅也。余謂詩人之詩，文人之文，亦可不滅；然古來作者已無量數，而不滅者幾人哉？

20　古玩：此指賣弄古代典故。這段話的意思是說，使用偏僻、而且常是小說家的典故，自以為博學，並不可取。

21　文訪：林文訪（1896-1973），名熊祥，字文訪，號宜齋，別號大屯山民，臺北板橋人，出生於廈門鼓浪嶼，工詩文，精書法，曾被譽為三百年來臺灣第一人，著有《林文訪先生詩文集》。

22　《文選》：指《昭明文選》，南朝梁・昭明太子蕭統編，選錄自先秦至南朝梁的詩文辭賦，常簡稱《文選》。

23　按：語出杜甫〈奉贈韋左丞丈二十二韻〉：「讀書破萬卷，下筆如有神。」

24　按：語出杜甫〈宗武生日〉：「熟精《文選》理，休覓彩衣輕。」

25　按：出自《左傳・襄公二十四年》：「豹聞之：大上有立德，其次有立功，其次有立言，雖久不廢，此之謂不朽。」立德、立言、立功為儒家之三不朽。首先建立起正確的品德，其次是建立豐功偉業，最後則是將立德與立功的過程書寫紀錄，成為讓後代遵循的榜樣。

26　無為：《老子》一書屢言「無為」，如「聖人處無為之事，行不言之教」（一章）、「無為，則無不治」（三章）、「愛國治民，能無為乎」（十章）、「是以聖人無為，故無敗」（廿九章）、「道常無為而無不為」（卅七章）等等，揆諸其言，《老子》所謂「無為」一般包含着兩層含義：一是崇尚天道、順道無為，亦即「道法自然」（廿五章）、「天地生萬物，然生而不有，為而不恃，長而不宰」（五十一章）之謂；二是規定人道，即人類活動應如天道般自然無為，順勢行動，不造作、妄為，亦即「愛國治民，能無為乎」（十章）、「是以聖人無為，故無敗」（廿九章）之謂。

27　在宥：出自《莊子・外篇・在宥》：「聞在宥天下，不聞治天下也。」意思是只聽說任天下自然地發展，沒有聽說要對天下進行治理。

　　擊鉢吟[30]為一種游戲筆墨，朋簪聚首，選韻鬮題[31]，鬥捷爭工[32]，藉資消遣，可偶為之，而不可數；數則其詩必滑，一遇大題，不能結構[33]。而今人偏好為之，亦時會之使然歟？

　　近時詩會每有作詠物之題，復用七絕之體，此真難下筆矣。夫詠物比賦也，須用對偶，方能貼切。故前人多作律詩，而昌黎且作排律[34]，如〈鬥雞〉、〈石鼎〉[35]之作，硬語排空[36]，別饒斌媚[37]。欲詠物者，不可不讀。

28　神我：婆羅門教認為大梵天（Brahma）創造這個世界，人類為其神靈之部分分化，死後神識仍將回歸梵天，故其不滅。

29　真如：佛教言「空」，真如即「性空」之謂，而「性空」的本質是不生不滅的。編按：「真如」，梵文 Thathata 或 Bhutatathata 的意譯，真實如常之謂，《成唯識論》卷九：「『真』，謂真實，顯非虛妄；『如』謂如常，表無變易。謂此真實，於一切位，常如其性，故曰真如。」以上，所謂「真實如常」即指萬物流轉的如實本質，亦即法界相性真實如此之本來面目，因龍樹上師《中論・觀四諦品・第二十四》明言：「未曾有一法，不從因緣生，是故一切法，無不是空者。」萬事萬物依因待緣而生，故「無自性」，無自性即是「性空」（因為沒有一個永恆的本體存在，故畢竟成空），此即佛法所強調的法界真實本來面目—真如—「性空」之要義。

30　擊鉢吟：又作擊鉢吟，詩人雅集時的一種作詩競技，有「鬥妍」、「鬥捷」的特質。詩會時先推選詞宗、命題拈韻、限時作詩，最後評選唱名。擊鉢為計時方式，以細線懸以銅錢，縛於香，時至，香燃線斷而銅錢落於鉢中，其聲為截卷之訊，故曰「擊鉢」。所作體裁多為七絕，亦有做詩鐘（對句）者。擊鉢之事始於南朝，盛於清末閩地，進而傳至中國各地，臺灣亦頗盛行。《南史・王僧孺傳》：「共打銅鉢立韻，響滅則詩成，皆可觀覽。」

31　鬮：音「糾」。文人分題賦詩的一種方式，在紙條上寫題目，然後捲成小紙團，由各文人來抓取。又稱為「抓鬮」或「拈鬮」。

32　鬥捷爭工：鬥捷，比拼速度。爭工，比賽詩文的巧思、精緻。

33　結構：連結構架，以成屋舍。此指組織文思與章句，以成篇章。

34　排律：又名長律，多於八句，除首聯和尾聯外，其餘皆用對仗，兩兩相對，排比而下。亦須嚴格遵守平仄、押韻等規則。

35　按：韓愈有〈鬥雞聯句〉、〈石鼎聯句詩序〉。

36　硬語排空：用以形容文章語言矯健有力、氣勢雄渾豪壯。硬語，遒勁有力的語言。

南通徐清惠[38]公巡臺時，興文造士。有傳其詠炭一聯云：「一半黑時猶有骨，十分紅處便成灰。」[39]此則賦物而兼比興，可以見其氣節矣。

七絕最難下筆，又最難工。寥寥二十八字，有意有神，有調有韻，而後可入管弦[40]，供之吟詠，非易事也。少陵集中，宏篇鉅製，多至百韻，而七絕甚少，則唐賢之黃河遠上[41]、折戟沉沙[42]，每人集中，亦僅數首傳唱人間，故知其難。今人學詩，便作七絕。《南報》[43]所載，日數十篇。欲選一二，真如披沙揀金[44]矣。

詠史之詩，須有感歎，有議論，而用典又須堂皇。如少陵詠武侯[45]云：「伯仲之間見伊呂，指揮若定失蕭曹。」[46]即此十四字，可作武侯傳贊[47]。林兵爪[48]嘗詠信陵君，中一聯云：「天下苦秦公子苦，一人荒飲大梁亡。」[49]二句用典，均出本傳[50]，如此對仗，方無輕重之弊。

37　斌媚：嬌媚。元・楊載〈題墨竹〉：「風味既淡泊，顏色不斌媚。孤生崖谷間，有此凌雲氣。」

38　徐清惠：指徐宗幹，諡清惠。

39　王松《台陽詩話》載：「江左徐樹人制軍（宗幹）觀察臺澎時，有詠炭云：『一半黑時猶有骨，十分紅處便成灰』，至今人多傳誦。」

40　入管弦：指能譜曲入樂。

41　黃河遠上：語出唐・王之渙〈出塞〉：「黃河遠上白雲間，一片孤城萬仞山。羌笛何須怨楊柳，春風不度玉門關。」

42　折戟沉沙：語出唐・杜牧〈赤壁〉：「折戟沉沙鐵未銷，自將磨洗認前朝。東風不與周郎便，銅雀春深鎖二喬。」折斷了的戟沉沒在泥沙裏。形容失敗慘重。

43　《南報》：指《台南新報》。

44　披沙揀金：撥開沙子來挑選金子，比喻從大量的東西中選取精華。唐・劉知己《史通・直書》：「然則歷考前史，征諸直詞，雖古人精粕，真偽相亂，而披沙揀金，有時獲寶。」

45　武侯：諸葛亮（181-234），字孔明，琅琊陽都人，封武鄉侯，人稱武侯、諸葛武侯。

46　出自杜甫〈詠懷古跡〉。意思是他的人品與伊尹、呂尚不相上下，沉穩鎮定的指揮才能卻使蕭何、曹參為之暗然失色。

47　傳贊：史家在傳記最後所作的對傳主的評價。

　　詠物本難，而集句尤難。曩[51]閱華報，有孫君景賢[52]集玉溪[53]句以詠白海棠。白海棠者，故清珍妃宮婢也，素有艷名，出宮後，嫁某。樊姬擁髻[54]，傳秘事於人間，麗華捨身[55]，弔貞魂於井底，噫可懷也，亦可痛也。詩如左：

> 欲入盧家白玉堂，不辭啼鴂[56]姤[57]年芳。飛來曲渚煙方合，想像咸池[58]日欲光。侵夜可能爭桂魄[59]，幾時塗額藉蜂黃。章臺[60]街上芳菲伴，不信年華有斷腸。

48　林兵爪（1884-1937）：林鶴壽，字兵爪，板橋林家第三房維德次子，是林維源子侄輩中唯一有商才者。漢學造詣深厚，且精通英、日文。歷任林本源製糖會社社長、新高銀行董事。與龔亦啜、陳蔡、蘇鏡潭、吳鍾善及鍾善子普霖諸詩友創立寄鴻吟社，民國十一年（1922）在上海出版《泛梗集》。

49　天下苦秦公子苦句：全天下都憂苦秦國的時候，魏公子（信陵君魏無忌）也感到憂苦（以天下為己任），當公子遭忌失信而放浪豪飲以終之後，魏國也跟著滅亡了。

50　本傳：信陵君的傳記，指《史記‧魏公子列傳》。

51　曩：音「ㄋㄤˇ」。從前、過去之意。

52　孫君景賢：孫君賢（1880-1918），字希孟，號龍尾，著公案小說《轟天雷》，署假擬的日本人名「藤谷古香」。

53　玉溪：指李商隱（813？-858？），字義山，號玉溪生。唐懷州河內（今河南泌陽）人。著有《玉谿生詩集》，後人輯有《樊南文集》、《樊南文集補編》。

54　樊姬擁髻：樊姬，戰國時楚莊王的王后。曾獨自登上宮樓梳頭，藉此吸引莊王的注意，趁機勸諫莊王專心國政。

55　張麗華（560-589）：南朝陳後主叔寶的寵妃。以絕世容貌聞名，陳叔寶寵愛之極，為她作〈玉樹後庭花〉。隋開皇九年（589），隋軍攻破建康城，陳叔寶與張貴妃、孔貴嬪逃入景陽殿前的古井躲避，被隋軍拉上來，楊廣一見，驚為天人，卻被元帥長史高熲所斬，年僅二十九歲。

56　鴂：鵜鴂，即杜鵑。

57　姤：音「夠」，婚配。

58　咸池：神話傳說中太陽沐浴的地方。

59　桂魄：月亮。傳說月中有桂樹，故稱。

60　章臺：泛指妓院聚集之地。

日下繁春不自持，良辰未必有佳期。已隨江令誇瓊樹，憶向天階問紫芝。漢苑風煙吹客夢，楚天雲雨盡堪疑。背燈獨共餘香語，不取花芳正結時。

戶外重陰黯不開，開時莫放艷陽迴。幾時心緒渾無事，一樹濃姿獨看來。海闊天翻迷處所，廊深閣迴此徘徊。誰言瓊樹朝朝見，不賜金莖露一杯。

可憐榮落在朝昏，為拂蒼苔檢淚痕。無質易迷三日霧，平明通籍九華門。春煙自碧秋霜白，梔子交加香蔘繁。素色不同籬下發，紫蘭香徑與招魂。

樂遊春苑斷腸天，驟和陳王白玉篇。何處拂胸消蝶粉，可能留命待桑田。紅樓隔雨悄相望，繡被焚香獨自眠。玉骨瘦來無一把，碧桃紅頰一千年。

涼風只在殿西頭，雪絮和和飛不休。他日未開今日謝，雨中寥落月中愁。從來此地黃昏散，更醉誰家白玉鉤。且向秦樹棠樹下，不知身世自悠悠。

消息東郊木帝回，年華憂共水相催。莫驚正勝埋香骨，密鎖重關掩綠苔。煙幌自應憐白傅，柳綿相憶隔章臺。春心莫共花爭發，換得年年一度來。

郢曲新傳白雪英，望中頻道客心驚。朝雲暮雨長相接，紫蝶黃蜂俱有情。細路獨來當此夕，禁門深掩斷人聲。重吟細把真無奈，十載裁詩走馬成。

　　詩有別才，不必讀書，此欺人語爾。少陵為詩中宗匠，猶曰「讀書破萬卷，下筆如有神。」[61]今人讀過一本《香草箋》，便欲作詩，出而應酬，何其容易！余意欲學詩者，經史雖不能讀破，亦須略知二、三，然後取唐人名家全集讀之，沈浸穠郁，含英咀華[62]，俟有所得，乃有所得，乃可旁及，自不至紊亂無序，而下筆可觀矣。

　　春秋佳日，吟朋萃止[63]，酒後茶餘，莫如聯句。然又不可如近人之倣柏梁體[64]，東塗一句，西抹一句，紊亂無次，貽笑旁人。須如昌黎**聯句**[65]之例，立定題目，才力悉敵，互爭巧捷，而後有吟詠之樂；否則索然無味。

　　近時吟社，每開大會，費款數百金，至者數百人，而僅作**擊缽吟**二三唱[66]以了之，真是可惜。余意欲開大會，先出宿題[67]，遍徵吟詠，攜之蒞臨。屆時復出一題，以古人之詩為韻，各拈一字，任選一體，矩篇巨製，聽客所為，當有佳章，以傳藝苑。昔冒辟疆宴天下名士於

---

[61] 出自杜甫〈奉贈韋左丞丈二十二韻〉：「讀書破萬卷，下筆如有神。」形容讀過很多書，而寫起文章來，文思泉湧，行文暢達，如有神助。

[62] 含英咀華：比喻讀書吸取其精華。

[63] 萃止：聚集之意。萃，音「翠」。

[64] 柏梁體：漢武帝元封三年（BC. 108）春，武帝在柏梁台上設宴，與群臣聯句賦詩，命二千石以上大臣每人賦七言詩一句，規定句句用韻，能者乃得上坐。後人稱為柏梁體。其特別處在於君臣共作，每人只能作一句，不但句句用韻，而且一韻到底，中間不變換韻腳。

[65] 聯句：由兩人或多人共作一詩，聯結成篇。初無定式，有一人一句一韻，兩句一韻乃至兩句以上者，依次而下，聯成一篇；後來習慣於用一人出上句，繼者須對成一聯，再出上句，輪流相續，最後結篇。聯句詩多為友人間宴飲時酬酢遊戲之作，難有佳篇。韓愈的聯句都用古體，用奇字，押險韻，追求險怪風格，曾與孟郊聯句十首，兩人搜索枯腸，用盡文思，不肯一字相讓。

[66] 二三唱：擊缽詩會，所選第一道詩題稱「首唱」或「一唱」，第二道題稱「次唱」或「二唱」，依此類推。又，詩鐘（七言對句）的嵌字體例，兩字各嵌於對句第一字者亦稱「一唱」，嵌於第二字者稱「二唱」，以此類推，直到七唱。

[67] 宿題：可宿夜構思的詩題。

水繪園[68]，漁洋[69]且作古律，欲以爭勝，固知多士濟濟，必能各騁其才也。

櫟社前社長蔡啟運先生，風雅士也，耆年碩德，眾咸敬止。啟運固竹梅吟社員[70]，慣作擊缽吟詩。每出一題，輒咸數首，以誘掖後學。及櫟社議刊同人集，諸友各有佳構，而啟運之詩大費選擇，以擊缽吟外少制作也。然則欲學作詩，切不可專工此道，僅爭一日之短長也。

詩鐘[71]亦一種遊戲。然十四字中，變化無窮，而用字構思，遣辭運典，須費經營，非如擊缽吟之七絕可以信手拈來也。余謂初學作詩，先學詩鐘，較有根底，將來如作七律，亦易對耦，且能工整。

閩人士較好詩鐘，亦多能手。聞林文忠公[72]少時，曾與諸友小集，偶拈「以」「之」二字為雁足格[73]，眾以虛字，頗難下筆。文忠先成一

---

[68] 水繪園：在江蘇省如皋縣，明萬曆年間所建，為江南才子冒辟疆與秦淮名伎董小的隱居之所。

[69] 漁洋：王士禛（1634-1711），小名豫孫，字貽上，號阮亭，別號漁洋山人，人稱王漁洋，諡文簡。山東新城人，清順治十五年（1658）進士，官至刑部尚書。工詩文，勤著述，著有《漁洋山人精華錄》、《池北偶談》等五百餘種。冒家水繪園建制精美，有名於當時，王士禛中進士後，被派官到揚州，離如皋不遠，成為水繪園座上賓，吸引四方文士群聚交遊，盛極一時。

[70] 竹梅吟社：光緒十二年（1886）成立於新竹，蔡啟運合併竹社、梅社而成，並自任社長。響應者有陳濬芝（瑞陔）、鄭兆璜（葦卿）、劉廷璧（維圭）、陳叔寶（紫亭）、吳逢清（澄秋）、陳朝龍（子潛）、鄭家珍（伯璵）等。自成立以降的三年間十五年（1889）間，後因成員應官遠去、作客他方或赴聘修文，活動遂息。吟社作品集相傳陳濬芝編有《竹梅吟社擊缽吟集》4卷，惜已佚。蔡啟運之子蔡汝修編《台海擊缽吟集》，彙集部分竹梅吟社詩友的的作品。

[71] 詩鐘：又名詩畸，源於寫作時將一枝香繫絲線，線端懸一銅錢，下承銅盤。雅集時出題燃香，香焚縷斷，銅錢落盤，其聲鏗然，有如鐘鳴，因而稱為詩鐘。聽見鐘鳴，每個作者都應停筆交卷。為限時吟詩文字遊戲。雖然是一種遊戲，但對於訓練學生對偶基本工夫，培養文學寫作能力有一定作用。詩鐘以七字為句，有各種限制規則，如上下聯合詠一物、分詠兩物、嵌字於特定位置等，詳後「雁足格」注。

聯云：「苟利國家生死以，豈因禍福避趨之！」見者大驚，以為有大臣風度。其後文忠出歷封圻[74]三十載，事業功勳，震耀中外。誰謂遊戲之中而無石破天驚之語耶？

　　詩鐘眼字，須無痕跡，方稱作手。前人有集句者，尤費苦心。曩時榕城[75]有以「女」「花」二字為燕頷格者。其一人云：「青女素娥俱耐冷，名花傾國兩相歡。」[76]眾以為工。復一人云：「商女不知亡國恨，落花猶似墜樓人。」[77]眾更以為巧。已而一人云：「神女生涯原是夢，落花時節又逢君。」[78]眾皆擱筆。此兩句原屬名句，神思縹緲，情意纏綿，以之自作，猶無此語，乃出於集句，且係嵌字，真是天衣無縫，巧逾織女矣。

　　少年作詩，多好香奩[79]，稍長即便舍去。施耐公山長[80]有〈艋津贈阿環〉七律三十首，殢雨尤雲[81]，憐紅惜綠，置之《疑雨集》中，幾

---

[72] 林文忠公：林則徐（1785-1850），字元撫，又字少穆、石麟，晚號竢村退叟、雲左山房、竢村老人，諡文忠，清福建侯官人。著有《雲左山房文鈔》、《雲左山房詩鈔》、《使滇吟草》等。所遺奏稿、公牘、日記、書箚等輯為《林則徐集》。

[73] 雁足格：詩鐘之嵌字格式之一。按：將指定兩字分別嵌在七言對句之第一字者曰鳳頂格（一名鶴頂，又名虎頭），簡稱一唱；嵌第二字者曰燕頷格（一名鳧頸），簡稱二唱；嵌第三字者曰鳶肩格，簡稱三唱；嵌第四字者曰蜂腰格，簡稱四唱；嵌第五字者曰鶴膝格，簡稱五唱；嵌第六字者曰鳧脛格，簡稱六唱；嵌第七字者曰雁足格，簡稱七唱。所嵌兩字，得不依題目之順序嵌在上、下句中。亦有更活潑的嵌字變化，如鼎足格（三字）、碎錦格（多字，各字不能相連）。

[74] 封圻：封畿，或指封疆大吏。

[75] 榕城：福州的別稱。

[76] 按：上句語出李商隱〈霜月〉，下句出李白〈清平調〉

[77] 按：皆出自杜牧，上句語出〈泊秦淮〉，下句見〈金谷園〉。

[78] 按：上句語出李商隱〈無題〉，下句出杜甫〈江南逢李龜年〉。

[79] 香奩：指盛放香粉、鏡子等女子打扮用品的盒子，此指閨閣。奩音「連」。

[80] 山長：本係唐、五代時對山居講學的人的敬稱，至宋、元時書院設「山長」一職，講學兼領院務。因施士洁曾先後掌教白沙、崇文、海東三書院，極受士林推重，此地尊稱為「施耐公山長」。

無以辨。及後自編詩集，棄而不存。然清詞麗句，傳遍句闌[82]，可作曲中佳話。

　　稻江王香禪女士曾學詩於趙一山[83]。一山，老儒也，教以《香草箋》，期夕詠誦，刻意模倣。及後遇余滬上，袖詩請益。余謂欲學香奩，當自《玉臺》[84]入手。然運典搆思，敷章定律，又不如先學玉溪[85]，遂以義山集授之。香禪讀之大悟。繼又課以葩經[86]，申以楚詞，而詩一變。今則斐然成章，不減[87]謝庭詠絮[88]矣。

　　梁任公[89]謂余：「少時作詩，亦欲革命。後讀唐宋人集，復得趙堯生[90]指道[91]，乃知詩為國粹，非如制度物采可以隨時改易，深悔孟浪[92]。」任公為中國文學革命之人，而所言若此，今之所謂新體詩者又如何？

81　殢雨尤雲：喻男女之間的纏綿歡愛。編按：「殢」原文作「滯」，非是，逕改之。「殢」，勾留、纏綿之意。
82　句闌：宋元時期指歌妓、舞技表演之處，因四周以欄杆圍繞，稱之，闌亦做欄。明代之後則指稱為妓院。句，音「鉤」。
83　趙一山（1586-1927）：名元安，字文徽，號一山、益山、劍樓，台北板橋人。因鄉試不中轉習醫，明治四十四年（1911），於大稻埕永樂市場旁創立劍樓吟社（書塾），學生有卓夢庵、駱香林、王雲滄、歐劍窗、吳夢周、許劍亭、李騰嶽等，另也招收女徒，如王香禪、洪薇仙、陳飛仙、李晚霞、容荷青等。又及，曾以《香草箋》教導王香禪，使王香禪對五言、七言絕句與古體使用流利。
84　《玉臺》：指《玉臺新詠》，主要收錄東周至梁時男女閨情主題的詩歌作品769篇，僅〈越人歌〉一首為東周作品，其餘皆漢朝以後的著作。凡10卷，。五言詩8卷，歌行1卷，五言四句詩1卷。民國九三年（2004）章培恆考證，為南陳後主妃子張麗華所撰。
85　玉溪：李商隱，字義山，號玉谿生、樊南生。溪、谿，通假。
86　葩經：指《詩經》。葩，原指花，後引伸為華美之意。唐‧韓愈：〈進學解〉：「《詩》正而葩。」後稱《詩經》為《詩葩》。
87　按：應作不「減」。
88　謝庭詠絮：指謝道韞「未若柳絮因風起」典故，事見《世說新語‧言語》。後引伸為有文才的女子。
89　梁任公（1873-1929）：梁啟超，字卓如、任甫，號任公，別號飲冰室主人，廣東省新會縣人，人稱梁新會。

　　作詩須先相題,而後立意。立意既定,而後布局。布局既成,而後造句。造句之時,並須鍊字。鍊字非有工夫,不能知其巧拙。如少陵之「星垂平野闊,月湧大江流」:平野之闊,大江之流,人能想到,而用「垂」字「湧」字,則非初學所能。又如玉溪之「莊生曉夢迷胡蝶,望帝春心託杜鵑」:胡蝶之夢,杜鵑之心,人能想到,而「夢」字用「曉」,「心」字用「春」,又下「迷」「託」二字,以見「曉夢」之「迷」,「春心」之「託」,則胡蝶、杜鵑非空語矣。

　　作詩須有分寸,題目尤宜斟酌。前時有以〈哭父詩〉投報囑刊者,置之不理。嗣有以〈和友人哭父詩〉郵視[93]者,此真匪夷所思矣!夫父母之喪,禮廢琴瑟,何心歌詠。至若和人哭父,則不知是何肝腸,如何下筆?初學作詩,慎之!慎之!

　　梁鈍庵先生博通經史,旁及百家,行年四十,未敢作詩。一日,見邱仙根〈大甲溪〉詩,嫌其模倣〈南山〉[94],構思匝月[95],成一巨制。仙根見之,自言弗及。鈍庵沒於香江[96],詩稿盡失。余從各處搜求,僅得十數首,載諸《臺灣詩乘》,而大[97]〈大甲溪〉詩不見。世有存者乞錄示。

---

[90]　趙堯生(1867-1948):趙熙,字堯生,號香宋,四川榮縣人。光緒十八年(1892)進士,授翰林院庶起士。一生作詩三千餘首,民國八年(1919)主持總纂《榮縣志》,行文嚴謹得體,被譽為巴蜀名志。著有《香宋詩前集》上下冊。趙熙書法,字體秀逸挺拔,融諸家為一體,時人稱「榮縣趙字」,為民初重慶籍書家之翹楚。

[91]　指道:即指導。道、導,通假。

[92]　孟浪:言語輕率不當或行為莽撞。

[93]　郵視:當作「郵示」,以郵件見示。

[94]　南山:韓愈的名作。用漢賦排比鋪張手法,為描述終南山四時景色變化以及形態不一的山勢,搜羅奇字,光怪陸離,押用險韻,一韻到底。詩中,連用帶「或」字的詩句共五十一個,疊字的詩句十四個。

[95]　匝月:滿月。這裡的意思是滿一個月。

[96]　香江:香港的別稱。

[97]　按:此多衍一「大」字。

晉江陳鐵香[98]太史[99]蓋著《藤花吟館詩錄》六卷，其長君少鐵遠道郵寄，余已采其有繫臺事者入之《詩乘》。內有〈白牡丹〉八首[100]，我臺騷壇近好擊缽吟，又喜詠物，錄之於此，以供吟料：

> 洗盡鉛華倚靚粧，天然國色占群芳。渾無綺艷嬌青帝[101]，大好佳名錫素王。清調幾時賡李白，春心一任媚姚黃。東風數衍繁華倦，偏讓冰姿照洛陽。

> 雅艷何曾減卻春，藐姑冰雪見精神。十年宰相非金帶，三月風光在玉人。富貴幾家能淡泊，文章一樣愛清真。筠籠[102]驛使空供奉，未把幽芬進紫宸。

> 天與芳華玉與肌，分明粉本學徐熙[103]。梨雲庭院嬉春地，絮雪簾櫳正午時。未分濃粧售俗眼，生教淡掃到蛾眉。如何十戶中人產，僅買城東深色枝。

> 徘徊十二曲闌干，縞袂相逢著意看。穠艷讓人稱國后，冷曹類我喚朝官。拋餘金粉春俱淡，買到胭脂畫轉難。不道珊珊冰玉貌，風流依舊尚名丹。

---

[98] 陳鐵香（1837-1903）：陳棨仁，字鐵香、戟門，福建晉江人。同治十三年（1874）進士。在朝為官多年後，厭倦宦海浮沉而辭官回鄉，在泉、漳一帶主持書院，金門與臺灣亦有不少士子傾慕其名，前往聽講。著有《閩中金石略》、《藤花吟館詩錄》、《說文叢義》、《閩詩紀事》、《海紀輯要》、《綰綽堂遺稿》、《溫陵詩紀・文紀》、《銅鼓考》、《岑嘉州詩注》、《綰綽書目》等。

[99] 太史：「編修」一職的俗稱。

[100] 按：實錄十首。

[101] 青帝：即蒼帝，指東方之神，五行中對應木，季節中對應春天，五色中對應青色。此代指春天。《史記・天官書》：「蒼帝行德，天門為之開。」張守節《正義》：「蒼帝，東方靈威仰之帝也。」

[102] 筠籠：竹籃之類盛器。

[103] 徐熙（約 886-975）：五代南唐金陵（今南京）人，一說鐘陵（今江西進賢）人。善繪花鳥竹木，終生不仕，沈括稱譽為「江南布衣」。

素面新粧似漢宮，沈香亭北露華中。流蘇隱約偏宜月，樓閣晶瑩石礙風。盡日瓊英迷粉蝶，有人玉貌鬥驚鴻。鏡臺酣盡流霞酒，未借潮痕一捻江。

解語何愁國便傾，搓酥滴粉不勝情。全饒芍藥三分碧，先占芙蓉一段清。素手折來爭綽約，紅顏簪處更分明。記曾資福寺中見，未信盤盂玉琢成。

釋恨春風見此花，水晶屏外一枝斜。天香沁骨都成玉，月臉呈春不泛霞。興慶池頭人倚檻，善和坊裏客停車。白描畫手今誰健，忙煞南朝楊子華[104]。

看花來上月波隄，瓊鈿珠翹朵朵齊。浥露偶傾銀錯落，當風如勸玉東西。漢家團扇裁紈素，鄴苑[105]春衣換白綈[106]。博取雪夫人美號，凝脂真見配柔荑[107]。

雲母窗開色轉微，雪膚花貌認真妃[108]。後身任證歐家碧，弱體偏禁玉帶圍。點注香名奴是粉，生成妙相雪為衣。多應未受金輪詔，隱遯甘心不著緋。

冷占三分艷十分，畫樓高處散清芬。洛妃皓腕春攘月，巫女輕紈旦紫雲。玉版可能參永叔[109]，白頭猶足傲文君。水邊竹際稽山路，差殺桃花弄夕曛。

---

[104] 楊子華（生卒年不詳）：北齊的宮廷畫家，善於描繪人物畫和貴族生活的風俗畫，代表作〈北齊校書圖〉對唐代極有影響。
[105] 鄴苑：指曹魏鄴都的宮苑。
[106] 綈：音「題」，光滑厚實的絲織品。
[107] 柔荑：初生的茅芽，色白且柔嫩，用以比喻女子的手細白柔美。語本《詩經·衛風·碩人》：「手如柔荑，膚如凝脂。」荑，音「題」。
[108] 真妃：太真妃之省，即楊貴妃（719-756），名玉環，字太真。
[109] 按：永叔即北宋·歐陽修（1007-1072），其〈洛陽牡丹圖〉詩有云：「壽安細葉開尚少，朱砂玉版人未知。」

柳河東[110]之論作文曰：「吾為文章，未嘗敢以輕心掉之，懼其剽而不留也；未嘗敢以怠心易之，懼其弛而不嚴也；未嘗敢以昏氣出之，懼其昧沒而雜也；未嘗敢以矜氣作之，懼其偃蹇而驕也。」[111]余謂作詩亦然。作詩之要，莫如虛心，莫如靜氣。虛可通神，靜可致遠。

大隈侯[112]有言：「中國衣服之美，飲食之精，文章之佳，皆他國所不及。」今之妄人乃欲舉固有之精美而悉棄之，且言漢文為亡國之具。烏乎！中國而果無漢文，則五胡之俶擾，蒙古之并吞，覺羅之耗斁，種且滅矣，國於何有！而今日能存者，則漢文之功也。

人生必有嗜好，而後有趣味，而後有快樂。酒色財貨，人之所好也，而或以殺身，或以破家，或以亡國。唯讀書之樂，陶養性情，增長學問，使人日遷善，而進於高尚之域，其為樂豈有涯哉？余自弱冠以來，橐筆傭耕，日不暇給。然事雖極忙，每夜必讀書二時，而後就寢。故余無日不樂，而復不為外物所移也。

「兩乳燕投孤壘宿，四時花共一瓶開。」[113]孫湘南句也。「花無寒燠隨時發，酒長瓊漿不用沽。」[114]六居魯句也。而張鷺洲亦有詩云：「少寒多燠不霜天，木葉長青花久妍，真個四時皆似夏，荷花度臘菊迎春。」[115]此均善寫臺灣氣候。故欲為臺灣之詩，須發揮臺灣之特色。如以江南花月、塞北風雲而寫臺灣景象，美則美矣，猶未善也。

---

[110] 柳河東（773-819）：即柳宗元，字子厚，河東郡人，人稱柳河東。

[111] 按：語出柳宗元〈韋中立論師道書〉。

[112] 大隈侯：大隈重信（1838-1922）：日本佐賀藩藩士，明治維新後任大藏卿、外務大臣、農商務大臣、第 8 與第 17 任內閣總理大臣、內務大臣與貴族院議員。明治十五年（1882）創辦東京專門學校，為今日早稻田大學之前身，又於明治四十年（1907）任總長。明治三十一年（1898）與板垣退助組織憲政黨，並成立內閣，為日本最早之政黨內閣。明治二十年（1887）賜伯爵爵位，大正五年（1916）賜侯爵爵位。

[113] 按：語出孫元衡〈海市清言〉。

[114] 按：語出六十七〈即事偶成二律〉二首之一。

[115] 按：語出張湄〈氣候〉。

　　臺灣景色之可入詩者，美不勝收，余曾採取數十條，載於《詩乘》
及漫錄中。如秋雨連旬，謂之騎秋；騎秋二字入詩甚新。又如水紋蕩
漾，謂之魚花；魚花二字入詩甚穎。至如南吼北香[116]之景，赤崁白沙[117]
之情，又皆詩料也。

　　周芸皋詩曰：「有懷欲抵將軍澳，何處重尋菩薩寮。」[118]將軍澳、
菩薩寮均在澎湖，以之入詩，突見工整。又曰：「潮流八卦水，風待七
更洋。」[119]八卦水、七更洋亦均屬澎湖，以之入詩，何其新穎！

　　文章為華國之具，而歷史乃民族之魂。故文明之國則文章愈美，
進化之族則歷史愈全。今臺灣之文章如何？歷史如何？莘莘學子，當
自勉勵，毋為旁人所笑。

　　臺灣閨秀之能詩者，若蔡碧吟[120]、王香禪、**李如月**[121]諸女士，擷
藻揚芬，蜚聲藝苑，皆雋才也。然碧吟以家事故，久廢吟哦；而香禪

---

[116] 南吼北香：南吼，臺南鹿耳門之海吼；北香，指嘉義市「北香湖」之勝景，
　　北湖荷香為清代諸羅八景之一，位址在世賢路與文化路交叉口。
[117] 赤崁白沙：指臺南赤崁、彰化白沙之勝景。
[118] 按：語出周凱〈勘災〉四首之四。
[119] 按：語出周凱〈三月初七日祭海候風〉。
[120] 蔡碧吟（1874-1939）：閨名葉詩，碧吟其字，號赤崁女史，臺灣縣東安坊
　　人（今臺南市）。舉人蔡國琳之女，幼承家學，擅詩文，尤喜柳體楷書。
　　曾許聘於父親高足賴文安孝廉，文安早逝，乙未割臺，蔡氏舉家走避廈門。
　　不久，文安因故受日警毆辱，引發舊疾去逝。碧吟自請守節，事奉舅姑歸
　　臺。後被舉人羅秀惠（時為王香禪夫婿，亦蔡國琳門生）猛烈追求，碧吟
　　乃以招贅及與王香禪離婚為條件下嫁。無奈羅秀惠生性風流，常在外拈花
　　惹草，將蔡國琳身後遺下的家財揮霍殆盡，夫婦晚年賣字維生。《全台詩》
　　據其散在《臺灣日日新報》、《臺南新報》、《詩報》、《臺海詩珠》等報刊的
　　作品，輯錄編校，收錄於合集之中。
[121] 李如月（890-1980）：即汪李如月，北臺名紳李春生孫女，馬偕牧師得意
　　門生汪宗埕（1892-1985）牧師之妻。幼年習漢學古文，後就讀馬偕牧師
　　創辦之「淡水女學堂」（今淡江中學前身）；婚後夫婦本擬同往美國留學，
　　未成行，僅於日本、廈門、上海等地研習英文，因父病危而返台。與夫婿
　　於蘇澳教會、淡水教會長年從事傳教與教育工作。著有《團卿詩集》。

移居津門，如月亦寓蘇澳，山河阻隔，猶幸時通魚雁[122]，得其近作，刊諸《詩薈》，亦足為騷壇生色。

今臺北有吳瑣雲[123]女士者，邀集同志，設立漢文研究會。不佞深嘉其志，而祝其會之成。然會之設立，或疑其隱，而老成者且以為憂。夫今日之女子，非復舊時之女子也。社會盛衰，男女同責；況研究漢文，尤為正當，復何疑？唯主其事者必須熱誠其心，高尚其志，亹勉其業，復得明師益友而切磋之，以副其所期，則疑者自釋而憂者且喜。

孔子之論詩也，曰：「可以興，可以觀，可以群，可以怨。」[124]而孟子曰：「讀詩者不以文害辭，不以辭害意，以意逆志，是為得之。」[125]今之讀詩者不知有此眼力否？如僅以一二字面定為毀譽而抑揚之，寧不為識者所笑？

詩人之詩，原主敦厚。故國風之中，辭多比興，而小雅怨矣。小雅之論周也，曰：「赫赫宗周，褒姒滅之。」[126]褒姒，幽王之后也，而周之君臣不以為誹，孔子又收之以為懲創[127]；使以今人言之，其能免於不敬之罪也夫！

臺北之採茶歌，為一種特有之風謠，則竹枝、柳枝[128]之體也，其意纏綿，其詞委婉，其音流曼[129]。雖大都男女贈答之辭，而即景言情，因物比興，亦國風之遺也。

---

[122] 魚雁：指書信。出自古樂府〈飲馬長城窟行〉：「客從遠方來，遺我雙鯉魚。呼兒烹鯉魚，中有尺素書。」另《漢書·蘇武傳》：「教使者謂單于，言天子射上林中，得雁，足有係帛書。」

[123] 吳瑣雲：台北人，日治時期婦女運動人士，倡導女子漢學研究會，推崇家庭教育之必要。

[124] 按：語出《論語·陽貨》。

[125] 按：語出《孟子·萬章上》。

[126] 按：語出《詩經·小雅·正月》。

[127] 懲創：懲治、警戒，此處用後義。

[128] 竹枝、柳枝：描寫民間風俗的歌謠，即竹枝詞。竹枝詞是原唐代巴蜀一帶的民歌，劉禹錫仿作之後，成為文士競相習用的文學形式。體裁近似七言

　　十數年前，余遊臺北，街頭巷口，時聆歌唱。今竟寂寂無聞。若再十年，將恐絕響。故余擬為採收，編之成集，以傳久遠，是亦輶軒之志[130]也。

　　新茶上市，花氣緼細，游女如雲，行歌互答，此固天然之詩意也。而都市之人，奔走名利，汗流浹背，入夜不休，雖有美詩，亦若無睹。我輩散人[131]，寧任消滅？諸君子如肯舉其所知，并為註解，一首之惠，勝百朋矣。

　　南薰[132]已至，草長鶯飛。積兩初晴，萬綠如洗。我輩處此環中，無時不為詩境，取之無盡，用之不竭，又何須擊鉢相催，始成妙句。

　　圓山也，碧潭也，北投也，皆臺北附近之詩境也。遠而淡水之濱，觀音之麓[133]，社寮之島[134]，屈尺[135]之溪，亦足供一日之游。杖頭囊底[136]，妙句天然。我輩仄居城市，塵氛撲人，何不且捐俗念，一證真如？

　　絕句，惟僅於二、四句押韻，不用典，文辭以鄉土俚語為主，用男女打情罵俏方式，表現一時一地之特殊風景或特產。清代臺灣流傳的竹枝詞頗豐，正文後面，常附作者自注，有些相當詳細。作者多為熟知民情風俗的文人。

129　流曼：原指水流漫衍，此處比喻音色流蕩、動人心弦。

130　輶軒之志：指采風存史的志向。輶軒是古代天子之使臣所乘的輕便車子。周秦時每年八月，朝廷都派出乘坐輶軒的使者到全國各地調查方言、習俗、民歌民謠。漢・揚雄《輶軒使者絕代語釋別國方言》（簡稱《方言》）一書，即用此意。

131　散人：不為世所用之人。唐宋以後，隱退的文人儒士多自號散人。

132　南薰：此指南風。

133　觀音之麓：指觀音山，位於五股、八里、林口交界，因形似觀音斜臥而聞名。其「坌嶺吐霧」為淡水八景之一。

134　社寮之島：今臺北市社子。

135　屈尺：新北市新店區屈尺里，有新店溪流經。

136　杖頭囊底：指一日之遊所需的花費。杖頭，指杖頭錢，《世說新語・任誕》：「阮宣子常步行，以百錢掛杖頭，至酒店，便獨酣暢。」後世以杖頭錢代指沽酒的錢，或直接代指為錢。囊底，猶囊中，袋子裡，古人以囊裝錢，故「囊底」亦為錢的代稱。

作詩，樂趣也，而古人每多苦吟，至有走入醋甕[137]。然一字推敲，大費心力。若少陵之「筆落驚風雨，詩成泣鬼神。」[138]自非苦中得來。誰能解此？

文章尚古，學術尚新，此余二十年來所主張也。故余讀古書，輒以最新學理釋之；而握筆為文，則不敢妄攙時語，以炫新奇，真守舊也。

不佞之刊《詩薈》，厥有二義：一以振興現代之文學，一以保存舊時之遺書。夫知古而不知今，不可也；知今而不知古，亦不可也。故學術尚新，文章尚舊，採其長而棄其短，芟其蕪[139]而揚其芬，而後詩中之精神乃能發現。

詩人以天地為心者也，故其襟懷宜廣，眼孔[140]宜大，思想宜奇，情感宜正。若乃奔走於權勢利祿之中，號泣於飢寒衣食之內，非詩人也。

以詩人而諂權貴，人笑其卑。以詩人而來[141]私欲，人訕其鄙。卑也，鄙也，皆有損人格者也。故董江都[142]曰：「正其誼不謀其利，明其道不計其功。」[143]學者宜然，詩人更宜然也。

---

[137] 走入醋甕：形容詩人作詩的辛苦。明·朱承爵《存餘堂詩話》：「詩非苦吟不工，信乎？古人如孟浩然眉毛盡落，裴祜袖手衣袖至穿，王維走入醋甕，皆苦吟之驗也。」

[138] 見杜甫〈寄李十二白二十韻〉詩：「昔年有狂客，號爾謫仙人。筆落驚風雨，詩成泣鬼神。」形容李白詩作之瑰麗雄奇。

[139] 芟其蕪：芟，音「山」，割草之意，引申為除去。蕪，指叢生的雜草。

[140] 眼孔：目光、眼界之謂，這裡是說詩人目光必須遠大。

[141] 來：招攬、蒐羅。

[142] 董江都（B.C.194-114）：董仲舒，廣川人。曾被漢武帝派任為江都國相，輔佐江都王劉非。專治《春秋公羊傳》，為今文經大師，與古文經派孔安國齊名。

[143] 按：語出《漢書·董仲舒傳》，此為仲舒與江都王之對答詞。

徵詩雅事也，而慕虛名。作詩樂趣也，而干贈品。市道相交[144]，旁人齒冷[145]。報章所載，嘖有煩言[146]。詩學之興，豈若是耶？

人生世上，日月易徂。富貴功名，一瞥即逝。而道德文章，獨立千古。故吾所爭者，不在一日，而在百年。

吾能著書，我志成矣。吾能詠詩，我意平矣。吾不為物欲所誘，我心澄矣。吾不為疾病所苦，我神凝矣。我何為汲汲而營營？我將以求文化之敷榮[147]。

君子道成，小人道消，而君子之作事，輒為小人所嫉忌，讒言蜚語[148]，肆其奸回[149]，究之不足以損其毫末。故君子自君子，小人自小人，涇渭判然，終不可混。

莊生有言：「井蛙不可以語海，拘於墟也；夏蟲不可以語冰，篤於時也。」[150]今之自命通人而不知世界大勢，其能免於井蛙、夏蟲之誚也歟？

昌黎詩曰：「李杜文章在，光燄萬丈長。不知群兒愚，何故肆毀傷？蚍蜉撼大樹，可笑不自量！」[151]今之群兒，何其愚耶！

少陵詩曰：「世人皆欲殺，吾意獨憐才。」[152]嗚呼！以太白之塵垢秕糠[153]，超然物外，而世人尚有欲殺之者，何況雅棠！然安知林林總總之中，而無少陵其人耶？

---

[144] 市道相交：指以買賣手段所結交的朋友，重利忘義，得勢就有一堆朋友奉承，失勢就作猢猻散。

[145] 齒冷：比喻瞧不起。

[146] 嘖有煩言：本指人多嘴雜。《左傳·定公四年》：「會同難，嘖有煩言，莫之治也。」今用以指眾人發出怨言，或多所批評之意。

[147] 敷榮：原意為「草木茂盛」之貌，此用以形容文化之繁盛。

[148] 讒言蜚語：在別人背後散布毫無根據的誹謗性言論。

[149] 奸回：指奸惡邪僻。

[150] 按：語出《莊子·秋水》。這句話的意思是指囿於見聞，知識短淺的人。

[151] 按：語出韓愈〈調張籍〉。韓愈該詩係針對當時有詩人評騭李白、杜甫詩才高低而發。

孔子至德也，而為匡人所圍。[154]釋迦能仁也，而為婬女所謗。[155]耶穌博愛也，而為祭司所嫉，且殺之十字架上。[156]三聖人之行，吾雖不能至，吾當守之行之，而後可謂之人。

釋迦曰親怨平等，耶穌曰待敵如友，孔子曰己所不欲勿施於人。三聖人之言，吾雖不能至，吾當守之行之，而後可謂之人。

人為萬物之靈，而視雞鶩犬豕[157]為禽獸。若以平等法觀之，人動物也；雞鶩犬豕亦動物也。吾既為人，吾當舉雞鶩犬豕而進於人類。

人也，阿修羅也，地獄也，餓鬼也，畜生也，皆欲界之可憐憫者。吾既為人，吾當熏修證果而進於天，吾當發大願力舉阿修羅、地獄、餓鬼、畜生而悉進。

---

152 按：語出杜甫〈不見〉。當時杜甫輾轉得知李白已在流放夜郎途中獲釋，本句詩寫他對李白境遇的同情，對李白才華的欣賞。

153 塵垢粃糠：典出《莊子·逍遙遊》：「是其（藐姑射山之神人）塵垢粃糠，將猶陶鑄堯舜者也」，意謂藐姑射山上的神人，他的灰塵和污垢，穀粃和米糠等卑微無用之物，足夠造就堯、舜之類的人物。後人遂將「塵垢粃糠」比喻成超然世外、不受世俗羈絆的有道之士。

154 按：典出《孔子家語·困誓第二十二》：「孔子之宋，匡人簡子以甲士圍之，子路怒，奮戟將與戰，孔子止之曰：『惡有修仁義而不免世俗之惡者乎？夫詩書之不講，禮樂之不習，是丘之過也。若以述先生、好古法而為咎者，則非丘之罪也，命之夫！歌，予和汝。』子路彈琴而歌，孔子和之，曲三終，匡人解甲而罷。」史載孔子前往宋國，途經匡地時，被匡人誤當作是陽虎而圍困他；孔子與子路唱詩歌，使匡人了解孔子並非是陽虎，遂退去。孔子透過禮樂表達他並非陽虎，以德化人。

155 按：佛陀的眾比丘弟子中就屬阿難最年輕也最英俊。阿難不問階級，喝下賤民摩登伽女所供養的水，這使摩登伽女愛慕阿難，並誘使阿難動凡心。其後阿難尋求佛陀幫助，佛陀要求摩登伽女出家，取得與阿難同等的修行之後，才能與阿難結婚。當摩登伽女出家修行之後，發現自己過去的愚癡，而拋棄了結婚的念頭，專心致力於修行。這意思是釋迦牟尼秉持眾生平等，不問性別階級貴賤而渡化一切眾生。

156 按：耶穌提倡博愛，意謂要愛你的敵人。猶太教上層階級當權祭司與教士收買了十二使徒之一的猶大，逮捕耶穌，判以死刑，並釘在十字架上。

157 鶩：音「物」，指野鴨。

　　觀世音曰：「若有阿修羅念我之名，吾為阿修羅度之。若有地獄念我之名，吾為地獄度之。乃至若有餓鬼、畜生念我之名，吾為餓鬼、畜生度之。」大慈大悲之菩薩，其願無盡，其力無窮。

　　吾生欲界，當進於有色之天。吾生有色，當進於無色之天。三界惟心，眾生是佛，而後人間之罪惡不生，而後虛空之真如自在。

　　吾生雖無奢望，而清閒之福，自分勝人，作史評詩，且饒高趣。敝廬足以庇風雨，硯田足以供饘粥[158]。俗吏不來，債主靡至。起安無時，唯適之安。乘興而遊，日三十里。長年無病，活潑天機。莊子所謂帝之懸解者[159]，是耶非耶？

　　作詩必須讀書，讀書必須識字，識字必須知小學[160]。夫小學雖標六義，而古文多用反釋。如《詩經》云：「文王不顯」[161]，註：「不顯，顯也。」又云：「毋念爾祖」[162]，注：「毋念，念也。」故余謂作詩不如讀書，讀書不如識字。

　　購書不難，能讀為難。讀書不難，能熟為難。熟書不難，能用為難。嘗見富厚之家，藏書滿架，而主人未曾一覽。彼之藏書，直與古董無異，辜負作者多矣。

158　硯田，原指硯臺，引申為以筆耕田，指文人靠抄寫或寫文章過活。饘粥，音「詹周」，稠的稀飯稱為饘，稀的稱為粥。比喻勉強維持生活。

159　帝之懸解：出自《莊子·養生主》：「古者謂之遁天之刑。適來，夫子時也；適去，夫子順也。安時而處順，哀樂不能入也，古者謂是帝之縣解。」意思是生死是一種自然法則，該來就來，該走就走，順應自然的變化，若能超脫生死，置之度外，徹悟天理的人，稱之。

160　小學：研究文字字形、字義及字音的學問。包括文字學、聲韻學及訓詁學。

161　按：語出《詩經·周頌·維天之命》：「維天之命，於穆不已。於乎不顯！文王之德之純。」「不顯」，即「丕顯」之通叚；「丕」者，大也。

162　按：《左傳·文公二年》：「詩曰：『毋念爾祖，聿修厥德。』孟明念之矣，念德不怠，其可敵乎？」毋念的意思是需思念，而不是不思念的意思。

人不可自恃其學。自恃其學，則不日進而日退。孔子曰：「學而時習之。」[163]荀子曰：「學然後知不足。」[164]吾雖下愚，以此自勵。

詩人以出世為心者也，情懷澹泊，萬物皆空。故談利祿者不足以言詩，計得失者不足以言詩，歌功誦德者尤不足以言詩。

詩之與禪[165]，一而二、二而一者也。詩人之領略得乎自然，禪家之解脫明乎無我。夫自然也，無我也，皆上乘也。故詩人多耽禪味，而禪家每蓄詩情。

西洋之文明，物質者也；東洋之文明，精神者也。而至於詩，則無不同。蓋詩為人類最高之藝術，而移風易俗，有不可思議之神秘者也。

人而無恆，不可以作事，尤不可讀書。

曹孟德春夏讀書，秋冬講武，自是英雄本色。

陶靖節讀書不求甚解，非慧根人必至誤事。

漢時織女，一月得四十五日，我輩讀書，能如此否？

我臺邱仲閼先生逢甲素工吟詠。乙未之役，事敗而去，居鎮平，遂以詩鳴海內。嘗以〈論詩十絕〉郵示林君癡仙。予於臺灣詩界，素主革命。二十年前，曾與陳君枕山筆戰旬日。今仲閼、癡仙已逝，枕山亦亡，而予奔走騷壇，尚無建樹。我臺英特之士有能起而發揚之者，則詩界之祉也。詩如左：

---

163 按：語出《論語·學而》。
164 按：語出《荀子·勸學》。
165 禪：梵語禪那（Dhyāna）的簡稱，又作禪那，意譯作靜慮、思惟修習、棄惡，即寂靜審慮之意。指將心專注於某一對象，以極寂靜、詳密思惟，求達定慧均等之狀態。禪，古印度時為大乘、小乘、外道、凡夫所共修，然其目的及思惟對象則各異。此外，禪及其他諸定，泛稱為禪定；又或以禪為一種定，故將修禪沉思稱為禪思。

元音從古本天生，何事時流苦競爭。詩世界中幾雄國，惜無人起與連衡[166]。

邇來詩界唱革命，誰果獨尊吾未逢。流盡玄黃[167]筆頭血，茫茫詞海戰群龍。

新築詩中大舞臺[168]，侏儒幾輩劇堪哀。即今開幕推神手，要選人天絕妙才。

臺上風雲發浩歌，不須猛士再搜羅。拔山妄費重瞳[169]力，夜半虞兮唱奈何[170]。

北派南宗各自誇，可能流響脫淫哇[171]。詩中果有真王在，四海何妨共一家。

彼此紛紛說界疆，誰知世有大文章。中天北斗都無定，浮海觀星上大郎。

---

[166] 連衡：戰國時張儀所提倡，遊說六國分別與秦連合，如此不但六國不能團結一致，且可造成彼此的內訌。按：「衡」通叚「橫」。又：《論語・先進》孔子謂：「吾與點也」，「與」即認同之意，而雅堂本名「橫」，故此句雙關，即連雅堂自嘆，詩界無豪傑之士與其並肩作戰。

[167] 編按：《周易》「坤」卦上六爻辭：「龍戰於野，其色玄黃。」此謂筆戰酣熱。

[168] 編按：此句指當時新流行的「新體詩」。

[169] 重瞳：眼珠內有兩個瞳孔，即一個眼球中出現兩個重疊瞳孔的異常現象，也稱重華、雙瞳子。《史記・項羽本紀・贊》：「吾聞之，周生曰『舜目蓋重瞳子』，又聞項羽亦重瞳子。」裴駰《集解》引《尸子》：「舜兩眸子，是謂重瞳。」以上，緣於相傳舜跟項羽都是重瞳，古代據此以「重瞳」為貴人、聖王之相，或以之為帝王雙目的代稱。

[170] 編按：項羽在垓下被劉邦重重圍困時，所唱的悲歌。歌中有「虞兮虞兮奈若何」之句。虞兮，即口語「虞姬啊」，虞姬是項羽寵姬。引申為英雄末路之意。

[171] 淫哇：淫蕩的歌曲。

芭蕉雪裏供摹寫，絕妙能詩王右丞。美雨歐風入吟料，豈同隆古事無徵。

四海橫流未定居，千村萬落廢犂鋤。荊州失後吟梁父[172]，空憶南陽舊草廬。

展卷重吟民主篇，海天東望獨悽然。英雄成敗憑人論，贏得詩中自紀年。

四海都知有蟄庵[173]，重開詩史作雄談。大禽大獸今何世，目極全球戰正酣。

三水梁鈍庵先生成□曾寓臺灣，有詩三卷，而客死香江，詩稿盡失。不佞與陳君沁園竭力搜羅，計得六十有九首，登諸《詩薈》，而〈諸將〉四十章未見，則其遺佚尚多。海內諸君子如有存藏鈍庵之詩者，敬祈抄示，以便編入。是亦我輩今日之責也。

李君漢如[174]遠去臺灣十三年矣。曩游滬上，時相起居。及旅燕京[175]，同寓南柳[176]，每取玉溪之章，以為改詩之樂。及余歸里，李君乘時而起，投身實業界中，決策運籌，飛揚騰達，不似雅棠之依然故我。

---

172 梁：原作「染」，誤。此指〈梁父吟〉，又稱梁甫吟，原為古代流傳山東梁父山的民謠，記述春秋時齊國晏嬰幫助景公除去三大臣的故事。傳說諸葛亮躬耕南陽時便經常吟唱〈梁父吟〉。

173 蟄庵：指邱逢甲。

174 李漢如（1877-1936）：李黃海，字漢如、少潮、夢清、耐儂，號瀛西者、東海呼船客、泛槎生、清夢散人、同情生、西瀛最不羈生。澎湖人。曾任職《臺灣日日新報》、《全閩日報》。明治四十三年(1910)應爪哇報館邀請往辦報務，返回中國後參與革命活動，大正九年(1920)赴日，被舉為「新民會」為名譽會員。後旅居上海、天津，與中日政界高層交好，民國二十年（1931）任《天津庸報》社長，二十五年（1936）逝世於天津。

175 燕京：今中國北京市的舊稱及雅稱。

176 南柳：今中國北京南柳巷。

然李君因風雅士，聞余發刊《詩薈》，以其佳作遠道郵寄，皆十年來苦心之作。瞻望津雲，能無惆悵！

樂律之制，中國最備，而用亦最宏。吾讀〈樂記〉[177]，而歎其論之精也。〈記〉曰：「樂者吾之所由生也。其本在人心，感於物也。是故其哀心感者，其聲噍[178]以殺；其樂心感者，其聲嘽[179]以緩；其喜心感者，其聲發以散；其怒心感者，其聲粗以厲；其敬心感者，其聲直以廉；其愛心感者，其聲和以柔」。今臺灣之作詩者，其聲如何，則視其所感之如何。

又曰：「夫人有血氣心知之性，而無哀樂喜怒之常，感物而動，然後心術形焉。是故志微噍殺之音[180]作而民思憂，嘽緩慢易之音作而民康樂，粗厲猛奮之音作而民剛毅，廉直經正之音作而民肅敬，寬裕順成之音作而民慈愛，流辟邪散之音作而民淫亂。」[181]今臺灣之音如何，民志如何，吾可於詩而定之。

詩學之興，至唐而盛。而唐之待詩人亦主寬大。故唐人之詩每斥國事，而執政者不以為忤。白樂天[182]，詩人之敦厚者也，而長恨歌直言其事，宮闈秘語猶播人間，然猶曰：「漢皇」而不曰「唐皇」。若李

---

[177] 樂記：為中國古代著名的美學著作，收入《禮記》中。

[178] 噍：《康熙字典》「噍」字：「《禮·樂記》：『其哀心感者，其聲噍以殺。』註：『噍，啾也。』釋文：『噍，子遙反，謂急也。』」

[179] 嘽：音「產」，寬舒、和緩之意。

[180] 志微：微弱之意。噍殺：指聲調急促。

[181] 按：語出《禮記·樂記》。這段話在說明音樂表達人民生活的哀樂，從中反映時代政治環境的良窳。

[182] 白居易（772-846）：字樂天，晚號香山居士、醉吟先生，初與同時及第的元稹為好友，時人稱「元白」，晚年與劉禹錫並稱「劉白」。唐代新樂府運動的倡導者，主張「文章合為時而著，詩歌和為時而作。」以及詩文宜淺近，做到「老嫗能解」。貞元十六年（800）進士及第，十八年（802）試拔翠科及第。唐憲宗元和元年（806）作〈長恨歌〉以摛述唐明皇與楊貴妃之事。

義山[183]之「薛王沈醉壽王醒」，則不復為之諱，而唐主弗以為罪。[184]此唐人之詩所以卓越千古。

以詩人而下獄者，若宋之東坡，奸宄[185]小人從而搆陷，羅織文辭，欲以成讞[186]，而神宗赦而勿殺。東坡，忠孝之人也，其詩能感鬼神，而不能信於群小。[187]然東坡自坡[188]，群小自群小。知人論世，孰得孰失？

文信國[189]之正氣，動天地，泣鬼神，至今讀者猶為起舞。吾遊燕京，入拜公祠，肅然起敬。而元之天下已無寸土。是勿必烈[190]之淫威不及文信國之正氣。

183　李義山：即李商隱。

184　按：語出李商隱〈龍池〉：「龍池賜酒敞雲屏，羯鼓聲高眾樂停。夜半宴歸宮漏永，薛王沉醉壽王醒。」意思是唐玄宗李隆基在興慶宮龍池大宴兄弟子姪，因為是家宴，敞開分隔內外的屏風，無須計較男女之別。唐玄宗寵妃江采蘋向薛王李業敬酒，酩酊大醉的薛王用腳磨蹭了江采蘋的腳，但江采蘋卻未聲張，隔日薛王想起昨晚之事，向唐玄宗負荊請罪，唐玄宗看見自己的姪兒薛王前來請罪，也不好降罪，作罷。另一方面，壽王李瑁為唐玄宗之十八子，他的妻子楊玉環被父親所奪，看見她成為皇上的新歡，服侍唐玄宗，不免鬱悶痛苦，只好醉倒沉睡。

185　宄，音「軌」，《說文》：「姦也。」編按：「姦」、「奸」通叚。又《左傳・成公十七年》：「亂在外為姦。在內為宄。」宄，亦與「軌」通叚。

186　讞：音「豔」，議罪也。

187　按：指烏臺詩案，宋神宗元豐二年（1079），蘇軾調任湖州知府，按例在到任後上表謝恩，御史何正臣、李定、舒亶本與蘇軾有嫌隙，以上表內容用語毀謗君相為由，彈劾蘇軾。加上蘇軾曾寫詩批判新法弊端、譏諷時政，御史借題發揮，控訴蘇軾侮辱朝廷、批判皇帝與御史，須定死罪，蘇軾因此入御史台獄。後因神宗祖母曹太后出面，王安石等人的斡旋，以及神宗對蘇軾的愛惜，貶為「檢校尚書水部員外郎黃州團練副使本州安置」，前往黃州。

188　按：應為「東坡自東坡」，漏一「東」字。

189　文信國（1236-1283）：文天祥，初名雲孫，字天祥，南宋吉州廬陵人。理宗寶祐四年（1256）獲貢士，改天祥為名，字履善。同年殿試，理宗親拔為第一，改字宋瑞。又因住過文山，而號文山。祥興元年（1278），封少保、信國公，又稱文信國。

「人生自古誰無死，留此丹心照汗青」，此信國〈過零丁洋〉之詩也。嗚呼！千古忠臣義士之不死者，此丹心爾。故孔子曰：「三軍可奪帥也，匹夫不可奪志也。」

臺南舊俗，每年季春，輒迎天后，以介景福。踵事增華，費超十萬。隨香男女，舉市若狂[191]。黃君茂笙見而憫之，為作迎神雜詠，語雖詼諧，意有懲勸。邦人諸友讀此詩者，而能稍事改革，以除迷信，是則黃君之志也。詩如左：

聖母湄州謁祖回，年年三月廟門開。兩朝熱鬧承天府，賺得全臺善信來。

齋戒虔誠問咎休，財丁福壽盡情求。世間多少痴兒女，跪向神前叩響頭。

神輿繞境鬧紛紛，鑼鼓[192]鼕鼕徹夜喧。第一擾人清夢處，大吹大擂四平崑。

銀旗過後又金旗，踵事增華彼一時。今日財神已顛倒，銷聲匿跡去何之。

滿城神佛喜交歡，涼傘頭旗數百竿。吾道已窮堪浩嘆，文衡聖帝也隨鸞。

十尺文王九尺湯，九爺肥短八爺長。化身步入平康里，更比游人分外狂。

190　勿必烈（1215-1294）：即元世祖忽必烈。蒙古族，孛兒只斤氏，拖雷第四子，元朝開國皇帝，中國傑出的政治家、軍事家、思想家。

191　按：迎媽祖自清代就是府城的一大盛事，日治後更擴大規模，各工商團體與町派出所均熱烈參加。其中，陣頭繡旗和藝閣詩意爭奇鬥勝，目不暇給。每年農曆三月二十三日為天后神誕，大天后宮舉辦遶境活動，巡行全府城，吸引全台善男信女前來府城共襄盛舉。

192　鑼鼓：應為鼓，原作「彭」，誤。

神農不管人間事,彈指光陰億萬年。底事今朝跟媽祖,芒鞋踏破海
東天。

岡山佛祖駕光臨,聊表親交一片心。董事替伊行帖式,大書愚妹小
觀音。

詩雖無用之物,小之可以涵養性情,大之可以轉移風化。故今日
臺灣之詩人,當先自立而後立人,當先自覺而後覺人。

甘言美疢也,忠言藥石也。[193]美疢不如藥石,古人已知之矣。故
今日臺灣之詩,寧為藥石,毋為美疢;究之則寧為諷刺,毋為頌揚。

諷刺之詩使人讀之而思,頌揚之詩使人讀之而喜。喜為一時之現
象,如食蔗糖;思為悠久之關懷,如啖諫果[194]。然蔗糖雖甘,暴食之
終嫌損胃;諫苦雖苦,微啖之自足生津。

惟今士夫好受頌揚,而不好諷刺。而作詩者亦日貢蔗糖,而不敢
稍進諫果。是詩界終無革新之日,而詩人永無高朗之心。

不佞雖不能詩,而頗知詩之意義。夫詩者真也。大之而山川日月、
風雲變幻,小之而蟲魚鳥獸、草木榮枯,皆不容一毫之偽於其間,而
後詩之價值乃不可量,不可稱,不可思議。

不可思議[195]四字為佛法第一之真諦,而作詩者亦當於此求之,而
後能極其妙。若人人能言,人人能知,則佛法平等,又何有菩薩聲聞
之分耶?

---

[193] 甘言美疢也,忠言藥石也:比喻虛偽的逢迎不如嚴厲的批評。疢,音「趁」,
疾病。藥石,藥與治病的石針。
[194] 諫果:橄欖,因果熟仍為青色,又稱青果。王元之作詩,比之忠言逆耳,
世亂乃思之,故人稱之為諫果。
[195] 不可思議:佛教術語,指事物神祕奧妙,令人難以想像、理解。在佛教中,
佛陀提到眾生、世界、龍國、佛國等四種境界是人類的智力所無法理解,
既然是超出人類的智力與認知範圍之外,那麼就不該去思考,因為對解脫
煩惱無益,且只會浪費時間與生命。

　　我為凡夫，而求上乘，則我當知不可思議之何以為不可思議。夫不可思議者，正凡夫之不可思議也。若佛則不然。上窮無始，下至無終，無不知之，無不言之，無不示人以真。舉世上之形形色色而盡破之，而佛法於是乎在。詩人之詩而至不可思議，則詩界之上乘也，而詩之生命於是乎在。

　　臺灣固多名勝，又饒古跡，而徵詩者竟舍近而圖遠，如桃葉渡也[196]，英愁湖也[197]，題目雖佳，終難觀感。即如此次某社所徵之「臥龍岡」[198]，更嫌太遠。夫詠懷古跡，必須身臨其地，而後能發幽情。不然，我輩在此室中，而作咸陽弔古，雖極能事，終是死詩，而非活詩。

　　羅山吟社[199]亦以此期徵詩，而題目為「吳鳳墓」。夫吳鳳固羅山之人，而殺身成仁之男子也。緬懷先哲，喚起國魂，詩人之分內事也。羅山詩君子而能以此提倡，則其對於民族前途豈鮮少哉！

　　太虛法師[200]當今龍象[201]。曩來臺灣，曾以詩草贈余。曇花一聚倏忽八年。太虛現長[202]武昌佛學院，宣揚佛道以破群迷，大悲無畏之心，

---

[196] 桃葉渡：又名南浦渡，是「十里秦淮」上的古渡口，位於秦淮河與古青溪交匯處附近，為南京古名勝、金陵 48 景之一。因晉朝王獻之送其愛妾桃葉於此，作桃葉歌三首，因而得名。

[197] 按：應為莫愁湖，六朝時稱為橫塘，因其依石頭城，故又稱石城湖。相傳南齊時，有洛陽少女莫愁，因家貧遠嫁江東富戶盧家，移居南京石城湖畔。莫愁端莊賢慧，樂於助人，後人為紀念她，便將石城湖改名為莫愁湖。位於南京秦淮河西，有金陵第一名勝，金陵 48 景之首的美稱。

[198] 按：諸葛亮被稱為「臥龍」，後人便將其隱居之地的山岡叫作「臥龍岡」，這是一個現實中並不存在的地方，人們只能透過想像緬懷當時三國時代的地景。

[199] 羅山吟社：白玉簪、林玉書等人在明治四十四年（1911）於嘉義廳成立的詩社。設有例會，期月課題，每月數次雅集，常與台南諸吟友詩酒唱和，多次舉辦聯吟大會，並於昭和五年（1930）開二十週年紀念大會。大正十二年（1923）合併於「嘉社」。

[200] 太虛法師：釋太虛（1890-1947），俗姓呂，名淦森，學名沛林，法名唯心，號華子、悲華、雪山老僧、縉雲老人，浙江海寧人。光緒三十年（1904）在吳江平望小九華寺剃度出家，法名「唯心」，後由師祖奘年立表字「太

使我聞之興起。偶檢墳簏[203]，得其舊什一首刊諸詩鈔。太虛近作，較前尤勝，他日當續登之，俾知白杜[204]遺風，不讓遠公[205]專美也。

人不可自恃其力。牛馬獅象，力之最大者也，或以耕田，或以輓車，或為人繫捕而幽之檻內。故漢高曰：「吾能鬥智，不能鬥力。」

人不可自恃其財。鄧通銅山[206]，石崇金谷[207]，或以餓死，或以殺身。且當彌留之際，雖千萬金錢不能丐其一息，則財果可恃耶？

虛」。太虛法師於大正六年（1917）至基隆靈泉寺講學。民國十一年（1922）任武昌佛學院院長，次年創建世界佛教聯合會，並任會長。太虛法師主張革除佛教積弊，以弘教護國，進而興國救世。力主教理、教制、教產三大革命，提倡朝「人生佛教」的方向發展，撰文鼓吹佛教復興運動，建立新僧團制度。

[201] 龍象：原指象中之殊勝者，比喻菩薩之威猛能力。《維摩經》卷中：「譬如龍象蹴踏，非驢所堪。」吉藏《維摩經義疏卷・四》：「稱為龍象，非有二物，如好馬名龍馬，故好象稱龍象。」

[202] 長：通「掌」，司掌其職。

[203] 墳簏：意即書箱。墳指古代的經書典籍，簏為竹編的箱子。

[204] 白杜：指唐代詩人李白與杜甫。

[205] 遠公：指東晉高僧慧遠，曾在廬山隱居修行。

[206] 鄧通銅山：鄧通，西漢人，原為船夫。漢文帝曾夢到自己在登天，雖然只有幾步之遙，卻始終無法登入南天門，被黃頭郎一推，才終於進入南天門。文帝認為這是登天成仙的徵象，便積極尋找黃頭郎，認定鄧通即為黃頭郎，以鄧、登諧音，又有登天必通之意。然鄧通只會划船，別無所長，僅能靠諂媚博取文帝歡心。一日，文帝身上長大瘡，鄧通為吸吮大瘡的膿汁，文帝問鄧通誰最愛朕，鄧通答太子。太子入宮探病，文帝要太子吸吮身上的膿汁，太子卻感到為難，使文帝感嘆鄧通比太子還愛我，種下太子對鄧通的心結。之後，有相士預言鄧通福薄，老來必餓死。文帝不希望鄧通餓死，於是賜蜀郡的一座銅山給鄧通，並准許私人鑄錢，鄧通乃富甲一方。文帝駕崩，昔日的太子繼任為景帝，撤銷鄧通官職，後又查證他盜銅私鑄錢幣，抄沒家產。鄧通最終死於飢寒中。

[207] 石崇（249-300）：字季倫，小名齊奴，勃海郡南皮（今河北省滄州市南皮縣）人。西晉司徒石苞之子，頗有文采。任荊州刺史期間，對路經荊州的商旅打劫，遂致富，後於河陽置金谷園，與晉武帝的舅舅王愷爭比豪奢。西晉八王之亂時遭孫秀構陷而被殺。

　　人不可自恃其能。世上事物，千變萬化，何可稍示驕矜？驕則僨事，矜則易物。故曰喜騎者墜，善泅者溺。

　　然則我何恃乎？我所恃者，正義也，人道也；建諸天地而不悖，質諸鬼神而不疑，百世以俟聖人而不惑。

　　昌黎之文，吾愛讀之。昌黎之人，吾且鄙之。夫人至於貧窮，簞飯瓢飲可也，槁餓而死亦可也；即不然，躬耕而食，泌水衡門，亦可以畜妻子，捐憂患，何必三上宰相書，而求其援手哉！

　　宋張宏範[208]為元滅宋，泐石崖山，大書「張宏範滅宋處」，豐功偉績，震赫一時。及明陳白沙[209]過其地，為添其曰：「宋」張宏範滅宋處；一字之誅，嚴於斧鉞！

　　謝疊山[210]莊不仕元，被迫北上。臨行，有友贈詩曰：「此去好憑三寸舌，再來不值一文錢。」[211]疊山入燕，不改其節，餓死憫忠寺；則

---

208 張宏範（1238-1280）：字仲疇，漢人，汝南忠武王張柔的第九子，官至鎮國上將軍、蒙古漢軍都元帥。南宋祥興二年(1279)，張宏範窮追南宋帝昺入廣東崖山，宋將張世傑兵敗溺斃，陸秀夫負帝昺蹈海，張宏範遂於崖山鐫石：「張宏範滅宋於此」，向世人宣告顯赫戰功。按：陳白沙添加「宋」一字，指謫張宏範為宋人卻投降元朝，宋將滅宋是數典忘祖、大逆不道，但宏範自父輩起即居北方，原隸金國，後仕於蒙古，從非宋臣。

209 陳白沙（1428-1500）：名獻章，字公甫，號實齋，廣東新會人，後遷居白沙鄉，世稱白沙先生。明代為南學派創始人。著有《白沙詩教解》、《白沙集》。

210 謝疊山：謝枋得（1226-1289），字君直，號疊山，南宋信州弋陽人。其父謝徽明抗元戰死，由母親桂氏撫養，寶祐四年（1256）與文天祥同科進士。德祐二年（1276）率兵與元軍在安仁展開血戰，無援而敗。南宋滅亡後，枋得隱居於建寧唐石山，後流寓福建建陽山，以賣卜教書度日，不索錢財，惟取米屨。元二十六年（1289），被強制送往大都，拘留於憫忠寺（今法源寺）；不降，絕食而死。

211 按：語出《疊山集》卷五〈疊山先生行實〉。

今法源寺也。春時丁香極盛，余曾遊之。寺有二檟[212]，為唐人所植[213]；一已枯，一尚茂。

稻江此次建醮，窮奢極侈，費款百萬，有心人怒[214]焉傷之。黃君茂笙適來臺北，目擊其事，歸而以此詩寄余，猶此志也。錄之餘墨，以作警鐘[215]：

一樣風光十月天，高壇八九[216]互爭妍[217]，往來士女逢人道，此醮曾經七十年。

迎神忽報鼓三嚴，禮樂衣冠今古兼。我作鞠躬君跪拜，祈求福壽可均霑。

水晶朝頂戴來高，前代冠裳意氣多。禮鳴罷驫街上遇，惜無傘扇與旗鑼。

神佛於今已混同，觀音關帝城隍公。聖神畢竟真平等，玉帝壇依媽祖宮。

北極殿高屠戶盛，神農壇麗米商誇。問他花界崇何佛，只祀船頭水手爺。

高壇古董列層層，綠女紅男取次登。夏鼎商彝誰賞識，眼光齊射電光燈。

不茹葷酒各由衷，善信家家一例同。誰料慶成三日後，持齋人盡殺豬公。

---

212 檟：檟木。樺木科，落葉喬木。葉長倒卵形，邊緣呈鋸齒狀。木質堅硬，可作器具及建材。其嫩葉亦可為茶葉的代替品。
213 植：原作「樣」。
214 怒：音「逆」，憂思。
215 警：原作「驚」，誤。
216 八九：十之八九，意謂絕大多數。
217 妍：美也，原作「研」，誤。

柔毛剛鬣滿柴門，羽士焚章奏九閽。不把天公比饕餮，肯從門外喫羊豚？

多少妖姬禮佛香，酥胸半露競時妝。如花體態如蓬髮，一隊天魔下道場。

老幼爭途大道中，人山人海此觀光。西風吹到瀟瀟雨，母自呼兒子覓娘。

為挽商風盛款賓，欲深信仰故迎神。招來香客闐無數，只是便宜賣酒人。

僧道鐘聲響乍終，中人尚費百千銅。可憐如此還神眷，神未通時力已窮。

夫以臺灣今日之景象，民智未強，群德猶渙，貪夫殉利，夸者死權[218]。苟非以高尚純美之思想，振其堅毅活潑之精神，文化前途，將無可語。

小說也，戲劇也，講演也，報紙也：皆足以啟發社會之文化者也。而今之臺灣，無小說家，無戲劇家，雖有講演而不能周，雖有報紙而不能達，則文化之遲遲不進，毋怪其然。

不佞以為凡屬臺灣之人，皆負啟發臺灣文化之責。其責惟何？則人人當尊重其個性，發揮其本能，鼓舞其熱誠，以趨於文化之一途。

不佞不能詩也，而敢為《詩薈》。《詩薈》者，集眾人之詩而刊之，仍以紹介於眾人，不佞僅任其勞。而臺灣之文學賴以振興，於臺灣之文化不無小補。

218　按：西漢・賈誼〈鵩鳥賦〉：「貪夫殉財兮，烈士殉名，夸者死權兮，品庶馮生。」意謂：貪婪的人因財而死，剛烈之士為名而殉身，貪圖權勢而矜誇的人，追求權勢到死不休，而一般的黎民百姓無不貪生怕死。

　　讀書之患在於不博，尤在於博而不精。漢之大師，皆抱一經，以通眾說，故《易》有施孟梁丘[219]，《書》有歐陽大小夏侯[220]，《詩》有齊魯韓[221]，《公羊》有嚴顏[222]，《儀禮》有大小戴[223]，皆卓立一家，為世所宗，由其精也。

　　今之學子，方學文矣，忽而詩，忽而詞，忽而書畫，忽而金石，自非天才，安能兼美？

　　夫讀書所以致用也。然讀書自讀書，致用自致用，判然兩途，未可兼顧。而今之讀書者，忽而政治，忽而法律，忽而經濟，忽而宗教，無不知之，無不言之。然博而寡要，勞而無功。烏乎可！

　　僚之丸，秋之奕，由基之射，技也而能卓立，精之爾。故荀子曰：「藝之精者不二。」

---

[219] 按：《易》又名《周易》，明代以後通稱《易經》。西漢宣帝、元帝時，立施讎、孟喜、梁丘賀與京房為學官。施讎、孟喜均受學於田王孫，梁丘賀受學於京房。因此世稱施讎、孟喜、梁丘賀為三家易。

[220] 按：《尚書》本名《書》，五經之一，亦名《書經》。秦始皇焚書後，漢代通行伏生口授的今文《尚書》，伏生傳授予歐陽生與張生，張生傳授予歐陽高、夏侯勝（大夏侯）、夏侯建（小夏侯），遂為今文尚書之三家。

[221] 按：《詩經》最初名為《詩》或《詩三百》，漢代列入五經，才有《詩經》之名。秦始皇焚書，西漢耆老口授、以篆書抄錄，為今文詩，與發掘於孔壁的古文詩對稱。被立於學官者皆今文詩：齊詩，齊人轅固生所傳、亡於曹魏；魯詩，魯人申培公所傳、亡於西晉；韓詩，燕人韓嬰所傳、亡於北宋。又古文詩僅毛詩一家，由魯人毛亨所傳，毛亨作《毛詩故訓傳》授毛萇，鄭玄據之作箋。後世僅毛詩《韓詩外傳》存，魯、齊、韓皆亡。

[222] 按：《公羊傳》，為《春秋》三傳之一，相傳是戰國齊人公羊高所作。西漢講授《公羊傳》有二人：顏安樂，字公孫，魯國薛人；嚴彭祖，字公子，東海下邳人；皆從眭孟學習《春秋公羊傳》。清·馬國翰《玉函山房輯佚書》輯有《公羊嚴氏春秋》、《春秋公羊顏氏記》。

[223] 按：《儀禮》，原名《禮》，乃相對《禮記》而言，又稱《禮經》，記載古代禮制著作，且為中國歷朝制定儀典時的重要依據，今通行本存 17 篇。西漢最初傳授《儀禮》者是高堂生，宣帝時立大小戴（戴德、戴聖）、慶氏（慶普）為三家禮，盛極一時。東漢鄭玄作《三禮注》，是《儀禮》最早的註本。

　　東京人士之刊行漢詩者凡數種而最著者有三：一《文字禪》，一《隨鷗集》[224]，一《大正詩文》：皆佳構也。《文字禪》為聲教社所編，《隨鷗集》為隨社所輯，而《大正詩文》則雅文會印行，日下勺水翁[225]所主宰也。勺水翁年已七十，工漢文、湛詩學。昨年始印其鹿友莊文集，以頒藝苑。惠錫一部，不勝景仰。翁為當代文宗，著作不倦，吾甚祝其眉壽而扶持文運於東海也。

　　少陵之詩，人世之詩也；太白之詩，靈界之詩也。故少陵為入世詩人，而太白為出世詩人。

　　吾友蘇曼殊嘗謂拜輪[226]足以貫靈均[227]太白[228]，而沙士比[229]、彌爾頓[230]、田尼孫[231]諸子只可與少陵爭高下，此其所以為國家詩人，非所語於靈界詩翁也。

---

[224] 《隨鷗集》：隨鷗吟社/吟會的社團刊物，創刊自明治四十一年（1908），以每月 15 日出刊為原則，間有增刊。該會以東京為中心，每月例會，參與者多為日本傳統漢文人，是二戰前日本最重要的漢詩社團，間有台灣人參與。

[225] 日下勺水（1852-1926）：名寬，字子栗，別號鹿友莊，下總國古河（茨城縣古河市）人，師事川田甕江與重野安繹。東京帝國大學講師，迴瀾文社社員，主宰雅文會。編有《文科大学史誌叢書》，著有《鹿友莊文集》。

[226] 拜輪：今譯拜倫（George Gordon Byron, 1788-1824），英國詩人，十八世紀浪漫主義文學泰斗，著有《寫給奧古斯塔》、《唐璜》、《恰爾德‧哈洛爾德遊記》等名篇。末者一作，旨在宣揚反暴政、反侵略、追求自由，並歌頌民族解放的理想。

[227] 靈均：即屈原，字靈均。

[228] 太白：即李白，字太白。

[229] 沙士比：今譯莎士比亞（William Shakespeare, 1564-1616），英國文學史和戲劇史上極為傑出的作家，著有《仲夏夜之夢》、《奧賽羅》、《哈姆萊特》等多部膾炙人口的作品。

[230] 彌爾頓：又譯米爾頓（John Milton, 1608-1674），著有《酒神之假面舞會》、《失樂園》等。

[231] 田尼孫：又譯丁尼生（Alfred Tennyson, 1809-1892），英國維多利亞時期的代表詩人，主要作品有詩集《悼念集》、獨白詩劇《莫德》、長詩《國王敘事詩》等。

烏乎！英國有一沙士比，已足驕人，而中國有一靈均，又一太白，實足為詩界揚其氣焰。而今之崇拜西洋文學者，不知曾讀靈均、太白之詩而研究之歟？

唯我臺灣，今當文運衰頹之時，欲求一入世詩人，渺不可得，遑論出世。然以臺灣之山川奇秀，氣象雄偉，必有詩豪誕生其間，以與中原爭長也。

辜鴻銘[232]先生此次來遊，頗有講演，而其論斷多中肯綮[233]。如引「學而不思則罔、思而不學則殆」二語，謂今之舊學者大都學而不思，而新學者則又思而不學。又曰：「大學之道，在明明德，在親民，在止於至善，可為治國平天下之本，施之古今而不悖者也。」先生受大東文化協會[234]之聘，將以明春再來。吾願先生抒其學識，振其精神，以發揮東洋文化之特色。

---

[232] 辜鴻銘（1857-1928）：名湯生，字鴻銘，號立誠，自稱慵人、東西南北人，別署漢濱讀易者。祖籍福建同安，生於英屬馬來亞檳榔嶼。同治六年 1867 年負笈歐洲，於英國愛丁堡大學修習英國文學、德國萊比錫大學修習土木工程、法國巴黎大學修習法學，通曉英、德、法、拉丁、希臘等多種語言。光緒六年(1880)返回故鄉檳城，於英國殖民政府任職；十一年（1885）前往中國，擔任湖廣總督張之洞的「洋文案」（外文秘書），協助推行新學建設；其後輾轉於公職，辛亥革命後辭去所有公職，民國四年（1915）任教於北京大學，撰著《中國的牛津運動》、《中國人的精神》，英譯《論語》、《中庸》、《大學》。十三年（1924）赴日講學三年，其間曾來臺，由辜顯榮招待。十六年（1927）從日本返回中國，翌年逝世。

[233] 按：肯「綮」，當作肯「綮」（音「慶」），本指骨頭和筋肉結合的部位，多被引喻為事理的扼要處。

[234] 大東文化協會（1923-1949）：大正十二年（1923）2 月成立，會長大木遠吉伯爵，副會長江木千之、小川平吉。以復興東亞的儒教及漢學，提振日本皇道精神與東亞文化，進而防止危險思想（如法西斯主義、共產主義）的入侵為成立宗旨。為達到目標，蒐羅代表東亞固有文學的書籍，設立博物館；又於同年 9 月設立大東文化學院（翌年 1 月開學），分為本科（三年）、高等科（三年）、研究科（一年以上），教員有國分高胤（青厓）、館森萬平（鴻）、服部宇之吉、瀧川龜太郎、內藤虎次郎（湖南）、久保得二

　　《詩薈》以昨年十二月十五日創刊，而今復為二月十五，一年容易，又是花朝，世事變遷，無殊彈指。而臺灣詩界之消長，可於《詩薈》覘[235]之。

　　全臺詩社第二回大會[236]，以本月七日開於臺南。辱承寵招，而余旅稻江[237]，杜門卻掃[238]，不獲一歸故里，得從諸君子後，自呼負負。

　　臺北文廟久遭拆毀，濟濟多士，言之嗚咽。而今乃有重建之議。夫孔子以詩為教者也，故曰：「不學詩，無以言。」[239]又曰：「詩可以興。」[240]詩之為用大矣哉！

　　美友吟社[241]近以社課「大夫松」五律，囑為評點。余以此題為秦皇登封之事，已屬枯窘，無處著想；若作七律，尚可敷衍，而五律則難下筆矣。五律詠物之佳者，少陵雖稱老手，然〈天河〉、〈初月〉、〈擣衣〉、〈歸燕〉諸作，大都借物寄託，隨題發揮，非如課題之以刻畫為工也。余意凡欲作詩，須先擇題，次選體，方有佳搆。而詠物則以七律為宜。質之吟壇，以為然否？

　　　（天隨）、鹽谷溫、鈴木虎雄等，皆日本漢學家的一時之選。曾邀請辜鴻銘訪日講學，並於十四年（1925）出版《辜鴻銘演講集》。
[235] 覘：音「沾」，窺也。
[236] 大正十四年（1925）二月於南社主辦第二回「全島詩人聯吟大會」，或稱「全島詩社聯吟大會」。
[237] 大正八年（1919），連橫應華南銀行發起人林熊徵之聘，移居台北大稻埕。
[238] 杜門卻掃：語出杜甫〈客至〉：「花徑不曾緣客掃，蓬門今始為君開。」指不再打掃門庭的路徑，引申為閉門謝客。
[239] 按：語出《論語‧季氏》。
[240] 按：語出《論語‧陽貨》。
[241] 美友吟社：據推斷應於大正初年於美濃成立，成員有陳保貴、朱阿華、林富琦等，陳保貴為社長。

春光明媚，永福桃林，煥然大放，攜筇一過[242]，落英繽紛，滿山皆詩料也。惜此非武陵，足以遺世；不然，將挈妻子而居之，不知有漢，無論魏晉。

坊賈射利[243]，自古已然。乃有竊後人之詩詞，以入前人之集中者，此尤可惡。王次回《疑雨集》，傳世已久，而二十年來又有《疑雲集》出現，刻者以為祕本。然其中詩詞，則強半他人之作也。杭縣徐仲可[244]先生著《可言》十四卷，內言《疑雲集》之詞百有二闋，有二十四闋為俞小甫師所作，亦有改竄題中人名者，蓋懼閱者之識為近人，窺見其隱耳。復檢其餘，亦皆古今他人之詞。真惡作劇哉！按俞小甫名廷瑛，吳縣人，任浙江通判，著《瓊華室詩詞》。

今之所謂小說家者，多勦拾[245]前人筆記，易其姓名，或敷衍其事，稱為創作。曩在滬上見某小說報，中有一篇，題目為「一朝選在君王側」，已嫌其累，及閱其文，則純抄〈過墟記〉之劉寡婦事，真是大膽！夫〈過墟記〉之流傳，知者雖少，然上海毛對山[246]之《墨餘錄》曾轉載之。對山同光時人，其書尚在。為小說者，欲欺他人猶可，乃並欲欺上海人耶？

---

242 攜筇一過：即策杖訪勝。筇，音「窮」，竹之堪杖者，古人多據以為拐杖；過，訪也。

243 射利：牟利、求利。

244 徐仲可（1869-1928）：徐珂，原名昌，字仲可，浙江杭縣人，光緒十五年（1889）舉人，二十七年（1901）在上海擔任《外交報》、《東方雜誌》的編輯，宣統三年（1911）接管《東方雜誌》的「雜纂部」。曾任商務印書館編輯，參加過南社。編有《清稗類鈔》、《歷代白話詩選》、《古今詞選集評》。

245 勦拾：剽竊、抄襲。勦，音義同「抄」。

246 毛對山（1812-約1982）：毛祥麟，號對山，上海人。善詩、畫、中醫，著有《史乘探珠》、《墨餘錄》、《對山醫話》等。

　　購書不易，而購善本尤難。今之所謂秘籍者，大都摭拾[247]舊時之書，而易名，以欺村愚。故欲購者須自檢點。否則，當託通人而買之，方不受其所愚。

　　歌謠為文章之始，自斷竹𧤠肉[248]，以至明良喜起[249]，莫不有韻。韻之長短，出於天然。否則不足以盡抑揚宛轉之妙。而今所謂新體詩者，獨不用韻，連寫之則為文，分寫之則為詩，何其矛盾！

　　夫詩豈有新舊哉？一代之文，則有一代之詩，以發揚其特性。是故風雅頌變而為楚辭，為樂府，為歌行，為律絕，復變而為詞為曲，莫不有韻，以盡其抑揚宛轉之妙，而皆為詩之系統也。是故宋人之詞、元人之曲別開生面，流暢天機，可謂工矣，而作之者斷不敢斥歌行律絕為無用，即作歌行律絕者亦不敢斥楚辭樂府為無用。而為新體詩者，乃以優美之國粹而盡斥之，何其夷[250]也！

　　臺北之採茶歌，純粹之民謠也，又莫不有韻，且極抑揚完轉之妙。余嘗采其辭，明其意，美刺怨慕[251]，可入風詩；而所謂新體詩者更萬萬不及。

　　《詩》有六義，學者知矣。而今所謂新體詩者，則重寫實。余曾以少陵之「露從今夜白，月是故鄉明」[252]二語，問之當如何寫法，竟不能寫。即能寫矣，亦必不能如此十字之寫景寫情耐人尋味也。

---

[247] 摭拾：音「職時」，拾起、摘取之意。

[248] 斷竹𧤠肉：全文為「斷竹，續竹，飛土，逐肉」，出自《吳越春秋》，相傳為炎黃時代的民間詩歌。意思是把竹子砍下然後接起來作成弓箭，出發打獵塵土飛揚，弓箭射到獵物。為描繪原始狩獵的場景。這裡引申為上古原始時代。

[249] 明良喜起：出自《尚書・益稷》：「股肱喜哉，元首起哉，百工熙哉」與「元首明哉，股肱良哉，庶事康哉！」為君臣和相勉勵敬重的話。這裡引申為進入文明時代。

[250] 按：古時稱東方少數民族為「東夷」，有野蠻、未開化的歧視意味。雅堂用此批判提倡新體詩的人，盡斥古詩，是非常野蠻、武斷的行為。

[251] 美刺怨慕：運用美麗的辭藻加以諷刺、抱怨、或傾訴思慕之情，即《詩經》「言之者無罪，聞之者足以戒」之意。

　　然則今之所謂新體詩者，誠不如古之打油詩。《升庵外集》[253]唐人張打油〈詠雪〉詩云：「江上一籠統，井上黑窟窿，黃狗身上白，白狗身上腫」。故謂之俗者為打油詩。然此詩有韻，且句法整齊，略如五絕，可吟可詠，勝於新體詩萬萬矣。

　　為新體詩者，以為固有之詩多束縛，因而不為。或懼其難，學之不至，遂敢斥之。然彼所謂新體者，豈非自稱有派乎？又有句法聲調乎？若苦束縛，並此不為，而後可謂解放。

　　漢文不可不讀，而字義尤不可不知。而今日臺灣之漢文，非驢非馬，莫名其妙。如酒饌也，而曰「御馳走」[254]；支票也，而曰「小切手」[255]。使非稍知日語者閱之將不知其所謂。故臺灣今日之漢文，可謂極弊。

　　夫漢文之字義，千變萬化，有用之此處為善、用之彼處為惡者。如「大行」二字，用之「教化大行」，則以為教化普及；用之「天子大行」，則以為天子殂崩。故下筆時不可不慎。

　　人生之樂，莫如讀書。然欲讀書，必須得書。得書之法，厥有兩途：一為自購，一為他借。購書既難，借書又難。則幸而可購可借，欲以無限之書，供我輩不時之讀，更為甚難。

　　臺灣僻處海上，書坊極小，所售之書，不過四子書、千家詩及二三舊小說，即如屈子《楚詞》、龍門[256]《史記》為讀書家不可少之故籍，

252　按：語出杜甫〈月夜憶舍弟〉。
253　《升庵外集》：明・楊慎（1488-1559）著。慎字用修，號升庵，著有《升庵集》，又稱《升庵全集》。
254　御馳走（ごちそう）：日文，盛宴之意；當時臺人往往直接將日文辭彙放入中文脈絡使用，取其漢字及語意。
255　小切手（こぎって）：日文，即支票。
256　龍門：司馬遷出生於龍門（今陝西省韓城市），因代稱之。

而走遍全臺，無處可買，又何論《七略》[257]所載，四部[258]所收也哉？然則欲購書者，須向上海或他處求之，郵匯往來，諸多費事，入關之時又須檢閱，每多紛失；且不知書之美惡，版之精粗，而為坊賈所欺者不少。

臺北雖有圖書館，而偏在城內，稻江人士不便往讀。即欲借出，亦非易事。且非有特別券者，更不能得特別書。而所謂特別書者，以余觀之，又甚平。常我輩寒畯之士，復何從而得特別券哉？

夫臺北固所謂首善之地也，借書之難猶若此。若臺中，若臺南，若新竹，若高雄，借書之難亦必若此。顧此猶屬都市也，若在偏鄉，又從何而借之？

不佞自十年來，擬集同志組織讀書會及圖書流通處，一以鼓舞讀書之趣味，一以利便讀者之購借，而呼遍全臺，無有應者。文運之衰，寧不慨歎！蓋今日臺灣之搢紳但知權利，青青子衿又求享樂，而螢窗雪案[259]之功遂無人肯用心矣。悲哉！

雖然，天下事特患無人提倡爾。十室之邑，必有忠信；芸芸三百七十餘萬人中，豈無二三好學之士？余謂今日辱閱《詩薈》諸君，則不佞之同志也，吾當藉此組織讀書會及流通處，以收其效。

---

[257] 《七略》：西漢劉向、劉歆父子同校西漢宮廷藏書，以官府藏書散亂，乃校對整理，撰寫《七略》一書，成為中國最早的圖書分類法。《七略》分別為：〈輯略〉（學術簡史）、〈六藝略〉（儒家經典類）、〈諸子略〉（戰國時期的九流十家）、〈詩賦略〉（文學作品）、〈兵書略〉（軍事書籍）、〈術數略〉（數學、天文、星象、曆法）、〈方技略〉（醫藥、巫術）。原書已失傳，班固編寫《漢書·藝文志》時曾大量引用，可從《漢書》識其概貌。清人姚振宗曾輯錄《七略佚文》，為世所稱道。

[258] 四部：即經、史、子、集，古代的圖書分類法。因時代演變，使得《七略》精簡成四部。

[259] 螢窗雪案：比喻勤學苦讀。螢窗，晉·車胤因家貧，無力購買燈油，於是將螢火蟲放入囊袋中，利用螢火的亮光來讀書。雪案，晉·孫康家貧，利用雪光映照，伏案讀書。

　　讀書之難，不在購書，不在借書，而在擇書。夫以漢文而言，《七略》所載，四部所收，覽其目錄，已足頭痛，又何從而讀之哉？故書有宜讀者，有宜閱者，有宜讀而必熟讀者，有宜閱而不必盡閱者，是在明師之指導。

　　讀書之患在於好多。多則泛，泛則不精。他人知之，而我亦知；他人言之，而我亦言。究之書之精微，則不能知、不能言。則知之言之，亦恐買櫝還珠，看朱成碧，非徒無益，而又有害。

　　讀書之患在於躐等[260]。行遠自邇，登高自卑[261]，人事之宜然也。而今之青年，字義未晰，而讀古文，且欲讀秦漢之文。惝怳迷離，錯誤八九。非徒無益，而又有害。

　　讀書之患在於無恆。一暴十寒[262]，古人所戒。而讀書者每不能自守時間，復不能自定課本。一書未完，又讀一書。東奔西走，莫得徑塗。非徒無益，而又有害。

　　讀書之患在於過勞。夫書所以長學問養精神也。若讀之過勞，孜孜矻矻[263]，夜以繼日，則學問未得而精神已疲。非徒無益，而又有害。

　　故余謂書有宜讀者，有宜閱者，有宜讀而必熟讀者，有宜閱而不必盡閱者，是在學子之心得。

　　讀書宜約，閱書宜博。讀書宜精，閱書宜略。讀書宜緩，閱書宜速。讀書宜定刻，閱書宜隨時。讀書宜明其始末，閱書宜知其大概。

---

[260] 躐等：指超越等級，不循次序。躐：音「列」。

[261] 行遠自邇，登高自卑：出自《禮記·中庸》：「君子之道，辟如行遠必自邇，辟如登高必自卑」。指學習要先打好基礎，然後再逐步加深。邇，近處；卑，低處。

[262] 一暴十寒：一天曝曬，十天寒冷。比喻做是缺乏恆心，時常中斷。

[263] 孜孜矻矻：勤勉不懈的樣子。

　　顧尤有一事焉。凡在讀閱之時，自備箚記，摘其精微，誌其疑義，遇有會心之處，或全抄之，或節錄之，以備他日之用，且可旁證他書而貫通之，而後可得讀書之益。

　　余既論讀書閱書之法，有二三青年造門而請曰：「先生之論誠是。我輩欲從事詩文，當從何處入手，庶免徒勞無益？」余曰：「讀書之要，不在於多，而在於精。精則能用工，能用工則能致志，能致志則能專一。心與書會，書與心化，亦通四闢，無乎不宜，而讀書之要得矣。」

　　夫古今之書，汗牛充棟，何能盡讀？試以余所經驗，而為從事詩文者徑塗，約有十種。於經則《詩經》、《書經》、《春秋左傳》；於史則《史記》、《漢書》；於子則《孟子》、《莊子》、《韓非子》[264]；於詩則《楚辭》、杜集[265]。此十種者，固非難得之書。若以常人讀之，三年可以畢業，最久亦不過四五年。聰穎之士，如有餘暇，可以旁讀《昭明文選》或《經史百家雜抄》，則欲撰述詩文，斐然成章矣。

　　顧余尤有言者：凡欲讀書，須先識字，則《爾雅》、《說文》不可不讀。《周禮》保氏以六書教國子。[266]何謂六書？曰象形，曰諧聲，曰指事，曰會意，曰轉注，曰假借。夫六書為讀書之基礎，而臺人多不講求，則不能讀古書，而微言要義，隱晦不彰矣。

---

[264] 作者註：以文言之，當讀《韓非》，取其刻峭；以學言之，當讀《墨子》，取其廣大。按：註中「墨子」，疑當係「莊子」之筆誤，此因正文所謂「於子則《孟子》、《莊子》、《韓非子》」云云，不見「《墨子》」。又《墨子》一書非以「廣大」著稱，而《莊子》之境，則夐遠超廣，宜其稱譽。

[265] 作者註：此以舊例分之，若照今日科學，則《詩經》當入詩，《左傳》當入史。杜集，指杜甫詩集。

[266] 出自《周禮‧地官司徒‧保氏》：「保氏掌諫王惡，而養國子以道，乃教之六藝：一曰五禮，二曰六樂，三曰五射，四曰五馭，五曰六書，六曰九數。」古者貴族生育子女之後，兒女不由父母照顧，而委請保、傅來照顧、教養。這句話的意思是老師教導學童認識文字。

今之青年多不讀書,但閱二三講義,便以通人自命,且欲舉至美至粹之文學而破壞之。人不滅我而我自滅,天下之喪心病狂,莫甚於此。吁可哀矣!

梁鈍庵先生曾謂林南強:「人生世上,何事多求?但得一間小茅屋,一個大腳婢,一甕紅老酒,足矣。」林無悶聞之為下轉語曰:「一間小茅屋不破,一個大腳婢不醜,一甕紅老酒不竭。」余更為之註曰:「不破易,不醜易,不竭難。」

文人著書,嘔盡心血,必須及身刊行,可方自慰。若委之子孫,則每多零落。蔡玉屏山長以儒素起家,積資三十餘萬,身死未幾,而產已破。叢桂山房之詩集不知能保全歟?或曰:玉屏死而有知,不哭其詩之不傳,而哭其財之不守。

浪吟詩社之時,余年較少,體亦較弱。余嘗戲謂諸友,使余不先填溝壑,當為諸公作佳傳,一時以為醉語。乃未幾而吳楓橋死,蘇雲梯[267]死,張秋濃、李少青、陳瘦痕相繼死。今其死者唯余與蔡老迂而已。歲月不居,頑健勝昔,諸友佳傳,迄未草成。每一思及,為之悵然!

二十年前,余曾以〈臺灣詩界革新論〉[268]登諸《南報》,則反對擊缽吟之非詩也。《中報》[269]記者陳枕山見而大憤,著論相駁,櫟社諸君子助之。余年少氣盛,與之辯難,筆戰旬日,震動騷壇。林無悶乃出而調和。其明年,余寓臺中,無悶邀入櫟社,得與枕山相見。枕山道

267 蘇雲梯(1863-1908),字士階,祖籍漳州府海澄縣,光緒廩生。曾任頭前溪庄庄長、台南縣參事、阿緱廳辨務署參事等職務。明治三十二年(1899)獲頒授紳章。三十六年(1903)與高屏地區士紳共同創立南昌製糖會社,並出任社長。此外還有投資台南新報社、開墾、煉瓦製造等事業。

268 〈臺灣詩界革新論〉:明治四十年(1907),連橫發表於《台南新報》,反對擊缽吟,引起文壇論戰。

269 《中報》:指《臺灣新聞》,為三大官報之一,社址在臺中。

義文章，余所仰止，而詩界革新，各主一是；然不以此而損我兩人之情感也。

　　夫詩界何以革新？則余所反對者如擊缽吟。擊缽吟者，一種之遊戲也，可偶為之而不可數，數則詩格自卑，雖工藻繢[270]，僅成土苴[271]。故余謂作詩當於大處著筆，而後可歌可誦。《詩薈》之詩，可歌可誦者也。內之可以聯絡同好之素心，外之可以介紹臺灣之作品。

　　詠物之詩，最難工整；而細膩熨貼，饒有餘味，尤堪吟誦。頃閱高吹萬《感舊錄》[272]載華亭張詩舲[273]尚書〈白丁香〉二首，亟錄於此：

> 繁蘂簇簇發濃馨，點綴晴光屈戍屏[274]。艷雪攢枝春瑣碎，煖煙接葉玉伶俜。纖情粉結搜奩具，扶病香閨檢藥經。弱質不禁風力甚，祇宜輕絮罩閒庭。

> 釵朵分明異樣粧，隔簾偷舞白霓裳。洛妃攘腕垂垂潔，玉女傳言叩叩香。幾處冰蟾添夜朗，一年粉蝶送春忙。略無羞澀青衣態，瑤館開時並海棠。

---

[270] 繢：音「會」，彩織，此指華麗的辭采。

[271] 土苴：渣滓，糟粕；比喻微賤的東西。《莊子・讓王》：「道之真以治身，其緒餘以為國家，其土苴以治天下。」

[272] 高吹萬《感舊錄》：即高燮《感舊漫錄》。高燮（1879-1958），字時若，號吹萬、寒隱、黃天、葩叟，別署志攘，江蘇金山人，世代書香，家道殷厚，一生嗜讀，藏書十餘萬卷，為江南著名藏書家，尤以《詩經》最為詳備。著有《吹萬樓詩集》、《吹萬樓文集》、《吹萬樓日記節鈔》、《讀詩札記》、《感舊漫錄》、《望江南詞》等20餘種。

[273] 張詩舲（1785-1862）：張祥河，原名公璠，字元卿，號詩舲、鶴在、法華山人，江蘇華亭人。嘉慶二十五年（1820）進士，歷任內閣學士、吏部侍郎、刑部侍郎、工部尚書，以及廣東、雲南清吏司。擅長畫寫意花鳥和山水畫，著有《小重山房集》、《南山集》等。

[274] 屈戍屏：屈戍屏風。東晉時，北方的後趙石虎，作金銀鈕屈戍屏風，用搭扣相接，可折疊，蒙以白色細絹，上畫道士仙人禽獸之像，被視為是典雅、精緻的器物，成為文人好用的意象。參晉・陸翽《鄴中記》。

春柳秋柳之詩，作者多矣。曩讀《粟香隨筆》[275]，有蔣鹿潭[276]〈冬柳〉四首，為錄其一：

> 營門風動冷悲笳，臨水隄空盡白沙。落日荒村猶繫馬，凍雲小苑欲棲鴉。百端枯莞悲心事，一樹婆娑驗歲華。往日風流今在否？江南回首已無家！

鹿潭，江南人。時當洪楊之役[277]，干戈俶擾，身世淒涼，固不覺其言之痛，然詠物比興，此為最工，非僅剪裁字面，以藻繪為能事也。

臺灣雖稱文明，而藝術方面微微不振；演劇也，音樂也，書畫也，皆藝術之最真最美者也。而今之臺灣，無演劇家，無音樂家，無書畫家。則有一二之士抱其天才，成其絕學，以發揮其特色，而不為社會所重，又何怪其微微不振。

黃君士水[278]以雕刻之術名聞海內。黃君本居東京耳，使在臺灣，將與庸俗伍，又何能發揮其特色，而尊之為藝術家耶？

---

[275] 《粟香隨筆》：清·金武祥（1841-1925）著。武祥原名則仁，字溎生，號粟香，江蘇江陰（今屬江蘇）人。著有《芙蓉江上草堂詩稿》、《木蘭書屋詞》、《粟香室文稿》、《粟香隨筆》、《陶廬雜憶》等。

[276] 蔣鹿潭（1817-1868）：蔣春霖，字鹿潭，江蘇江陰人。早年致力於詩，中年專力填詞，著有《水雲樓詞》、《水雲樓賸稿》。

[277] 洪楊之役：指太平天國之亂（1851-1864）。清咸豐元年（1851），洪秀全與楊秀清、蕭朝貴、馮雲山、韋昌輝、石達開等人在廣西桂平縣起兵反清，國號太平天國。初，連克數州、勢如破竹，並於咸豐三年（1853）攻下金陵（今南京），號稱天京，定都焉。太平天國一度領有中國東南半壁江山，震撼中外。後因執政迷信神權、破壞儒學，群王傾軋內亂、朝廷奢糜淫亂，民心漸失；清廷起用中興名臣如曾國藩、李鴻章等領軍弭亂，同治三年（1864）情勢逆轉，洪秀全病逝，天京失守，太平天國只剩殘餘勢力逃竄，同治十一年（1872），翼王石達開餘部李文彩在貴州敗亡，亂事遂告平定。

[278] 編按：應為黃土水（1895-1930），臺北艋舺人。幼年即對傳統雕刻藝術大感興趣，大正四年（1915）獲民政長官內田嘉吉及國語學校校長隈本繁吉等人推薦，留學東京美術學校，入雕塑科木雕部，師從高村光雲研習西洋木雕。九年（1920）即以作品「山童吹笛」入選第二回帝國美術展覽會（帝展），成為第一位入選帝展的臺籍人士。隔年（1921）畢業，留在原校繼

　　夫以臺灣山川之美麗，風景之清幽，自然之變化，千奇百態，蘊蓄無窮，必有大藝術家者出，以揚海國之雄風。而今日尚無有起而作之者，則社會不以為重，獨唱寡和，□乎無聞。

　　伯樂一過冀北而馬群皆空，冀北非無良馬也，非得伯樂之賞識，又安能於牝牡驪黃[279]之外，知其良馬？故士之遇合亦然。

　　雖然，藝術家固不以窮通得失縈於胸中也，獨往獨來，超乎象外，不為利趨，不為名誘，而藝術之價值乃為算數譬喻所不能及。

　　今臺人士之所尚者非詩乎？詩社之設，多以十數，詩會之開，日有所聞，而知之真意義，知者尚少。夫詩者，最善最美之文學也，小之可以涵養性情，大之可以轉移風化，其用神矣。而今之詩人知之乎？能不以詩為應酬頌揚之具乎？

　　臺北雖號文明，而文化施設尚多未備。則以稻市[280]一隅觀之，尤形落寞。夫稻市固商業繁盛之區，人民殷庶，行旅駢填，而一入其中，無圖書館，無閱報室，無講演堂，無俱樂部，乃至一小公園亦不可得。吾不知稻人士何以消遣乎？而市議員何以不言耶？

　　娼寮也，酒肆也，戲園也，均為行樂之地，而實銷金之窟[281]。都市發展，雖不得不設此種，而非公眾清遣之法。故夫一都一市，以至一鄉一村，而無公園，無圖書館，無閱報室，無講演堂，無俱樂部，則謂之無文化之施設亦不為過。又況為大名鼎鼎之大稻埕乎？

　　續就讀塑造科，師從朝倉文夫，同年又以「甘露水」入選第三回帝展。十一年（1922）學成返鄉，再以「擺姿態的女人」入選第四回帝展。之後創作不輟，亦屢屢獲獎，惜英年早逝。

[279] 牝牡驪黃：比喻觀察事物要了解實質真象，不能單純著眼於表面。典出《列子·說符》，相傳伯樂推薦九方皋為秦穆公求駿馬，九方皋得馬後穆公詢之，答為黃色母馬，實則為黑色公馬，穆公責之；待馬取來，果然是稀世良馬。喻相駿馬不必拘泥於外貌及性別。牝牡，雌雄。驪，純黑的馬。

[280] 稻市：臺北大道埕。

[281] 銷金之窟：大量花費金錢的處所。

　　艋津之繁盛，不及稻市，則其文化之施設，當亦不及稻市。然聞艋人士將於龍山寺前籌闢公園，且有俱樂部矣，可以讀書，可以閱報，可以講演。而稻市無有也。稻人事事爭勝，不落人後，而文化施設竟不及艋津，清夜自思，寧不慚愧！

　　炎暑薰蒸，熱且百度。居是閒者，皆感困苦。彼紈褲兒[282]、大腹賈[283]雖可消夏於草山、北投，挾妓遨遊，翛然塵外；否則北窗高臥[284]，電扇乘涼，雪藕調冰，自適其樂，亦可以消永晝；而窮簷之子[285]、食力之徒，驕陽鑠[286]背，污汗滿身，欲求一清涼世界而不可得。然則稻人士而為自樂共樂之計，當先籌闢公園。以市稅充之，固非難事。若更進一步，則利用淡江為水上公園。兩隄植樹，設置茶亭。當夫夕陽欲下，夜月初升，畫船小艇，泛乎中流，清風徐來，波光蕩漾，豈非暑國之水都，而塵世之淨土也哉？此議若成，樂且無極，吾當先作淡江雜詠，以與秦淮、珠江並傳宇內也。

　　臺灣漢文，日趨日下。私塾之設，復加制限。不數十年，將無種子。而當局者不獨無振興之心，且有任其消滅之意。此豈有益於臺灣也哉？

　　夫漢文為東洋文明之精華，而道德之根本也，中國用之，日本亦用之。歐戰[287]以後，思想混淆，日本有識之士，多謀振興，而雅文會尤鼓吹。其發行之《大正詩文》（十五帙第七集）有時事瑣言二則，為藤本天民所撰。錄之於左：

---

[282] 紈褲兒：富家子弟，此有譏諷意。紈褲，細絹製成的褲子。

[283] 大腹賈：舊時稱富商，有譏諷之意。

[284] 北窗高臥：出自陶淵明《與子儼等書》：「常言五六月中，北窗下臥，遇涼風暫至，自謂是羲皇上人。」比喻悠閒自得。

[285] 窮簷之子：貧苦人家。窮簷，指茅舍、破屋。

[286] 鑠：融化。

[287] 歐戰：第一次世界大戰（1914-1918），主戰場在歐洲，故稱。

一曰：今人較有氣節有識見者，不向其業之同異，皆有漢素養者也。試執初刊以來之《大正詩文》閱之，其人歷歷可指數矣。但怯懦浮薄之徒，動輒嘗歐米[288]之糟粕，畏漢學如蛇蝎。此由不解漢學之如何物耳。後生其不惑而可矣。

又曰：文部省[289]私制限漢文為一千九百六十一字。大阪《每日》、《朝日》兩新聞改為二千四百九十字，用之普通教育則可，用之高等教育則不可。國家各有古史古典，則莫非漢字；故不識漢字，則無古史古典，其害甚於秦焚書坑儒，可不思乎哉？

烏乎？臺灣青年聽者！臺灣之排斥漢文者其一思之！

臺北附近之山，以大屯、觀音為最。兩山屹立，外控巨海，內擁平原，中挾一水，蜿蜒而西者，則淡江也。山水之佳，冠絕北部。蒼蒼鬱鬱，氣象萬千，地靈含蘊，積久必宣，宜其有此巨大之都會也。

觀音之高，海拔二千二十餘尺，而大屯則三千五百餘尺，層巒聳翠，上薄雲霄。余居淡江之畔，時與兩山相對，山靈有知，招之欲往矣。

觀音山上有凌雲寺[290]，本圓和尚卓錫其間。余歲必往遊，遊輒數日，得詩頗多。而大屯以無東道，尚未至。然開門見山，已作臥遊之想矣。

李君金燦居稻市，性風雅。昨年築室大屯山上，顏曰「大觀閣」。又於山之勝處，各擇一景，遍求名人題石，飭工刻之。慘澹經營，迄今始竣。李君邀余往遊，余遂杖策而行，宿於大觀閣上。

288　歐米：即歐美，泛指整個西方文明。
289　文部省：日本的中央政府機關，管轄教育、文化、學術等事。
290　凌雲寺：明治四十三年（1910）創建，主祀觀音菩薩，在今新北市五股區觀音山上。

閣在譜茶坡，坐大屯而朝觀音，因名大觀。俯視閣下，平疇萬頃，新綠如氈，而碧潭、劍潭諸水，匯於關渡，以出滬尾。入夜則北淡各處電燈燁燁眼底，恍如萬點明星，輝映天河，誠大觀也。

余既宿閣上，遂得遍覽山中諸景。兒子震東隨行。翌早，更登絕巘[291]，俯瞰滄溟，上臨仰天池。池深七百餘尺，大約三十畝，昔之噴火口也。今雖久旱，水尚數尋。震東沿壁而下，以掬其泉。

大屯諸景，李君已自記之，不復贅。顧念我輩蟄居稻市，炎暑薰蒸，塵氛擾攘，欲求避世而不可得；今乃承李君之招，獲飽山中清氣。余別有詩，以留鴻爪。寄語山靈，須再來也。

莊生有言：「井蛙不可以語海，拘於墟也；夏蟲不可以語冰，篤於時也。」今之妄人而談文學，直無異於井蛙夏蟲！

戰國之任俠，東漢之清議，吾愛之敬之。國家而無此等人，是無正氣；社會而無此等人，是無良心！

人能節儉，則無時而不餘裕。人能勤勞，則無時而不暇豫[292]。故曰：無廢時，無廢事，無廢物，治生之本也。

對名花讀異書，是名士風流。以《漢書》下濁酒，是才人氣概。

宮詞之作，古來多矣。頃讀吳江金天羽[293]《天放樓詩集》，中有春秋宮詞十二首。余嘗以春秋多奇女子，擬詠其事，今遘[294]此詩，可謂先得我心。他日有暇，尚書續貂也。

---

[291] 巘：音「演」，山峰、山頂。

[292] 暇豫：悠閒安逸。

[293] 金天羽（1873-1947）：初名懋基，又名天翮，字松岑，號壯遊，江蘇吳江人。光緒二十四年（1898）薦試經濟特科，以祖老辭歸故里，興辦學校，講求實學。光緒二十九年（1903）在上海與章太炎、鄒容、蔡元培、吳稚暉等過從甚密，參加革命團體愛國學社。曾譯日本宮崎寅藏宣傳孫文革命事跡的《三十三年落花夢》、俄國虛無黨史《自由血》，同時在《江蘇》發表長篇小說《孽海花》，又著有《女界鐘》力主婚姻自由。民國初年從政，歷任江蘇省議員、吳江教育局長，江南水利局長等；民國二十一年（1923）

分藩魯衛並山河，生女天傳吉語多。喜得君侯覘卻扇，笑攜仙掌認兜羅。

淇流碧玉繞宮牆，素奈花開永斷腸。歸妹[295]不來容易老，雙雙燕子送斜陽。

金殿從容夜舉杯，論兵昨見燭光催。數言勘破王心蕩，兒女英雄僅此才。

臺榭秋高碧月明，牽牛花放魯侯城。宮紗半臂屑來薄，漫說當年割臂盟。[296]

君恩如海海難填，惱亂春心是管弦。諡作桃花緣命薄，細腰宮裏懺流年。

壻鄉安穩醉流霞，醉裏扶君上玉騧[297]。一劍割將恩愛斷，臨淄城外有天涯。

秦雲生剪美人衣，仙眷風流世所稀。一夜簫聲吹不絕，身騎紅鳳上天飛。[298]

與章太炎、陳衍、李根源等創辦國學會；對日抗戰期間任上海光華大學教授。著有《天放樓詩集》、《孤恨集》等。

294　遘：遇也。

295　歸妹：《易》卦名，「雷澤歸妹」。歸，指女子嫁人；妹，指少女。歸妹即家中少女出嫁。

296　按：此詩指魯莊公割臂盟誓之事。魯莊公為娶孟任（黨氏，姓任，孟為排行），乃割臂為誓，許以夫人之位，事見《左傳‧莊公三十二年》。後以喻男女祕密訂婚。

297　騧：音「瓜」，黑嘴的黃馬。

298　按：此詩敘秦穆公女弄玉之事。弄玉好樂，蕭史善吹簫作鳳鳴，穆公遂以女妻之，為築鳳樓以居。二人吹簫，鳳凰來集，後乃乘鳳飛升而去。事見漢‧劉向《列仙傳》。

三月承歡得侍君，秋衾銅輦夢溫存。千金若得詞人賦[299]，說道南威[300]未報恩。

宴朝花影過闌干，論道三公禮數寬。禁得嬋娟掩口笑，相公枉戴進賢冠[301]。

花奴羯鼓打春雷，楊柳青旂小隊迴。本是宮中行樂地，球場假作戰場開。[302]

忍淚和親劇可憐，送將嬌小上吳船。千秋齊女[303]門前路，垂柳西風咽暮蟬。

歌舞青山日半銜，西施新脫浣沙衫。蓮花處處能消夏，偏是香涇號錦帆。

---

299 編按：此處應指〈長門賦〉一文。〈長門賦序〉云：「孝武皇帝陳皇后時得幸，頗妒。別在長門宮，愁悶悲思。聞蜀郡成都司馬相如天下工為文，奉黃金百斤為相如、文君取酒，解悲愁之辭。而相如為文以悟上，陳皇后得親幸。」

300 南威：春秋時楚國美女，晉文公納之，遂三日不上朝；文公乃自警，推而遠之。見《戰國策・魏策二》。

301 進賢冠：古時朝見皇帝的一種禮帽。又名「緇布冠」，原為文官、儒者所戴，以表明身分等級，唐時則百官皆戴用。《後漢書》第三十〈輿服下・進賢冠〉：「進賢冠，古緇布冠也，文儒者之服也。」

302 按：此詩敘孫武見吳王闔閭，以宮女操兵的故事。闔閭欲試孫武，乃令宮女百八十人充士卒，寵姬二人為隊長，使孫武訓練；孫武三令五申，眾女與寵姬皆兒戲視之，孫武不顧闔閭求情，斬二寵姬，用其次者為隊長，操練遂成。事見《史記・孫子吳起列傳》。

303 按：這裡指齊國公主少姜和親於晉國事。晉文公稱霸後，傳位至平公，齊景公為討好晉國，夏四月，令陳無宇送少姜入晉，晉平公甚寵之，但少姜於同年七月卒。事見《左傳・昭公二年》。

【啜茗錄】

施靖海以平臺之功祀名宦祠。祠在臺南文廟櫺星門[1]左。某生見之，為詠一詩曰：「施琅入聖廟，夫子莞爾笑。顏淵喟然歎，吾道何不肖！子路慍見曰：此人來更妙，我若行三軍；可使割馬料。」可謂謔而虐[2]矣。

臺灣施行共學之時，有某學究謂余曰：孔子真是先知！余曰：何謂？曰：子不讀論語乎？論語云：可與共學，未可與適道，可與適道，未可與立；可與立，未可與權。此非孔子之論共學乎？余思其語，頗有意味。

某生學於廈門，父死，遺產數萬，而自稱無產青年，且與同志結會，以相標榜。有友欲與共產，某生不可。友曰：汝無產，我亦無產，何不可？某生默然。慕虛名而不求實事，如某生者猶其小焉。

林時甫光祿[3]居臺時，曾建大觀書院[4]，聘晉江莊養齊[5]孝廉為山長，以栽培鄉里俊秀，可謂有功文教矣。及光祿避地鷺門[6]，其後人竟歲收

---

[1] 櫺星門：孔廟特有的前門，有些孔廟作成牌坊。「櫺星」又名靈星、天田星、文曲星。古人相信文曲星「主得士之慶」，是主管教育、文學的星宿。

[2] 謔而虐：玩笑開得很尖刻之意。

[3] 林時甫（1840-1905）：林維源，字時甫，號冏卿，台北板橋人，為板橋林家的族長，父為林國華，子為林爾嘉。歷官內閣侍讀、太常寺少卿、團練大臣、幫辦台灣撫墾大臣、台灣鐵路協辦大臣等。板橋林家花園多在其手中完成。乙未割台之際，被推舉為台灣民主國議會議長，不就任，率家族避走廈門。

[4] 大觀書院：咸豐九年（1859），台北地區發生大規模的漳泉械鬥，死傷慘重。林維源、林維讓遂與泉州人領袖莊正，於同治二年（1863）成立「大觀書院」，希望以詩文會友，消弭雙方之間的誤解。同治十二年（1873）改為「大觀義學」。日治時期，日人在大觀義學設立枋橋公學校，枋橋公學校遷走之後，原址成立板橋幼稚園，後廢園，民國五六年復校，改稱為大觀幼稚園。今位於新北市板橋區西門街 5 號。

[5] 莊正：字養齋，福建晉江人，舉人出身，為林維讓的妹婿。

[6] 鷺門：即廈門，又稱為鷺島、鷺洲、鷺江。

學租而不實辦，以致書院塌毀，過者惋傷。聞前年始以學租移交莊長，而今乃欲興孔教，庶不負先人美舉。

臺北陳迂谷[7]廣文著《偷閒集》四卷，沒後未刻。前年有某君欲為代印，其後人竟索萬金，事遂中止。夫文人著述，費盡心血，或傳或沒，雖由其書之好惡，而亦付託之得人與否。然為人子孫者，能刻先人之書，因為美事；否則，當請名人鑒定，憑藉其力壽之梨棗[8]。若以先人之著述，而欲據以為利，清夜自思，其何以堪？

科舉之時，習制藝者，多有腔調[9]；作詩亦然。某君曾作剃頭詩一首曰：「見說頭堪剃，逢人便剃頭。有頭皆可剃，無剃不成頭。剃自由他剃，頭還是我頭。如何剃頭者，隨便剃人頭。」此等腔調，無論何題，皆可應用，勝讀唐詩三百首矣。

臺中某村有塾師，學究也。一日，講書至子之燕居一節，謂子是孔子，之是往，燕居是燕之巢，合而言之，則是孔子往燕之巢。學生多疑其說。有問之曰：「孔子是人，燕是鳥，孔子何以能往燕之巢？」塾師曰：「汝尚未讀《孟子》，孟子謂大而化之之謂聖，聖而不可知之之謂神。孔子，聖人也，能化能神，能大能小，又安知其不能往燕巢？」問者皆笑。或曰：「塾師之言是在數十年前，故人以為謬；如於今日言之，當亦有說。」或曰：「何謂？」曰：「燕巢[10]非今日之莊名，而為

---

[7] 陳維英（1811-1869）：字實之、碩芝，號迂谷，台北大龍峒人。道光八年（1828）生員，咸豐元年（1851），臺灣道徐宗幹舉薦為孝廉方正，咸豐九年（1859）中舉人，授內閣中書，未幾，辭官歸里，掌教明志（新竹）、仰山（噶瑪蘭，今宜蘭）、學海（艋舺）等書院。同治元年（1862）戴潮春起事，官軍糧餉不足，遂勸捐助餉，獲四品銜，賞戴花翎；約於同年遷居劍潭圓山仔頂別業，顏曰「太古巢」。著有《鄉黨質疑》、《偷閒錄》、《太古巢聯集》等。

[8] 壽之梨棗：刊印著作，使其人之名續留世上，猶如延長其壽。梨棗，舊時刻書多用梨木或棗木，因以梨棗為書版的代稱，引申為將書稿付諸印刷。

[9] 腔調：特色、風格。

[10] 燕巢：今高雄市燕巢區，在高雄西部平原，惡地地形為其特色。

高雄州轄乎？使孔子而在，又安知其不可往？」按燕巢原名援勦莊，為鄭氏援勦鎮屯田之地，今改為燕巢。

關廟[11]之聯，頗多佳構，而臺灣商家尤好以字號冠首。有友謂陳迂谷先生曾為錦同餅店撰關壯繆[12]聯，其語云：錦書一道辭朝去，同榻三人為漢生；以為恰切。余謂猶不如我南尚亦一聯之佳。尚亦，染坊也，開張時奉祀壯繆，因請名人撰聯，欲以尚亦冠首，眾皆擱筆。末座一人起而書之曰：尚不愧於屋漏，亦是以為成人；二語皆出四書，又合壯繆身分，真是天成妙句。

燈謎為文人遊戲，鉤心鬥角，妙緒橫生，故余亦好為之。少時曾聞前輩述一謎文云：子路率爾而對曰，是也，顏淵喟然歎曰，非也，夫子莞爾而笑曰，若是也，直在其中矣，打一也字。運用成語，如其口出，可見老成典型。羅君蔚村[13]發刊《梨花新報》，僅出一期。林君榮初[14]自津門寓書於余曰：「蔚村之梨花，恕放[15]耶？凋謝耶？苟非十萬金鈴，吾恐闌珊即在眼前矣。」噫！十萬金鈴，談何容易！然梨花已再開，亦祝其不遭風雨爾。

《閩海紀要》為清代禁書，而鄭氏之信史也，故余喜而刊之。某君讀後語人曰：「此書所載，多與《臺灣府誌》不同。雅棠校刊時，何不改之？」余曰：「此書之價值正與《臺灣府誌》不同。夫《府誌》為

---

[11] 關廟：奉祀關公的廟宇。

[12] 關壯繆：即三國蜀・關羽，字雲長，諡壯繆。

[13] 羅秀惠（1865-1942）：字蔚村，號蕉麓，別號花花世界生，台南人，師從蔡國琳。歷任《台澎日報》、《臺灣日日新報》編輯，臺南師範學校漢文教諭；臺南「南社」、「酉山吟社」社員，後亦參加臺北「瀛社」，擅行草書。初，娶臺北名妓王香禪，為追求蔡國琳女碧吟而與之離異，入贅蔡家，以性喜揮霍，散盡蔡家財產，不得不賣字維生，墨蹟流傳甚廣。大正十四年(1925)因顏雲年贊助，創《臺北黎華新報》社，任發行人，刊載梨園藝文、小說、詩文、隨筆。詩作未結集，散見於《臺灣日日新報》、《臺南新報》、《臺灣詩薈》、《三六九小報》、《孔教報》、《風月報》等報刊。

[14] 林榮初（1877-1944）：字霞東，號傳爐，又號潛園小主人，新竹人。

[15] 按：應作「怒」放。

清代官書，其載鄭氏辭多誣衊；而此為私人著作，據事直書，藏之名山，傳之其人。此其所以可寶也。」余謂讀史當多讀野史，考證異同，辨析是非，方不為官書所囿。

臺人素祀天后，信仰極深，稱之曰「媽祖婆」。曩在滬上，見《中華新報》曾以「社會黨」三字徵對，無有應者。擬以戰國策之「君王后」對之，頗嫌未妥。及今思之，以「媽祖婆」對「君王后」較為工整。莊生所謂「周遍咸三」[16]者，名異而實同也。

黃君茂笙[17]過訪，謂疇昔之夜，偶赴友人之宴，席上有妓曰「烏肉」，其名雖俗，其色頗佳。酒間乞余撰聯，且欲以名冠首。余戲書兩句，未諗可否？聯云：「烏衣子弟[18]偏憐汝，肉食鬚眉總愧卿。」余曰：「上句是紈褲兒本色，下句則今日所謂紳士者無容身地矣。」

臺灣詩學雖盛，而閨秀能詩者尚少。詩薈發刊以來，其寄稿者有王女士香禪、李女士如月、余女士芬蘭[19]，清詞麗句，傳播騷壇。今則又有黃女士金川[20]。女士臺南人，年十九，初學吟哦，雛鳳聲清[21]，已非凡鳥。若更加閱歷，其造就未可量也。

---

[16] 周遍咸三：《莊子・知北遊》：「周、遍、咸、三者，異名同實，其指一也。」意謂「周」、「遍」、「咸」以及「三」，雖不同名稱，意思卻都一樣。

[17] 笙：原作「生」，誤；黃欣，字茂笙。

[18] 烏衣子弟：或作「烏衣郎」，居住於「烏衣巷」的貴族子弟，《晉書・紀瞻傳》：「厚自奉養，立宅於烏衣巷，館宇崇麗，園池竹木，有足賞翫焉。」「烏衣巷」，位於秦淮河南岸，是東晉、南朝時期著名的坊巷。孫吳時，此處原為駐紮石頭城戍兵的軍營，因兵士身著黑衣得名。東晉時，王導、謝安等貴族多卜居此，世稱其子弟為「烏衣郎」，後遂成為世家大族子弟的代稱。

[19] 余芬蘭：字隱香，臺北人。幼從趙一山學詩，語多幽怨，蘊藉不減蘇小小。學政沈耀曾譽為詠絮才華。惜所作傳世無多，生平多不詳。

[20] 黃金川（1907-1990）：台南鹽水人，黃朝琴之妹，高雄陳中和五子陳啟清的繼室。18歲畢業於東京精華高等女校，回台後師事鹿港宿儒施梅樵，研習漢學，被譽為三台才女。著《金川詩草》。

　　十數年前，聞洪女士浣翠[22]之名，而讀其詩，語多淒怨。今則一洗俗調，無語不香，有詞皆秀。然後知詩之有關於境遇也。女士稻江人，曾學書於杜逢時[23]先生，亦能篆刻。現居臺中，潛心詩學，又得陳沁園先生之指導，故其錦囊時貯佳句，乃以近作惠寄《詩薈》。頌椒[24]詠絮，巾幗多才。諸女士之挍藻揚芬[25]，當與藝苑文人爭光壇坫矣。

　　臺北籌建聖廟，卜地大龍峒，坐大屯而朝文山，經以十月八日舉行定礎之禮。方今文教衰頹，彝倫攸斁，異說紛紜，人心靡定，苟得闡明大道，示其指歸，以此為講學之地，其有稗於修齊治平之術者多矣。

　　三十年來，漢學衰頹，至今已極；使非各吟社為之維持，則已不堪設想。唯各吟社之提倡，注重乎詩。夫詩為文學之一，苟欲作詩，必須讀書。如乘此時而提倡之，使人人皆知讀書之樂，漢學之興，可以豫卜[26]。

　　草山溫泉，名聞內外，以浴之者可以爽精神而袪疾病也。然溫泉雖佳，遠方難致。張君耀庭乃取發源之磺油，製之成塊，色白如粉，以供洗澡，名曰「湯花」。余謂「湯花」二字極雅，可作詩料，他日當為一詠。

---

[21] 雛鳳聲清：指詩壇新秀。語本李商隱〈韓冬郎即席為詩相送〉「雛鳳清於老鳳聲」之句。

[22] 洪浣翠：淡水縣大稻埕人。曾學書於杜逢時，亦能篆刻。後遷居臺中，潛心詩學，得陳沁園指導。著《綠榕村人詩存》。

[23] 杜逢時（1865-1913）：日治初期臺灣三大畫法家之一。大正元年(1912)曾參與併發起大稻埕俊賢堂，主迎神賽會。

[24] 頌椒：讚美才女之詞，也用來代稱才女。《晉書·列女傳·劉臻妻陳氏傳》：「劉臻妻陳氏者，亦聰辯能屬文。嘗正旦獻〈椒花頌〉，其詞曰：『旋穹周迴，三朝肇建。青陽散輝，澄景載煥。標美靈葩，爰採爰獻。聖容映之，永壽於萬。』又撰元日及冬至進見之儀，行於世。」。

[25] 挍藻揚芬：意指施展文才，聲響遠揚。挍藻，挍音「善」，發抒詞藻之意。《梁書·昭明太子傳》：「摛文挍藻，飛觴汎醳。」

[26] 豫卜：預先占卜之意。

　　南社之設，已經廿稔，社友亦多零落。余擬先輯陳瘦痕之詩，次及謝籟軒，二君皆與余同事《南報》，而稿不全。籟軒之姪**星樓**[27]許為抄寄。瘦痕無子，其弟又逝，須由報上搜之。聞王炳南[28]所收極多。炳南亦社侶也，未知肯相借否？

　　星樓亦能詩。年二十九，始攜其子留學東京。或誚其遲，星樓曰：「余業成否，雖未可知，而余子可免廢學。」閱今十年，星樓竟畢業早稻田大學，其子亦在中學三年。烏乎！人患不好學耳，又患學而不專耳。若星樓者，可以愧少年而不知學者。

　　稻江葉鍊金博士能詩善書，性又倜儻。一日，至大龍峒王慶超家，見廳上新懸竹聯一對，其聯云：「處世有才經百練，讀書無字不千金。」鍊金佯語之曰：「此聯係余屬友人代刻，何以誤致君處？」慶超愕然。鍊金指其字曰：「此非余名乎？」慶超知其意，慨然以贈。噫！天下事之湊巧，竟有如此。使聽獄者僅憑證據，能不謬乎？

27　謝國文（1887-1938）：字星樓，號省廬，亦做醒廬、醒如，筆名有謝耶華、赤崁暢仙、空庵、小阮、江戶野灰、新羿、小暢山、柳裳君、吝公等，晚號「稻門老漢」或「稻門老人」，台南人。大正十五年（1926）取得日本早稻田大學政治經濟學士。詩作輯為《省廬遺稿》。

28　王炳南（1883-1952）：名清閬，字炳南，別號北嶼釣客、北嶼散人、海濱處士、翠竹居民。曾參與主編《三六九小報》。著有《北嶼釣客吟草》，又編《南瀛詩選》、《潛園寓錄》、《蕉窗隨筆》等書。

參、附錄

索引

參考文獻

《文淵閣四庫全書電子版》（臺北：迪志文化，2007）。

《臺灣日日新報》資料庫（臺北：大鐸資訊股份有限公司，2005）。

《臺灣日日新報》資料庫（臺北：漢珍數位圖書公司，2011）。

北市文獻委員會編校，《臺北市志・卷九・人物志》（臺北：北市文獻委員會，1962）。

邱秀堂輯，《鯤海粹編・臺北七君子詩》（臺北：中華民國台灣史蹟研究中，1980）。

徐朝華，《爾雅校注》（臺北：建宏書局，2002）。

連橫，《雅堂文集》（南投：臺灣省文獻委員會編印，1964）。

陳鼓應、趙建偉，《周易注譯與研究》（臺北：臺灣商務印書館，1999）。

劉宇光，〈康得倫理學的「幸福」（Glückseligkeit）概念〉，北京大學哲學系編，《哲學門》總第 18 輯（北京：北京大學出版社）。

盧梭著，何兆武譯，《社會契約論》（北京：商務印書館，2003）。

釋慈怡主編，《佛光大辭典》（高雄：佛光山，1989）。

「中華百科全書」，http://ap6.pccu.edu.tw/Encyclopedia/index.asp。

「文化部臺灣大百科全書」：http://taiwanpedia.culture.tw/web/index。

「教育部重編國語辭典修訂本」：http://dict.revised.moe.edu.tw/cbdic/。

「教育部異體字字典」：http://dict.variants.moe.edu.tw/。

「智慧型全台詩資料庫」，http://xdcm.nmtl.gov.tw/twp/index.asp。

「萌典」：https://www.moedict.tw/about.html。

「漢典」：http://www.zdic.net/。

「臺灣記憶 Taiwan Memory 資料庫」：
http://memory.ncl.edu.tw/tm_cgi/hypage.cgi。

「臺灣漢詩數位典藏資料庫」：
http://lgaap.yuntech.edu.tw/literaturetaiwan/poetry/index.htm。

「《臺灣文藝叢誌》暨其文人群作品集」資料庫：
　　　　http://lgaap.yuntech.edu.tw/literaturetaiwan/wenyi/main.html。
「瀚典【臺灣文獻叢刊】」：http://hanji.sinica.edu.tw/。

Contents

This book is an annotated edition of *Collected Writings of Yatang*. The author is Lien Heng (1878–1936), courtesy name Yatang, pseudonym Chien-Hua or Sword Flower. The contents of *Collected Writings of Yatang* cover a wide range of subjects and genres. Lien Heng edited the fair copy of the book, which did not see publication. Lien Chen-tung later compiled the drafts and the work was taken over by the Historical Research Commission of Taiwan. As a result, quite a few random essays are included, covering a variety of subjects. Overall, *Collected Writings of Yatang* consists of four volumes: volume one includes "Argumentation," 18 articles, and "Prologue and Epilogue," 31 articles; volume two includes "Biography," 12 articles, "Epitaph," 6 articles, "Miscellany," 17 articles, "Obituary," 7 articles, and "Letters," 7 articles; volume three and four include newspaper columns, notes, journal entries and miscellaneous collections, covering six major subjects. The third volume contains "Collections about Taiwan," "Historical Traces of Taiwan," "Historical Sites of Tainan," and "Indigenous Anecdotes;" the fourth volume, "Poetic Commentary" and "Words and Deeds."

國家圖書館出版品預行編目資料

雅堂文集校注
江寶釵校注.- 初版.- 臺北市：臺灣學生，2020.06
　面；公分
ISBN 978-957-15-1817-6 (平裝)
1. 雅堂文集 2. 注釋
863.4　　　　　　　　108015579

雅堂文集校注

校　釋　者	江寶釵
責　任　編　輯	黃清順、梁鈞筌、張淵盛、謝崇耀、李知灝、黃千珊
美　術　設　計	徐上婷、蔡慈凌
編　輯　排　版	南曦文創股份有限公司
出　版　者	臺灣學生書局有限公司
發　行　人	楊雲龍
發　行　所	臺灣學生書局有限公司
地　　　址	臺北市和平東路一段 75 巷 11 號
劃　撥　帳　號	00024668
電　　　話	(02)23928185
傳　　　真	(02)23928105
E - m a i l	student.book@msa.hinet.net
網　　　址	www.studentbook.com.tw
登　記　證　字　號	行政院新聞局局版北市業字第玖捌壹號
定　　　價	新臺幣五○○元
出　版　日　期	二○二○年六月初版
I S B N	978-957-15-1817-6